王向远文学史书系

Literary History Book Series by
Wang Xiangyuan

日本文学汉译史

王向远

著

九州出版社
JIUZHOUPRESS

图书在版编目（CIP）数据

日本文学汉译史 / 王向远著 . -- 北京：九州出版
社，2021.7

ISBN 978 - 7 - 5225 - 0154 - 3

Ⅰ.①日… Ⅱ.①王… Ⅲ.①日本文学—文学翻译—
研究—中国 Ⅳ.①I313.06②I046

中国版本图书馆 CIP 数据核字（2021）第 113723 号

日本文学汉译史
作　　者	王向远　著	
责任编辑	周弘博	
出版发行	九州出版社	
地　　址	北京市西城区阜外大街甲 35 号（100037）	
发行电话	（010）68992190/3/5/6	
网　　址	www.jiuzhoupress.com	
印　　刷	三河市华东印刷有限公司	
开　　本	710 毫米×1000 毫米　16 开	
印　　张	33.5	
字　　数	463 千字	
版　　次	2021 年 9 月第 1 版	
印　　次	2021 年 9 月第 1 次印刷	
书　　号	ISBN 978 - 7 - 5225 - 0154 - 3	
定　　价	99.00 元	

本书内容简介

《日本文学汉译史》是国内外第一部中国的日本文学翻译史著作。全书将日本文学汉译置于中国文化与中国文学的大背景下，以翻译文本为中心，把日本文学汉译史划分为五个时期，围绕各时期翻译选题的背景与动机、翻译家及其翻译观、译作风格及其得失、译本的读者反应、译本对中国文学的影响等问题展开论述，揭示了日本文学如何被中国翻译家创造性地转化为中国的"翻译文学"，展现了现代中国文学的开放性、包容性及对外国文学的吸收、消化。本书对于丰富20世纪中国文学史的内容，对于深化中国翻译史、翻译文学史和比较文学的研究，对于引导读者阅读和欣赏日本文学译本，都有一定的价值。

本书初版题名《二十世纪中国的日本翻译文学史》，由北京师范大学出版社2001年出版。2007年改题《日本文学汉译史》，收于宁夏人民出版社版《王向远著作集》第三卷。现对旧版差错予以订正，作为第三版收于《王向远文学史书系》。

目　录
CONTENTS

前　言

　　中国的翻译文学既是中外文学关系的媒介，也是中国现代文学的一个特殊的重要组成部分。完备的中国现代文学史，不能缺少翻译文学史；完整的比较文学的研究，也不能缺少翻译文学的研究。

　　在 20 世纪我国的翻译文学史中，日本文学的翻译同俄国文学、英美文学、法国文学的翻译一样，具有特别重要的地位。一百年来，我国共翻译出版日本文学译本两千多种。日本翻译文学对我国的近代文学、五四新文学、1930 年代的文学，以及 1980—1990 年代的文学，都产生了不小的影响。但长期以来，我国没有出现一部日本文学翻译史的著作，在这方面的研究也处于空白状态。在 20 世纪即将结束的时候，我们有责任研究、整理百年来我国的日本文学译介的历史。这对于总结和借鉴中日文化交流史及翻译文学的历史经验，对于丰富 20 世纪中国文学史的内容，对于拓展文学史的研究领域，对于我国比较文学研究的深化，对于促进东方文学、日本文学及中国现代文学的学科发展，对于指导广大读者阅读和欣赏翻译文本，都具有重要的意义和价值。

　　基于这样的认识，我研究并撰写了《20 世纪中国的日本翻译文学史》。

　　我觉得，研究并撰写翻译文学史，首先必须明确的，是"翻译文学"及"翻译文学史"的学科定位问题。翻译文学及翻译文学史的研究应该是比较文学研究的重要组成部分。比较文学的学科范围，应该由纵、横两部分构成。横的方面，是比较文学的基本理论研究，不同文学体系之间、文学和其他学科之间的贯通研究等；纵的方面，则是比较文学视角的文学史研究，其中包括"影响—接受"史的研究、文学关系史的研究、翻译文学史的研究等。翻译文学史本身就是一种文学交流史、文学关系史，因而也就是一种比较文学史。比较文学的一些分支学科，如渊源学、媒介学、形象学、思潮流派比较研究等，都应该也只能放在比较文学史，特别是翻译文学史的知识领域中。这样看来，翻译文学及翻译文学史的研究就成了比较文学学科中一项最基础的工程。

据我所知，"翻译文学"这个汉字词组，是日本人最早提出来的。起码在 20 世纪初日本就有人使用这个概念了。受日本文学影响很大的梁启超，在 1921 年就使用了"翻译文学"这个概念。战后，日本对翻译文学的研究更为重视，出版了不少研究成果。如川富国基在 1954 年发表了《明治文学史上的翻译文学》，柳田泉在 1961 年出版了《明治初期翻译文学的研究》。在 1950—1960 年代日本出版的各种文学工具书，如《新潮日本文学小辞典》《日本近代文学大事典》《比较文学辞典》等，都收了"翻译文学"的词条。而在西方，都是一直使用一个含义比较宽泛的概念——"翻译研究"（Translation studied 或 Translation study）。西方的所谓"翻译研究"，当然也包括"翻译文学"的研究在内，但显然要比"翻译文学"宽泛得多。

"翻译文学"作为一个概念，它与我们所习用的"外国文学"这一概念，具有重合之处，所以长期以来，不论是一般的文学爱好者，还是专业工作者，通常都将"翻译文学"等同于"外国文学"。例如，我们大学中文系所开设的基础课"外国文学史"，并不要求学生一定去读外国文学的原作。这门课所开列的阅读书目，统统都是我国翻译家所翻译的"翻译文学"，然而我们却一直称其为"外国文学"，而不称"翻译文学"。事实上，"翻译文学"不等于、不同于"外国文学"。首先，"外国文学"与

"翻译文学"的著作人主体有所区别。文学翻译家所翻译的固然是外国作家的作品，但文学翻译不同于依靠机器来翻译的简单的语言转换。它必须超越语言（技术）的层面而达到文学（审美）的层面，也就必然依赖于翻译家的创造性劳动。关于这一点，中外的翻译家和研究者们都有共同的看法。可以说"翻译文学"是一种"翻译性的创作"（可简称为"译作"）。第二，从文本的角度来看，翻译的结果——译本，是独立于原作而存在的。译本来源于原作，而又不是原作，因为它并不是原作的简单的复制。打一个蹩脚的比方：正像孩子"来源"于父母，但又不是父母的简单的复制。因此，现行的《世界版权公约》《伯尔尼版权公约》等国际性的版权法律，都在保护原作的前提下，对翻译文学的版权予以确认，一般在原作者去世五十年后，译者及译本则享有独立的版权。第三，从接受美学的角度看，一个文本的最终完成，要由读者来实现。而译本的读者群不是原作的读者群。译本的完成要由译本的读者来实现。由于时代、社会、文化、语言等种种因素的不同，译本可能会获得与原本不同的解读和评价。

"翻译文学"既不同于"外国文学"，那么，再进一步说，"外国文学史"也就不同于"翻译文学史"。

我国出版的各种《外国文学史》类的著作及教科书，不管是国别的文学史（如《英国文学史》《日本文学史》），还是地区性文学史（如《东方文学史》《欧洲文学史》），还是总体文学史（如《世界文学史》《外国文学史》），都是以外国的文学史实及作家作品为描述对象的。它们用中文来讲述，但它所讲述的又是原作，而不是译作。当我们使用汉语来讲述"他者文化""他者文学"的时候，这本身就是一种广义上的"翻译"现象。而我们用汉语写作的外国文学史却又忽视了翻译家和译本这个环节，企图超越译作而直接面对原作。而绝大多数文学史及外国文学作品的读者，他们不能也不必阅读原作，他们所阅读的，是翻译文学。这就是我们的各种《外国文学史》所遇到的矛盾和尴尬。另外，近百年来，我国的翻译作品，已经积累了数万种。在已出版的全部文学类书籍中，翻译作品要占到三分之一强。对于这么大一笔文化、文学的财富，现有的一般的《外国文学史》著作却没有也不可能把它们纳入研究和论述的范围。而一般的中国文学史著作也难以充分、全面地展示翻译文学的丰富内容。这都意味着：翻译文学是文学研究的一个独立部门，翻译文学史应该是与外国文学史、中国文学史相并列的文学史研究的三大领域之一；外国文学史、中国文学史、翻译文学史，这三者构成了完整的文学史的知识体系。

在翻译文学史的研究和写作方面，学界前辈已经做了不少的工作。我国翻译文学研究的先驱者是梁启超。他在 1920 年发表了长文《佛典之翻译》，1921 年又出版了《翻译文学与佛典》（一名《中国古代翻译事业》）。1938 年，阿英发表《翻译史话》，内容讲的都是翻译文学，可惜没有写完。除了这些专门著作外，1920—1930 年代出版的若干国别文学史著作也讲到了翻译文学。如胡适的《白话文学史》，陈子展的《中国近代文学之变迁》、王哲甫的《中国新文学运动史》、郭箴一的《中国小说史》等，都有专门章节讲述翻译文学。在翻译及翻译文学的专门研究方面，一直到了 1984 年，才有马祖毅的《中国翻译简史·五四以前部分》出版（后来扩写为《中国翻译史·上卷》，1999 年由湖北教育出版社出版），其中大量涉及翻译文学的内容。1989 年，陈玉刚等主编的《中国翻译文学史稿》由中国翻译出版公司出版；1998 年，郭延礼著《中国近代翻译文学概论》由湖北教育出版社出版；1999 年，孙致礼编著的《1949—1966 我国英美文学翻译概论》由南京译林出版社出版。同年，王宏志的《重释"信达雅"——20 世纪中国翻译研究》由上海的东方出版中心出版。这些著作都填补了我国翻译文学史研究的空白。但总的看来，与翻译文学的悠久的历史和丰富的成果相比，我国对翻译文学及翻译文学史的研究还是薄弱的。

造成这种情况的原因是多方面的。有政治、文化上的，也有文学观念上的。如上所说，人们习惯上将"翻译文学"视同"外国文学"，是制约翻译文学及翻译文学史研究的首要原因。近半个世纪以来，我国的文学研究分科越来越细，不同的"专业"之间也很封闭，同时兼有中外文学两方面的人才越来越少了。例如，大学外语系的专家教授们大都从事外语本体的研究，有关的翻译专业或"翻译学"专业，基本上是在语言层面上研究翻译的技法，对"翻译文学"的研究难以展开；而在大学中文系或中国文学的研究机构，同样也习惯于封闭地研究中国文学。樊骏先生在近来发表的《关于学术史编写原则的思考》一文中谈到了这个问题。他认为，中国现代文学史著作忽视了翻译文学，这是因为搞中国现代文学研究的人在外国语言和外国文学两方面都有欠缺，"对他们来说，产生这种'忽略'，非不为也，实不能也"。这种看法大体是符合实际情况的。事实上，对于稍具文学史常识的人来说，有谁竟看不到翻译文学在中国文学中的显著地位和作用呢？但是，如果不对外国语言文学有一定的修养，谈翻译文学、研究翻译文学就很困难。

不过，最近这些年，情况有了可喜的变化。不少人大声呼吁重视翻译文学及翻译文学史的研究。其中，上海的谢天振教授呼声最高，他写了多篇这方面的文章，并且提出了"翻译文学是中国文学的组成部分"的观点。我认为，把翻译文学视为中国文学的组成部分，是合情合理的，必要的。但同时还必须清楚，翻译文学是中国文学的一个"特殊的"的组成部分。说它"特殊"，就是承认它毕竟是翻译过来的外国作品，而不是我国作家的作品；说它"特殊"，就是承认翻译家的特殊劳动和贡献，承认译作在中国文学中特殊的、无可替代的位置，也就是承认了翻译文学的特性。所以，我们期望今后新出版的中国文学史著作，都有翻译文学的内容。但是，另一方面还要看到，由于一般的中国文学史著作有体系、体例上的制约，要全面、系统地展示翻译文学，恐怕难以做到，所以，那就非得有翻译文学史的专门著作不可。

文学史研究作为一种研究实践，必须有明确的、正确可行的理论与方法做指导。不过，翻译文学史，目前仍处于草创阶段。究竟怎么写？前人并没有提供足够的范例供我们作参考和借鉴。

　　我想，根据研究的范围、角度的不同，翻译文学史大体可以分为四种类型。第一种类型是综合性的翻译文学史，即全面论述我国译介世界各国文学的历史，展现翻译文学发展的概貌。如前面提到的《中国翻译文学史稿》就是。由于这种综合性翻译文学史涉及多国家、多语种，除非是多卷本的大部头的著作，否则恐怕只能是概述性的。第二种类型是断代性的翻译文学史。如郭延礼的《中国近代翻译文学概论》。第三种是专题性的，如梁启超的《翻译文学与佛典》。第四种是只涉及某一国别的、某一语种的翻译文学史，如我现在写的《20世纪中国的日本翻译文学史》就是。我认为第四种类型的翻译文学史，在今后相当长的时间里，应该是翻译文学史研究与写作的最基本的方式。它可以由个人独立完成，并有可能很好地体现出学术个性，保证研究的深入。在这种国别性的翻译文学史研究有了全面的积累后，才会出现综合性、集大成、高水准的《中国翻译文学史》。

　　写翻译文学史，还必须对翻译文学史内容的构成要素有清楚的把握。翻译文学史与一般的文学史，在内容的构成要素方面，有共通的地方，也有特殊的地方。一般的文学史，其基本的构成要素有四个，即：

　　　　时代环境—作家—作品—读者

而翻译文学史的构成要素则为六个，即：

　　　　时代环境—作家—作品—翻译家—译本—读者

　　在这六个要素中，前三个要素是外国文学史著作的核心，而翻译文学史则应把重心放在后三个要素上，而其中最重要的还是"译本"。因为翻译家的翻译活动的最终成果是译本，所以归根到底，核心的要素还是译本。如果我们机械地奉行"翻译文学史就是翻译家的翻译历史"，那就是以翻译家为核心了。以翻译家为核心，就势必会用较多的篇幅介绍翻译家们的生平活动。但文学家、文学翻译家的生平活动，在现有的《翻译家辞典》之类的工具书及其他文献材料中都可以轻易查到，在一部学术著作中，在翻译文学史中，除非特殊需要，是不必费太多篇幅去堆砌这些材料的。所以，翻译文学史还是应以译本为中心来写。

译本有那么多，如何选择取舍呢？究竟哪些译本要写？哪些译本不写？哪些译本要多写？哪些译本要略写？

这是一个很实际的问题。例如，单就 20 世纪我国翻译出版的日本文学译本来说，总数达两千多种。假如每一种译本都要讲一通，面面俱到，那翻译文学史将写个没完没了。任何历史研究著作都要对研究对象去芜存菁、区分主次、甄别轻重、恰当定位。翻译文学史首先应该是名作名译的历史。而对于非名作、非名译，把它们作为一种翻译文学史上的一般"现象"来看待就可以了。

一般地说，译本的历史地位，是由三个条件来决定的。第一，原作是名家名作，这是决定译本地位的先决条件。几乎所有的名家名作的译本都值得翻译史来关注。但也有特殊情况，如有的原作在原作者的国内并不被重视，而译本却在翻译国有重大影响，如日本文艺理论家厨川白村的著作《苦闷的象征》就是这种情况，对此我们的翻译文学史也要高度重视。第二，译者是名家，是决定译本历史地位的另一个重要条件。一个译者之所以被认为是著名的翻译家，首先在于他对翻译选题的把握准确可靠，其次是翻译质量的可靠。而翻译家的地位，也正是靠不断地、高质量地翻译名家名作来奠定的。第三，在名家名作名译当中，首译本又特别的重要。首译，就意味着填补了空白，而填补空白本身就有其历史意义。当然，这并不是说复译本就不重要。但从填补空白的意义上说，复译本不可能取代首译本。

选材的取舍问题解决后，接下去就是怎样利用这些材料，来表达文学史作者的学术见解了。

我认为，翻译文学史作者的学术见解，或者说翻译文学史应该解决和应该回答的主要是如下的四个问题：一、为什么要译？二、译的是什么？三、译得怎么样？四、译本有何反响？

首先，为什么要译？这也就是选题动机问题。在翻译家的整个翻译活动过程中，选题是第一步。在众多的可供选择的对象中，为什么要选这个作家而不选那个作家，为什么选这个作品而不选那个作品？这当中，有翻译家对选题对象的认识与判断，有翻译家的思想倾向、审美趣味在起作用，同时也受到翻译家所处的时代背景、社会环境、出版走向等因素的制约。一部翻译文学史，应该注意交待和分析翻译选题的成因，应该站在中外文化和文学交流史的高度，站在比较文学与世界文学的高度，在选题的分析中，见出翻译家的主体性，见出我国在接受外国文学的过程中某些规律性的特征。

第二个问题：译的是什么？这个问题就是要求恰如其分地介绍和分析翻译的对象文本——原作。翻译文学史对原作的介绍分析，应不同于一般的外国文学史。外国文学史对原作的介绍和分析，本身是为着说明、阐释原作，这是外国文学史的核心内容，因而可以展开采写。而翻译文学史对原作的介绍和分析，是在原作如何被转化为译作这一独特的立场上进行的。

第三个问题：译得怎么样？就是要对译本进行分析和判断。这就首先要涉及语言技巧的层面。一个译本的成功，最基本的是在语言技巧方面少出问题。翻译文学史应该对那些重要的译本，进行个案解剖。必要时，可有针对性地进行原文与译文的对照分析；如果有不同的译本，可将不同的译本做比较分析，指出译文的特色和优劣。不过应该注意，翻译文学史不是翻译教程，它不必也不可能对所有重要译本都做语言层面上的分析，否则就使翻译文学史变成了翻译技巧的讲义。在进行语言层面的分析评论时，要有历史感。从现代汉语的形成和发展的角度来看，翻译文学的译语的变化，与现代汉语的逐步成熟有着相当密切的关系。翻译文学不断输入着外国的句法、词汇及修辞方法，推动了汉语的现代化。在这个过程中，许多现在看来是不通的、别扭的译文，如当年鲁迅、周作人从日文"直译"过来的译文，都包含了他们借鉴外国语言来改良汉语的良苦用心。我们不能用今天业已成熟了的现代汉语的标准，予以贬低，而必须承认其历史地位。另一方面，还要看到，从比较文学的角度看，有些不忠实的翻译，包括对原作的删除、增益、改写等等，那不是语言学意义上的"错误"，而常常是翻译家有意为之。这种情况在一定的历史时期，特别是翻译文学的肇始期，是常见的现象，如梁启超对日本的政治小说《佳人奇遇》的翻译就是一例。除了语言层面之外，还必须进一步从文学的层面对译本作出评价。从文学层面对译本作出评价，基本标准是要看译者是否准确地传达出了原作的风格。如果说语言技巧层面上的评价是"见树木"，那么文学层面上的评价就是"见森林"。一个好的作品译本应该是"语言"与"文学"两方面艺术的高度统一。

　　第四个问题：译本有何影响和反响？这个问题的要素是"读者"，就是谈翻译文学的读者反应。这里所谓的"读者"主要可分为两种：第一种是文坛内部人士，包括翻译家、研究家、评论家和作家（有时候这几种角色兼于一身）。翻译家首先也是"读者"，他们对作品的介绍和评论，常常在译本序、译后记之类的文字中表现出来。有的译本序本身就是一篇研究论文，这是我们在写翻译文学史的时候应特别注意加以利用的材料。研究家、评论家对作家作品和译作的研究和评论，主要体现为论文或专著，一般都能够发表深刻、系统的意见。翻译文学史必须注意研究这些论文和专著，并把它们作为"读者反应"的基本材料加以利用。从这个角度来看，"翻译文学史"不能只是孤立地讲"翻译"，它还必须包括"研究"和"评介"。因此，完整的、全面的"翻译文学史"同时也是"译介史"，即翻译史和研究评介史。《20世纪中国的日本翻译文学史》就涉及了不少关于中国对日本文学的研究和评介的内容。不过，书的名字还是叫做"翻译文学史"，就是因为我觉得"翻译文学史"理所当然地应该包括研究和评介史在内。除了上述的文坛内部的"读者"之外，第二种是社会上的一般读者。译本对一般读者的影响，虽然常常缺乏具体的文字材料来证实，不过，译本的印数、发行量、再版，甚至盗版的情况，都可以说明译本在一般读者中的影响。

总之，对于20世纪中国的翻译文学史，特别是像《20世纪中国的日本翻译文学史》这样的某一特定语种的翻译文学史，还缺少研究经验的积累。我很清楚，要写好中国的日本翻译文学史，需要中国文学史、日本文学史和文学翻译的理论与实践这几个方面的学养，而我在这些方面的学养都很不够。本书只能算是我国日本翻译文学史研究领域中最先抛出的一块"砖"，那就让它起个"引玉"的作用吧。

第一章 清末民初的日本翻译文学

第一节 近代中日的翻译文化与翻译文学

一、近代中日翻译文化的密切联系

中国和日本的近代历史的发展进程具有很大的相似性。日本在明治维新之前，中国在百日维新之前，都经历了上百年的闭关锁国的历史时期。19世纪中期，两国在西方列强的威逼之下，又先后被迫打开国门，由传统向近代化转型。为了应付西方的挑战，在体制上进行维新改良，在思想文化上展开启蒙运动。而这一过程，又始终伴随着大量的、持续不断的对西洋书籍的翻译活动。可以说，翻译活动是中日两国近代化的一种强大的推动力，翻译文化是近代文化的重要组成部分，是近代化运动本身的一个重要侧面。

两国的翻译活动，都有源远流长的历史传统。在中国历史上，东汉末期就开始了佛教翻译，到唐代达到极盛。在日本，为了吸收先进的中国文化，从奈良时代开始，一方面直接学习和使用汉文，一方面又对中国文化典籍和中国化了的佛教典籍加以"和译"（译为日文）。在日本接触西洋文化之前的上千年的文明发展史上，所引进和翻译的几乎全是汉文书籍。中国的书籍（即日语所谓"汉籍"）一直源源不断流向日本，或被日本的知识分子收藏阅读，或被翻刻复制，或被译为日文广为传播。在日本最后一个封建朝代江户时代的闭关锁国时期，对外交流受到了严厉的限制。但是，即使在那种条件下，中国书籍也还是通过中国商船，一批批地、大量地被带到日本出售，且颇有市场。汉籍的传入成为中国文化影响日本的重要途径之一。

鸦片战争中，中国的国门首先被西方列强轰开。中国同西方交涉与接触也早于日本，对西方世界的认识，当然也比日本为早。那时，魏源、林则徐的关于世界史地的著作《海国图志》（1842年）、福建巡抚徐继畬所著介绍世界地理的著作《瀛环志略》（1848年）等，出版后都很快传到了日本，在日本知识界引起了强烈的反响。此外，西方在华传教士有关著作的汉文本，如介绍世界法律知识的《万国公法》、科普著作《格物入门》等，在日本也备受珍视。当时日本尚无同类著作，这些汉籍就成为明治维新前的日本人了解世界、认识西方的重要途径，对日后日本的明治维新，也起了不可忽视的作用。

由于近代之前中日在翻译文化上的这种深刻关系，在进入近代社会前后，又建立了新的深刻联系，两国的翻译文化也呈现出了相似的发展路径。

从翻译选题的侧重点的转移来看，近代中日的翻译文化大体经历了三个阶段。日本在明治维新前夕，中国在甲午中日战争之前，都主要翻译西方的自然科学，是中日近代翻译文化的肇始阶段；日本在明治维新之后的十年，中国甲午战争结束后到20世纪初年，翻译侧重点转向了社会科学，是两国翻译文化发展的第二阶段；日本在丹羽纯一郎翻译的《华柳春话》出版的明治十一年（1878年）以后，中国在进入20世纪以后一直到五四运动前夕，翻译文学兴盛，是两国近代翻译文化的第三个阶段。也就是说，在选题上先侧重科学技术，再侧重社会科学，最后侧重文学，是中日两国翻译发展史上的共同现象。

在中日两国近代政治变革之前，翻译都集中于西洋的自然科学方面。政治制度不思变革，造成了对西方政治和思想文化书籍的隔膜，翻译的选题也只盯在科学技术上。在日本，维新之前、幕府末期的所谓"兰学家"（当时日本人以荷兰代称欧洲，兰学即西学）指的实际上就是西方的医学、天文学、地理学、语言学、兵学、枪炮机械学等科学技术。日本翻译的第一部洋书，是1774年翻译出版的医学解剖学著作《解体新书》。1811年，幕府成立了专门的兰学翻译机构"蕃书和解御用"，组织翻译实用性的科技书籍。但同时，幕府决不允许兰学触及政治。凡是介绍西方的政治、社会、文化、宗教的书，即被视为"赞美异国，毁谤我国"的"邪书"，对译者严加惩处。有人还为此被判终身监禁或被逼自杀（如渡边华山、高野长英等）。所以，公开而大量地从事社会科学方面的翻译，只有在明治维新前后才有可能。

在中国，近代翻译的肇始阶段也同样侧重西方的自然科学，如中国从明末清初的徐光启、杨廷筠、王徵等，作为近代翻译的先驱者，他们所重视、所译介的都是西方的自然科学著作。这种情况一直到清末也没有改变。这与其说是清政府强制的结果，不如说是由当时的知识分子及官僚阶层的思想认识所决定的。他们普遍认为，西方列强之所以觊觎中国，染指中国，就因为他们有坚船利炮，只要把洋人的那些本领学来，就万事大吉了。林则徐提出的"师敌之长技以制敌"，魏源提出的"师夷长技以制夷"，都表达了这样的观点。在他们看来，中国的社会制度和思想学术，还是天下第一，在这方面不必向洋人学习；学习西方，就是学习洋人的科学技术（时人称为"格物"或"格致"）。也就是所谓"中学为体、西学为用"。

在中国晚清思想的影响下，日本也有人提出了"以夷之术防夷""和魂洋才""东洋道德、西洋艺术"（"艺术"即"技艺"之意）之类的主张。但是，随着对西方认识上的深入，日本在幕府末期的思想家、学者发现，西方的先进，不只是在科学技术方面，社会制度和思想文化，也需要日本人学习借鉴。他们对西方书籍的翻译介绍，逐渐地冲破了官方的限制，由自然科学转向了自然科学与社会科学并重。维新前后，日本的翻译界大量翻译西方的政治学著作，如中村正直译穆勒著《自由之理》（1871年）、中村正直译西米尔斯的《西国立志篇》（1871年）等，借以介绍西方先进的社会思想和政治制度，都拥有广大的读者，产生了极大的社会影响，在明治维新中起了重要的思想启蒙作用。可以说，明治维新后的约十年间的日本翻译，是以思想启蒙性的社会科学翻译为中心的。

同样，近代中国的有识之士开始认识到，西方的强盛，日本的崛起，首要的在于他们的先进的社会制度和先进的思想文化。先进的社会制度和思想文化才是自然科学发达和国富民强的根本原因。中国的根本问题，不是科学不发达的问题，而是政治制度问题。如高凤谦在谈到翻译时说过；"泰西有用之书，至蓄至备，大约不出格致、政事两类。格致之学，近人犹知讲求，制造局所译多半此类。而政事之书，则鲜有留心，译者亦少。盖中国之人，震于格致之难，共推为泰西绝学。而政事之书，则以为吾中国所固有，无待于外求者。不知中国之患，患在政事之不立。而泰西所以治平者，固不专在格致也。"（《翻译泰西有用之书议》）1896年，梁启超也注意到了翻译界只注重译介自然科学著作的偏颇，认为政治方面的书译得太少。他指出："已译诸书，中国官局所译者，兵政类为最多。盖昔人之论，以为中国一切皆胜西人，所不知者，兵而已。西人教会所译者，医学类为多，由教士多业医也。制造局首重工艺，而工艺必本格致，故格致诸书，虽非大备，而崖略可见。惟西政各籍，译者寥寥。"（《西学书目表序例》）1899年，梁启超在《戊戌政变记·上谕恭跋》（1899年）中又进一步指出，西方的"学术"（即法律、政治、教育、哲学等社会科学）是西方强盛的根本。他指出："甲午之前，我国士大夫有言西法者，以为西人之长不过在船坚炮利，机器精奇，故学者亦不过炮械船舰而已。

此实我国致败之由也。乙未和议成，士大夫始知泰西之强由于学术。"基于这样的认识，社会科学著作的翻译，特别是法律、政治和教育书籍的翻译，在世纪之交的清末时期，成为汉译的重点，在数量上超过了前一时期的自然科学的翻译。以严复为代表的社会科学著作的翻译家领导了译坛的潮流，这是此时期翻译的一大特点。

在中国和日本，对文学翻译的重视和翻译文学的兴盛时期，来得都比较晚。虽然，日本和中国很早就有了西方文学的翻译。如在日本，有案可稽的最早的翻译文学作品是 1593 年由"耶稣会学问所"翻译出版的《伊索的故事》，即《伊索寓言》。无独有偶，在中国，有案可稽的最早的完整的翻译文学作品也是《伊索寓言》（时译《意拾喻言》），1840 年由英国传教士在广州翻译出版。这些最初的文学翻译都是由西方的传教士来承担的。当时他们翻译文学作品，主要是为传教服务的，翻译的目的并不在文学本身。后来，出现了由日本人或中国人自己翻译的西方文学作品。在日本，由日本人翻译的最早的完整的作品是横山由清在 1857 年翻译出版的英国小说《鲁宾逊漂流记》；在中国，第一部完整的翻译文学作品则是 1873 年由蠡勺居士翻译刊行的英国小说《昕夕闲谈》。翻译文学的出现不算太晚，但是，比起自然科学和社会科学的翻译，翻译文学数量太少，只是零星、偶尔出现的。

翻译文学的时代到来最迟，原因是多方面的。在日本，有学者认为，明治时代，特别是明治时代前期，本质上不是文学的时代，而是实用主义的时代，以政治为中心的时代。日本的文人虽然也受到中国的以文经国观念的影响，但他们所理解的"文"，是"经世之文"，而不是近代意义上的纯文学。日本人在传统上，倾向于把文学看成是个人的修养，或把文学视为一种闲暇时的游戏消遣。日本近代化思路的主要设计者福泽谕吉在《劝学篇》中就认为，"文学"是游离于现实的"虚学"，并没有经世致用的价值。而日本在由传统向近代的转型时期，急需译介的还不是文学那样的"虚学"，而是希望所译之书具有某种实用性。所以，日本翻译文学的兴盛期出现较迟。关于近代中国的翻译文学为什么出现较迟的问题,郭延礼在《中国近代翻译文学概论》(1998年)一书中认为原因有三:第一,由于经世致用思潮的影响,首先考虑的不是文学翻译;第二,当时中国知识分子普遍认为中国文学优于西洋文学,因此对翻译西方文学不予重视;第三,文学翻译比一般翻译为难,使翻译者感到为难。

当时中国没有重视西方文学的翻译,更没有重视日本文学的翻译。当时的中国人普遍轻视西洋文学,更瞧不起日本文学。因为日本文学在历史上一直是中国文学的学生,即使到了当时,也没有出现值得重视的大家名作。所以,对日本文学的翻译比起西方文学的翻译,来得更晚。但是,中国翻译文学兴盛期的到来,却在很大程度上受到了日本翻译文学的影响。虽然中国和日本的翻译文化都经历了三个阶段,翻译文学的兴盛期出现都较迟,但日本比中国,翻译文学的兴盛和成熟期的到来,还是要早得多。日本的翻译文学在明治十一年(1878年),以政治小说翻译的兴起为标志,走向繁荣;中国的翻译文学以梁启超在1898年发表《译印政治小说序》和同年林纾翻译《巴黎茶花女遗事》为标志,开始走向繁荣。这样看来,日本翻译文学的兴盛期的到来,比中国要早二十年。而且,梁启超在《译印政治小说序》中提出对翻译文学的地位和作用的观点,是自觉地以日本为参照的。可以说,中国近代翻译文学的发达,很大程度上是在日本翻译文学直接的启发和刺激之下形成的。

二、晚清时期日书翻译的热潮及背景

近代中国的翻译家、翻译理论家们,通常把所译外文文本,分为"西文"和"东文"两大类。其中,"东文"指的就是日本语文。

中国对"东文"及其著作,原本是瞧不起的。之所以称日文为"东文",据说就是因为在当时许多中国人看来,日文还不配与汉文并称。众所周知,日本在千余年来一直是中国的学生。直到中日甲午战争之前,中国许多人仍没有把日本放在眼里,称之为"东夷小国"或"蕞尔三岛"。

历史上，极少有日文书籍被中国翻译过。据谭汝谦在《中日之间译书事业的过去、现在和未来》一书中的统计，从1600年到1825年的二百多年间，中国从日文翻译的书籍仅有12册，其中由中国人翻译的只有两册，其余都是在中国学习和研究汉学的日本人所译。

1868年日本明治维新的成功，使得日本顺利走上了资本主义道路，并迅速成为强盛的近代国家。日本在较短的时间内变法成功，使中国人大为惊异，从此对他们刮目相看。在中国的有识之士眼里，当时的日本就是中国学习的最好的榜样。虽然有一帮顽固守旧者，对明治维新不以为然，甚至讽刺讥笑，但当时的改良主义者几乎人人谈日本、个个推崇明治维新。中国人发现，在介绍洋学、著译新书方面，日本也大可借鉴。从此，几千年的中日文化交流关系也发生了流向上的根本变化，"汉学东渐"转为"东学西渐"。当时，关于日本变法图强的书籍资料，使改良派人士受益匪浅。改良派的代表人物康有为、梁启超、王韬、郑观应等，极力主张效法日本的明治维新。康有为曾说：他早年读了日本的书，了解了日本明治维新的情况，"且读且骇，知其变政之勇猛，而成效之已著也。臣在民间，募开书局以译之，人皆不信，事不克成"（《进呈日本明治变政考序》）。他在呈光绪皇帝的上书中说："日本崎岖小岛，近者君臣变法兴治，十余年间，百废俱举，南天琉球，北辟虾夷，欧洲大国，倪而不敢伺。"（《上清帝第一书》）他主张把日本明治维新作为变法改良的借鉴。王韬说："日本海东一小国耳，一旦勃然有志振兴，顿革平时因循之弊。其国中一切制度，概法乎泰西。仿效取则，惟恐其入之不深。数年之间，竟能自造船舶，自制枪炮，练兵训士，开矿聚钱，并其冠堂文字、屋宇之制，无不改而从之。民间如有不愿从者，亦听焉。"（《弢园文录外编》）郑观应说："考日本东瀛一岛国耳，土产无多。年来效法泰西，力求振作。凡外来货物，悉令地方官竭力讲求，招商集股，设局制造。如有亏耗，设法弥补，一切章程，听商自主，故能百废俱举。"（《盛世危言》）

在1894—1895年的甲午中日战争中，中国惨败。清政府被迫屈辱求和，与日本签订了丧权辱国的《马关条约》，向日本割地赔款，开放口岸。甲午战争的失败，充分暴露了清朝封建统治的腐朽没落，也使更多的人思索这样的问题：区区岛国日本，为什么能够打败老大中华帝国？由此，中国人对日本、对日本明治维新的认识也更深化了。有识之士更痛切地认识到了学习日本、变法图强的必要和紧迫。康有为认为，西洋各国与我国差别太大，而且变法时间已太久，难以效法，而日本"其守旧之政俗与我同，故更新之法，不能舍日本而有异道"（《日本变政考·跋》），并明确地提出了"不妨以强敌为师资"的口号（《日本变政考·序》）。

在这种情况下，研究日本，介绍翻译日本书籍，就成为一种时代风尚。

首开日本研究之风气的，是维新派的代表人物之一黄遵宪。黄遵宪曾作为驻日使节出使日本多年。他对日本进行了长期的观察和研究，历时十几年，写成了中国第一部系统地研究日本、研究明治维新的长达五十万言的大作《日本国志》，并于 1895 年出版。此书全面研究论述了日本的历史和现状，有意识地把中日两国进行比较，并以明治维新后的日本为借镜，主张学习西方，学习日本，改良中国的封建政治制度，像日本一样殖产兴业，加强武备，巩固国防，提倡"工艺"和"专门之学"，发展教育，改革语言文字。此书一出，即引起了轰动，并被"海内奉为瑰宝"（荻保贤《平等阁诗话》）。出使欧洲四国的薛福成在《日本国志序》中赞叹说："此奇作也，数百年来鲜有为之者。"1896 年，梁启超在为《日本国志》写的后序中，"责备"黄遵宪未能早些出版此书，以至中国人迟迟未能了解日本。梁启超写道："中国人之寡知日本也。黄子公度撰《日本国志》，梁启超读之欣怿咏叹：黄子乃今知日本，知日本之所以强，赖黄子也。又潵愤责黄子曰：乃今知中国，知中国所以弱，在黄子成书十年久，谦让不流通，令中国人寡知日本，不鉴，不备，不患，不怵，以至今日也。"

而要研究日本，借鉴日本的经验，光有一本《日本国志》还远远不够。为了更多、更直接和更全面地了解和借鉴日本明治维新成功的经验，许多洋务派和维新派人士都大声呼吁派学生到日本留学，学习日语并大量翻译日本书籍。清末洋务教育的开拓者张之洞在《劝学篇》（1898 年）一书中指出：

> 出洋一年，胜于读西书五年，此赵营平"百闻不如一见"之说也。入外国学堂一年，胜于中国学堂三年，此孟子"置之庄岳"之说也。……日本小国耳，何兴之暴也？伊藤、山县、榎本、陆奥诸人，皆二十年前出洋之学生也，愤其国为西洋所胁，率其徒百余人，分诣德、法、英诸国，或学政治工商，或学水陆兵法，学成而归，用为将相，政事一变，雄视东方。
>
> 至游学之国，西洋不如东洋：一，路近省费，可多遣；一，去华近，易考察；一，东文近于中文，易通晓；一，西书甚繁，凡西学不切要者，东人已删节而酌改之。中东情势，风俗相近，易仿行，事半功倍。无过于此。若欲求精求备，再赴西洋，有何不可？
>
> 学西文者，效退而用博，为少年未仕者计也。译西书者，功近而效速，为中年已仕者计也。苦学东洋文，译东洋书，则速而又速者也。是故从洋师不如通洋文，译西书不如译东书。

王之春对清廷上奏说：

> 西书译手本少，惟日本选译最精。中东同文，通才学东文，三月便可卒业。（《东华录续录》卷一六九）

维新派领袖康有为也慨叹日本"以蕞尔三岛之地，治定功成，豹变龙腾，化为霸国"；"二十年间，遂能政法大备，尽撮欧美之文学艺术，而熔之于国民，岁养十万之兵，与其十数之舰，而胜吾大国"。因此康有为认为日本的成功经验很值得中国学习借鉴，而学习借鉴日本的最有效的方法就是翻译日本书籍：

> 若因日本译书之成业，政法之成绩而妙用之，彼与我同文，则转译辑其成书，比起译欧美之文，事一而功万矣。彼与我同俗，则考其变政之次第，鉴其行事之得失，去其弊误，取其精华，在一转移间，而欧美之新法，日本之良规，悉发现于我神州大陆矣。……但借其同文，因其变迹，规模易举，条理易详，比之采译欧美之万难，前无向导之盲瞽，岂不相距万里哉！（《进呈日本明治变政考序》，1898 年）

梁启超在 1897 年发表《变法通议》一书，其中有《论译书》一节专门论述翻译的重要性，认为："苟其处今日之天下，则必以译书为强国第一要义，昭昭然也。"他举日本为例说："日本自彬田翼等，始以和文译荷兰书……至今日本书会，凡西人致用之籍，靡不有译本。故其变法灼见本原，一发即中，遂成雄国。"他进一步指出：

> 日本与我为同文之国，自昔行用汉文。自和文肇始，而平假名片假名等，始与汉文相杂厕。然汉文犹居十六七。日本自维新以后，锐意西学，所翻彼中之书，要者略备。其本国新著之书，亦多可观。近诚能习日文以译日书，用力甚少而获利甚钜。计日文之易成，约有数端。音少一也。音皆中之所有，无棘剌扞格之音；二也，文法疏阔；三也，名物象事，多与中土相同；四也，汉又居十六七也，故黄君公度谓可不学而能。苟能强记，半岁无不尽通者。以此视西文，抑又事半功倍也。

在《论学日本文之益》中，梁启超又说：

> 学英文者经五六年始成，其初学成也尚多窒碍，犹未必能读其政治学、资生学、智学、群学等之书也。而学日本文者，数日而小成，数月而大成。日本之学，已尽为我所有矣。天下之事，孰有快于此者。

可见，尽管表述方式不同，但洋务派、维新派人士关于学习日本、翻译日书的主张，是非常一致的。为什么特别主张学习日本、翻译日书？按他们的看法，和学习、翻译欧美比较而言，学日本是多、快、好、省的一条捷径。

在这种普遍的共识之下，甲午中日战争之后，在中国出现了学习日语、留学日本、翻译日书的热潮。甲午战争之前，中国没有一所学校讲授日语。1862 年成立的第一个培养翻译人才的学校"京师同文馆"，先后开设了英语、法语、俄语和德语，但没有日语。甲午战争后的 1897 年，京师同文馆内便开始建立"东文馆"。同年，梁启超在上海建立大同译书局，特别注重翻译日文著作，在《大同译书局叙例》中，梁提出译书局的翻译方针是："以东文为主，而辅以西文。"1898 年，罗振玉在上海设立东文学社，请日本教师教中国学生学习日语。1896 年，中国向日本派出了第一批学日语的留学生。接着又有一批批的中国留学生源源不断地到日本去。这些人成为日本书籍翻译的主要承担者。日本学者实藤惠秀在《中国人留学日本史》一书中写道，那时的"中国人认识到不仅要派遣留学生出洋留学，而且肯定翻译比留学更是当务之急。至于留学的目的，甚至可以说主要是为了培养翻译人才"。1898 年，出现了留学生翻译的日文书籍。1900 年，留日学生成立了第一个翻译日文书的团体"译书汇编社"，出版《译书汇编》月刊。之后出现的专门翻译日文书的团体还有湘籍留日学生组成的"湖南编译社"（该社发行《游学译编》月刊）、闽籍留学生组成的"闽学会"等。

虽然上述文章极力鼓吹翻译日书的紧迫性，并认为日语易学，但要真正达到可以译书的程度，起码也需要数年时间。所以晚清大规模地对日本书籍的翻译，大致开始于大力提倡日书翻译的四五年以后。到 20 世纪最初几年间，日文书籍的翻译在数量上超过了所有西文书籍，占到了一多半。据香港学者谭汝谦在《中国译日本书综合目录》中的统计，自中国开始大规模翻译日本书籍的 1896 年起，到民国成立的 1911 年，日文著作的中译本共达 958 种。陈应年先生根据所掌握的资料认为，实际上的数量还要超过谭的统计，"估价实际数字当达一千种以上"。（参见《中日文化交流史论文集》，第 269 页，人民出版社 1982 年版。）

第二节　对日本政治小说和其他小说类型的翻译

一、对日本政治小说的翻译

1. 日本政治小说与中国政治小说

日本政治小说翻译的出现，是近代中国对日本文学译介的肇始，也是中国近代翻译文学高潮到来的标志。

"政治小说"这种类型的小说，不是日本的原产。自古代文学到政治小说出现之前，日本文学的显著特征之一就是它的超政治性或非政治性，维新前后，日本文坛流行的是假名垣鲁文之流的所谓游戏小说（"戏作"）。传统上，日本和中国一样，认为小说是妇女儿童的消闲品，壮夫不为。1874 年，日本爆发了声势浩大的自由民权运动。一方面要求政府设立西方式的民选议院，争取"民权"；一方面呼吁日本与西方列强争雄，伸张"国权"。在这种动荡的形势下，"戏作"就与时代氛围相游离，

渐渐地失去了吸引力。到了 1878 年，曾在英国留学的丹羽纯一郎
（1851—1919 年）把英国政治家巴尔瓦·李顿的小说《花柳春话》（原文
Erest Maltrauers，1879 年）译成日文出版，给当时的读者留下了深刻的印
象；1884 年，曾担任过英国首相的迪斯累理的小说《春莺传》（原文
Conlngsdy，1884）又被译成日文，对读者形成了更强烈的冲击。在几年
的时间内，李顿有十四部作品被译介到日本，迪斯累理也有至少五部作品
被译介到日本。连大英帝国的政治家甚至宰相都操笔写小说，这一事实本
身就雄辩地证明小说并不是妇女儿童的消闲品。当时许多进步的评论家
（如樱田百卫等）把来自英国的这种由政治家写作的以政治为主题的小
说，称为"政治小说"，认为这种政治小说是对国民进行启蒙教育和改造
社会的良好手段。同时，日本的政治小说看来也受到了法国文学的影响。
据日本学者柳田泉在《政治小说研究》中说，当时的日本自由党总理板
垣退助在访问法国时曾会见了著名作家维克多·雨果。雨果告诫板垣：应
该让你们的国民多读政治小说。板垣退助深以为然，并购买了多种政治小
说带回国内。在这种情况下，1880 年代，在日本形成了一种译介西方政
治小说的热潮。影响较大的译本除上述者以外，还有井上勤译的《伦敦
鬼谭》（1880 年）、坪内逍遥译的《慨世者传》（1885 年）、渡边治译的
《三英双美政海情波》（1886 年）等。

在翻译政治小说的同时，1880 年代初，日本不少作者开始创作政治
小说。1880 年，户田钦堂（1850—1890 年）创作了小说《情海波澜》，
成为日本政治小说的开山之作。此后的十年间，政治小说大量涌现。据日
本学者统计，从《情海波澜》的出现到 1890 年第一次民选议员的选举开
始举行、自由民权运动宣告结束的十年多的时间里，日本共创作出版了
220 至 250 部（篇）政治小说。其中影响较大的主要有矢野龙溪的《经国
美谈》（1883 年），柴东海（东海散士）的《佳人奇遇》（1885 年），末
广铁肠的《雪中梅》（1886 年）、《花间莺》（1887 年），须藤南翠的《新
妆的佳人》（1887 年），等等。而且，和英国的政治小说作者一样，日本

13

的政治小说作者也大都是政治家或社会精英人物。如矢野龙溪是立宪改进党的领袖，1897—1898年间曾任日本政府驻中国特命全权大使；柴四郎曾任农商务大臣秘书、农商务次官、代议士、大阪《每日新闻》首任社长；末广铁肠也是自由党议员。

在中国，较早注意到小说在日本明治维新中所起作用的是康有为。1897年，康有为刊印自编的《日本书目志》。康有为所搜集的书目，大多是日本翻译的西洋书籍。日本当时的政治小说创作已很繁荣，数量亦多，但可惜时间距离太近，康有为收列不多，所以他看出"泰西犹隆小说学哉！"但接着又说："日人尚未及是。"（《日本书目志·识语》）但无论如何，他还是从那些日文书目中看到了小说在"泰西"和日本的书籍中所占的重要位置，以及小说在启发民智方面所起的重要作用。他由此提出："今日急务，其小说乎！仅识字之人，有不读经，无有不读小说者。故六经不能教，当以小说教之；正史不能入，当以小说入之；语录不能喻，当以小说喻之；律例不能治，当以小说治之。"同年，梁启超在《变法通议·论游学》中，认为读《红楼》《三国》的人比读六经的多，因此，应该发挥小说在教育中的作用。但他认为中国的小说"诲盗诲淫，不出二者。故天下之风，鱼烂于此间"，所以应该充分学习日本利用假名字母来使文字通俗化的办法，利用小说多用俚语、通俗易懂的优势，"广著群书，上可以借阐圣教，下可以杂述史事，近可以激发国耻，远可以旁及彝情。乃至宦途丑态，试场恶趣，鸦片顽癖，缠足虐刑，皆可以穷极异形，振厉末俗，其为补益，岂有量哉！"

这样的对小说的看法和期待，是以梁启超为代表的维新派人士对日本政治小说大加推崇的内在原因。1898年秋，因变法失败遭到清廷通缉的梁启超，从天津仓皇登上日本舰船逃亡日本。在船上，为了解闷，他读起了一本日本政治小说《佳人奇遇》。他由此知道日本已有了"政治小说"，并受到了极大的启发和触动。到日本后不久，梁启超就在自己创办的《清议报》上发表了著名的文章《译印政治小说序》。这是中国人第一篇介绍和鼓吹政治小说的文章。在这篇文章中，梁启超指出：

> 在昔欧洲各国变更之始，其魁儒硕学，仁人志士，往往以其身之所经历，及胸中所怀，政治之议论，一寄于小说。……往往每一书出，而全国之议论为之一变。彼英、美、德、法、奥、意、日本各国政界之日进，则政治小说为功最高焉。

在此后写的《饮冰室自由书传播文明三利器》一文中，他进一步介绍了日本政治小说及其作用：

> 于日本维新运动有大功者，小说亦其一端也。明治十五六年间，民权自由之声遍满国中。于是西洋小说中，言法国、罗马革命之事者，陆续译出。……自是译泰西小说者日新月盛……翻译既盛，政治小说之著述亦渐起。如柴东海之《佳人奇遇》，末广铁肠之《花间莺》、《雪中梅》，藤田鸣鹤之《文明东渐史》，矢野龙溪之《经国美谈》等。著书之人，皆一时之大政治家。寄托书中之人物，以写自己之政见。故不得专以小说目之。而其浸润于国民脑质，最有效力者，则《经国美谈》、《佳人奇遇》两书为最云。

梁启超列举推崇的这几种日本政治小说，大多先后译成了中文。其中，《佳人奇遇》为梁启超亲手翻译，并于1898年12月至1900年2月间在《清议报》上连载。接着，该报又发表了由周逵翻译的《经国美谈》的译文。在梁启超的带动下，20世纪最初几年间，中国翻译出版了十几种日本政治小说的中文译本单行本。除上述两种外，还有柴四郎的《东洋佳人》，大桥乙羽的《累卵东洋》，矢野文雄的《极乐世界》，佐佐木龙的《政海波澜》，末广铁肠的《雪中梅》《花间莺》《哑旅行》，横井时政的《模范町村》等，大都为日本政治小说的代表作品。

2. 日本政治小说中文译本及其反响

现以三个最有代表性并且被译成中文的日本政治小说——《佳人奇遇》《经国美谈》《雪中梅》为例，看看日本政治小说所写内容及其在中国的反响。

《佳人奇遇》是作者柴四郎根据自己游历欧美的经历创作的。小说中有四个主要人物：流亡外国的西班牙将军的女儿幽兰，爱尔兰独立运动的女志士红莲，从事反清复明活动的中国明末遗臣鼎泰班（字范卿），以及作者的化身、全书故事的讲述者、留学费城的日本会津藩的青年东海散士。东海散士在美国与幽兰和红莲两位女士相识，被她们的"风雅高表"之美所吸引，常和她们在一起就民族危亡、振兴国家之类的政治问题进行热烈的交谈。从中表现了近代民权思想和民族主义情绪。小说还通过东海散士的目之所及，介绍和描述了美国的建筑物、史迹及其他景观，并讲述了其中的历史知识和背景，借此宣扬了美国的独立建国的精神。

《经国美谈》采用的是历史题材，作者运用历史演义的形式，根据古希腊历史著作加工润色而成。作者在"自序"中交代说："明治十五年春夏之交，余有疾，卧床数旬，百无聊赖，看倦史书，即求和汉小说读之。然诸书皆为陈辞滥调，文辞粗鄙，余不满且引以为憾。数日后，顺手取枕边一书翻阅，见书中记希腊、齐武勃兴之事。其事奇异，若稍加修饰，足以悦人耳目，余决意据此撰述。……且史家记齐武之事也，多粗陈梗概，详记当时颠末者甚少，使人如坠五里雾中。余于是生念，仿戏作小说之体，欲补其欠漏。然余之意，本在记述正史。于寻常小说之无中生有，颠倒善恶是非，余不取也。但于事实中略加润色而已。"可见，《经国美谈》是一部历史题材的政治小说。作者借古希腊的一个小国齐武（即底比斯）的兴亡史，描写了齐武的几个英雄人物，寄托了作者自己及其所属的"改进党"的政治理想。那就是争取国权民权，但不主张"暴民"式的革命，而是改良式的"改进"。

末广铁肠的《雪中梅》的主人公是一个名叫国野基（寓意"国家之基"）的贫穷青年。他胸怀远大的政治抱负，有着出色的演讲才能，吸引了大批听众。其中有一个听他演讲的美人，暗暗地爱上了他，为了帮助生活困难的他，给他寄来匿名信，信中夹寄了三十元钱。但国野基并不知晓美人是谁。后来，国野基在跟一个思想过激的朋友武田通信时，误把英文的"英和词典"写成了"炸药"，被警察发现，并遭监禁两个月。出狱后，国野基去箱根散心，一个偶然的机会使他碰上了那个爱他的姑娘，两人经历了许多挫折，结为夫妻。《雪中梅》和其他政治小说的不同点在于，不仅男女爱情的故事中表现了政治志士的活动，而且还展望了未来。小说使用了倒叙的手法，一开头就写了公元 2040 年帝国议会成立 150 年纪念大会的隆重场面。畅想了未来的日本："太阳旗在世界各地飘扬，教育普及全国，文学繁荣，万国无以有比肩者。看政治情形，则上有至尊至上的皇室，下有富有知识与经验的国会。改进保守两党相互竞争，内阁更替顺畅，宪法确立，法律整备，言论集会皆自由也。兴利除害，为古今历史所未有也。"

　　以上三篇作品代表了日本政治小说的基本的思想内容。一是要求"民权"，即开设议会，实行西方式的君主立宪制自由民主；二是伸张"国权"，即希望日本以西方列强为榜样，成为亚洲的强国。这两种思想和中国近代的改良思潮不谋而合。在艺术手法上，日本的政治小说或化用中国古代才子佳人小说的模式（如《佳人奇遇》），或采用中国的历史演义小说的模式（如《经国美谈》），非常符合中国读者的阅读习惯。而且，由于日本政治小说的作者大都有很好的汉学修养，行文使用"汉文调"的文体，夹有大量汉词，还插入了大量诗词歌赋。这些都是日本政治小说在中国大受欢迎的原因。所以政治小说译介过来后，引起了很大的反响。当时许多作家、知名人士在文章中推崇日本的政治小说。国内的主要报刊，如《新民丛报》《新小说》《新新小说》《月月小说》《选报》《鹭江报》《国民日报》等，都发表过评价日本政治小说的文章。

如，梁启超在《清议报一百册祝词并论报馆之责任及本馆之经历》一文中对日本政治小说热情地评价道："《佳人奇遇》、《经国美谈》等，以稗官之异才，写政界之大事，美人芳草，别有会心，铁血舌坛，几多健者。一读击节，每移我情，千金国门，谁无同好。"

邱菽园（邱炜萲）在《挥尘拾遗》（1901 年）中写道："故谋开凡人智慧……一在多译政治小说，以引彼农工商贩新思想。如东瀛柴四郎、矢野文雄近著《佳人奇遇》、《经国美谈》两小说之类，皆与政治上新思想极有关涉，而词意犹浅白易晓。吾华旅东文之士，已有译出。余尚恨其已译者只此而足，未能大集同志，广译多类，以速吾国人求新之速度耳。"及至 1906 年，日本的政治小说中文译本又出了数种，邱炜萲又在《新小说丛》中的《新小说品》中，蛮有兴致地对日本的几部政治小说作了如下评点："《佳人奇遇》，如清商度曲，子夜闻歌；《经国美谈》，如清风故人，翩然入座；《哑旅行》，如髯参短薄，能喜能怒；《新舞台》，如李代郭军，旌旗变色；《新舞台》中卷，如勾践报吴，焦思尝胆。"

《新民丛报》1903 年 11 月"新书"栏写道："日本末广铁肠著《雪中梅》小说，叙述明治初年变法时代，几多英雄儿女尽力国事，卒至开设国会，成就维新之业。江西熊君畅九译为华文……非独欲人知日本之事而已也，欲借之为中国社会间添政治之思想耳。"该报"时评"栏还著文写道："今新小说界中，若《黑奴吁天录》、若《新民（丛）报》之《十五小豪杰》，吾可以百口保其必销。《经国美谈》次之。然龙溪固小说家之雄，如所撰《浮城物语》，得词章家以译之，必有伟观。"

顾燮光在《小说经眼录》（1905 年）中写道，《政海情波》"为政治小说。所记系十余年情形，为彼都风俗议论之影。书中如东海国治及松叶、竹枝、梅花三女史，情形缠绵，将求政治而无佻达之行，大异吾国小说家所记才子佳人幽期密约之事。所论自由讲演各节，亦措辞正大，无偏激诡随之习。吾于小说而知国家盛衰，社会兴替之由矣。至其文笔旖旎，颇得六朝习气，是亦大可观者"。

　　《月月小说》在"说小说栏"（1906年）对《雪中梅》评价说："写几多英雄致身国事，奕奕如生。其国野基于少年英雄楼演说'社会如行旅'一段，议论纵横，涛涛汩汩，诚鼓动人之政治思想。吾预备立宪国民，犹堪借鉴。"

　　光翟在《中外小说林》杂志第一年第17期（1908年）中撰文写道："《佳人奇遇》，近世译书中之著名小说也。而论者均谓日人爱国之感情，多系乎此。岂非感人之明证欤？"该杂志又在第二年的第5期（1908年）发表署名耀公的《小说与风俗之关系》一文，认为小说可以使一个国家的风俗取得进步，"其最近之见效者，则如日本之维新也。咸以往柴四郎之小说，有以鼓吹之，培成之，而大和魂，武士道，一种义侠风俗，得以享地球上伟大国民之好名誉。准此，则小说之神趣，其又何以加焉"。

　　《小说林》第12期（1908年）发表署名"铁"的《铁瓮烬余》，其中写道："小说之风行与否，可以觇国民之程度。东海先生言，如《新舞台》类，于日本风行最盛。其俗尚武，殆武士道之遗传性。无惑乎蕞尔三岛，雄飞于二十世纪之大舞台矣。"

　　在近代中国，日本的政治小说不但引起了较大的反响，而且对中国近代文学也产生了一定影响。中国文学界在推崇日本政治小说的同时，也提倡创作政治小说。政治小说成为近代小说中的一个重要的题材类型。而且，中国的政治小说在创作中，也明显地受到了日本政治小说的影响。如梁启超的政治小说《新中国未来记》，一开头就写1962年全国人民举行维新六十周年庆祝大会的场面，这种畅想未来的倒叙手法，显然是受到了《雪中梅》的启发。日本政治小说对中国影响的另一种表现，就是把日本的政治小说改编为其他的文学样式。如近代著名作家李伯元根据《经国美谈》的中文译本，改编创作了一个剧本，题为《前本经国美谈新戏》，并先后发表于1901年10月《世界繁华报》和商务印书馆1903年至1904年出版的《绣像小说》上。

3. 日本政治小说的"汉文体"与中译本的翻译方法

如上所说，梁启超是在逃亡日本的船上开始读日本政治小说的，中国所翻译的第一部日本政治小说也出自梁启超之手。问题是，梁启超在此前并没有专门学过日语，他为什么竟奇迹般地阅读，并能够翻译日本的政治小说呢？

这要从近代日本的"文体"谈起。

日本的语言，历来由两个基本的成分构成。一是日本固有的"大和言叶"也就是"和文"，一是外来的中国汉语。这两种成分互相融合逐渐形成了日本的成熟的书面语言。但日本历史上的各个不同阶段的书面语言，是和文的成分多，还是汉语的成分多，决定了文体的不同。和文成分多者，称为和文体，其特点是较少使用汉字词汇，语法结构上舒缓婉曲；汉文成分多者，称为汉文体，特点是大量使用汉字词汇，语法结构上也比较局促严谨。以日本文学史的不同阶段的作品为例，平安时代的《源氏物语》使用的是和文体，镰仓时代的《平家物语》使用的汉文体。而到了江户时代，市井作家，如井原西鹤等，使用的是和文体；知识阶层、官僚阶层的作者多使用汉文体。由于江户时代闭关锁国，而独尊儒学，所以汉文修养成为立身的重要资本。知识分子大多能够读写汉文汉诗，也喜欢写汉文体的日文，带有浓厚的"汉文调"。明治年代，由于日本传统文化、汉文化和西洋文化三者的冲突与汇合，日语的各种文体也处在剧烈的变动中，一时显得非常混乱。以普通市民为读者的假名垣鲁文的游戏小说，使用的是和文体，而知识分子使用的，则大多是"和汉混淆体"或"汉文直译体"。那时的知识分子把从江户时代就有了的汉学修养带了过来，使得明治初期的文章，特别是翻译文学和政治小说，都带有浓重的"汉文调"。到了明治二十年前后，由于福泽谕吉的文章、二叶亭四迷的作品的流行和普及，"言文一致"运动取得成果，文体的混乱局面才逐渐结束，现代日本语也逐渐形成。

近代中国的维新改良派所注意的，主要是明治初年的日本翻译小说和政治小说。而这两类作品都是汉文调的。中国读者即使对日语一窍不通，也能猜出七八分。所以，那时的中国人普遍认为日本语和中文差不多。如张之洞说："东文近于中文，易通晓"；康有为认为日语中"为我文字者十之八"，学起来省时省力。有人说，学日语"数日而小成，数月而大成"，"三月便可卒业"，甚至"可不学而能"。

　　然而，这样的对日语的认识当然是瞎子摸象，以偏概全的。下面我们可以随便举出一段"和文体"的作品片段，看看中国人是否"易通晓"——

　　　　としのころ二十二三いろなま白く大たぶさ園朝か燕枝などを張つているつもりなれど中入まえ二三まいあとにてかうざへあがるしらうとばなしのぬけぬしろもの去年のはるあたりまでわかだんなかぶのきんちやといわれただ者がしかにくはれてしかのなかまえひきこまれたる……

　　这段文字，摘自假名垣鲁文的小说《安愚乐锅》，像这样的日文，虽有少量汉字，但中国人，即使是学了一些日语，要读懂也不容易，还谈什么"不学而能"呢？这就是"和文体"，而且是地地道道的当时日本老百姓的语言。

　　汉文体就大不一样了。现在让我们看看梁启超翻译的《佳人奇遇》中的一段日文原文：

　　　　晩霞丘ハ慕士頓府東北一里外ニ在リ左ハ海湾ヲ控キ右ハ群丘ニ接シ形勢巍然實ニ咽喉ノ要地ナリ一千七百七十五年米国忠義士夜窃ニ此要害ニ占據シ以テ英軍ノ進路ヲ遮ル明朝敵兵水陸合撃甚タ鋭シ米人善ク據キ再ヒ英軍ヲ破ル敵三タヒ兵ヲ増ス而シテ丘上ノ軍外援兵ナク内硝薬竭キ大将窩連戦没シ

支フル能ハヅ卒ニ敵ノ陥ノ所トナル後人碑ヲ建テ以テ忠死者
ノ節ヲ表ス散士明治十四年暮春晚霞丘　ニアソヒ古ヲ吊ヒ今
ニ感シ世ヲ憂ヒ時ヲ悲ミ放翁ガ憤世ノ慨アリ詩ヲ賦シテ懷ヲ
述フ曰フ

孤客登臨晚霞丘。芳碑久伝幾春秋。爰举義旗除虐政。誓戮鯨鯢報国
仇。解兵放馬華山陽。凱歌更盟十三州。

在这段文字，汉字汉词占了百分之七八十，句法结构也和古汉语相
通，只要搞清楚表示宾语前置的助词"ヲ"，和表示否定的助词"ズ"
"ナシ"，就可以不费事地读通原文。而且，原文中还加有大量的中国的
人物典故（如上文的陆放翁）和不少的汉诗，这就给中国人阅读带来了
更多的方便。所以，当时并不懂日文的梁启超才可能有信心将《佳人奇
遇》译出。现代有的学者怀疑《佳人奇遇》并非梁启超独立翻译，而是
和罗普合译的。实际上，仅从《佳人奇遇》汉文体的文字来看，梁启超
独立翻译是完全可能的。当然，请教别人恐怕也免不了。

正因为日文的汉文体的这些特征，决定了梁启超在翻译中，在许多具
体文句上（但不是在篇章上）使用直译的方法。将梁的译文和原文对比
一下，就不难看出，在具体字句上，梁启超对原文基本上采取的是直译的
方法。这种直译并不是后来为了尊重原文而有意识地加以直译，而更多的
是对日文原文的既省事又可靠的照搬，也即所谓的"移译"，是译者自然
而然使用的方法。而且，日本的政治小说原文中的所谓"汉文调"，当然
是中国的"古文调"。梁启超的译文使用的也是浅显的古文，所以没有文
体风格上的转换问题。如梁启超对上文引用的那段日文，是这样翻译的：

晚霞邱在慕士顿府东北一里外，左控海湾，右接群邱，形势
巍然，实咽喉之要地。一千七百七十五年，美国忠义之士乘夜占
据此要害，以遮英军之进路。明朝敌兵水陆合击，势甚锐。美人

善拒，再破英军。敌兵三增，而邱上之军，外则援兵断，内则硝
药竭。大将窝连战殁，力不能支，卒为敌所陷。后人建碑此处以
表忠死者之节云……（原译文无标点——引者注）

在近代翻译文化史上，字句上的直译是较晚才出现的。虽然梁启超还
没有像后来的翻译理论家那样，在理论上论证直译的必要性，但他毕竟是
最早在实践上进行字句上直译的人。而这种直译只有在对汉文体日文进行
翻译的时候才有可能做到。在西文翻译中，没有同形同义的词可供翻译者
照搬，句法差异也大，也就不可能有翻译汉文体日文那样的直译。和梁启
超差不多同时开始文学翻译活动的林纾，所译西文都是详述大意的"意
译"方法，况他自己不通外文，"直译"更不能做到。严复的翻译，标榜
"信、达、雅"，态度非常认真，但却把现代英文文体强行转换为中国的
古文体，仅从这一点看，就谈不上"直译"。在中国现代翻译史上，在理
论和实践中提倡直译的，大都是日文翻译家（如梁启超，特别是稍后的
鲁迅、周作人等）。这主要是因为，字句上的严格的直译，恐怕只有在翻
译日文的汉文体作品时才可能做得到、做得好。

但是，近代中国的日本政治小说翻译者们，既没有把翻译看成是艺
术，也没有把翻译看成是科学，而仅仅把翻译看成是一种手段。因此，不
但对具体的字句，而且对整篇作品都严格尊重原文，不作损益，这一点他
们是做不到，也不想做到的。仍以梁启超翻译的《佳人奇遇》为例，在
许多具体的字句翻译上，他是直译的，但对整个作品来说，他常常根据需
要，对原文加以大胆地改动，甚至改写。这就是日本明治初年的所谓
"豪杰译"。即译者以豪杰自命，不受原文束缚，任意添削、改动原文。
梁启超的翻译和明治初年日本的"豪杰译"是一种性质。

梁启超对《佳人奇遇》删改不少。原书二十卷，译本二十回，卷、
回相当。但译本却根据中国传统章回体小说的结构需要，对原书各卷
（回）的结构做了调整，或以后回之长补前回之短（如第二回与第三回），

或以前回之长补后回之短（如第七回与第八回），或变动原来的情节结构，重新调整故事情节（如第十一、十二回）。有时加上了原文没有的东西，有时把原文中有的段落删除。如原文的卷二开头部分，关于明末遗臣范卿的身世经历的描述被删掉了。关于此段的删除，晚清维新政治家冯自由在《革命逸史》中谈到，梁启超"译述日本柴四郎《佳人奇遇》，内有排斥满清论调，为康有为所见，遂命撕毁重印，且戒勿忘今上圣明，后宜谨慎从事"。由此可见当时康梁之间在对待满清的看法上已有分歧。这是梁迫不得已的删改。而更主要的是梁启超自己主动的删改。例如，《佳人奇遇》的作者柴四郎和当时日本的大多数思想家、政治家一样，宣扬日本要伸张国权，在作品中借幽兰之口，夸耀日本在维新后迅速强大，不久即可作"亚洲的盟主"。特别是在小说的最后一卷（第十六卷）攻击中国对朝鲜和日本的政策，把"日清战争"（即甲午战争）的责任加于中方，说什么日本和中国开战是为了"膺惩清国，扶植朝鲜"。对这些，梁启超显然是不能接受的。对有关内容的原文，他就不露痕迹地做了删除。原文中的最后约一万字，就这样被他删改掉了，同时用他自己的创作取而代之，并作译本之结尾——

朝鲜者，原为中国之属土也。大邦之义，于属地祸乱，原有靖难之责。当时朝鲜，内忧外患，交侵迭至，乞援书至中国，大义所在，故派兵赴援。而日本方当维新，气焰正旺。窃欲于东洋寻衅，小试其端。彼见清廷之可欺，朝鲜之可诱也。遂借端扶植朝鲜，以与清廷构衅。清廷不察，以为今日之日本，犹是昔日之日本。亦欲因而惩创之，俾免在东洋狂横跳梁多事也。不谓物先自腐，虫而因生，国先自毁，人因而侮。歌舞太平三百载，将不知兵，士不用命，以腐败腐朽而且不通世故之老大病夫国，与彼凶性蛮力而且有文明思想之新出世日本，斗力角智，势固悬绝，故一举而败于朝鲜，再举而陷辽岛，割台湾，偿巨款。我日人志趣远大，犹以为未足也。

这样的看法，纯粹是梁启超的看法，怎么可能出于柴东海之手呢？

这样的"豪杰译"，在近代中国的政治小说翻译中，绝不是个别现象，而是被普遍采用的方法。日本明治初期的对西方文学的翻译，大都属于"豪杰译"。中国的"豪杰译"，似乎也受到了日本"豪杰译"的影响。从翻译文学发展的角度看，当时的翻译文学尚处于初始阶段，对什么是"翻译"，什么是"编译"，什么是翻案改写，没有严格区分。现在看来，把"豪杰译"看成是"编译"，似乎更恰当些。更重要的是，政治小说的翻译者，大都不是以"文学"或"翻译文学"为本位的，翻译对他们来说只是启蒙宣传的手段。所以，相比之下，梁启超等政治小说的翻译者们，还缺乏林纾、严复那样的以翻译为本位的、对原作的虔诚态度。林纾自己不懂外文，面对原作，也没有做"豪杰"；严复的翻译，把忠实原作放在首位。相比之下，为了达到"新民"的目的，政治小说的翻译者考虑得更多的，是当时一般民众的阅读习惯和阅读能力。国门初开时，外来的文本与固有的东西反差太大，就会影响读者的接受。读者和翻译家，都有一个对外来文本逐渐适应的过程，因此，对原文加以有意改造的"豪杰译"，恐怕是翻译史上的一个必经阶段，也是翻译文学史上的值得注意的现象。他们对原作的大胆改造，未能真实、全面地呈现外国文学的原貌。但是，在借助外国文学输入新思想方面，在促进近代文学在题材、内容上的转型和革新方面，却有不可磨灭的功绩。

二、其他类型小说的翻译及其影响

日本的政治小说的翻译，使当时的中国文坛及广大读者知道，外国文学中还有"政治小说"这样一种类型。稍后，中国作家也写起了政治小说。于是，"政治小说"这种新的小说题材类型便在中国诞生。与此同时，日本的其他题材类型的小说，如科学小说、冒险小说、侦探小说、军事小说等崭新类型的小说，也被译介过来了。

首先是科学小说与冒险小说。中国和日本科学小说的翻译都从法国作家儒勒·凡尔纳（1828—1905年）开始，而且所译凡尔纳的第一部作品都是《八十日环球旅行记》。日本最早翻译这部作品是在1878年，中国最早翻译这部作品是在1900年。由于日本对凡尔纳的译介比中国早二十多年，日本就成为凡尔纳作品传入中国的第二个渠道。凡尔纳被译成中文的作品的大部分，是通过日文译本转译的。如梁启超翻译的《十五小豪杰》（1902年）所依据的是日本著名翻译家森田思轩的译本，包天笑翻译的《铁世界》所依据的也是森田思轩的译本，鲁迅翻译的《月界旅行》所依据的是井上勤的译本，等等。此外，英国作家乔治·威尔斯（1866—1946年）的《时间机器》（1895年）等，日本与中国都有翻译。

日本的科学小说，受凡尔纳的影响，大都将科学知识与冒险战争结合在一起，而冒险故事又和幻想故事结合在一起，所以，科学小说更多的时候被称为"空想科学小说""科学冒险小说"或称"冒险小说"。被中国译介的作家有押川春浪、樱井颜一郎、井上圆了、羽化仙史等人。其中，押川春浪、樱井颜一郎在中国译介最多。

押川春浪（1876—1914年），日本最重要的科学小说、冒险小说家，日本"冒险小说"的开创者。在大学时就写出《海岛冒险奇谈·海底军舰》（1900年）。重要的作品还有以日俄战争前后形势为背景的系列小说《英雄小说·武侠的日本》（1902年）、《海国冒险奇谈·新造军舰》（1904年）、《新日本岛》（1906年）等。押川春浪的科学小说宣扬以科学振兴日本，以科学壮大日本的军事力量，特别是日本海军，以便与俄国等西方列强相拮抗，具有明显的军国主义倾向。在中国，押川春浪的作品受到了充分的注意。徐念慈（觉我）在《余之小说观》（《小说林》第9期，1908年）中说过："日本蕞尔三岛，其国民咸以武侠自命、英雄自期，故博文馆发行之押川春浪各书，若《海底军舰》……《武侠之日本》……《新造军舰》……《新日本岛》等，一书之出，争先快读，不匝年而重版十余次矣。"中国所译押川春浪的作品约有五六种，是近代译介较多的日本作家之一。如海天独啸子翻译的《空中飞艇》（明权社 1903年），包天笑翻译的《千年后之世界》（群学社 1904 年），徐念慈（东海觉我）翻译的《新舞台》（小说林社 1905 年），金石、褚家猷翻译的《秘密电光艇》（商务印书馆 1906 年）等。

櫻井颜一郎（1827—1929 年），又名櫻井鸥村，翻译家、评论家、冒险小说家，著有《勇少年冒险谭·初航海》（1899 年）、《世界冒险谭》（全 12 卷，1900—1902 年）等。櫻井颜一郎的冒险小说多以南美、澳洲、北冰洋等地为背景，具有强烈的想象力和异域色彩。被译成中文的有三四种，如商务印书馆编译的《朽木舟》（1908 年）、《航海少年》（1914年）、金石等译的《澳洲历险记》（商务印书馆 1915 年）等。

日本的侦探小说，和中国一样，也起源于对欧美侦探小说的翻译。1877 年，神田孝平翻译发表的荷兰的《荷兰美政录》中，有一篇《杨牙儿奇谈》，是日本译介欧美侦探小说的开端。1888 年以后，作家黑岩泪香开始改编外国的侦探小说，把外国的侦探小说的人物、背景、习俗全改为日本式的，极受读者欢迎，造成了日本文学史上的"侦探文学时代"。被中国译介最多的日本侦探小说家，是黑岩泪香和江见忠功。

黑岩泪香（1862—1920 年）是日本侦探小说的开创者和翻译家、早期代表作家。他先是翻译、改编欧美的侦探小说，后来又创作侦探小说。1899 年，他发表了日本第一部侦探小说《无惨》，把案件的侦查与西方式的科学推理结合起来，成为现代推理小说的先驱。他的作品有强烈政治性和启蒙意味，试图以翻译小说和自己的作品，教育和提高民众。在写作侦探小说的同时，他也写作言情小说。五四以前中国翻译的黑岩泪香的作品主要有侦探小说《离魂病》（广智书局 1903 年）、言情小说《忏情记》（商务印书馆编译 1914 年）等。

江见水荫（本名江见忠功，1869—1934 年），砚友社的同仁作家。主要从事冒险小说、侦探小说、军事小说的创作。主要作品有军事小说

《电光石人》、言情小说《杀妻》、侦探小说《女海贼》《地中秘》等。其中后两种侦探小说被译成了中文。

近代日本实行对外扩张政策，"军事小说"大有市场，除上述的江见水荫外，樱井忠温作为军事小说家，影响最大。樱井忠温（1879—1965年），是樱井颜一郎之弟。作为日军少尉参加日俄战争并负伤，后以自己的战斗经历为题材，写了长篇军事小说《肉弹》（1906年），引起轰动，为此得以破格拜见天皇。《肉弹》在较短的时间里被译成十几种外文。其中，中文译本由黄郛改题为《旅顺实战记》，于1913年出版。出版后在我国读者中反响颇大。在"译者趣意"中，黄郛特别提请读者注意日本军队本不比俄国军队强大，但为什么能够打败俄国。他认为关键的原因在于书中所表现的日本军队官兵一致，上下团结，勇于牺牲的精神和严明的纪律性，而俄军却正好相反。译者的用意在于借此书宣传爱国主义和尚武精神，但对书中表现出的日本的军国主义意识缺乏批判。

除上述的"科学小说""冒险小说""侦探小说""军事小说"等之外，近代中国译介的日本近代小说类型还有社会小说（如林纾翻译的德富芦花的《不如归》）、教育小说（如山上上泉的《苦学生》）等。

日本的"政治小说""科学小说""冒险小说""侦探小说""军事小说"等小说类型的译介，对于推动中国近代文学题材类型的转型，起了重要的作用。中国传统小说的题材类型划分归类比较模糊，"四大奇书"之类的含糊概念长期流行，影响了对小说题材的科学的划分和归类。直到20世纪初，"新小说"的提倡者们才看出"泰西事事物物，各有本名，分门别类，不苟假借。即以小说而论，各有体裁，各有别名"。（紫英《新庵谐译》，原载《月月小说》1907年第5号）他们以外国文学为参照，意识到了中国传统小说题材及其分类的贫乏和狭隘。对于中国传统小说的题材，觚庵认为："我国小说，虽列专家，然其门类，太形狭隘。"（《觚庵随笔》，原载《小说林》第7期，1907年）；梁启超认为"综其大较，不出海淫海盗两端"；（《译印政治小说序》）侠人指出："西洋小说分类甚细，中国则不然，仅可约举为英雄、儿女、鬼神三大派。"(《小说丛话》，原载《新小说》第 13 号，1905 年）在这种情况下，20 世纪初中国"新小说"的主要的小说题材分类概念，几乎全部袭用了日本文坛在翻译西洋有关小说题材类型时所创制的汉字概念，如"政治小说""科学小说""理想小说""历史小说""社会小说""家庭小说""哲理小说""冒险小说""军事小说""探侦小说"(中国最初直接用"探侦"这个日语词，后改称为"侦探"）等等。这些崭新的题材分类概念，很快使得中国文坛意识到了中国传统小说在题材上的"缺类"。一时间，"中国无政治小说""中国无科学小说""中国无侦探小说"成为文坛上的共同的慨叹。于是，中国小说的"补救之方，必自输入政治小说、侦探小说、科学小说始"(定人《小说丛话》，原载《新小说》第 13 号。1905 年），也成为有识之士的共识。从西方、从日本译介这些题材的小说成为中国近代翻译文学中的当务之急。由此促进了中国近代小说题材的转型，并推动了中国小说的近代化进程。

第三节　对日本近代戏剧的翻译与改编

一、近代中国的戏剧改良与日本近代戏剧

中国近代话剧，即早期话剧（当时称"新剧""文明戏"等）和日本有着很深的缘分。由于中国早期话剧的创始者留学欧美的几乎没有，他们绝大多数都留学日本并已熟悉日本剧坛状况，加上日本的戏剧改良比中国先行一步，他们在戏剧改良中形成的新的戏剧形式，话剧化了的歌舞伎——新派剧，为中国的戏剧改良提供了借鉴。因此，五四之前中国戏剧的现代转型受到了日本新派剧有力的影响和推动。中国大多数戏剧家，都在

日本受过教育，或从事过戏剧活动。中国第一个话剧团体"春柳社"就是在日本诞生的，春柳社的戏剧活动受到了日本戏剧的很大影响，春柳社的成员大都在日本受过教育。如该社的发起人和组织者之一李叔同，在日本学习音乐绘画，并在戏剧方面受到日本戏剧家川上音二郎和藤泽浅二郎的指导；该社成员曾孝谷在日本学习绘画，与日本戏剧家藤泽浅二郎是好友，最早接触了日本的"新派剧"；该社成员陆镜若直接拜日本名优学艺，参加早稻田的文艺协会，曾经和岛村抱月、松井须磨子等，同台演出过莎士比亚的《哈姆莱特》。欧阳予倩在日本留学期间加入春柳社，并在日本主演《黑奴吁天录》。此外，中国近代话剧史上的重要团体"进化团"及其创始者任天知，以及中国近代戏剧中的其他重要人物，如朱双云、马绛士、徐半梅、郑正秋、吴我尊、李涛痕、谢抗白等，都在日本直接受到过日本近代戏剧的熏陶，或间接地受到日本戏剧的启发和影响。关于日本近代戏剧对中国影响的程度，历史上早有人作出了判断。沈所一在1914 年就指出："所谓新剧者，日本戏剧也。"（《新剧史·杂俎·劝学篇》）剑啸在《中国的话剧》一文中也指出："话剧初入中国之时，完全是受了日本的影响。"（《剧学月刊》第 2 卷第 7—8 合刊，1933 年）

这种影响可以归纳为三个方面。

第一，在戏剧功能的认识方面，强调戏剧应为现实政治服务。中国传统戏剧从其产生形成的时候起，就对戏剧的功能做出了不同于诗文的明确的理解和规定，那就是游戏和娱乐。汉字的"戏"字，本意为角力，后引申为游戏、玩笑、嬉戏、杂技等意，并由此派生出戏言、戏称、戏弄、戏法、戏狎、戏侮、戏娱等词汇，这些词汇集中反映了中国人对"戏"的性质功能的规定和理解。专家们已经指出，唐宋及此前的未成型的戏剧，无论是唐"戏弄"（包括歌舞戏和参军戏），还是"踏摇娘""拨头""兰陵王"，都属于戏谑、游戏的性质；金元时期成熟的中国戏剧——杂剧和明代的传奇，虽然低级娱乐的成分有所减少，更加注重词曲的优美，但消遣游戏仍是其主要的功能。徐渭在题《戏台》里写道："随缘设法自有大地众生，作戏逢场原属人间本色"；冀望山人在《名家杂剧序》中也认为："直如郭公梨园，逢场作戏已耳！"这种游戏主义的戏剧功能观，到了 20 世纪初的早期话剧才得到根本的转变。而这种转变又是在日本新派剧的直接影响下完成的。日本新派剧是传统歌舞伎向现代话剧转型期的一种戏剧形式，它是在明治维新和明治时代浓厚的政治氛围中产生的。明治维新比中国的辛亥革命早四十多年，戏剧改良在日本维新改良以及随后的自由民权运动以至对外扩张的宣传鼓动中都发挥了很大作用。这一点对继之而起的中国辛亥革命的仁人志士及中国文坛留下了深刻的印象。例如，1903 年，广东惠州人"无涯生"在《观戏记》中就谈到了自己在日本观戏的感想，他写道：

> 记者又尝游日本矣，观其所演之剧，无非追绘维新初年情事。是时国中壮士，愤将军之专横，悲国家之微弱，锁国守陋，外人交侵，士气不振……久之，政府知民气之不可遏，乃急急改革。政治年年改良进步，日本人乃有今日自由之乐，与地球六大强国并立。日本人人且看且泪下，且握拳透爪，且以手加额，且大声疾呼，且私相耳语，莫不曰我辈得有今日，皆先辈烈士为国牺牲之赐，不可不使日本为世界之日本以报之。记者旁坐默默而心相语曰：为此戏者，其激发国民爱国之精神，乃如斯其速哉？胜于千万演说台多矣！胜于千万报章多矣！

第二，在戏剧的形态上，特别推崇悲剧。1904 年，蒋观云就通过日本报纸对中国戏剧的批评，提醒注意中国旧剧"没有悲剧"的弊端：

> 吾见日本报中屡诋诮中国之演剧界，以为极幼稚蠢俗，不足齿于大雅之数。其所论多系剧界专门之语……然亦有道及普通之理，为余所能知者。……又曰："中国之演剧也，有喜剧，无悲

剧，每有男女相慕悦一出，其博人相喝彩多在此。是犹可谓卑陋恶俗者也。"凡所嘲骂者甚多，兹但举其二种言之，然故深中我国剧界之弊者也。……且夫我国之剧界中，其最大之遗憾，诚如訾者所谓无悲剧。……。欲保存剧界，必以有益人心为主，而欲有益人心，必以有悲剧为主。国剧刷新，非今日剧界所当从事战！

中国近代戏剧的悲剧形态的形成，是受到日本新派剧的有力推动的。中国的悲剧观念最初并不是直接从希腊或欧洲传入的，一直到晚清，中国才从日本引进了"悲剧"和"喜剧"这两个词（日本人最早将西文的 tragedy 和 comedy 分别意译为"悲剧""喜剧"这两个汉词），中国的戏剧形态才开始出现"悲剧"与"喜剧"的自觉的划分，人们也才认识到，"悲剧的结果，总是悲惨的，决不能大团圆，也不能大快人心"。（欧阳予倩《戏剧改革之理论与实践》）中国的悲剧观念由此而逐渐形成。本来，日本传统戏剧中的悲剧就比较发达，能乐、净琉璃的剧目，大都取材于悲惨事件，而且很少中国式的"大团圆"。就像美国人类学家本尼迪克特在《菊花与刀》中所说："日本小说和戏剧中，很少见到'大团圆'的结局"，日本的观众喜欢"含泪抽泣地看着命运如何使男主角走向悲剧的结局和美丽的女主角遭到杀害。只有这种情节才是一夕欣赏的高潮。人们去戏院就是为了欣赏这种情节。"而中国的观众恰恰相反，清代戏剧家李渔在其传奇《风筝误》中有一首诗——"传奇原为消愁设，费尽杖头歌一阙，何事将钱买哭声，反会变喜成悲咽"——集中表明了中国人的戏剧功能观。中国的观众希望的是破涕为笑，他们进戏院为的是寻找个心满意足。中国早期话剧在日本新派剧的影响下，开始打破了这种传统的戏剧审美心理结构，开始把悲伤和苦难作为审美鉴赏的对象。早期话剧中由中国戏剧家自己创作的最成功的几个剧目，如《恨海》《母》等，都是"一悲到底"的纯粹悲剧。欧阳予倩说过：春柳剧场所上演的戏"大多数是悲剧。悲剧的主角有的是死亡、被杀或者是出家，其中以自杀为最多，在二十八个悲剧之中，以自杀解决问题的有十七个"。（《谈文明戏》）

第三，提倡戏剧中的写实方法。中国传统戏剧采用的是虚拟、象征的手法，而缺乏写实性。正如民间戏剧家张德福曾指出的，中国戏曲"事事须用美术化方式表现之，处处避免写实。一经像真的一样，便是不合规矩"。（张德福《学戏秘诀》，上海中央书店1915年）欧阳予倩也讲过："写实主义是从科学的分析得来的，这种科学的精神中国从来没有。"（《戏剧改革之理论与实践》）戏剧家赵太侔说："中国的国民性，从艺术方面看，是最不喜欢写实的。"（《国剧》）蒋观云也提到日本人曾批评中国戏剧的非写实性："中国演剧界演战争也，尚用旧日古法，以一人与一人，刀枪对战，其战争犹若儿戏，不能养成人民近世战争之观念。"在这种情况下，日本近代戏剧中的写实手法，也给热衷于戏剧改良者耳目一新的感受，并为之所吸引。据徐半梅回忆，光绪末年留学日本的中国学生，"一向只看惯皮黄戏剧，现在看到他们（日本人）的演艺，觉得处处描写吾人的现实生活，……不免技痒，跃跃欲试了"。早期话剧的重要代表人物郑药风（正秋）因常被徐半梅带去看日本的新派剧，久而久之，就"看出滋味来了"，他"很佩服日本人演戏的认真，以为他们才是假戏真做；中国人在台上则往往有假戏假做的表示"。（徐半梅《话剧创始期回忆录》）在当时中国的戏剧改良者看来，新的戏剧就应该如画之写生，"则舞台上一切大小之器具与人身动作言语，必须与事实天然巧合"（无瑕《新剧罪言》）；舞台上的情景必须"视之如真家庭，如真社会"（王梦生《梨园佳话》）；演员"乔装作何等人，即当肖何等人口吻"（隐严氏《改良新戏考》）。

二、由日本文学作品编译与改编的剧本

日本近代戏剧对中国早期话剧的影响，很大程度上是通过翻译来实现的。

据郑正秋主编的《新剧考证百出》（中华图书集成出版公司1919年）的考证，在早期话剧有案可查的一百部剧本中，译自外国的剧本33种，其中英国最多，共21种（莎士比亚又占20种），日本占第二位，共七种，再次是法国（两种），德国（一种），不明国籍两种。

中国近代剧坛对日本戏剧文本的翻译，主要通过两种形式：一是把日本的非戏剧作品（小说）编译成戏剧作品，一是直接翻译日本的剧本。

先说根据日本小说编译的剧本。

中国最早根据日本文学小说改编剧本，始于李伯元对矢野龙溪的政治小说《经国美谈》的改编。《经国美谈》的中文译本由周逵翻译，于1900年2月至1901年1月在《清议报》上发表以后，引起了很大反响。当年（1901年），李伯元就把他改编成传奇剧本，题为《前本经国美谈新戏》，发表在自己主编的《世界繁华报》上；1903年5月至1903年8月，又刊载于商务印书馆的《绣像小说》。全剧共十八出，似未完，但基本上保持了原小说的情节和人物性格的完整性。剧本着意突出了原作中的争取国家独立和主权、驱逐外来统治的主题，而同时淡化了要求民主政治的主题。争取国家主权，反映了时代和人民的要求，但对民主政治主题作淡化处理，也体现了李伯元的思想局限性。

李伯元改编《经国美谈》，用的是传奇杂剧（这两种戏剧样式在近代有融合的趋势）这一中国传统戏剧形式，因而对中国近代戏剧形式的诞生，并无直接的贡献。但是，对近代戏剧内容的革新，却有着开创之功。当时，早期话剧尚没有萌芽，传统的传奇、杂剧、皮黄等，依然是帝王将相、才子佳人一统天下，在内容上已经远不能适应时代的需要。李伯元将《经国美谈》改编为传奇杂剧，对利用传统戏表现外国题材，对戏剧表现现实的政治主题，做了开拓性的尝试。在李伯元稍后，梁启超写的《新罗马传奇》（1902年）、《侠情记传奇》，玉瑟斋主人写的以法国罗兰夫人的事迹为题材的《血海花》（1903年），刘钰写的歌颂日本维新志士的《海天啸》（1906年）等，都以西方和日本的资产阶级革命为题材。在这方面，可以说李伯元是一位重要的先行者。

把日本小说改编为近代话剧，影响最大、最重要的要算是马绛士对《不如归》的改编。1908 年，林纾曾根据英文译本表达把《不如归》转译成了中文，林纾在译本"序"中认为，"今译书近六十种，其最悲者，则《吁天录》，又次则《茶花女》，又次则是书（《不如归》）矣"。事实上，《不如归》的悲剧情节很适合在舞台上表演，在日本也曾被改编成戏剧。马绛士是春柳社的同仁，在日本留学期间，曾和陆镜若、吴我尊等用日语演出过根据小说改编的《不如归》。自日本回国后，又把《不如归》改编成了中文剧本。并根据国情与观众的情况需要将《不如归》中国化。

德富芦花（1868—1927 年）的小说《不如归》，以甲午中日战争前后为时代背景，写的是陆军中将片冈的女儿浪子与海军少尉川岛武男结婚。婚后相亲相爱，情投意合。武男的母亲性格暴戾而专断，对浪子百般挑剔。浪子努力克制，尽儿媳孝道。但不久浪子患了肺病，武男的母亲以保证全家不被传染为由，逼迫武男休掉浪子，被武男拒绝。唯利是图的商人山木一直想把女儿嫁给武男。在武男出征中国期间，母亲派山木去浪子娘家，要浪子的父亲将浪子接回。于是，浪子在武男不知晓的情况下，被迫与武男离婚。病中的浪子思念武男，偷偷地向因负伤而在异地休养的武男寄去未签名的包裹，以寄托思念之情。中日甲午战争结束后，从辽东回国的片冈中将，带女儿浪子到外地旅行休养。浪子在归途的一个车站，从相错而过的一个列车窗口上意外地看到了武男的面影。从此，浪子在痛苦和思念中，病情加重。临死前，她托人把书信和手上的戒指带给武男。后来，从台湾归来的武男，得知实情，悲伤不已，他来到浪子的墓前，神驰魂断，哭了许久许久……

马绛士改编的《不如归》，将舞台背景置于中国北京地区，人物名字也完全中国化。"浪子"改为"幗英"，"片冈中将"改为"康毅中将"，"川岛武男"改为"赵金城"，"山木"改为"贡福勋"，这些人物的身份都没有改变。另加了一个原作中没有的重要人物——赵金城的表弟、垂涎于帼英的无赖军人易保伦。全剧共分九幕，从第一场表现金城与帼英的新婚旅行的戏开始，将矛盾冲突初步展开，最后以帼英含恨而死闭幕。除保留了原作的基本情节之外，又加进了一些细节，所以比原作的情节复杂一些。为了集中表现婚姻家庭悲剧，改编者将原小说中大量的关于甲午中日海战的议论和描写全部剔除。原作属于"社会小说"，除表现家庭婚姻的悲剧外，还表现了中日甲午战争这一重大题材的社会事件，宣扬了军国主义思想。改编后的剧本，题材范围缩小为婚姻家庭问题，剧本的主题也集中表现封建家长制对爱情的摧残，表现了青年一代对自由婚姻的渴望。总之，作为由日本小说改编的早期话剧剧本，《不如归》已使人看不出日本色彩，而完全"归化"了。

再说近代中国对日本话剧剧本的翻译。

在近代中国剧坛所翻译的几种日本剧本中，陆镜若编译的佐藤红绿的《云之响》（中译名为《社会钟》）和《潮》（中译名为《猛回头》）影响最大。

陆镜若（1885—1915年）是春柳社的重要成员，中国早期话剧的开创者之一。毕业于日本东京帝国大学文科。日本戏剧家河竹登志夫认为，在当时从事戏剧活动的留日学生中，陆镜若是"既能编剧、导演、表演，又懂得戏剧理论的唯一的中国人"。（《戏剧概论》中文版，中国戏剧出版社1983年版）还应该加上一句：陆镜若也是中国近代在日本戏剧翻译中贡献最大的人。

陆镜若选择佐藤红绿的作品加以译介，是很有眼光的。佐藤红绿（1874—1949年）是日本著名小说家和剧作家，他的剧作受欧洲现实主义戏剧特别是易卜生的影响，具有强烈的现实性和社会批判性。他的剧作所反映的社会问题，和中国的情况多有切合。现以佐藤的原作《云之响》和陆镜若的译本《社会钟》为例，看看译者对原作的翻译处理方式及日本戏剧翻译的一般特点。

佐藤红绿的《云之响》描写的是一个贫苦农民家庭的悲惨遭遇。石山老汉有三个孩子：长子石山惣太、次子傻子音次和女儿阿澄。他们穷得饭都吃不饱。有一次石山老汉为给孩子充饥，偷了别人家的一瓶牛奶，被官警抓去，并死在狱中。三个孩子经常受到村民的歧视和嘲笑。长子惣太一气之下出去当了强盗，妹妹阿澄和傻子哥哥音次被迫流浪街头当了乞丐。惣太做强盗犯了新罪。寺院的和尚和地主乡绅把他的头像铸在一口大钟上，每天撞击之，以此警戒世人不可犯罪。最后，兄妹三人被逼得走投无路，而在大钟下面一同剖腹自杀。这个剧本搬上舞台后，在日本引起了强烈反响。

陆镜若的译本，将原剧名译为《社会钟》，恰当地表现了"云之吻"（即大钟响彻云霄之意）的含义。背景和姓名也中国化了，如石山改为"石大郎"，长子惣太改为"石大"，次子音次改为"石二"，阿澄改为"秋兰"。保留了原作的基本情节和大部分细节，但对原作的情节做了较大的修改。全剧分五幕，情节梗概如下：

第一幕，背景：富绅左元襄家。受过洋式教育的左家小姐左巧官，与留洋的音乐教习胡先生谈情说爱。秋兰和左元襄与姨太太生的儿子左之明先后出场。左巧官因左之明为庶出，极为鄙视，骂他"卑贱"，左之明只有含泪呜咽，并希望出家当和尚。

第二幕，背景：石大郎的破茅屋。石大郎因偷了别人家的一瓶牛奶，被人从城里被赶出，现死在茅屋。石大、石二饥寒交迫，更无钱为父亲下葬。石大铤而走险，偷来庙里的香钱柜，安葬了父亲。

第三幕，背景：左家花园。左巧官为能和胡先生自由恋爱，坚持要把父亲的妾——刘姨太赶走。秋兰同情刘姨太，遭左巧官和胡先生忌恨，胡举手欲打秋兰。此时，傻子石二来左家找妹妹秋兰，喝住了胡先生。傻子石二在众人面前说出了秋兰的身世，并把石大偷香钱柜的事说出。

第四幕，背景：长安寺院。被左家辞退的秋兰，与石二在寺院以小买卖糊口。左之明也出家来此作了和尚。两人在此见面，互诉衷肠。左家在外留学的大少爷病死，左之明成了左家的根苗，被叫回家中。当地乡人因石大为强盗，来寺院驱赶秋兰兄妹，本来打算今后好好做人的石大得知此事，发誓报复。

第五幕，背景：松林野外。秋兰与石二行乞至此，饥饿难耐。左元襄与左之明行路至此，见状，擦身而过，不予救助。乡人捉拿石大，将其围住。陆军中将王云飞至此，认为石大杀人抢劫，报复社会，不是石大的罪恶，而是"社会的罪恶"。石大怒斥不公平的社会，但表示不再反抗，束手就擒。石大见到了行乞的秋兰与石二，为不连累他们，佯装不识。石大被乡人拉走。

我们现在可以看到的被保留下来的《社会钟》译本，刊载于 1913 年的《歌场新月》第 1—2 期，后来王卫民又收于《中国早期话剧选》（文化艺术出版社 1989 年）中。《社会钟》的翻译时间大约在 1911 年，所以在《歌场新月》上发表的本子，可能是最早的定本。以上的情节梗概就来自那个译本。

而现在所见到的各种中国戏剧史、话剧史之类的著作，都认为《社会钟》的情节和《云之响》一样，如说剧本的结局以兄妹自杀告终，等等。这种说法似乎又来源于欧阳予倩的《回忆春柳》（1957 年）一文。我们不排斥这个译本在演出过程中可能有修改。如果修改了，那现在的问题就是有哪些修改，为什么要修改？

从现在保留下来的剧本可以看出，陆镜若的改译本对原作作了较大的改动。其中最重要的改动，是原作中的兄妹三人的自杀，变成了石大甘愿就擒。这就大大地淡化了原作所表现的与社会势不两立的矛盾冲突、反抗性和悲剧色彩。改译本的主题也是反映贫富悬殊造成的阶级矛盾，但带有明显的调和与改良的色彩。这也真实地反映了改编者还不具备二十年代以后左翼作家那样的阶级斗争意识。同时，改译者似乎有意要回避在舞台上表现血淋淋的自杀场面，因为那不大符合中国传统戏剧及观众的审美趣味。而当时的翻译者，是努力使译本符合中国观众的接受期待的。如欧阳予倩在回忆春柳社的戏剧活动时曾反省似地说："朱双云曾说春柳的戏'陈意过高'不易为一般观众所接受，的确有些戏也可以说陈意过高，但有些戏的情节并不是陈意过高，而是某些成分，尤其是解决问题的方式，或者由于编者的思想含混，或者就不大合乎中国的风俗人情，跟一般观众有距离。而春柳的同人的确不免多多少少有些关起门来自鸣高尚的味道。"（《谈文明戏》）他还提到在陆镜若翻译的《社会钟》《猛回头》等译本中，"剧中人的一些想法和处理问题的方式方法是日本式的"。（《回忆春柳》）看来，在中国近代翻译剧中，剧中人的"日本式"的"想法和处理问题的方式"，是不被欢迎的。这就从一个侧面清楚地说明了近代中国的翻译剧——其实也包括近代翻译小说——为什么不能有忠实的"翻译"，而只能是编译或"译述"的原因了。因为翻译剧要面向一般的观众上演，编译或"译述"方式更是必然的选择。而陆镜若对《云之响》等日本剧本的翻译改编，就集中体现了近代中国早期翻译剧的这种过渡性的特点。

第二章　1920—1936 年间的日本文学翻译

第一节　日本文学翻译的现代转折

一、翻译选题的变化

五四前后，既是 20 世纪中国文学的一个重要的转折点，也是中国的日本翻译的一个转折点。转折的最显著的标志，是翻译在选题上出现的明显的变化。

在五四之前，中国对日本文学的翻译，具有浓厚的急功近利的色彩。在大多数翻译家们看来，文学翻译，只是一种经世济民、开发民智或政治改良的手段。他们看中的不是文学本身的价值，而是文学所具有的功用价值。在这种观念的指导下，翻译选题的选择，基本上不优先考虑文学价值，而是其实用性。一方面为了宣扬维新政治，启发国民的政治意识而大量翻译日本的政治小说；一方面为了开发民智，向国民宣传近代西方的科学知识、近代法律、司法制度、近代教育、军事等，而大量翻译日本的科学小说、侦探小说、冒险小说、军事小说等。而明治时代四十多年间日本文坛出现的许多重要的文学家和大量优秀的作品，却大都在中国翻译选题的视野之外。如，日本近代文学的开山之作、二叶亭四迷的长篇小说《浮云》（1887—1890年），直到1981年周作人于一次演讲中提到之外，此前甚至都没有被人提起，更不必说翻译了。这样的作品之所以没有被翻译，恐怕是因为作品所表现的内容与当时中国的需要不相适应。《浮云》所反映的，是处在近代官僚制度压抑下的个人的苦恼和个性意识的觉醒，批判了当时的西化风气。而当时中国的知识分子所拼命鼓吹的，却是如何培养个人的国家观念，如何引进西方文化。至于个性的觉醒与苦恼，是五四以后才被觉察并在文学作品中加以表现的。再如夏目漱石，是明治文坛的领袖人物，在当时极有影响。他于1905年发表杰作《我是猫》，直到1916年去世，此后十几年间佳作不断。夏目漱石活跃的时期，正好是中国清末民初翻译文学的热潮时期，当时中国的大批的留日学生，不可能对漱石一无所知，但是，漱石在那时却完全没有被译介。其主要原因，恐怕是夏目漱石作品所贯穿的对"文明开化"的怀疑与批判态度，对近代资本主义社会的反感与反思，与当时中国的知识界、文学界的主流文化不一致。上个时期所译介的仅有的一个日本大作家是尾崎德太郎（红叶）。尾崎红叶（1867—1903年）是明治文坛最早出现、最有影响的文学团体"砚友社"的核心人物。当时有著名译者吴梼翻译了他的三个作品——《寒牡丹》《侠黑奴》《美人烟草》，但都不是他的代表作。这几个作品大都以异域故事为题材，之所以翻译它们，恐怕是为了迎合当时读者异域猎奇心理的需要。而尾崎红叶在当时影响最大、最受欢迎的代表作《金色夜叉》，却也没有被翻译过来。原因恐怕也是因为该小说所批判的是资本主义社会的金钱万能，与当时中国的时代主调不相协调。

　　还有一层原因，五四以前的中国翻译界，一方面非常重视、大力提倡或从事日本书籍的翻译，而另一方面又普遍认为日本的文化、文学比不上西方，因此翻译日本书籍只是一个方便的捷径，而不是最根本的目的。在这方面，梁启超的看法很有代表性。他在《东籍月旦叙论》一文中说：

"以求学之正格论之，必当于西而不于东；而急就之法，东固有未可厚非者矣。"在他看来，学问的"正格"当然应求诸西方，求诸日本只不过是"急就之法"。在这种情况下，就不可能有人认真地研究日本的文学，而往往只能是东鳞西爪，取己所用。所以，五四以前的二十多年间，我们找不到一篇认真研究和介绍日本文学状况的文章。那些日本文学的翻译家们，包括其中的佼佼者梁启超、吴梼、陈景韩等，对日本文学的状况都没有总体的、全面准确的了解和把握。这样，近代中国的日本文学翻译的选题，就不可能是以文学为本位，而常常是由非文学的因素决定着译题的选择。在译出的作品中，要么是文学与其他学科领域交叉产生的作品，如政治小说、科学小说之类；要么是通俗作品，如侦探小说，写情小说之类。而纯文学的翻译，则如凤毛麟角，非常罕见。

上述情况，在五四前后发生了明显的变化。1918 年，周作人在北京大学做了一场题为《日本近三十年小说之发达》的演讲。这篇演讲系统全面地梳理了日本明治维新以后三十年的文学发展情况。虽然谈的只是小说，但由于小说是日本近代文学压倒性的文学样式，因此并没有以偏概全之嫌。其中重点提到了"写实主义"的提倡者坪内逍遥及其文学理论著作《小说神髓》，"人生的艺术派"二叶亭四迷及其《浮云》，以尾崎红叶、幸田露伴为代表的"砚友社""艺术的艺术派"的文学，北村透谷的"主情的""理想的"文学，国木田独步等自然主义文学，夏目漱石的"有余裕"的文学与森鸥外的"遣兴文学"，永井荷风、谷崎润一郎的"享乐主义"的文学，白桦派的理想主义文学等等。这篇演讲并不是没有缺憾，如对当时日本文坛崛起的以芥川龙之介、菊池宽为代表的"新思潮派"（又称"新理智派""新技巧派"）完全没有提到，但总体上看还是抓住了日本近代文学之要领的。鉴于周作人在当时的地位和影响力，这篇演讲发表后，对中国的日本文学翻译特别是翻译选题所起的指导作用，是不可低估的。重要的是，周作人的演讲开辟了中国研究日本文学的风气之先。五四以后，不少文学家、翻译家，都对日本文学做了认真的研究，至少是对所译的作家作品做了研究。大多数译本都有介绍作家作品的文字，而且所谈的，也大多准确可靠。有的译本还附了译者或专家撰写的上万字的序言，或者附了作家评传。这表明翻译者同时也是研究者。而在五四以前，日本作品译本中，很少有译者写的研究和介绍作家作品的"序言"或"后记"之类的文字，即便有，也只是借题发挥，而很少谈到作家作品本身。

好的翻译选题，是以全面了解被翻译国文学状况为前提条件的。它有助于译者克服选题上的随意性和盲目性。由于五四以后翻译家们大都是日本文学的行家里手，因此在翻译选题上，显得既繁荣，又有序；既有重点，又比较全面。虽然五四前后乃至整个 1920—1930 年代，中国文坛的主导倾向还是主张文学为"人生"服务的，但这又不同于五四以前翻译文学中的功利主义。在他们看来，文学是手段，同时文学本身也是目的。他们对日本文学的选择还是以文学为本位的。加上 1920—1930 年代中国文坛呈现出了百家争鸣的局面，因此，在对日本文学的翻译选题上，标准与对象也非定于一尊，而是各有所好。因此，日本文学不同风格、流派的作家作品，都有人译介，又都有各自的读者群。

在 1920—1930 年代，随着时代环境的推移，中国的日本文学翻译在选题上也呈现出阶段性变化。五四时期，时代的主旋律是"人的觉醒""人的解放"和"个性的解放"。因此，最受欢迎的，是与谢野晶子那样的关于向传统挑战的浪漫主义作家，译介最多的是日本的白桦派的人道主义、理想主义文学。1920 年代中期以后，五四新文学阵营因思想分裂而崩溃，文学观念更趋多元化、复杂化。对日本文学的翻译也是如此。有人对日本的人道主义文学感兴趣，有人热衷译介日本的唯美主义文学，有人赞赏"新理智派"的小说艺术，而翻译芥川龙之介和菊池宽的作品；有人受"革命文学"浪潮的影响，倾向于左翼无产阶级文学，大量翻译日本普罗作家的作品。而对于夏目漱石那样的超越流派的大家，则始终充满着译介的兴趣。

　　还应注意到的是，五四以前，对于日本的文学理论著作几乎没有译介。而五四以后，出于建设新文学的需要，对日本近代文学理论的翻译十分繁荣。这也是日本文学翻译选题上的一个重大变化。对日本文学理论的译介，单从翻译的数量上看就是十分引人注目的。文学理论的译本占这一时期全部译作的三分之一以上，突出地表明了日本文学理论与中国现代文学的密切的关系，反映了1920—1930年代在中国文学理论建设中对日本文学理论是如何的重视，如何的注意借鉴。因而，对日本文论的译介，应该是中国的日本文学翻译史中值得探讨的重要课题。

　　对日本现代名家名著的翻译，是日本文学翻译中最富有建设性的工作，也是最能体现翻译家的翻译艺术水平的领域。在那不到二十年的时间里，日本文学中的许多中长篇名著，都有了中译本，还编译出版了多种日本短篇小说名作的选本。这都是一个值得称道的成绩，它表明我们的翻译家，在翻译的选题上已经具备了文学角度的、历史角度的敏锐的眼光。越是水平高的翻译家，翻译的选题也越精到。因此，日本文学名家名著的翻译，一般都是由好的翻译家们来承担的。日本近现代著名的作家，各种思潮，各种流派的代表人物的代表作，大都被翻译过来了。如，近代文坛的两位领袖人物——夏目漱石和森鸥外的作品，白桦派作家武者小路实笃、有岛武郎、志贺直哉等人的作品，自然主义作家田山花袋、岛崎藤村的作品，唯美派作家谷崎润一郎、佐藤春夫的作品，新理智派作家芥川龙之介、菊池宽的作品，左翼作家叶山嘉树等人的作品，都在这时期的中国得到了译介。其中不少日本作家在中国有了中文版的"选集"，重要的有《国木田独步集》《夏目漱石选集》《芥川龙之介选集》《菊池宽集》《有岛武郎集》《谷崎润一郎集》《佐藤春夫集》《志贺直哉集》《叶山嘉树集》《藤森成吉集》等等。

二、翻译方法的变化

　　五四以前的日本文学翻译，在翻译方法上有两个基本特点：一是使用文言；一是在翻译时任意添削删改，截长补短，"豪杰译"盛行。

用文言文翻译外国文学，是五四以前翻译界的风尚。最为人所推崇的林纾的小说翻译、严复的社会科学著作的翻译，用的都是古文。在日本文学翻译界，最早翻译日本小说的梁启超，用的也是文言，后来是半文半白。本来，梁启超的翻译用意在于广为人读，以收启发民智之效，而使用文言，当然不如使用白话更有效。但梁启超还是使用了文言。这其中的原因很复杂。清末民初，发生了声势较大的"言文一致"运动。但是几千年形成的古文的势力更大，连一些提倡白话文的人，自己也不能经常使用白话。那时的文学家、翻译家们，受的都是古文的熏陶和教育，用惯了古文。对他们来说，使用古文写作或翻译，比使用白话文要容易得多。所以当时许多人，是先用古文来写，然后自己再"翻译"成白话文。对使用白话文的困难，梁启超有深刻的体会。他根据日本森田思轩的日文译本翻译凡尔纳的《十五小豪杰》的时候，本来想用白话文来译，结果还是译成了文言。在《十五小豪杰·译后语》中，他交代说："本书原拟依《水浒》《红楼》等书体裁，纯用俗话。但翻译之时，甚为困难。参用文言，劳半功倍。计前数回文体，每点钟仅能译千字，此次则译二千五百字。译者贪省时日，只得文俗并用，明知体例不符，俟全书杀青时，再改定耳。但因此亦可见语言文字分离，为中国文学最不便之一端，而文界革命非易言也。"梁启超是嫌白话用起来不顺手，而当年的鲁迅用文言文翻译，则是嫌白话文太冗繁。鲁迅在根据日文译本翻译凡尔纳的《月界旅行》时说过："初拟译以俗语，稍逸读者之思索。然纯用俗语，复嫌冗繁，因参用文言，以省篇页。"（《月界旅行·辩言》）

五四以前，用文言翻译日本文学，还有另外一层原因，那就是当时日本文学界，"言文一致"运动虽然在明治十年前后就有人提倡，但一直到了十多年以后的1887年，才出现了第一部用"言文一致"的文体写的作品——二叶亭四迷的《浮云》。从那以后，"言文一致"才逐渐普及。五四以前，中国翻译的日本文学文本或通过日文转译的西方文学文本，或者是"汉文体",或者是"和文体",或者是"雅文体",或者是"和汉混淆体",总之,大都不是"言文一致"的现代日本白话文体。这种情况对中国的日文翻译使用文言,是有一定影响的。当时的西方各种语言,无论是英语,还是法语,本身就没有"文言"和"白话"的纠葛。换言之,那些语种本身就是言文一致的"白话"。中文翻译以文言译西文,在文体的层面上就是对原作的不忠实;而中国以文言翻译日本的文言,起码在文体上是对等的。因此,在母语与日语的双重钳制下,五四以前中国普遍使用文言或者半文半白的文体来翻译日本文学。用白话翻译的,只是少数作品,如吴梼根据日文译本转译的契诃夫的《黑衣教士》等俄国作品。而只有到了五四以后,白话文完全取得了权威地位,普遍地用白话文来翻译才成为现实。

五四以前,在翻译方法上,忠实的翻译还很少见,普遍使用译述、演述、改译等方法,存在着"豪杰译"或者"乱译"的问题。这种翻译方法,不仅存在于文学翻译中,也存在于学术著作等所有领域的翻译中。如严复著名的译著《天演论》,所用的就是"达旨"(译述)的方法。他在《〈天演论〉译例言》中说:"译文取明深义,故词句之间,时有所颠倒附益,不斤斤于字比句次,而意义则不倍本文。题曰达旨,不云笔译,即便发挥,实非正法。什法师有云:学我者病。来者方多,幸勿以是书为口实也。"严复后来的译著,如《原富》《群学肄言》等,据说逐渐接近他提出的"信、达、雅"的目标。但是,用桐城派古文来译西方的言文本来一致的原作,又如何能够真正做到"信"呢?

在日本文学翻译,或根据日文译本转译的其他语种的文学作品中,这种不忠实的翻译,甚至乱译的现象普遍存在。在本书第一章第二节中已经说过,中国所译日本的政治小说,使用的是"豪杰译"的方法。其实,在政治小说之外的翻译以及根据日文转译的外国文学译文中,情况也是如此。我国近代最早翻译的第一批欧洲国家文学作品,大都是通过日文转译的。在这批转译的作品中,或多或少存在着"豪杰译"现象。如戢翼翬根据高木治助的译本转译的普希金的《俄国情史》（今译《上帝的女儿》），不但大量删节，而且改变了原文的人称。包天笑根据日文译本转译的意大利作家亚米契斯的《爱的教育》，其实是翻译加自己的创作，连书名都按自己儿子的名字"馨儿"而改译为《馨儿就学记》。鲁迅根据日文译本翻译的几部政治小说、科学小说，如《斯巴达之魂》《地底旅行》等使用的也是译述的方法，正如他自己后来所说："虽说译，其实乃是改作。"他在1934年写的《集外集·序言》中反省似地说："……那时我初学日文，文法并未了然，就急于看书，看书并不很懂，就急于翻译，所以那内容也就可疑的很。而且文章又那么古怪，尤其是那一篇《斯巴达之魂》，现在看起来，自己也不免耳朵发热。但这是当时的风气……"1934年5月15日在致杨霁云的一封信中又说："青年时自作聪明，不肯直译，回想起来真是悔之已晚。"

总之，在五四以前的日本文学翻译，乃至所有语种的文学翻译中，在翻译方法上，大体存在三种情况。第一，在翻译"汉文体"的日文原作时，采用孙伏园所说的"勾乙"方法，"只将各种词类的序调换一下，用笔一勾就成，称为勾乙式"。（孙伏园《五·四翻译笔谈》，载《翻译通报》第2卷第5期，1951年）这种情况在近代早期的日本政治小说的翻译中多见。第二，译文采用深奥难懂的文言，而且也不尊重原文，随意增删；第三，采用直译方法，对原文不作损益，但却使用文言来译，在文体上有悖原文；第四，译文使用了白话或浅近的文言，但却不是忠实的翻译。一句话，译文既用通俗易懂的白话文，翻译时又忠实于原文的翻译作品，是罕见的。

在中国近代翻译文学史上，对翻译方法上的这些问题最早做出反思和反拨的，是鲁迅、周作人兄弟二人。周氏兄弟在1909年合作翻译出版了《域外小说集》两册，选译了欧美各国十六篇短篇小说。《域外小说集》采用了"直译"的翻译方法，是对流行的乱译风气的反拨，开了五四以后新的译风之先河。但是在当时，那样的"直译"却难以被读者认同和接受，出版的书只卖出二十来本，计划中的第三册也只好搁浅。而且，受当时时代风气的制约，译文所使用的仍然是文言文。

这种情形在五四前后得到了根本的转变。"既用通俗易懂的白话文，又忠实于原文的翻译作品"出现了，那就是周氏兄弟的翻译。

周氏兄弟在五四前后，就对文学翻译的方法问题发表了很有意义的意见。1918年4月周作人在北京大学的一次题为《日本近三十年小说之发达》的演讲中，提出了文学翻译的指导思想问题。他认为，以前我们之所以翻译别国作品——

> 便因为它有我的长处，因为他像我的缘故。所以司各特小说之可译者可读者，就因为他像《史》、《汉》的缘故；正与将赫胥黎《天演论》比周秦诸子，同一道理。大家都存着这样一个心思，所以凡事都改革不完成，不肯去学别人，只顾别人来像我。即使勉强去学，也仍是打定主意，以"中学为体，西学为用"。学了一点，便古今中外，扯作一团，来作他传奇主义的《聊斋》，自然主义的《子不语》，这是不肯模仿不会模仿的必然的结果了。
>
> 我们想要救这弊病，须得摆脱历史的因袭思想，真心的先去模仿别人。随后自能从模仿中，蜕化出独特的文学来，日本就是个榜样。照上文所说，中国现时小说情形，仿佛明治十七八年的样子。所以目下切要办法，也便是提倡翻译及研究外国著作。

这个意见非常重要。他实际上是提出了此前中国翻译文学的本质上的问题及其根源：为什么没有出现真正尊重原文的翻译。这也是为以后提出"直译"设置了一个理论前提。同年11月，周作人在答张寿朋的信（原载《新青年》5卷6号）中说："我以为此后译本，仍当杂入原文，要使中国文中有容得别国文的度量，不必多造怪字。又当竭力保存原作的

'风气习惯，语言条理'。最后是逐字译，不得已也应逐句译，宁可'中不像中，西不像西'，不必改头换面。"到了1920年，周作人在他的译文集《点滴》的序中，明确说明他的翻译使用的是"直译的文体"。1924年，鲁迅在所译厨川白村《苦闷的象征》的"引言"中声明："文句大概是直译的，也极愿意一并保存原文的口吻。"1925年，鲁迅在所译厨川白村《出了象牙之塔》的"后记"中又说："文句仍然是直译，和我历来所取的方法一样；也竭力想保存原书的口吻，大抵连语句的前后次序也不甚颠倒。"1925年，周作人在《陀螺·序》中，进一步说明"直译"的含义：

> 我的翻译向来采用直译法，所以译文实在很不漂亮，——虽然我自由抒写的散文本来也就不漂亮。我现在还是相信直译法。因为我觉得没有更好的方法。但是直译也有条件，便是必须达意，尽汉语的能力所及的范围内，保存原文的风格，表现原语的意义，换一句话就是信与达。近来似乎不免有人误会了直译的意思，以为只要一字一字地将原文换成汉语，就是直译，譬如英文的 Lying on his back 一句，不译作"仰卧着"，而译作"卧着在他的背上"，那便是欲求信反不词了。据我的意见，"仰卧着"是直译，也可以说是意译；将它略去不译，或译作"坦腹高卧"，以至"卧北窗下自以为羲皇上人"是"胡译"；"卧着在他背上"，这一派乃是死译了。

周氏兄弟提出的"直译"，具有重要的理论价值。它在理论与方法上，解决了近代文学翻译中存在的不尊重原作胡译乱译问题，解决了用古文翻译外文所造成的将外国文学强行"归化"，从而失去"模仿"价值的问题。值得注意的是，周氏兄弟的这些理论的提出主要是以日文的翻译实践为基础的，因此对日本文学的翻译具有更大的指导意义。而且，他们在

五四时期翻译并发表的日本小说、剧本和理论著作，都体现了这些理论主
张，对日本文学翻译具有很好的示范作用。其中最有代表性的是鲁迅在
1920 年发表的译作《一个青年的梦》，还有周氏兄弟在 1920 年前后翻译
并陆续发表的一系列日本现代作家的短篇小说。这些小说在 1923 年以
《现代日本小说集》的书名结集出版。作为中国翻译出版的第一部现代日
本小说的选集，它对中国的日本文学翻译史是一个开创性的贡献。《一个
青年的梦》和《现代日本小说集》的出现，标志着日本文学翻译方法的
转变，也象征着中国日本文学翻译的新时代的到来。

　　长期以来，周作人、鲁迅提出的"直译"法，是在日本文学翻译中
被绝大多数译者普遍遵守的一种翻译方法。与欧美文学翻译比较而言，日
本文学翻译中的"直译"更有其合理性和可行性。日语中有大量汉字词
汇，特别是日本近代翻译家和学者们用汉字译出的西语词汇，对于丰富现
代汉语的词汇，具有很大的借鉴和引进的必要性。鲁迅曾经感叹过汉语词
汇的贫乏，说许多事物，汉语中都没有相应的名称。随着近代文明的输
入，大量新事物的出现，汉语中的原有词汇显得不够用了，表示新事物的
词汇，又不能无限制地采用"择优不译"的音译方法来解决，而近现代
日语中的新词汇，在这方面是足资借鉴的。清末民初以梁启超为代表的第
一代日本文学翻译家们，在翻译中引进日本新词，甚至引进日文的句法
上，做了开创性的努力。到了 1920—1930 年代，仍然需要做这样的努力。
在此时期的日本文学译文中，我们随处都可以读到在当时甚至在今天都感
到有些陌生的日文词和日文式的句法。现以夏丏尊译《国木田独步集》
（开明书店 1927 年）的译文为例：

　　　　①来信感谢地拜读了。（61 页）
　　　　②村中的人们都这样自慢地批评她。（104 页）
　　　　③平气地把烟吸着。（117 页）

　　例①，把"感谢"作为拜读的修饰词，在日文中常见。译者在这里是把日文的句法直译过来了；例②中的"自慢"是个日文词，意为"自以为是""自满""自夸"等；例③中的"平气"也是个日文词，意为"不在乎""无动于衷""若无其事""平静""冷静"。这里举的这三个例句，无论是句法还是词汇，都是至今没有被现代汉语所接纳的。的确，在今天，我们来读 1920—1930 年代的日本文学的译文，不免会产生某些"生涩""不纯正""不流畅""不漂亮"之类的阅读感受。但是，当时翻译家们的良苦用心，却包含在其中。在 1920—1930 年代的日本文学译文中，我们很难看到现在所要求的那种流畅、优美的文字，翻译家们不是不能把汉语说得更漂亮一点，而是宁愿译得生硬、拗口一些，也要把日文中可以借鉴的东西直接移译到汉语中来。上面举的至今没有被现代汉语所接纳的三个例句，毋宁说是少数。更多的是在当时看来译得别扭，而现在看来却已经符合现代汉语表述习惯。由翻译家的努力而被引进到现代汉语的上千个日语词汇，已经成为现代汉语词汇中十分重要的组成部分。许多直接从日文中移译过来的日文词曾遭到保守人士的讥笑，如"动员""取缔""经济""积极""消极""卫生""义务""具体""抽象"等词，早已取得了合法的地位；而诸如"革命""干部""哲学""美学""目的""自由""封建""理论""漫画""杂志""剧场""关系""集中""经验""会谈""消化""动力""作用""克服""必要""申请""作风"，等等，已经是现代汉语中不可缺少的了。这就是日本文学翻译的"直译"为丰富我们的语言文字所做的特殊贡献。

三、此时期日本文学译介的总体成绩

　　1920—1937 年间日本文学翻译的繁荣，是和日本文学翻译家、翻译者的大量涌现及他们的辛勤劳动密切相关的。这一时期，有突出贡献的翻译家有二十多位，他们是：周作人、鲁迅、田汉、章克标、谢六逸、崔万秋、李漱泉、夏丏尊、沈端先、张资平、徐祖正、郭沫若、韩侍桁、查士

元、杨骚、丰子恺、冯宪章、任钧（森堡）、张我军、黄源、缪崇群、张晓天等等。大体统计起来，这一时期出版的译作单行本（含再版本，不含发表在杂志上的单篇译文）约有270余种。其中文学理论方面的译本约110余种；文学作品约160余种。其中，单个作家的作品集约40种，中长篇单行本约40种，各家、各类题材的综合译本约80余种。

1. 小说的翻译

短篇小说的翻译受到了特别的重视，其篇数和字数在总量上超过了中长篇小说。光综合性短篇小说集的译本就有三十余种。而且，可以说，这一时期的日本文学翻译是从短篇小说开始的。周作人、鲁迅1923年出版的《现代日本小说集》在中国的日本文学翻译中，是拓荒性的译作，其中的作品全部是短篇小说。周作人还在1927年编译了另一部重要的短篇集《两条鞭痕及其他》（上海开明书店版），其中选译了石川啄木、武者小路实笃、有岛武郎、长与善郎的六篇小说。除了周氏兄弟以外，在日本短篇小说翻译方面，贡献较大的还有张资平、查士元、韩侍桁、郭沫若等人。张资平（1893—1959年）翻译的日本短篇小说集有《衬衣》（上海世纪书店1928年）、《草丛中》（上海乐群书店1928年）、《某女人的犯罪》（乐群书店1929年）、《资平译品集》（上海现代书局1933年）等。张资平的译本所选篇目涉及小川未明、佐藤春夫、江马修、江口焕、加藤武雄、叶山嘉树、藤森成吉、武者小路实笃等多位不同流派、不同风格的作家作品，而且翻译质量也较高。查士元译有《日本现代名家小说选》，共两集，1930年由中华书局出版。该书选收了佐藤春夫、谷崎润一郎、芥川龙之介、志贺直哉、菊池宽、近松秋江等人的短篇作品八篇，均较精当。韩侍桁（1908—1987年）译有《现代日本小说》（上海春潮书局1929年初版，开明书店1931年再版），选译了森鸥外、岛崎藤村、谷崎润一郎、有岛武郎等十位作家的十篇小说。郭沫若（署名高汝鸿）译《日本短篇小说集》（上海商务印书馆1935年）选译了从芥川龙之介、志贺直哉、里见弴、葛西善藏、丰岛与志雄、藤森成吉、小林多喜二、德永直、贵司山治、武田麟太郎、林房雄、片冈铁兵、井伏鳟二、中河与一、横光利一等近现代短篇小说 19 篇。是该时期短篇集译本中仅次于周氏兄弟的《现代日本小说集》的篇幅规模较大、选译作家作品也较全面的一个综合译本。后来署名"高汝鸿"译的其他的日本短篇小说的译本,如《冰结的跳舞场》《小儿病》等,在篇目上与这个译本多有重复,所以说这个译本是郭沫若最有代表性的日本小说译本。郭沫若在译本序中对日本短篇小说给予了充分的评价,他认为:"日本人的现代的文艺作品,特别是短篇小说,的确很有些巧妙的成果。日本人自己有的在夸讲着业已超过了欧美文坛,但让我们公平地说一句话,日本的短篇小说有好些的确是达到了欧美的,特别是帝制时代的俄国或法国的大作家的作品的水准。"关于该译本的编选翻译,郭沫若说:"选译者在这儿可以问心无愧地说一句话,自己在选和译上,对于作者和读者是十二分地负着责任的。"

日本的长篇小说,五四时期很少翻译,而大多集中在 1920 年代后期到 1930 年代。这一时期所翻译的长篇,大多是日本文学中的名著,重要的译本有林雪清译德富芦花的《不如归》、章克标译夏目漱石的《哥儿》、崔万秋译夏目漱石的《草枕》、夏丏尊译田山花袋的《棉被》、徐祖正译岛崎藤村的《新生》、杨骚译谷崎润一郎的《痴人之爱》、陆少懿译谷崎润一郎的《春琴抄》等。当然,日本的名家名作不可能在这一时期全都得到翻译。事实上,在选题上,这时期还是有一些令人遗憾的遗漏,有些第一流作家的代表作被忽略了。如二叶亭四迷的长篇小说《浮云》,尾崎红叶的长篇小说《金色夜叉》,岛崎藤村的长篇小说《破戒》,有岛武郎的长篇小说《一个女人》,小林多喜二的中篇小说《为党生活的人》等,都未能翻译。而且一些译本现在看来并不完美,如可以查出译文中有些错译。特别是当时的现代汉语还在变动和形成发展的过程中,所以译文有不少生涩的地方。但无论如何,在翻译艺术上还是取得了长足的进步。如德富芦花的长篇小说《不如归》,早在清末就有了林纾、魏易根据英文译本翻译的本子,到了 1933 年,林雪清又根据日文做了重新翻译,由上海亚东图书馆出版。可以说，这个译本典型地体现出了1930年代日本文学翻译的新水平。作家、翻译家章衣萍在为林雪清译《不如归》写的序中，将林纾译本与林雪清译本中的相同段落的译文做了对比，得出了结论说："该书译笔忠实而流利，实在是很完美的译本，比从前林琴南的删节而且呆笨的译本，要高万倍了！"并认为从两个译本的比较中，可以看出白话和文言的优劣，"古文是不适宜于写小说的，因为它不能描写出对话的口吻"。而且，即使是写景，也"实在比那些呆笨的古文高得多"。

2. 剧本、散文、童话故事和诗歌的翻译

日本戏剧文学的翻译，在此时期日本文学翻译中，也占有重要的位置。日本近现代戏剧文学也很繁荣，大部分作家在小说创作的同时，从事剧本的创作，有不少作家以戏剧创作为主。中国所翻译的日本剧本单行本近三十种。译介的主要的剧作家有小山内熏、冈本绮堂、武者小路实笃、仓田百三、有岛武郎、久米正雄、山本有三、菊池宽、秋田雨雀、前田河广一郎、藤森成吉等。主要的戏剧文学翻译家有田汉、章克标、崔万秋、沈端先等。有关主要的剧作家及作品的翻译情况，将在本章各节中分别讲到。这里值得特别提到的，是两个重要的综合性剧作译本，一个是田汉翻译的《日本现代剧三种》（上海东南书店1928年），一个是章克标翻译的《日本戏曲集》（上海中华书局1934年）。前者选译了山本有三的《婴儿杀戮》、中村吉藏的《无籍者》和小山内熏的《男人》，共三个剧本；后者选译了山本有三的《同志》、中村吉藏的《星亨》、久米正雄的《阿武隈心中》、小山内熏的《第一的世界》、久保田万太郎的《短夜》、冈本绮堂的《修禅寺物语》，共六个剧本。这两个译本无论在选题上，还是在翻译上，都体现了当时日本戏剧文学翻译的一流水平。

对随笔散文、民间故事和儿童文学的翻译，也是此时期日本文学翻译中的重要组成部分，有关的译本有近二十部。在随笔散文的翻译中，谢六逸编选翻译的《近代日本小品文选》（上海大江书铺1929年）最为重要。它选译了佐藤春夫、夏目漱石、薄田泣菫、芥川龙之介、岛崎藤村等人的

散文十五篇，是一个较全面的、有代表性的选本。谢六逸编译的《日本
故事集》（上海世界书局 1931 年）是中国翻译出版的第一部日本民间故
事选集，其中选译的故事，都是在日本民间长期流传、妇孺皆知的名篇，
如《桃太郎》《猿与蟹》《断舌雀》《浦岛太郎》《羽衣》《八首大蛇》
《和尚的长鼻》等。书前还有译者写的"例言"，介绍了各篇故事的出处
来源等。这个译本不但有重要的文学欣赏的价值，而且对于日本社会文化
和民俗学的研究也有重要的参考价值。在日本的儿童文学翻译方面，此时
期的译本有许达年翻译的《日本童话集》（中华书局 1931 年）、许亦非翻
译的《现代日本童话集》（上海现代书局 1933 年）、钱子衿翻译的《日本
少年文学集》（上海儿童书局 1934 年）、张逸父翻译的《日本新童话》
（中华书局 1937 年）等。影响最大的是著名日本儿童文学翻译家张晓天
翻译的日本著名儿童文学作家小川未明的童话作品。张晓天翻译出版的小
川未明的童话集有三种，即上海新中国书局 1932 年出版的《红雀》《鱼
与天鹅》和《雪上老人》。小川未明的许多重要作品，通过张晓天之手，
大体被译介过来了。

　　对日本诗歌的翻译，在各类文体中数量最少。日本的诗歌，可以分为
传统诗歌——主要是"和歌"（亦称"短歌"）、"俳句"和现代新诗两
类。对日本诗歌的译介，集中在五四时期，以 1920—1924 年间为多。在
新诗方面，被译介的诗人有武者小路实笃、堀口大学、生田春月、佐藤春
夫、石川啄木等，其中最重要的还是佐藤春夫、石川啄木。佐藤春夫的早
期的最重要的诗集《殉情诗抄》在 1924 年由张定璜译出，在《语丝》杂
志第六期上发表；1934 年，李漱泉又重新翻译，收在他编译的佐藤春夫
作品集《田园之忧郁》中。但总体来看，对日本的新诗，中国的译者们
缺乏译介的热情，所译出的只是零星的东西；日本现代新诗的译本单行
本，连一本也未见出版。日本浪漫主义的领袖北村透谷（1868—1894 年）
是日本近代文学中最重要的诗人，但在中国，只有他的评论文章有人翻
译，但诗歌作品却未见有翻译者。日本新诗译介很少，其中的原因是多方

面的。日本的新诗也是从西洋学来的，在样式上缺乏民族的特色，这恐怕是中国缺乏译介兴趣的主要的原因。而日本传统的和歌俳句，在语言与诗型上与中国隔阂不大。和歌是五七五七七共五个句段、三十一个音节，俳句是五七五三个句段、十七个音节，另有日语特定的修辞方法，因此翻译的难度极大，所以一般人难以问津。只有周作人一个人，在这方面有知难而进的勇气，以他的日本语言文学的修养，译介和歌、俳句自然是最合适不过的。所以周作人就成了日本和歌、俳句在中国的仅有的翻译家。他最早写的关于日本文学的文章，就是谈日本俳句的，那是 1916 年发表的题为《日本之俳句》的短文。在五四时期，周作人写了多篇译介和歌、俳句的文章，如《日本的诗歌》《日本俗歌五首》及其《译序》，还有《一茶的诗》（均 1921 年）、《啄木的短歌》（1922 年）、《日本的小诗》《日本的讽刺诗》（均 1923 年）、《日不俗歌六十首》及《译序》（1925 年）等。在这些文章中，周作人例举式地翻译了许多和歌、俳句。在《日本的诗歌》一文中，周作人说："凡是诗歌，皆不易译，日本的尤甚：如将他译成两句五言或一句七言，固然如鸠摩罗什说同嚼饭哺人一样；就是只用散文说明大意，也正如将荔枝榨了汁吃，香味已变，但此外别无适当的办法。"根据这样的看法，周作人所翻译的和歌、俳句，一律撇开原诗在形式上的特点，而是"只用散文说明大意"。如日本 17 世纪著名俳句诗人松尾芭蕉的名句——

　　古池や蛙とびこむ水の音

　　周作人即用散文的方式译为：

　　古池——青蛙跳入水里的声音

　　又如，18 世纪著名的俳句诗人小林一茶的名句——

やれ打つな蠅が擦り足をする

周作人译为：

不要打哪，那苍蝇搓他的手，搓他的脚呢

这样迫不得已、看起来并不高明的译法，仔细品味，倒也别有情趣，在当时引起了诗坛的普遍的兴趣。五四时期两三行的散文体的所谓"小诗"大为流行，成为新诗中重要的一种形式，就是在周作人的《一茶的诗》《日本的小诗》等文章和日本和歌俳句翻译的直接影响下产生的。所以说，周作人的日本和歌俳句的翻译，数量虽不多，但对中国现代诗歌的影响，则是很大的。(详见拙文《中国现代小诗与日本的和歌俳句》，载《中国比较文学》1997年第1期)

3. 对日本文学的研究和评论

这个时期日本文学译介取得进步的一个显著标志，是日本文学研究者和研究著作的出现。周作人在1918年发表的《日本近三十年小说之发达》，是中国第一篇系统论述日本近代文学发展过程的文章，具有开创意义。后来周作人还写了一系列的专讲日本文学及日本作家的文章，如《日本的诗歌》(1921年)、《日本的小诗》(1923年)等。特别是1934年发表的《闲话日本文学》，是一篇专门论述中国的日本文学译介情况的文章，也是一篇中国的日本翻译文学史上的重要文献。除周作人以外，研究日本文学成绩最大的是谢六逸。他是中国第一个为日本文学写史的人。1927年，上海开明书店出版了他的《日本文学》上卷，1929年出版了《日本文学》的增订版，在此基础上，他写出了《日本文学史》上下卷，1929年由北新书局出版。全书有十余万字，是一部论述从古到今日本文学发展历程的系统的文学史著作。谢六逸写作《日本文学史》，主要目的是为了引起国人对于日本文学的重视。在该书的序中，他写道：

近二十年来的日本文学，已经在世界文学里获得了相当的地位。有许多著名作家的作品，曾有欧美作家的翻译介绍；我国近年来的文学，在某种程度上，也受了日本文学的影响，日本作家的著作的译本，在国内日渐增多；德俄的大学，有的开设日本文学系，研究日本语言文学；法国的诗坛，曾一度受日本"俳谐"的影响。根据这些事实，日本的文学，显然已被世人注意。

中国人在同文同种的错误观念之下，有多数还在轻视日本的文学与语言。他们以日人的"汉诗汉文"代表日本自古迄今的文学；拿"三个月小成，六个月大成"偷懒心理来蔑视日本的语言文字，否认日本固有的文学与他们经历变革的语言。这些错误，是有纠正的必要的。

其次，欧洲近代文艺潮流激荡到东方，被日本文学全盘接受过去。如果要研究欧洲文艺潮流在东方各国的文学里曾发生过如何的影响，那么，在印度文学里是寻不到的，在朝鲜文学更不用说；在中国文学里也觉得困难。只有在日本文学里，可以得到这个答案。

这里谈到了为什么要研究日本文学的理由，现在看来未必都正确（如上引第三段谈到欧美文学对印度、朝鲜的文学影响不太大，就不太准确）。但是，提醒国人注意研究日本文学，对于中国文学全方位的开放，是非常重要的。谢六逸在这方面所作的深入扎实的研究，也就有着重要的意义。虽然《日本文学史》中的许多材料和观点是从日本人的有关著作中借鉴来的，但谢六逸对日本那些非常繁复的材料，做了认真的爬梳和吸收，这本身就体现着一种创造。而且，书中所征引的不少有代表性的日本文学作品的片段，大都由谢六逸首次译成中文，其中涉及歌谣、和歌。俳句、物语、狂言等多种文学样式，谢六逸一律用白话文翻译出来，通畅易懂。这在中国的日本文学翻译史上，也有一定的示范的价值。书中的上卷和下卷的一部分，讲的全是明治维新以前的日本的传统（古典）文学。

鉴于这时期对日本的古典文学，除周作人外几乎无人译介，谢六逸用一大半篇幅讲日本古典文学，这在中国的日本文学译介史上是有奠基意义的，为以后的古典文学译介奠定了基础。

此外，韩侍桁的长文《杂谈现代日本文学》（载《文学评论集》现代书局 1934 年）对日本现代文学的评论和研究，也十分富于研究个性。韩侍桁对日本现代文学的评论，不受日本文坛的成就的束缚和影响，而是站在中国人的独特视角上看问题，发表了一些值得注意的意见。如，他认为：日本现代文学数量极大，但质量不好，质与量不成比例。原因在于在日本当作家比较容易，一旦当了作家，特别是成了名的作家，他们"便能享受着荣誉的生活，在安乐尊贵的生活中，他们唯一的计算不是为着艺术的制作，而只是想如何能产生大的量，以维持他们既成的经济生活与社会上原有的地位"；日本现代作家大都以写身边琐事为能事，所以"我们也不能不惋惜地说它确实是没有什么伟大的作品"，有些东西甚至是"非常幼稚的"；他还认为，"现代日本文坛太缺少批评家了，严格的批评家几乎是未曾有过的"，搞评论的，"大半只是互相称颂"。韩侍桁还具体地批评了志贺直哉、武者小路实笃、芥川龙之介、有岛武郎等大作家，除了有岛武郎外，他对这些作家都作了否定性的批评。韩侍桁的日本文学评论代表了中国的日本文学研究评论者的一种声音。其中的观点有不尽公正的地方，对作家作品也有一些误读。但站在他的特定的角度上，用他的特定的文学价值观和审美观来看，得出那样的结论，是值得注意的。

第二节　对日本文艺理论的译介

一、此时期日本文论译介的总体情况

大体来说，中国现代文论有三个外来渠道，即欧美、俄苏和日本。据

笔者粗略统计，从 20 世纪初直到 1949 年，中国共翻译出版外国文学理论的有关论文集、专著等约有 110 种。其中，欧美部分约 35 种，俄苏部分约 32 种，日本部分约 41 种，日本文论占接近百分之四十。这其中，1920—1930 年代翻译的又占绝大多数。统计数字固然不能说明全部问题，但它起码告诉了我们一个事实：日本文论是现代中国文论的一个重要的外部来源。1940 年代，梁盛志就在《中国文学与日本文学》（国立华北编译馆）一书中指出：现代中国对日本文论著作的翻译介绍，"其数量之多，影响之大，要在日本的文学创作以上"。

日本的文论全面吸收和借鉴西方文艺理论，其基本术语、概念、基本理论体系和思维模式是在西方文论的基础上发展起来的。在一定程度上说，现代日本的文艺理论是西方文论的一个分支，似乎也未尝不可。但是，日本文论也有自己鲜明的特点，有的日本文论家善于把西方文论与东方文论结合起来，写出了与同时期西方文论相比也不逊色的、有独创性的经典之作，如坪内逍遥的《小说神髓》（1885 年）、夏目漱石的《文学论》、厨川白村的《苦闷的象征》等。这些著作在中国都有介绍或翻译，对中国现代文论产生了一定影响。日本人还善于对西方的繁复晦涩的理论加以整理、综合，使其简洁、明了，使其易于被人接受。因此，在近代日本，"文学概论""文学入门"之类的著作不胜枚举。有的是向社会一般读者发行的读物，有的是学校的教科书或讲义。这些著作，多将世界文学理论的新成果加以吸收，对西方的诸家文艺观点进行简明扼要的引证阐发，深入浅出，条理清楚，通俗易懂，因此也非常符合中国读者的需要。1920—1930 年代中国翻译了多种这样的文论著作。还有些"文学概论"的教科书，参照了日本的此类著作，或根据日文著作编译。如伦达如的《文学概论》是我国最早的《文学概论》之一，1921 年在广东高等师范学校使用过，此书就是根据日本大田善男的《文学概论》编译而成的；有的著作在中国直接被用作教科书，如厨川白村的《苦闷的象征》，本间久雄的《文学概论》等；有的被作为教学参考书，如萩原朔太郎的《诗

的原理》等；有的普及性文论读本是根据日本各家文论著作编译的，如
1928 年由上海亚东图书公司出版的任白涛编译的《给志在文艺者》，就是
由有岛武郎、松浦一、厨川白村、里见弴、小泉八云的有代表性的文论著
作或论文编译而成。

　　1920—1930 年代中国的日本文论的翻译，大体以两个十年之交为界，
分为前后两个阶段。前一个阶段，译介的重点是日本近现代文论；后一个
阶段，译介的重点是左翼文论（或称无产阶级文论）。

　　前一个阶段译介的重点集中于日本明治、大正年间的文艺理论。译介
的范围比较全面，各种思潮流派、各种理论观点，都有译介，被翻译的重
要文论家有夏目漱石、厨川白村、本间久雄、宫岛新三郎等。影响最大的
译本是罗迪先译厨川白村的《欧洲文学十讲》（1921 年），鲁迅译厨川白
村的《苦闷的象征》（1924 年）和《出了象牙之塔》（1925 年），丰子恺
译《苦闷的象征》（1925 年），樊仲云译厨川白村的《文艺思潮论》
（1924 年），张我军译夏目漱石的《文学论》（1931 年），章锡琛译和汪馥
泉译本间久雄的《新文学概论》，去罗编译《小泉八云文学讲义》（1931
年），等等。

　　这种译介上的兼收并蓄的倾向，也可以从几种综合性的文论译本上看
出。重要的如 1929 年由上海北新书局出版、鲁迅编译的日本文艺论文集
《壁下译丛》。该书选择了 26 篇文章，除了一篇为西方人的文章外，其余
均为日本作家、评论家的论文。其中包括：片山孤村的《思索的惰性》
《自然主义的理论与技巧》《表现主义》，厨川白村的《东西之自然诗观》
《西班牙剧坛的将星》，岛崎藤村的《从浅草来》（摘译），有岛武郎的
《生艺术的胎》《卢勃克和伊里纳的后来》《伊孛生的工作态度》《关于艺
术的感想》《宣言一篇》《以生命写成的文章》，武者小路实笃的《凡有
艺术品》《在一切艺术》《文学者的一生》《论诗》，金子筑水的《新时代
与文艺》，片上伸的《北欧文学的原理》《阶级艺术的问题》《"否定"的
文学》，青野季吉的《艺术的革命与革命的艺术》《关于知识阶级》《现

代文学的十大缺陷》，升曙梦的《最近的戈理基》。鲁迅在为译本写的"小引"中交代说："就排列而言，上面的三分之二——绍介西洋文艺思潮的文字不在内——凡主张的文章都依照着较旧的论据，连《新时代与文艺》这一个新题目，也还是属于这一流。近一年来中国应着'革命文学'的呼声而起的许多论文，就还未能啄破这一层老壳，甚至于踏了'文学是宣传'的梯子而爬进唯心的城堡去了。看这些篇，是很可以借镜的。后面的三分之一总算和新兴文艺有关。片上伸教授虽然死后又很有了非难的人，但我总爱他的主张坚实而热烈。在这里还编进一点和有岛武郎的论争，可以看看固守本阶级和相反的两派的主意之所在。末一篇不过是绍介，那时有三四种译本先后发表，所以这就摘下了，现在仍附之卷末。"《壁下译丛》的翻译，显然主要是要矫正当时"革命文学"论者的理论上的偏颇。但所收的文章，属于各家各派，很有代表性。可以说是一定程度翻译日本现代文论面貌的一个比较全面的译本。

　　另一个综合译本是著名翻译家、文学评论家韩侍桁编译的《近代日本文艺论集》，1929 年由北新书局出版发行。这个译本选译了日本现代七位著名文艺理论家的 19 篇文章。其中包括：小泉八云的《生活和性格之与文学的关系》《最高底艺术之问题》《文学与国际政见》，北村透谷的《厌世诗人与女性》《万物之声与诗人》，高山樗牛的《文学与人生》《命运与悲剧》《诗人与批评家》，片上伸的《生之力》《告白与批评与创造》《生之要求与艺术》《都会生活与现代文学》，厨川白村的《病的性欲与文学》《文学与性歌》《演剧与观客》《东西之自然诗观》，林癸未夫的《文学上之个人性与阶级性》，平林初之辅的《民众艺术之理论与实际》《第四阶级之文学》。《现代日本文艺论集》所选文章范围很广，从近代初期，一直到晚近，各家各派，兼收并蓄，颇有代表性。可以看出韩侍桁在编选翻译中是颇费斟酌的。有许多是日本文学理论文上的名篇，如北村透谷的两篇文章，高山樗牛的三篇文章，都在日本文学理论史上占有重要位置。

二、对著名文论家的重要著作的译介

1. 对小泉八云、夏目漱石等人文论著作的译介

在这一时期所译介的日本明治时代（1868—1912 年）的日本文论家中，小泉八云、夏目漱石最为重要。

提起小泉八云（1850—1904 年），1930—1940 年代中国的文学爱好者恐怕都不全陌生。这位日本籍欧洲人学贯东西，是学者，又是著名的散文作家，既有西方人的严密的理论思维，又有日本人的敏锐的感受和精细的表达。他的文艺理论著作的特点是用散文家的笔法讲文艺理论，娓娓而谈，深入浅出，亲切平易，善于在东西方的对比中指出文学发展的规律性和作家作品的特征，从具体作家作品的批评和鉴赏出发，不作蹈虚之论，将抽象的文艺理论讲得饶有趣味。他致力于向日本人做文学启蒙工作，介绍西方文学。明治时代的许多文学家都蒙受他的影响和教益，为中国文论界所熟知的厨川白村就出自他的门下。而他在日本所做的文学启蒙的工作，对中国也同样是急需的、重要的。在中国，似乎没有人亲耳聆听过小泉八云的富有魄力的讲课或演说，但他的包括演讲稿、讲义在内的文论著作，大都译成了中文。从 1928 年到 1935 年间，中国至少翻译出版了他的九种理论著作（含不同译本）。其中有《文学入门》《文学讲义》《小泉八云文学讲义》《西洋文艺论集》《文艺谭》《英国文学研究》《文学的畸人》《心》《文学十讲》等。《小泉八云文学讲义》的译者认为他"指示文学方法时永不离开文学本身而言末技，谈理论时，总是就实际而言理论，将方法与理论合而为一"。（去罗《小泉八云文学讲义·序》，北平联华书店 1931 年）小泉八云的这种理论表述方式对专家学者而言，就像周作人所说的"似乎有时不免唠叨一点"（《夏目漱石〈文学论〉译本序》）。但对一般文学青年的文艺知识的接受，文学修养的提高，对中国文艺理论的普及起了相当重要的作用。为此，朱光潜曾在《小泉八云》一文中对小泉八云做了中肯的评论，他说："他是最善于教授文学的，能

63

先看透东方学生的心孔，然后把西方文学一点一滴地灌输进去。初学西方文学的人以小泉八云为向导，虽非走正路，却是取捷径。在文艺方面，学者第一需要是兴趣，而兴趣恰是小泉八云所能给我们的。"小泉八云对中国现代文艺理论的特殊贡献，主要在于比较文学的研究方法，印象式、鉴赏式的偏重个人审美感受的批评。这种批评和以朱光潜为代表的和中国"京派"的理论批评也是相通的。

夏目漱石（1867—1916 年）是日本近代文豪，日本近代文学的杰出代表。他一生写了大量的文学评论和理论著作，其中有代表性的著作是《文学论》（1907 年）和《文学评论》（1909 年）两种。前者是英国文学评论集，后者是文学概论性质的著作，两书都是夏目漱石在大学授课时用的教材。《文学论》从社会心理学、美学出发，认为文学的内容由观念、理智、印象等"认识"方面的要素（漱石用 F 来表示），与情绪的要素（漱石用 f 来表示）两部分构成，并创造了 F+f 的文学公式，由此展开了他的文学观。后来的许多日本作家、学者对《文学论》给予了高度的评价。他们指出，像《文学论》这样系统的、自成体系的文学概论的大部头著作，在当时的欧洲也是找不到的。评论家登张竹风在《评漱石君的〈文学论〉》（1907 年）一文中，认为该书是"破天荒的鸿篇巨著"，川端康成甚至认为《文学论》在日本是空前绝后的文学理论著作，他在《文学理论家》一文中说："在明治四十年代，夏目漱石根据心理学、美学撰写出了出色的文学概论，他的见解，可以说是出类拔萃的。……然而在夏目漱石以后，我们已经找不到一本值得信赖的文学概论了。这样说毫不夸张。"日本现代文学史家吉田精一认为《文学论》是"整个明治和大正时代唯一的、最高的和独创的"著作。（《近代文艺评论史·明治篇》，至文堂 1975 年）《文学论》在 1931 年曾由张我军译成中文，由上海神州国光社出版。《文学论》由于其学院气息很浓，内容多有晦涩难解之处，所以，译本在中国似乎不像厨川白村的著作反响那么大。因此，要评估它对中国的影响也比较困难。但是，它也确实产生了一定的影响。如孔芥编著的《文学原论》第三章"经验的要素"就是仿照夏目漱石的《文学论》的。《文学论》的翻译在中国文学翻译史上有着重要的地位，在整个民国时代，《文学论》是我国翻译的仅有的一部篇幅最大也是最为系统的文学概论方面的著作。周作人在《〈文学论〉译本序》中也对夏目漱石及其文学理论给予充分评价。

　　漱石在文学理论方面对中国影响较大的，是他在《〈鸡冠花〉序》中提出的"余裕"的文学创作，即主张文学家在写作上应该有一种闲适、轻松、游戏的心境，这就是"有余裕"的文学。周作人在 1918 年的《日本近三十年小说之发达》中，鲁迅在《现代日本小说集·附录关于作者的说明》中，都对《〈鸡冠花〉序》做了译介。这种"余裕"论的文学观，对鲁迅、周作人都产生了明显的影响。（详见拙著《中日现代文学比较论》第三章第三、五节）

　　2. 鲁迅等对厨川白村《苦闷的象征》的翻译及其影响

　　在日本大正时代（1912—1925 年）的文论家中，在中国译介最多、影响最大的，是厨川白村。厨川白村（1880—1923 年）是著名评论家和英国文学学者。曾在东京帝国大学英文系从师于小泉八云、夏目漱石、上田敏等名家。1915 年留学美国后获得博士学位，1923 年死于东京大地震。主要著作有《近代文学十讲》（1912 年）、《文艺思潮论》（1914 年）、《出了象牙之塔》（1920 年）、《近代恋爱观》（1922 年）、《英诗选译》（1922 年）等。其中，《近代恋爱观》等著作曾在社会上引起很大反响。

　　在厨川白村去世后的 1924 年 2 月，其遗稿《苦闷的象征》经人整理出版。据《鲁迅日记》记载，鲁迅在当年 4 月 8 日从北京买到原书，9 月 22 日开始翻译，不到二十天，在 10 月 10 日就译完。并在 1924 年 10 月 1 日至 30 目的《晨报副镌》上连载。1925 年 3 月出版单行本。鲁迅对《苦闷的象征》给予了高度的评价。他在译本"引言"中写道：

　　　　……至于主旨，也极分明，用作者自己的话来说，就是

65

"生命力受了压抑而生的苦闷懊恼乃是文艺的根柢，而其表现法乃是广义的象征主义。"……

作者据伯格森一流的哲学，以进行不息的生命力为人类生活的根本，又从弗罗特一流的科学，寻出生命力的根柢来，用以解释文艺，——尤其是文学。然与旧说又小有不同，伯格森以未来为不可测，作者则以诗人为先知，弗罗特归生命力的根柢于性欲，作者则云即其力的突进与跳跃。这在目下同类的群书中，殆可以说，既异于科学家似的专断和哲学家似的玄虚，而且也并无一般文学论者的繁碎。作者自己就很有独创力的，于是此书也就成为一种创作，而对于文艺，即多有独到的见地和深切的会心。

1925 年 1 月下旬，鲁迅又开始翻译厨川白村的《出了象牙之塔》，到 2 月中旬译完，同年 12 月出版。又从《走向十字街头》中译出《东西之自然诗观》和《西班牙剧坛的将星》两篇文章。在很短的时间里，以如此集中的精力和如此大的热情连续翻译一个文论家的著作，这在鲁迅的生涯中都是罕见的。而且鲁迅还把《苦闷的象征》作为他在北大等校授课的讲义来使用。一直到 1927 年，鲁迅在广州中山大学讲授文学概论课时，仍然把它作为教材。可见鲁迅对《苦闷的象征》的激赏与重视。

在 1924 年前后，《苦闷的象征》在中国还有另外两个译本。最早的是明权（孔昭绶）的节译《苦闷的象征》，连载于《时事新报》副刊《学灯》1921 年 1 月 16 日至 22 日。1924 年 10 月 25 日，在《东方杂志》21 卷 20 号上，刊有樊仲云节译的《苦闷的象征》的第三章。同年，留日归来的丰子恺把《苦闷的象征》译出，1925 年 3 月由商务印书馆出版，后又再版至少两次。1927 年《民铎》第 8 卷 4 号还刊登了任白涛的《苦闷的象征》缩译。

在 1920 年代后半期的短短的四五年时间里，厨川白村的主要著作几乎全都被译成中文。其中包括《近代文学十讲》《欧洲文学评论》《文艺

思潮论》《近代的恋爱观》《走向十字街头》《欧洲文艺思想史》《小泉八
云及其他》等，此外还有许多单篇的论文。这些译文在中国产生了很大
的影响。在 1920—1930 年代中国所撰著的许多文学理论著作和论文中，
厨川白村的理论均被作为一家之言，或被引述，或被评论，或被作为立论
的重要依据。厨川白村的文艺思想从不同的侧面，影响了中国现代文学史
上一大批重要的人物，除鲁迅之外，还有郭沫若、郁达夫、田汉、丰子
恺、石评梅、胡风、路翎、许钦文等等。例如，郭沫若在《暗无天日之
世界》（1922）中就说过："文艺本是苦闷的象征。无论它是反射的或创
造的，都是血与泪的文学。……，个人的苦闷，社会的苦闷，全人类的苦
闷，都是血泪的源泉。"1923 年，郭沫若在《暗无天日之世界》一文中更
加明确地宣称："我郭沫若反对那些空吹血与泪以外无文学的人，我郭沫
若却不曾反对过血和泪的文学。我郭沫若所信奉的文学定义是：'文学是
苦闷的象征'。"在《论国内的评坛及我对于创作上的态度》（1922 年）
中又说："文学是反抗精神的象征，是生命穷促时叫出来的一种革命。"
作家"唯其有此精神上的种种苦闷才生出向上的冲动，以此冲动以表现
于文艺，而文艺尊严性才得确立，……"（《〈西厢〉艺术上的批判与其作
者的性格》）这种文艺观和厨川白村理论的联系，是一目了然的。郁达
夫的文学观的来源非常驳杂，其中也有厨川白村影响的痕迹。和厨川白村
一样，郁达夫也是在广义上理解文学中的"象征"的，同时把艺术家的
"苦闷"看成是"象征选择的苦闷"。他在《文学概说》中认为，文艺是
自我的表现，而自我表现的手段就是"象征"；厨川白村认为"文艺是纯
然生命的表现"，提倡"专营纯一不杂的创造生活的世界"，郁达夫也认
为艺术家应"选择纯粹的象征"，"因为象征是表现的材料，（象征）不纯
粹便得不到纯粹的表现。这一种象征选择的苦闷，就是艺术家的苦闷。我
们平常听说的艺术家的特性，大约也不外乎此了"。石评梅则对厨川白村
"文艺是纯然生命的表现"有着深深的同感。她在评论徐祖正的《兰生弟
的日记》的时候写道："厨川白村说艺术的天才，是将纯真无杂的生命之

火红焰焰地燃烧着自己，就照本来的面目投给世间。把横在生命的跃进的路上的魔障相冲突的火花，捉住他呈现于自己所爱的面前，将真的自己赤裸裸的忠诚整个的表现出。"石评梅还对厨川白村《出了象牙之塔》中的《缺陷之美》一文格外表示了共鸣（见《再读〈兰生弟的日记〉》）。胡风的文学观也受到了厨川白村的深刻影响。胡风的"主观战斗精神""自我扩张"和厨川白村的"生命力的突进跳跃"，胡风的"精神奴役的创伤"和厨川白村的"精神的伤害"的理论，都有着深刻的内在联系；在《理想主义者时代的回忆》一文中，胡风写道：那时的他读了两本"没头没脑把我淹没了的书：托尔斯泰的《复活》和厨川白村的《苦闷的象征》"。许钦文在《钦文自传》中谈到，当时在北京大学听鲁迅讲授《苦闷的象征》时，深受影响。荆有麟在《鲁迅回忆》（1947年）一书中写道："曾忆有一次，在北大讲《苦闷的象征》时，书中讲了一个阿那托尔法郎所作的《泰倚思》的例，先生便将《泰倚思》的故事人物先叙出来，然后再给以公正的批判，而后再回到讲义上举例的原因，时间虽然长，……而听的人，却像入了魔一般。"向培良《艺术通论·自序》（1940年）中说过，厨川白村的《苦闷的象征》曾使他"大受感动"。路翎在1985年写的《我与外国文学》一文中回忆说："日本厨川白村的《苦闷的象征》在中国流传很久了，我也看过很久了。我还时常记得他的对人生有深的感情的理论观点。艺术是人民性的正义感情和美学追求的形象思维。它是人类追求，往前追求创造自身形象的表现和工具，它也是人类美感的表征和象征。在黑暗的时代，自然也是正直被压迫和被压抑者的苦闷的象征。我这么说，并非想探讨厨川白村的题旨'苦闷'够不够有力，我是说，厨川白村的感情是我历时常常想到的。"

另外，《苦闷的象征》的翻译，对中国现代文学理论的学科建设也起了重要作用。《苦闷的象征》是中国现代文艺理论著作征引最多的外国文论著作之一，许多文学理论著作把这部著作作为参考书。《苦闷的象征》分为"创作论""鉴赏论""关于文艺的根本问题的考察""文学的起源"

四部分，可以说囊括了现代文艺理论的基本重大问题。而对中国现代文艺理论的建设影响最大的，则是《苦闷的象证》中文学本质论和文学起源论两个问题。在1920—1930年代的中国人撰写的几十种《文学理论》《文学原理》或《文学概论》的著作中，文学的本质（定义）和文学的起源问题几乎是每一部著作都要谈到的。而许多著作，如田汉的《文学概论》、许钦文的《文学概论》、君健的《文学的理论与实际》、章希之的《文学概论》、曹百川的《文学概论》、陈穆如的《文学理论》、隋育楠的《文学通论》等，都援引厨川白村的理论主张。在文学的本质、文学的定义上，有的论者全面接受厨川白村的文学是"苦闷的象征"的观点，如许钦文在《文学概论》（1936年）一书中就写道："为什么要有文学？为什么会有文学？这两个问题，可以用一句话来解答完结，就是因为苦闷。""为着发泄苦闷，其实是因为苦闷得不得不发泄了，这就产生出文学来。""不过，发泄在文学上的苦闷，并不是直接的诉苦，是用象征的方式表现出来的，所以叫做'苦闷的象征'。"田汉在《文学概论》（1927年）"文学的起源"一章中，先是介绍了关于文学起源的诸种学说，然后大段地引述厨川白村的原文，作为文学起源论的权威观点。隋育楠在《文学通论》（1934年）"文学的起源"一章，在引述了西方有关诸种学说之后，又特别举出厨川白村《苦闷的象征》中关于文艺起源于宗教的论述，并认为厨川白村的观点"颇为可听"。

3. 对本间久雄等其他名家文论的译介

1920—1930年代中国所译介的日本现代文学理论家中，本间久雄、萩原朔太郎、木村毅、宫岛新三郎等，较为重要。

本间久雄（1886—1981年）是著名评论家、文学史家，以严整而又简洁的理论思维见长。著有《明治文学史》（五卷）、《英国近世唯美主义的研究》《文学概论》《欧洲近代文艺思潮论》《自然主义及其之后》等著作。他的《欧洲近代文艺思潮论》在中国相当流行。可以说，中国现代文坛关于欧洲文艺思潮的系统知识的最初、最主要的来源，除了厨川白村的《文艺思潮论》和《近代文学十讲》之外，恐怕就是本间久雄的《欧洲近代文艺思潮论》了。特别是他的《文学概论》及其修正本在日本众多的同类著作中，以横贯东西，纵论古今，视野开阔，资料丰富，富有真知卓见，独创理论体系见长。全书共分四编。第一编"文学的本质"，以"想象"和"感情"为本位，论述文学的本质特征；第二编"作为社会现象的文学"，论述了文学与时代、与国民性、与道德的关系；第三编"文学各论"，论述诗、小说、戏剧等各种文学样式及其特点；第四编"文学批评论"阐述了现代文学批评的各流派，文学批评和鉴赏应有的态度。全书体系严谨周密，内容简洁精练。所以 1920 年代在日本出版后，很快引起了中国文坛的注意。1925 年 5 月，汪馥泉翻译的《新文学概论》由上海书店出版，7 月再版；1930 年 4 月上海东亚图书馆又出版该译本，次年 4 月再版；1925 年 8 月商务印书馆出版章锡琛翻译的《新文学概论》，到 1928 年 9 月，该译本出了四版。1930 年 3 月，上海开明书店出版了章锡琛译的《文学概论》，同年 8 月再版。本间久难的《新文学概论》及《文学概论》，是 1925 年至 1935 年十年间在中国流行的唯一的外国学者的文学概论类著作。直到 1935 年，商务印书馆才出版了美国人 T. W. 韩德的《文学概论》，1937 年上海天马书店和读书生活出版社分别出版了苏联人维诺格拉多夫的《新文学教程》。本间久雄的著作以其流行时间长，印刷数量大，传播广泛，对中国文学理论，特别是文学概论的理论普及和理论建设产生重要影响。直到文学理论研究取得了长足进展的当代，本间久雄的《文学概论》仍然保持着独特的学术价值，所以一直到了 1976 年，当同类著作汗牛充栋的时候，台湾仍然出版了《文学概论》的新译本。

在诗歌理论方面，对中国影响较大的是萩原朔太郎（1886—1942年）。他是日本现代文学史上承前启后的重要诗人，诗人西条八十称他是"白话诗的真正的完成者"。除创作外，他在诗歌理论方面也很有成就，著有《诗论与感想》《诗的原理》（均 1927）等。其中《诗的原理》构思写作的时间前后有十年，是作者的苦心经营之作，在日本的同类著作中出类拔萃，对中国现代的诗歌理论影响较大。全书分为概论、内容论、形式论、结论四部分，论述诗歌的本质特征，诗歌的主观与客观，具体与抽象，诗与音乐美术，韵文与散文，叙事诗与抒情诗，以及浪漫派、象征派等诗歌诸流派。1933 年，中国出版了该书的两个译本。一个上海中华书局出版的孙俍工的译本《诗底原理》，一个是上海知行书店出版的程鼎声的译本《诗的原理》。孙俍工在"译者序"中谈到：他在复旦大学担任《诗歌原理》一课，在日文书籍中找到了许多有关的著作，非常愉快，"因为在目下的中国诗歌界，这样有系统的许多著述，还不容易看见"。他认为萩原朔太郎的《诗底原理》"其中特点可说的处所正多。但最精彩的，要算是：全书把诗的内容与诗的形式，用了主观和客观这两种原则贯穿起来，作一系统的论断"。所以优先译出了萩原朔太郎的这部著作。虽然，在现代中国，诗歌原理类的著作比较多，著作和译作有不下二十余种，但由著名诗人写的系统的诗歌原理著作，恐怕就只有萩原朔太郎的《诗底原理》了。

如果说在诗歌理论方面对中国影响较大的是萩原朔太郎，那么在小说理论方面对中国影响较大的就要算是木村毅了。木村毅（1894—1979 年）是日本著名的评论家、文学史家、小说家。主要著作有《小说的创作和鉴赏》（1924 年）、《小说研究十六讲》（1925 年）、《文艺东西南北》（1926 年）、《明治文学展望》（1928 年）等。其中在中国影响较大的是《小说研究十六讲》。这部书被日本学术界公认为是日本最早的全面系统的有关现代小说的研究著作，在日本一直不断重版，久盛不衰。《小说研究十六讲》论述小说的性质、特点、发展、流派等。分小说与现代生活、西洋小说发达史、东洋小说发达史、小说之目的、现实主义与浪漫主义，小说的结构、人物·性格·心理等十六讲。该书在中国出了两个版本。一个是上海北新书局的版本，1930 年 4 月初版，1934 年 9 月再版。另一个是根据《小说研究十六讲》编译的《东西小说发达史》（世界文艺书社

1930 年）。其次是《小说的创作与鉴赏》，该书在中国也有两个版本。一个是上海神州国光社 1931 年的版本，一个是根据《小说的创作与欣赏》编译的《怎样创作与欣赏》（上海言行社 1941 年）。在 20 世纪前五十年中国所译介的所有外国小说理论家中，木村毅的著作是被译介最多的一个。这两部书对现代中国的小说理论建设、小说知识的普及产生了一定的作用和影响。郁达夫的《小说论》在写作上主要参照的就是木村毅的《小说研究十六讲》。

在文学批评史方面，对中国影响最大的日本著名学者是宫岛新三郎。宫岛新三郎（1892—1934 年）以研究世界文艺思潮史、文学批评史见长。他著有《欧洲最近的文艺思潮》《明治文学十二讲》《大正文学十二讲》《文艺批评史》《现代文艺思潮概说》等。中国译有他的《欧洲最近文艺思潮》（现代书局 1930 年）、《现代日本文学评论》（开明书店 1930 年）、《文艺批评史》等。其中，影响最大的是《文艺批评史》。《文艺批评史》以欧洲文艺批评为主，对世界文艺批评的起源发展做了全景式的描绘，在日本属于这一领域中先驱性的著作。该书 1928 年在日本出版后，当年中国就有人把它编译成中文，以《世界文艺批评史》为题出版（美子译述，厦门国际学术书社）；1929 年和 1930 年，先后又有上海现代书局和开明书店出版了黄清嵋和高明的两个译本。宫岛的《文艺批评史》是现代中国翻译的唯一的一种文艺批评史著作。在西方，1900—1904 年曾有英国人 G·圣兹博里出版三卷本《文学批评史》，1936 年有美国人 L·文杜里出版《艺术批评史》，但均未见译成中文，而且似乎中国学者也没有同类著作出版。如果考虑到宫岛新三郎的《文艺批评史》在中国独步几十年，那么它在文学批评史方面对中国的影响则是不可小觑的。

4. 对藏原惟人等左翼文论的译介

对日本左翼文论的译介在日本整个文艺理论的译介中占重要地位。由于 1927 年蒋介石发动反共产党的政变，中苏关系断绝，两国文学的交流也受到妨碍。加上左翼"革命文学"的最早的提倡者，是刚从日本回国

的、深受日本左翼文学影响的创造社的成员，因此，中国的左翼文学主要
受到了日本文学的影响，并使得 1920 年代后期至 1930 年代在中国形成了
译介日本左翼文论的高潮。被译介的主要的日本左翼文论家有平林初之
辅、青野季吉、藏原惟人、片上伸、森山启、大宅壮一，川口浩、升曙
梦等。

平林初之辅（1892—1931 年）是日本左翼文学早期的最有代表性的
理论家。在《播种人》杂志上发表了大量文章，基本上是根据马克思主
义的观点，在无产阶级的性质，无产阶级文学与无产阶级革命的关系等方
面，提出了一些指导性的理论。如他认为，文学运动是阶级斗争的一个组
成部分，无产阶级文学应该是无产阶级阶级斗争的武器和工具，并对无产
阶级文学运动中的无政府主义进行了批判。中国翻译的平林初之辅的主要
著作有：林骙译《文学之社会学的研究方法及其适用》，上海太平洋书店
1928 年版；方光焘译《文学之社会学的研究》，上海大江书铺 1928 年版；
陈望道译《文学与艺术之技术的革命》，大江书铺 1929 年版。这三种著
作所谈的内容，似乎都不是平林初之辅的著作中最富于"革命"性的理
论，主张从科学与文学的关系入手，用科学的方法研究文学，像研究自然
和社会那样研究文学现象。

青野季吉（1890—1961 年）是日本无产阶级文学中重要的理论指导
者。他的主要的文章有《文艺批评的一种新类型》（1925 年）、《外在批
评的典范》（1926 年）、《自然成长与目的意识》（1926 年）、《再论自然
成长与目的意识》（1927 年）等。前两篇文章把文艺批评分为外在批评与
内在批评两种。他认为只探求文学的内部规律的内在批评是传统的方法，
他主张"外在批评"，即把文学视为社会现象，探求对文学现象的社会意
义，并把列宁评托尔斯泰的文章作为"外在批评"的典范。后两篇文章，
是青野季吉受列宁的《怎么办》中第二章《群众的自发性和社会民主党
的自觉性》的启发写成的。青野季吉提出的两个概念"自然成长"和
"目的意识"，其含义分别相当于列宁所说的"自发性"和"自觉性"。

在《自然成长和目的意识》中，它认为无产阶级文学分为"自然成长"和具有"目的意识"前后两个时期。"自然成长"时期是自发的，没有无产阶级的明确的斗争目的，因此它还不是无产阶级文学运动；而有着"目的意识"的文学，才是自觉的无产阶级文学运动，才"有自觉的无产阶级的斗争目的，才算是为阶级服务的艺术"。在《再论自然成长与目的意识》中，青野季吉进一步指出，在"自然成长"的无产阶级文学中，混入了许多非无产阶级的意识，到了"目的意识"阶段，必须通过斗争，对这些资产阶级的，小资产阶级的思想意识加以清除。青野季吉的这些理论主张带有当时在日本共产党内起支配作用的福本和夫极左思想的印记。青野季吉的著作在中国有陈望道翻译的《艺术简论》（大江书铺1928年）等版本。但就对中国左翼文学影响而言，影响最大的还是"自然成长"与"目的意识"的理论。这一理论对刚从日本归国的后期创造社成员的"革命文学"的提倡，起了不可忽视的作用。李初梨写了一篇与青野季吉的文章的题目都基本相同的文章《自然生长性与目的意识性》，把青野季吉的理论应用到中国，把是否有"目的意识"看成是区分无产阶级文学和非无产阶级文学的标准；主张在文坛上进行意识形态的斗争，清理和批判资产阶级和小资产阶级的思想意识。此外，郭沫若、成仿吾、沈起予、傅克兴等人的文章中，也有明显的青野季吉理论影响的痕迹。

藏原惟人（1902—1991年）是日本无产阶级文学中最有影响力的理论家，日本无产阶级文学运动的实际上的主要指导者。他曾留学苏联，精通俄语和俄苏文学，将大量苏联文学的作品和文论著作译成日文。鲁迅曾说过："藏原惟人是从俄文直接译过许多文艺理论和小说的，于我个人就极有裨益。我希望中国也有一两个这样的诚实的俄文翻译者，陆续译出好书来……。"（《"硬译"与"文学的阶级性"》）鲁迅从日文转译的一些俄文著作，如普列汉诺夫的《艺术论》等，是以藏原惟人的译本为底本的。藏原惟人影响最大的主要论文有《普罗列塔利亚艺术运动的新阶段》（1927年）、《作为生活组织的艺术与无产阶级》（1928年）、《普罗列塔利亚写实主义的路》（一译《到新写实主义的路》，1928 年）、《为艺术理论的列宁主义而斗争》（1931 年）等。这些文章当时都被译成了中文，有的文章甚至有两种译文发表。1930 年，现代书局出版了署名"之本"译的藏原惟人的论文《新写实主义论文集》，收入了上面提到的大多数文章。可以说这是中国翻译出版的、选择最精当的藏原惟人的文论集。藏原惟人对中国左翼"革命文学"影响最大的理论，首先是他提出的"普罗列塔利亚现实主义"（又可译为"无产阶级现实主义"）的所谓"创作方法"。这种"普罗列塔利亚现实主义"的主张，对中国"革命文学"团体"太阳社"的影响最为明显。如，太阳社的成员林伯修是最早译介藏原惟人的作品的人，他最先将藏原惟人的《到新写实主义的路》译出。太阳社的重要的理论家钱杏邨曾明确说过，他所提倡的新写实主义，不是来源于苏联，而是藏原惟人。他写的《怎样研究新兴文学》一书，引证最多的是藏原惟人的话。钱杏邨在和茅盾等人的论战中，也主要是以藏原惟人的理论为武器的，所以鲁迅当时曾说过这样的话："钱杏邨先生近来在《拓荒者》上，挽着藏原惟人，一段又一段的，在和茅盾扭结。"在接受藏原惟人的过程中，太阳社更多地发挥了藏原惟人理论中的"左"的方面。如在"普罗列塔利亚现实主义"的"创作方法"的提倡中，藏原惟人提出了两条基本原则，"第一，要用普罗列塔利亚前卫的眼光观察世界；第二，用着严正的写实主义的态度描写出它来"，但是，太阳社的理论家们却有意无意地忽视了第一条，而特别强调第二条。藏原惟人在《再论新写实主义》（1929）一文中，进一步把无产阶级写实主义与"唯物辩证法"的世界观等同起来，这种"左"的理论对太阳社的影响也很明显。

中国所译介的其他重要的日本左翼文论家还有大宅壮一的《文学的战术论》（上海联合书店 1930 年），鲁迅译片上伸的《现代新兴文学诸问题》（大江书铺 1929 年）、森堡译川口浩的《艺术方法论》（大江书铺 1933 年）、廖宓光译森山启的《文学论》（上海读者书店 1936 年）。还有冯雪峰等人翻译的升曙梦著研究和介绍俄苏无产阶级文学的数种著作。此外，还有几种日本左翼文论的译文集。如，冯宪章编译、上海现代书局1930年版的《新兴艺术概论》，选译了藏原惟人、青野季吉、小林多喜二等十二人的十二篇文章；王集丛编译、上海星垦书店1930年出版的《新兴艺术概论》，选译了青野季吉、藏原惟人等四人的四篇文章；胡行之编译、上海乐华图书公司1934年版的《社会文艺概论》，选译了加藤一夫、藏原惟人等四人的六篇文章。

第三节　对近代两大文豪的译介

森鸥外（1862—1922年）和夏目漱石（1867—1916年）是日本近代文坛上的两位领袖，日本近代文学的优秀代表。他们两人都有很好的东方文学（包括汉文化）的修养，同时又留学欧洲，对西方文化和文学都有很深的造诣。森鸥外在翻译介绍西方文学、西方美学方面，具有荜路蓝缕之功，在前期创作中首开浪漫主义之风，在后期创作中奠定了日本现代历史小说的基础。夏目漱石创作了堪称现代经典的作品，开辟了多种不同的小说风格。两人对后来的白桦派的人道主义文学、新思潮派的理智主义文学，乃至唯美主义文学等，都产生了深刻的影响。同时，夏目漱石和森鸥外两人，也是鲁迅最喜爱的日本作家，他们的作品，对鲁迅、周作人等中国作家，也有一定的影响。

一、对森鸥外的译介

1. 鲁迅、周作人对森鸥外的译介

森鸥外的最早的译介者，是周作人和鲁迅。周作人在1918年的《日本近三十年小说之发达》中，将森鸥外和夏目漱石并提，认为可以把他

们看作是反自然主义的，主张"低徊趣味"和"游戏"的"余裕派"。
1921 年，鲁迅译出了森鸥外的短篇小说《沉默之塔》，发表于 4 月 21
日—24 日的《晨报副镌》。1923 年，由鲁迅翻译的森鸥外的短篇小说
《游戏》《沉默之塔》，收在《现代日本小说集》中出版发行。《游戏》中
的木村是个公务员，也是一个文学青年，他的"游戏"的人生态度及文
学爱好，与他的公务员的职业身份有着难以调和的矛盾。这里反映的实际
上是作者自己的官僚身份与作家之间的矛盾和苦恼。《沉默之塔》的文体
介乎小说和散文之间，借"派希族"如何镇压、杀害那些看"危险的洋
书"者，并把他们的尸体拖进"沉默之塔"的描写，影射和批判了现代
的思想统治和思想镇压。

1922 年，当森鸥外去世的时候，周作人写了题为《森鸥外博士》的
纪念文章，对森鸥外的创作作了评介。文中说：森鸥外的小说集《涓滴》
中，"有《杯》和《游戏》二篇最可注意。因为他的著作的态度与风格在
这里面最明显地表现出来了。拿着火山的熔岩色的陶杯的第八个少女，不
愿借用别人的雕着'自然'二字的银杯，说道：'我的杯并不大，但是我
用我自己的杯饮水。'这即是他的小影。《游戏》里的木村，对于万事总
存着游戏的心情，无论做什么事，都是一种游戏，但这乃是理智的人的透
明的虚无的思想，与常人的以生活为消遣者不同，虽当时颇遭文坛上正统
派的嘲弄，但是既系现代人的一种心情，当然有其存在的价值。这种态度
与夏目漱石的所谓低徊趣味可以相比，两家文章的清淡与腴润，也正是一
样的超绝。不过森氏的思想保守的分子更少，如在《沉默之塔》里可以
看出"。在这篇文章中，周作人特别介绍评论了森鸥外的小说《性的生
活》——

　　森氏的著作中间，有一篇不曾编入集里的小说，最使我注意
的，是那九十四页的短篇 Vita Sexualis（性的生活）。……《性
的生活》是《分身》一类的作品。金井君自叙六岁至二十一岁

的性知识的经验，欲作儿子的性教育的资料，由我看来实在是一部极严肃的，文学而兼有教育意义的书，也非森氏不能写的。但是医学博士兼文学博士的严肃的作品，却被官僚用警眼断定是坏乱风纪而禁止了。……

（中略）

这篇里所写虽然只是一个理智的人的性的生活，但是一种很有价值的"人间的证券"。凡是想真实的生活下去的人都不应忽视的。……

到了 1928 年，周作人终于亲自把《性的生活》译出，并发表出来（载上海《北新》第 2 卷第 14 期、21 期）。《性的生活》，原标题是日文片假名拼写的拉丁语，周作人则把标题以英文 Vita Sexualis 译出，而没有译为"性的生活"之类的汉语标题。大概是为了不至于太刺眼吧。森鸥外的《性的生活》实际上是个中篇小说，小说以哲学家"金井君"——可以看作是森鸥外本人的化身——自述的形式，描写了他少年时代的性意识的觉醒和青年时代的性的体验。这样的题材和写法在当时的日本文坛是前所未有的。日本传统的小说，像井原西鹤的《好色一代男》《好色一代女》之类，对性采取了游戏的态度，而当时盛行的自然主义作品，则把性看作是人的丑恶的自然本能加以暴露。而森鸥外的这篇小说站在人性的角度，对性加以理智的分析和解剖。周作人正是在这一点上，对这个作品表示欣赏和共鸣的。在现代中国，周作人是最早提倡研究性科学、性心理学和性教育的人之一。他提倡对于性问题的健康的正常的态度，这本身就具有反封建的意义。因此，《性的生活》的翻译和发表，超出了文学本身的价值。

2. 林雪清译《舞姬》和冯雪峰译《妄想》

1937 年，日本文学翻译家林雪清翻译了森鸥外的小说集《舞姬》，由上海文化生活出版社出版发行。这个译本选收了《舞姬》和《性的生活》

两篇小说。《性的生活》是继周作人之后的第二个译本，表明了译者对这个作品的重视。而短篇小说《舞姬》，则是第一次译成中文，这在森鸥外的翻译中，具有重要的意义。

《舞姬》原作发表于1890年，是森鸥外的处女作和成名作。小说取材于作者自己在德国留学时的真实经历，具有较强的自传色彩。受政府派遣到德国留学的太田丰太郎，在德国大学的自由的空气中，不仅冲破了门第等级观念，也冲破了民族的隔阂，与一个贫穷的、连安葬亡父的钱都没有的德国舞女爱丽丝相爱。丰太郎承受着被免职的打击，与爱丽丝同居，靠好友相泽的帮助，与爱丽丝勉强维持清贫的生活。就在爱丽丝怀孕不久，相泽劝他与爱丽丝断绝关系，以便回国后重新取得高官厚禄。丰太郎经过痛苦的思想斗争，终于离开了即将分娩的爱丽丝，返回日本。当爱丽丝得知真情后，悲伤欲绝，当场晕了过去。这篇小说表现了日本近代青年在追求自由爱情与显身扬名的封建传统观念之间的矛盾冲突。虽然丰太郎最终服从了后者，但小说毕竟真实地反映了觉醒的青年内心痛苦的挣扎。这篇小说为日本的浪漫主义文学开了风气之先。在日本文学史上有着重要的地位。

森鸥外作品的第二个中文译本单行本是画室（冯雪峰）编选翻译的《妄想》。这个译本共选收森鸥外的四篇小说，包括《花子》《拉·巴尔纳斯·阿姆蓓兰》《妄想》《高濑舟》。1828年由上海人间书店出版。冯雪峰（1903—1976年）是现代著名文学家和文学翻译家。1920—1930年代从日文翻译介绍了许多苏联的文学理论方面的著作。森鸥外的作品集《妄想》是冯雪峰翻译的唯一的日本作家的小说集。在这个集中所收的四篇作品中，最重要的是《妄想》和《高濑舟》。《妄想》是一篇自传性的短篇小说。它写了一位白发老人在其晚年以书为伴，一边思考回忆往事，一边思考时间的问题、生与死的问题。老人年轻时代曾留学德国学习自然科学，在那一个个孤独的长夜，他阅读了哈特曼、萧邦哈威尔、斯奇那等的著作。回国以后，他痛感在日本没有从事自然科学的土壤，而从歌德、尼采等人那里寻找人生的答案。他在哲学、文学和科学当中摇摆，只把科学的希望寄托在将来。老人就是这样，在梦一般的妄想中，度着余生残年。《妄想》真实地反映了森鸥外思想上的苦闷，可以看作是他的思想自传。《高濑舟》是一篇历史题材的短篇小说，是后期历史小说的有代表性的作品。小说写一个乘一条名叫高濑舟的船，被流放、押送到一个荒岛去的杀人犯喜助，不但不像其他犯人那样悲伤，反而面露喜色。解差庄兵卫感到奇怪，便问其故。原来，喜助未做罪犯之前，尽管拼命干活，也还是不能养家糊口，现在被抓进大狱，不劳而食，官府还给了他二百文铜钱作流放时用。他从来也没有拥有过这么多钱，因此感到心满意足。庄兵卫又问他如何犯了杀人罪，喜助说：自己的弟弟因不堪贫穷而刎颈自杀，不料只割断了气管，欲死不能，痛苦万分。这时恰好喜助进来，弟弟便哀求他帮忙一死了之。喜助不忍看弟弟的痛苦的样子，替弟弟拔出了剃刀，于是弟弟死去，官府便以杀人罪逮捕了喜助。了解了此情的庄兵卫对官府的判决产生了怀疑。……这篇小说提出并探讨两个问题：一个是人的欲望的界限及其"知足"的问题，也就是欲望心理学的问题；一个是在一定条件下可否帮助别人结束生命的问题，也就是生命伦理学的问题。作者提出了这些问题，但并没有做出明确的答案。在一个故事中讲述而提出两个问题，反映出森鸥外的创作中的强烈的理智主义倾向。这种倾向对芥川龙之介、菊池宽等人的创作，产生了直接的启发和影响，因此文学史家把芥川龙之介、菊池宽的创作概括为"新理智主义"。

　　1920—1930年代，中国的森鸥外的作品翻译情况大体就是如此。和森鸥外在日本近代文学中的重要地位相比，中国对他的作品的翻译数量偏少。森鸥外作为一个职业高级军官，在日俄战争后曾停笔埋头政务十几年，其作品（不包括翻译）本来就比较少。重返文坛后转向历史小说的创作。那些作品大都以日本的历史为题材，对中国读者的阅读和翻译来说不免多了些困难。这些，恐怕都是他的作品译介不太多的原因吧。

二、对夏目漱石的译介

1. 周作人、鲁迅对夏目漱石的译介

对夏目漱石的介绍，以周作人为最早。他在 1918 年做的《日本近三十年小说之发达》的演讲中，认为夏目漱石是主张"低徊趣味"和"有余裕的文学"的。并翻译引用了夏目漱石在《高滨虚子〈鸡头〉序》中的一段话：

> 余裕的小说，即如名字所示，非急迫的小说也，避非常一字之小说也，日用衣服之小说也。如借用近来流行之文句，即或人所谓触着不触着之中，不触着的小说也。……或人以为不触着者，即非小说；余今故明定不触着的小说之范围，以为不触着的小说，不特与触着的小说，同有存在之权利，且亦能收同等之成功。……世界广矣，此广阔世界当中，起居之法，种种不同。随缘临机，乐此种种起居，即余裕也。或观察之，亦余裕也。或玩味之，亦余裕也。

周作人接着还解释说："自然派的小说，凡小说须触着人生；漱石说，不触着的，也是小说，也一样是文学。并且又何必那样急迫，我们也可以缓缓地、从从容容地玩赏人生。譬如走路，自然派是急忙奔走；我们就缓步逍遥，同公园散步一般，也未始不可。这就是余裕派的意思的由来。漱石在《猫》之后，作《虞美人草》也是这一派的余裕文学。晚年作《门》和《行人》等，已多客观的倾向，描写心理，最为深透。但是他的文章，多用说明叙述，不用印象描写；至于构造文辞，均极完美，也与自然派不同，独成一家，不愧为明治时代一个散文大家。"

周作人对夏目漱石的介绍和评论，在中国的漱石译介史上，是具有深远影响的。他把夏目漱石看作是余裕派，并特别推崇代表"余裕"倾向的前期创作，这对后来的中国文坛的漱石观的形成，影响很大。后来的夏目漱石作品的翻译家们，均把漱石看作是"余裕派"，并集中翻译他的前期作品。这是1920—1930年代中国夏目漱石翻译的一个值得注意的特点。事实上，漱石的创作，风格多样，思想也比较复杂，他主张"有余裕的文学"的同时，也赞同触及人生的重大问题的文学。只不过是以前人们对"有余裕的文学"重视不够，所以漱石才特别加以强调。

对夏目漱石小说的翻译，以鲁迅为最早。1923年出版的《现代日本小说集》中，选译了夏目漱石的两个短篇小说：《挂幅》和《克莱喀先生》。这两篇小说都带有强烈的散文化倾向。前者描写了一个老人因缺钱而忍痛卖掉自己珍藏的挂幅的复杂心理，后者刻画了英国的一个迂腐而又执著的老学究克莱喀先生的形象。这两个作品并不是夏目漱石的重要作品，但鲁迅的翻译，在漱石的作品翻译中，是开创性的。当时，周氏兄弟在日本文学翻译上密切合作，而且在思想上也颇相一致。鲁迅在《作者介绍》中对夏目漱石的看法，与周作人完全相同。鲁迅也认为夏目漱石的创作主张是"低徊趣味"，或称"有余裕的文学"，并且也大段引用了周作人曾引述的《鸡头·序》中的那段话。鲁迅说："夏目的著作以想象丰富，文词精美见称。……轻快洒脱，富于机智，是明治文坛上的新江户艺术的主流，当世无与匹者。"

1934年，周作人在《闲话日本文学》一文里谈到中国的夏目漱石的翻译时，曾这样说："在先，若说谁是最喜欢被诵读的，算来当然是除漱石莫属。章克标氏译了《哥儿》，崔万秋氏译了《草枕》。其他的短篇翻译，为数更多。"又说："翻译漱石的作品一向是很难的，《哥儿》和《道草》，虽有日本留学生翻译了的，可是错误非常的多。由此看来，漱石的文章总像是难于翻译。尤其是《我辈是猫》等书，翻译之后还能表出原有的趣味，实在困难吧。"

夏目漱石的成名作，也是他的全部创作中最杰出的小说，是周作人提到的《我辈是猫》（一译《我是猫》）。这部作品，在1920—1930年代，是否有正式的译本出版，现在还是个疑问。在 1980 年代东北师范大学外国问题研究所发表的《五四运动以来日本文学研究与翻译目录》所收录的夏目漱石的译本目录中，列有《我是猫》的一个译本，即"程伯轩译，风文书店 1926"。而其他的有关目录中，均没有著录此书。笔者也多方查阅，遍求无踪。从上引周作人的那段话看来，当时（1934 年），周作人似乎也不知道这个译本的存在。1936 年，周作人又写了一篇专文，题为《〈我是猫〉》，详细地评述了《我是猫》，并说明其中难译之处颇多。该文最后说："《哥儿》与《草枕》都已有汉译本，可以参照，虽然译文不无可以商榷之处。《我是猫》前曾为学生讲读过两遍，全译不易，似可以注释抽印，不过一时还没有工夫动手。如有人肯来做这工作，早点成功，那是再好也没有的事了。"不难看出，1936 年的周作人，仍不知道有《我是猫》的译本。看来，"程伯轩"译本即便有，似乎也没有产生什么影响。而周作人所期望的《我是猫》的较好的全译本的出现，则是 1958 年的事了（详后）。

2. 章克标译《夏目漱石集》和崔万秋译《草枕》

中国翻译出版的第一个夏目漱石的著作选集，是章克标选择的《夏目漱石集》。该集在 1932 年由上海开明书店出版。内收中篇小说《哥儿》、短篇作品《伦敦塔》和《鸡头序》。译本前有章克标写的《关于夏目漱石》的译本序言。这篇译序较详细地介绍了夏目漱石的生平、思想和创作情况。而对这些情况的介绍，主要是依据着夏目漱石的前期创作。强调夏目漱石的所谓"江户儿的特性"，推崇"轻快洒脱的趣味""有余裕""低徊趣味"的创作主张。章克标写道：

　　从这有余裕的小说所引出来的有低徊趣味这一个名字。他说："这是我由便宜而制造出来的名字，别人也许不懂吧，不过大体说起来是指对于一事一物，产生独特式联想的兴味，从左看去从右看去，徘徊难舍的一种风味。所以不叫做低徊趣味，而叫做依依趣味或恋恋趣味也没有什么不可。"这也可以看作……对于由一直线的观察事物,一步步写去的自然派作风的反抗。此种风趣,贯流于漱石的全部作品之中,稍一留神就可以发见的。更从这低徊趣味联想过去,还有一种非人情的世界,是主张艺术的一境地中,有一种超越了人情的世界。《草枕》可以算是描写这境地的。

(中略)

特别可以注意的是漱石的文章,那是有无比的灵妙,决不是别人所能追随的。第一由他的学问渊博,对于东西文学都有极高的造诣。他是主张技巧的,用丰富的文字,文句也极意修饰变化,再加上轻快洒脱的幽默和顿智机才,自然使他的文章绚烂极目了。

对夏目漱石的这些看法,决定了该译本的选题的定夺。这个选集,实际上只是体现漱石前期的作品特点的一个选本。《伦敦塔》是作者以伦敦留学为题材的游记性的随笔作品,《鸡头序》则是集中表明"余裕"论的一篇散文作品。而《哥儿》则是这个选集的压卷作品。

《哥儿》以第一人称"我"(哥儿)的自叙的形式,写了鲁莽而又正直的哥儿,从孩童到青年时代的经历与遭遇。哥儿是个生长在江户(东京)的"江户儿",生性憨直,又带豪侠之气。他小时顽皮,不讨父母喜欢,只有女佣人阿清特别关照,并亲切地称他为"哥儿"。"哥儿"从小要强不服输,又好打抱不平,同情弱小,但又常常上当吃亏。毕业后到一个乡村中学教书,不习惯当地的闭塞、陈腐落后的社会风气,看不惯伪善、霸道、诡计多端、仗势欺人的校长、教务长等实权派,便与他们发生了冲突,遭到戏弄侮辱,以至无法在学校立足,最后为了发泄怒气,便和一个教师把教务长痛打一顿,然后返回东京。……《哥儿》带有江户时代滑稽文学的许多特点,但作品具有强烈的时代气息,它描写了地方教育界的黑暗和腐败,表现了漱石在中学任教时的某些切身的体验。小说成功地塑造了一个可笑又可爱的"江户儿"的形象，可以说是漱石全部作品中最鲜活、最令人难忘的人物形象。如小说一开头，只几笔，就生动地勾画出了"哥儿"的性格特征，令人忍俊不禁，称妙叫绝。请看章克标的译文：

> 继承了爹娘传下来的憨莽，从小就只吃亏。记得在小学校时候，从楼上跳下来伤了腰，病了一星期。也许有人要问，"怎地要这样胡闹？"也没有特别的大理由。不过因为从新造的二层楼房上探出头去望望，有一个同级生打讪说："凭你有多么大本领，总不敢从上边跳下来。不中用的东西！"这样喊了起来的缘故。由校役背到了家里，爷瞪起二颗大眼珠，说道，"那里有只从二层楼跳下来就会伤了腰的东西。"回答他道："那么，下次跳一个不伤腰的给你看。"
>
> 有一次，亲眷给我一把来路货的小洋刀，把雪亮的刀锋煊闪在太阳光中，给友辈看看。当中一个人说道，"亮是亮了，可惜切不断什么东西的。""哪有切不了的！什么都切给你看！"这样担保了之后，那个人说："把你的手指，切来看看！""什么手指？是这样子的！你看！"，就照着右手大拇指的爪甲着的剃了下去。幸得刀小了些，大指骨又硬一点，现在还有这根大指头连在手上，不过疤痕却到死也不会退去的了。

据译者说，翻译《哥儿》这篇小说，主要是起因于章的朋友、翻译家、语言学家方光焘对此书的"不住称扬"。方光焘"说因读此书而下泪，因为想到将来也有做教师的这一种命运"。章克标也强调此书"对于现在中国的教育界，也可以当做一声警钟"。

这一时期的夏目漱石的另一位重要的翻译者，是日本文学翻译家崔万秋（1904—1982年）。1929年，崔万秋将漱石的《草枕》译出，由上海真善美书店出版。

《草枕》是一部中篇小说，发表于 1906 年，是夏目漱石前期的重要的代表作之一。小说写"我"—— 一个青年画家为了躲避俗世的忧烦，寻求"非人情"的美的世界，而来到了一个偏远的山村温泉旅馆。画家一面欣赏那里的美丽的自然风景，一面关注于村里的一个名叫那美的年轻姑娘，并希望为她画像。那美曾和一个并不相爱的人结了婚，丈夫家破产后回到了娘家。她才貌双全，会弹三弦，也去参禅，自己还沐浴在池中让画家来画，这使画家大为惊讶。画家总想画一张那美的像，但总是把握不住她的表情。那美去车站送堂兄当兵，和丈夫不期而遇，画家忽然看到了那美的"哀怜"的表情，于是那美的画像，便在画家胸中瞬间形成。……这就是小说的大体情节。严格说来这作品并没有什么情节，说是小说，更像是优美的散文。一般的小说注重的是情节在时间上的推移，而《草枕》注重的则是空间上的绘画效果。作者在书中，特别是第一章，有大段大段的议论和抒情文字，其中有对人生的哲理性的议论。崔万秋在"译者序"中引述了夏目漱石 1906 年写的关于《草枕》的文章中的一段话，其中说：

> 我的《草枕》与普通之所谓小说，意见全然相反。只把一种感兴——美的感兴留于读者之脑中便得了。以为无任何目的。所以既没有 Plot 也没有事件之发展。
>
> （中略）
>
> 再者有人非难我的作品，动辄陷于议论。但是我却要这样干。若因此而妨及我所想要奉呈给读者的美感，自然不行；若反过来可以助我达成此目的时，议论也好，什么也好，不是都没关系吗？要之，卑污的事，不快愉的事，一切都避开，只把美感呈于读者便得了。普通之小说，即使人玩味人生之真相的小说，固然很好；同时使人忘却人生之苦，与人以慰藉的小说，我以为也满可以存在。我的《草枕》，自然属于后者。

《草枕》全篇充满了浓厚的东方禅家哲学老庄思想的色彩。其中有对中国的陶渊明、王维的诗的意境的推崇。因此，中国读者，自有一种会心之感。也许正是因为这样，《草枕》在中国评价很高。译者崔万秋把《草枕》比喻为"一株美丽馥郁的花"，并说："我现在大胆地把它移植到中国大陆来，请国人欣赏。但美丽夜郎之花，是否因土质之不同，气候之差异，来到中国而枯萎；是否因好尚之不同，趣味之悬殊，见摒于大陆的人士，这都很难逆料。"但是，事实很快表明译者的担心是多余的。《草枕》在中国很受欢迎。崔万秋的译本文辞比较流畅，译文也比较准确，得到了当时读书界的肯定，并很快成了畅销书。谢六逸在《〈草枕〉吟味》（载《茶话集》）中推荐说：《草枕》"在我国已有了崔万秋君的译文，我介绍有志于文艺的人都该拿来一读"。谢六逸认为，《草枕》所表现的"东洋人的情趣"在近代资本主义文明的骚动忙乱和"迫切"的生活中，是有着特殊的风味的。崔万秋的译本出版后，在 1930 年一年中就出现了两个盗版。一个是上海"美丽书店"的本子，一个是上海"华丽书店"的本子，均署"郭沫若译"。实际上，郭沫若并没有译过《草枕》，这里似乎是"借用"郭沫若的大名。两个本子的文字与崔万秋的译本相同，连译本序都和崔万秋的一样。到了 1941 年，上海益智书店又出版了李君猛的译本。盗版书和复译本的出现，从一个角度说明了《草枕》在中国所受读者欢迎的程度。

第四节　对白桦派作家作品的翻译

一、白桦派作品在中国为什么特别受欢迎

白桦派，是以《白桦》杂志为中心的日本现代文学中的一个人道主

义、理想主义文学流派。其主要人物有武者小路实笃、有岛武郎、志贺直哉、里见弴、有岛生马、长与善郎、仓田百三等。这个流派的核心刊物《白桦》于1910年创刊，到1920年代中期，白桦派在日本文坛上活跃了十几年时间，在日本文学史占有重要位置。白桦派文学的特质，是主张人道主义和理想主义。他们的人道主义主张主要体现在：一、在国家与国家、人群与人群之间的关系上，主张平等相处，反对压迫和战争；二、在人与人之间的关系上，主张尊重个人的自由，伸张个性，但个性的发展应与社会相协调，爱自己与爱他人相协调；三、主张妇女儿童有着独立的人格和尊严，大人应该以爱儿童为本位，为儿童的成长做出牺牲；四、强调个人的道德修养和人格修炼，将理智与情感相统一，既不压抑本能和情欲，也不放纵自己。这四个方面，在白桦派的不同作家那里，各有侧重，但总体上，是相互关联的。它既是白桦派作家的共同的思想基础，也是白桦派文学的共同主题。

在日本近现代文学史上，白桦派及其人道主义文学，作为文学思潮并非最早产生（在它之前，有写实主义、浪漫主义和自然主义文学思潮），作为文学团体和流派也并非最早出现（在它之前，有砚友社、"明星"派等），而且其影响也并非最大（影响最大的是自然主义文学）。但是，白桦派在五四时期及五四以后的中国翻译文学史上，却是翻译最早、影响也最大。其原因，就在于白烨派的人道主义、理想主义的文学，在主题和风格上，与五四新文学在许多方面是相互契合乃至根本一致的。

五四运动是反帝反封建的运动，其主题是国家的尊严，社会的解放和人的解放，而其核心则是"人"的解放。正如郁达夫所说："五·四运动的最大的成功，第一要算'个人'的发现，从前的人，是为君而存在，为道而存在，为父母而存在的，现在的人才晓得为自我而存在了。我若无何有乎君，道之不适于我者还算什么道，父母是我的父母，若没有我，则社会，国家，宗族等哪里会有？"（《良友版新文学大系散文选集导言》）在日本，明治维新以后也强调"个人"的价值，但由于天皇制国体和传统的家族制社会的束缚，"人"的解放步履艰难。在文学上，日本的浪漫主义文学表现了个人的觉醒和解放的渴望，却在强大的社会压迫面前折断了理想的翅膀，随着北村透谷的自杀而过早夭折；写实主义——自然主义系统的作家，在"人"的观念上基本上是属于环境决定论者和悲观论者，他们表现了人的觉醒，宣泄了自觉到个人受社会压抑的所谓"觉醒的悲哀"，但是没有正面宏扬"人"的本体，缺乏积极的人生理想。只有白桦派的文学，高扬人道主义和理想主义的旗帜，强调人的尊严、人的价值，主张人与人之间的相互理解、同情与爱；反对国与国之间的不平等和由此产生的战争，反对社会不平等和社会压迫，同情下层人民；反抗封建的家长制，特别是夫权；主张面向未来，以儿童少年为本位，认为父母应为孩子做出牺牲。白桦派的虽有些稚气但却健康向上的青春气息，虽有些脱离现实但却富有建设性的人道主义理想，艺术上虽有不少缺点但却明快真挚的戏剧与小说，都正好切合了五四时期中国新文化和新文学建设的需要。

因此，在五四时期中国的日本文学翻译中，白桦派的作品翻译最多。以鲁迅、周作人的翻译为例。他们合译的《现代日本小说集》（1923 年）作为中国翻译出版的第一部日本现代小说集，选收了各种思潮流派的 15 位作家的 30 篇小说。其中，武者小路实笃、有岛武郎、志贺直哉、千家元麿的小说就有十篇，与白桦派的人道主义很接近的江马修的小说有一篇，足占全书的三分之一以上的比重。1927 年，周作人又翻译出版了题为《两条鞭痕》的日本现代小说集，收五位作家的六篇作品，其中白桦派作家就有四位，他们的作品有五篇，占了绝大部分。

二、对武者小路实笃的翻译

1. 鲁迅译《一个青年的梦》

白桦派作家中被中国译介最早、翻译最多的一位，是武者小路实笃。

武者小路实笃（1885—1976 年）是白桦派的核心人物、理论家，小说家和剧作家。而他的《一个青年的梦》又是中国最早翻译的白桦派作品之一。

《一个青年的梦》写作于 1916 年，发表于《白桦》7 卷 3—11 号，次年出版单行本。1918 年《新青年》4 卷 5 月号，发表了周作人的《读武者小路君〈一个青年的梦〉》一文。周作人在文中详细地介绍了武者小路实笃的剧作《一个青年的梦》。他说："日本从来也称好战的国。樱井忠温的《肉弹》，是世界闻名的一部赞美战争的小说。但我们想这也只是以前的暂时的现象，不能当作将来的永远的代表。我们看见日本思想言论界上，人道主义的倾向，日渐加多，觉得是一件最可贺的事。虽然尚是极少的少数，还被那多数国家主义的人所妨碍，未能发展，但是将来大有希望。武者小路君是这派中的一个健者，《一个青年的梦》便是新日本的非战论的［代表］。"鲁迅看了周作人的这篇文章，对武者小路实笃及其《一个青年的梦》产生了兴趣。据鲁迅在《一个青年的梦·译者序》中讲，看了周作人的介绍，便"搜求了一本，将它看完，很受些感动：觉得思想很透彻，信心很强固，声音也很真"。于是决定将它译出。从 1918 年 8 月 2 日开始，译文在北京《民国公报》上连载，中途因该报被禁，连载中止，鲁迅的翻译也中止。同年 11 月，鲁迅应《新青年》杂志之约，将未译部分译出，并将旧译校订后，在《新青年》上分四期刊登。武者小路实笃得知自己的作品被译成中文，非常高兴，于 1919 年 12 月写了《与支那未知的友人》的文章，表示了他的心情。该文也由鲁迅译出，被置于《一个青年的梦》中译本单行本之首。译本 1922 年由商务印书馆出版。

《一个青年的梦》是一个多幕剧，篇幅较长，约合中文八万余字。剧本构思奇特，从始至终是"一个青年"的梦中经历，将梦境与现实场面结合在一起，写"一个青年"在梦中如何被一位"不识者"带到战死者的亡灵面前，与亡灵对话，听亡灵哭诉和反战演讲，而且观看了由象征各国列强的"俄大""英大""法大""德大""奥大""日大"的登台表演。他们均鼓吹军备和战争，而"平和女神"则发表和平反战的演讲。

最后，"一个青年"被"不识者"从梦境中掷回，全剧结束。《一个青年的梦》没有连贯的戏剧情节和戏剧冲突，全剧充满了大量的演说和论辩，只能算一个"案头剧"，虽然在日本曾被数次搬上舞台，但演出效果可想而知。从戏剧艺术的角度看，是不成功的、幼稚的作品。但是，剧本所表现的明确、执着的反战态度，热情呼唤和平的人道主义精神，在当时的日本文学中是非常可贵的。鲁迅翻译这个剧本，除了基于对剧本的人道主义思想的共鸣之外，还具有明确的宗旨，那就是"医许多中国旧思想上的痼疾"。鲁迅在《译者序二》中说：

　　全剧的宗旨，自序已经表明，是在反对战争，不必译者再说了。但我虑到几位读者，或以往日本是好战的国度，那国民才该熟读此书，中国又何须有此呢？我的私见，却很不然：中国人自己诚然不善意战争，却并没有诅咒战争；自己诚然不愿出战，却并未同情不愿出战的他人；虽然想到自己，却并没有想到他人的自己。譬如现在论及日本并吞朝鲜的事，每每有"朝鲜本我藩属"这一类话，只要听这口气，也足够教人害怕了。

　　所以我以为这剧本也很可以医许多中国旧思想上的痼疾，因此也很有翻成中文的意义。

在鲁迅看来，不仅是侵略别国的国家要宣传反战思想，就是在中国这样的没有侵略别国的国家，也需要根除"藩属"之类的国家不平等意识，坚持人与人、国与国之间平等相待的思想。这里所表现的对自己的民族严格自省和解剖的精神，其思想境界已经高出了武者小路实笃及《一个青年的梦》了。与此同时，鲁迅认为，从当时中国军阀混战的现实看来，中国人还没有做到"爱和平"，因此，《一个青年的梦》的翻译也是必要的：

中国开一个运动会，却每每因为决赛而至于打架；日子早过去了，两边还仇恨着。在社会上，也大抵无端的相互仇视，什么南北，什么省道府县，弄得无可开交，个个满脸苦相。我因此对于中国人爱和平这句话，很有些怀疑，很觉得恐怖。我想如果中国有战前的德国一半强，不知国民性是怎么一种颜色。现在是世界上出名的弱国，南北却还没有议和，打仗比欧战更长久。

这样看来，翻译《一个青年的梦》，首先是促使中国读者的自省。这显然反映五四时期的鲁迅文学启蒙思想的一个重要的侧面，同时，也反映了五四的时代精神。五四运动，首先是一个反帝反封建的民主运动。而反帝，就是反对帝国主义对中国的侵略和掠夺，反对受帝国主义支持的国内的军阀混战。因此，对1920年代上半期大量的"非战文学""反战文学"的出现而言，鲁迅翻译的《一个青年的梦》有着首开风气之功。

2. 毛咏棠、李宗武译《人的生活》

中国翻译的武者小路实笃的第二本书，是《人的生活》。

《人的生活》，原题《人间的生活》，是武者小路实笃1920年出版的一个作品集。书中收四种作品，包括两篇评论文章——《人的义务与其他》和《现在的劳动和新村的劳动》；两个剧本——《未能力者的同志》和《新浦岛的梦》。《人的生活》中的作品，虽然体裁样式不同，但主题思想却很一致，那就是宣传他的所谓"新村思想"。武者小路实笃受托尔斯泰影响，对乌托邦式的社会改良产生了极大兴趣，1918年在九州日向村购买土地，建立了一个理想国"新村"，并在"新村"实行完全不同于现实世界的新的生活实验。村员们团结互助，平等相待，共同劳动，公平分配，根除剥削，自食其力，脑体结合，完善人格。在进行实验的同时，武者小路实笃还写了大量的文章、作品，阐述和鼓吹他的"新村主义"。五四时期，"新村"曾引起了周作人等一批知识分子的兴趣和共鸣。1919年7月，周作人访问了新村，并体验了"新村"的生活，感触颇深，归来后写了《访日本新村记》等一系列文章，宣传"新村主义"。1920年，周作人还在北京建立了"新村支部"，一度得到了李大钊、蔡和森、毛泽东、恽代英等早期共产主义者的赞赏。武者小路实笃的《人的生活》，就是在这种背景下翻译到中国来的。译者毛咏棠、李宗武是留日学生。他们在《译者导言》中说，该书的翻译"幸蒙周作人鲁迅二先生的题序校阅，故就敢出而问世"。周作人的确为译本写了序，在序中对书中的作品做了"解题"，认为其中的作品"很能说出新村的理想与和平的精神"。两位译者在其《译者导言》中说：

　　本书是日本武者小路实笃氏的原著，在一九二〇年出版的。他是"新村"之创办者，是要用和平的方法去建设合于理想的新社会，使大家向"人的生活"的路上走。现在我们就把"新村"的目的和精神略说一下，就可明白本书的意思了。"新村"的目的：要使全人类协同而营"人的生活"，要使全人类大家去走"人"的正道，要使一切的"人"从衣食住的忧虑中解放出来，在世上竭力发挥人类的光荣，确立对于"人"的不动的信仰。

"新村"的精神：

　　就从那目的上发生出来：劳动不是为金钱的报酬，是人类的义务。劳动是"人"可夸的事体；不劳动，是我们的弱点。义务劳动以外，当尊重个人的自由意志，然同时也应尊重他人的自由意志；自由意志以不侵犯他人的自由意志为限。义务劳动以外，无论社会，无论何人，绝对没有强迫。"人"一方面是个人的"人"，一方面是社会的"人"。所以一方讲协同，他方仍旧要讲独立。被恶极性所支配的人，不能算独立；不独立，不能独

93

立，是最不名誉。我们"人"的自爱和他爱是一致的，和自己挟同一主义的他国起冲突的主义，是谬误主义。爱国心以不害他国人的爱国心为限，超过这个范围便是罪。因祖国而战，致人类不能相互尊敬，相互爱护，这是国家主义的缺点。对于同心同德的人，不能爱如兄弟者，不配作'新村'里的人。"人"断不可失"爱"、"正义"、"勇气"三件。……

我们确信这件事业，是人类到光明的出发点，而这一册书，尤其是"新村"运动的导火线。对于社会改造，很有帮助，所以从忙中把这书译出……。

《人的生活》中的两篇文章，所表达的就是译者总结的这个意思。另外的两个剧本，则企图把这种思想加以形象化。《新浦岛的梦》的题材是日本流传甚广的浦岛太郎游龙宫的民间传说，剧中的浦岛的理想就是要把他所游过的龙宫"建在日本，想从日本起，建在全世界"。浦岛的"龙宫"，实际上就是作者的"新村"。这个剧本和武者小路实笃的大部分剧作一样，露骨地宣传自己的思想主张，表现手法相当简陋。《未能力者的同志》这个剧名，系日文的直译，意思是"无能为力的人"，主题也是反战，但反战的调子不像上述的《一个青年的梦》那么激昂了，剧本表达了理想和现实的矛盾：人们想做的好事，人们的理想在现实中往往不能实现，因此许多人实际上都是"无能为力的人"。

3. 崔万秋、周白棣等人对武者小路实笃的翻译

五四时期对武者小路实笃作品的译介，有两个着眼点，就是武者小路的人道主义的反战思想和他的以改造社会为目标的"新村主义"，这是武者小路实笃译介的第一个阶段。五四时期过后，即 1920 年代后期到 1930 年代，可以算作中国翻译武者小路实笃的第二个阶段。这个阶段，武者小路实笃的作品译本出版的比较多，选题也更全面。有评论文章，有戏剧，也有小说。如上海光华书局 1927 年出版了孙百刚翻译的《新村》，仍然

是作者鼓吹新村主义的书；1929年，上海金屋书局出版了章克标翻译的《爱欲》是武者小路的戏剧的代表作之一，艺术上比较成熟。写的是残疾画家野中英次因嫉妒而杀妻的悲剧故事，表现了一个天才的艺术家的精神与肉体、理智与情感的矛盾。1931年，王古鲁、徐祖正翻译了《四人及其他》。这是一本戏剧集，收了《四人》《一个家庭》《婴儿杀戮中的一小事件》《养父》等五个剧本。

这一时期，翻译武者小路实笃作品最多、影响最大的翻译家是崔万秋。崔万秋（1904—1990年），原籍山东观城，曾任上海《大晚报》副刊《火炬》编辑，与鲁迅有交往。此时期中国出版的大部分武者小路实笃作品中文译本，大多出自崔万秋之手。1928年，上海真善美书店出版了崔万秋翻译的《母与子》，这是中国所译武者小路实笃的第一部长篇小说，描写的是私生子阿进自我奋斗的故事。1929年，中华书局出版了崔万秋翻译的戏剧《孤独之魂》（原作发表于1926年）。出版社所作的广告称：《孤独之魂》"凡三幕，写孤独者的追求和梦想，极艺术之能事。武者小路作品，读之令人轻松愉快，如啖谏果，津津有回味，本书能充分表现其此种技巧，洵为佳作"。1929年，崔万秋又编选翻译了《武者小路实笃戏曲集》，仍由中华书局出版。书中收《父与女》《野岛先生之梦》《画室主人》三个剧本，是中国翻译出版的唯一的一本武者小路实笃的专门的剧作集。武者小路实笃本人也很重视该书的出版，并为译本写了《著者答译者书》作为"代序"置于书前，但可惜这个选本的选题不好。三个剧本无论在思想上，还是在艺术上，都不免肤浅幼稚，不能算是作者作品中的佳作。1930年，真善美书店又出版了崔万秋翻译的以失恋为题材的自传性中篇小说《忠厚老实人》（原作发表于1911年），这篇小说描写了年轻的主人公失恋的苦恼，和如何超越失恋的苦恼而发愤进取。这也是武者小路实笃创作中的一大主题，在这方面，《忠厚老实人》有一定的代表性。

由于武者小路实笃的作品数量很大，许多作品单调重复，平庸无奇，要把其中的少数精良的作品挑选出来，在当时并不容易。所幸他的艺术水平最高的一个剧本——《妹妹》，在这个时期被翻译过来了。这是此时期武者小路实笃作品翻译中的重要成果。

《妹妹》（原题《その妹妹》，也可译为《他的妹妹》）发表于1915年3月《白桦》杂志。《妹妹》中的画家野村广次，被征入伍并在战争中双目失明，不得不绝望地放弃绘画，由妹妹静子照顾，寄居在叔父家中。野村不甘心寄食生活，想用自己口述、请妹妹笔录的方法，从事文学写作，靠稿费自食其力。那时，叔婶为了私利，正打算把漂亮的静子嫁给一个纨绔子弟。静子如不答应，兄妹就可能会被叔叔家赶走，而广次无论如何也不能容忍叔叔出卖静子的行为。广次的朋友、作家西岛见难相救，帮助广次发表了作品，但作品遭到苛刻的批评。囊中羞涩的西岛只得靠变卖藏书出钱让兄妹二人另租房居住，并负担他们的生活费用。但社会上很快谣传静子做了西岛的小妾，并引起了西岛夫人的怀疑。为了哥哥的文学事业，为了西岛的家庭和名誉，静子决心自己做出牺牲：同意叔叔定的那门婚事。无能为力的广次在悲叹之余，决心获得文学事业的成功。……这个剧本中，没有作者的其他作品中常见的枯燥的说教和不自然的情节，既注意描写外部的矛盾冲突，又注意描写人物内心的复杂微妙的心理活动。它表现的是武者小路实笃创作的中心主题之一，那就是反抗厄运，自强不息，互爱互助，同情与牺牲。

中文译本由中华书局1932年出版。译者周白棣是田汉的学生，曾跟田汉学习日语。在《译者赘言》中，周白棣交代说：

> 我们请田汉先生教授日文，是数年前的事。教半年，田先生就进而教我们这本书。田先生那时说：近代日本文坛，以武者小路实笃影响为最大，而此剧之艺术价值，且远在《一个青年的梦》之上。我们那时每日请田先生教，田先生的教授是非常精进的。故不及叁月而全书教毕。我一则因田先生教授的勇猛，二

则因全书艺术的动人，故三月如一日，每日到班听讲，退班细
读，无曾一次缺课，亦无一日间断。教授完毕，自己常常温读，
自头至尾，回环讽诵者前后不下三数遍。我有时引亢朗诵，低头
微吟，往往为广次而下泪，为静子而啜泣。唉，文艺之感人盖如
此！温读既久，暇时复稍稍移译之，其后则每日译之，乃竟阅两
周而译毕。我本想请田先生校阅一遍，后田先生离沪所以未
果。……

看来，田汉是把《妹妹》作为教授日语的精读范文来使用的，因此，
此译本的选题，可以说主要应归功于田汉。周白棣的译文又经精通日文，
并精通话剧艺术的徐卓呆（半梅）校对过，译文虽非无可挑剔，但还算
是忠实于原作的好译本。中华书局在译本前冠"小引"推荐说：《妹妹》
"可目为氏之代表作，又可目为白桦派艺术之代表作。作者向树人道主义
的艺术之旗帜而据有文坛，在文坛思想坛打开空前之新面，这种功劳谁也
不能否认。此剧表出作者之独到之新境地，并且指明了自然主义以后新艺
术应走的路径，此剧实为创造时代的作品。再全篇贯以纯真的人道主义的
热情，又运之以自然主义艺术所求之不得的敏锐的心理描写，益发显示了
作者之精妙而又强烈的剧本艺术。故虽对氏之艺术怀有敌意抱有反感的人
们，对此亦当为之拜倒，而同样发感叹声。这样还不足称为艺术界有数的
名作吗？"这种评价，可以说不为过分的。事实上，如果要在现代中国所
翻译的日本现代戏剧作品中举出两种堪称经典的作品，那么首先应是菊池
宽的《父归》（详后），再就是武者小路实笃的《妹妹》了。

三、对有岛武郎的翻译

有岛武郎（1878—1923 年）是白桦派的中坚作家。他的作品在中国
的翻译数量不像武者小路实笃那样多。从五四时期到 1949 年，除了许多
单篇译文之外，中国翻译出版的有岛武郎作品的单行本只有四五种。但

是，他在中国的影响，并不比武者小路实笃小。

1. 鲁迅对有岛武郎的翻译

最早翻译有岛武郎的，也是鲁迅。1922 年，鲁迅将有岛的《与幼者》和《阿末之死》两篇作品翻译出来，收在他与周作人合译的《现代日本小说集》中出版。同年，鲁迅又将有岛武郎的散文《小儿的睡相》翻译出来，发表于当年 4 月号的《文化生活》杂志。1926 年，鲁迅翻译了有岛武郎的文学论文《生艺术的胎》，发表于同年五月的《莽原》半月刊第九期上。鲁迅在 1929 年出版的文学理论译文集《壁下译丛》中，选译了有岛武郎的《生艺术的胎》《卢勃克和伊里纳的后来》《伊生的工作态度》《关于艺术的感想》《宣言一篇》《以生命写成的文章》共六篇论文。鲁迅翻译了有岛的这些作品，也受到了有岛的一些影响。如，关于创作植根于"爱"的思想，关于作家的阶级属性与创作的关系的看法，对鲁迅都有过启发。

在鲁迅的有岛武郎翻译中，选题最好，影响最大的，当推《与幼小者》。资料表明，至少在 1919 年，鲁迅就读过有岛的作品。鲁迅在 1919 年 11 月 1 日发表《"与幼者"》一文中开头就说："做了《我们现在怎样做父亲》的后两日，在有岛武郎的《著作集》里看到《与幼者》（鲁迅后来译为《与幼小者》——引者注）这一篇小说，觉得很有许多好的话。"接着鲁迅还翻译引用了数段《与幼者》中的原话。

《与幻小者》实际上是一篇纪实性兼抒情性的散文作品。发表于 1918 年，取材于作者亲身的遭际和情感体验。作品以给自己写信、讲述往事的口吻，描写了孩子的母亲（即有岛的妻子安子夫人）罹患肺病到悲惨去世的经过。"母亲"是那样地疼爱自己的孩子，得知自己患的是肺病，她忍着极大的痛苦，坚持不与三个孩子见面，直到去世。以下是鲁迅《与幼小者》的一段译文：

你们的母亲的遗书中，最崇高的部分，是给与你们的一节，倘有看这文章的时候，最好是同时一看母亲的遗书。母亲是流着血泪，而死也不和你们相见的决心终于没有变。这也并不是单因为怕有病菌传染给你们，却因为怕将残酷的死的模样，示给你们的清白的心，使你们的一生增加了暗淡，怕在你们应当逐日生长起来的灵魂上，留下一些较大的伤痕。使幼儿知道死，是不但无益，反而有害的。但愿葬式的时候，教使女带领着，过一天愉快的日子。你们的母亲这样写。有诗句道：

"思子的亲的心是太阳的光普照诸世间似的广大。"

这里有母爱的伟大，也有父爱的深沉——

……我爱过你们了。并且永远爱你们。这并非因为想从你们得到为父的报酬……养育到你们成了一个成人的时候，我也许已经死亡；也许还在拼命的做事；也许衰老到全无用处了。然而无论在哪一种情形，你们所不可不助的，却并不是我。你们的清新的力，是万不可为垂暮的我辈之流所拖累的。最好是像那吃尽了毙掉的亲，贮起力量来的狮儿一般，使劲的奋然的掉开了我，进向人生去。

鲁迅说《与幼小者》有"眷恋凄怆的气息"，他的译文的确把这种"眷恋凄怆的气息"传达出来了。鲁迅的日本文学翻译，在《一个青年的梦》中还有不少生硬之处，但到了《与幼小者》显然有了较大的进步，在严格地忠实原文字句的前提下，也传达出了原作的精神。这里恐怕不单是技巧的长进，也是与原作共鸣的深度有关。有岛武郎在《与幼小者》中所表达的把希望寄托于未来，父辈应为子辈后代付出全部的爱，做出全部的牺牲的人道主义精神，与鲁迅的思想是高度吻合的。鲁迅在《我们怎样做父亲》一文中提出："……只能先从觉醒的人开始，各自解放了自己的孩子。自己背着因袭的重担，肩住了黑暗的闸门，放他们到宽阔光明的地方去。"这与有岛在《与幼小者》中所提倡的，是完全一致的。《与幼小者》所表达的思想，就是以"幼小者"、以儿童为本位的思想，是作者人道主义思想的重要组成部分。通过鲁迅的译介，它对于中国五四时期的人道主义思潮的形成，对于矫正不把儿童当人看的以家长为中心的传统观念，对于只"是制造孩子的家伙，不是'人'的父亲"（鲁迅语，见《随感录·二十五》）的封建家长意识，都是一剂良苦之药。许多人为《与幼小者》所打动，如著名文学家朱自清在 1928 年写的《儿女》一文中说："有一回，读了有岛武郎《与幼小者》的译文，对于那种伟大的，深沉的态度，我竟流下泪来了。"

2. 绿蕉译《宣言》和沈端先译《有岛武郎集》

鲁迅所选译的，都是有岛武郎的短篇作品。有岛武郎的中长篇小说的翻译及单行本译本，在 1920 年代末至 1930 年代也出现了。那就是绿蕉译的《宣言》和沈端先译的《有岛武郎集》。

《宣言》是书信体长篇小说，发表于 1915 年。是有岛武郎前期的代表性作品。全书由 A 和 B 两人的三十七封来往书信构成，是常见的以三角恋爱为题材的小说。A 爱着一位女性"Y 子"，B 在他们两人中牵线，但 B 和"Y 子"早就暗暗相爱，所以到头来却是 B 与"Y 子"结合。这就使得 A 以及爱着 B 的 A 的妹妹"N 子"尝受了失恋的痛苦。B 和"Y 子"都患了结核病，但他们并不绝望，而是决心迎接一切人生的挑战。相互发出了这样的"宣言"——"你要忍着悲痛，在我倒下去的地方站起来！"这部小说表现了恋爱中的爱情与友情、理智与情感、灵与肉、自私与利他之间的矛盾，其结局，是主人公忠实于自己的爱的本能，在爱情中汲取力量，勇敢地面对命运的挑战。这部作品和武者小路实笃的《友情》《爱与死》等主题构想上颇为一致，反映了白桦派作家的健康的现代爱情观。中文译本由绿蕉翻译，上海启智书局 1929 年出版。书前附姜华写的序言《谈有岛武郎》，对有岛武郎的创作做了高度的评价。当时的中国文坛，尤其是上海文坛上的三角恋爱小说出了很多，大有泛滥之势。绿蕉选择《宣言》来翻译，不排斥有着迎和市民读者需要的动机，但《宣言》的翻译出版，对充斥着萎靡颓废的三角恋爱小说的上海滩，不啻是吹来了一丝清风。

1930 年代中国出版了两个有岛武郎的文集，一个是任白涛译的《有岛武郎论文集》，一个是沈端先译的《有岛武郎集》。其中，《有岛武郎论文集》1933 年由上海神州国光社出版，1934 年和 1936 年改题为《有岛武郎散文集》，分别由上海的标点书局和龙虎书店出版。这部散文集收入了有岛武郎的阐述其人生观和文艺观的文章二十三篇，是一个比较详实的有岛武郎散文集。书前有译者的长篇序文《写在卷头》。

1935 年由沈端先（笔名夏衍，1900—1998 年）翻译的《有岛武郎集》由中华书局出版。沈端先是由翻译日本文学走上文坛的，有岛武郎作品的译介在他的翻译生涯中占有重要地位。《有岛武郎集》选收了作者的两篇中篇小说——《该隐的末裔》和《出生的烦恼》，都是有岛武郎的重要的代表作。只可惜译本前后没有译者的"序言"或"后记"之类，对于沈端先翻译的动机和原委不得而知。但仅从选题和译文上看，这个集子的编辑和翻译是认真可靠的。

《该隐的末裔》发表于 1917 年，是有岛武郎的成名作。"该隐"是圣经中人类始祖亚当的儿子，性情凶暴，出于嫉妒而将弟弟亚伯杀死。"该隐的末裔"在此喻指主人公仁右卫门。仁右卫门是一个贫穷的佃农，他性格蛮横、凶残、桀骜不驯，通奸、强奸、打人、赌博，任性而为。然而作者的意图似乎主要并不在于批判农民的野蛮粗鲁，而在于揭露社会对他们的不公正待遇。作者对仁右卫门的遭遇表现了深深的同情，同时也不无欣赏地描写了仁右卫门依照自我的本能，反抗一切束缚，我行我素、义无反顾，虽遭惩罚，也决不低头的倔强性格，表现了没有受现代文明浸染的无知无识的农民身上的原始的、野兽般的压抑不住的顽强生命力。从这篇小说中已经展开了有岛武郎创作的一个基本的主题：无拘无束的本能的生活与社会压迫之间的矛盾。《该隐的末裔》笔法酣畅粗犷而有力，风格刚劲泼辣。沈端先的译文较好地表现出了原作的风格。如下列一段描写仁右卫门殴打别人家的顽童的一段译文：

> "小畜牲们为什么踏人家的田地？自己是乡下人的孩子，难道不知道田地的重要？滚过来！"

> 他摆了步位，睁着怒眼喊着。孩子们吓得哭了起来，一步一步地走到他的前面。等待着的仁右卫门的拳头，立刻打在了一个十二岁光景的长女的瘦削的脸上。三个孩子好像同时感到了痛楚，一起的哭了起来。仁右卫门不管大小，胡乱地打了一阵。

沈端先译《有岛武郎集》中的另一篇作品是《出生的烦恼》。原作发表于1918年，不但是有岛武郎的杰作，也是日本文学中的名作之一。该作品长期以来被选入日本的语文教科书，具有广泛的影响。与《该隐的末裔》的完全虚构不同，《出生的烦恼》的作品主人公——木本君的原型是与有岛武郎有过交往的一位乡土画家。作品写了"我"与木本君的交往。十年前，当木本君还是少年的时候，曾带着自己的绘画来"我"家拜访。在"我"看来，他的画虽然幼稚不成熟，却带有一种不可思议的力量。十年后，当"我"从札幌搬到东京居住并且成了三个孩子的父亲时，意外地收到了木本君从北海道寄来的包裹，里面有他自制的写生簿和一封信。"我"从中知道，木本君已经做了一个渔夫，为了生存而在大海上从事着艰辛的劳动。但是，并没有放弃他喜爱的绘画，在与恶劣的生活环境搏斗的过程中，他的绘画水平也不断长进。我深深地为他所感动，并很快在北海道和他见了面。在和他的谈话中，"我"了解了他的日常生活和内心世界，了解了他在理想与现实、艺术与实际生活之间挣扎的苦恼。"我"感到，"在不为任何人所注意的地球的一角，一个尊贵的灵魂冲破了母胎，在痛苦地奋斗着"，但是"我"相信他能够超越苦恼，迎接春天的到来。……有岛武郎在《出生的烦恼》的"广告"中说："我要在《出生的烦恼》中向一切等待诞生的美好的灵魂高唱谦逊的赞歌。"点明了这篇作品的主旨。《出生的烦恼》表现的就是在逆境和恶劣的生活环境中，不向命运和境遇屈服，依然保持自己的理想追求的"美好的灵魂"。木本君就是有岛武郎的人道主义理想的化身。在白桦派的作品中，有不少是表现主人公和不幸的命运搏斗的，但那些主人公的不幸要么是失恋、情变，要么是患病或伤残，而《出生的烦恼》中的木本君的命运是由他的"出生"于贫困的渔民家庭所决定了的。因此它的"烦恼"就带有更深刻的社会性，他的奋斗追求也就带有更广泛的社会意义了。

　　总体来看，1920—1930 年代中国翻译的有岛武郎的作品，选题较精，所译出的大都是他的中短篇小说或散文、论文中的代表作品。但长篇小说，如有岛的大作《一个女人》，却一直没有翻译。直到 1980 年代，才出现了《一个女人》的中文译本。

四、对志贺直哉、仓田百三的翻译

1. 周作人、谢六逸、叶素对志贺直哉的翻译

　　志贺直哉（1883—1971 年），在白桦派作家中卓成一家。他擅长短篇小说的创作。没有重大的主题和题材，多描写个人的家庭、父子关系、婚姻爱情及日常生活中的所见所感。他没有武者小路实笃那样的高远的人类意识和社会理想，却在具体细致的生活场景的描述中，渗透强烈的正义感和以自我为中心的温馨的人道主义同情心。他没有有岛武郎那样的灵与肉冲突的深刻苦恼，而是力图超越冲突，追求东方式的和谐与宁静；他与不讲究技巧的武者小路实笃不同，在早期创作中就表现出了高超的艺术技巧；他也不像有岛武郎那样深受西洋文化和文学的熏陶，而是带有浓厚的日本式、东洋式的恬淡、宁静、冷彻、敏锐和简洁。他的作品，自然本色，生动传神，娓娓道来，语言雅正而优美，大多是经得起细读的文学精品。因此，中国对志贺直哉的译介，与对武者小路实笃、有岛武郎的译介

有所不同，所看重的，主要不是其作品的社会价值，而是作品的艺术价值。

最早译介志贺直哉的，是周作人。早在 1921 年，周作人就翻译了志贺直哉的短篇小说《到网走去》（载《小说月报》第 12 卷第 4 期）和《清兵卫与葫芦》（载《晨报》副刊 1921 年 9 月 20 日—22 日），后又收入《现代日本小说集》中。这两篇小说都是志贺早期的代表作。《到网走去》是志贺早期的代表性作品，写的是"我"坐火车到网走（地名）去的途中，对带着两个小孩的母亲如何耐心照料孩子的观察，表现了作者真挚的同情心和敏锐细腻的观察力、表现力。《清兵卫与葫芦》写的是一个名叫清兵卫的少年，特别喜欢收藏、擦拭和加工葫芦。但他的父亲，乃至学校的老师却没有从爱好葫芦这种平凡的小事中发现清兵卫的艺术天分，并加以鼓励和引导，而是视为歪门邪道，极力压制，甚至大打出手，迫使清兵卫不得不把自己加工的葫芦交给了校役。校役在缺钱花的时候把那葫芦拿到古董店里卖，出乎意料地卖了五十块钱，悄悄不敢告人。而古董店的老板又把葫芦卖给了当地的富家，赚了六百块。对此一无所知的清兵卫现在又开始热衷于绘画了，而他的父亲又在嘀咕他了……。这篇小说写得玲珑剔透，堪称珠玉之作。志贺直哉与自己的父亲在生活、思想与志趣上一直存在冲突，《清兵卫与葫芦》显然就来自志贺父子矛盾的切身体验。此后的许多重要作品，如《一个人与他姐姐的死》（中译名《一个人》）、《和解》等，都以父与子的冲突为主题。

周作人在五四时期译出志贺直哉的上述两篇小说后，此后七八年间，志贺直哉的作品未见译介。到了 1929 年，谢六逸编选翻译了中国第一部志贺直哉作品的译本，书名为《范某的犯罪》，由上海现代书局出版。

对志贺直哉作品的翻译，是谢六逸在翻译上的主要功绩。他是一个书斋型的翻译家，和五四时期的鲁迅和 1930 年代前后的左翼文学翻译家不同，他看重的是文学的艺术方面。在日本文学翻译的选题上，他更注意作品艺术独创和艺术价值。如对田山花袋《棉被》的翻译，对国木田独步短篇小说的翻译（详后），都体现了他的这种选题意识。当时，谢六逸对文学上最新思潮的"表象主义"（象征主义）和日本新感觉派的写作艺术很感兴趣，曾有专文介绍"表象主义"和日本的新感觉派。志贺直哉在1930 年代前后虽已不再属于最新思潮的作家，但在小说艺术上，仍不断创新。《范某的犯罪》就是一个例子。这篇小说在志贺直哉的创作中不算名作，但谢六逸却特别看重它，并把它作为小说集的题名。这除了《范某的犯罪》的人物是中国人，比较容易引起中国读者的阅读兴趣之外，主要还在于这篇小说侧重描写人物的复杂暧昧的潜层心理。小说的主人公范某和他的妻子是杂耍艺人，在一次飞刀表演中，范某在众目睽睽之下，失手将妻子刺伤而死。裁判官对范某是故意杀人还是过失杀人进行了调查。结果，不仅现场观众看法不一，连范某本人也说不清楚。范某承认平时与妻子不睦，但说不出为什么非要杀妻不可。最后裁判官决定判他"无罪"。谢六逸在译本的"附记"中说：《范某的犯罪》的"作者的意旨在于描写耍戏法的范某，在演艺时杀了妻子的心理的经过。原文是志贺氏的短篇著作中博人称赏的一篇"。又说："关于范某的杀人，在裁判官是没有得到故杀的客观的证据，在范某本人也不明白故意还是过失。志贺氏的意旨不过在描写范某的心理的过程罢了。"看来，谢六逸重视的，只是小说中出色的心理描写。与一般小说的明晰而合乎逻辑的心理描写不同，《范某的犯罪》表现的是人的下意识的深层心理，它是模糊、不确定的。而作者本身只是冷静地描述，并不加任何主观判断。这已与某些现代派的小说的写法不期而然了。谢六逸所赞赏的，恐怕就是小说写法上的这种特异性。

1935 年，谢六逸又在《范某的犯罪》的基础上，编选翻译了《志贺直哉集》，由上海中华书局出版。该书收译了《荒绢》《范某的犯罪》《一个人》《死母与新母》《焚火》《雪之日》等中、短篇小说六篇。书前冠有两篇由日本评论家撰写的关于志贺直哉的评论文章。一篇是菊池宽写的《志贺直哉氏的作品》，一篇是宫岛新三郎的《志贺氏的艺术的特色》。

译者本人没有照例写前言后记之类。但是，很显然，谢六逸是赞同两篇文章对志贺直哉所做评价的。菊池宽在文章中认为，志贺直哉在现在的日本文学界，"是最杰出的作家之一"，"我对于志贺氏的尊敬和爱好，几乎是绝对的"；认为志贺直哉在"小说手法上，在他的人生的观察上，根本是一个写实主义者"，同时又充满了"人道主义的温情"和"人间性的道德"；认为志贺的有些描写如同"完璧"，非常准确、精练，"要减一个字可不行，要加一个字就成蛇足，足称为完全的表现"。宫岛新三郎的文章认为，志贺直哉的作品极有特色，有的作家写多了不免重复雷同，而读志贺直哉的作品永远不会使人厌倦，"如果不把他的作品尽量读完，就不能够理解他的真正的艺术"。谢六逸在《志贺直哉集》中所选择的作品，大都很好地体现了评论家所指出的特色。

也是在1935年，上海天马书店出版了叶素翻译的志贺直哉的小说集《焚火》，收译《焚火》《正义派》《清兵卫与葫芦》《老人》《混沌的头脑》《真鹤》《学徒的菩萨》《佐佐木的遭遇》等八篇小说。这个译本在对志贺直哉作品的选择方面，较之谢六逸的《志贺直哉集》更为精良。特别是《老人》和《学徒的菩萨》，实在是不能不选、不能不译的作品。《老人》写了一个年近六十的死了妻子的老人，娶了一个年轻女人作妾，并定了三年的契约。三年期就要满了，那女人虽然有自己的情人，但要按契约和老人分开，总觉得于心不忍，于是主动提出延长一年。老人高兴地答应了。一年后，女人生了一个男孩，老人明知那不会是自己的孩子，但也不怨恨那女人。而女方又提出再延长一年，老人感动得流下了眼泪。就这样，直到老人七十五岁去世时，那女人一直待在老人身边。老人死后，女人的情人也"公然"地搬到女人所继承的老人的房子里，成了一家之主。……这篇小说的题材如在一般作家手里，很容易写成讽刺或者批判之作，但在志贺直哉笔下却写成了一个颇有人情味的故事。对老人、对女人，都给予了充分的理解和同情，准确地写出了一个善良的年轻女人和一个同样善良的老人，在不正常的结合以后为对方所能够做到的一切。《学徒的菩萨》中的贫穷的小学徒仙吉，非常想吃一个醋鱼饭团。在摊子上，因身上带的钱不够，只好把拿在手里的饭团放下。年轻的议员 A 偶尔看到此情此景，心里很不好受，便想了一个办法，在不刺伤小仙吉自尊心的情况下，带他到馆子里饱餐了一顿。吃饱了的仙吉越想越不明白为什么那人请他吃饭团，他怀疑自己遇上了菩萨或者神仙。……这篇小说写得精巧、温馨。作者也正是因为这篇小说，被誉为"小说之神"。

　　2. 仓田百三的《出家及其弟子》的翻译和郁达夫的评介

　　此时期译介的另一位白桦派作家仓田百三的《出家及其弟子》，也值得一提。仓田百三（1891—1943 年），戏剧家、小说家，在武者小路实笃和有岛武郎的影响下，成为白桦派中的一个重要成员。他的主要作品是几种以宗教道德为题材的剧本，如《出家及其弟子》（1916 年）、《俊宽》（1918—1919 年）、《布施太子入山》（1920 年），还有评论集《爱与认识的出发》（1921 年）等。被译成中文的有《出家及其弟子》和《爱与认识的出发》。（后者由徐祖正译，载《莽原》第 2 卷第 10 期，1927 年 5月）

　　《出家及其弟子》是仓田百三的成名作和最有影响的作品。也是仓田作品中被译成中文的唯一的剧本。这个剧本的主人公是日本镰仓时代初期著名高僧、日本佛教净土宗的开山鼻祖亲鸾及其弟子唯圆。二十五岁的唯圆出家，成为亲鸾钟爱的弟子。那时已和亲鸾断绝父子关系的善鸾，仍然与一个名叫浅香的妓女相恋。唯圆同情善鸾，希望帮助他与父亲和好，但亲鸾不答应，善鸾只好失望地离开了京都。为了证明恋爱和信仰并不矛盾，唯圆也和一个风尘女子相恋，并在若干年后将她拉入佛门。师弟们终于悟到"神圣的恋爱与他人无伤，应把恋人当邻人一样去爱"。他们安排了善鸾与亲鸾父子见面。诚实无伪的善鸾直到父亲临终时，也没有答应信佛。但亲鸾最终谅解了他，说道："那也好，大家都帮助他吧。"《出家及其弟子》探讨了爱欲与信仰的关系，在佛教题材和人物的描写中，加入了基督教的"爱"的教义，肯定了人的个性、自主、人性和人情，从一个独特的角度表现了白桦派的人道主义思想。这个剧本出版后成为当时的畅销书，造成了强烈反响，引起了一股研究、描写亲鸾的热潮，被视为现代宗教文学的代表作。

1927 年 10 月，上海创造社出版了孙百刚翻译的《出家及其弟子》。孙在"译者序"中介绍了此剧的特点，以及与日本的"净土真宗"的关系。他说："这剧中固然有许多的时代错误 Anachronisms 和事实错误；但对于原书的艺术价值觉得是无损的。"郁达夫为这个译本写的《序孙译〈出家及其弟子〉》冠于书前。郁达夫写道："在民众要求解放的思潮日高一日，革命还没有彻底的现在，把仓田百三的《出家及其弟子》的剧本拿来付印出版，或者有点说不过去。因为这是一部宣扬爱的宗教的剧本，是一种纯粹的艺术品。"但是郁达夫认为：

> 艺术和革命，并非是相克，却是相生的这件事实，明眼人都能够辨识，我曾在各处力说到如今了。虽然一篇抒情诗，并不是符咒，并不是枪炮刺刀，但是革命家的情绪，非艺术不能培养，一般民众的热忱，非艺术不足以挑发。大家但看现在一切革命反革命的运动中的宣传工作，就可以知道了。我们且不必远引诸俄国革命以先的文学运动，和法国恐怖时代以前的启蒙哲学。
>
> 宗教在现在，虽只成了枯骨残骸，不复能启发我们的灵性。然而这罪系在一般宗教家的曲解教义，营私舞弊。与宗教的情绪和归依的悦乐是无关的。革命军的奋不顾身，少年同志的视死如归，服从党纪，正是宗教心的发露。人心一日不死，革命一日不成功，则宗教成立的理由，还依然存在。所以说到废止宗教，也有限度。若并宗教的情绪，殉教的归依，一并抹杀，也未免太过了。
>
> 因此我就毅然决然的把仓田百三的这本剧本拿来付印，觉得与现在民众的要求艺术的渴望并无违反之处……

郁达夫的序言极力强调宗教对于革命的用处，现在看起来未免迂远和隔膜。但在左翼"革命文学"处于高涨之时，这样的强调想必是需要的。在中国现代的日本文学翻译中，"宗教文学"极为少见，读者对于宗教文学的认识和理解恐怕也最为困难。郁达夫不但从宗教的作用，而且也从"纯粹艺术品"的角度，"毅然决然"把《出家及其弟子》这样的作品拿来在中国翻译出版，给中国的翻译文学添了异彩。

第五节 对自然主义作家作品的翻译

一、迟到的翻译与普遍的误读

自然主义文学于19世纪末20世纪初在日本出现，到1906年岛崎藤村发表《破戒》、1907年田山花袋发表《棉被》以后，成为日本文学的主潮，统治主宰日本文坛达十几年之久，并且对后来的日本文学产生了极为深远的重大的影响。但是，中国翻译日本自然主义作品却比较迟。一直到了1920年代后期，自然主义主要作家的几个主要作品才被翻译过来。1927年，夏丏尊翻译出版了《国木田独步集》和田山花袋的《棉被》，徐祖正翻译出版了岛崎藤村的《新生》、方光焘翻译的《正宗白鸟集》也出版发行。到了1930年代，罗洪译《新生》另一种译本由上海中学生书局出版（1934初版，1935再版）；1936年，黄源译岛崎藤村的著名的散文（写生文）集《千曲川素描》也由上海新生命出版社出版。日本自然主义作家作品翻译情况，在1920—1930年代大致就是这样。

本来，五四时期，中国文坛曾有一段时间热衷于提倡自然主义文学，特别是以沈雁冰主持的《小说月报》杂志为中心，曾大力鼓吹自然主义。

中国最早发表的专门而又系统介绍自然主义的文章，是晓风翻译的日本自然主义理论家岛村抱月的长文《文艺上的自然主义》，其后是谢六逸撰写的《西洋小说发达史》。《文艺上的自然主义》不仅详细讲述了西欧自然主义的来龙去脉，而且还讲了西欧自然主义的特点，自然主义与写实主义的关系，自然主义的美学价值等；不仅讲了欧洲的自然主义，还讲了日本自然主义的发展概况。所以刊登该文的《小说月报》在文章后面的"记者附志"中，认为鉴于国内有人对自然主义有误解，提醒读者不要"滑滑地将此篇看过"，要从中得到对自然主义的"正确的见解"。谢六逸的《西洋小说发达史》虽然讲的是欧洲和美国小说发展演变的概况，但自然主义文学显然是个重点。全文共六节，自然主义部分就占了三节。据作者自述，这篇文章是他在留日期间根据中村教授的讲义写出的。无独有偶，发表于1924年《小说月报》15卷号外的《法国的自然主义文艺》一文，也是留日作家汪馥泉撰写的，其中的材料和观点也大都来自日本有关书刊。还有一篇文章是李达译的由日本学者宫岛新三郎撰写的《日本文坛之现状》（原载1921年《小说月报》12卷4号），这篇文章论述的重点也是日本的自然主义文学，并对自然主义在日本文坛的地位和影响做了很高的评价。上述几篇集中系统地介绍自然主义的文章，都发表在1921年至1924年间的《小说月报》上，由于《小说月报》的主编沈雁冰对自然主义文学的宣传介绍抱有很高的热情，专门开设了关于自然主义讨论的栏目，自己还亲自撰写了《自然主义与中国现代小说》等一系列文章，这就使《小说月报》成了当时中国唯一一家大力宣传提倡自然主义的杂志。而该杂志宣传自然主义的最初的几篇文章或材源几乎都来自日本。所以，日本就成了当时中国了解欧洲自然主义的主要窗口。然而中国对于日本的自然主义文学的情况，似乎不是那么关注，日本自然主义的作品也就几乎没有译介。

　　1923年，周作人和鲁迅合作编选翻译了《现代日本小说选》，所选15个作家的30篇作品中，严格地说，没有一个自然主义的作家或自然主义的作品。其中的国木田独步的《少年的悲哀》《巡查》被收在其中。国木田独步在日本文学史上一般被看作是自然主义的先驱作家，但周作人并不把他看成是自然主义的作家。在《〈现代日本小说集〉作家介绍》中，周作人认为，国木田独步受华兹华斯和屠格涅夫的影响，"所以他的派别很难断定，说是写实派固可，说是理想派也无所不可。因为他虽然也重客观，但主张'以慈母一般的（对于伊的爱儿的）同情至爱去观察描写'为诗人的第一本义，这便与自然主义的态度很有不同了"。关于为什么不选日本自然主义的作家作品，周作人在《现代日本小说选·序》中特别交代说：

> 还有一件事，似乎也要顺便说明，便是这部集里并没有收入自然派的作品。日本文学上的自然主义运动，在二十世纪的"初十"，极盛一时，著作很多，若要介绍，几乎非出专集不可，所以现在不曾将他选入。其次，这部小说集以现代为限，日本的现代文学里固然含有不少的自然派的精神，但是那以决定论为本的悲观的物质主义的文学可以说已经是文艺上的陈迹了。——因此田山花袋的《棉被》（FUTON）等虽然也曾爱读，但没有将他收到这集里去。

周作人在这里讲了他不选日本自然主义作品的理由，除了太多，不便选和过时了以外，还有一层原因，就是周作人对自然主义的看法。1921年，还在自然主义文学提倡之初，周作人就在给沈雁冰的一封信中指出："专在人间看出兽性来的自然派，中国人看了，容易受病。"这种看法，可以说代表了当时中国新文学家们的对自然主义文学的共同的担忧。人们对自然主义最不满意、最难以接受的正是自然主义的消极悲观的宿命论的人生观和动物学的人性观。如胡先骕在《欧美新文学最近之趋势》一文中也指责"写实派"（指自然主义）专写下层社会的丑恶而不能给人以美感。沈雁冰在为自然主义辩护时也承认"专在人间看出兽性"是左拉的"偏见",并且认为:"现社会现人生无论怎样缺点多,综合以观,到底有真善美隐伏在下面;自然派只用分析的方法去观察人生、表现人生,以致所见的都是罪恶,其结果使人失望、悲闷。"(见《为新文学研究者进一解》,原载1920年《改造》3卷1号)也正是因为这一点,沈雁冰自述在提倡自然主义的时候"几乎不敢自信",(见《自然主义的怀疑与解答》,原载《小说月报》1922年13卷6号)常常显得态度游移和前后矛盾。有时候极力推崇自然主义,有时候又说自然主义"所见的都是罪恶""缺点更大",以至主张"要尽力提倡非自然主义的文学"。(《为新文学研究者进一解》)本来,中国文坛只是试图借用自然主义的"客观""真实"的描写来克服写实主义"不忠实描写"的弊病。沈雁冰在他的一系列文章中一再强调自然主义的客观真实论的可取性。他认为,要做到真实性,就要坚持"实地观察"和"客观描写"两条,在他看来,这两条是中国文学历来所缺乏的。而同时,他又明确主张把自然主义的思想与写作方法区别开来:"自然主义是一事,自然主义所含的思想又是一事,不能相混。"他声明:"我们现在所注意的并不是人生观的自然主义,而是文学的自然主义。我们要采取的是自然派技术上的长处。"(《自然主义的怀疑与问答》)"我们的实际问题是怎样补救我们的弱点,自然主义能应这要求,就可以提倡自然主义。"(《自然主义与中国现代小说》,原载《小说月报》1922年13卷7号)

二、对国木田独步、田山花袋、岛崎藤村的翻译

1. 夏丏尊等对国木田独步的翻译

如果把国木田独步算作是自然主义作家的话,那么可以说,中国对日本自然主义的翻译,最早是从他开始的。早在1920年和1921年,周作人就先后译出并发表了他的《少年的悲哀》《巡查》,先发表于《新青年》《晨报副镌》等报刊,后收在《现代日本小说集》中。1921年,夏丏尊

翻译了《女难》，发表于上海《小说月报》第 12 卷第 12 期；1922 年，美子翻译了《汤原通信》，发表于《小说月报》第 13 卷第 2 期；徐蔚南译出了《星》，发表于上海《民国日报》副刊；1924 年，唐小圃译出了《侮辱》，发表于上海《小说世界》第 6 卷第 5 期；稼夫译出了《负骨还乡记》，发表于《小说世界》第 6 卷第 12 期；1925 年，唐小圃译出了《非凡的人》，发表于《小说世界》第 12 卷第 11 期；1926 年，夏丏尊译出了《疲劳》，发表于上海《一般》第 1 卷第 1 号；唐小圃译出了《马上之友》，发表于《小说世界》第 14 卷第 12 期。1927 年，黎烈文译出了《沙漠之雨》，发表于上海《文学周报》第 5 卷第 11—12 期合刊。

1927 年由夏丏尊（1886—1946 年）翻译的《国木田独步集》由开明书店出版，这是国木田独步作品的第一个中文译本。内收《牛肉与马铃薯》《疲劳》《夫妇》《女难》《第三者》等五篇小说。夏丏尊为译本写了题为《关于国木田独步》的序文，其中写道：

> 独步虽作小说，但根底上却是诗人。他是华治华司的崇拜者，爱好自然，努力着眼于自然的玄秘，曾读了屠介涅夫《猎人日记》中的《幽会》，作过一篇描写东京近郊武藏野风景的文字，至今还是风景描写的模范。
>
> 独步眼中的自然，不只是幽玄的风景，乃是不可思议的可惊可怖的谜，同时也是人生的谜。他的小说的于诗趣以外具有自然主义的风格，和他的热烈倾心宗教，似都非无故的。《牛肉与马铃薯》中的主人公冈本的态度，可以说就是独步自己的态度。《女难》中所充满的无可奈何的运命的思想，也就是这自然观的别一方面。

夏丏尊在序文中的这些看法，包括文末的"替日本文坛做了自然主义的先驱"之类的看法，基本上都来自日本通行的材料和观点。在日本，文学史家都认为，国木田独步是一个由浪漫主义向自然主义过渡时期的文学家。他本来是个浪漫主义诗人，后来由于爱情和婚姻的失败和生活的穷愁，逐渐走向自然主义的决定论、宿命论和悲观主义，创作上带有浪漫主义与自然主义相融合的特点。浪漫主义的强烈的主观抒情、对大自然神秘憧憬，自然主义的动物学的人性观和客观决定论的人生观，在国木田独步的创作中并存。特别是他在恋爱婚姻题材的作品中所表达的对于女人的看法，代表了典型的日本式自然主义的看法。夏丏尊在《关于国木田独步集》的译序中，用了许多的篇幅，讲述了国木田独步的"恋爱附件"：他如何与名门倩女佐佐城信子恋爱结婚，又如何被那女人抛弃。讲这些事情并不是猎奇，而是理解国木田独步的作品所不可缺少的背景。夏丏尊选入集子里的五篇作品，其中就有三篇是与独步的恋爱悲剧有关的。其中，《夫妇》一篇，写的是新婚夫妇之间产生的裂痕和由此带来的苦闷，其中显然有着作者的切身体验。《第三者》一篇，正如夏丏尊所说，就是独步的"自己告白了。江间就是他自己，鹤姑是信子，大井、武岛则是以当时结婚的周旋者德富苏峰、内村植三、竹越与三郎为模特儿的"。小说中所谓"第三者"，并非插足他人婚恋的"第三者"，而是"江间"与"鹤姑"的婚姻的促成者和见证人。小说以江间与"第三者"通信的形式，表现了江间被妻子所抛弃，思之而不得的苦恼。其中有这样的话："我永久爱鹤子，我的心一刻都不能忘怀鹤子。鹤子如果已成了恋爱的坟墓，那末我就埋在里面。"国木田独步在他当时的日记中也有类似的话："我永远爱信子，我心愈恋恋于信子。／她已是恋爱的坟墓了吗？那么我将投埋在她里面。"这种不能摆脱的爱的情结和绝望感，到了后来，便发展为对所有女人的怀疑和憎恶。《女难》就表现了这种情绪。《女难》的题目，夏丏尊是照日文直译的，若意译，则是"女祸""女人是祸水"的意思。这篇小说的故事情节完全是虚构的。它写的是一个被女人坑害而流落街头的瞎子吹箫艺人"我"的故事。"我"还在孩童的时候，就不断地被告诫：女人会给你带来灾祸，不可与女人交往。但"我"禁不住女人的诱惑，从十二岁的时候就经历了一次"女难"，到了成年，虽处处提防女人，仍然被一个女人玩弄后抛弃。小说表达了这样的看法：女人是男人的祸水，而男人又经不起女人的诱惑，悲剧由此而生。作家真山青果在《病床录》中记录了国木田独步临死前曾说过这样耸人听闻的话："女人是畜生。她学着人样而生存。将女人划归为人类，是旧派动物学家的谬见。"这种偏激的女性观和恋爱观，为日后日本自然主义作家们从"动物学"的观点描写情欲和女人提供了先例。日本的自然主义作家的代表性作品，尽管对女人的看法未必与国木田独步完全相同，但几乎都是描写"女难"的。从这个角度说，国木田独步是"日本自然主义的先驱作家"。

2. 夏丏尊对田山花袋《棉被》的翻译及其反响

1927年，上海商务印书馆出版了夏丏尊翻译的田山花袋的《棉被》。这是一篇中篇小说，在日本自然主义文学中，乃至整个现代文学中，都占有重要位置。1927年，中国文坛上曾经有过的对自然主义的提倡早已成为过去，当时在青年中普遍流行的是"革命+恋爱"的文学。夏丏尊似乎主要是着眼于《棉被》的恋爱题材与中国的流行文学的吻合。而对作品的自然主义的属性，则完全采取了无视的态度。

《棉被》的故事情节是这样的：有妇之夫、中年作家竹中时雄，厌倦了枯燥乏味的日常工作和家庭生活。恰在这时，外地的一个名叫横川芳子的崇拜时雄的年轻姑娘不断来信，希望能作时雄的弟子，到东京来跟他学习写作。时雄答应了芳子的要求。充满了青春活力的漂亮的女弟子的到来，唤起了时雄的感情和欲望。他想占有她，但碍于身份和道德，丧失了几次难得的机会。不久，时雄得知芳子与一个名叫田中的大学生谈起了恋爱，既嫉妒又痛心。他试图以恋爱耽误学业为由对芳子加以劝阻，没有奏效。最后就串通芳子的守旧的父亲，硬是拆散了他们。当芳子不得不离京回家之后，时雄对她的思恋、怀念之情日甚一日。终于有一天，他来到芳子住过的房间，抱着芳子曾盖过的棉被，尽情地嗅着那令人依恋的女人味。性欲、悲哀、绝望一齐向时雄袭来，他用那被子捂住脸，哭了起来。……这篇小说发表后，引起了巨大的反响。自然主义评论家岛村抱月在《评〈棉被〉》一文说："这部小说是赤裸的、大胆的个人肉欲的忏悔录。……自然派的作品，从不掩饰地描写美丑，并进一步偏向于专门描写丑恶。虽说是丑，却是人难以克制的野性的声音，作者在书里拿理性和野性相对照，把自觉的近代性格的典型向大众赤裸地展示了出来，到了令人不敢正视的地步。这就是这部作品的生命，也就是它的价值。"

作家、学者、日本文学翻译家方光焘（1898—1975年）为《棉被》中译本写了题为《爱欲》的万言长序。方光焘在序中，回忆了当年在东京留学时醉心于《棉被》的情形，感叹十年过后，再读《棉被》时，"却与十年前的迥异了"——

年龄总算没有亏待了我，《棉被》也没有欺骗了我。书中主人公的悲哀和苦闷，我自信现在不特能了解得几分，真的在我心中，竟也能感到同样的烦忧。我深深地痛感到我们不幸生而为人，既做了上等的选民，又甘为撒旦的奴隶。上帝教我们以爱，撒旦诱我们以欲。在恋爱的当中，苦乐悲欢，交替不绝地骚扰着我们。我们从此便无宁日了！

……………

田山花袋是在炼狱界中能认真过活的一人。《棉被》也就是他的忏悔实录。不必说书中的主人公，便是田山氏自身了。他于灵肉的冲突，爱欲的争斗真能大胆真挚地叙述，严肃露骨地描写。……

原来《棉被》本不是一篇什么了不起的作品，竹中时雄原也不是一位什么了不起的人物。……他真和平凡的我们一样，在爱欲的争斗，在灵肉的冲突里，只有苦闷悲哀而已。不过他在这苦闷悲哀的当儿，却能真挚地，严肃地去客观自己，更能无欺地大胆地揭穿了自己。这一点是竹中时雄的伟大，也就是田山花袋的伟大吧!

方光焘不住地赞叹田山花装及《棉被》对于自我爱欲的真挚、大胆、认真和坦率的态度。他在这里实际上触及了中国作家、中国文学与日本自然主义文学,与田山花袋及《棉被》的完全不同的一面,那就是对待自我情欲的游戏的或者虚伪的态度。在正统道学的禁锢下,中国作家不敢严肃认真地正视自己的私生活,特别是爱欲生活。他们在作品中,习惯于把自己紧紧地包裹起来。涉及到爱欲,要么是采取游戏狭邪的态度,要么是做道学的劝诫说教。结果形成了鲁迅所说的"瞒"与"骗"的文学。方光焘在序中说到当时中国某高师一个教授,和两位女学生及他的妻子,形成了"四角关系",后遭军阀捉拿,便矢口否认,说那是人家诬陷。方光焘感叹道:"唉,在蒙着假面,手中握着算盘的中国人里面,原知道没有什么恋爱存在的余地……怕在这醉生梦死向虚伪讨生活的中国人中间,就找一个竹中时雄也就为难了。"

《棉被》在中国的翻译,对中国文学也产生了一定的影响。该译本1927 年出版后,1932 年再版,在中国传播较广。如施蛰存写的短篇小说《娟子》(收《娟子姑娘》,上海亚细亚书店 1828 年),就是《棉被》的模仿之作。人物和情节的设置安排,都是《棉被》式的。连书中的男女主人公,都用了"芜村""娟子"这样的日本式的名字。但《娟子》中的风俗习惯、背景又是中国的。芜村是个大学教授兼作家,娟子是芜村的舅家的表妹,芜村是受舅父之托,让娟子寄居自己家中上大学。娟子后来和一个大学生谈了恋爱,芜村嫉妒难耐,极力阻挠。但娟子依然与男友交往。芜村在爱欲和炉火的驱使下,终于闯到娟子的房间,欲强行占有娟子。娟子逃脱,芜村"抱着她的红衫,直扑上她的卧床。他把红衫蒙住了头躺在她的床上"。……《娟子》和《棉被》情节人物相似,表现的也是灵与肉的冲突、爱欲烦恼的主题。但作家的立场中颇有不同,在《棉被》中,田山花袋是站住竹中时雄的立场上,表现时雄的灵与肉的纠葛和痛苦的忏悔，而在《娟子》中，施蛰存则站在局外，对芜村更多讽刺和否定。《棉被》写得含蕴，《娟子》写得直露。这从一个方面表明，对日本自然主义所提倡的"忏悔自我""赤裸裸的描写"等，中国作家是不以为意的，或者是不愿苟同，或者是想学也学不来的。

3. 徐祖正对岛崎藤村《新生》的翻译

也是在1927年，日本自然主义的另一部代表作品、岛崎藤村的《新生》也翻译出版了。这是在中国翻译出版的岛崎藤村的第一部作品。岛崎藤村（1874—1943年）是日本的自然主义文学大家，原本是浪漫主义诗人，1906年发表了长篇小说《破戒》，被认为是自然主义文学成熟的标志，后来又写了自传体的长篇小说《春》（1908年）、《家》（1910—1911年）、《樱桃熟了的时候》（1914—1918年）、《新生》（1918—1919年）等作品。这些作品和强调实地调查、客观写实的《破戒》不同，完全是不同阶段的作家生活特别是家庭私生活的自白和忏悔。在当时以至后来的日本文学史上，评价最高的是《破戒》，其次是《家》。但中国没有翻译《破戒》，也没有翻译《家》，却选择了《新生》。这当然不是随便的选择。

《新生》分两部。第一部写的是作家岸本舍吉壮年丧妻，和四个年小的孩子一起生活。岸本的侄女节子来他家帮做家务，久而久之，岸本和节子发生了乱伦关系。当节子告诉岸本自己已经怀孕时，岸本处于恐惧、痛苦和烦恼中。他决定离开日本逃避到法国。在法国，他遇上了世界大战。节子在家生下了一个男孩。在法国的岸本一直处在犯罪感的折磨中，但也从勇敢地在战祸中站起来的法国人那里感到了一种新生的力量。第二部写的是三年后，岸本怀着"回去就是被赦免"的想法，从法国回国。节子和孩子都平安无事。岸本和节子又恢复了那种关系。节子也打算把自己的一切交给叔父，拒绝了别人的提亲。岸本打算向卧病在床的节子的母亲忏悔，但她早都知道了一切，不久离开了人世。岸本祈求于宗教，他相信自己真实地爱节子，就可以净化自己的罪过。而向社会公开忏悔自己的乱伦之恋，是使两人获得新生的前提。于是，岸本开始写作忏悔自我的长篇小说。……《新生》和《棉被》都是写作家自己的私生活秘密，但很显然，《新生》的故事比《棉被》的故事更加悖德。把自己的这种乱伦的事情通过小说公之于众，在以前的文学中简直不可想象。而岛崎藤村就这么做了。而且中国的译介者对作者的行为，对小说所描写的，并没有嗤之以鼻，而是给予了充分的理解和肯定。

译者徐祖正（1897—1978 年），江苏昆山人，作家、日本文学翻译家。曾留学日本东京高等师范学校和京都帝国大学，1921 年加入创造社，1926 年与周作人合编《骆驼》及《骆驼草》杂志，曾在清华大学、北京大学、北师大等校任教。徐祖正在冠于译本前面的《新生解说》中，介绍了岛崎藤村的创作，并在与岛崎藤村的《破戒》等其他作品的比较中，细致地分析了《新生》。他表示，选择《新生》来翻译出版，并不是为了满足"对于感情不知尊重的中国，对于文艺还不脱享乐与好奇二态度的许多读者"的好奇心，而是应当对书中所写的"passion"，即"爱欲"，予以真正的理解。徐祖正对《新生》的评价和评论，完全抛弃了伦理道德的标准，站在"尊重感情"和"戳破假面"的角度，肯定了作品的价值。徐祖正认为，"作品本不因作者私生活而名贵，实因为直面现实人生与再现现实生活的态度而可贵"；而《新生》中的忏悔"不只是过去生活的暴露，同时是现在生活的肯定，亦是未来生活的欣求"。

从中国对日本自然主义作家作品的选择和翻译出版的情况来看，1920—1930 年代的中国文坛，在译介日本自然主义的时候，基本是无视日本自然主义的特征的，或者说，对于日本自然主义的特点没有弄清。人们惊叹于《棉被》《新生》等作品的自然主义属性。这主要是因为，中国文坛对自然主义的认识，是以欧洲自然主义为标准的。那就是基于近代科学和实证主义哲学基础上的不带作家主观感情的客观、真实的描写。而日本的自然主义却有着不同于欧洲的自己的特点。欧洲自然主义的"自然"，指的是客观的"自然"，是科学意义上的"自然"，而日本自然主义作家把自我也看成是"自然"，进而偏重描写自我的"自然"；欧洲自然主义所强调的真实是作家客观地观察和描写的"真实",而日本自然主义则倾向于把"真实"等同于"事实",而要描写"真实的事实",最好是描写自己的隐私,于是在自然主义中产生了《棉被》《新生》那样的所谓"私小说";欧洲自然主义强调作家应当像一个医生,对所描写的对象是须客观冷静的,而日本自然主义却露骨地表现着作家的主观感情,专嗜描写作家个人的忏悔,抒发"觉醒的悲哀"或"幻灭的悲哀"。对日本自然主义这些特征的漠视和误解,从 1920—1930 年代一直持续到 1980 年代。如在 1980 年代,仍有许多译者和评论者坚持把《破戒》那样的作品看成是"现实主义"作品。在这种情况下,1920—1930 年代中国对日本自然主义作品的翻译,和白桦派人道主义以及唯美主义的翻译比较起来,对其自然主义的思潮属性,是最缺乏明确认识的。因此,这些日本的自然主义作品实际上丝毫无助于引导中国作家和读者认识日本的自然主义。对于《棉被》《新生》等,实际上是将其作为一般的恋爱小说来看待的。

第六节　对唯美派的翻译

一、翻译和接受日本唯美派文学的文化背景

五四时期,唯美主义作为"新浪漫主义"的一支,被许多人视为最新文学潮流之一。欧洲唯美主义,尤其是其主要代表、英国作家王尔德,是中国最早推崇的几个外国大作家之一,对许多新文学作家都产生了较大影响。尽管中国最终并没有形成一个唯美主义的创作流派,也没有出现典型的唯美主义作家,但至少是形成了一种显而易见的唯美主义文学思潮或倾向。早在 1920 年代初,当唯美主义西风东渐伊始,许多人就已预感到了这一思潮的到来。沈雁冰在《"唯美"》(原载 1921 年 7 月 13 日《民

国日报·觉悟》）一文中就忧心忡忡地说："在中国现在，……产生最多
而且最易产生的，怕是王尔德一流的人吧。"两年后，他又不无夸张地慨
叹道："现在各种定期刊物上〔产生了〕多至车载斗量的唯美派作家。"
（《"大转变时期"何时来呢?》，原载1923年《文学》周报第103期）后
来，徐懋庸在《译纪德〈王尔德〉附记》，（原载《译文》第2卷2期）
中谈到唯美主义时也说："这个唯美派在中国也有了分派，于是也有了一
味讲美、讲享乐，也讲变态性欲的作家。"

　　日本唯美主义文学就是在这种大氛围中被介绍到中国文坛，并汇入中
国的唯美主义思潮之中的。唯美主义，在日本又称耽美主义、耽美派、享
乐主义等。它产生于1910年代前后，是对当时自然主义文学的反叛，到
大正年间已成为文坛上的一种重要的文学思潮，其代表作家有永井荷风、
谷崎润一郎、佐藤春夫等人。早在五四时期，日本的唯美主义文学就被介
绍到中国。周作人在《日本近三十年小说之发达》（1918年）的讲演中，
最早介绍了日本唯美主义。自周作人的那次讲演之后，日本唯美主义作品
就被陆续地译介过来。但一直到1928年之前，中国对日本唯美主义作品
的译介都是零零星星、断断续续的。而且像谷崎、佐藤、永井等日本唯美
主义大作家，也没有专文评介，有关译作发表后，似也没有激起什么反
响。但从1928年起，中国文坛对于日本唯美主义文学的较大规模的译介
却悄然兴起，就谷崎润一郎和佐藤春夫两个作家的作品而论，从1928年
以后一直到整个1930年代，中国翻译出版的谷崎润一郎的作品或作品集
就有十几个版本，成为中国译介最多的外国作家之一。佐藤春夫的作品也
有四五个译本。而且，发表在杂志上的日本唯美派作品也相当可观。翻译
家李漱泉还在自己的译著中分别为谷崎、佐藤写了长达万余言的"评
传"，《小说月报》第二十卷七号刊登了日本唯美主义的三位代表作家永
井荷风、谷崎润一郎和佐藤春夫的相片。他们作为知名的外国作家，已为
我国文学界和文学爱好者所逐渐了解。

　　需要注意的是，日本唯美主义开始在中国"走红"的1928年，恰是

左翼革命文学在中国风起云涌并成为文学主潮之时，就左翼革命文学的根本性质而言，日本唯美主义所包含的极端个人主义、颓废色彩和享乐倾向是与它格格不入的。然而，尽管有人（如蒋光慈）公开表示了对"唯美派小说"的不满和挑战（见《少年漂泊者·自序》），但一些左翼文学家并不是把唯美主义作为革命文学的对立物来看待的。唯美主义的积极提倡者，如田汉等人，本身就属于左翼革命文学阵营。出现这种奇妙状况不是偶然的。首先，就总体而言，从1928年前后到整个1930年代中期，也是欧洲唯美主义在中国译介和传播的鼎盛时期。田汉从日本归国以后，于1928年将王尔德的《莎乐美》搬上了舞台，并且大获成功。王尔德在中国声名大噪，王尔德的其他作品都被纷纷译成中文或搬上舞台，并由此引发了对王尔德及其唯美主义的大讨论。其中最引人注目的是田汉与梁实秋围绕《莎乐美》的上演爆发的那场争论。那些讨论和争论无疑激发了读书界对于唯美主义文学的兴趣。其次，左翼革命文学兴起之时的所谓"革命罗曼谛克"文学，其思想上的狂热偏激，风格上的浮躁凌厉，行为上的浪漫不羁，对既成文坛的恣意挑战，向往革命而又忘情于性爱，都与唯美主义的标新立异、愤世嫉俗、狂放不羁、爱情至上有很大程度的相通和相似。田汉面对诘难就曾激昂地宣称："唯美派也不坏，中国沙漠似的艺术界也正用得着一朵恶之花来温馨刺激一下。"（《第一次接触"批评家"的梁实秋先生》，载《南国周刊》第6期）日本唯美主义正是在这种背景下得到重视的。可以认为，谢六逸的文章，章克标、杨骚、查士元等人对谷崎润一郎和佐藤春夫作品的翻译，于1920年代末和1930年代初在中国文坛形成了一股小小的日本唯美主义文学"热"。这种"热"和当时达到白热化程度的"王尔德热"，共同构成了唯美主义在中国传播的鼎盛时期。

　　1920年代末至1930年代初中国对日本唯美主义的较大幅度的译介，主要是基于纯文学的价值观，日本唯美主义在中国的影响也基本上局限于纯文学领域，而不曾像王尔德的唯美主义那样引起社会思想领域的震动，也不曾像《莎乐美》等作品那样被"利用……来发挥宣传、鼓动与组织的作用"（田汉语）。相反，日本唯美主义更容易被当做抚慰或宣泄痛苦、超越现实的避风港。如译介佐藤春夫的李漱泉就曾表白说：自己在 1931 年春秋之交颠沛流离，"不曾有过十天以上的宁日"，许多朋友都担心他要走向"破灭之渊，莫可挽救"了。而在这种境况下，"留在我行箧里的而且与我朝夕相对的，既不是什么马克思主义的《资本论》，也不是《列宁全集》，却偏是几个唯美作家的小说诗歌，其中用功最勤的是《佐藤春夫集》!"（见《佐藤春夫评传》）落拓不羁的诗人杨骚在《痴人之爱》的译本序中，自述自己是在生活拮据，"老在米瓮中翻筋斗"的窘况中译完《痴人之爱》的，而且还借题发挥地宣称：他不怕那些"标榜自己的先知先觉，以烟卷作指挥鞭来指导民族革命"的人骂他"无聊落伍"。在风云激荡的 1920 年代末 1930 年代初，李漱泉、杨骚所述的这种心境恐怕不是个别的例外吧？

在创作方面，日本唯美主义文学对中国现代文学的创作也产生了一些影响。这体现在一些留日作家，特别是创造社诸作家，如郭沫若、郁达夫、田汉、陶晶孙、倪贻德、滕固等人身上。他们大都是在日本大正年间留学日本的，大正年间正是唯美主义在日本文坛盛行之时，他们不可避免地会受到唯美之风的浸染。在颓废伤感、变态享乐、"恶魔主义"和"肉体主义"方面，都有日本唯美主义影响的痕迹。陶晶孙在 1940 年代写的《创造社还有几个人》一文中说过："创造社的新浪漫主义是产生在日本、移植到中国的。"陶晶孙所说的"新浪漫主义"其实就是唯美主义。周作人也早就看出了创造社作家与日本唯美主义作家的相似之处，他觉得："谷崎有如郭沫若，永井仿佛郁达夫。"（《苦竹杂记·冬天的蝇》）

二、对谷崎润一郎的翻译

谷崎润一郎（1886—1965 年），是日本唯美主义文学集大成的作家。在 1920—1930 年代中国的日本文学翻译中，谷崎润一郎作品中文译本的数量也名列前茅，单行本译本至少有如下十种：杨骚译长篇小说《痴人之爱》，上海北新书局 1928 年版；章克标译《谷崎润一郎集》，开明书店 1929 年版；章克标译《杀艳》，上海水沫书店 1930 年版；查士元译小说集《恶魔》，华通书局 1930 年版；章克标译《恶魔》，三通书局 1941 年版；章克标译《人面疮》，三通书局 1941 年版；白鸥译《富美子的脚》，上海晓星书屋 1931 年版；章克标译《富美子的脚》，三通书局 1943 年版；李漱泉译《神与人之间》，中华书局 1934 年版；陆少懿译《春琴抄》，文化生活出版社 1936 年版，等等。这样看来，谷崎的早期和中期的主要代表作，都被翻译过来了。而翻译者，主要是四个人，即章克标、李漱泉、杨骚、查士元等。在选题、翻译等方面较好的本子是章克标的《谷崎润一郎集》、杨骚的《痴人之爱》和李漱泉的《神与人之间》。

1. 章克标的《谷崎润一郎集》及其他

最早翻译出版的谷崎润一郎作品集是章克标编译的《谷崎润一郎集》。

章克标（1900—2007 年），作家、日本文学翻译家。早年毕业于日本东京高等师范学校，回国后曾在上海立达学园、暨南大学任教，并主编《一般》《时代》杂志，1927 年开始，与滕固、方光焘等创办具有唯美主义倾向的"狮吼社"及《狮吼》《金屋月刊》。著有长篇小说《银蛇》（第一部）、《一个人的结婚》，短篇小说集《恋爱四象》《蜃楼》等。大都以男女爱欲和官能享乐为主题，具有强烈的唯美主义色彩。章克标对谷崎润一郎的翻译，显然是基于对谷崎的唯美派文学的欣赏和共鸣。他在《谷崎润一郎集·序》中说，他"大略通读过他（指谷崎——引者注）作品的大部分"，可知他对谷崎的翻译不是随便拈来，而是有较充分的准备的。《谷崎润一郎集》选收了六篇中短篇小说，包括《刺青》《麒麟》《恶魔》《续恶魔》《富美子的脚》《二沙弥》。其中《富美子的脚》一篇用的是沈端先的译文。章克标说："选译这六篇东西，并不全是他顶好的作品，也不完全可以算代表作，但他的各种倾向，却可以算网罗尽了。一读之后，对于所谓谷崎润一郎式的文学是怎样的一种东西，总可以了解的。"章克标的翻译到现在已有半个多世纪了，文学史对谷崎润一郎的创作也大体有了定评，事实证明章克标当年所言不虚。从谷崎润一郎一生的创作历程来看，这六篇作品实在可以说是谷崎早期的代表作，其中又以《刺青》《恶魔》和《富美子的脚》为突出的代表。

《刺青》，是章克标对原文标题的照搬，即"文身"的意思。小说发表于1910年，写的是江户时代一个叫清吉的文身师，最大的理想就是为他认为最漂亮的美人文身。清吉如愿以偿，在美女的脊背上文上了一个巨大的母蜘蛛的图案。在文身过程中，美女不时痛苦地呻吟喊叫，而清吉却从那叫声中，从那可怕的文身图案中获得了最大的满足。这篇小说初步奠定了谷崎唯美主义的基调，即崇拜美女，并宣泄一种虐待狂式的美感心理。《恶魔》（1912年）写一个寄居在叔父家读书的大学生，爱上了堂妹，但他却不能正常地表达他的爱，而是偷了堂妹的一块感冒时揩鼻涕的手帕，像狗一样舔沾在手帕上的鼻涕。表现了一种与常人的感受背道而驰的、令人作呕的怪诞趣味，谷崎因这篇小说而被称为"恶魔主义"作家。中篇小说《富美子的脚》，写的是在东京学绘画的大学生"我"，和一个年老的远房亲戚"封翁"的交往。封翁老人有一个年轻的小妾富美子。老人最感兴趣的，是富美子那双漂亮的脚。直到病入膏肓的时候，不能正常饮食，但只有富美子用脚夹着棉花，蘸着肉汁喂他，他才能下咽。临死前，老人还恳求富美子把脚放在他脸上，才断了气。而"我"和老人一样，也是一个"拜脚癖"，是富美子的脚吸引"我"，常常到老人家来。小说中用了上千字，详细地描写了"我"应老人的要求，画富美子的脚的时候，所观察到的"富美子的脚"的"美"，堪称一段奇文。

章克标对谷崎润一郎的小说，有充分的理解和高度的评价，他在译本序中写道：

　　他（谷崎润一郎）的作品的根本基调，在于追求官能的美，是属于耽美享乐一派的思想。他是个纯粹的都会人，而且江户情调、江户趣味深入了他的心魂之中。要他象自然派那么样对于现实用客观的观照是做不到的，他只有投入于生活之中。所以在作品里必然地表现出那梦幻境界和耽美享乐的色彩来。……

极端的美的追求者，决不能满足于平凡的美的憧憬，即使是同样的美，他也要求那异常的非凡的，不是生活表面所能常见的美，而是求王尔德所谓"没有草叶的花，没有树林的鸟"一种奇特怪诞的美；对于官能的美，也是在病态的、恶魔的状态之中，更能感得满足与快慰。……

……要求有异常的刺激力的东西，就只有走入病态的一途。平常的性欲还不能满足，所以便走入变态。对于平凡的美，他已厌倦，便非得创造出恶之花来，或追求怪异的梦不可了。

后来章克标又译出了中篇小说《杀艳》（原作发表于 1914 年，又可译《阿艳之死》）。章克标在《谷崎润一郎集·序》中，说《杀艳》是谷崎的"描写毒妇"的"最杰作"，并事先做了出书的"广告"。《杀艳》的时代背景也是江户时代，写的是店主的女儿阿艳与名叫新助的伙计相爱，为了能够结婚而私奔，不久遭恶人暗算，堕入青楼，而逐渐习惯了肉体的放纵。新助在寻找阿艳的过程中杀了人，变得越来越残忍无情。后来两人相会，沉浸于逸乐之中。当新助发现阿艳另有相好的男人，便将阿艳杀死。作品似乎要说明：男人是女色的奴隶，女色会使一个原本胆小的男人变成杀人者，女人会使男人丧失理智，变得疯狂。小说塑造的"妖妇"型（即章克标所说的"毒妇型"）女人和为女色而堕落的男人的形象，成为谷崎润一郎全部创作中的一种最常见的人物形象类型。

2. 杨骚、李漱泉、陆少懿对谷崎的翻译

杨骚译长篇小说《痴人之爱》（原作发表于 1925 年），也表现了与《杀绝》同样的主题。一个二十八岁的单身汉把一个十五岁的漂亮的女招待领到家中养了起来，那女人肉体漂亮而灵魂丑恶，从此那男人也就做了那女人的奴隶，愤恨那女人的恶行却迷恋其肉体，于是成了一个色迷心窍的、离了那女人就活不下去的"痴人"。译者杨骚在译序中说："作者喜欢描写变形的女性。在他二十余年的创作生活中，除开四五篇的枯淡的东洋底小品及两三篇童话底小品外，几乎全部一样地带着这种反常的女性的香味。这篇《痴人之爱》，是他描写这种女性的作品中的一部杰作，而且是他的一部杰作。"杨骚（1900—1975年）是个浪漫诗人，早年曾在东京留学。《痴人之爱》也是他所翻译的仅有的一部日本长篇小说。翻译这篇小说似乎谈不上有什么深刻的动机，从译序中的自白中可以看出，不过是这小说的翻译排遣胸中的郁闷罢了。

　　谷崎润一郎作品的另一个重要的翻译者是李漱泉（生卒年不详）。他曾留学日本，喜欢日本的唯美派，与谷崎润一郎、佐藤春夫交往较多。他所翻译的、由上海中华书局1933年作为"世界文学全集"之一种出版的《神与人之间》，在谷崎作品的中译本中占有重要的位置。《神与人之间》是个作品集，其中收译的作品除了自传性中篇小说《神与人之间》外，还有短篇小说《前科犯》《麒麟》《人面疮》，独幕剧《御国与五平》。所选作品均不能算是谷崎润一郎的代表作。但这个译本还是有特色的。那就是在中国的日本文学译本中，第一次于书前冠有译者撰写的原作者的《评传》和《年谱》，这一点是开创性的。它标志着译者同时也是所译作家作品的研究者，标志着读者可以不单阅读孤立的文本，而是要联系作者的生平思想与整体的创作情况来了解作品。李漱泉写的《谷崎润一郎评传》长逾万言。他写《评传》所依据的材料主要是谷崎润一郎的自传性的小说，谷崎润一郎写过不少这样的小说，如长篇小说《鬼面》、中篇小说《神与人之间》《异端者的悲哀》《鲛人》等。显然，李漱泉相信"一切作品都是作家的自叙传"这句话，他在《评传》中引用了谷崎的小说《黑白》中的一段话："……大体创作家有两种典型：一种是把自己本身完全藏起来去写的人，一种是高兴写自己——虽非不写自己以外的人，但任写什么结果总成了自己的说明的人，……换句话，就是一种是客观的倾向的作家，一种是主观的倾向的作家。""我相信我是主观的方面的。"李漱泉把谷崎润一郎看成是写自己的主观倾向的作家，这一点基本是不成问题的。实际上，日本的唯美派的情形，包括佐藤春夫、永井荷风等在内，都可作如是观。在李漱泉的《译者叙》和《谷崎润一郎评传》中，可以看到一种矛盾。一方面用当时流行的左翼社会学、政治经济决定论来看待谷崎润一郎的作品，认为在当时中国的形势下，"恶魔主义的，艺术至上主义的作品也许有过时之感"，另一方面又从纯艺术的角度欣赏着它们。

上述所译谷崎润一郎作品，大都是谷崎润一郎的前期创作。谷崎的创作自 1928 年发表《食蓼虫》以后，风格有所变化。前期华丽妖冶的色彩逐渐淡薄了，其唯美趣味由女性美向优雅的古典美转化。1930 年代写了一系列的带有日本古典风格的小说，如《吉野葛》（1931 年）、《盲目物语》（1931 年）、《割芦苇》（1932 年）、《春琴抄》（1933 年）等，1940年代写了毕生大作《细雪》。1936 年，《春琴抄》由陆少懿译出，作为陆少懿、吴朗西主编的"现代日本文学丛刊"的一种，由上海文化生活出版社出版。这在谷崎润一郎的翻译史上，应算是重要的一笔。

《春琴抄》是历史题材的中篇小说。写的是江户时代药材商老板家的盲女春琴与侍男佐助的奇特的恋爱故事。春琴酷爱音曲，九岁时因病失明，每天都由十三岁的男童佐助牵着手到音乐师傅家上课。佐助对漂亮的春琴无限崇拜，他甚至觉得失明后的春琴更加可爱。而春琴失明后一反常态，变得阴沉乖戾。佐助却视为一种娇嗔，毫无怨艾。为了要体验春琴那种盲人的生活，佐助常常闭上眼睛，悄悄练习三弦。春琴得知后就收他为徒，佐助从此称春琴为"师傅"。春琴对佐助严加教习，动辄打骂，或逼他通宵练习。佐助则逆来顺受。春琴十七岁那年，母亲发现她有了身孕，便趁机提出与佐助结婚之事，但春琴说决不要这等奴才为夫，一口拒绝。但此后却一直与佐助保持这种暧昧关系。春琴出徒后自立门户，收徒授艺。但她对徒弟百般虐待，招来横祸。一夜有人偷偷来到春琴的卧室，用开水毁了她的容颜。春琴告诫佐助今后不要再看她的脸，佐助为了做到这一点，便主动用针刺瞎了双眼，并狂喜地对春琴喊道："师傅。佐助已失明了，得以终生不见师傅容颜啦！"那时佐助已是四十一岁。对春琴照顾得无微不至。春琴死后，佐助在对春琴美丽躯体的回忆中度过了晚年。……这篇小说在写法上假托有史可证，但实出于谷崎的虚构。江户时代的风俗人情、三弦音乐和哀感顽艳的故事，构成了一个古典的美的世界。小说运用古风的优雅文体，表现了谷崎文学的一贯主题——女性恶魔般的美和男性对此的无条件的崇拜。陆少懿的译文，典雅舒缓，较好地传达出了原作的风格。译本"后记"寥寥数语，但对谷崎润一郎的评论却颇得要领。如云："他写作的范围是狭小的，然而却不失其为人生的一部分。"又云："他写作的技巧是由西洋的现代的渐变为东洋的古典的了，这就是说由华丽而趋于冲淡，《春琴抄》便是他冲淡的作品的一例。"

从上述的谷崎作品的译介情况可以看出，在当时的中国，谷崎润一郎的作品是以其奇特性、新异性而被重视的。这是谷崎译介的立足点。译介者也大都是以其文学上的反叛性、新奇性、大胆性、先锋性为价值标准来肯定谷崎的作品。如谢六逸在《小说月报》第 20 卷 7 号上发表的《二十年来的日本文学》一文中，认为谷崎润一郎是"一个最有兴味的人"，认为他的作品"兼具新浪漫派以后的一切特色"，"是一个把新要素献给日本文学的人，他破裂了传统的躯壳，脱离了常识性的桎梏"。1929 年，章克标在《谷崎润一郎集》的译本序中，也特别强调了谷崎作品的特异性。他认为，正是谷崎润一郎的这种新奇性抓住了当时一部分青年的心。他指出："他（谷崎）的世界是超越了现实和人生而存在的世界。……不能用人生什么什么来批判的。在他没有革命不革命，思想不思想的，他的作品中只有感情情调。"这些评价都是符合实际的。

三、对永井荷风、佐藤春夫的译介

1. 周作人对永井荷风的译介

永井荷风（1879—1959 年），是日本唯美派的代表人物之一。佐藤春夫曾这样评价他在唯美主义文学中的地位："日本文学这只鸟受到自然主义的束缚，首先给这只鸟以鸣声的是永井荷风，给它以翅膀的是谷崎润一郎。"永井荷风早年曾倾心于西方文化和欧洲的自然主义文学，后来对日本的盲目西化的"文明开化"很不满意，转向了日本的传统文化，特别是江户时代的文化。在对江户文化的沉溺和追怀中，形成了他的具有享乐和颓废的唯美主义文学。在这一点上，他对后来的日本唯美主义作家，如谷崎润一郎等，产生了很大的影响。永井荷风首先以小说知名，重要的有反映江户时代风俗人情的《隅田川》，描写花街柳巷、寻花问柳的颓废生活的《梅雨前后》《背阴的花》《墨东趣话》等。但是，永井荷风的小说在中国基本上没有译介。被译介的只是他的随笔散文，而译介他的散文，并给以高度评价的，只有周作人。永井的随笔文章多记日常琐事，从东京风物到衣食住行、谈文论艺，文笔从容舒缓而又富有情趣。这些作品具有日本唯美主义特有的超逸现实、返璞归真的趣味，充满了对现代社会的不满和对江户时代庶民趣味的向往。周作人对这一点非常有共鸣，他所欣赏的恐怕主要是永井荷风的反俗超逸精神和冲淡趣味。

1935 年 5 月，周作人在《人间世》第 27 期上发表了《〈东京散策记〉》一文，介绍永井荷风的散文集《日和下驮》（一名《东京散策记》），其中说："永井荷风最初以小说得名，但小说我是不大喜欢的，我读荷风的随笔大抵都是散文笔记，如《荷风杂稿》《荷风随笔》《下谷丛话》《日和下驮》与《江户艺术论》等。"在文中，他还大段大段地翻译引用了《江户艺术论》中谈浮世绘的段落，和《东京散策记》中的《日和下驮》和《淫祠》两篇中的段落。同年 6 月，周作人又在上海《文饭小品》第 5 期上发表了《东京散策记》中的第四篇《地图》的译文。

《地图》是一篇缅怀古时的江户城风物的优美的散文。周作人在《附记》中说：永井荷风的"此类散文中佳作甚多，但不易译，今勉强译出其一，不顾拙笨失真，只表示对于永井氏的爱好之意耳"。也是在此年 6 月，周作人在《大公报》发表了《〈冬天的蝇〉》，介绍永井荷风的另一部散文集《冬天的蝇》，说："《冬天的蝇》的文章我差不多都喜欢。"并在文中翻译、征引了数段文字。此外，周作人写的许多文章，都提到或整段地引用、翻译永井荷风的随笔，仅以 1935 年写的文章为例，这样的文章就有：《关于命运》《关于命运之二》《市河先生》《日本管窥》《〈煮药漫抄〉》《柿子的种子》《岭南杂事诗抄》《隅田川两岸一览》等。不难看出，周作人自己的小品文，在题材、风格、趣味等方面，是受到了永井荷风散文的某些影响的。

　　2. 高明、李漱泉等对佐藤春夫的译介

　　佐藤春夫（1892—1964 年）是著名诗人、小说家和评论家。他的创作的构成成分比较复杂，前期是个浪漫主义的诗人，后来受谷崎润一郎和芥川龙之介的影响。有的日本文学史家把他列为唯美派，有的文学史家则把他同芥川龙之介一起列入"新现实主义"一派。但是，在 1930 年代的中国，译介者则基本上把他看成是唯美派作家。佐藤春夫与谷崎润一郎在表现颓废情绪方面很相似，总体上可以把他看作唯美派的作家。但他与谷崎润一郎又有明显的不同。谷崎的作品妖冶、浓艳、怪异、离奇，故事情节往往耸人听闻；佐藤春夫的作品则平淡、抒情，具有一定的现实性。大部分小说不讲究情节，带有强烈的散文化特征，属于所谓的"心境小说"。中国对佐藤春夫的译介集中在 1931 年至 1935 年间。一共翻译出版了四种译著。其中有：查士元译《都会的忧郁》、高明译《佐藤春夫集》、李漱泉译《田园的忧郁》、查士骥译《更生记》。

　　《佐藤春夫集》（现代书局 1933 年）是第一部佐藤春夫的作品集。译者高明（1908 年生）。《佐藤春夫集》选择了《星》《开窗》《阿绢及其兄弟》《一夜宿》《濑沼氏的山羊》，共五篇短篇小说。所选作品大都是佐藤春夫的短篇小说中的代表作。对此，佐藤春夫本人也表示认可。他应译者要求为高明写了一封信代序。其中写道："承你翻译了拙作，郑重地来要求我的承认，当然我是没有异议的。不但没有异议，我还大大地感谢你。藉老哥的尽力，拙作能被译为鄙人平素所敬爱的中国的文字——在世界文明史上和希腊文同是最有光荣的文字——而介绍于中国的读书界，是我所最欣快的。尤其你所翻译的拙作集的选定，是依据着非常适当的标准，这使鄙人相信得到了有很好的理解的最适当的译者，而更喜欢了。但是拙作的题材和手法，都是少微旧时代风的东西，并且笔枝也是少年时未熟的笔枝，所以虽然以老哥的出力而幸得遇此良机，结果是否能够博得尖锐的贵国现代读者诸君和批评家诸先生的满足，我不能不疑惑。……"

文学史家公认为佐藤春夫的代表作是两篇中篇小说《都会的忧郁》和《田园的忧郁》。这两篇作品是姊妹篇。它们被译成中文，是中国翻译佐藤春夫作品的主要收获。

查士元翻译的《都会的忧郁》于 1931 年由华通书局出版。这是我国出版的第一个佐藤春夫作品的单行本。这篇小说没有什么连贯的故事情节，具有很强的自传性，描写了无名的青年作家尾泽峰雄和妻子，还有尾泽的朋友、穷作家江森渚山的灰色、倦怠、无聊的生活。整个作品充满了强烈的世纪末情调和颓废气息。

《田园的忧郁》收在李漱泉选择的同名集子里。这个集子也是作为中华书局《世界文学全集》的一种，于 1934 年编辑出版的。这是佐藤春夫比较有代表性的作品选集，除了《田园的忧郁》及《阿绢和她的兄弟》两篇小说外，还有作者早期的诗集《殉情诗集》。当然，该集的核心篇目还是《田园的忧郁》。

《田园的忧郁》写的是一个厌恶了城市生活的"他"，带着妻子，两条狗、一只猫来到武藏野南端的一个小村庄居住。但是不久，他就觉得这里的生活依然是无聊乏味。粗俗无礼的邻居，把青蛙叼进家里的猫，想挣脱锁链而狂吠不已的狗，还有连绵不断的阴雨，都使他烦躁不安。他怀疑自己得了忧郁症。在一个晴天里，院子里的蔷薇开花了。他让妻子剪来花供在桌上，但他发现，那蔷薇花上布满了无数的小虫。这使他的心绪更加暗淡。他反复不断地感叹道："蔷薇啊，你病了！"小说最后是——

> "蔷薇啊，你病了！"
>
> 那声音究竟是从哪里来的呢？是天启吗？是预言吗？反正那句话紧迫着他。任到那里，任到那里，……

译者李漱泉像写《谷崎润一郎评传》一样，在书前附了一篇长长的《佐藤春夫评传》和《年谱》。在评传中，李仍然把《田园的忧郁》及《都市的忧郁》等作品看成是作者的自况，并把这些作品作为评传的主要材料。他认为佐藤春夫是"唯美作家"，是"艺术至上主义"的作家，并且顺着 1930 年代流行的社会学分析的思路，分析了佐藤春夫的创作与日本社会、与他的恋爱的关系，也谈了佐藤春夫与中国的关系。李漱泉认为，《田园的忧郁》反映了日本资本主义社会的衰落趋势，"所以作者的叹声同时又是忧郁的日本的叹声，所以作者的田园的都会的忧郁，实在相当忠实，丰富而有力地象征了近代日本社会的忧郁！"李漱泉在《评传》中，还引述了他自己写给 S 的一封信，其中写道：

> 这个翻译在我的许多译品中，我是颇为满意的。假使你有工夫校阅一下一定也有同感。我不满意的仍是在这时候我得辛辛苦苦细细密密地来译这一类的作品，跟着一个"痴情之徒"吐他那车轮下的蔷薇似的呻吟，得跟着一个"egoist"作他那"懒得管别人的事"的人生观，跟着一个"艺术至上主义者"建筑他那纯白的洋房（,）挂上青色的窗帘。……

这里反映了译者译介佐藤春夫等唯美派作家作品时的矛盾心理：在理

性判断上，不敢认同于唯美派。但在艺术上，又为唯美派所吸引，并给唯美派以高度的评价。在《佐藤春夫评传》中，李漱泉对佐藤春夫也是赞赏有加：

> 因为作者是这样置重"艺术"自身的，所以他真不愧为日本近代文坛稀有的美文家。他的文字就好像他所最爱的"那蔷薇"，它的"色与香，叶与刺把无数美丽的诗底一句一句（，）当成肥料吸收到它自己里面，——使那些美丽的文字底幻影在它的后面璀璨生光"，但他又不像中国传统的美文家一样，专干些不自然的堆砌。他是真能"直接由自然本身撷取真正清新的美和喜悦"。因此你整天地翻译着他的作品时并不一定是痛苦的工作。你的眼，你的笔，乃至你的心魄，可以随着原文的一行一字走进那蔓藤爬上树颠；可以看见八王子（日本地名——引者注）游廓那分成两列追人而来的辉煌的灯火。可以听见那引青年游子底旅愁的那在黄昏中发出潺缓之声的多摩川底清流……实在作者的文章就像一炉亚拉伯的异香，使你随着它那袅袅的烟圈儿，缥缥缈缈地作奇诡的白日梦。

然而译者又清醒地意识到，佐藤春夫所构筑的唯美的世界，和中国的现实毕竟完全不同——

> 但是，不幸，你从那梦里醒来时，你将发现你是在半殖民地的中国，你是在多事的五月，你是在租界的戒严令下，你是……。在这时候你将发现你是异样的疲倦，异样的不愉快，就像有了一次"梦遗"。

第七节　对新理智派的翻译

一、对芥川龙之介的翻译与评价

芥川龙之介（1892—1927 年）是日本现代文学史上的一个重要的流派——新理智派（又称"新思潮派""新现实主义"）的代表人物，是日本近代文学中的有数的几位一流作家之一，也是现代世界短篇小说的巨匠。1920 年代后期至 1930 年代的十来年时间里，中国翻译的芥川龙之介的小说（包括少量散文随笔）有二十余篇，出版译本七种，翻译作品的数量占芥川龙之介小说的五六分之一。可以说，芥川龙之介的最好的作品大都被翻译过来了。

1. 鲁迅对《鼻子》《罗生门》的译介

最早翻译芥川龙之介作品的是鲁迅。1921 年 5 月 11—13 日，鲁迅在《晨报副镌》上发表了《鼻子》的译文，这是中国翻译的芥川的第一篇小说，也是芥川龙之介的最精彩的作品之一。《鼻子》写的是一个古代和尚的特大型长鼻子的故事。和尚为了自己的畸形的长鼻子而备遭别人嘲笑，内心很痛苦，当他用从中国学来的方法，终于把鼻子治短了一些的时候，却遭到别人的更露骨的嘲笑。后来，长鼻子恢复了治疗前的原状，和尚却有了如释重负的感觉，心想：这回该没有人再嘲笑我了。这篇小说深刻地揭示了人们专以别人的不幸为快乐的阴暗的自私心理，反映了人在社会的无所适从的两难处境。全文仅四千多字，写得精练含蓄，无可挑剔。鲁迅同时在译文前附了题为《〈鼻子〉译者附记》的短文，这恐怕也是中国第一篇介绍芥川龙之介的文字。其中说："芥川氏是日本新兴文坛中一个出名的作家。（中略）他的作品所用的主题，最多的是希望已达后的不安，或是正不安时的心情,这篇便可以算得适当的样本。"又说:"不满于芥川氏的,大约因为这两点:一是多用旧材料,有时近于故事的翻译;一是老手的气息太浓厚,易使读者不欢欣。内道场供奉禅智和尚的事,是日本的旧传说,作者只是给他换上了新装。篇中的谐昧,虽不免有才气太露的地方,但和中国的所谓滑稽小说比较起来,也就十分雅淡了。我所以先介绍这一篇。"同年,鲁迅又把《罗生门》译出,发表于《晨报副镌》6月14—17日。《罗生门》写的是一个被主人解雇、正走投无路的仆人,一边在阴森颓败的罗生门下避雨,一边在考虑"是饿死,还是当强盗"。忽见一个老太婆在罗生门的城楼上,为了做假发卖钱正在拔死尸的头发。仆人觉得这样做太丑恶,上前制止。但不料老太婆几句"不这么干,就要饿死"的话,使他下决心当强盗了。他一脚踢倒老太婆,剥光了老太婆的衣物,扬长而去。这篇小说深刻地揭示了人的求生存的利己的本能,人在正义感和犯罪之间的微妙的分界。鲁迅在《罗生门》的《译者附记》中写道:"芥川氏的作品,我先前曾经介绍过了。这一篇历史的小说(并不是历史小说),也算是他的佳作,取古代的事实,注进新的生命去,便与现代人生出干系来。……"1923年,鲁迅将这两篇译文收在他与周作人合作编译的《现代日本小说集》里。在《关于作者的说明·芥川龙之介》中,鲁迅将上述两篇《译者附记》的观点贯通起来,并做了更进一步的阐述,他写道:"他(指芥川——引者注)的作品所用的主题,最多的是希望已达之后的不安,或是正不安时的心情。他又多用旧材料,有时近于故事的翻译。但他的复述古事并不专是好奇,还有他更深的根据:他想从含在这些材料里的古人的生活当中,寻出与自己的心情能够贴切的触着的或物,因此那些古代的故事经他改作之后,都注进新的生命去,便与现代人生出干系来了。……"

鲁迅在这里区分了"历史小说"和"历史的小说"。所谓"历史的小说",就是带有历史小说的某些特征的小说,小说中的人物和背景是历史的,但不必像"历史小说"那样注重历史真实性。看来,鲁迅对芥川的

"历史的小说"是取赞赏态度的。但对芥川的作品还是有"不满"和批评的。他认为芥川的这类小说"老手的气息太浓，易使读者不欢欣"。所谓"老手的气息太浓"，是指芥川小说的哲人气味太浓，哲理意味太浓，给人一种哲学家或超人般的高深老辣。鲁迅创作小说的目的在于思想启蒙，在于改造中国落后的国民性，而不像芥川那样把创作作为探索人生真谛，追求艺术化人生的手段。对于芥川式的抽象哲理的探求，鲁迅显然是不以为意的。

2. 汤逸鹤、黎烈文等对芥川龙之介的译介

在鲁迅译出芥川的两篇小说之后，一直到 1927 年的五六年间，没有再出现芥川龙之介作品的译文。1927 年芥川龙之介自杀，对日本文坛造成了剧烈的冲击，中国文坛也受到震动，这成为以后几年间中国大量翻译芥川作品的契机。从 1927 年到 1940 年代初，是中国译介芥川作品的高潮时期。首先预示这个高潮到来的，是上海的《小说月报》。该杂志于 1927 年 9 月 18 卷 9 期上，开设了《芥川龙之介专辑》。选译了芥川的十篇小说，即胡克章译《龙》，顾寿白译《影》，夏韫玉译《奇谭》，江炼百译《地狱变相》，夏丏尊译《湖南的扇子》，郑心南译《南京的基督》，谢六逸译《阿富的贞操》，周颂久译《开通的丈夫》，郑心南、梁希杰译《开化的杀人》，黎烈文译《河童》。另有郑心南的《芥川龙之介》和《芥川龙之介年表》。这个《芥川龙之介专辑》选题精严，尤其是其中的《龙》《地狱变相》和《河童》，是芥川龙之介的小说中的珍品。译者阵容较大，水平较高。《芥川龙之介专辑》一定程度地带动了芥川龙之介在中国的大规模译介。

1928 年 7 月，汤逸鹤编选翻译的《芥川龙之介小说集》由北平文化学社出版。这是 1920—1930 年代中国出版的第一种芥川龙之介的作品集。其中收译了十一篇短篇小说，包括：《一块土》《南京基督》《黑衣圣母》《阿格尼神》《魔术》《山鸭》《金将军》《弃儿》《女》《蛛丝》等。另附《芥川龙之介自杀时致某友的手札》。译者汤逸鹤（1900 年生），陕西汉

阳人，北京大学毕业，曾留学日本，1925 年回国后不断翻译发表日本文学作品。《芥川龙之介小说集》也是汤逸鹤的第一本译作。这个译本所选作品与《小说月报》的《芥川龙之介专辑》中的选目大都没有重复，有的小说——如《蛛丝》——是颇有特色的名作。《蛛丝》（又译《蜘蛛之丝》）全文仅有两千来字，取材于佛教故事，写的是释迦牟尼念罪人犍陀多曾救过一只蜘蛛的性命，就打算把他从地狱中救出，便把一根蜘蛛丝放下地狱。但犍陀多没有慈悲之心，只顾自己爬出地狱，不让其他罪人攀蛛丝，结果蛛丝从中间断开，犍陀多和其他罪人一起，重新堕入了刀丛血海的地狱中。芥川龙之介把人物放在无可选择的，但又不得不选择的窘况中——如果犍陀多有慈悲心，同意和其他罪人一同攀蛛丝，那么蛛丝就会因不堪其重而断裂；如果犍陀多没有慈悲心，那么释迦牟尼就会中途放弃拯救他的努力。小说所表现的仍然是人的绝对的利己本能的问题，同时也表现出了强烈的宿命论色彩。

1928 年 10 月，由作家、法国文学与日本文学翻译家黎烈文（1904—1972 年）翻译的《河童》由商务印书馆出版。该译本除《河童》外，还收译了上面已提到的《蜘蛛之丝》。《河童》是芥川龙之介的中篇寓言体小说，写一个精神病患者口述自己在河中堕入"河童"（一种水生动物）的王国后的见闻，以河童国影射现代资本主义社会，尖锐地讽刺和否定了社会中的各个方面——政治、经济、法律、文艺、哲学宗教、风俗习惯等，表明了芥川龙之介对社会现实的绝望。这篇小说是芥川龙之介作品中为数很少的具有强烈社会批判性的小说。黎烈文对这篇小说格外重视，在小说发表不久后就开始翻译。1936 年，黎烈文又将《河童》再版（上海文化生活出版社）。值得一提的是，黎烈文是中国文学家中对芥川龙之介给予最高评价的一位，他在 1927 年 8 月《文学周报》第 279 期上，发表了《海上哀音——闻芥川龙之介自杀》的文章，其中说："芥川氏的作品在我国早就有人介绍过了。实在的，在新思潮派的三柱（菊池宽、久米正雄、芥川龙之介）中，我最景仰的是芥川氏。不但如此，在现代日本许多作家，我最爱读的也就是芥川氏的作品。"又说："芥川氏创作谨严，在日本现代一般作家中，从量的方面说，芥川氏要算比较少的。但因此他的作品差不多篇篇都有价值，简直有世界的价值。"

1929 年 5 月，上海开明书店出版了鲁迅等译的《芥川龙之介集》。收小说八篇，附录两篇。其中有：鲁迅的旧译《鼻子》和《罗生门》。此外还有夏丏尊翻译的《秋》，方光焘翻译的《袈裟和盛远》《手巾》，章克标翻译的《薮中》，夏丏尊翻译的《南京的基督》《湖南的扇子》，另附夏丏尊翻译的《中国游记》和沈端先翻译的《绝笔》。这个译本是继汤逸鹤的《芥川龙之介小说集》后第二个选译作品较多的本子，而且译文均出自名家之手，译作质量高。从选题上看，除了鲁迅的两篇旧译之外，选得最精的作品当属《薮中》。《薮中》是照原文直译的题名，又可译为《竹林中人》《莽丛中》。这是芥川龙之介的天才之作，内容深湛，形式、手法新颖独特。小说没有单一的叙述人，而是以一件人命案的当事人、见证人、死者的鬼魂在法庭上的各自独立的供述构成全篇。而且见证人、当事人的供述又互相矛盾。情节没有结局，案件扑朔迷离，审讯不了了之，使得读者不得不积极地参与分析，来填补小说中故意留下的空间。但是，小说的思想意图仍然是清楚的，那就是挖掘人的潜意识中的利己主义心理。小说要说明：利己主义的私欲导致残暴和犯罪，私欲使强盗图财害命，私欲使恩爱夫妻在特定境况中反目成仇，私欲又使得他们即使死去也不愿承认事实真相。这样看，私欲才是真正的罪魁和凶手。1950 年代初，著名电影导演黑泽明把这篇小说与《罗生门》天衣无缝地结合在一起，改编成了电影《罗生门》，使得日本电影从此走向了西方世界。

3. 冯乃超的《芥川龙之介集》及对芥川的否定评价

著名诗人冯子韬（乃超，1901—1983 年）也是芥川龙之介作品的重要的翻译家之一。1931 年，中华书局出版了他翻译的《芥川龙之介集》。该集选译了芥川龙之介的四篇小说，包括《母亲》《将军》《河童》和随笔《某傻子的一生》，并写了《芥川龙之介的作品作风和艺术观》一文作为译本序言。1940 年，上海三通书局作为"三通小丛书"之一种，出版了冯子韬翻译的《某傻子的一生》（另收《将军》和丘晓沦译的《猴子》）。《芥川龙之介集》是冯子韬一生中仅有的译作单行本。但冯子韬对于芥川龙之介，却没有什么好感。他在为《芥川龙之介集》写的题为《芥川龙之介的作品作风和艺术观》的序言中，以讥笑的口吻说：

> 当芥川龙之介在《新思潮》发表小说《鼻子》的时候，他的先生夏目漱石曾以这样的话去激励他——"这样的作品你如果多写十篇，日本自不消说，你可以成为世界上 Unique（意为独一无二，首屈一指——引者注）的作家的一人。"可是，以我看来，这样的作品已经不止十篇了，世界文坛是不是如他先生那样认识他呢，的确是个疑问。
>
> 他耸动了中国文坛的注意，大约是他的自戕而不是他的作品吧。他的作品，成功的作品大都已移植到中国来了，可是国内文坛对他依然地很冷淡。照我想，中国人对菊池宽、谷崎润一郎比之对芥川来得亲热些。
>
> ……他的作品是表现某种性格在某种环境中如何发展的记录，换到历史小说上来说，就是一个时代特色的记录。的确像他自知之明一样，也许有人因读他的作品而打哈欠呢。

冯子韬对芥川龙之介的否定性评价，在中国并不是个别现象。可以说，芥川龙之介在中国文坛所受到的激烈批评、排斥乃至否定，是日本其他作家所没有遇到过的。当中国文坛从日本文学史的角度评论芥川时，尚能对芥川作出客观的肯定评价，如黎烈文、夏丏尊、刘大杰、查士元、郑伯奇等就是这样做的；而当站在中国文学和中国作家的独特的立场上评论芥川时，则鲜有对芥川表示完全赞赏者，更有不少作家对芥川表示了不满、批判甚至是讨厌的态度。除了上述的鲁迅、冯子韬对芥川的批评之外，评论家、翻译家韩侍桁、著名作家巴金等，都对芥川龙之介作了激烈的否定。如韩侍桁在《文学评论集·杂论日本现代文学》（上海现代书局1934 年）中这样写道：

> 说来也奇怪，我自从看过芥川氏的《中国游记》后，我总对他不抱好感，乃至再一看他的出世作品《鼻子》与《罗生门》，我对于这位作家的艺术良心就根本起了疑问了。（中略）只是从这两篇里，我们就可以看出作者全部作品的长处和短处。他文字的美好与构造的精练，在这两篇中也可以说是已达到完成了吧！但同时这位作家对于艺术的缺少真实的态度，也表现得清清楚楚。他的作品是很能给读者一时的兴奋的，但是它们决经不住深思。你若是一细细地琢磨起来，它们的架子将要完全倒毁。

1935 年，巴金在《几段不恭敬的话》中讽刺地说：

> ……对于享过盛名而且被称为"现代日本文坛的鬼才"的芥川氏的作品，我就不能不抱着大的反感了。这位作家有一管犀利的笔和相当的文学修养是实在的。但是此外又有什么呢？就是说除了形式以外他的作品还有什么内容吗？我想拿空虚两个字批评他的全作品，这也不能说是不适当的。在这五百余页的大本芥川集里面，除了一二篇外，不全都是读了后就不要读第二遍的作品吗？

中国作家为什么对芥川龙之介作如此坏的评价？原因很复杂。芥川在1921 年到中国来了一趟，回国后发表了《中国游记》《长江游记》。在这两个游记中，憧憬中国传统文化的芥川对中国的现状表示了失望。在日本帝国主义歧视中国，并对中国虎视眈眈的大背景下，其中有不少描写很容易刺伤中国人的自尊心，引起了中国文坛的反感是自然的。另一层原因，是日本文坛在昭和初期，即 1920 年代中期以后，无产阶级（普罗）文学崛起，芥川龙之介被普罗文学阵营视为资产阶级"既成"文学的代表，遭到批判和否定。普罗文学理论家青野季吉在芥川自杀后撰文，认为芥川的死"不过是崩坏期的资产阶级的一种表现罢了"；日共领导人宫本显治也撰文断定芥川的创作是"败北的文学"。中国文坛对芥川龙之介的否定性的评价，无疑也受日本左翼文坛的这些影响。然而，更深层的原因，恐怕还在于它反映了中国现代文学与芥川龙之介的创作，乃至与日本现代文学的某些深刻的对立和差异。例如，文学创作的目的是什么，在创作中如何看待和表现"理智"与"情感"，如何看待和使用"技巧"，如何理解"内容"与"形式"，作家对所描写的事件和人物所取的角度、立场及情感态度，等等。芥川龙之介在这些方面的看法及其在文学中的表现，与中国作家存在着深刻的对立和差异，使得中国文坛就出现了对芥川龙之介一面大量翻译，一面又激烈否定和批评的奇特的接受现象。（详见拙文《芥川龙之介与中国现代文学——对一种奇特的接受现象的剖析》，载《国外文学》1998 年第 1 期。）

二、对菊池宽作品的翻译

菊池宽（1888—1948 年）是著名剧作家、小说家。他和芥川龙之介两人，构成了新理智派作家两个重镇。两人的创作都具有强烈的理智性和观念性，将冷静的写实手法与强烈的主观分析融为一体。每个作品大都有一个中心主题，但又刻意表现主题的多意性，避免直露外溢；他们都擅长对事件、人物及人物心理作深刻的剖析，都追求简洁、精练的风格。但两人的不同也很明显：芥川龙之介奉行艺术至上主义，其作品具有强烈的形而上的超现实性，理性分析过于彻底，理智与情感不能调和，对社会、人生和人性充满绝望；菊池宽则主张"生活第一，艺术第二"，推崇理智与情感的调和，表现妥协、中和、达观之境，努力接受和适应现状，信奉着小市民式的生存哲学；芥川龙之介是短篇小说家，菊池宽兼善小说与戏剧。

中国对菊池宽作品的翻译，可以分为小说与戏剧两大类别。

菊池宽首先是剧作家，他文学的主要成就体现在戏剧创作上，而中国的菊池宽作品翻译中，戏剧也最为重要。

1. 田汉、胡仲持、刘大杰、黄九如对菊池宽剧作的翻译

田汉（1898—1968 年）是菊池宽剧作选集的第一个编译者，菊池宽也是唯一一个被田汉译过戏剧集的外国剧作家。1924 年，田汉翻译了《日本现代剧选·菊池宽剧选》，由中华书局出版发行。这个译本选收了《父归》《屋顶上的狂人》《海之勇者》《温泉场小景》，共四个独幕剧。书前有田汉写的《菊池宽剧选序》。从这篇译本序中可以看出，田汉很喜欢菊池宽的作品，田汉认为菊池宽"有着异常纤细的神经，异常敏锐的感受性"。他认为："菊池与芥川交往最密，而性情和主张初不一致。芥川承夏目漱石的遗绪，其艺术近于艺术至上主义。菊池为日本艺术家中有数的 moralist（道德说教者——引者注），其艺术于艺术固有的价值以外，必赋予一种社会的价值。"所以他表示更"尊敬"菊池宽。

《菊池宽剧选》中选译的四个剧本，大都是作者早期的代表作，具有浓厚的现实生活气息。其中，《海之勇者》表现了为救助遇难渔民而敢于牺牲自己的"勇者"。《屋顶上的狂人》中的"狂人"是一个喜欢待在屋顶上的疯子。疯子的父母邻居都主张把疯子拉下来，强行治疗，狂人的弟弟末次郎却不以为然。末次郎认为，既然疯了的哥哥喜欢待在屋顶上，那就应该让他待在屋顶上，以便让他生活在美与快乐的幻觉中。即使治好了他的疯病，他也不过是一个平平常常的人，还不如让他像现在这样，做一个待在屋顶上的快乐的狂人。在这个剧本里，菊池宽表现出了他的两面性：一方面借末次郎的口，批评了家人及邻人对疯子的世俗偏见；但同时主张维持现状，顺从命运，在既定条件下做最"合理"的选择。

在《菊池宽剧选》中，独幕剧《父归》占有最重要的地位。这个剧

本发表于 1917 年，是菊池宽戏剧中的最有名的杰作。《父归》写的是恣意寻欢作乐的宗太郎，抛下贤妻和三个孩子，携情妇放荡江湖。长子贤一郎与母亲在绝望中自杀未遂，终于历尽艰辛，把弟妹供养成人，过上了温饱生活。二十年以后，宗太郎老态龙钟，穷困潦倒，怀着愧疚，鼓足勇气返回家中，恳求收留。长子贤一郎历数父亲罪状，严词拒绝。于是父亲绝望地走出家门。但是，当父亲走了之后，硬心肠的儿子贤一郎一下子软了下来，转而跑出去寻找父亲……田汉认为《父归》是菊池宽出色表现理智与情感的好例子。他感叹道："贤一郎对于他多年在外面游荡、老后始归的父亲的态度是何等理智的。但结果依然把父亲喊回，是何等的人情的。"田汉很喜欢这个剧本，把它译出，并多次搬上舞台演出。但田汉对这个剧本评论中所表现出的所谓"小资产阶级的温情"也持批判态度。在《菊池宽剧作选序》中，田汉引用了两位日本评论家——藤井真澄和林癸未夫——对《父归》的评论。藤井真澄认为《父归》的结尾处让儿子跑出去找父亲，表现了"封建思想养成的孝道"，在他看来，"不叫他（宗太郎）回，实在是更现代的"。林癸未夫则认为儿子贤一郎在最后一瞬间破坏了他的理性，取消了他的批判。总之，他们都对《父归》在剧终处表现的"人情"持否定态度。田汉赞同上述两位评论家的观点。他认为："菊池氏的艺术不幸是在理性的百尺竿头更进一步时辄为情感所反拨，这不独是菊池氏不能成为革命家的原因，同时是中国与日本言改革而始终不能有彻底改革的原因。'人情味'是何等美丽的花，但是她含有多少的毒汁！"田汉表示，"我因为爱菊池氏的艺术中那种明慧的理智，所以介绍他的作品，但同时因为他含有些有毒的感情，所以介绍两篇专攻这种'人情毒'的评论。"（指藤井真澄和林癸未夫的评论——引者注）在这里，田汉遵循着藤井真澄和林癸未夫文章的思路，对菊池宽《父归》的分析采用了社会学的阶级分析的方法，即把贤一郎在最后一刻表现出的父子之情视为封建的、阻碍社会改革的毒素，并认为"将来的新社会生活应当是新理性的生活"。基于这样一种认识，当田汉把《父归》再次搬上中国舞台的时候，便对原作的结尾做了修改，——没有让儿子跑出去找回父亲。据田汉回忆说："上演的结果，同情大儿子的态度的甚少，而大部分观众都随着父亲感伤沉痛的台词泣不可抑。"这表明，田汉对原作的改动是不成功的。但这一举动却清楚地表明了当时的田汉试图以理智来克服所谓"小资产阶级的温情"所做的尝试和努力。

《温泉场小景》（原作发表于 1915 年）也是个独幕剧。男主角木村从前曾与女主角富枝相爱过，但由于阴差阳错，他们未能结婚。后来木村丧妻，富枝离异。现在他们在温泉场邂逅，在彼此了解了对方的情形之后，富枝很愿意和木村结婚，连木村的小女儿也很喜欢富枝做她的后母。木村过去爱过富枝，现在仍然喜欢她，但他认为，俩人结了婚未必就幸福，还不如把各自美好的初恋珍藏在心里。于是，他当天便与富枝辞别。这个剧本体现了菊池宽在《恋爱杂感》中提出的主张："恋爱若不发达于更明确的理智，若不发于双方的人格美之认识，那么恋爱之于人生反是有害的。"田汉在译本序中感叹这个剧本"是何等理智的！"田汉的独幕剧《南归》在立意布局上似乎受到了《温泉场小景》的影响。在《南归》里，女主角春儿爱上了一位多年前从她家路过的流浪诗人，并一直痴情地等待着他的归来。而流浪诗人在失去了亲人、孑然一身再次来到春儿家时，两人一时都沉浸在相见的喜悦和爱的幸福里。当春儿的母亲告诉诗人说已经把春儿许配于人时，诗人极力克制自己的感情，毅然与春儿不辞而别，继续他的漂泊流浪。这个剧作所表现的就是爱情中的理智与情感。田汉在这里让他的剧中人物以理智战胜了情感。其主题构思与《温泉场小景》十分相似。

在田汉的译本之后出版的菊池宽剧作的另一个重要的中文译本，是翻译家胡仲持（1900—1967 年）翻译的《藤十郎的恋》。该译本 1929 年由上海现代书局出版，选译了三场话剧《藤十郎的恋》和三幕剧《复仇以上》。其中的《藤十郎的恋》是菊池宽的名作。

《藤十郎的恋》是三场话剧，发表于 1919 年。背景是江户时代。主人公藤十郎是京都万太夫剧院的名优，以表演逼真和扮演嫖客著称。而这次要扮演的角色却是一个与人妻私通的情夫。在排演期间，他与一位美丽的主妇梶娘调情，对梶娘吐露了二十多年来对她的苦恋。梶娘动情，欲以身相许，藤十郎却适可而止，抽身而去。剧团中纷纷传言藤十郎为演好情夫角色而向梶娘求爱。梶娘听说藤十郎向自己求爱实为假装，但她却说道："即使是假装的，只要做过一次藤十郎的情侣，这也是女子一生值得的事呀！"藤十郎则对传言矢口否认，并且说："其实演员的艺术，正在乎没有经验的事，做出和有经验一样。"不久梶娘借故来剧团和藤十郎相见一面，接着在戏房用短刀刺胸自杀。那时戏剧正在上演中，后台哗然，担心藤十郎的戏演不下去了，藤十郎却正色道："这有什么可以担心？藤十郎的艺道，哪会因为一条女子的性命，而伤了他的声誉！"……这个剧本表现了藤十郎的近于冷酷的理智主义。他是为艺术而牺牲爱情，还是为爱情而追求艺术？这里表现了艺术与生活、理智与情感的复杂的矛盾纠葛，人物和剧情均意味深长，耐人寻味。

中国翻译出版的第三部菊池宽的剧作集，是刘大杰编译的《恋爱病患者》。刘大杰（1904—1977年），湖南岳阳人，小说家、学者、日本文学翻译家。《恋爱病患者》1927年由上海北新书局出版，1929年再版。这个集子选译了五个剧本，包括《恋爱病患者》《舆论》《妻》《时间与恋爱》《模仿》。以反映家庭、婚姻问题的为多。刘大杰在译本序中说："里面五篇戏剧，最值得介绍的，是《恋爱病患者》与《时间与恋爱》两篇。这两篇里，很明显地表现了菊池氏特有的作风。"《恋爱病患者》是个独幕剧，反映的是在恋爱婚姻问题上父子两代的冲突。佐佐木贞一的十八岁的漂亮女儿久美子背着家人，与男友外出同居。父亲得知后非常生气，不让女儿进家门。而贞一的儿子和女婿却站在久美子一边，认为自由恋爱没什么错，应该准许他们结婚。于是他们之间爆发了一场舌战。贞一认为，久美子是得了"恋爱病"，这是一种使人丧失"理性"的"热病"，因此久美子在这种状况下的选择是错误的，家长必须干预，决不能允许他们结婚。在另一房间听到父亲此话的久美子放声大哭。……作者描写了两代人思想的交锋，但似乎更同情贞一的"恋爱病"理论，主张恋爱结婚应该是"理性"的，这也是菊池宽一贯的观点。《时间与恋爱》是两场话剧，为刘大杰的友人文运翻译，刘"只稍微修改了一下"。第一场：成田伸一和美津枝旅行结婚，甜美无比。这时恰与他们的朋友、作家佐原秀雄相遇。佐原对他们讲了自己独身不娶的"理论"。佐原认为任何婚姻都是建立在肉欲基础上的，肉欲、爱情都将随着时间的推移而淡漠乃至消失。而成田夫妇则极力反驳佐原的说法。为此，夫妻俩双双起誓：永远使爱情美满如初。第二场：两年后，伸一、美津子夫妇正在发生口角，美津子抱怨丈夫"厌倦"了她。伸一不听妻子的劝阻，执意要到东京待一段时间。伸一刚出门，佐原即来拜访，说自己刚结婚，对新婚妻子十分满意。他表示：自己现在的体验和美津子夫妇的美满婚姻的事实，证明"爱是永久不会变的"，而自己当初的观点是错误的。美津子听罢此言，沉默无语……这个剧本有点喜剧色彩。仍然表现了作者对于恋爱婚姻问题、对"时间与恋爱"问题的冷静的理智分析的态度。这与菊池宽同时期大量通俗小说所表现的题材与主题密切相关。《恋爱病患者》《时间与恋爱》这样的剧本已经表明，菊池宽的理智主义的写作模式，已经向市民社会的趣味性倾斜了。

中国翻译出版的第四种菊池宽的戏剧集，是黄九如编选翻译、中华书局 1934 年出版的《菊池宽戏曲集》。这个译本选择了四个多幕（场）剧本。包括《藤十郎的恋》《玄宗的心情》《义民甚兵卫》《丸桥忠弥》。除《藤十郎的恋》之外，《玄宗的心情》早在 1923 年就由康支译出，题名为《唐玄宗的心理》，发表于《晨报副隽》2 月 1 日。《义民甚兵卫》《丸桥忠弥》两个剧本均为首译。其中《玄宗的心情》（1922 年）和《义民甚兵卫》（1924 年）最有代表性，集中体现了菊池宽的理智主义倾向和高超的戏剧文学才能。

《玄宗的心情》取材于中国唐代唐玄宗携杨贵妃在叛军的进逼下，从长安出逃的那段历史故事。在出逃途中，高力士不断给玄宗传报：护送的士兵们强烈要求玄宗下令杀掉祸国殃民的杨贵妃之兄、右丞相杨国忠，接着再要求杀死杨贵妃的三个妹妹。杨国忠兄妹被杀后，士兵们仍拒绝前进，进一步提出要玄宗下令处死杨贵妃。玄宗于心不忍，痛苦不堪。而杨贵妃面对此情此景，却异常地冷静。她说道："请你让我去死！我刚才照过镜子以后，就想死的。机会这么早就来到。而且是这么一个灿烂的死。以帝王的妃子，轰动过大唐天下的倾国美人，被杀于三军之前！啊！在女子中，还有比这个更灿烂的死法吗？"于是从容赴死。而杨贵妃被杀后，唐玄宗却说出了这样的话："我想是她死后我不能够再生存，但是现在她死了，并不见得就那样。悲哀固然悲哀，可是很像是十年来心上的重荷，一旦去了，手脚都想伸直来看看似的那种舒展的气氛。"在这个剧本里，菊池宽着意表现着人物的生死关头的那种令人吃惊的高度的理智。被杀的杨贵妃及杨国忠兄妹们，死前都没有挣扎和疯狂，都是那样的冷静，她（他）们顺从境遇和命运的安排；失去了宠妃的唐玄宗也很快在痛苦之后恢复了冷静和理智。所以，该剧可以说是菊池宽理智主义思想的典型作品。

《义民甚兵卫》共有三幕。第一幕，地点弦打村的金娘家，时间文正十一年（1828年）。饥荒年头，一饥饿的村妇向金娘求借一个萝卜，被冷酷的金娘拒绝。家中长子、平日备受继母及兄弟虐待的瘸子甚兵卫偷了锅里的几片萝卜充饥，被继母金娘大骂，并把他关进牛棚。四里八乡的饥民组织起来，决定向官府请愿免除赋税。各家各户均须出人参加。自私的金娘为了日后推脱责任，便设计将三个亲生儿子藏起来，而推出甚兵卫加入。第二幕，起义结束，官府同意免税，但同时要求弦打村查出在骚动中扔石头打死官差的人，否则将严惩庄主及所有村民。在村民大会上，庄主请求村民中有人站出来承认，但村民纷纷开脱自己。最后，只有甚兵卫老实地承认自己也和大家一起扔了石头。庄主和村民们听罢，如获救星，纷纷表示感谢，并答应在甚兵卫被处死后，奉他为神。而甚兵卫兄弟恐受株连，大骂甚兵卫愚蠢。第三幕，行刑场，甚兵卫和受到株连的继母及三个异母兄弟将受死刑。金娘鸣冤叫屈，但围观的村民则认为她多行不义，应遭报应。甚兵卫看到虐待他二十多年的继母及兄弟先他而被处死，甚为畅快。他美美地吃下了一村民为他做的从来没吃过的白米饭，等待着赴刑……此剧剧情丝丝入扣，扣人心弦。金娘的丑恶自私令人切齿，而庄主和众村民在关键时刻明哲保身，推诿责任。只有平日被视为傻瓜、被瞧不起的甚兵卫，如实承认自己也扔了石头，便在全村人的赞扬声中为众人做了替死鬼。甚兵卫是愚蠢行径，还是勇敢行为？是为拯救他人而甘愿作牺牲，还是为报复继母兄弟而借刀杀人？菊池宽的戏剧向读者和观众提出了问题，但绝不把问题简单化，绝不把生活和人物简单化，而是写出了它们本有的复杂与暧昧。这正是菊池宽艺术上的高妙之处。

2. 鲁迅、章克标等对菊池宽小说的翻译

最早翻译菊池宽小说的，也是鲁迅。鲁迅翻译了短篇小说《三浦右卫门的最后》，先后发表于《新青年》等杂志。1923 年，鲁迅将《三浦右卫门的最后》和《复仇的话》收进《现代日本小说集》中。这是两篇历史题材的短篇小说，写的都是封建时代日本武士的野蛮习俗。《三浦右卫门最后》写年仅十七岁、其主人被打败的小武士三浦右卫门，在被人捉拿并威胁杀死他的时候，只因他请求饶命，便被武士们嗤笑为贪生怕死，于是先是砍去了他的两手，右卫门说"单饶了命吧"，既而砍了脚，右卫门仍说"单是饶了命吧"，最后被砍下了头。鲁迅认为，这篇小说通过描写和批判日本武士的嗜杀成癖的野蛮的兽性，从而表现了"人间性"（即人性）。他在《〈三浦右卫门的最后〉译者附记》中指出："菊池宽的创作，是竭力的要掘出人间性的真实来。"又说："武士道之在日本，其力有甚于我国的名教，只因为要争回人间性，在这一篇里便断然地加了斧钺，这又可以看出作者的勇猛来。"鲁迅译的另一篇小说《复仇的话》，写的是铃木八弥的父亲为前川孙兵卫所杀。八弥十七岁时，为报父亲的宿仇而寻找仇人。仇人孙兵卫终于被找到了，那时孙兵卫已成了盲人，他后悔自己先前的罪过，情愿让八弥杀死。"八弥只在心里想，杀一个后悔着他的过失，自己也否定了自身的生存的人，这算什么复仇呢?"鲁迅引用了日本评论家南部修太郎作的评论，指出：菊池宽作品的人物"有时为冷酷的利己家，有时为惨淡的背德者，有时又为犯了残忍的杀人行为的人，但无论使他们中间的谁站在我面前，我不能憎恨他们，不能呵骂他们。这就因为他的恶的性格或丑的感情，越是深锐地显示出来时，那藏在背后的更深更锐的活动着的他们的素质可爱的人间性，打动了我的缘故，引近了我的缘故。"《复仇的话》就体现了这样的特点。

开明书店在 1929 年出版的章克标编译的《菊池宽集》，是菊池宽小说和剧本的合集。收短篇小说《藤十郎之恋》《若杉裁判长》《投水救助业》《羽衣》《岛原心中》，剧本《公论》《贞操》《恋爱病患者》《兄的场合》。在小说的选题方面，以《投水救助业》为最精当。原作发表于 1915 年，写一个家住河边开小茶馆的老太太，经常救起从桥上跳河自杀的人，警察也每每给她赏钱，久而久之，老太太也竟以此为"业"了。从四十三岁到现今的五十八岁止，共救助了五十多条人命。她把赏钱存起来，计划将远亲家的老二招赘为养子，让他们把茶馆扩充一下。不料，女儿却与情人携款私奔，老人在绝望下，也从那桥上跳河自杀，但旋即被人救起。当她落得和往日被她救助的人同样的尴尬境地时，在众目睽睽下，她感到无地自容……小说在喜剧性的滑稽中包含着深深的悲凉。

菊池宽在 1920 年代以后，逐渐地改变了创作方向，走向了通俗小说的道路，并成为日本文学的核心人物。他的通俗小说大都取材于市民家庭的婚姻恋爱，表现了市民阶层的欣赏趣味，而且善于构筑故事情节，所以很受欢迎。菊池宽的通俗小说在中国也翻译了不少，有《第二次吻》《新珠》《结婚二重奏》等。有的作品甚至出了好几个译本，如《第二次吻》就有三个译本，即葛祖兰译《再和我接个吻》（国光印书局 1928、1929年），胡思铭编述的《第二接吻》（上海中学生书局 1934 年），路鸾子译《再和我接个吻吧》（水沫书局）。这些译本的翻译出版恐怕主要是受商业利益的驱动，对于其文学价值，有识者是抱有怀疑的。如黎烈文就批评菊池宽"滥造出许多无聊的通俗的长篇"（《海上哀音——闻芥川龙之介之死》）。丰子恺在《〈再和我接个吻〉的翻译》一文（载该译本）中，也谨慎地说："原著者菊池宽，我晓得是日本有名的小说家，但其在日本文学上位置如何？又这《再和我接个吻》的文学价值如何，都不是我现在所要讲的话。"他只赞赏了葛祖兰翻译此书时的"'认真'之极"。

第八节　对左翼文学的翻译

左翼文学，又称"革命文学""普罗文学""无产阶级文学""第四阶级文学""新兴文学""新写实主义文学"等，是 1920 年代在苏俄兴起，1930 年代波及了整个世界的文学思潮。中国的左翼文学作为国际普罗（无产阶级）文学思潮的重要组成部分，受到了苏联和日本普罗文学的很多影响。由于最先倡导"革命文学"的后期创造社成员都是留日归来的，加上 1927 年大革命失败后中苏断交，当时苏联文学的有关信息大多由日本过滤后再传到中国来，所以日本普罗文学对中国早期普罗文学的影响就更为直接。正如后期创造社成员沈起予在《日本的普罗列塔利亚艺术怎么经过它的运动过程》（载《日出》旬刊第 3—5 期，1928 年）一文中所指出的："中国的普罗艺术运动，与日本实有不可分离的关系。"胡秋原则进一步指出："中国近年的汹涌澎湃的革命文学的潮流，那源流并不是从北方的俄罗斯来的，而是从同文的日本来的。……在中国突然勃发的革命文艺，那模特儿完全是日本。所以，实际上说起来，中国的革命文学可以看作是日本无产阶级文学的一个支流。"

中国左翼文学和日本左翼文学的关系，除了两国作家有着密切的来往和友谊，中国作家受到日本作家的直接影响之外，翻译则是一个最重要的纽带。可以说，在中国的日本文学翻译史上，1920 年代末至 1930 年代是日本左翼文学理论和左翼文学作品翻译的全盛时代。在此时期翻译过来的日本文学作品和文学理论著作中，左翼文学占了大部分，在中国作家和读者中广为流行，产生了不小的影响。

在日本左翼作家作品中，译介的重点是叶山嘉树、秋田雨雀、金子洋文、平林泰子、林房雄、藤森成吉、中野重治等人。重要的译本有沈端先译《平林泰子集》、藤森成吉的剧本集《牺牲》、森堡的《藤森成吉集》、冯宪章译的《叶山嘉树集》和张我军译的叶山嘉小说集《卖淫妇》，巴金译秋田雨雀剧作集《骷髅的跳舞》、林伯修和楼适夷分别翻译的两种《林房雄集》、尹庚译《中野治集》等。

一、沈端先对平林泰子、金子洋文、藤森成吉的翻译及钱杏邨对译作的评论

沈端先的日本左翼文学的翻译，数量最多，影响也较大。他翻译的日本左翼文学，只出版的单行本就有六种版本。其中包括金子洋文的作品集《地狱》（上海春野出版社 1928 年）、藤森成吉的剧本集《牺牲》（北新书局 1929 年）、平林泰子短篇小说集《在施疗室里》（水沫书店 1929 年）和《平林泰子集》（现代书局 1933 年）、平林泰子的《新婚》（上海文光书局 1938 年）、《初春的风——日本新写实派作品集》等。沈端先的这几个译本，一般都没有译本序之类的评介文字。但似乎是和作家、评论家钱杏邨约好似的，两人在翻译和评论方面做了很好的配合。钱杏邨对沈端先的每一个译本，都写了专门的文章加以评论。

在沈端先的翻译选题中，女作家平林泰子受到了格外的重视。对她的作品翻译最多，共出版了三个单行本。三个本子所收译的篇目大致相同。其中，《平林泰子集》和《新婚》所收篇目相同。三个本子共收译了六篇小说，即《抛弃》《在施疗室》《嘲》《生活》《新婚》《足音》。

平林泰子（1905—1972 年）出身于家道中落的实业家家庭，为生活

所迫曾到朝鲜和我国东北谋生。历尽艰辛。后接触左翼作家，加入了左翼
文学组织，开始了写作。平林的小说带有强烈的自传性和"私小说"的
特征，多取材于自己颠沛流离的生活，并表现了一定的反抗意识。她的代
表作可举出短篇小说《在施疗室里》《嘲》《抛弃》等。《在施疗室》原
作发表于 1927 年，描写主人公"我"的丈夫因破坏工厂的嫌疑被抓进监
狱，"我"也被当作同案犯收监。在"我"临产的时候，被允许进了一家
慈善医院，在殖民地满洲的一家医院生下了孩子。但由于医院条件和服务
的恶劣，孩子只能喝生着脚气的"我"的奶，于是孩子不久就感染了痢疾
而夭折。《嘲》，原作发表于 1926 年，又名《出卖贞操》。女主人公"我"
和一位信奉无政府主义的青年小山同居，两人在租赁的房子里过着昏暗的
生活。小山曾两次下狱，现在完全脱离了社会运动，变成了一个需要别人
养活的无能的人。"我"对小山也谈不上有爱情，但为了两人能活下去，
只有出卖自己的身体。小说带有无可奈何的自嘲。钱杏邨在 1929 年 9 月
17 日的《现代小说》杂志上，为沈端先译《在施疗室》写了《女性姿态
的一面——平林タイ子的创作的考察》一文。在该文的"附记"中，钱
杏邨说："平林タイ子是日本有名的无产阶级作家。本文是根据沈端先所
译的她的短篇集《在施疗室》作成。她的小说，以《在施疗室》为最有
成就，很有高尔基（Corky）的《我们的二十六男和一女》的风味，这是
最值得一读的。其次要算《抛弃》。《嘲》与《生活》却没有多少特色。
获得了无产阶级文学的存在权不久的日本文坛，有了这样的女性作家，是
很值得注意的。虽然有些地方需要着作者的努力。这里，请以这篇短文来
做这位女作家和中译本的介绍。"钱杏邨在这篇文章中，以分析女性形象
为中心，对平林泰子的作品做了评论：

　　　　平林タイ子创作中人物的意识在一方面是很显明的，她们诅
　　咒旧社会的一切，她们蔑视着那些被男子所豢养的女性，她们都
　　能很坚决的和不幸的环境奋斗，她们能受一切的患难和甘苦。他

们毫不动摇认清了她们的以及被压迫的无产者的前提，她们很精
细的解剖了现社会的一切，她们都是在不断地为着光明而抗斗。
可是在另一方面呢，却依然的脱不了忧郁的多愁多病的性格，不
能完全地克服着封建的、农民的意识，以及小资产阶级的病态；
只算是完成了一些斗争的追逐者同情者赞助者的画像，而不是站
在斗争的阵营里和其他的斗争的人物一同唱着"新时代的进行
曲"，而与统治者以及资产阶级肉搏的女性。

　　这是以人物的阶级意识为中心，对平林泰子作品中人物的评论。这种
文学价值观和评论角度，在当时是很流行的。

　　金子洋文（1894—1985 年）是知名的戏剧家和小说家，在日本初期
的左翼文学中处于重要地位。主要作品有剧本《洗衣房与诗人》（1922
年）、短篇小说《脸色消瘦苍白的丈夫》（1922 年）、剧本《狐》（1923
年）等。沈端先除翻译了他的短篇小说集《地狱》外，还译出他的剧本
《铳火》。《地狱》原作发表于 1923 年，不但是作者的代表作，在整个日
本左翼文学中，也是比较优秀的作品。小说以日本东北地区的一个村庄为
舞台，表现了旱灾之年农民在地主的剥削下，所爆发的愤怒与反抗。小说
把当地被称为"地狱"的地热喷泉作为农民愤怒和反抗的象征，把农民
的本能的反抗和祈雨等民俗描写结合起来，反映出了作者突出的文学才
能。《铳火》是个六幕剧，原作发表于 1927 年，以船夫永太郎、春次、
新吉为中心，把爱欲的纠葛和他们各自的政治活动结合起来加以描写。永
太郎热衷于保守派的选举活动，而穿着军装回来的老二春次，则和嫂嫂
——永太郎的妻子发生了不正常的关系。老三新吉则对家庭的伪善欺瞒感
到厌恶，并且持彻底的反战态度。全剧的这三个主要人物，似乎代表了三
种人物类型。大哥永太郎是旧的农民意识的代表，老二春次是个改良主义
者，新吉则属于新型的无产阶级的人物，剧本在表现手法上有明显生硬的
说教倾向。钱杏邨在《金子洋文与〈铳火〉》一文（载《拓荒者》1930

年 2 月 9 日）中认为："这部剧的意义，在消灭农民意识、打倒封建残余的思想、促进无产者阶级的觉醒上，是与《地狱》与《被杀了火难》，是更为重大吧。同时，在这部剧里，也很明显地展开了整个的无产阶级的前途。"同时指出这个剧本在"技术"上"终究是不无遗憾的"，"令人有单调之感"。

藤森成吉（1892—1977 年）是沈端先译介的另一位重要的小说家和剧作家。藤森成吉最早加入"日本社会主义同盟"，曾任"全日本无产者艺术联盟"的第一任委员长。沈端先于 1929 年翻译出版了他的剧本集《牺牲》。该译本除《牺牲》外，另收《光明与黑暗》。《牺牲》的题材，取自作者的好友有岛武郎的情死事件，探讨了主人公自身的社会根源。《光明与黑暗》则以底层妓女的悲惨生活为题材，表现了她们在工人阶级的帮助和启发下，逐渐觉醒并参加反抗斗争的过程。藤森成吉为沈端先译《牺牲》写了"作者序"，其中说："从意德渥洛奇（即意识形态——引者注）上说来，《牺牲》还不能说是 Marxism 作品，但是，《光明与黑暗》，我相信是可以这样说的。"钱杏邨在《关于藤森成吉》一文（载《现代小说》1930 年 1 月 6 日）中也很赞赏剧本中所表现的无产阶级的意识形态，他写道：

这一部《光明与黑暗》，完全是表现着坚强的普罗列塔利亚的斗争精神的戏剧。

在这部剧里，是说明了普罗列塔利亚的战斗的力量，无论在任何种的环境之上，都是在不断地生长。

同时，也说明了，普罗列塔利亚的大众的唯一出路，只有积极地和布尔乔亚战斗。在和布尔乔亚的战斗中，可以增长自己的经验，扩大自己的力量，获得自己的政权。

（中略）

在《光明与黑暗》里所表现的普罗列塔利亚的争斗人物，

认识是非常的清楚，动作也很精致，技术是特殊的缜密。在这部
戏剧里面，藤森成吉是把日本的普罗列塔利亚的坚强的斗争的姿
态展将开来了。

这里还要顺便提到，藤森成吉的译介者，除了沈端先外，还有张资
平、森堡（任钧）等。其中，作为译作单行本，森堡的《藤森成吉集》
比较重要。这个译本 1933 年由上海现代书局印行。这是一个比较全面的
选译本。森堡在《译者的话》中说："本集因为想把作者的全貌尽可能地
呈现，介绍于读者之前，所以，在纵的方面，一面选译他的后期作品
（《土堤大会》《应援》《来自病榻》《不拍手的人》《快车》《金目王
子》），一面也选译他的前期作品（《云雀》《阳伞》《一个体操教员之
死》《上街》）；在横的方面，则包含着小说（如《土堤大会》等），戏
剧（如《快车》，童话（如《金目王子》），散文（如《不拍手的
人》）。"总之，这是一个用心周到的译本。只是里面缺乏令人读之难忘
的有特色的作品。

二、冯宪章译《叶山嘉树选集》和张我军译《卖淫妇》

冯宪章（1908—1931 年）是 1930 年代日本左翼文学的重要的翻译者
之一。他是左翼文学团体太阳社的成员，曾在日本和楼适夷等组织太阳社
东京支部。1929 年遭日本当局逮捕，1930 年参加左联，同年被捕，死于
狱中。冯宪章在短暂的左翼文学生涯中，翻译了不少日本普罗文学作品。
其中，《叶山嘉树选集》是他的第一部译作，在中国的日本左翼文学翻译
中，是值得注意的。

叶山嘉树（1894—1945 年）是日本左翼文学中艺术水平最高的作家。
由于他的创作，使得既成文坛不得不承认无产阶级文学的存在，对后来的
无产阶级作家，如小林多喜二等，也产生了一定的影响。叶山嘉树做过船
员，因参加工人运动，三次入狱，在监狱中开始写作。他的主要作品有短

篇小说《卖淫妇》《水泥桶里的一封信》，长篇小说《生活在海上的人们》（1926 年）。后者被公认为是日本无产阶级文学的代表作。他一直属于《文艺战线》派的作家，但后来脱离了左翼文学阵营，仍然当他的工人。冯宪章翻译的《叶山嘉树选集》，于 1930 年由上海现代书局出版。该选集包括了短篇小说七篇，计有《没有劳动的船》《卖淫妇》《印度鞋》《坑夫的儿子》《士敏土桶中的信》《港街的女人》和《苦斗》。1933年，该译本更名为《叶山嘉树集》，由现代书局再版。叶山嘉树的短篇小说创作的基本情况，在这个译本中大体可以体现出来。冯宪章在《写在译稿前面》中说：

> 翻译是较次于创作的工作，我素来这样想。但是，当民众需要着米饭，而我们手头只有巧克力糖的时候，从别的地方搬运面包来，也是一桩紧要的事业。就使面包不十分适合食惯米饭的口味，至少也能够充饥。所以最近，除掉自己学习种田耕耘之外，也还顺便做搬运工人。
>
> （中略）
>
> 日本唯一的马克思主义艺术批评家藏原惟人在《艺术与无产阶级》里面对他有过这几句话：
>
> "他很知道劳动者的心理与生活。他不但是一个劳动者，他自身便成长在劳动运动当中。……"
>
> 虽然现在因为离开了实际生活，每日醉酒打架，意识已经入了社会主义的范畴（原文如此——引者注），成了公开拥护大山郁夫这些叛逆分子的组织的合法的新老农党的文艺战线派的主角。但是，不管考次基，蒲列汗诺夫，布哈林，……后来叛逆了劳动阶级的意志，他们从前的理论著作，仍然是不失它的价值。同理，叶山嘉树从前的小说，也不会因为他现在的右倾，与我们完全没有作用了吧！

　　这一个集子，是作者自己从以前许多著作中选出在改造社出版的《没有劳动者的船》的全译。

　　这还是很好的面包，因为在制造这些面包的时候，他还没有喝酒。

　　这里牵扯到对叶山嘉树及其所属的《文艺战线》派的评价问题。事实上，《文艺战线》派是日本无产阶级文学的一个重要的统一战线性质的团体，并不是什么"叛逆"组织。冯宪章的这个看法，可能是受到了与《文艺战线》对立的有关团体组织的影响，从中反映出了无产阶级文学中存在的宗派主义问题。但冯宪章对叶山嘉树及其作品的基本评价是正确的。

　　在《叶山嘉树选集》中所译的七篇小说中，最重要的作品是《卖淫妇》和《士敏土桶中的信》两篇。

　　《卖淫妇》写的是这样一个故事：水手"我"喝了不少酒，在横滨的码头上散步，被三个陌生人引诱，来到了一座像是仓库的空旷而又阴暗的房子里。那屋里点着一盏煤油灯，一个奄奄一息的年轻的女人，赤身露体地仰卧在那里，等待客人。她的身上散发出恶臭味。看见这几个男人用这个可怜的女人来赚钱，"我"怒不可遏，打倒了在旁边看守的人，并让那女人快逃走。不料那女人却哭着说：他们一直在养活我呀。原来，这个女人患了肺结核和子宫癌，男人们也得了矽肺病，为了帮她赚点饭钱和药费，才干这种勾当。下面是冯宪章译的作品的最后一段文字：

　　　　我看见了代卖淫妇的殉教者。

　　　　她如象征着一切被榨取阶级的运命一样。

　　　　我的眼睛充满了泪。我偷偷的没有声音一样在走，给一元与站在门边的扩胎虫（亦可译为鼻涕虫——引者注）。给的时候，我用力的握扩胎虫枯萎了的手。

于是，我出了外面。下阶段的第一段时，积着的泪，从我的眼中，堕下来了。

这篇小说表现出了对被损害、被侮辱者的深刻的同情。和日本无产阶级文学中那些大量的陷于"意识形态主义"的作品相比，具有朴实而又真实感人的艺术魅力。这种艺术魅力也体现在冯宪章译的另一篇小说《士敏土中的一封信》（现译《水泥桶里的一封信》）中。《士敏土中的一封信》写的是水泥搅拌工松户与三在倒水泥时，发现水泥桶里有一个木匣。匣中有一封破布片包着的信。那信是一个年轻姑娘写的。她在信中说：我的爱人是个往粉碎机中装石头的工人。10 月 7 日那天他自己也被卷进粉碎机中，连同石头一起被搅成了碎末。我是缝水泥袋子的女工，每想到自己缝的水泥袋竟成了爱人的寿衣！我不忍心叫我的爱人成为剧场走廊和大公馆的围墙。她请求看信的人，如果您是工人，请不要把这袋水泥用在那样的地方。……松户与三回到家中看完这封信，把碗里的酒一口气喝干，大声叫道：真想喝个烂醉，把这个世界砸个稀巴烂！……小说以短小的篇幅，深刻而含蓄的表现手法，生动地揭示出了资本主义生产与劳动者的对立，人与机器的对立，机器对人的吞噬，从而表现了资本主义社会的实质。同时反映了工人们朦胧的觉醒复又故意寻求迷醉的无可奈何的愤懑心情。

日本的无产阶级文学与中国不同，有相当一些作家像叶山嘉树一样，本身就是工人出身，有无产阶级的身份。而中国的无产阶级文学、左翼文学大多是资产阶级、小资产阶级作家的创作，像叶山嘉树这样的由工人出身的作家创作的优秀作品，极为罕见。由于缺乏无产阶级生活的实感，所写作品中公式化、概念化的东西普遍而大量地存在着。在这种情况下，冯宪章对叶山嘉树作品的翻译，具有特殊重要的意义，它为中国的无产阶级文学作者提供了一个范例，这个范例可以说明，真正优秀的无产阶级文学，并不只靠着宣扬无产阶级的"意识形态"就够了。

也是在 1930 年，上海北新书局出版了张我军翻译的《卖淫妇》。这是叶山嘉树的又一个小说集。收译短篇小说十一篇。包括《卖淫妇》《离别》《洋灰桶里的一封信》《没有劳动者的船》《山崩》《跟踪》《樱花时节》《浚渫船》《天的怒声》《火车的脸和水手的脚》《捕鱼》等。译者张我军并非左翼文学中人，和冯宪章意在为民众"搬运面包"的目的有所不同，张我军对叶山嘉树的翻译似乎更多地出于对其文学成就的认同。他在为译本写的"作者叶山嘉树小传"中叙述说："今年（1929 年）春间，偶然在北平的日本书肆，看见一本小册子《没有劳动者的船》，因为我正在注意日本的无产派文学，看了这个题目，马上就从书架上抽出来翻看了。在目录上看出了《洋灰桶里的一封信》时，我心一时跳起来了。一如见了没有见过面的恋人。过几天我又得到了改造社出版的《新选叶山嘉树集》，就在这本集子里，我完全认识了叶山嘉树，我在这里满足了有生以来第一次的欣赏欲。老实说，历来的文学作品，能像叶山氏的作品这样使我感到欣赏的快意的，还没有遇见过。"由此可见张我军对叶山嘉树评价有多高。张我军作为一个有经验的日本文学翻译家，在翻译技术上也显得更为纯熟。冯和张的两个译本，都为叶山嘉树在中国的译介做出了贡献。不过，叶山嘉树的最重要的作品、长篇小说《生活在海上的人们》，在当时没有被翻译过来，是不免令人遗憾的事。

三、巴金、田汉对秋田雨雀的译介，楼适夷等对林房雄的译介

巴金早年对于日本文学，一般评价不高，对日本文学的翻译也很少。秋田雨雀的戏剧集，却是巴金翻译出版的仅有的一本日本文学译作。秋田雨雀（1883—1962 年）是日本著名剧作家，老资格的左翼作家，在日本现代戏剧史上具有重要的地位。1909 年就开始发表剧作。早期作品具有强烈的表现主义戏剧的特征。后来倾向于左翼文学。并加入了日本共产党。他的重要作品有《被葬送了的春天》（1913 年）、《三个灵魂》（1918年）、《国境之夜》（1920 年）、《骷髅的跳舞》（1924 年）等。1930 年，

巴金以"一切"为笔名，选译了秋田雨雀的一个剧本集《骷髅的跳舞》，由开明出版社出版。这个译本是根据世界语版本转译的。这大概也是中国翻译家通过世界语译本转译的唯一的一个日本文学作品集。译本忠实于原文，译语很少生硬的痕迹，具有巴金译作所具有的潇洒流畅的风格。

《骷髅的跳舞》选收了《骷髅的跳舞》《国境之夜》《首陀罗人的温泉》三个剧本。其中，《国境之夜》是压卷之作。

《国境之夜》是一个四幕话剧。舞台背景是北海道寒冷荒凉的国境线一带。主人公大野三四郎来到这里开垦土地已有二十年了。二十年前他为生活所迫，携妇将雏地来到这荒凉的地方，终于使全家过上了温饱的生活。他的理想就是还要挣更多的钱，将来到东京去。几十年的艰苦个人奋斗的经历，使他形成了一套人生哲学，用他的话说就是："不施恩于人，也不受人之恩。这是我的哲学，同时也是我的道德。换句话说，我不管别人的生活，同样也不许别人来管我的生活。"一对过路的夫妻，背着一个四五岁的孩子，来到大野家门前。他们已经走了许久，又冷又饿，小孩也快要冻死了，看到原野上有灯光，好像看到了生命的希望。他们恳求大野开门，让他们暖和一下。然而无论怎样恳求，大野就是不开门，他的妻子和女儿都恳求他，女儿甚至骂他那不管别人的"哲学"是"铁石的哲学"，比禽兽的哲学还不如，他都不听，干脆关了灯默不作声了。旅行者绝望地离开了。没走多远，大人小孩都冻死了。过路人走后，大野做了一场噩梦。梦见一个戴着面罩的人，那人就是大野自己的影子，戴面罩的人痛斥他说："为了你的生活不被干扰，你却扰乱了几十个、几百个人的生活。"指出他所干的，和强盗的行径无异。戴面罩的人要大野杀自己的妻子女儿。这时，一个虾夷人的敲门声惊醒了他的噩梦。大野的噩梦表示了他内心深处良心的自我谴责。这个剧本的主题在于批判资产阶级的利己主义。在作者看来，像大野这样的人，原本是诚实的劳动者，但资产阶级的生活方式，使他的性格发生了分裂，成了一个冷酷无情、自私自利的人。剧本在情节安排、表现和刻画人物方面非常生动，也很成功，没有无产阶级文学中常见的概念化的说教，而对资产阶级的批判也入木三分。

《骷髅的跳舞》是个典型的表现主义作品。它反映的是 1923 年东京大地震后日本政府对共产党员和朝鲜人实行的镇压和屠杀政策。那些戴着甲胄，穿着军服的"自警团员"们到处捕杀革命者和朝鲜人，被杀害的骷髅们在舞台上跳起了《死的幻想曲》和《告别曲》之后，跌倒在地上，摔成了许多碎块，象征着对强权的决死的反抗。

秋田雨雀的另一个表现主义的剧本《围着棺的人们》，由田汉译出，于 1929 年由上海金屋书店出版（另收田汉译金子洋文的《理发师》）。《围着棺的人们》在风格形式上与《骷髅的跳舞》很相似。剧本很短，写的是一群人围着一口棺材，其中有死者的母亲和一个"女人"，棺材里的死者是一个因贫穷而夭折的孩子。母亲在棺材前诉说孩子如何死亡，那女人则在棺材前自杀身亡。接着出来一些"兵士"，要把棺材抬走，并把棺材打开。里面的死者站了起来，那是一个美少年。他让自杀的女人也站了起来，说道："女人啊，揩掉你的眼泪，这不过是时代在进展。这不过是历史在起新纪元。这不过是新的太阳在升着。"然后舞台上大放光明，于音乐声中闭幕。这个剧本没有什么通常的情节，其人物和台词都具有象征性，充满了展望未来的革命的乐观主义色彩。

出版该译本的金屋书店金屋编辑部，在书前冠有《关于本书稿件的几句话》，其中说：

> 究竟不知道是时代的进展呢，还是趋时者的投机，在实业不发达，农民还保持着"田家乐"的今日之中国，忽然也有那所谓"无产文学"的狂热。在文学的根底都还不曾稳固的作者们（？）竟得到了个轻而易举的工具，可以随意地连缀着字句，看几声口号而立刻希望成为文学家——无产文学家。
>
> 文学是什么？是不是只要喊几声口号便可以算是文学？假使所谓"无产文学"的要求是这般的浅薄，那么它的价值便也可

想而知了。

　　为要使人对于真正的"无产文学"，不用因了中国的一般冒
牌的东西而发生误会，田汉先生便为我们译出两篇日本"无产
文学"的代表作。……

　　田汉是不是真的像金屋编辑部所说的，是出于这样的原因来翻译日本
的那两篇"无产文学"的呢？恐怕不是。而金屋编辑部的这段话，却说
明在当时的中国，有不少出版商肯出版日本无产阶级文学的译作，并不意
味着他们赞成无产阶级文学。有时候，是用日本的无产阶级文学来反对和
否定中国的无产阶级文学也未可知。

　　1930年代中国译介最多的日本无产阶级作家，是林房雄。这恐怕是
出于一般人的意料之外的。

　　林房雄（1903—1975年），出身于破产的商人家庭，年轻时喜欢文
艺，先是倾向于无政府主义，后接近马克思主义，在东大读书时参加过学
生运动和左翼文学活动，曾数次被捕入狱。期间曾发表了不少小说和评论
文章，是无产阶级文学活动中的活跃分子。1936年在狱中宣布"转向"
（叛变），放弃马克思主义信仰和无产阶级文学，成为一个狂热的军国主
义者和右翼文坛上的走卒。战争期间积极协力侵华战争，并数次来中国沦
陷区进行文化特务活动。战后仍是日本右翼军国主义势力的一面黑旗，
1960年代出版臭名昭著的《大东亚战争肯定论》，为日本的侵略战争歌功
颂德。

　　中国在1930年代初的几年间，接二连三地翻译出版了林房雄作品的
集子。其中有：石尔译中篇小说《都会双曲线》，上海神州国光社1932
年版；林伯修译短篇小说集《一束古典的情书》，上海现代书局1933年
版；林伯修译《林房雄集》，现代书局1933年版；楼适夷译《林房雄
集》，开明书店1933年版。到了抗日战争时期，又有三个译本出版或再
版。像这样的翻译数量是其他日本左翼文学家中所没有的。而林房雄的主

要译者，如楼适夷（1905—2001 年）、林伯修（1899—1961 年），都是革命者和左翼文学青年。

中国的翻译者究竟是看中林房雄的作品的艺术呢，还是赞赏他的先进的无产阶级思想意识？且看开明版《林房雄集》的译者楼适夷为译本写的"前记"，虽然较长，还是应该摘引一些——

他的作品，带着抒情诗般的浓郁和近代性的明快，在许多日本新进作家中，有着他独自的风格。他非常大胆地打破了从来文学上的典型，屡屡的做着新的尝试，而且这种尝试往往得到了相当的成功。他又是把"意德沃罗基"开始打进日本"大众文学"读者层中的一人。他的中长篇作品，在通俗杂志、妇女杂志的读者中，和菊池宽、加藤武雄等同样受着广大的爱好。在日本普罗文学作品被讥为典型化、公式化的时候，林房雄的作品是例外地有着丰富的趣味性。

他的小说人物，大半是罗曼蒂克的小资产阶级革命者，也和他自己一样，是带一种"新的道德的追求，新的正义的憧憬"而投身革命运动的。同时，他写《自由射手之歌》中那样的有闲夫人和摩登青年，是非常的能手。虽然他是意识地怀着憎恨，给他们以辛辣的讽刺和尽情的暴露，但他却无意识地美化了他们的生活气氛，结果变成了不是对灭落的指摘，而是对灭落的观赏了。而且在他的作品中，对于阶级的敌人，往往人性的仇视，超过于阶级的仇视，这将会无意识地引出改良主义的结论。所以在日本文学运动的健步的发跃之中，在创作活动方面，他已经不是一个代表的人物了。

这一点他自己似乎也非常明白，他常常称自己是"缺点很多的人"。决定他的这些缺点的，大概是他的过早的成名。一登文坛便被资本主义的集纳士姆（Juernalism）养成了一个"红作家"的地位，沉浸在现代都会消费生活气氛中，"酒、恋爱，歌和跳舞，近代青年所欲望的一切，都和人一样，甚至比人更强烈的有着。"——这是他自己在小说集《都会双曲线》中的《代跋》里所说的话。

所以虽然他是隶属于在无产阶级作家的前卫阵营，但至少在最近这一过程中，他不过［是］一个革命的小资产阶级作家。

楼适夷的这些评论和分析，第一段话现在看来是"过奖"了。在文学中表现"意德沃罗基"（意识形态），绝不是林房雄的发明，而是无产阶级文学早就具有的一般特点；他在艺术上明显地模仿日本的"新感觉派"，用新感觉派的支离破碎的手法表现都市生活，谈不上"屡屡做着新的尝试"。现在看来，在译介过来的经过选择的十几篇小说中，甚至没有一篇值得一读的有特色的篇什。除了描写自己在牢狱生活的《牢狱的五月祭》《N 监狱署惩罚日记》等少量作品之外，竟让人看不出"无产阶级文学"的特征来。说他是个"革命的小资产阶级作家"，说他实际上在当时已经落伍了，这都是符合实际情况的。问题在于，像林房雄这样的在思想上缺乏"代表"性，艺术上谈不上什么特点的人，为什么一哄而上似的翻译出版了那么多的译本呢？想来最根本的原因恐怕还在于：中国左翼文坛上的许多人，一方面理性地、有意识地批判着资产阶级、小资产阶级的东西，另一方面对林房雄的作品中的小资产阶级的情调，又有一种不自觉的欣赏和共鸣吧。在日本真正具有代表性的无产阶级作家，如小林多喜二那样的作家作品，很少译介（只在 1930 年译了他的小说《蟹工船》），却大量地翻译者林房雄的小说，不能不说是中国左翼文坛日本无产阶级文学译介中的一种偏颇。

最后还要简单提到的是尹庚编译的《中野重治集》。中野重治（1902—1979 年）是日本著名的无产阶级诗人、无产阶级文学理论家。左翼作家尹庚（1908—1997 年）于 1934 年编译了《中野重治集》。这是一部小说集，选译了中野在 1920 年代后期到 1930 年代初发表的中短篇小说五篇。包括《老铁的话》《初春的风》《看樱花·送报的人》《年轻人》《砂糖的故事》。中野的这些小说，或描写被逮捕的革命者的坚强不屈（《初春的风》），或反映地主和农民之间的不可调和的深刻的阶级矛盾（《老铁的话》），或以工人斗争为主题（《年轻人》），或揭露日本资产阶级慈善机关的伪善（《砂糖的故事》）。但是，艺术技巧上平淡无奇。尹庚在《题记》中说："关于先生的小说，概括地说，在文字上我认识的，是健康的、朴素的、通俗的美。在内容意识上，也正与健康的、朴素的、通俗的美的外观，是一致的革命文学的内容意识。先生写到许多大众的生活，写到许多人们的姿态，感情，以及意志。并且为他们，写了许多他们要说也说不清楚，要说也无处可说的事情。（中略）先生是提倡艺术家的良心的，先生的艺术是讲究真实的，在日本，有多少人感动先生的创作态度的严谨，创作心境的高迈，表示非常的敬意。"

第三章 1937—1949 年的日本文学翻译

第一节 抗日战争时期中日文坛关系与
日本文学的译介

一、中日文坛关系的变化及对日本文学翻译的影响

早在 1931 年的九一八事变以后，日本文坛就逐渐走向军国主义化。1931 年，当日本文坛有些人公然打出法西斯主义文学的旗号，宣称"我是一个法西斯主义者"的时候，熟悉日本文坛状况的夏衍就撰文提醒国人警惕日本文坛的法西斯主义文学倾向。当时日本文坛组成所谓"国家主义文学同盟"（1932 年）、"文艺恳话会"（1934 年）等鼓动侵华的法西斯主义文学团体。同时，日本军国主义当局对反战立场的左翼作家进行了残酷的镇压，许多左翼作家被抓进了监狱。当局对他们软硬兼施，让他们在报上公开发表所谓"转向"声明，即宣布放弃马克思主义的信仰，拥护军国主义的"国策"。服从者即被释放，不从者则继续监禁摧残，使作家们受尽折磨。像小林多喜二那样的坚定的革命者，竟被警察拷打致死。在这种情况下，有些作家迫不得已，如中野重治、岛木健作等，违心地宣

布"转向"，更多的作家被军国主义思想改造过去，"转向"后从极"左"变为极"右"，成了军国主义的御用文人，如林房雄、片冈铁兵、龟井胜一郎、立野信之等。1934 年 11 月，鲁迅在致萧红、萧军的一封信中曾说："他（中野重治——引者注）也转向了，日本一切左翼作家，现在没有转向的，只剩了两个（藏原与宫本）。我看你们一定会吃惊，以为他们真不如中国左翼的坚硬。不过事情是要比较而论的，他们那边的压迫法，真也有组织，无微不至，他们是德国式的，精密、周到……。"

1937 年七七事变后，日本军国主义发动了对中国全面的侵略战争，中国的抗日战争也全面展开。这场旷日持久的战争，对中日两国的文学，对两国的文学关系，都带来了极大的影响。1937 年，日本全面发动侵华战争，掀起了所谓"国民精神总动员运动"，派遣一批批的作家组成所谓"从军作家""笔部队"到中国前线摇旗呐喊，炮制了大量为侵华战争宣传叫嚣器的所谓"战争文学"。多数作家都成了侵略战争的吹鼓手，"反战文学"消亡了，个别的还有点良知的作家，如老作家永井荷风，所做的充其量不过是对战争沉默不语。1939 年，郁达夫在《日本的侵略战争与作家》一文中，对当时日本文坛的状况作了分析，他把当时的日本作家划分为三类，"第一，是只写些毫无意味，而只以色情怪奇为主眼的作家。第二，是为高压与生活所迫，不得已而转向，或以走狗自甘的帮凶作家。第三，受了军部的指使与豢养，一心一意，专在为军阀歌功颂德的喇叭作家。"郁达夫说的这种情况，到了后来，更加严重，第一类作家也不允许存在了。到 1942 年，四千多作家都加入了军国主义文化组织"日本文学报国会"，几乎能够称为"作家"的人，都成了该会的会员。日本文坛全面彻底地堕落了。

在这种情况下，抗日战争时期的中国的日本文学翻译，势必会受到很大的影响。原先的日本文学翻译家，加入到了抗日战争中，不可能从事翻译工作了。战火也打破了许多人曾有过的平静的读书生活，许多出版社、印刷厂被日军的炮火摧毁了，出版能力和读书市场萎缩。特别是正在受日本侵略军铁蹄蹂躏的中国民众，对来自敌国日本的文学作品（除非是反战的作品），有谁还能平心静气地阅读和欣赏呢？所以，在这一时期，日本文学的翻译数量骤然减少。从 1937 年 7 月到 1949 年底，整整八年抗战时期，加上中国三年的内战，日本文学在中国的译本只有五十来本，平均每年不到七本。发表在杂志上的译文也同样大幅度减少。

二、日本文学翻译出版的五种情形

这个时期出版的日本文学译本，大体有如下五种情形。

第一，此时期出版的许多译本是在全面抗战之前的旧译。

如上海三通书局 1940 年出版的署名"高汝鸿"译的短篇小说集《冰结的跳舞场》，和 1941 年出版的短篇小说集《雪的夜话》，在选目、译文上来自高汝鸿（郭沫若）在 1935 年出版的《日本短篇小说集》；施落英编、上海启明书店 1941 年出版的周作人等译的短篇小说集《少年的悲哀》，上海三通书局 1940 年出版冯子韬译芥川龙之介小说集《某傻子的一生》，编选的分别是周作人、章克标、鲁迅、谢六逸、冯子韬原有的译文。

第二，有些是新出版的日本左翼进步作家的作品。

这类作品出版不多，只有卢任钧编译的日本左翼作家的短篇小说集《乡下姑娘》，选译了藤森成吉、黑岛传治、德永直、洼川稻子、立野信之、平林泰子等左翼作家的九篇小说。张大成译、上海新生命社 1940 年出版的藤森成吉的剧本《马关和议》，胡风翻译、1946 年由上海新新出版社出版的左翼作家须井一的中篇小说《棉花》等。在战争时期翻译日本原左翼作家的作品，也可以说是对日本军国主义侵略进行抵抗的一种表示吧。

第三，是在沦陷区出版的日本纯文学作品。

这类译本主要是对战前日本作家作品的翻译。其中最重要的，是张我军翻译的岛崎藤村的《黎明之前》（1929—1936 年），1943 年连载于伪国立华北编译馆的《馆刊》,1944 年上海太平书局以《黎明》为题出版单行本。《黎明之前》是岛崎藤村晚年以明治维新的历史为题材的杰出作品,也是日本现代长篇小说中的杰出作品,原作共有两部,篇幅宏大,可惜张我军译出不到一半。张我军对岛崎藤村非常景仰,1943 年,在东京召开的旨在对中国等东亚国家进行文化渗透的所谓第二次"大东亚文学者大会"上,张我军曾提出为了"实行大东亚各民族的大团结,消灭美英文化","振兴大东亚共荣圈内的文学",应设立"岛崎藤村奖",这一提案得到了与会者的赞赏。张我军在 1943 年发表的《〈黎明之前〉尚在黎明之前》(载《艺文》杂志 1 卷 3 期)一文中,谈到了翻译此书的经过。他说:"这事说来快两年了,那时候物价昂贵虽然没有这一年来的厉害,在薪俸生活者也够吃力的,眼看着不济了,我便找到知堂老人(周作人——引者注)那里,求老人指示迷途。当时老人已是督办(即日伪'华北教育总署'督办——引者注),然而我所求的是周老师,并不是周督办。虽然我早已自知不是做官的料儿,而老人也似乎深知我不是找他要官做的。所以他指示给我唯一的途径,是日本名著的汉译,(中略)结果是决定翻译岛崎藤村先生的《黎明之前》了,并且决定由老人以个人资格介绍译文于华北编译馆了。"

在短篇小说翻译方面比较重要的有章克标编译、上海太平书局于1943—1944 年出版的《现代日本小说选集》(共两集),查士元译、三通书局 1941 年出版的菊池宽的《无名作家的日记》,卢锡熹译日本作家中岛敦以中国古代历史为题材的短篇小说集《李陵》。这类译本的翻译出版,可以说是上个时期日本文学译介势头的一种延伸。此外,还有在沦陷区由敌伪出版机构出版的日本文学的译本,徐古丁译、新京(长春)"满日文化协会"出版的夏目漱石的长篇小说《心》,张深切编译、由日本人把持的北平新民印书馆出版的《现代日本短篇名作选》,汉口的敌伪组织"中日文化协会武汉分会" 1940 年代翻译发行的《日本名家小说选》等。

以上这些译本单从内容上看,都是日本现代作家的作品,并不是宣传军国主义的"国策文学"或"战争文学"。但是，日本在中国沦陷区，处心积虑地"移植"日本文学，宣扬日本文化，来为他们的文化殖民主义政策服务。因此，即便是一般作品的出版翻译，都难以摆脱敌伪政权的这个文化圈套。况且，有些翻译者还有着明确的翻译意图。如在 1943 年的"大东亚文学者大会"上，章克标发言认为：现在中国从事日本文学翻译的人比以前大为减少，应该成立"翻译委员会"或"翻译协会"之类的专门组织，对日本文学的翻译加以促进。古丁赞同章克标的意见，他说："……日本精神向大东亚的渗透乃至日满华的文化文学的交流……不是靠理论，而是靠作品实践，因此，把〔日本的〕作品翻译成汉语，渗透到最大多数的满华人当中，就必须依靠翻译活动来实现。"事实上，在 1940年代前后的沦陷区，敌伪政权鼓励和提倡日本文学的译介，目的正在于对中国进行殖民主义的文化"渗透"。除了上述的单行本，在一些沦陷区的杂志上，也出现了大量的主张弘扬日本"皇国"文学的文章，如在北京的《日本研究》《中国文艺》等，有不少译介日本文学（包括日本古代文学）的文字。由于特殊的时间和背景，这种做法显然超出了纯文学活动的范围。

第四，是对军国主义、"大东亚主义"文学、侵华文学的翻译。

这是本时期日本文学译介值得注意的特点。这类作品一般在日伪占领区出版。如上海太平书局 1943 年出版的林房雄的长篇小说《青年》（张吾庸译），就是以日本明治维新史为题材的小说。该小说 1932 年在日本发表时，就有评论家指出它是"法西斯主义"的作品；还有上海申报馆1945 年 5 月出版的岩田丰雄（狮子文六）宣扬"大东亚战争"的长篇小说《海军》（洪洋译），上海大陆新报社出版的丹羽文雄的以太平洋战争为题材的报告文学《海战》（吴志清节译），"中日文化武汉分会"出版、张仁蠡译多田裕计的中篇《长江三角地带》，"北京中国留日同学会"1943 年出版的钱稻孙译注的和歌集《樱花国歌话》等。

其中，钱译《樱花国歌话》，原书名为《日本爱国百人一首》，收录了日本从古至近世的一百个作者的宣扬大和民族主义的一百首和歌。这些和歌在日本发动侵华战争及所谓"大东亚战争"期间,在日本人中曾广为吟诵。内容虽未见得都是与战争有关的所谓"战争诗歌",但在侵略战争的宣传鼓噪中,却起到了恶劣的作用。在日军占领下的北京翻译出版这样的歌集,其意图是不言而喻的。

　　另一种影响比较恶劣的作品,是张仁蠡译中篇小说《长江三角地带》。《长江三角地带》的作者多田裕计(1912—1980 年)当时任职于日本在上海开办的"上海中华映画会社"。1941 年,多田在上海的《大陆往来》杂志发表了《长江三角地带》。同时发表于日本的《文艺春秋》杂志,当年又出版了单行本。作为描写日占区的"现地文学"很受赏识,当年就获得了权威的芥川龙之介文学奖。接着,附逆文化组织"中日文化协会武汉分会"为了"沟通"中日文化,举办了"中日文学翻译悬赏",张仁蠡将它译成中文,作为"中日文化协会武汉分会丛书第一种"在武汉出版。小说以日本占领下的上海为舞台,主要人物是两个中国青年——袁天始和他的姐姐袁孝明,还有作为他们的朋友的日本青年三郎。袁天始在战争前曾在日本留学,它对汪精卫的"和平救国"运动感到共鸣,于是从重庆逃到了上海,在三郎的介绍下,在"中日文化会社"从事日本对华文化工作。姐姐袁孝明在南京的金陵女子大学毕业后,参加了左翼运动和抗日运动。姐弟俩具有深厚的同胞手足之情,但在思想和生活道路上却很不相同。有一天袁天始遭到抗日派的伏击,受了枪伤,姐姐袁孝明来看望弟弟,并恳求三郎把弟弟交还给他们做宝石商的父亲,三郎则趁机劝说孝明改变思想。孝明此时思想上出现了严重危机,陷入了深深的怀疑和苦恼中,形神憔悴,遂去杭州疗养。伤好后的袁天始和三郎参加了汪精卫的"还都南京"的仪式。不久他们收到了袁孝明在杭州投湖自杀的消息。孝明在遗书中对弟弟说:"……我理解你所抱的和平思想。我祝福你,愿你坚守你的信念。我更祝福中华民国。""我死,是由于某种天命,我清算了一切,就这样回到古老的国土,回到支那中去吧。……"

小说显然有意地把袁孝明和袁天始姐弟俩写成了"抗日派"和"亲日派"中国青年的代表。"抗日派"的袁孝明在现实面前找不到出路，产生了严重的精神危机，最后只有走向自我的毁灭。而她在毁灭时，也放弃了抗日的信念，向"和平派"投了降。所以作者说她的死"使她复归为一个东洋人了"。另一方面，作者把袁天始这样的拥护汪精卫的汉奸写成了忧国忧民的人。小说写道："民国二十七年十二月，汪精卫先生脱出了抗战派的首都重庆，天始私下所抱的 S 形的心理救国思想，和国民党汪先生所抱的，没有什么不同。"正由于有着这样的"和平"思想，他即使受到了枪击也不思反悔。小说通过对袁氏姐弟的截然不同的两种道路、两种命运的描写，力图表明"抗日"是没有出路的，"和平"才有前途。整篇小说到处都是"亚细亚主义""大东亚主义"的宣传和说教。在汪精卫的"还都"仪式上，听着汪精卫高呼"黄色民族团结起来，建设东亚新秩序"，"中日提携，东亚兴隆"之类的口号，主人公兴奋异常，"看那夹在太阳旗中的青天白日旗，我真要说中国就要更生了！"……译者在译序中指出，《长江三角地带》"是以大亚细亚主义的理念为题材的"，他认为这是"今日的文坛所最需要的"，并希望"读者如果能够在这部小说里获得若干印象，因而坚定对于建设大东亚的信念，并且增加在这个困难的大时代艰苦奋斗的勇气，我们便觉得差堪自慰了"。译者的用意，在此已说得很清楚了。

在这第四类译本中，对中国影响最大的当属"战争文学"的代表性作家石川达三的《活着的士兵》，火野苇平的《麦与士兵》《土与士兵》《花与士兵》，在本章第二节中将详细论述。

第五，是对日本反战文学的译介。

侵华战争期间，日本本土没有严格意义上的反战文学。只有七七事变前逃到中国来的左翼作家鹿地亘，在中国创作了不少反战作品，当时的中国文坛对此非常珍视，均作了翻译介绍和评论（后详）。此外，被抗日军队俘虏或击毙的侵华日军，在其日记、家信等作品中，也描述了侵华战场上的情况，表达了对战争的厌倦等心理。此类文字，虽不算是什么文学作品，但却有一定的文学价值或抗战宣传价值。因此，不少也被中国整理、翻译、出版。主要有：陆印泉译、阵中日本社 1938 年出版的《炮火里取胜》，收录了日军官兵的日记、书简、家信，其中的内容涉及日军暴行和厌战情绪。夏衍、田汉编译的、广州离骚出版社 1938 年出版的《敌兵阵中日记》，夏烈编译、广州新群出版社 1938 年出版的《敌军战记》，鹤风编、前锋出版社出版的《俘虏日记》，陈辛人译、浙江金华集纳出版社 1939 年出版的《一个日本士兵的阵中日记》，林植夫译、桂林新知书店 1940 年出版的《敌兵家信集》，林植夫等译、桂林新知书店 1940 年出版的《敌军士兵日记》等。

第二节　对侵华文学和在华反战文学的译介

一、对日本侵华文学的译介

抗日战争时期，中国文坛中有不少人，关注和研究日本战时文学的动向，及时进行有力的批判，或对日本的侵华文学进行介绍翻译。在这方面做了较多工作的，有夏衍、吴哲非、郁达夫、郭沫若、卢任均、巴人、林焕平、林林、沙雁、张十方等人。在对日本侵华文学的揭露与批判方面，除了报刊上发表的文章外，还有两本书很有代表性。一本是张十方著《战时日本文坛》，1942 年由湖南前进新闻社出版，这部书三万多字，分为十一章，从日本的从军文士，到石川达三、火野苇平、上田广及"大政翼赞会"等，评述了侵华战争中日本文坛上的种种劣行败迹；第二本书是欧阳梓川编的《日本文场考察》，1941 年由重庆文化书店出版，全书也有三万多字，编收了抗战以来国内报刊发表的十篇评述日本侵华文学的文章。其中有林焕平的《论日本文学界》《日本文坛的侧影》，沙雁的《告火野苇平》《随军文士与随军娼妇》，张十方的《火野苇平与日本文坛的倾颓》《林芙美子在战火中》《敌国文士从军归来后》，等等，可以说是中国文坛对日本侵华文学研究与批判的一个总结。在作品翻译方面，影响最大的是石川达三的《活着的士兵》与火野苇平的《麦与士兵》的翻译。

1. 对石川达三《活着的士兵》的译介及其反响

在抗日战争期间，有两种作品的译本在中国影响最大。一个是石川达三的《活着的士兵》，一个是火野苇平的《麦与士兵》。

先说石川达三及其《活着的士兵》。

石川达三（1905—1985 年）在当时已经是著名作家。早在 1935 年，他就以中篇小说《苍氓》获得了首届"芥川龙之介文学奖"。1937 年 12 月 13 日国民政府首都南京被日军攻陷，12 月 29 日，石川达三作为《中央公论》的特派作家，被派往南京，并约定为《中央公论》写一部反映攻克南京的小说。石川达三从东京出发，翌年 1 月 5 日在上海登陆，1 月 8 日至 15 日到达南京。石川达三到达南京的时候，日军制造的南京大屠杀血迹未干，尸骨未寒。石川达三虽然没有亲眼目睹南京大屠杀，但却亲眼看到了大屠杀后的惨状，并且有条件采访那些参加大屠杀的日本士兵们。而那些士兵仍然沉浸在战争和屠杀的兴奋情绪中。石川达三有意识地深入到他们中间，以便搜集到真实的材料。由于见闻和材料的充实，石川达三从南京回国后，仅用了十一天的时间，就完成了约合中文八万字的纪实小说《活着的士兵》。

《活着的士兵》（原题"生きている兵隊"，一译《未死的兵》）把进攻南京并参与南京大屠杀的高岛师团西泽连队仓田小队的几个士兵作为描写的中心。写了他们在进攻南京的作战中，烧杀抢掠无恶不作的种种令人发指的野蛮罪行：他们仅仅因为怀疑一个中国年轻女子是"间谍"，就当众剥光她的衣服，近藤一等兵用匕首刺透了她的乳房；平尾一等兵等人因为一个中国小女孩趴在被日军杀死的母亲身边哭泣而影响了他们休息，便一窝蜂扑上去，用刺刀一阵乱捅，将孩子捅死；武井上等兵仅仅因为被强行征来为日军做饭的中国苦力偷吃了做饭用的一块白糖，就当场一刀把他刺死；那个本来是来战场超度亡灵的随军僧片山玄澄，一手拿着念珠，一手拿着军用铁锹，一连砍死几十个已经放下武器并失去抵抗力的中国士兵。他们以中国老百姓的"抗日情绪很强"为由，对战区所见到的老百姓"格杀勿论"，有时对女人和孩子也不放过；他们无视基本的人道准则，有组织地成批屠杀俘虏，有时竟一人一口气杀死十三个；他们认为"大陆上有无穷无尽的财富，而且可以随便拿。……可以像摘野果那样随心所欲地去攫取"，随时随地强行"征用"中国老百姓的牛马家畜粮食工具等一切物资；他们每离开一处，就放火烧掉住过的民房，"认为仿佛只有把市街烧光，才能充分证明他们曾经占领过这个地方"；他们占领上海后，强迫中国妇女做"慰安妇"，成群结队到"慰安所"发泄兽欲……他们视中国人为牛马，有的士兵"即使只买一个罐头，也要抓一个过路的中国人替他拿着，等回到驻地时，还打中国人一个耳光，大喝一声'滚吧'！"……

这篇小说在《中央公论》1938年3月号上发表后，很快被日本军部当局查禁。因为作品的真实描写戳穿了"圣战"的谎言，这就令军部恼羞成怒。石川达三和有关的编辑人员被起诉，并被判有罪，罪名是："记述皇军士兵掠夺、杀戮非战斗人员，表现军纪松懈状况，扰乱安定秩序"，石川达三被判处四个月徒刑，缓期三年执行。

《活着的士兵》之所以使石川达三惹了所谓的"笔祸"，是因为石川达三没有像其他"笔部队"作家那样把所谓"战争文学"作为军国主义宣传的手段，而是抛开了军部对"笔部队"作家规定的写作戒律，集中表现"战场上的真实"。当时，这种真实完全被军国主义的宣传所掩盖。正如石川达三自己在战后所说：当时，"内地（指日本国内——引者注）新闻报道都是假话。大本营发布的消息更是一派胡言。什么日本的战争是圣战啦，日本的军队是神兵啦，占领区是一片和平景象啦。但是，战争决不是请客吃饭，而是痛烈的、悲惨的、无法无天的"。在法庭对《活着的士兵》的调查中，石川达三陈述了他的写作动机，他指出："国民把出征的士兵视为神，认为我军占领区一下子就被建设成了乐土，并认为支那民众也积极协助我们。但战争决不是那么轻松的事情。我想，为此而把战争的真实情况告诉国民，真正使国民认识这个非常时期，对于时局采取切实的态度，是非常必要的。"所以，石川达三在《活着的士兵》中，着力表现战场上宣传媒体所歪曲所掩盖了的方面。尽管他在作品最后的"附记"中申明："本稿不是真实的实战记录，而是作者进行相当的自由创作的尝试，故部队与官兵姓名等，多为虚构。"但是，事实上，这篇"虚构"的"自由创作"的小说的价值恰恰在它的高度的真实性上。小说对日本士兵形象的描写，对战场情况的表现，是侵华文学中那些数不清的标榜"报告文学""战记文学"的所谓"写实"的、"非虚构"的文字所不能比拟的。它是日本"战争文学"中罕见的，甚至可以说是绝无仅有的具有高度真实性的作品。作品不仅把日军在侵华战场上的残暴野蛮的行径真实地揭示出来，而且进一步表现了侵略战争中的更深层次的真实，那就是侵华士兵的人性的畸变。作者不满足于战争状况的表层的记录，而是通过描写战场的"人"，揭示战争的真实本质，把"人性"与"非人性"的纠葛，作为整个作品的立足点，着意表现在侵华战场上，随着战争的深入，日本士兵如何由正常的人，一步步地丧失了人性，变成了可怕的魔鬼，变成了杀人机器。

三个月后，这个作品在中国也很快有了三个译本。1938 年 6 月，张十方译《活着的兵队》由广州文摘社出版；7 月，夏衍翻译的《未死的兵》由广州南方出版社出版；白木翻译的《未死的兵》（节译），先在上海《大美晚报》上连载，8 月由上海杂志社出版。在三个月中，接连翻译出版了同一个作品的三种译本，这在中国的日本文学翻译史上恐怕是空前绝后的。而且，后两种译本还有再版。中国评论界也对《活着的士兵》展开了评论，对这篇小说的性质、作用及倾向性发表了看法。如，张十方在《战时日本文坛》一书中，介绍了《活着的士兵》的内容及其作者因此被拘留的事件，然后写道：

> 有所谓"敌人所不喜欢的，却是我们所喜欢的"这句话。再根据了上面的事实，我们虽不便贸然而就此断定《活着的兵队》一书是我们所喜欢的东西，然而，无论如何，它之为敌人所不喜欢这点，却是毫无疑问的了。至于它究竟因何招致日阀的不喜欢呢？极简单而又是主要的原故，是它暴露了真实，日本帝国主义者所最惧怕的难道不就是这个"真实"！

林焕平在《论一九三八年的日本文学界》（载《文艺阵地》第2卷第12期）一文中引述欧阳山和林林的话，写道：

> ……欧阳山先生曾批评道：
> "我们应该立刻承认这是一部卓越的作品。"
> 为什么呢？因为"作者石川达三不为中国，也不为日本的人道主义的立场上，抱着极其暗淡的心境，以忠实于血腥腥活生生的现实的笔，描写出日本法西斯主义侵略战争的残酷，和一群由于失掉生活之希望的悲剧，而产生出来的原始的兽行"。（林林先生语）
>
> （中略）
>
> 因为是给日本军阀的侵略暴行以最真实的摄录，所以我们给它以很高的评价；也正因为这个缘故，这个作品才在出版界闹出了这样的暴风，而作者下了狱。

冯雪峰在1939年写的《令人战栗的性格》一文中，对《活着的士兵》中的人物性格做了深刻的剖析：

他们和未开化的野蛮民族的残暴的不同，倒在于野蛮民族仅止于不自觉地残暴，而文明的日军却是自觉的毁灭人性和人类。而这恰恰就是我们在这次战争中，因而也在石川达三的小说中看见的特殊的典型性格。然而石川达三所老实地写出的这些人物，都并非战争的主使人，他们并非就是穷凶极恶的法西斯军阀本身，而他们是医学士、佛教徒、小学教师之类，结果却竟这样迅速地达到了和法西斯军阀的一致，这样容易地自觉的毁灭着人性：我想，这才是令人战栗的可怕的事情吧？

可见，中国文坛对《活着的士兵》的接二连三的译介，对于它的高度重视和评价，正在于它的高度的真实性。译本的出版，可以说是"以子之矛，攻子之盾"，对于戳穿日军"圣战"的谎言，揭露和认识其野蛮的侵略暴行，都有不可忽视的意义和价值。

2. 对火野苇平《麦与士兵》的译介和批判

在日本侵华文学的作者当中，火野苇平（本名玉井胜则，1907—1960年）是少数几个"士兵"与"作家"兼于一身的人。他入伍前就发表过不少作品。1937 年，火野苇平加入侵华部队，先是参加了徐州会战，接着又参加了汉口作战、安庆攻克战、广州攻克战。1939 年参加了海南作战。此间，他以徐州会战为题材，发表了日记体长篇小说《麦与士兵》（《改造》杂志 1938 年 8 月）；以杭州湾登陆为题材，发表了书信体长篇小说《土与士兵》（《文艺春秋》杂志 1938 年 11 月）；以杭州警备留守为题材发表了长篇小说《花与士兵》（《朝日新闻》1938 年 12 月）。不久，这三部作品由改造社分别出版单行本，火野苇平总称之为《我的战记》，评论者也称为"士兵三部曲"（日文作"兵队三部作"）；《士兵三部曲》单行本出版后不断重印，仅其中的《麦与士兵》当时就发行了一百多万册，成为罕见的畅销书。不久，三部曲中《麦与士兵》和《土与士兵》

被改编成电影，公开上映，影响更大，几乎尽人皆知。评论界对火野苇平的《士兵三部曲》也给予了异口同声的赞扬。火野苇平本人因此而被军国主义宣传机器奉为"国民英雄"。

《麦与士兵》等《士兵三部曲》首先是侵华战场上的日本士兵的颂歌。在火野苇平笔下，侵华战场上的日本军队是伟大神圣的军队，他们所向无敌，战无不胜。为了祖国，他们随时准备着死。他笔下的日本侵华士兵，既是那样的英勇无畏，又是那样的富有"人情味"；既有那样的伟大的爱国精神，又是那样的朴实单纯；既是那样的艰苦卓绝，又是那样的乐观自信，官兵之间既是那样的上令下达，又是那样互敬互爱。总之，俨然是所谓的"忠勇义烈的皇军的形象"。火野苇平还极力宣扬"皇军"在中国的"功德"，他借一个中国老太太的嘴，说什么，中国军队每到一处，"米、钱、衣服、姑娘，什么都洗劫一空。日本军队什么都不拿，非常好"（《麦与士兵》）。仿佛侵略中国的日本军队倒成了中国人的救星。在日本占领区，"皇军"对中国的老百姓是那么友好、文明。中国老百姓给他们水喝，他们硬是要付钱；鸡蛋和蔬菜都是花钱跟老百姓买；中国的老百姓的店铺都开张，"景色悠闲竟令人不相信这里是战地"。（《麦与士兵》）这一切描写，无非是让读者相信，日本军队到中国来不是侵略，而是在"帮助"和"拯救"中国老百姓。

但是，侵略毕竟是侵略。火野苇平常常一不小心，便带出了日军在中国烧杀抢掠的真相。在《麦与士兵》的5月9日的日记中，火野苇平写到了日军满地追着捉老百姓的鸡，在老百姓的菜田里"收获"蔬菜；在5月20日的日记中，写到了日军屠宰中国老百姓的猪；在5月15目的日记中，写到了日军所到之处，十室九空，日军侵入农家，大肆入室抢劫；在5月17日的日记中，写到日本人在麦田里捕杀中国农民，理由是他们与中国军队有"联络"；在《土与士兵》中，写到了日军放火烧房，并拉牛、捉鸡，称为"战利品"；还恬不知耻地写道："我们自从登陆以来，粮食一回也没分发过。反正我们走到哪里，都有中国米，也能捉些鸡来，还有蔬菜什么的。"

在《士兵三部曲》中，火野苇平特别注重对于中国军民的描写。他笔下的普通的中国，大都是徐州、杭州一带及长江三角洲一带的沦陷区，在对有关中国老百姓的描写中，火野苇平着意地表现了中国人的亡国奴相。在他笔下，中国人对日本侵略者没有反抗。"无论在什么时候，什么地方，支那人一看见日本兵，就会照例做出笑意来。"（《麦与士兵》）当日本军队到来的时候，中国老百姓打着日本国旗，抬着茶水，欢迎日军。他们不知道什么国家和民族，仅仅是被利用的工具。在火野苇平看来，中国的老百姓根本就没有国家观念和民族意识，他们不把日本人的到来看成是侵略。为了证明这一点，火野苇平在《花与士兵》中，还通过一个中国人"肃青年"（实际上是个汉奸）的口说出了这样的话——"中国的民众和国家之类的一切东西都是游离的，和那些东西完全没有关系。……和日本军队的战争，民众也看得与己无关。中国军队失败了，民众也满不在乎。"并说："中国的民众没有自己可以保卫的国家。"

对于中国抗日军队，诬蔑之余，也禁不住感叹中国军队的勇敢顽强。《麦与士兵》写到一个中国兵，当日军走近的时候，突然跃起来掏出一颗手榴弹，和敌人同归于尽；《麦与士兵》在讲到一次战斗时还写道："敌人非常地顽强。而且实际上勇敢得可怕。临阵脱逃的一个没有，还从围墙上探出身体射击，或者投掷手榴弹。很快又在正面和我们展开了格斗。……"

《麦与士兵》《土与士兵》出笼后，很快引起了我国文学界的注意。1938 年 12 月，具有抗日倾向的上海杂志社出版了哲非（吴哲非，即吴诚之）翻译的《麦与士兵》，1939 年 3 月，"新京"伪"满洲国通讯社出版部"出版了雪笠翻译的《麦田里的兵队》。1939 年 1 月，北京"东方书店"出版了金谷译《土与士兵》，其中，《麦与士兵》在当时中国的文坛及读书界，引起了很大的反响。抗日的出版机构和敌伪出版机构都翻译出版《麦与士兵》，立足点当然不同。伪满出版《麦田里的兵队》，其用意与日本出版火野苇平作品用意是一样的。而上海杂志社出版《麦与士兵》，则有着相反的意图。哲非在《译者的话》中说：

> 本书是石川达三著的《未死的兵》，虽同系写的日军在华作战的情形，立场却截然不同，（中略）他是被认为"皇军"的典型人物，在思想的深度上，他远不如石川达三，他对于战争及于人性的影响并无深究，对于日军的种种行为，当然无意暴露，然而在某种程度上，他还能客观地记载事实，而这也就是我们译这文章的动机。我们固希望日本的从军人员中，有千百个石川达三来暴露他们自己，从而有所觉悟。但在现状下这毕竟是很少的，所以我们只得就其次，觅取一些相当客观的东西，我们相信，只要读者有几分正确的眼光，他自能从中看出些什么来。再者因为本书是一种动的记录——行军的日记，它定能供给一些有益于我们抗战的认识，文笔也还相当生动，有时或不免太琐屑一些。但大体上仍无损于我们的了解。凡涉及诋毁和夸张之处，则均行删除。

所以哲非的译本是个删节本，对中国军民的诬蔑丑化的地方，对日军大唱赞歌的地方，都被删掉了。剩下的基本上是一些较"客观"的描写。

上海《杂志》第2卷第5期（1938年11月）刊登了《麦与士兵》译本广告，也讲了翻译此书的理由，其中说：

> 作者火野苇平乃此次日本对华战争的从军记者之一，本书乃其从军经验之作。作者在本书中虽极力夸张"皇军"的如何"勇敢"，但实际上反暴露了日军的残酷，怎样惨杀俘虏，糟蹋民众，在反面更表现了中国军民的勇敢。在本书中我们可以看到不少"仇人口中的真理"。此书现经译者删节一过，已使本书的

真面目暴露无遗。

由于火野苇平在《麦与士兵》中企图"描写战争的真实"（《麦与士兵·作者的话》）而使用了写实的手法，一方面又极力美化侵华战争及日本士兵，所以其中描写不免有不少矛盾与混乱之处，有些是与作者的宣传侵华战争的主观意图不相一致的，再加上哲非的删节本影响很大，因此当时的评论者对《麦与士兵》的评价和看法也不尽一致。有的给予正面的评价，如冯乃超在《日本的"文坛总动员"》（载《抗战文艺》武汉特刊第 3 号，1938 年）一文中说：

> 《麦与士兵》的作者，是一个忠于自己的无名的作家，他的作品在文字的表面，没有一点反战争的痕迹，因此没有遭遇法西斯当局的摧残，但仔细吟味一下吧，字里行间流露出来的真情，却与文字的表面背道而驰。那是一个感情丰富的作家，对于侵略战争的绝望和悲哀。

而任钧在《略谈中日战争爆发以来的日本文坛》（载《抗战文艺》第 7 卷第 4—5 期）中，对火野苇平的评价则相反：

> 作者火野苇平是一个军曹，实际参加这次侵华战争的一员。不用说，他是根深蒂固地受着敌阀的"武士道"的熏陶，满脑子充满了侵略主义的意识。这样，狗嘴里吐不出象牙来。他的全部作品，便自然而然的变成了诬蔑中国军民、颂扬"皇军"的忠勇，为侵略主义辩护与说教的"侵略经"。

应该说，任钧的看法，是符合实际情况的。

许多读者、评论家，从《麦与士兵》中的那些似乎是"人道主义"的描写中，看出了侵略的实质和侵略者的真面目。如作家、评论家巴人在

《关于〈麦与士兵〉》（载《文艺阵地》第 4 卷第 5 号，1939 年）一文中，批判了美国作家白克夫人对《麦与士兵》的吹捧（《麦与士兵》当时被译成英文在美国出版）。他引用了《麦与士兵》中的这样一段描写：

> 兵士们有的拿出果子送给孩子，她们却非常怀疑，不大肯接受。于是一个兵拿出刀来大喝一声，那抱着小孩的女人才勉强接受了。

巴人接着精辟而又一针见血地评论道："这刀头下的恩惠，却正是今天日本所加于我们的一切。只有汉奸汪精卫才会奴才一般地接受的。火野苇平所宣扬于世界的，也就是相同于这类情形的大炮下的怜悯。为这样的怜悯所欺蒙，那真太昧于中日战争的实际了。"

有的评论者对《麦与士兵》中的颠倒黑白的谎言表示了强烈的义愤，如沙雁在《告火野苇平》中写道：

> 为了帮助你主子疯狂的侵略，为了你对你主子的愚忠，为了你们无人性的皇军"烧杀狂"来掩饰，你于是就不惜放弃了你的人性，艺术家的良心，一方面造谣诬蔑中国，一方面制造欺人欺己的故事，来欺骗你的主子了。
>
> （中略）
>
> 火野先生……由于你的谎言使我们无辜的老百姓，将会发生怎样危险的影响!? 你定要为你们的主子，造一个"烧杀淫荡"的理由，你的心太残忍了，莫非真要把中日的冤仇从这些牺牲者的白骨上建筑起来吗？

二、对在华流亡反战作家鹿地亘的反战文学的译介

在日本发动全面侵华战争之前，如日俄战争时期，侵占我国东北之

后，日本作家中，特别是无产阶级作家中，还有一些持反战立场的人。但是，在侵华战争时期，由于日本军国主义政权的高压政策，由于共产党员作家、左翼作家的纷纷的"转向"，由于日本作家潜意识中的狭隘的日本民族主义，起码在日本本土上，没有反战文学。这是现代日本文学发展过程中值得注意的一个特殊现象。在法西斯德国，本土上有"地下合唱团"那样的抵抗文学组织，更主要的是大多数作家逃亡到了本土外，在国外掀起了大规模的流亡反战文学运动，写了大量优秀的反战文学作品。而在日本，也基本上不存在流亡到国外的反战作家和反战文学。但只有一个人是特殊的例外，那就是无产阶级作家鹿地亘。

鹿地亘（1903—1982 年）是日本比较知名的无产阶级作家，因从事左翼文学运动而被逮捕监禁，保释出狱后，于 1936 年 11 月，与夫人池田幸子秘密逃亡到我国。在中国得到了鲁迅、夏衍等的帮助。七七事变后，鹿地亘以国民政府军事委员会顾问的身份，进行反战宣传工作，并在中国对日军战俘进行反战教育，建立"和平村"，成立了"在华日本人反战同盟"等组织，为中国人民的抗日斗争做出了贡献。抗战胜利后的 1946 年，鹿地亘夫妇回国。鹿地亘的来华，在当时的中国文学界，乃至整个文化界，都产生了很大反响。鹿地亘在华期间写的大量政论性文章，均很快被译成中文发表。1938 年，中国出版了两本专门介绍和宣传鹿地亘的书。一本是衣冰编、汉口新国民书店 1938 年出版的《日本反战作家鹿地亘及其作品》。该书收集了发表于中国报刊上的鹿地亘的文章及中国作家的评介文章，其中有鹿地亘的《现实的正义》《所谓"国民的公意"》等反战文章四篇，散文和诗歌数篇，译者有夏衍、林林、高荒等；另有我国作家写的介绍鹿地亘的文章四篇，包括胡风的《关于鹿地亘》、黄源的《欢迎中国的友人鹿地亘》、楼适夷的《日本反战作家鹿地亘》，还有大公报上的文章《鹿地亘讲演感言》等。另一本介绍鹿地亘的书是汉口现实社编的《日本反战作家鹿地亘》，该书编辑了我国作家黄源、胡风、楼适夷、宋云彬等人在《新华日报》《群众》等报刊上发表的介绍鹿地亘的文章，还有鹿地亘本人及其夫人的诗文、小说等。1939 年，胡风把鹿地亘的文学评论编辑起来，作为"七月文丛"之一翻译出版，书名为《爱与恨的小记录》。1940 年，国民党图书出版社将他的时事论文结集出版，题为《日本当前的危机》。

鹿地亘在华期间，写作了大量的反战文学作品。这些作品大都以自己的所见所闻，描写了对日军战犯的教育工作及日本反战同盟的反战活动，如报告文学《和平村记》（1939 年）、《寄自火线上的信》（1943 年）、《我们七个人》（1943 年）、《叛逆者之歌》（1945 年）等等。中国文学界对鹿地亘作品的翻译非常重视，其大多数作品，均由有丰富翻译经验的翻译家承担，产生了很大的影响。

《和平村记》是以第二日军战俘收容所为题材的报告文学作品。由冯乃超翻译，在桂林《救亡日报》上翻译连载，但没有载完。《我们七个人》是日记体长篇报告文学，描写的是作者本人和日本反战同盟的活动及参加我军收复南宁战役的情况。该书由沈起予翻译，重庆作家书店 1943 年出版。接着，上海作家书屋又以《叛逆者之歌》为题再版。《寄自火线上的信》是通讯报道集，收书信五封，记述了日本反战同盟在中国抗日前线向日军喊话、进行反战宣传的情况。中文译文先刊载于《抗战文艺》1943 年 5 月第 8 卷第 4 期。1943 年 11 月，重庆五十年代出版社又出版了单行本。除报告文学、通讯报道外，鹿地亘还写了一些以反战为主题的诗歌。如《海岸炮台》《送北征》《送香港》《听见了呀!》等诗篇。如刊登在胡风主持的《七月》杂志上的《送北征》译文中，有这样的诗句：

> 倭寇呵，夸耀吧，你底炮火，
> 沉迷吧，你底妄想，
> 说是皇威要和烟炮一同
> 把大陆掩蔽。

但是——等着看吧，

满野的风，马上

会把毒烟吹得无影无踪，

在冰雪里闪耀的山峰

会留下庄严的姿态的。

尽量地表演吧，把你的寒伧的威胁，

那瞬时的炮烟！

直到枯尽为止，尽量的表演吧，

把那和你底妄想一起。

直到你的梦

在冷酷的北方底魂魄里面

冷了为止！

一个日本作家这样地诅咒"倭寇"，实在是难能可贵的。

鹿地亘在华期间创作的反战文学的最重要、水平最高、影响最大的作品，是三幕话剧《三兄弟》。抗战期间，这个剧本曾多次在桂林、柳州、贵阳、重庆等地上演，并曾用日语向日本广播。1940 年夏衍将它译出，由桂林南方出版社出版。

《三兄弟》的舞台背景是 1938 年冬天日本东京郊外的一个工人家庭，反映了侵华战争爆发后日本人民的苦难生活。宫本一家，老母卧病在床，大儿子一郎在工厂做工，二郎被送往中国当兵打仗。三郎因反战被政府追捕，不得不离开工厂，四处躲藏。二郎的女朋友光子，在工厂干完活后还要帮助三兄弟照料母亲。家里不但没钱给老人看病，连吃饭都成了问题。房东又派人来催交欠下的三个月的房租，令母亲一筹莫展。正在此时，街公所又送来了二郎战死的通知书，母亲和光子悲痛欲绝。家人眼泪未干，街公所又通知一郎参军。在外躲藏的三郎得知哥哥就要被征入伍，冒着危险回家和哥哥告别。不料正中警察圈套，被守候的警察击伤后逮捕。老母当场惊惧悲愤而死。以前胆小怕事、安分守己的一郎再也忍受不下去了，当即拒绝当兵出征。他愤怒地喊道："打死我！打死我！否则，我就要大声地喊：反对侵略战争！"

这个剧本反战的主题鲜明而有力，情节和人物很有艺术魅力。它充分说明，日本的侵华战争是以广大的劳动人民的深重的苦难和巨大的牺牲为代价的。而不堪重压的日本人民，必然会觉醒和反抗。这个剧本表现了鹿地亘对日本侵华战争本质的深刻认识，虽然事实上当时的日本极少有人像剧中人物那样有反战的觉悟和行动，但唯其如此，《三兄弟》才显得弥足珍贵。由于《三兄弟》是在中国上演和出版的，所以它在当时的日本几乎不可能有什么反响，而在中国的反响却很强烈。1940 年 6 月 5 日，重庆《新华日报》上发表了几篇评论文章，季凡在《写在（三兄弟）在渝演出之前》中说：《三兄弟》"将使我们直接从日本友人的口头上、表现上，体察到处在日本军阀蹂躏之下的日本大众的生活景况。所以，与其说来饱赏日本人的艺术，毋宁说来体察一下日本人民大众处在这一时代的生活景况的真实"。戏剧家洪深在《戏剧以上的戏》中认为，《三兄弟》"除了国际的政治意义之外，仅就戏剧本身来说，也表现出很大的意义"。

鹿地亘作为仅有的一位流亡在华的日本著名作家，为中国人民的抗日斗争，作出了特殊的贡献。在日本本土上的反战文学销声匿迹、"战争文学"甚嚣尘上的情况下，鹿地亘的反战文学向日本文坛投去了一线光明。胡风当年曾评价说：鹿地亘是"日本进步文化的良心"，他的文章"是日本文艺家第一次对于中国大众发出的声音"。（《新华日报》载鹿地亘《所谓国民的公意》编者按）西民则把鹿地亘称为"中国人民同奋斗共患难的伟大友人"。（《送鹿地亘夫妇回国》）在半个世纪过后的今天看来，这样的评价都是很恰当的。对鹿地亘反战文学的翻译，也将作为日本文学翻译中的特殊的一页，而载于中国的日本文学翻译史中。

第四章　新中国成立头三十年的日本文学翻译

第一节　此时期日本文学翻译的几个特点

一、翻译的选题规划：由市场走向计划

中华人民共和国成立后，外国文学及日本文学翻译发生了历史性的转折，进入了一个新的历史时期。以前的外国文学翻译及日本文学翻译，基本上是私营出版社和翻译家们按照自己的判断、根据书籍市场的需要来选择选题，组织出版的。各出版商、翻译者很少互相沟通，甚至为了竞争而相互封锁翻译信息，缺乏统一的部署和规划。这种情况虽然在一定的历史条件下也能促进翻译文学的竞争和繁荣，但同时也不可避免地造成翻译文学的无序竞争，造成选题上的重复、抢译乃至滥译的现象，出现了一些为了迎合低级趣味而大量出版的庸俗的作品。例如，1930 年代翻译的菊池宽的通俗小说，像《第二次接吻》之类，常常有多种译本，就不免有滥译、媚俗之嫌。与此同时，某些极其重要的第一流作家的作品，却由于对作品本身缺乏正确估价，或因为翻译难度太大，读者面不宽等种种原因，而长期无人翻译。如夏目漱石的《我是猫》、二叶亭四迷的《浮云》等，造成翻译选题上的遗珠之憾。新中国成立后，国家对翻译出版工作进行了集中统一的领导。1951 年 11 月，国家出版总署召开了全国第一届翻译工作会议，通过了《关于公私合营出版翻译书籍的规定草案》和《关于机关团体编译机构翻译工作的草案》，对于全国的翻译工作起了一定的指导作用。1954 年 8 月，中国作家协会召开了全国文学翻译工作者会议，会议的中心议题是文学翻译的组织化、计划性及如何提高文学翻译的质量。会议研究讨论了人民文学出版社组织一百多位专家拟定的世界文学名著的选题目录，还决定制定必要的审核制度。接着。国家对全国的出版机构进行了调整、改组和合并，对出版社的出版的专业方向进行了限定，决定国营的两大出版社——北京的人民文学出版社和上海的新文艺出版社（后改为上海文艺出版社），为组织翻译出版外国文学作品的主要机构。总之，1954 年以后，我国的外国文学的翻译出版真正进入了社会主义计划经济的轨道。

日本文学的翻译，在新中国成立后的外国文学翻译中，与欧美文学翻译出版比较起来，恢复得较慢。据茅盾在 1954 年全国文学翻译工作会议上所作的报告中的统计，从 1949 年 10 月到 1953 年年底，全国出版的文学翻译书籍（包括青少年儿童的文学读物）总数达二千一百多种。但是，在这个统计数字中，日本文学的译本除了 1953 年 12 月出版的德永直的《静静的群山》一部作品外，几乎等于零。造成这种情况的原因很复杂，从国家政治关系方面看，日本侵华战争结束还不久，日本的侵略战争给中国人民留下的创伤还远没有愈合。对中国人民来说，对日本文学的正常的阅读和翻译还缺乏应有的环境与心境。同时，由于 1937 年以来中日两国之间缺乏交流和交往，对日本文坛的现状缺乏充分的了解。从翻译者角度来看，抗日战争以后，有许多日本文学翻译家放弃了日本文学的翻译工作而从事其他工作，不再关注日本文学的情况了；也有一些翻译家，在抗战期间因从事汉奸附逆活动，而在战后遭到了应有的惩罚，遭到了人们的鄙视与唾弃,新中国成立后的头几年,还不具备恢复其翻译工作的环境和条件。由于这种种原因,日本文学翻译在新中国成立后的头几年中,几乎处于停顿状态,这与当时蓬勃发展的俄苏文学、欧美文学的翻译,形成了鲜明的对照。

这种情况到了 1954 年,发生了根本的变化。茅盾在 1954 年全国文学翻译工作会议上的报告中指出:除了苏联等人民民主国家的作品外,"我们也深切关怀和爱好各资本主义国家、殖民地、半殖民地国家的革命的和进步的文学作品",同时还提到,"日本的《万叶集》、《源氏物语》,至今还是只闻其名",认为像这样的世界公认的文学名著,应该加以翻译介绍。

从 1949 年到 1978 年三十年间的中国的日本文学翻译,除了头四五年是空白期,无话可说以外,其余的二十五年可以划分为前后两个阶段。第一个阶段,是 1953 年年底到 1965 年,这是此时期日本文学翻译的最繁荣的阶段,共翻译出版作品单行本译本约 95 种,占三十年间全部译本的四分之三以上。在 20 世纪中国日本文学翻译史上,也是一个很重要的时期。在这十来年的时间里,一些从前没有翻译的日本文学的古典的和近代的名著,都有了译本,从而填补了一些翻译上不应有的空白。古典名著方面,重要的如日本最古老的神话文献《古事记》,日本江户时代的市民文学、式亭三马的滑稽小说。近代文学名著有日本近代文学的开山作品、二叶亭四迷的长篇小说《浮云》,夏目漱石的最重要的作品《我是猫》,岛崎藤村的代表作《破戒》,石川啄木的诗歌和短篇小说集,德富芦花的长篇小说《黑潮》等。在现代文学中,受到特别重视的是战前和战后无产阶级文学及左翼文学的翻译。如小林多喜二、宫本百合子、德永直、高仓辉等。对于这些重要的作家,还在出版多种单行本的基础上,出版了一卷本作品集乃至多卷本的选集。如《夏目漱石选集》两卷,《小林多喜二选集》三卷,《宫本百合子选集》四卷,《德永直选集》四卷等。为日本作家出版多卷本的选集,这在日本文学翻译中,是空前的。虽然现在看来,为有的作家出版多卷本的选集，更多的是从"政治标准"来衡量的，但在当时的历史条件下，也有其合理性。除了出版古典文学和现代名作之外，还翻译出版了若干战后文学作品，其中重要的如萧萧译的野间宏以反战为主题的长篇小说《真空地带》，楼适夷译的井上靖的以中日友好为主题的历史小说《天平之甍》，钱稻孙、文洁若译的有吉佐和子的《木偶净琉璃》等。当然，这十几年间也翻译出版了一些现在看来在日本文学史上并没有什么地位的作家的作品，如战前战后一些左翼作家的作品、战后出现的反对美国在日本建立军事基地的作品之类。这些"应时"的作品的翻译出版，从一个侧面反映出了当时我国的政治文化气候。

　　第二个阶段是 1966 年至 1977 年年底，是持续十年之久政治运动时期。从 1966 年到 1970 年，也就是运动初期，日本文学的译介完全停顿下来，五年中竟没有一种日本文学译作出版。1971 年至 1973 年间，除了再版了小林多喜二的三部作品之外，翻译的选题完全集中在对军国主义文艺的批判方面。如在 1971 年一年中，北京的人民文学出版社以及广西、辽宁、上海、湖南、广东、云南等地方的人民出版社，几乎同时出版了《日本帝国主义侵略野心的大暴露——评日本反动电影〈山本五十六〉》《击碎美日反动派的迷梦——评日本反动影片〈山本五十六〉、〈日本海大海战〉、〈啊，海军〉》等七种内容大体相同的书。从 1971 年到 1973 年，日本右翼作家三岛由纪夫的《忧国》和《丰饶之海》四部曲——《春雪》《奔马》《晓寺》《天人五衰》——陆续由人民文学出版社作为"反面材料·供批判用"的译本而在内部出版发行。《丰饶之海》的"出版说明"写道："日本反动作家三岛由纪夫是个臭名昭著的右翼法西斯分子，写过大量极其反动腐朽的毒草，狂热地鼓吹军国主义思潮，后期尤为露骨。他最后竟以切腹自杀的丑剧，制造臭名远扬的'三岛事件'，煽动最反动、最野蛮的武士道精神，为美日反动派加速复活日本军国主义效劳。现在内部出版三岛有代表性的反动作品的译本，作为反面材料，供批判用。"连续翻译出版五种三岛由纪夫的作品译本，是异乎寻常的。它表明了我国对当时日本社会和日本文坛上军国主义复活动向的高度警惕。1974年至1976年，日本文学的译介又出现了三年的空白期。1977年，"四人帮"被推翻之后，日本文学的翻译出现了恢复的迹象。1977年至1978年两年间，人民文学出版社出版了唐月梅译的《井上靖小说集》，文洁若、叶渭渠译的《有吉佐和子小说选》；新改组的上海译文出版社出版了金福译的《国木田独步选集》和德富芦花的《黑潮》。这几个选题均很精当，它预示着下一个时期日本文学翻译高潮的到来。

二、翻译家及翻译文学的成熟

这个时期的日本文学翻译家中，大体有两部分人。一部分是在1920—1930年代就活跃在译坛上的老翻译家，主要有周作人、尤炳圻、楼适夷、丰子恺、钱稻孙等。他们所承担的大都是古典及近现代名著的翻译。如周作人译日本古典文学及石川啄木的诗歌，尤炳圻译夏目漱石的《我是猫》，楼适夷译小林多喜二的作品，丰子恺译石川啄木的小说集，钱稻孙译日本民间故事及有吉佐和子的小说等。这些翻译家此时期在翻译技巧上的进步，主要表现在对标准的现代汉语的熟练的运用上。由于在日本文学翻译界，无论在理论上还是在实践中，长期存在着推崇"直译"的倾向。强调通过"直译"引进外来的语法和词汇是非常正确的，但是，与欧美文学翻译比较而言，日本文学的大多数译文中的"直译"显得过于拘谨，译者所使用的语体有不少地方有明显的中日文杂糅、古文与白话杂糅的情况。而早在1920年代末至1930年代初，在瞿秋白等人的俄苏文学的翻译中，就已经出现了用"绝对的白话文"或"真正通顺的现代汉语"翻译出来的作品。从那个时候起，现代汉语在接受了翻译文学的影响，吸收了外来词汇和语法之后，已经基本成熟。欧美、俄苏文学的翻译，在实践上已基本解决了翻译文学中的语体问题。是译文，同时又是地地道道的现代汉语。而在同时期的日本文学译文中，这样的译文并不普遍多见。新中国成立前的日本文学译文中，或多或少、不同程度地存在着生涩的毛病。历史地看，这种重视"直译"、尊重原文所造成的"生涩"，未必没有独特的韵味，而且对于不断地借鉴日文句法词汇，也仍然是有益的。但一般的读者只看译文本身，则很容易觉得它缺少流畅、本色的语言美感。新中国成立后，由于国家在报刊、广播等媒体中所使用的现代汉语在语体风格上广泛的一致化，特别是普遍流行的毛泽东著作中的语言，对于现代汉语语体的定型和普及起了很大的作用，这就使得日本文学的翻译语言自觉不自觉地受到浸润和影响。前期那种因译者的方言及独特的用语习惯所造成的译文语体的斑驳状况，得到了很大的改观。这种情况反映在日本文学的译文中，也十分明显。如周作人的译文，在不免生涩的日本文学译文中恐怕是最生涩的。但是，新中国成立后出版的译文，则与通行的、标准的现代汉语的语体基本一致了。

这时期还出现了一批优秀的、有发展前景的新一代日本文学翻译家。主要有萧萧、李芒、刘振瀛、文洁若、周丰一、吴力生、迟叔昌、张梦麟、梅韬、石坚白、秦柯、李克异、孙青、金福、金中等。其中，萧萧（又名鲍秀兰，1918—1986 年），是日本籍在华翻译家。她在中国生活了几十年，直到 1980 年代在中国去世。萧萧的翻译生涯的高峰期在 1950 年代和 1960 年代初，译作甚丰，是同期出版译作最多的人。主要译作有高仓辉的长篇小说《箱根风云录》，德永直的长篇小说《静静的群山》，野间宏的长篇小说《真空地带》，宫本百合子的短篇小说，壶井荣的小说集等。萧萧的译文忠实于原文，同时细腻流畅。李芒（1920—2000 年），辽宁抚顺人，新中国成立后曾任杂志编辑和中国科学院外国文学研究所研究员。他在此时期的译作的选题集中在日本的无产阶级文学，主要译作有德永直的《没有太阳的街》《黑岛传治短篇小说选》，小林多喜二的《在外地主》等。刘振瀛（1915—1987 年），辽宁沈阳人，1935 年到日本留学，曾先后在北京师范大学、北京大学做日文教师。他在此期间节译的日本古代戏剧家世阿弥的戏剧理论著作《风姿花传》和藤原定家的和歌理论著作《每月抄》（载《古典文艺理论译丛》，人民文学出版社 1956 年），填补了日本文学理论译介的空白。他还为这一时期人民文学出版社出版的九种日本文学译本作序，体现了当时我国日本文学研究和评论的水平。

第二节 对古代、近代经典作家作品的翻译

一、周作人对古典文学的翻译

周作人大概是中国第一位关注和翻译日本古典文学的翻译家。早在1925年1月，就译出了日本最古老的文献《古事记》中的有关爱情的神话故事，并以《〈古事记〉中的恋爱故事》为题，发表于《语丝》杂志第9期；同年12月，周作人译出了题为《立春》的古典喜剧——狂言，发表在《语丝》杂志第12期。1926年，上海北新书局出版了周作人译的《狂言十番》，其中包括了十出狂言作品。

抗战胜利后，周作人曾因汉奸罪被国民党政府逮捕关押。1949年，周作人从南京出狱，回到北京。中央政府有关部门不拘一格使用人才，为周作人的文学翻译工作提供了条件。唐弢先生在《关于周作人》（1987年）一文中有如下记载："毛主席说：'文化汉奸嘛，又没有杀人放火。现在懂古希腊文的人不多了，养起来，让他做翻译工作。'大概这就是人民文学出版社每月支二百元（以后改为四百元）的依据。"自此以后，周作人以"周启明"的笔名开始翻译出版译作。他晚年在《知堂回想录》（第148节）中也回忆说："这回到北京以后，承党的照顾让我去搞那两样翻译（指古希腊文学和日本文学的翻译——引者注）实在是过去多年一直求之不得的事情。"报酬的优厚和工作环境的改善，使得周作人在1950年代的文学翻译中取得了许多的成果。周作人在这一时期的日本文学翻译中，主要选题是日本古典文学。而最先开译的，就是他在1925年

曾节译过的《古事记》。

1. 对《古事记》的翻译

事实上，在当时的中国，能够胜任《古事记》这样的日本古典文学翻译的人，屈指可数。日本古典文学的语言是日本古语，即文言文。其词汇、语法与现代日语相去甚远，非专攻者不可读。而且其中涉及文化背景、历史典故，非通人不敢问。就《古事记》而论，当时写作时日本语言尚在形成中，日本的"假名"字母尚未创立，所以只好用汉字来标记日语的音节。那些只表音的汉字又与表意的汉语混杂在一起，非常难懂。虽然后来的日本学者把用来表音的汉字置换成了假名字母，但读通仍很不容易。以周作人的日文修养看，由他来译《古事记》，无疑是最可胜任的人。

《古事记》是日本流传下来的最古老的文献，也是日本文学的滥觞。它成书于公元 711—712 年，据说由太安万侣（713 年卒）所撰写。全书共分三卷。上卷内容为日本古老的神话，又称为"神代卷"，主要内容是讲述创世之神伊耶那歧命与伊耶那美命如何创造日本列岛；太阳神"天照大神"、风神"须佐之男命"以及日本各"大国主神"的故事。中卷主要是传说记事，始于神武天皇，止于应神天皇，均为传说中的日本天皇的传奇故事、英雄业绩。下卷仍以天皇的世系演变为中心，始于仁德天皇，止于推古天皇。讲述的内容比较晚近，除传说外，还有一些具有一定的历史文献的价值。关于为什么要编纂《古事记》，安万侣在《古事记序》中说：天武天皇下令编纂此书，是因为天皇认为现有的关于天皇的世系传说，多有不真不实之处，而为天皇修史，"乃邦家之经纬，王化之鸿基焉"。可见《古事记》的宗旨是为了巩固天皇制，所以书中把日本神话中的有关的神和英雄，都写成是天皇的祖先，以宣扬皇权神授的思想，而这样对原来流传的神话传说，就不能不有所歪曲、篡改。但是，长期以来，崇拜天皇的日本人却愿意把那些神话看成是史实而讳言那是神话，并认为日本是"神国"，天皇是"万世一系"的。《古事记》也就成为后来形成的日本独特的以天皇崇拜为中心的"神道教"的经典。但不管怎样,《古事记》毕竟把此前只在民间口头流传的神话传说形诸文字,从而保存了这方面的珍贵文献。

周作人翻译《古事记》,是从神话学、民俗学、文艺学的角度着眼的。1920 年代他对神话学、民俗学兴趣很浓,所以 1926 年他只译出了《古事记》的"神代卷"。在《汉译〈古事记〉神代卷引言》中,周作人说:"我译这《古事记》的意思,那么在什么地方呢?我老实说,我只想介绍日本古代神话给中国爱好神话的人,研究宗教史或民俗学的人看罢了。"在把《古事记》作为神话学、民俗学文献来看的同时,周作人也把它看成是文学作品。并且从中看出其中所蕴涵着的日本文学的独特的风格。他说:"《古事记》神话之学术的价值是无可疑的,但我们拿来当文艺看,也是颇有趣味的东西。日本人本来是艺术的国民,他的制作上有好些受印度中国影响的痕迹,却仍保有其独特的精彩;或者缺少庄严雄浑的空想,但其优美轻巧的地方也非远东的别民族所能及。"这里所说的"缺少庄严雄浑的空想""优美轻巧",实在是对《古事记》的艺术风格的准确的概括,实际上这个概括似乎也很适用于日本全部的文艺作品。1963年,周作人为他的《古事记》全译本所写的《〈古事记〉引言》中,仍然倾向于把《古事记》视为文学作品。他写道:"把《古事记》当作日本古典文学来看时,换句话说,就是不当作历史来看,却当作一部日本古代的传说集去看的时候,那是很有兴趣的。"

在《知堂回想录》中,周作人谈到 1950 年代自己受命翻译《古事记》时说:"但在那时,我对于日本神话的兴趣却渐渐衰退,又因为参考书缺少,所以有点敷衍塞责的意思,不然免不得又大发其注释癖,做出教人头痛的繁琐工作来。这部书老实说不是很满意的译品,虽然不久可以出书了,可是我对于它没有什么大的期待,就只觉得这是日本的最古的古典,有了汉文译本了也好,自然最好还是希望别人有更好的译本出现。"这里有周作人常表现的那种"谦虚",但"希望别人有更好的作品出现"

似乎也是由衷之言。到了 1979 年，周作人译本的出版者人民文学出版社又出版了一个新的《古事记》的译本，译者是邹有恒、吕元明。这个新的译本自然会参考、吸收周作人译本的长处，尤其在语言上，似乎比周作人译本更加"现代汉语"化了。

2. 对狂言的翻译

在中国，第一个译介"狂言"的，也是周作人。

所谓"狂言"，是在室町时代产生的一种民间小喜剧。"狂言"二字，据说来源于汉语的"狂言绮语"，意为夸张修饰之词。用"狂言"称呼这种戏剧，表明这种戏剧的特征是诙谐夸张、热闹逗趣的。"狂言"完全是科白剧，它是和"能"（又称"能乐"，日本的一种悲剧性的歌舞剧）差不多同时产生的姊妹戏剧。一般夹在一出"能"与另一出"能"的中间来演出，以便调节舞台气氛，所以又称"能狂言"。"狂言"均为独幕剧，篇幅较短，多为几千字，一出狂言的演出时间在一刻钟左右，人物一般有二到四人，剧情发展较快，戏剧冲突比较集中，剧本的可读性也比较强。早期狂言为即兴演出，有剧无本，后来在演出过程中逐渐形成了剧本，但剧本皆不署作者名。因为狂言的情节故事来源于民间，而剧本又是在无数次的演出中逐渐定型的。

早在 1926 年，周作人就译出了狂言十种，结集为《狂言十番》出版。到了 1955 年，周作人又在《狂言十番》的基础上增译 14 篇，结集为《日本狂言选》，由人民文学出版社出版。《日本狂言选》所收译的篇目为：《两位侯爷》《侯爷赏花》《蚊子摔跤》《花姑娘》《柴六担》《三个残疾人》《人变马》《附子》《狐狸洞》《发迹》《偷孩贼》《伯母酒》《金刚》《船户的女婿》《骨皮》《小雨伞》《沙弥打官司》《柿头陀》《立春》《雷公》《石神》《连歌毗沙门》《养老水》等二十四篇。周作人翻译时依据的版本，是芳贺矢一的《狂言二十番》及增订本《狂言五十番》、山崎麓编的《狂言记》。24 篇作品包含了狂言的主要流派"和泉流"和"鹭流"的主要作品。日本狂言中，有许多剧目在内容上大同小异，周作人译出的篇目虽然不多，在流传下来的全部 280 篇中，占不到十分之一，但通过周作人的选译，可以说是包括了日本狂言中的有代表性的优秀作品，有的则是剧情精彩、思想健康的名剧。如《两位侯爷》，写两个侯爷（大名）相约一起去京城。半路上，他们硬逼迫一个普通的过路人替他们拿佩刀，以显侯爷气派。过路人心生一计，拿到佩刀后，便举刀威胁两位侯爷，要把他们"拦腰砍断"，两位侯爷连喊"饶命"，接着过路人又把他们尽情戏弄一番，让他们学鸡叫，脱光衣服学不倒翁，最后扬长而去。在这个狂言中，平时耀武扬威、不可一世的侯爷，在机智聪明的过路人面前，出乖露丑，体面扫地了。此外，《侯爷赏花》中的侯爷，不学无术，胸无点墨，却要附庸风雅，只得在大管家的提示下背诵和歌，结果弄得驴唇不对马嘴，出尽了洋相；在《柿头陀》中，在山中修炼法术的神道教的头陀（山伏），因嘴馋爬上树偷柿子吃，结果正好被柿树的主人碰见，受到了戏弄；在《骨皮》中，方丈对小和尚作威作福，颐指气使，使小和尚无所适从，小和尚忍无可忍时，当场揭发了方丈犯了色戒的丑事，弄得方丈狼狈不堪；在《雷公》中，平日里可怕的雷公（雷神），在打雷时却不慎从天上掉了下来，疼得直叫唤，便央求路过的一个庸医给它治疗。庸医给它打了针，它才能飞上天去。这些狂言剧本，都从不同的角度，讽刺嘲笑了武士、侯爷（大名）、僧侣、达官贵人，具有强烈的庶民文化的特征，反映了中世纪日本普通民众的思想情感和审美趣味。周作人的译文，以中国的白话戏文为参照，译得颇为流畅、传神。如下面是《侯爷赏花》的开头部分：

侯　爷　我乃鼎鼎大名的侯爷是也。叫使用人出来，有话商量。大管
　　　　家在吗？
大管家　喳。
侯　爷　在吗？
大管家　在这里。

侯　爷　叫你出来非为别事。近来什么地方都不出去，有点儿气闷，
　　　　因此今天想到哪里游玩一番，你看怎么样？

大管家　我也正在想向你禀告，你却说出来了。稍微到什么地方去走
　　　　走，那是很好的。

周作人在 1949 前的许多译文，因强调"直译"，而不免带有生涩的
地方。而上引译文，作为人物对话，却译得明白通畅，表明了他的翻译艺
术已进入了纯熟的境地。

周作人翻译狂言，其动机很简单。正像他在 1926 年为《狂言十番》
写的序言中所说："我译这狂言的缘故，只是因为他有趣味，好玩，我愿
读狂言的人也只得到一点有趣味、好玩的感觉，倘若大家都不怪我这是一
个过大的奢望。"追求"趣味""好玩"，是 1925 年以后周作人写作的基
本的出发点，狂言的翻译也体现着他这种趣味。但周作人所说的"趣味"
"好玩"，只是他对作品所持的审美的态度，而他对于翻译本身，是很严
肃认真的。对于狂言，周作人在翻译过程中，显然做了不少的研究工作。
他写的《〈狂言十番〉附记》，对所译的每一个作品都作了解题性的分析
交代，对狂言中所涉及的背景知识、风俗民情、词语典故、风格语言等，
均作了解说，并注意与中国的有关文学现象进行比较。他特别欣赏强调狂
言中的"纯朴""淡白"而非"俗恶"的"趣味"。在 1955 年版的《日
本狂言选·引言》中，周作人对日本狂言的来龙去脉，狂言与"谣曲"
（"能"的剧本）的关系，狂言与民间故事、民间笑话（"落语"）的关
系等，都作了深入而简明的论述。可以说，周作人不仅是狂言在中国的最
早的译介者，也是最早的研究和评论者。

3. 对式亭三马滑稽小说的翻译

1950 年代，周作人的日本文学翻译的另一个重要收获，是对式亭三
马的滑稽小说的翻译。式亭三马（1776—1822 年），是日本江户时代市井
作家，擅长滑稽本（即滑稽小说）的写作。滑稽本属于"黄表纸"的一

种，其特点是图文并茂，专写滑稽有趣的市井琐事，一般没有统一的故事情节和贯穿到底的人物，只是不同的场面的连缀，仿佛是一本风俗连环画，重在追求一种滑稽趣味。这样的作品倘若按作家文学的标准来衡量，实在难登"大雅之堂"。但从市井文学、民俗文化学的角度去看，则有着一般的作品难以具备的特殊趣味。周作人译介式亭三马的滑稽小说，出发点正在于此。式亭三马的代表性的作品是《浮世澡堂》（原文为《浮世风吕》）和《浮世理发店》（原文为《浮世床》）。《浮世澡堂》以日本的公共澡堂为背景，共分两编。前编写的是男澡堂中的情景，二编写的是女澡堂中的情景。又分早晨、中午、下午三个时辰，描写来澡堂洗澡的各色人等的聊天对话，从聊天对话中，或带出市井社会的家长里短，或表现出对话人的性格气质，大多对话轻松诙谐，滑稽有趣。日本人偏爱洗澡，江户时代的公共浴池（时称"钱汤""风吕"）尤为繁荣。澡堂不但是洗浴的地方，实际上也是特殊的社交场合。在澡堂里，大家不必分出老少贵贱，都是赤裸裸的人，所以，彼此的聊天，更是随意不拘，畅所欲言。正如式亭三马在《浮世澡堂》的"大意"（即序）中所说，"……贤愚斜正，贫富贵贱，将要洗澡，悉成裸形，协于天地自然的道理，无论释迦孔子，阿三权助，现出诞生时的姿态，一切爱惜欲求，都霎地一下抛到西海里去，全是无欲的形状。……"《浮世澡堂》就是这样以澡堂为一个特殊的舞台，写出了市井社会的一幅风景画和众生相。其中少不了善意的调侃、逗乐的玩笑，充满着市井"俗气"，但并不是周作人所说的那种"恶俗"，而是民众所特有的质朴和本色。

周作人对于《浮世澡堂》，最看重的乃是其中的"滑稽趣味"。他在1936年写致梁实秋的《谈日本文化书》中写道："江户时代的平民文学正与明清的俗文学相当，似乎我们可以不必灭自己的威风了，但是我读日本'滑稽本'，还不能不承认这是中国所没有的东西。滑稽——日本音读作KOKKEI，显然是从太史公的《滑稽列传》来的，中国近来却多喜欢读若泥滑滑的滑了——据说这是东方民族所缺乏的东西。日本人自己也常常慨叹，惭愧不及英国人。（中略）且说这'滑稽本'起于文化文政（一八〇四至二九）年间，全没有受西方的影响，中国并无这种东西。所以那无妨说是日本人创作的玩意儿，我们不能说比英国小说家的幽默如何，但这总可证明日本人的幽默趣味要比中国人为多了。我将十舍返一九的《东海道中膝栗毛》，式亭三马的《浮世风吕》与《浮世床》放在旁边，再一一回忆我所读过的中国小说，去找类似的作品，或者一半因为孤陋寡闻的缘故，一时竟想不起来。"周作人在《我的杂学·十六》中又说："滑稽小说，为我国所未有。（中略）中国在文学与生活上所缺少滑稽分子，不是健康的征候，或者这是伪道学所种下的病根欤。"看来，对《浮世澡堂》这样的日本滑稽小说的提倡，不仅表现了周作人个人的审美趣味，也反映了他对中国传统文学的一种检讨、反思的态度。

1950年代后期，周作人还将式亭三马的另一部代表作《浮世理发馆》翻译出来。该小说写的是江户时代的理发馆中的情景。那时日本的男子的发型是留一部分头发，梳着椎髻，必须经常到理发馆请师傅梳理，所以当时的理发馆同澡堂一样，也是一个比较热闹的场所。但这种理发馆只为男人理发，女人理发有专门的梳头婆上门服务。周作人在1959年为译本写的《引言》中介绍说：

　　《浮世理发馆》所写的只是来理发的客人，或是日常无事也来闲坐的闲汉，没有像澡堂里面出入的人花样繁多，男男女女，尽有好玩的事可以描写，因此未免显得有些单调。虽然理发馆里有主人鬓五郎，是经常在里边的，可以做一条线索，贯串到底，只是他毕竟是陪衬人物，不能担任主要角色的。理法馆中没有女人小儿，这也使得减色不少，于是作者苦心安排，无中生有的写出"婀娜文字"、"浤姑的乳母"和末节"女客阿袋"这三段文字来。此外又将社会上的杂事也拉到故事里来。如写巫婆关亡的情形，至有两场，而一是写一只花狗，一是写被妖怪拐了去的老头子的。于了解特殊的风俗之外，也很有滑稽的风趣。

只可惜周作人译的《浮世理发馆》当时并没有能够出版。直到 1989 年，才与《浮世澡堂》合为一集，由人民文学出版社出版发行。

对式亭三马的《浮世澡堂》《浮世理发馆》的翻译，是周作人自鸣得意的工作之一，他在《知堂回想录》中，说这个译作是"自己觉得比较满意的"。这恐怕主要是因为周作人对这个选题的强烈兴趣，翻译起来也就格外投入。周作人在 1920 年代中期，就说过自己"不喜欢小说"之类的话。对于纯粹的文人小说，特别是现代作家的小说，周作人的确"不喜欢"。但从 1930 年代到 1950 年代，周作人对式亭三马的滑稽小说却一直兴味不减，并终于在 1950 年代把完整的作品译了出来。周作人所感兴趣的，显然是式亭三马滑稽小说中的文化学的价值。他对两个译本中所涉及的日本风俗人情、文化背景、语言掌故等，都作了详尽的注释。注释的篇幅约占了全部译文的四分之一。他说："能够把三马的两种滑稽本译了出来，并且加了不少的注释，这是我觉得十分高兴的事。"（《知堂回想录》）由此可以看出周作人对原作关心的侧重点。无论是大加注释，还是为译本写一篇研究论文式的序言，都体现了周作人把翻译与研究结合在一起的学者化翻译的特点。这为后来的文学翻译，特别是古典文学的翻译，提供了一个范例。

二、对近代名家名作的翻译

1.《二叶亭四迷小说集》的翻译

二叶亭四迷（原名长谷川辰之助，1864—1909 年）在日本文学史上，具有极其重要的地位。1887 年发表的长篇小说《浮云》，被公认为是真正的现代小说的开端，是第一部使用"言文一致"的文体写成的小说，对近现代日本文学语言的定型和成熟，作出了开创性的贡献；《浮云》也是第一部尝试用现代写实方法写成的作品，在对小资产阶级知识分子的心理剖析方面，在强化小说的社会意义及对社会现状的批判方面，都是前所未有的。二叶亭四迷还是日本近代第一位成熟的俄国文学翻译家和专家，他在1888年翻译的屠格涅夫的《猎人笔记》，是日本用言文一致的文体忠实原作翻译出来的第一部作品，标志着日本翻译文学的成熟。对于二叶亭四迷在日本文学史上的地位，周作人早在1918年的《日本近三十年小说之发达》中就指出：

> 二叶亭四迷精通俄国文学，翻译绍介，很有功劳。一方面也自创作。《浮云》这一篇，写内海文三失业失恋，烦闷无聊的情状，比《书生气质》（指坪内逍遥的小说《当代书生气质》——引者注）更有进步。又创言文一致的题材，也是一件大事业。但是他志在经世，不以文学家自任，所以著作不多。隔了二十年，才又作了《其面影》、《平凡》两篇，也都是名作。他因为受了俄国文学的影响，所以他的著作，是"人生的艺术派"一流；脱去作者的游戏态度，也是他的一大特色，很有影响于后世的。

受到周作人推崇的作家，大多在1920—1930年代，或多或少都有一些译介，但二叶亭四迷的作品，在1960年代之前，却一直没有译介。从而反映出1949年前日本文学翻译在缺乏统一规划状况下所出现的疏漏。直到1962年，人民文学出版社出版了《二叶亭四迷小说集》，才填补了日本文学翻译中长期留下的一个空白。

《二叶亭四迷小说集》由石坚白、巩长金两人合译。选译了《浮云》《面影》《平凡》三部小说。其中的压卷之作，当然是《浮云》。《浮云》的中文译文约11万字，情节也很简单。主人公是一个名叫内海文三的青年，从故乡来东京投靠叔父，大学毕业后好不容易谋得了一个小职员的职位。婶婶阿政也对他刮目相看了，从小与他青梅竹马的堂妹阿势也倾心于他。不料有一天文三被解职。文三的同事本田升劝文三去找科长说情，文三却表示拒绝。从此婶婶和阿势对文三疏远了。阿势转而对不但未被解职，反而得到晋升的本田升表示好感。文三怀疑阿势变了心，两人闹翻了。最后文三下定决心再找阿势谈一次，如果不成，他就决定离开叔父家。小说到此结束，没有写完。其实也许下面的结局不必再写，便就此打住也未可知。

时任北京大学日文教授的刘振瀛为中文译本写了近七千字的"前言"。刘振瀛长期从事日本语言文学的教学和研究，1950年代的人民文学出版社的好几种日本文学译本，均由刘振瀛作序或"前记"。刘振瀛在"前记"中，对二叶亭四迷的创作历程、创作方法、与俄国文学的关系以及《浮云》等三部作品作了述评，对二叶亭四迷作了高度评价。认为"作者通过内海文三的命运，通过一个对现实持有微弱的批判态度的知识分子所遭受的迫害，暴露、批判了日本近代资本主义社会的根本缺陷及天皇专制政权对人民的压迫。《浮云》这部作品的真实意义就在这里。"并且认为，《浮云》"成功地塑造了为天皇专制主义所排挤出去的'多余的人'的形象"。刘振瀛在"前记"中对二叶亭四迷的评价，反映出了1950年代在中国文学评论中普遍流行的苏联式马列主义批评的特点：特别注意挖掘"进步作品"中对资本主义的批判，并把这一点作为对作品进行价值判断的最重要的依据。事实上，二叶亭四迷的创作虽然是想效法俄国文学，但俄国文学广博、恢宏的风格与深刻的批判精神，在《浮云》中是难以看到的。这部小说对官僚和官僚政治制度的批判也是肤浅而乏力的。主人公文三对官僚社会并没有深刻的认识，尽管他在对本田升的反感与斥责中揭露了官场阿谀奉承的习气，但这更多的是出于对情敌的嫉恨，还没有达到社会批判的高度。他以传统文士式的清高和矜持，骂本田升趋炎附势，而实际上自己则是一个不适应现代社会的弱者和失败者。他胸无大志，把堂妹的爱情看得重于一切，只想安分守己地过小市民般的生活，到头来却连这点卑微的愿望也不能实现。所以，如果认为文三是俄国文学中那样的"多余的人"的形象，是不够恰当的。俄国文学中的"多余的人"是具有进步的民主思想的、有较高文化修养的知识分子。他们在黑暗的专政社会中既不能与上流社会同流合污，也不能深入到民众之中，只能在愤世嫉俗、玩世不恭中消磨光阴，无所作为，成为"多余的人"。而《浮云》中的内海文三只能算是个平庸的小市民罢了。总之，不能以俄国现实主义文学的价值观来比附和衡量《浮云》。事实上，《浮云》是一部典型的日本小说，它具有强烈的主观性、自传性特征，以至当时德富芦花读了它之后说："这简直是在写自己。"这一点对后来的日本小说产生了深远的影响。它的细腻的心理分析和描写，严肃的而非游戏的写作态度和写实手法，还有它所使用的言文一致的文体，都具有开创性。《浮云》作为日本文学史上的名著的地位，主要是由这些来确定的。

《二叶亭四迷小说集》到了 1985 年，被列为"外国文学名著"丛书重印。刘振瀛的"前言"改作"译本序"，观点、内容均相同，只有字句上的改动。

2.《樋口一叶选集》的翻译

在 1950—1960 年代前半期的日本文学翻译中，对樋口一叶作品的翻译，也是一个填补空白的翻译工程。樋口一叶（1872—1896 年）是明治时代著名的女作家，日本短篇小说的开创者之一。她出身贫寒，十七岁时父亲去世，作为家中的长女，她从此不得不挑起了抚养寡母和三个小妹妹的重担。生活的艰苦磨炼、聪颖的天资与勤奋好学，使她成为早熟的天才作家。她早期写和歌，后在浪漫主义倾向的《文学界》杂志上发表小说，二十四岁去世。在短短的四五年的创作生涯中，一叶创作了多篇优秀的中短篇小说，有的作品艺术上已臻于完美，成为日本近代文学中的杰作。日本文学界喜欢把她比喻为文坛上升起的一颗耀眼但转瞬即逝的彗星。1962年，人民文学出版社出版了萧萧译的《樋口一叶选集》。该选集选收《埋没》《大年夜》《行云》《浊流》《十三夜》《自焚》《岔路》共七篇短篇小说和中篇小说《青梅竹马》，以及作者的部分《日记》，全书共二十四万字，是一个比较完备、选题精当的樋口一叶作品选译本。《选集》中的作品，体现了樋口一叶创作的特色。她所描写的都是她所熟悉的处于社会底层的人们的生活，主人公常常是妓女、女佣人、工匠、小商贩、小徒弟以及出身穷人家庭的孩子，描写他们所受到的不公正的待遇，他们的可悲的遭遇和命运。如《十三夜》，写的是出身贫寒的阿关嫁给官僚原田勇为妻，结婚七年，她备受丈夫的歧视，丈夫嫌她"没受教育"，只把她视为孩子的保姆。阿关忍受不了，于旧历九月十三日夜回娘家商量离婚的事情。父母虽然为阿关鸣不平，但仍不同意她离婚，并雇了一辆人力车送她返回。阿关意外地发现车夫竟是从前的相好。她百感交集，两人知道一切皆不可挽回，只好伤感地道别分手。小说在娓娓道来的平静的描写和叙述中，出其不意地带出了戏剧性场面，写出了主人公内心的极度痛苦与矛盾，表现了一叶卓越的叙事技巧。《选集》中的最突出的作品是中篇小说《青梅竹马》。这篇小说的原题是"たけくらべ"，意为"比身高"或"比个头儿"。中文译本意译为"青梅竹马"，很好地概括了原作题旨。《青梅竹马》中以一条胡同里的几个少男少女的生活与心理活动为题材，描写了他们朦胧的青春觉醒和由此带来的淡淡的哀伤。这些孩子中有红妓女的妹妹，天真活泼、爱说爱笑的美登利姑娘；有性格内向、不多言语，而内心情感却很丰富的龙华寺方丈的儿子信如；有出身于高利贷者家庭的善良而天真幼稚的正太郎。这些少男少女出身不同，性格各异，他们在未成年之前常在一起打闹玩耍，一起度过了美好的少年时光。然而，时光和生活又把他们无情地推向了成年人的世界。美登利在体验了初次月经之后，"又愁又羞"，以至"用被子掩住脸"无声地啜泣起来，从此判若两人。她的未来充满了阴影，等待着她的，很可能是姐姐那样的卖笑的命运。心里暗暗地喜欢着美登利的信如，因平日怕同学议论，故意疏远美登利。美登利对他爱怨交加。下面是萧萧译的小说的最后一段译文：

　　龙华寺的信如为了钻研本派的教义将要出门上学的消息，一

直没有传到美登利的耳朵里。她把以往的怨恨封在心里，这几天
为了那愁人的事始终心神恍惚，一味地害羞。在一个下霜的寒冷
的早晨，不知什么人把一朵纸水仙花丢进了大黑屋别院的格子门
里。虽然猜不出是谁丢的，但美登利却怀着不胜依恋的心情把它
插在错花格子上的小花瓶里，独自欣赏它那寂寞而清秀的姿态。
日后她无意中听说：在她拾花的第二天，信如为了求学穿上了法
衣，离开寺院出门去了。

　　小说就是这样表现了平民家的孩子们在即将走向现实人生时的不可
名状的忧郁、惆怅。樋口一叶擅长捕捉并表现人物那静水一般淡然的情感
波动，把客观的写实态度和抒情的笔法完满地融合在一起。它不但是樋口
一叶本人的最高杰作，也是日本近代文学中不可多得的杰作。萧萧的译文
精致细腻，很好地传达出了原文的神韵。

　　《樋口一叶选集》的译本的"前言"仍为刘振瀛执笔。"前言"七千
余字，他首先认为樋口一叶是"日本近代批判现实主义文学的早期开拓
者之一"，并从批判现实主义的角度评论了译本中所收译的作品。他
写道：

　　作者生活的时代，正处于中日甲午战争前后日本资本主义急
剧发展，新的生产关系带来阶级的剧烈分化的阶段。暴发户、高
利贷者的大量涌现，小商人、小手工业者的纷纷破产，产生了尖
锐的社会问题。她的作品，几乎每一篇都反映了这样的社会背
景。当然，由于时代的局限性，作者的出身，以及她所受的教
养，使她无法了解这一切罪恶的阶级根源。她只能就她所感受到
的贫富悬殊，以及她对那不合理的社会的厌恶，来抒发她的愤
慨。樋口一叶坚持了现实主义的创作方法，对生活的冷静观察，
同时也表示了对美好生活的眷恋憧憬。因此她的作品在语言艺术

方面，既做得了细腻入微的刻画，也富于摇曳跌宕的情趣。所有这一切构成了她的作品的积极的一面。同时因为她还不可能从阶级斗争的观点来认识社会中存在的各种矛盾，因而她的作品所接触的问题往往陷于不能解决的境地，流露出悲哀抑郁的情调。

　　樋口一叶是日本明治时期少数深深同情人民的作家之一，尽管她的作品存在着上述的缺点。但作为资产阶级残害人民的罪恶的见证人，作为被压迫的人们对那不合理的社会的控诉者，她的功绩在日本文学史上是值得大书特书的。

从阶级分析的观点、从马克思主义社会学的观点来看樋口一叶的作品，得出这样的结论是不难理解的。但是，现在看来，樋口一叶毕竟还不是 1920—1930 年代的无产阶级作家那样的作家，恐怕还不能简单地把社会批判视为她创作的主要价值。

　　3. 对石川啄木作品的翻译

　　1958 年到 1962 年，人民文学出版社先后出版了日本明治时代的作家、诗人石川啄木的两本作品集。一本是《石川啄木小说集》，一本是《石川啄木诗歌集》。

　　石川啄木（1885—1912 年）是日本近代天才的短命诗人、作家，他只活了二十七年。不到二十岁时就退学，从农村到东京以写作为生。主要写短歌，后来也写小说和评论。他最初倾心于浪漫主义，其诗歌作品大都发表于与谢野宽、与谢野晶子夫妇主持的《明星》杂志。在自然主义勃兴后又转向自然主义，后期则接受了一些社会主义和无政府主义思想，并在作品中表现出强烈的社会批判性。

　　在我国，石川啄木是较早被译介过来的日本作家之一。早在 1921 年，周作人在《杂译日本诗三十首》（载《新青年》第 9 卷第 4 号）中，译出了石川啄木的五首新体诗；1922 年，周作人在《诗》第 1 卷第 5 期上发表《石川啄木的短歌》，介绍了石川啄木短歌创作的情况并译出了短歌 21

首；1923 年，周作人在《小说月报》第 14 卷第 1 号上，以《石川啄木的短歌》为题，发表了石川啄木的四首短歌的译文。以上译诗大都收于1925 年北新书局版的周作人译诗集《陀螺》中。1925 年，汪馥泉在《小说月报》第 16 卷第 1 号上发表了石川啄木的短歌集《一握的泥沙》的选译（十首）。1927 年，周作人编译了一部日本短篇小说集，其中就有石川啄木的《两条血痕》，并且把《两条血痕》作为小说集的名字。

周作人既是石川啄木在中国的最早的翻译者，也是最早的评论者。他对石川啄木的诗歌给予高度评价，在 1922 年写的《石川啄木的短歌》一文中说："啄木的著作里面，小说诗歌都有价值，但是最有价值的还要算是他的短歌。他的歌是所谓生活之歌，不但内容上注重实生活的表现，脱去旧例的束缚，便在形式上也起了革命，运用低语，改变行款，都是平常的新歌人所不敢做的。"周作人所说的"改变行款"，指的是石川啄木将和歌的一行的写法改为三行。在石川啄木之前，和歌的五七五七七共五个音段 31 个音节，一直是竖写为一行的。在新诗行款的启发下，啄木把原来的一行，根据音调韵律和内容字句的联系，把五个音段分成三行来写。这一和歌形式上的革新，后来被广泛接受，是石川啄木对和歌艺术的一大贡献。周作人还说："啄木的新式的短歌，收在《悲哀的玩具》和《一握的沙》两卷集子里，现在全集第二卷的一部分。《悲哀的玩具》里的歌是他病中所作，尤为我所喜欢。所以译出的以这一卷里为多，但也不一一注明出处了。啄木的歌原本虽然很好，但是翻译出来便不行了。现在从译稿中选录一半，以见一斑。用了简洁含蓄的字句暗示一种情景，确是日本诗歌的特色，为别国所不能及的。啄木也曾说，'我们有所谓歌的这一种诗型，实在是日本人所有的绝少的幸福之一'，我想这并不是夸语，但因此却使翻译更觉为难了。"

人民文学出版社 1962 年版的《石川啄木诗歌集》，由周作人（署名周启明）、卞立强翻译。其中收译了石川啄木的两部最有代表性的短歌集《一握沙》和《可悲的玩具》，新诗集《叫子和口哨》，还有《诗选》及评论《可以吃的诗》。除《诗选》（共八首诗）为卞立强翻译之外，其余均为周作人翻译。译本的"前言"为卞立强所写。但将上述周作人的话，看作是对他自己的译文所作的序言，也未尝不可。收在《石川啄木诗歌集》中的译作，有一些是旧译，更多的是以前未发表过的新译。译文根据原作的三行款式，也相应译作三行。又根据原作大量使用俗语的特点，而用通俗白话译出。虽然没有中国一般读者心目中的那种诗型和诗味，但却能较好地传达出原作活泼、清新的风格。现举一些译例，并与原文对照，可以看出周作人译作的某些特点：

《一握砂》第8首：

〔原文〕いのちなき砂のかなしきよ
　　　　さらさらと
　　　　握れば指のあひだより落つ
〔译文〕没有生命的沙，多么悲哀啊！
　　　　用手一握，
　　　　窸窸窣窣地从手指中间漏下。

第16首：

〔原文〕ふゐさとの父の咳する度に斯く
　　　　咳の出づるや
　　　　病めばはかなし
〔译文〕像故乡的父亲咳嗽似的
　　　　那么咳嗽了，
　　　　生了病觉得人生无聊。

第20首：

〔原文〕こころよく
　　　　我にはたらく仕事あれ
　　　　それを仕遂して死なむと思ふ
〔译文〕但愿我有
　　　　愉快的工作，
　　　　等做完再死吧。

《可悲的玩具》第 139 首：

〔原文〕堅く握るだけの力もなく
　　　　やせし我が手の
　　　　いとほしさかな
〔译文〕连紧握的力气都没有了的
　　　　瘦了的我的手
　　　　真是可怜啊。

第 174 首：

〔原文〕ひさしぶりに
　　　　ふと声を出して笑ひてみぬ——
　　　　蝿の両手を揉むが可笑しさ
〔译文〕好久没有这样了，
　　　　忽然出声地笑了——
　　　　觉得苍蝇搓着两手很是可笑。

在这里，周作人的译文使用的是白话式、散文式的词汇与句法，忠于

212

原文，又译得轻松随意，毫不造作，富有日常生活情趣的轻快洒脱的风格
与原作极为一致，可谓平淡中有滋味，轻松中见功夫。石川啄木的短歌，
每一首几乎都有一个写作时特定的背景和"典故"，如果了解这些，对理
解和欣赏他的歌会很有帮助。据当时在人民文学出版社做编辑的文洁若回
忆，周作人当初为译文作了许多的注释，但出版时却被删去了许多，只保
留了一小部分。周作人为此曾表示过不快。

　　《石川啄木小说集》由丰子恺承担翻译。共选译了《云是天才》《葬
列》《两条血痕》《天鹅绒》《医院的窗》《鸟影》《足迹》《明信片》等
八篇小说，中文译文 25 万字。关于石川啄木的小说，周作人在 1934 年写
的《闲话日本文学》曾评价说："石川啄木，其小说像是没有甚好的作
品"，这是实话。石川啄木的小说大多处在习作的水平上，艺术上还幼稚
未熟。写出的小说，除少数（《葬列》《鸟影》）外，均因被退稿而生前
未能发表。丰子恺在为《石川啄木小说集》草拟的题为《石川啄木的生
涯与艺术》中，对石川啄木的小说作了谨慎而又实事求是的评价。他说：
"石川之所以少作小说而多作诗，固然是因为他的诗才富于文才的缘故，
但一半也是由于人事的关系。（中略）石川一生贫困，他的发心写小说，
一部分原因也是为了可以多收稿费。然而小说终于不能救治他的贫困。"
又说："石川作小说的态度与作诗的态度完全一样。他的《病院之窗》和
《天鹅绒》几次被退稿的时候，他说：我只得用小说的题材来作抒情诗。
从此他对小说灰心了。其实石川的文才决不亚于诗才。只因资本主义社会
的冷酷和剥削抹杀了他的文才，所以他作的小说很少。假定社会制度良
好，使石川生活安定，我相信他决不致在二十七岁的盛年夭逝，他的作品
在数量上和质量上都会增进，他对当时的日本文坛的贡献未可限量呢！"
不过，这也只不过是"假定"而已。那么，既然石川啄木的小说还这样
不成熟，为什么还要翻译出来呢？丰子恺写的这篇序文并没有讲清楚。也
许因为这个原因，丰子恺为自己的译作写的序没有被出版社方面使用。出
版社另以"编者"的名义写了一个"前言"，也讲清了丰子恺没有讲清的

问题。"前言"写道："由于时代和环境的限制，也由于他生命的短促，他并没有写下长篇巨著的伟大作品，尤其在小说方面，还有许多显著的缺点。但他的作品并不因此而失掉其重大意义，因为他所渴求的不是单纯创造完整无缺的艺术（事实上也不会有这种东西），而是对生活进行全面的考查。他是日本近代文学中第一个主张艺术必须与政治相结合的人。他的作品的重要意义，在于他在明治末期的日本文学上是一个时代的先遣者。"又说："在他的这一系列小说里，我们可以看到五年之间，啄木的思想是怎样从浑沌之中迅速发展，逐渐地深刻化，终于摸索到一条正确的道路——社会主义的道路。"可见，翻译石川啄木的小说，主要是着眼于他是一个"社会主义道路"的探索者。这反映出当时我国出版部门在外国文学选题方面的一个重要的标准。实际上，从思想方面来衡量，石川啄木晚年的"社会主义"并不是我们今天所理解的正统马列主义的社会主义，而是带有无政府主义性质的社会主义。

4. 《夏目漱石选集》及《我是猫》的翻译

对于夏目漱石的作品，在1920—1930年代曾得到日本文学翻译家们的高度重视，译出了《哥儿》《草枕》《文学论》等重要作品，但夏目漱石的成名作、代表作《我是猫》，虽然有鲁迅、周作人等大力推介，却因为翻译难度太大、篇幅过长等原因，一直未能翻译出版。在夏目漱石作品的译介中不译《我是猫》，无论如何都是一个重大的缺憾。到了1958年，人民文学出版社终于出版了两卷本的《夏目漱石选集》，其中，第一卷收录的就是《我是猫》，第二卷收录的是《哥儿》和《旅宿》。（《旅宿》即《草枕》。"草枕"是原作题目，意为"露宿""旅宿"。）

《我是猫》发表于1905年至1906年的《杜鹃》杂志，是漱石的处女作。这部小说的立意与写法非常特殊。它以一只"猫"的眼睛观察世事，以"猫"的嘴巴讲述故事，并发表"猫"式的感想和评论。这只"猫"既是故事的讲述者，也是故事中的一个角色；既是一只猫，有着"猫性"、动物性的特征，同时又是一只通晓人事的"猫"，而具有"人性"。

当它用猫眼、猫嘴观察人事、发表评论的时候，人的许多习焉不察的东西就显得荒诞可笑，一种滑稽和幽默便油然而生。小说开头第一句就是——"我是猫，名字还没有"（胡雪、尤其译文），堪称神来之笔。日文原文是"吾が輩は猫である。名前はまだない"，含义是"本人有幸生而为猫（而不是‘人’），但是名字却还没有"，幽默滑稽溢于言外。"我"是只野猫，为中学教师苦沙弥所收留，和主人朝夕相处，目睹耳闻了苦沙弥及他的几个朋友的所言所行。苦沙弥老实而迂腐，可爱也可笑。他当英语教师十几年，却没有把英文弄通，常写些错误百出的英文句子。他性格懒散而又邋遢，每当从学校回来，就躲进书房，对家人装出用功的样子，但常伏在桌上呼呼大睡，将口水流到了面前的书本上。闲时，他和朋友们就在客厅里高谈阔论，时而发发牢骚，时而嬉笑怒骂。他的朋友中有号称"美学家"的迷亭，才思敏锐，却玩世不恭，常常信口雌黄。有一次他到饭店吃饭，故意把牛肉马铃薯说成是"薯铃马肉牛"，令服务员不知所云，他却乐在其中。理学士水岛寒月一本正经地从事着所谓"吊颈力学"的研究，又准备花十年工夫磨一个玻璃球，还喜欢写一些莫名其妙的"诗剧"。带着"新诗人"派头的越智东风，喜欢给一些淑女写肉麻的诗，诸如"在辛酸的人世，得到甜蜜的热热的一吻"之类的句子。有一次，这几个人高谈阔论时对邻居资本家金田颇为鄙夷不屑，并尽情挖苦了金田太太的鹰钩鼻子。话传出去，令金田家大为光火，设法对苦沙弥实施骚扰，弄得苦沙弥心神不定，终于到了要动武的程度，竟挥动拐杖跑到街上，却已不见肇事者的踪影。苦沙弥动辄发脾气，不得不求助医生。他还效法他的另一个朋友、"哲学家"杉杨独仙进行"精神修养"，结果差点成了痴呆。和金田家那场风波过去之后，苦沙弥一切如故。在秋日临近黄昏时分，火尽炉凉，主人苦沙弥的朋友们都散去了。"我"也颇感无聊，在厨房偷喝了主人的啤酒，昏昏沉沉地掉进水缸淹死了。

　　起初漱石只打算写成一篇短篇小说就完事，不料《杜鹃》的编者对小说极为欣赏，希望他继续写下去，于是漱石便一发而不可收，共写了

11章，连载了一年半，字数合中文 30 多万字，这在日本近代的长篇小说中，在篇幅上大概是少见的。由于事先并没有写长篇的打算，此小说在情节结构上并没有完整贯穿的情节，而是以"猫"的所见所闻，将若干情节和人物连缀起来。这种连缀式的结构符合报刊连载的需要，也符合日本人的审美趣味。日本的传统小说，如《源氏物语》的结构，就是相对独立的短篇连缀成的长篇。但《我是猫》并没有因为缺少严整的情节结构而减弱其艺术魅力，相反，却能充分地调动读者的阅读兴趣。在世界文学史上，以动物的视角和口吻写成的名著，有印度作家钱达尔的《一头驴的自述》，德国作家霍夫曼的《雄猫摩尔的生活观》等，但在艺术上比得上夏目漱石的《我是猫》的，似乎还没有。《我是猫》对日本近代小资产阶级知识分子，作了辛辣但又善意的讽刺描写，生动地反映出了他们的性格特点，特别是他们性格中的弱点。对知识分子的某些根性的揭示，在夸张戏谑中表现了敏锐和深刻，在对社会进行批判的同时，表现出了知识分子所特有的自我批判和自我反省的意识。

　　《我是猫》的译者是胡雪和尤其。胡雪，时在武汉华中师范大学任教。尤其，即尤炳圻（1912—1984 年），江苏无锡人，曾留学日本，并翻译过内山完造的《活中国的姿态》，曾在日军占领下的北京从事文艺活动。尤炳圻翻译《我是猫》，早在 1943—1944 年间就有了准备，被列入了由周作人任社长的艺文社编辑、"新民印书馆"拟出版的一套丛书中，并在当时打出了广告。新中国成立后和胡雪两人合译，分工情况不详。总体上看，译文的水平较高，以流畅简洁、轻快洒脱的现代汉语，很好地传达出了原文的风格和神韵。如开首第一段的译文：

　　　　我是猫，名字还没有。

　　　　出生在什么地方，我一点也不清楚，只记得曾在一个昏暗潮湿的地方，咪—咪—地哭泣着。我在那地方第一次看到叫做人的这个东西。后来听说那便是所谓书生，是人类之中最凶恶的一种。据说这类书生常常捉住我们，煮了来吃。不过，那时我还不大懂事，所以倒不觉得怎样可怕，只是当他把我放在手掌上，猛一下举起来的时候，心里有些摇摇晃晃的。我在书生的手掌上稍稍定下心来后，才向他的脸一望，这大概就是我第一次看见所谓人的开始罢。当时我那种奇怪之感，至今都还存在着。本来应该有毛的那张脸，却是光滑滑的，简直像个开水壶。后来我也碰见过很多的猫儿，可一次也未曾见过这样带残疾的脸。不仅这样，脸的中央还凸得多高，从那窟窿里面不时噗噗地喷出烟来，呛得我实在难受！到了最近，我才知道那就是人类所吸的香烟。

译文相当尊重原文，而又不给人以生硬之感。标志着 1950 年代日本文学翻译的所能达到的水准。

当时中国对于《我是猫》的理解和认识，集中体现在刘振瀛为《夏目漱石选集》写的"前记"中，"前记"长一万四千余字，介绍了夏目漱石的生平与创作，其中重点评论了《我是猫》及《哥儿》《草枕》三部作品。刘振瀛特别强调夏目漱石作品的社会意义及对资本主义的批判。在评论《我是猫》时，刘振瀛写道："这部作品，对资本主义社会，进行了无情的攻击与嘲笑，（中略）我们不难看出作者对现实社会的憎恶到何等程度，和作者的创作态度是如何真挚严肃了。""作者在这里嘲骂了官吏、警察、侦探这些资产阶级统治人民的工具，嘲笑了幸灾乐祸、损人利己的资本主义社会中人与人的关系，嘲笑了这个社会的'疯子集团'，嘲骂了'这个社会的有为之士不过是一群除了诱骗、诈欺、恫吓、诬谄之外什么能耐也没有的人物'，讽刺了这个社会的家族制度与夫妻关系，也讽刺了资产阶级的所谓'个性和自由'。作者对资本主义社会所爆发的一切憎恶、轻蔑怒骂、调谑，就都自然而然地带上了人民的色彩，使这部作品成为对资本主义的有力的抗议书了。"这里着意强调作品对资本主义社会的批判这一社会学的批评，已经接近于把夏目漱石看成是一个批判现实主义的作家了。特别是"人民的色彩"的看法,显然是受苏联文学批评中所谓"人民性"的影响。这在那时,要算是对于非无产阶级作家的作品所能给予的最高评价了。但是,现在看来,夏目漱石并没有那种自觉的反资本主义、反资产阶级的阶级意识,他只是一个日本近代文学批评家们所说的那种"文明批评"和"社会批评"者。另外,把《我是猫》中的人物说成是"多余的人",就像把《浮云》中的内海文三说成是"多余的人"一样,似乎也是借用了苏联文学批评的术语。在对《哥儿》的评论中,刘振瀛肯定了"哥儿"对社会的反抗,同时认为作者把"哥儿"的反抗行动归结为单纯的个人性格,"这是抽掉阶级观点社会观点的、对现实的歪曲"。对于《旅宿》,刘振瀛认为作品中所表现的是唯心主义的美学观。他写道:"作者所鼓吹的'内心世界'、什么'淡荡'、什么'冲融',到了这种地步,势必要走上神秘主义的虚玄的道路。即便是资产阶级最有能力的作家,也必定会脱离人民,丧失其才华,堕入不可救药的泥潭。所幸作者的生活历程,使他并没有长期沉迷在这种唯美的虚玄的世界里。"总之,刘振瀛对《夏目漱石选集》三部作品的评论,有着强烈的1950年代的印记。一方面,在文学批评的方法、视角上,有僵硬地套用苏联式马克思主义文学批评的一面,但他作为熟知夏目漱石及其作品的专家,其批评基本上是从作品实际出发,学风和态度是严肃求实的,这与后来出现的"极左"的主观臆断的批评还是不同的。

《夏目漱石选集》第二卷中所收《哥儿》和《草枕》,1930年代已分别有章克标和崔万秋的译本,人民文学出版社的《夏目漱石选集》第二卷所收的是开西、丰子恺的复译本。章克标、崔万秋原有的译本均尊重原文,并较好地传达出了原作的神韵。新的译本在翻译质量上较章克标、崔万秋的译本又有一定的提高。如《草枕》的开头,历来是被推崇的名段。夏目漱石的原文是这样的:

　　　　山路を登りながら、こう考えた。

　　智に働けば角が立つ。情に棹させば流される。意地を通せ
ば窮屈だ。とかくに人の世は住みにくい。
　　住みにくさが高じると、安い所へ引き越したくなる。どこ
へ越しても住みにくいと悟った時、詩が生れて、画が出来る。

崔万秋的译文是；

　　一面登着山路，一面这样想。
　　过重理智，则碰钉子；过重情感，则易同流合污；过重意
志，则不自由。总之人世不易住。
　　不易住的程度一高，便想移到易住的地方去。悟到任到何处
都不易住的时候便有了诗，有了画。

丰子恺的译文是：

　　一面登山，一面这样想：
　　依理而行，则棱角突兀；任情而动，则放荡不羁；义气从
事，则到处碰壁。总之，人的世界是难处的。
　　越来越难处，就希望迁居到容易处的地方去。到了相信任何
地方都难处的时候，就发生诗，就产生画。

　　两种译文，各有千秋，但丰子恺的译文较之崔万秋的译文，对原意的
传达似乎更准确些。这特别表现在第二段上，句式工整对称，与原作的句
式对应了起来，在选词造句上，体现出了现代汉语书面语的语体风格。
　　5. 对岛崎藤村《破戒》的翻译
　　新中国成立前，岛崎藤村的《新生》《黎明之前》曾被译成中文。但
是，在岛崎藤村的全部作品中，在文学史上评价最高的，还是长篇小说

《破戒》。1950 年代，《破戒》有了中文译本，并先后在三个出版社出版了三种不同的版本。一种是上海的平明出版社 1955 年的竖排版的版本，第二种是 1957 年上海的新文艺出版社的版本，第三种是 1958 年北京的人民文学出版社的版本。三个版本的译者都是尤炳圻。其中前两种版本上均署名"平白"，后一版本署名尤炳圻。译文也都相同。同一个作品的翻译在几年内出版三种版本，这在当时我国的文学翻译中也并不多见，这表明了出版部门对该作品的高度重视。

《破戒》发表于 1906 年，中文译文十九万余字。主人公是信州地方一个名叫濑川丑松的小学教师，小说一开头，写丑松忽然要搬到莲花寺居住。原来他所租住的公寓里，一个"秽多"出身的人被赶走。丑松也是"秽多"出身，对此感到十分气愤，所以决定搬出去。在日本，"秽多"亦称"部落民"，是日本的贱民，在日本历史上一直从事屠宰、制革等"下贱"的职业，被排斥在社会各阶层之外。明治维新以后虽然宣布取消这种身份制度，把"秽多"改为"新平民"，但这些"新平民"并没有获得真正公平的待遇。丑松的父亲为了掩盖儿子的出身，远离儿子而住在深山中，临死前留下遗嘱，告诫儿子必须隐瞒自己的出身，否则就要被社会抛弃。丑松一直严守这一告诫，但这种虚伪的生活使他感到痛苦。"秽多"出身的思想家猪子莲太郎，公开声称"我是部落民"，勇敢地与社会的歧视与偏见作斗争。丑松在他的影响下，逐渐意识到自己隐瞒出身，就是虚伪和卑怯。这时候，猪子莲太郎被政敌暗杀。他的死，坚定了丑松"破戒"的决心。"破戒——是多么悲壮的决断啊"，他终于在课堂上，在学生们面前坦白了自己的身份。"破戒"之后，他离开了日本，决定远去美国寻求新的生活。《破戒》描写的是日本明治维新以后的等级观念和阶级矛盾，具有强烈的社会批判性。作品不仅揭露了不合理的身份差别制度，还广泛地反映了明治时代官场政治的黑暗、教育界的腐败、宗教界的丑恶虚伪、农村里农民生活的艰辛。按 1950 年代中国的文学价值观念来衡量，《破戒》无疑是一部批判资本主义罪恶的"批判现实主义"作品。

在刘振瀛写的译本"前记"中，就认为《破戒》"为日本近代文学的现实主义道路奠定了基础；为现实主义文学的发展，开拓了广阔的前景"；又说："它不愧为日本近代文学中最早出现的、洋溢着民主精神与批判现实主义精神的作品。"而在日本，几乎所有的文学史著作和评论研究的文章，都认为《破戒》是日本自然主义文学的开拓性作品和代表作品。为什么会出现这样的认识上的差异呢？在中国，从 1920 年代后期的左翼文学开始，受苏联文学观念的影响，人们就倾向于把自然主义与现实主义两者对立起来，把自然主义看成是反现实主义、不反映生活的本质真实、不塑造典型人物的有害的创作方法。而把现实主义看成是体现"人民性"的"进步"的创作方法，两者的界限应该划分清楚。因此，既然认为《破戒》是文学名著，那它就不可能是自然主义的作品。1950 年代以后一直到 1980 年代中国对《破戒》的评论，大体就是建立在这样的理论与逻辑基础上的。刘振瀛在 1979 年发表的《从〈破戒〉想到的——略论日本近代文学的发展与挫折》（载《外国文学研究》1979 年第 7 期）一文，和他为《破戒》1982 年新译本所写的译本序，其基本观点就是要论证《破戒》是现实主义而不是自然主义的。而在日本，通常是把现实主义（日本更多地称为"写实主义"）与自然主义看成是统一的而不是对立的，认为自然主义最基本的特征就是"写实"，两者具有很大的共通性。因此，日本人认为《破戒》是自然主义的作品。站在日本文学的角度上看，《破戒》所体现的日本自然主义文学的特征主要有以下三点：第一，是以真实事件为基础来写作，避免架空虚构。《破戒》中的事件和人物都有生活原型。第二，作品采用的是主人公告白自己隐私的方式，丑松的"破戒"就是告白隐私，从他守戒到破戒、告白、忏悔，构成了小说的基本情节。第三，《破戒》通篇抒发了岛崎藤村所说的"觉醒者的悲哀"，弥漫着感伤的情绪氛围。这三点，也是日本自然主义文学的基本特点，而《破戒》在这三个方面都是开了先河的。因此，日本文学史家通常认为《破戒》和田山花袋的《棉被》一道，是日本自然主义文学的奠基性的小说。

应该指出，中国对《破戒》译介中的"误读"，是有意识的"误读"。刘振瀛作为日本文学专家，当然熟悉日本文学界对《破戒》的看法。但是，他仍然坚持站在中国人的立场上，按照中国人当时的正统的文学价值观，按照中国人对现实主义、自然主义的理解和界定，来评价岛崎藤村的《破戒》。不过，不管怎样，在认为《破戒》是日本文学名著这一点上，中日两国的看法还是完全一致的。

第三节　对左翼文学及战后文学的翻译

一、对战前、战后左翼文学的翻译

对于日本左翼文学的翻译，1930 年代曾有过一次高潮，到了 1950 年代至 1960 年代初期，又出现了一次高潮。这一高潮的出现，是由 1950—1960 年代在中国占绝对统治地位的共产主义意识形态所决定的。在那时，衡量一个文学作品的价值，首先是要看其"政治标准"，其次才是"艺术标准"。日本的无产阶级文学，用"政治标准"来衡量，许多是"进步"的，甚或是典范性的，有的是无产阶级文学的"名著"。当然，现在看起来，与普遍公认的"世界名著"的差距还很大，有些在艺术上还很幼稚，甚至有缺陷。但是不管怎样，当时的选题依据首要的是作品的"思想内容"，因此，日本无产阶级文学的译本在当时的中国还有许多的读者。

1950—1960 年代中国对日本左翼文学的翻译与 1930 年代不同的是，除了战前的作家作品之外，也有战后兴起的被称为"民主主义文学"的作品。所译介的重点作家有小林多喜二、宫本百合子、德永直三位作家。其次是黑岛传治、高仓辉等。对小林多喜二、宫本百合子、德永直这三位作家，不但出版了多种零散的单行本译本，而且，从 1958 年到 1960 年，人民文学出版社分别为他们出版了三卷本至四卷本的《选集》，并有精装和平装两种版本。这在当时所翻译的外国作家中，并不多见，足见国家出版部门对他们的重视。

1.《小林多喜二选集》的翻译

首先是小林多喜二作品的翻译，小林多喜二（1903—1933 年）是日本无产阶级的革命战士，也是日本无产阶级文学的最优秀、最杰出的代表。他把革命斗争与文学创作密切结合在一起，创作了《一九二八年三月十五日》（1928 年）、《蟹工船》（1928 年）、《不在地主》（1929 年）、《党生活者》（1933 年）等优秀的作品。《一九二八年三月十五日》是一篇纪实性的小说，描写了 1928 年 3 月 15 日夜日本警察当局对作者所在的小樽市的革命者进行的大逮捕，以及被捕的革命者在狱中的勇敢顽强的斗争，发表后在当时曾引起了热烈的反响。《蟹工船》讲述了在海上为资本家捕蟹并做海蟹加工的工人们，在非人的奴役剥削下，忍无可忍，终于团结起来进行罢工斗争的故事。这篇小说受叶山嘉树的《生活在海上的人们》的启发和影响，在写法上则作了一种尝试，即为了强调工人的集体斗争，而着重描写人物群像，没有通常小说中的所谓"主人公"。《不在地主》，意即不在农村，而在城市居住的资本家兼地主。描写了农民在这种"不在地主"的压迫剥削下的穷困生活，并反映了农民与城市工人联合起来斗争的必要性。《党生活者》以第一人称自叙的方式，写了党的地下工作者"我"如何牺牲个人的利益，全心全意地为党工作的故事，其中对日本军国主义对华侵略也作了明确的否定和批判，小说具有一定的自传性。1933 年，小林多喜二被军国主义政府逮捕，宁死不屈，拒不说出组织秘密，最后被严刑拷打致死。小林多喜二被杀害后，鲁迅用日文发了唁电。唁电说："日本人民和中国人民是弟兄，资产阶级用血在我们之间划了界限，而且现在还在划着。但是无产阶级和他的先驱们却用血洗去这种界限。小林多喜二的死就是最好的证据。我们知道，我们不会忘记，我们坚定地踏着小林同志的血路，携手前进。"小林多喜二作为一个共产党员，政治上是坚定不移的，作为一个作家，人格上是令人尊敬的，艺术上是严谨真诚的。和后来那一批批被当局逮捕，便"转向"（叛变变节）的日本左翼作家相比，弥足珍贵。

早在1930年，上海大江书铺就出版了潘念之翻译的中篇小说《蟹工船》。小林多喜二在1929年为《蟹工船》中文译本写了序言，其中说："中国的工人阶级的英勇斗争，给了血肉相连的日本无产阶级以极大的鼓舞，现在……英勇的中国工人阶级能够读到这本书，这是我深以为兴奋的。"不过，1949年前翻译的小林多喜二的作品，只有一篇《蟹工船》，和其他左翼作家作品的翻译比较起来，小林多喜二在那时的中国并没有受到应有的重视。1949年后，最早翻译出版的小林的作品仍是《蟹工船》，那是楼适夷的新译本，1955年3月由人民文学出版社出版。接着，1956年8月，北京的作家出版社出版了震先译的中篇小说《不在地主》；1958年9月，人民文学出版社又将楼适夷译的《一九二八年三月十五日》作为"文学小丛书"之一出版；1958年至1959年，《小林多喜二选集》第一卷、第二卷、第三卷陆续出版。这三卷本的选集，收入了上述已经出版过的单行本，同时又新译了其他作品。

《小林多喜二选集》第一卷收译了作者的五篇中短篇小说。包括《一九二八年三月十五日》（适夷译）、《到东俱知安去》（王康译）、《蟹工船》（适夷译）、《不在地主》（震先译）、《暴风警报》（王康译）；第二卷收译了四部中长篇小说，包括《工厂细胞》《组织者》（金中译）、《转型期的人们》（李长信译）、《地区的人们》（周鸿民译）；第三卷收译了中篇小说《党生活者》（李克异、适夷译），短篇小说《杀人的狗》《单身牢房》（舒畅译）等12篇，评论文章十篇，其中有《关于无产阶级文学的方向》《小说写作法》等，另外还有17封书信。这样，小林多喜二的大部分作品都有了中文译本。刘振瀛（署名沉英）为《选集》写了"前言"，介绍了小林多喜二的生平与创作，并给予高度的评价。其中说：

224

"小林多喜二，他的光辉名字永远是存在于日本文学史上的。""小林多喜二的一生，是从一个具有正义感的人道主义者，逐渐成长为坚定的共产主义者的一生；是知识分子决心自我改造，把全部身心交给人民的一生；是把自己所有的精力与生命献给无产阶级革命事业、用笔也用行动而进行着不懈的战斗的一生。我们可以从小林多喜二的作品中所表现的日本劳动人民和无产阶级反对封建主义和资本主义的剥削、反对法西斯主义政权的压迫的英勇斗争，预见到日本的未来的日子一定是属于日本全体劳动人民和工人阶级的。小林多喜二的作品的巨大意义就在于此。"这篇"前言"中虽然有 1950—1960 年代流行的僵硬的政治术语和表述方式，但对小林多喜二的高度评价，直到今天我们都是没有理由不同意的。1962 年，卞立强在《北京大学学报》第 5 期上发表《试论小林多喜二创作的主要特征》的论文，认为小林的作品"在日本文学史上作出了巨大的承前启后的开创性的贡献"。而在战后，日本文坛上的一些评论者（如平野谦等），却从资产阶级的自由主义的政治观、文艺观出发，抓住《党生活者》中的某些情节，指责作品中的"我"为了革命的目的而利用了女工笠原的爱情，认为这是"为了目的而不择手段的侮辱人的描写"，甚至将小林的作品与侵华作家火野苇平的《麦与士兵》相提并论，认为它们都是时代和政治的牺牲品。而中国的翻译家与评论家们对小林多喜二的热心译介和评价，则和日本战后文坛形成了对比。一直到 1983 年，人民文学出版社又重新编辑出版了两卷本的《小林多喜二小说选》，其选题、译者和译文基本上是从《小林多喜二选集》三卷本中选出来的，初版发行高达两万七千余册。

2.《德永直选集》《宫本百合子选集》及对战后左翼文学的翻译

和《小林多喜二选集》几乎同时翻译出版的是《宫本百合子选集》。宫本百合子（1899—1951 年）是日本杰出的女作家，日本左翼文学代表人物之一，出身于上层知识分子家庭。从 1916 年发表短篇小说《贫穷的人们》开始了她的创作生涯。1918 年留学美国，在美国自由恋爱并结婚，几年后离婚。1924 年，以这一段生活经历为题材，写了长篇小说《伸子》，描写了一个被资产阶级的家庭生活所束缚的女性的思想苦闷和觉醒，表现了朴素的女权主义思想意识。1927 年至 1930 年，旅居苏联，受到苏联无产阶级文学的影响。回国后不久与日共著名人物宫本显治结婚，在日本军国主义猖獗期间曾多次被捕入狱，和那些恶劣的"转向"作家比较起来，她基本上是一个大节不亏的左翼作家。战后，参与"新日本文学会"的创立工作，发表了《播州平野》《知风草》等以战后日本共产党的重建为题材的作品。1947 年发表了《伸子》的续篇《两个院子》，表现了伸子摆脱了家庭束缚后，向往苏联，并逐渐接近社会主义的思想历程。宫本百合子的小说将日本女性细腻的情感体验、情绪表现与重大的时代主题结合起来，形成了自己的特色。人民文学出版社的《宫本百合子选集》四卷，收译了作者的主要作品。其中，第一卷收《贫穷的人们》《乳房》等短篇小说十篇，由萧萧翻译；第二卷收长篇小说《伸子》，由冯淑兰、石坚白翻译；第三卷收长篇小说《播州平野》和中篇小说《知风草》，分别由叔昌和张梦麟翻译；第四卷收长篇小说《两个院子》。冠于第一卷的卷首的"前记"（未署作者名）对宫本百合子的创作作出了这样的评价："在创作的道路上，她从一个人道主义的批判现实主义者发展成为工人阶级的文学旗手；作为一个日本的文学战士，她在小说、文艺评论、社会评论、政论和杂文等广泛的领域内积极从事写作。因为她运用文学武器跟法西斯分子进行不屈不挠的斗争，所以经常被捕入狱，反动政府还经常禁止她发表作品。就在这种困难的条件下，她给日本人民留下了丰富的文学遗产。"

德永直，也是 1950—1960 年代中国最热心译介的左翼作家之一。德永直（1899—1958 年）是工人出身的左翼作家，是战前日本无产阶级文学和战后日本民主主义文学的重要作家之一。战前的主要作品有描写印刷工人罢工斗争的长篇小说《没有太阳的街》（1929 年），战后的重要作品有自传体长篇小说《妻啊，安息吧》（1947 年），反映战后工农斗争的长篇小说《静静的群山》（第一、二部）（1949—1954 年）等。1953 年，萧萧翻译的《静静的群山》（第一部）由上海的文化生活出版社出版，1956年又由北京的作家出版社再版；接着，1957 年，作家出版社出版了萧萧译《静静的群山》第二部，同年，上海的新文艺出版社出版了李克异、王振仁翻译的短篇小说集《街》；1959 年 4 月，上海文艺出版社出版了储元熹、林玉波翻译的短篇小说集《怎样走上战斗道路的》。在这些译作的基础上，1959 年 10 月至 1960 年冬，《德永直选集》四卷陆续被翻译并由人民文学出版社出版。其中，第一卷收长篇小说《没有太阳的街》，第二、三卷分别收《静静的群山》第一、二部，第四卷收《马》《锄头儿》等短篇小说十四篇。《德永直选集》的"前言"由刘振瀛撰写，对德永直的生平、创作给予了高度评价。关于《没有太阳的街》，刘认为它"是日本现代文学中纪念碑式的作品之一"，该小说和小林多喜二的《蟹工船》一起，"被称为日本无产阶级文学的双璧，为日本无产阶级文学奠定了巩固的基础"；"在《没有太阳的街》里，日本工人阶级和他们大规模的罢工，第一次以壮丽的英雄姿态出现在日本文学中。"最后，刘振瀛对德永直的整个创作作了如下评价：

> 德永直，这个由日本无产阶级所培养出来的作家，终生热爱党和劳动人民，以他始终不懈的创作活动和文学才能，为日本人民和世界无产阶级文学留下了宝贵的遗产。他早期的作品《没有太阳的街》，就给了日本工人阶级和进步知识分子莫大的鼓舞，而且现在也还在鼓舞着他们和敌人进行斗争的勇气和决心。他在战后所写的《静静的群山》和其他一些作品，深刻地剖析了战后的日本现实，歌颂了党在领导人民进行斗争中的作用和功绩，无疑地将会教育广大读者认清日本现实，确信只有日本共产党的坚强领导，才能使日本人民得到解放。

现在看来，对德永直在政治上、艺术上作这样的评价，似乎是有些拔高了。作为一个工人作家，德永直在艺术上虽有成功的地方，但不免幼稚和粗糙；在政治上，和小林多喜二不同，他不能算是什么"终生热爱党和人民"的坚定的共产党人。在日本军国主义横行的时候，他被捕后便"转向"，声明放弃共产主义信仰，并宣布自己的《没有太阳的街》绝版。更有甚者，他还参加了旨在煽动对华侵略的法西斯主义文学组织"大陆开拓文艺恳话会"，被派到我国东北"视察"，写出了宣扬对我东北进行殖民入侵的小说《先遣队》，竟在该书中骂中国共产党为"共匪"。太平洋战争期间，德永直又参加了军国主义政府组织的由文学家组成的所谓"勤劳报国队"，被编在第三中队第二小队第二班，为法西斯主义效劳。战后，德永直又来了一次"转向"，通过"检讨"，重新成为左翼作家。从当时的译介情况来看，我国的翻译者、评论者、出版者，对德永直在战争期间的表现，或许是不够了解，或许是有意忽略不计。不管是哪种情况，事实上都已经影响了对德永直的全面准确的认识和评价。

除了小林多喜二、宫本百合子、德永直之外，此时期译介的比较重要的日本左翼作家还有黑岛传治的短篇小说、高仓辉的《箱根风云录》等三部长篇小说、江马修的长篇小说《冰河》、壶井繁治的诗，等等。其中，李芒译《黑岛传治短篇小说选》，收译了日本农民作家黑岛传治（1898—1943年）描写地主对农民的压迫剥削，反对帝国主义战争的《风雪西伯利亚》《电报》《两分钱》《猪群》等八篇短篇小说代表作。到了1981年，上海文艺出版社又出版了在1962年版本基础上增订的《黑岛传治短篇小说选》，共收译了17篇短篇作品。高仓辉（1891—1986年）是新中国成立后我国最早译介，并且译介较多的日本左翼作家之一。1953年，上海的文化生活出版社出版了萧萧译的长篇历史小说《箱根风云录》（原文《箱根用水》，1951年），译者在《作者介绍》中说："日本投降后……他读到毛主席的《整顿学风党风文风》和《反对党八股》等文献，对自己的方针的正确得到了证明（引者按：此句语法有误，原文如此）。

228

根据这个方针，又创作了《狼》《猪的歌》和《箱根水路》等。"一个日本作家，在创作上也需要毛主席的指导，这一点似乎也是高仓辉作品在中国大量翻译出版的原因之一吧。除《箱根风云录》之外，萧萧翻译的《猪的歌》由人民文学出版社 1955 年出版，金福翻译的描写农民苦难生活的长篇小说《农民之歌》（1930 年）及其续篇、反映工人与资本家斗争的《狼》（1932—1949 年），在 1956 年也由上海的新文艺出版社出版。

二、对战后反战文学、原爆文学、反美文学的翻译

对日本反战文学的译介，数量虽然不多，但却是这一时期日本文学翻译在选题上的特点之一。在日本，大约从 1935 年到 1945 年发动对外侵略的十多年间，由于法西斯主义的文化高压政策，也由于大部分作家支持侵略战争，日本文坛几乎没有反战文学。战后，则出现了一些反战文学作品。此时期中国翻译出版的有关的反战文学作品有壶井荣的长篇小说《二十四只眼珠》，野间宏的长篇小说《真空地带》，山田清三郎的长篇纪实小说《天总会亮的》，松田解子的长篇纪实小说《地底下的人们》等。

《二十四只眼珠》由孙青翻译、人民文学出版社 1956 年出版。作者壶井荣（1900—1967 年），日本进步女小说家、童话作家、共产党员作家壶井繁治的妻子。主要作品除《二十四只眼珠》外，还有小说《萝卜叶》、童话《柿子树上的家》《坂道》等。《二十四只眼珠》发表于 1951 年，是壶井荣的代表作。小说的主人公是年轻漂亮的女教师大石久子。大石久子担任岬角村小学教师，班上有十二个学生，也就是"二十四只眼睛"。久子老师教书育人，深得十二个学生们的爱戴和尊敬。日本侵略中国的上海事变爆发后，久子因有反战思想，受到校方注意，而被迫辞职。战争当中，由于生活的艰难，久子的母亲和女儿先后死去，丈夫在前线战死。她班上的五个男生都被征入伍，其中有三个阵亡，一个瞎了眼睛。七个女生中有的因贫病而死，有的遭遇悲惨。久子自己也在战争的折磨下，变成了一个感伤的人，四十岁的年纪看上去却像是五十多岁的人。战争结

束后的第二年，大石久子又来到了离别十三年的那所小学任教。学生们为她开了一个欢迎会，他们追忆了那十二个学生的悲惨的遭遇，并带她看了死去的同学的墓地。《二十四只眼珠》就是这样通过一个乡村小学教师及她的十二个学生的遭遇，反映了日本的侵略战争给日本人民造成的灾难和创伤。描写细腻感人，具有强烈的抒情性，风格低徊感伤，反战主题突出，在日本战后的反战文学中，颇有特色。1955 年被搬上银幕，极受欢迎，长期上演不衰。译者孙青在"译后记"中，充分肯定了这部作品作为反战文学的重要价值。同时指出了作品所描写、所触及的"只是问题的表面，并没有深入到问题的本质上去"，即没有深入挖掘侵略战争的实质。同时又说："当然，从今天日本的环境和日本人民的觉悟上说，这样的要求或者不免有些苛刻。"

野间宏的长篇小说《真空地带》由萧萧翻译、人民文学出版社 1959 年出版。野间宏（1915—1991 年）是日本"战后派"的最有代表性的作家。战争中曾被征入伍，因有反战思想曾被作为"思想犯"逮捕。战后开始了以战争和反战为主题的文学创作。重要作品有短篇小说《阴暗的图画》《脸上的红月亮》《崩溃的感觉》，长篇小说《真空地带》《青年之环》等。其中，《真空地带》由萧萧译成中文，人民文学出版社 1959 年出版。

《真空地带》是以作者在日本军队中的亲身体验为基础写成的。他在《关于战争》一文中曾说过："在战争期间，我始终抱着这样的决心：我应该写反战小说，尤其要写暴露军队的小说。在服兵役时，有一次我对上等兵和班长宣告说：等我复员后，一定要写一部揭露军队内幕的小说给你们看。每当受他们的处罚时，我的心都被强烈的怒火所燃烧。我暗自发誓：没有把这个军队的实质揭露出来以前，我绝不能死！"1951 年，野间宏实现了他的愿望，发表了揭露日军内幕的长篇小说《真空地带》。小说真实地描写了日本军队中的各个方面。各级军官之间尔虞我诈，相互倾轧，勾心斗角；军官们把士兵视为牛马，作威作福，随意打骂。如行动迟缓的士兵安西，就经常挨打，在挨打时嘴巴中还被塞满了稻草；搜查士兵时，要将衣服剥得精光，连肛门都要查到，并伴着污言秽语的嘲弄。军官们贪污腐化，行贿受贿，有的倒卖战争物资，吃承包商回扣，以权谋私；有的花钱买官，有的在征兵时把本来合格的人说成不合格，帮助逃避兵役以捞好处、发大财；有的军官受贿后将行贿者的名字从派往前线的名单中抹掉，而换上不该派的人。军事法庭罗织罪名，陷害无辜，军队中的监狱刑讯逼供，折磨人犯……总之，日本军队就像没有人性、没有人味的可怕的"真空地带"。在日本战后派的作家作品中，像《真空地带》这样的集中描写日本军队罪恶内幕的作品十分罕见。它对于批判和反思日本军国主义及侵略战争的罪恶，有着重要的意义和价值。中文译者在"译后记"中指出："野间宏所描写的'真空地带'——日本法西斯军队——现在又以'陆上自卫队'等化名在日本出现了，并且正在美帝国主义者积极扶持下逐渐成为正规军队。一个曾经被打倒的日本军国主义，正在企图死灰复燃。"这话是在 1956 年写下来的，在近半个世纪后的今天来看，日本军国主义的死灰不是"正在企图"复燃，而是正在复燃着。因而，《真空地带》的现实意义并没有因时光的流逝而丧失。到了 1992 年，萧萧的《真空地带》的译本又被编进了 52 卷本的《世界反法西斯书系·日本卷》，由重庆出版社出版。

在 1950—1960 年代翻译出版的几种日本反战文学中，除了描写战争时期日本国内情况和以日本军队为背景的外，还有揭露日军在华侵略罪行的作品。这些作品一般都以真实的历史事件为题材，具有强烈的纪实性。如金芷、关衡译，上海的泥土社 1954 年出版的松田解子的长篇纪实小说《地底下的人们》，描写了在日本秋田县华冈矿山惨杀被俘虏去的四百多名中国抗日战士的事件，也表现了中国战士们在绝境下的顽强的反抗斗争。李统汉译、新文艺出版社 1958 年出版的山田清三郎的《天总会亮的》，北京编译社翻译、群众出版社 1961 年出版的秋山浩的长篇报告文学《731 细菌部队》两部作品，都是揭露日军臭名昭著的"七三一"部队的罪行的作品。《天总会亮的》的作者山田清三郎原是日本无产阶级作家，后被逮捕后"转向"，在我国东北地区从事殖民文化活动，1945 年在东北被苏联军队逮捕并被扣留在苏联五年，后回国重新从事左翼文学。《天总会亮的》描写了"七三一"部队在长春附近的三不管地区投掷细菌，造成大规模鼠疫，而后为了掩盖真相，放火烧掉了三不管地区，并将揭发真相的中国人田民等诬为纵火犯，逮捕关押，实施摧残。小说也描写了中国人民的反抗斗争。《七三一细菌部队》，原题为《特殊部队七三一》，其作者秋山浩（化名）并不是什么作家，而是原"七三一"部队的成员。作者亲眼目睹，乃至直接参与了"七三一"细菌部队用中国和苏联的活人做解剖和细菌、病毒实验的骇人听闻的暴行。战后良心不安，终于鼓足勇气把"七三一"部队的罪恶内幕揭露出来。但考虑到当时日本的社会环境，作者要求不披露其真实姓名。出版者京都三一书房编辑部的竹村一在"编后记"中写道："关于本书内容的真实性问题，如果这本书是根据虚构的材料创作出来的话，那对于日本人就是一种无限的渎犯，就是对日本民族的叛逆。""我们所以如此谨慎，因为这是关系到日本人的问题。如果是事实，就必须彻底加以揭发，以使今后根绝这种丧失人性的罪行。然而，万一它是一部虚构出来的作品，那么问题也是相当严重的。但不幸的是，事实证明这部作品的内容完全是真实的。"这部书虽没有一般文学作品那样的虚构性，但却有着一般文学作品没有的由赤裸裸的真实所带给读者的惊异和震撼。在日本出版这样的作品，意义自不待言；在中国翻译出版这样的作品，对于认识日本军国主义侵华的罪恶历史，也是非常必要的。

所谓"原爆文学"，指以原子弹在日本的爆炸为题材的文学。1945年，美国在日本投掷了两颗原子弹，造成了近三十万人的死亡。战后，日本文学中出现了有关原子弹爆炸如何给日本带来灾难的作品。中国在1950—1960 年代翻译过来的有关作品约有：大田洋子著、周丰一译、新文艺出版社 1957 年出版的《广岛的一家》（同名诸家短篇小说集中的一篇）；阿川弘之著、颜华译、作家出版社 1957 年出版的《恶魔的遗产》；蜂谷道彦著、晓萌、王无为译、世界知识出版社 1958 年出版的《广岛日记》等。所谓反美文学，指的主要是战后出现的反对美国在日本建立军事基地的有关作品。被译成中文的有关作品有：间宫茂辅著、张梦麟译、中国青年出版社 1958 年出版的长篇小说《在喷烟之下》；中本高子著、金福译、上海文艺出版社 1962 年出版的长篇小说《跑道》；霜多正次著、金福译、上海文艺出版社 1963 年出版的长篇小说《冲绳岛》；霜多正次著、迟叔昌译、作家出版社 1964 年出版的长篇小说《守礼之民》等。人民文学出版社 1965 年出版了文洁若译介的松本清张的长篇报告文学《日本的黑雾》。这本书揭露了美军占领期间日本所发生的一系列冤案、阴谋与暴行，在当时产生了较大的震动。此外还有作家出版社编译出版的《惊雷集——日本人民反美爱国斗争诗集》、作家出版社 1965 年编译出版的《怒吼吧，富士！——日本人民反美爱国斗争诗选》等。现在看来，这些作品大都不能算是名著。但在当时翻译它们，却有着一定的现实意义。在二战后的冷战时期，日本政府和美国政府结成了政治和军事上的同盟，发动了针对包括中国在内的共产主义国家的冷战。而在野的民间人士和作家们的反美作品，则可以表明"日本人民"的立场和日本政府是不同的，美国占领军和日本政府的所作所为是违背日本人民意愿的，这大概就是当时中国译介此种作品的主要动机。

第五章　改革开放以后的日本文学翻译

第一节　日本文学翻译与研究的繁荣

一、此时期日本文学翻译的总体情况

改革开放以后，我国的社会、经济、文化事业进入了一个高速发展的阶段，日本文学翻译也和整个外国文学翻译一样，进入了一个前所未有的繁荣时期。人们摆脱了多年的文化禁闭状态，急切地要了解外部的世界，很快意识到了读书学习的重要性，求知欲空前高涨，但又面临着严重的"书荒"问题。这个问题在改革开放后的头几年显得特别突出。另一方面，由于极"左"路线及"文化大革命"使文学遭受严重破坏，极"左"的教条主义束缚着文学创作，作品思想僵化，形式刻板单一，不能适应新时期的需要。这些都给改革开放后外国文学的翻译和出版的繁荣，预备了一个巨大的读者市场，提供了百年一遇的绝好机遇。

从 1980 年代初到 1987 年间，在我国出现了一股持续时间较长的"日本文学热"。这个"热"是由多方面原因促成的。除了上述大背景之外，

还有另外的原因。从读者方面看，改革开放后，我国与日本在政治、经济、文化上的联系非常密切。在经济上，日本的资金、技术、产品纷纷涌入我国，在大量地接触和了解日本的物质文化之后，人们自然地产生了在文化、文学层面上深入了解日本的愿望。从出版社方面来看，1992 年以前，我国还没有加入《世界版权公约》《伯尔尼版权公约》之类的世界版权公约组织。也就是说，我国那时翻译外国作品，还没有版权的限制，既不需要征得原著作者同意，也不需要付给原作者报酬。这为我国的外国文学翻译，包括日本文学翻译，提供了后来再也不会有的特殊的机会和方便，刺激了出版社的出版热情。那时，一种日本文学的译本的印数少在万册以上，多的则高达十几万册以上，几乎每出一本书，必有足够的印数和发行量，从经济效益上看，对出版社有着巨大的吸引力。在这种情况下，我国当时大部分出版社都或多或少地出版过日本文学译本。其中，出版日本文学译本数量最多、质量最好的出版社是北京的人民文学出版社和上海译文出版社。此外，东北地区的黑龙江、吉林、辽宁的各家人民出版社、文艺出版社，北京的作家出版社、中国文联出版公司，湖南人民出版社，福建的海峡文艺出版社等都为日本文学译本的出版作了不少的贡献。1980年代，我国平均每年出版日本文学译本约七十种。其中，出版量最高的年份是在 1985 年至 1989 年间，平均每年约有一百种。在大量单本的译作出版的同时，还出现了好几套日本文学翻译丛书。其中有影响的丛书，一种是人民文学出版社出版的"日本文学丛书"，该丛书从 1980 年代初开始出版，一直到 1990 年代仍有译本被陆续收入丛书中。丛书所收均为古今日本文学名著，约二十余种，包括《源氏物语》《平家物语》，以及夏目漱石、芥川龙之介等近现代作家的经典著作。第二套丛书是上海译文出版社的"日本文学丛书"，该丛书出现于 1980 年代后半期，选题方向为近代名家名作，包括夏目漱石、森鸥外、谷崎润一郎、有岛武郎、永井荷风、佐藤春夫、太宰治等的重要作品十几种。第三套丛书是由李芒主编，由海峡文艺出版社等七家出版社联合推出的"日本文学流派代表作丛书"。该丛书从 1980 年代中期至 1980 年代末出版，共推出作品译本十几种。

　　从 1980 年后期开始，日本文学的翻译和所有我国文学的翻译一样，由热而温，进入了疲软期。吉林人民出版社 1982 年创办的《日本文学》季刊是我国唯一的日本文学翻译和研究的专门刊物，曾在日本文学翻译研究界和读者中产生了较大的影响。该刊物出至 1987 年底，终因经济效益问题而停刊。这是日本文学降"热"的一个表现。由于 1980 年代后期经济领域的通货膨胀越来越明显化，政治风波骤起，从 1989 年到 1992 年春政治上保守的、"左"的势力占了上风，有人将"资产阶级自由化"与外国文学的译介联系起来，遂使整个外国文学的翻译出版受到消极的影响。1993 年后，我国加入了《世界版权公约》和《伯尔尼版权公约》。在加入这些公约的头几年中，由于购买版权的机制不健全，渠道不畅通，我国的日本文学的翻译出版一时数量明显下降。书籍市场的疲软，涉外版权的制约，对翻译、出版提出了更高的要求。这既有利于开拓、更新和优化选题，也有利于促使译文质量的提高。到了 1995 年前后，日本文学的翻译重新找到了继续发展的空间，呈现出了和此前不同的特点，翻译的重心向名家名作和流行作品转移，出版的方式由单本作品向文集化、系列化发展，印刷、装帧质量大大提高。在名家名作方面，以叶渭渠等主编的《川端康成文集》《三岛由纪夫文学系列》《大江健三郎作品》等为龙头，带动了整个日本文学翻译的继续繁荣。在流行作家作品的翻译方面，以林少华翻译的《村上春树作品系列》，文化艺术出版社等出版的《渡边淳一作品》和推理小说为最大卖点，很受读者欢迎。

　　1980—1990 年代日本文学翻译繁荣的标志主要体现为如下几点。

　　第一，从翻译的数量上看，这二十年的日本文学译本约有 1400 种左右（含复译本），占整个 20 世纪全部译本总量 2000 余种的近三分之二。约按每种译本印数平均为一万册计算，则全部印数为 1400 万册，这在我国的整个翻译文学中所占有的份额是不可忽视的。和其他几个重要的文学大国，如俄国及苏联、美国、法国、英国等比较起来，日本文学的译本数量也大致旗鼓相当。这种情况，仅从由中国版本图书馆编辑、重庆出版社1989年出版的《1980—1986年翻译出版外国文学著作目录和提要》一书就可以清楚地看出来。在这七年中，我国翻译出版的各主要文学大国的译本数量情况对比如下：俄苏文学译本约有990种，英国文学译本约有575种，美国文学译本约有560种，法国文学译本约有480种，日本文学译本约有420种。日本文学在数量上略次于俄苏、英、美、法，居第五位。

第二，这一时期的日本文学在选题上的系统性、全面性，是前所未有的。从古代文学到当代最新作品，都在选题的视野范围内。在古典文学翻译出版方面，这一时期成绩最大。许多日本古典名著，由于"文化大革命"等原因，早在1950—1960年代就被列入出版计划，有的已经译毕，而一直到了1980年代以后才得以出版。如丰子恺译《源氏物语》《落洼物语》，杨烈译《万叶集》《古今和歌集》，周作人等译《平家物语》，钱稻孙译近松门左卫门的戏剧作品和井原西鹤的小说等都是如此。总之，在这二十年的时间里，日本古典文学的第一流名著，全部有了中文译本；二流或二流以下的名著，也大都有了译本。有的作品还出版了两个以上的不同译本。日本古典文学译本的编辑出版，大部分是由我国最权威的文学出版社——北京的人民文学出版社承担的。承担翻译任务的，大都是富有经验的高水平的日本文学翻译家。可以说，这些译本在相当长的时间内难以被超越，而作为经典译作恐怕也不会被淘汰。明治维新以后的近现代文学的翻译，这一时期也有了巨大的收获。一些以前没有译本的重要作家的重要作品，也出现了译本；一些以前曾有了译本的作品，又有了新译。经过二十年的努力，日本近现代文学的名家名作基本上全都有了译本。日本近现代文学名家，如夏目漱石、志贺直哉、有岛武郎、谷崎润一郎、芥川龙之介、川端康成、大江健三郎、安部公房等作家的作品，大都有了系统全面的翻译。特别是他们的重要作品，几乎没有遗漏地全部有了译本。

二、翻译与研究的成绩、特点及存在的问题

这一时期，在日本文学翻译界活跃着一大批老、中、青翻译家。一些1980年代前已逝世的老翻译家，如丰子恺、钱稻孙、周作人、尤炳圻等，其遗译在1980年代后得以出版。1930—1940年代就已成名的仍健在的老翻译家，如楼适夷、林林、葛祖兰、韩侍桁等，到了1980年代继续有高水平的译作问世。1950—1970年代走上译坛的翻译家，如刘振瀛、李芒、文洁若、叶渭渠、唐月梅等，他们是新时期日本文学译坛的中坚和领导力量。李芒在和歌俳句的译介方面，文洁若在日本诸家名作的译介方面，叶渭渠、唐月梅在川端康成、三岛由纪夫、大江健三郎、安部公房等作家的译介方面，都作出了突出的贡献。1980年代后涌现的翻译家，显示了强大的实力和阵容。如杨烈、申非、李树果翻译的日本古典文学，陈德文翻译的岛崎藤村的小说，特别是日本散文，金中翻译的石川达三作品，林少华翻译的村上春树小说，李正伦翻译的电影文学剧本，于雷、金福、郑民钦、吴树文、柯毅文、柯森耀、林怀秋、包容等翻译的一系列近现代名著，都是日本文学译作中的佳作或名作，在读者中有着广泛的影响。

经过翻译家们半个多世纪的探索和实践，这一时期的日本文学翻译在语言、语体、译法等技巧、技术层面上的问题已基本解决。大量的日汉、汉日语言工具书的出现，使日汉翻译在语言层面上趋于规范化。尽管每个成熟的译者都有自己的风格，但是由于现代汉语已经完全成熟和定型，大凡优秀的译文一定是合乎现代汉语的句法和用词规范的译文。特别是中青年一代的优秀的译文更是如此。先前的那种文白杂糅、日文化的句式，已不多见了。这与1920—1930年代，乃至1950—1960年代的译本有所不同，个人的译作风格并不表现为翻译家个人的汉语表述习惯，而在于对原文总体风格的真实的再现。所谓"直译"与"意译"的区分越来越模糊了，翻译家们找到了用地道的、标准的现代汉语真实地再现原文的途径与方法。但是，由于这一时期日本文学翻译队伍庞大，翻译者的素质参差不

齐，而且多为日语专业出身，他们中有一些人的现代汉语修养、中国文学的修养还有所欠缺，缺乏对中文的审美感受力，词汇贫乏，构词方式单调。表现在译文上，即使弄清了原文的意思，在使用汉语来表达的时候也显得干涩乏味，词不达意，句不达旨。虽粗读尚可，但经不住推敲，甚至屡见错译，更谈不上什么风格、韵味了。这一时期许多译本不同程度地存在这个问题。由于译品的数量成倍地增长，许多译本以追求市场效益为目标，从选题到译文，都缺乏精品意识。大量的翻译选题，片面追求"可读性"，翻译出版了若干不入流的、平庸的甚至低劣的作品。同时，质量不高的、粗制滥造的译文比任何一个时期都多。可以说，这是一个精品涌现的时代，也是次品不断的时代。

在这一时期，日本文学的翻译与研究相辅相成，有了很大的进步。

首先，我国的日本文学史的介绍和研究在 1972 年中日邦交正常化后谨慎起步。起初，是翻译日本学者的日本文学史著作。其中，有两部著作特别值得注意。一部是 1976 年上海人民出版社出版的、署名"齐干"翻译的《日本现代文学史》。这是日本著名文学史家吉田精一的有代表性的学术名作，其特点是要言不烦、材料精练、观点权威，在日本国内有着很大影响。另一部是 1978 年北京的人民文学出版社的署名"佩珊"（刘振瀛等）翻译的《日本文学史——日本文学的传统和创造》。本书的作者是西乡信纲等日本新一代学者，基本上是以马克思、恩格斯的历史唯物主义为指导思想的，它把各个不同时期日本社会各阶级力量的兴衰，看成是决定文学史发展的决定因素，同时紧扣日本社会历史的实际，不从僵化的教条出发，所以在日本以唯心主义观点写成的文学史占大多数的情况下，该书反而显出了其独体的学术价值。此外，1983 年，上海译文出版社出版了罗传开、柯森耀、周明、吴树文合译的《战后日本文学史·年表》，这是松原新一等四位日本学者合著的一部篇幅较大（中文译本 46 万字）的日本当代文学史著作，对战后日本文学的思潮、流派、主要作家作品等，做了深入的分析和研究。1986 年，北京大学出版社出版了卞立强译中村新太郎著《日本近代文学史话》（原名《物语日本近代文学史》）。这是一部深入浅出、内容丰富、篇幅较大（中文译本四十多万字）的日本现代文学史著作，作者不仅清楚地描述了日本近现代文学的发展进程，而且对重要的作家作品做了详细的赏析，对 1920—1930 年代的无产阶级文学也高度重视，并以较多的篇幅加以评述。1987 年，东北师范大学出版社出版了倪玉、缪伟群翻译的市古贞次著的《日本文学史概说》，实际上只是一个日本文学史的纲要。1989 年，三联书店出版了李丹明翻译的长谷川泉的《日本战后文学史》，是一本很简要的、不足十万字的小册子。1992 年，长谷川泉的另一本书《近代日本文学思潮史》，由译林出版社出版。以上各种日本文学史著作的翻译出版，向中国读者提供了日本文学史的系统知识，也促进了中国学者的相关研究。

1982 年 9 月，北京的外语教学与研究出版社出版了王长新教授用日文撰写的《日本文学史》，这是为大学日语专业的学生提供的教材。同年 10 月，中国戏剧出版社出版了王爱民、崔亚南编著的《日本戏剧概要》，系统而扼要地介绍了从古到今日本戏剧发展的概貌，分析了重点作家的重点作品。1983 年和 1986 年，上海的学林出版社出版了彭恩华的《日本俳句史》和《日本和歌史》两部著作，全面地介绍了日本民族独特的诗歌样式俳句与和歌的形成、发展和演变，对许多名家名作做了汉译。1985 年，长春的时代文艺出版社出版了刘柏青教授根据日本的有关著作编译的《日本无产阶级文艺运动简史》。1987 年，吉林人民出版社出版了吕元明教授的《日本文学史》。这是我国学者自己撰写的第一部中文版的日本文学通史，其主要章节曾在 1980 年代中期的《日本文学》季刊上连载过。全书篇幅较大（32 万字），资料、内容都比较丰富，在国内有一定的影响，但也有些瑕疵，如在概括和复述作品时把情节搞错了（像谷崎润一郎的《春琴抄》等）。1988 年，李德纯的《战后日本文学》由辽宁人民出版社出版，是按一定时序编排的日本当代文学的论文集。以上著作都问世于 1980 年代，可以说，1980 年代是我国日本文学史介绍和研究的起步、草创和繁荣时期。在草创时期，大多数著作从材料到观点，还不得不较多地借鉴日本同类著作，以至于中国学者自己的独特视角和观点还不突出，但它们作为改革开放后我国日本文学史介绍和研究的填补空白的著作，其价值是不可磨灭的。

1990 年代后，陆续出版了新的日本文学史著作。1991 年，陈德文的《日本现代文学史》由南京大学出版社出版。1992 年，雷石榆的《日本文学简史》由河北教育出版社出版。同年，陕西人民教育出版社出版了李均洋的《日本文学概说》，肖瑞锋的《日本汉诗发展史》（第一卷）也由吉林大学出版社出版。1993 年，辽宁教育出版社出版了平献明著《当代日本文学史纲》；1995 年，商务印书馆出版了刘振瀛的小册子《日本文学史话》，这本小书中的各节内容曾在 1983—1989 年分期刊登在《日语学习》杂志上，分专题论述了《古事记》《万叶集》《源氏物语》《平家物语》、谣曲、井原西鹤的小说、近松门左卫门的戏剧、松尾芭蕉的俳句与纪行文等，篇幅虽不长，但每一篇都不是泛泛而论，而是取一独特角度，多有自己的见解。1997 年，北京师范大学出版社出版了何乃英的《日本当代文学研究》，该书基本上是作者已发表的有关日本当代文学评论与研究的文章汇编。2000 年 3 月，春风文艺出版社出版了马兴国著《日本文学史》，凡 60 万文字，论述范围从古代一直到 20 世纪末。

1990 年代，在日本文学史研究领域成果最多的是叶渭渠、唐月梅夫妇。1995 年，叶渭渠和唐月梅合译的日本著名学者加藤周一的《日本文学史序说》（上下卷）由北京的开明出版社出版。这部书在为数众多的日本文学史著作中，以开阔的文化视野、比较文化与比较文学的视角、独特的文学史分期和构架而著称学术界。它的翻译出版，有利于中国读者开阔眼界，对于文学史研究观念的更新也有一定的启示价值。1991 年，叶渭渠、唐月梅合著的《日本现代文学思潮史》由中国华侨出版社出版；1996 年，叶渭渠的《日本古代文艺思潮史》由中国社会科学出版社出版。在这两本书的基础上，叶渭渠又出版了将古代文学与近现代文学合二为一的《日本文学思潮史》，1997年由经济日报出版社出版。《日本文学思潮史》从"思潮"的角度，评述了日本文学从古到今的发展历史。作者在该书的序论中，论述了他对"文学思潮"这一概念的理解。的确，从"思潮"的角度评述和研究日本文学史，有助于突破流行的日本文学史构架模式，这也是本书的特色和成功的地方。不过，将日本文学史上几乎所有重要的文学现象、作家作品都纳入"思潮"的范畴内，有时就不免显得勉为其难（尤其是对古代文学而言）。如"写实的真实文学思潮""浪漫的物哀文学思潮""性爱主义文学思潮"之类的概括，都有可以进一步推敲的地方。1998年，叶渭渠、唐月梅合著的《二十世纪日本文学史》，作为"二十世纪外国国别文学史"丛书之一种由青岛出版社出版。2000年，叶渭渠、唐月梅合著的《日本文学史》近代卷、现代卷出版发行，两卷字数共九十多万字。另外还有待出版的古代卷、近代卷，加在一起共有四卷，出齐后，将达到近二百万字的规模，是迄今为止篇幅最大、内容最丰富、资料最全面的日本文学史，也是叶渭渠、唐月梅日本文学史研究成果的集大成，显示了他们在日本文学方面的长期的、丰厚的积累。这样大规模的、高水平的日本文学史著作，不仅在中国是空前的，就是在日本，也并不多见，体现了中国学者日本文学研究的实力和贡献。《日本文学史》近代、现代卷将文学思潮、团体、流派、重点作家作品等文学史的主要因素，有机地纳入比较完整、严谨的文学史体系中，作者显然参阅了许多已有的日文版文学史，但又有效地避免了日本学者常有的那种散漫繁琐、过于感性化、过多雕词赘句、缺乏理论思辨性的弊病，发挥了中国学者所擅长的思路清晰、表达准确洗练的优势。

到2000年为止，我国共翻译（编译）出版日本文学史著作近十种，出版我国学者自己撰写的日本文学史著作十多种，总数共二十余种。

1980—1990年代，有关报刊发表的日本文学方面的评论、赏析和研究文章，每年大约都在三十至一百多篇。除了《日本文学》季刊、《日语学习与研究》等专门刊物之外，许多有影响的文学研究类学术期刊，如中国社会科学院主办的《外国文学评论》、北京大学主办的《国外文学》，以及《中国比较文学》《外国文学研究》，还有《吉林大学学报》《东北师范大学学报》《北京师范大学学报》等大学学报，经常刊发日本文学研究及中日比较文学研究方面的论文。在日本文学专题研究和作家作品评论方面，也取得了不少成果。老一辈翻译家和学者李芒的《投石集——日本文学古今谈》（海峡文艺出版社 1987 年），刘振瀛的《日本文学论集》（北京大学出版社 1991 年）等，除了其学术价值外，也体现了我国日本文学研究与评论从 1950—1980 年代的历史进程及其特点。吕元明的《日本文学论释》（东北师范大学出版社 1992 年）、《被遗忘的在华日本反战文学》（吉林教育出版社 1993 年），叶渭渠的《日本文学散论》（吉林人民出版社 1990 年），李德纯的《爱·美·死——日本文学论》（中国社会出版社 1994 年）等，都体现了作者的学术功力和研究个性。在作家专题研究及评传方面，叶渭渠的《川端康成评传》（中国社会科学出版社 1989 年），叶渭渠主编的《三岛由纪夫研究》（开明出版社 1996 年）和《不灭之美——川端康成研究》（中国文联出版社 1999 年），唐月梅的《三岛由纪夫传》（作家出版社 1994 年），何少贤的《日本现代文坛巨匠夏目漱石》（中国社会出版社 1998 年）等，都有较高的学术价值。在中日文学比较研究方面，彭定安主编的《鲁迅：在中日文化交流的坐标上》（春风文艺出版社 1994 年），刘柏青的《鲁迅与日本文学》（吉林大学出版社 1985 年），严绍璗的《中日古代文学关系史稿》（湖南文艺出版社 1987 年），王晓平的《近代中日文学交流史稿》（湖南文艺出版社 1987 年）、《佛典·志怪·物语》（江西人民出版社 1990 年），靳明全的《中国现代作家与日本》（山东文艺出版社 1993 年），王向远的《中日现代文学比较论》（湖南教育出版社 1998 年）、《“笔部队”与侵华战争——对侵华文学的研究与批判》（北京师范大学出版社 1999 年），孟庆枢主编的《日本近代文艺思潮与中国现代文学》（时代文艺出版社 1992 年），赵乐甡编的《中日文学比较研究》（吉林大学出版社 1990 年），于长敏、宿久高主编的《中日比较文学论集》（吉林大学出版社 1993 年），严绍璗、中西进主编的《中日文化交流史大系·文学卷》（浙江人民出版社 1996 年），张福贵、靳丛林的《中日近现代文学关系比较研究》（吉林大学出版社 1999年）等，都是富有学术开创性的力作。

　　不过，在日本文学的研究和评论中，也存在不少问题。由于对日本文学的研究有语言的隔阂，因此，一般性的介绍常常被看作是"研究"；许多文章将日本人的观点奉为圭臬，以论证和认同来自日本的学术观点为指归，缺乏中国学者的独立思考，在研究中丧失批判精神，对一些作家作品评价偏高。一些文章和译本序言，几近日本作家作品的推销广告。而普遍存在的问题是，和以前各时期，特别是和 1920—1930 年代相比，在大量的译本序言中，有个性的、体现着译者独特悟性和独立判断而又富有文采的译本序非常少见。译本序言成了一种千篇一律的八股文式的文字。这是此时期日本文学译介中的一大缺憾。

第二节　对日本古典文学的译介

一、对日本古典诗歌的译介

1. 关于和歌及俳句汉译问题的讨论

　　长期以来，许多人认为诗歌是无法翻译的，甚至认为"诗歌就是在翻译中丢掉的东西"。日本独特的诗歌样式——和歌，以及在和歌的基础上形成的俳句，在语言、格律、诗型上具有强烈的日本民族特点，因此也是日本文学汉译中的难点。早在 1920 年代，周作人等就尝试过俳句的翻译，1940—1960 年代，钱稻孙等人尝试翻译和歌，都在实践上提供了日本古典诗歌汉译的经验。到了 1979 年改革开放以后，我国日本文学研究界不仅积极地推进日本古典诗歌的翻译介绍，而且同时就日本古典诗歌的汉译理论与方法问题展开了一场热烈的讨论。这场讨论对此时期中国的日本文学翻译和研究，都产生了积极的影响。

讨论主要在 1979 年底创刊的北京对外贸易学院主办的《日语学习与研究》杂志上进行。《日语学习与研究》是改革开放后最早出现的日本语言文学的专门期刊。该刊既有面向一般的日语学习者刊发的辅导性、知识性文章，也有面向专业工作者的研究性论文。李芒在该刊创刊号上发表了题为《和歌汉译问题小议》的文章，成为和歌汉译问题讨论的触发点。李芒在文章中认为，以往的和歌翻译有两种主要的情形。第一种情形是钱稻孙 1956 年在日本出版的《汉译万叶集》三百首。钱的翻译在正确理解原意，遣词造句等方面，达到了相当高的水平，但大部分译文，使用《诗经》的笔法，文字过于古奥，难懂，不利于让更多的读者了解《万叶集》，因此其译法是不可取的。第二种情形是主张一律用五言或七言四句的形式，这种译法使译文具备中国古诗的形式，如果在实践上做得好还是可取的。但是，以短歌而论，句法和内容多种多样，应采取相应的译法，而不宜在形式上强求一律。他最后总结说："……和歌俳句很难翻译，但只要经过不断的探索和实践，其中有很多还是可以翻译的。汉译时的用词造句，一般宜用唐宋诗词一类的形式和遣词造句的方法，不应过于古典，也要避免译成现代汉语自由诗。译歌的句数和字数，难以要求一律，宜从原歌出发，使用七言（一般多用于译长歌）、五言、四言和长短句等多种多样的形式。"该文发表后，李芒意犹未尽，又在《日语学习与研究》1980 年第 1 期上发表《和歌汉译问题再议》，通过进一步举出自己和他人的译例，将前文的观点加以展开，认为和歌汉译最重要的是要做到"信"，同时也要有一定限度的灵活性。

李芒的文章发表后，引起了较大的反响。罗兴典在《日语学习与研究》1981 年第 1 期上，发表了《和歌汉译要有独特的形式美——兼与李芒同志商榷》一文，认为李芒译的短歌，在译文形式上多种多样，但"作为一首首不定型的和歌，似乎还缺少他独具的特色——形式美"，因此他提出："除了李芒同志采用的那些和歌汉译句式以外，能否还采用一种和歌固有的句式——'五七五七七'句式。"他认为，虽然这样译，要在译文中增加原文中没有的字词，但"为了解决这一矛盾，在不损害原诗形象的前提下，汉译时可以适当增词，灵活地变通。这在翻译理论上也是容许的"。对此，李芒在发表《和歌汉译问题三议》（《日语学习与研究》1981 年第 4 期）中，认为"不能片面地绝对地界定诗歌的形式问题"，多种多样的译法也有"另一种形式美——参差美"，同时认为罗兴典提出的按和歌原有句式来翻译，也可以作为"多种多样"的译法的一种。王树藩发表《〈日本古典诗歌汉译问题〉读后的问题》（《日语学习与研究》1983 年第 3 期），就李芒所理解的"信、达、雅"的问题，"形似"与"神似"的问题，译诗与史（事）实的问题，提出了与李芒相商榷的看法。

沈策在同刊 1981 年第 7 期上，发表《也谈和歌汉译问题》，指出：《万叶集》"这部歌集基本上是用当时的口语写成的。……实际上那些和歌在当时的读者中，听起来是很容易明白和欣赏的"。他还指出，和歌所使用的语言，是复音节，古代汉语大都是单音节的，而"现代汉语已不是单音节语，而是复音节语了。因为现代汉语复音词多，也带有一定数量的单音词，句子结构也可长可短，因而表现力异常丰富。这样就不但同和歌的音节取得一致，而在句式方面也容易把原歌的语言结构保持下来。由这一点看，和歌中的语言，毋宁说是和历史上某一时期的汉语语言相近"。据此，他提出也可以用汉语口语来翻译和歌，并举出了自己的一些译案。不久，孙久富发表《关于〈万叶集〉汉译的语言问题的探讨》，对沈策的说法提出质疑，认为《万叶集》所使用的是日本上代古语，它同现代日语差别很大，将《万叶集》译成现代日语，对传达原作风格尚且有很大局限，而以现代汉语翻译《万叶集》，局限性就更大。他最后说："我认为采用中国古代诗歌的语言翻译这部歌集更为有利。"接着，孙久富又发表《关于〈万叶集〉古语译法的探讨》，进一步举例探讨了用古汉语翻译《万叶集》的可行性问题。丘仕俊在《日语学习与研究》1982 年第 3 期上，发表《和歌的格调与汉译问题》，提出为保持其格调，和歌直译成"三五三五五"的格式。

此外，王晓平在《日语学习与研究》1980 年第 3 期上发表《关于长歌翻译的一点想法——学习〈贫穷问答歌〉的四种译文》，以《万叶集》中山上忆良的一首长歌为例，谈了自己的看法。王晓平又在同刊 1981 年第 2 期上，发表《风格美、形式美、音乐美——向和歌翻译工作者提一点建议》，认为和歌翻译中这三"美"都必须兼顾，不可单纯强调一方面而忽视其他。王树藩发表了《〈古池〉翻译研究》，分析了现有的《古池》的几种译案，专门研究了松尾芭蕉的俳句《古池》的翻译问题。同时，日本学者也参加了讨论，如著名学者实藤惠秀发表《俳句の漢訳について》(《日语学习与研究》1983 年第 4 期)，日本在华教师高桥史雄也发表了《短歌和俳句的汉译也要有独特的音律美》(同刊 1981 年第 4 期)，等等。

总之，关于和歌汉译问题的讨论，历时四年多，而且若干年后余音不绝，是中国的日本文学译介史上少有的就日本文学某一体裁的翻译所进行的专门的讨论和争鸣。这次讨论，吸引了读者对日本文学翻译问题的注意，对和歌的翻译实践具有一定的指导意义，同时，对于中国现代翻译理论的建设也有一定的促进作用。

2. 钱稻孙、杨烈、李芒对《万叶集》《古今集》等和歌的翻译

《万叶集》是最古老的和歌集，收集了自公元 4 世纪到 8 世纪约四百年间的和歌四千五百余首，全书共二十卷，其中大部分是 8 世纪奈良时代的作品。《万叶集》写作和成书时，日本自己的"假名"文字还没有诞生，所以全部借用汉字标记日语的发音（后被称为"万叶假名"），同时直接使用汉字（即所谓"真名"）来表义，真名、假名混杂难辨，难以

卒读。经历代学者研究考订，才有了我们现在所看到的用日语文言文整理出来的本子。在日本文学史上，《万叶集》的地位相当于《诗经》在中国文学史上的地位。因此，中国的日本文学翻译家们，对《万叶集》的翻译也极为重视。最早翻译《万叶集》的是钱稻孙。1958 年 8 月，钱稻孙在《译文》（今《世界文学》的前身）杂志发表了《〈万叶集〉介绍》一文；1959 年，钱选译的《万叶集》三百余首曾由日本学术振兴会在日本东京出版。1960 年代，他又在此基础上增译了三百七十九首，准备在国内出版，但由于后来的"文化大革命"，出版已无可能。直到 1992 年，钱稻孙译的《万叶集精选》才由文洁若翻译整理，由中国文联出版公司正式出版发行。

《万叶集》全译本的译者是杨烈（1912—2001 年）。早在 1960 年代，杨烈就译完了《万叶集》。这是 20 世纪我国《万叶集》的仅有的一个全译本。但也由于国内动乱等原因，该译本一直到了 1984 年才由湖南人民出版社作为"诗苑译林"之一种出版。关于为什么需要《万叶集》的全译本，杨烈在译序中说：

> 这本《万叶集》全译本是我在六十年代翻译的。我常说，六十年代对我来说是寂寞的年代，那时翻译此书只是为了消遣，为了安慰寂寞的灵魂。根本没有想到要出版。但在前些年，有人听说我翻译了《万叶集》，便说这是"封建余孽"。到底是什么，我想应该读完了全书之后再说，而中国至今没有全译的《万叶集》。虽然有人和我自己都曾发表过少许，但在全书四千五百首中，所占比例太小，不足以窥全豹。所以仅从文献的立场看，也应该有此书的全译本问世，这是第一点。
>
> 第二，从中日文化交流来说，也应该有此书的全译本。（中略）中日两国有两千年文化交流的历史，我们也常说中日两国是一衣带水的近邻，近些年来也常见一些文化交流的措施。然而

日本人最重视的《万叶集》却没有中译本，这不能不说是一个缺点。至少在文学上要做到交流，《万叶集》的全译本是不可少的。

第三，为了了解日本古代君民上下的思想感情，读读《万叶集》是有帮助的。（下略）

总之，杨烈的《万叶集》全译本，填补了我国日本文学翻译中的一大空白。

李芒译的《万叶集选》，是出版较晚的一种《万叶集》的选译本。这个译本被收入人民文学出版社的"外国文学名著丛书"，1998 年 10 月正式出版。《万叶集选》选译和歌七百三十四首。李芒在"译本序"中说："我们过去的译文，有的偏重于古奥，有的较为平易。但有人照搬原作的音数句式，由于中日文结构迥异，这样译成中文必然比原文长出不少，就难免产生画蛇添足的现象。然而，总的来说，大家都为我国的《万叶集》欣赏和研究作出了贡献。本书译者参考了上述种种译作，采取在表达内容上求准确、在用词上求平易、基本上运用古调今文的方法，以便于大学文科毕业、喜爱诗歌又有些这方面常识的青年知识分子，个别词查查字典就能读懂。"

现在看来，钱稻孙、杨烈、李芒三位翻译家的译文，各具特色。钱稻孙的《万叶集精选》的特点是，一、对同一首和歌提供了至少三种译文。一种译文采用中国《诗经》及楚辞的用词和格律形式，一种采取唐宋诗词的用词和句式，一种则采用现代白话文译文。如第一卷第二首《天皇登香具山望国之时御制歌》，原文如此：

大和には群山あれど　とりよろう　天の香具山　登りたち　国見をすれば　国原は　煙立ちたつ　海原は　鷗立ちたつ　うまし国そ　秋津洲　大和の国は

钱稻孙的译文之一是：

> 歆欤大和，丘陵孔多，
> 天香具山，冠服峨峨。
> 爰跻其上，瞻我山河：
> 烟腾自原，鸥飞凌波，
> 腴哉国也，有秋之大和！

译文之二：

> 大和地方，虽有许多山冈；
> 要数天香具山，披着丰厚的衣装。
> 登上山来，一望平阳；
> 地上炊烟升起，水上鸥鸟飞翔，
> 真是美地方呢，这个有秋收的大和之邦！

译文之三：

> 大和地方多山丘，
> 天香具山最丰秀。
> 登高一望大平原，
> 地上升烟一缕缕，
> 海上飞起白合鸥。
> 好地方啊，好地方！
> 大和国是"秋津洲"。

《万叶集精选》的编者文洁若在编辑时将钱稻孙的三种不同格式的译文一一列出，可使读者在比较中品味鉴赏，避免了一种译文所带来的局限性。不同的译文可带来不同的审美感受，而且对于读者全面地理解原作，提供了多种视角和参照。

钱译《万叶集精选》的第二个特点，就是除了原注以外，在译文前后、译文中间夹带了不少解说和注释的文字，对原歌中所涉及的知识背景、地名人名物称，以及用词用典等，均做了简明扼要的说明。因此，该译本同时也是一个译者自己的评注本，具有较强的学术价值。

杨烈译本的特点是，在诗体上，短歌译文使用五言律诗的形式，在这一点上和钱稻孙译本大体相同。长歌译文既使用五言，也使用七言。如上引的《天皇登香具山望国之时御制歌》，杨烈是这样译的：

> 大和有群山，群山固不少，
>
> 天之香具山，登临众山小，
>
> 一登香具山，全国资远眺，
>
> 平原满炊烟，海水多鸥鸟，
>
> 美哉大和国，国土真窈窕。

李芒的译文是他和歌汉译理论主张的实践，即译文不拘泥于某一种格式，根据情况灵活变化。他在《万叶集选》中的绝大多数译文使用的是五言律诗的形式，少量译文五、七言并用，或夹以长短句。如上引的《天皇登香具山望国之时御制歌》，李芒是这样译的：

> 大和多岭峦，
>
> 香具最神秀。
>
> 凌绝顶，
>
> 望国畴：

> 碧野涌炊烟，
>
> 沼海舞群鸥。
>
> 美哉大和国，
>
> 妙哉秋津洲。

比较三种译本，各有千秋。钱译本同时列出三种译文，不同译文文体风格不一，摇曳多姿，可资对读。其中的《诗经》、楚辞格调的译文，现代读者虽嫌古奥艰深，但表现出了译者丰厚的中国古典文学与日本文学的修养，一般译者所不能为，作为译文之一体，弥足珍贵。杨烈译本的最大价值，在于它是全译本。《万叶集》中有许多歌，意义暧昧难解，翻译更难，全译本无法跳过。全部译出，难能可贵。杨烈译文，严格按中国的五言律诗的韵律和体式来译，译文风格统一。但有时为了照顾到译文的句式整齐，不得不较多地添加原文中没有的字词，所以倘若读者要根据译文做字句层面的研究和评论，应当注意与原文的对照。总之，杨烈的译本除了译文本身的欣赏价值之外，还有重要的文献资料价值。在三种译本中，李芒的译本较为晚出，有条件借鉴前译，加之所选和歌，均为《万叶集》中之珍品，也为现代日本读者所广泛传颂。译文锤炼精当，既有古诗之风，又晓畅易懂，具有较强的欣赏价值。

还应该提到的是杨烈对《古今和歌集》的翻译。《古今和歌集》，又简称《古今集》，是继《万叶集》后，在 10 世纪初年出现的第二部和歌集。同时又是第一部由天皇下诏编辑成书的所谓"敕撰和歌集"，也是第一部由刚创制不久的"假名"文字写成的和歌集。《古今集》仿《万叶集》的体制，也分为二十卷，收录了《万叶集》未收的和歌与新作和歌1110 首，除个别例外，全部是"短歌"，篇幅约有《万叶集》的四分之一。《古今集》的风格与《万叶集》的雄浑、质朴颇有不同，其风格特点被称为"古今调"，题材狭窄，专写四季变迁，风花雪月，人情与爱情，风格纤细婉曲，精镂细刻，讲究技巧与形式。《古今集》代表了和歌的成熟状态，对后来出现的和歌集的影响也超过了《万叶集》。杨烈的《古今集》的翻译，也是在 1960 年代完成的，但直到 1983 年，才由上海复旦大学出版社出版。杨烈在"译者序"中说："我在六十年代先后译完《古今和歌集》和《万叶集》。六十年代对我来说是寂寞的年代，住在斗室之中以翻译吟咏为事，每每译出得意的几首，便在室内徘徊顾盼，自觉一世之雄，所有寂寞悲哀之感一扫而光。"杨烈的《古今集》译文，绝大多数仍使用五言古诗的句式，有些译文译得合辙押韵，朗朗上口。如译著名女歌人小野小町的歌："念久终沉睡，所思入梦频，早知原是梦，不作醒来人"；"莫道秋长夜，夜长空有名，相逢难尽语，转瞬又黎明"等等，都很有韵味。

除了《万叶集》《古今集》的翻译之外，此时期和歌翻译中还有一个特殊的译本需要提到，那就是上海的彭恩华的《日本和歌史》（上海学林出版社 1986 年）。这是由我国学者编写的第一部日本和歌史的著作。作者的书中引用、翻译了大量和歌，又附录了"古今和歌佳作一千首（日汉对照）"。其译文大多采用七言两句的古诗句式，整饬而又雅致。在以古诗句式翻译的和歌译作中，彭恩华的两句译案与杨烈的四句译案，代表了"古诗派"翻译的两种主要形态。

3. 俳句汉译与"汉俳"

改革开放以后对日本古典诗歌译介，除了和歌以外，就是俳句。俳句的译介在五四时期有了第一个高潮，1980—1990 年代又出现了第二个高潮。

集中体现这一时期中国俳句译介实力的，是彭恩华著的《日本俳句史》（上海学林出版社 1983 年）。《日本俳句史》是上述《日本和歌史》的姊妹篇，也是由中国人编写、在中国出版的第一部系统的日本俳句史专著。从俳句的起源一直写到现代俳句的状况及俳句在世界上的影响。在论述过程中，引用、翻译了大量俳句，并在书后附有"俳句古今佳作一千首"（日汉对照）。所以，《日本俳句史》同时也是一部有特色的俳句译作

集。彭恩华的译文多数采用五言两句古诗的句式，少数采用七言两句古诗的句式。如松尾芭蕉的"草の葉をおつるよりとぶほたる哉"，彭译作"流萤翩翩舞，起落草叶中"；芭蕉的"送られつ送りつはては木曽の秋"，彭译作"君送我兮我送君，往来木曽秋气深"。宝井其角的俳句"虫の音の中咳き出すねざめかな"，彭译作："咳嗽梦惊醒，人在虫声中"，等等，均能达意传神。

　　这一时期出现的日本古典俳句集的译本，是诗人、翻译家林林（1910—2011年）的《日本古典俳句选》。该译本由湖南人民出版社作为"诗苑译林"之一种，于1983年底出版。译本选译了松尾芭蕉、与谢芜村、小林一茶三位最著名的俳人作品约四百首。林林的译文，基本上使用了白话、散文体的译法，即使有的译文用了较整饬的文言句式，也都通俗易懂，一般分两行或三行。如松尾芭蕉的几首俳句，译文如此：

　　　　请纳凉，
　　　　北窗凿通个小窗。

　　　　知了在叫，
　　　　不知死期快到。

　　　　圣虱横行，
　　　　枕畔又闻马尿声。

　　　　旅中正卧病，
　　　　梦绕荒野行。

　　小林一茶的俳句译文：

小麻雀，

躲开，躲开，

马儿就要过来。

瘦青蛙，

别输掉，

这里有我一茶！

象"大"字一样躺着，

又凉爽又无聊。

俳句与和歌在风格上有所不同，和歌典雅、庄重，而俳句通俗、轻快。所以，早在五四时期，周作人就用散句白话来译俳句，译文虽不像中国的诗，但原作的风格却可以较好地传达出来。林林的俳句译文，以散文体译法为主，译文不拘一格，与周作人的译法基本相通。

另一个重要的俳句译作是葛祖兰的《正冈子规俳句选》。正冈子规（1867—1902 年）是明治时代人，也是 19 世纪后半期由古典走向近代的俳句革新的领袖人物。译者葛祖兰（1887—1988 年）本人也是一个俳人，1940 年代至 1980 年代一直写作俳句。1979 年，他的《祖兰俳存》在日本出版，引起重视，日本还为他树立了"句碑"和铜像。葛译《正冈子规俳句选》1985 年由上海译文出版社出版。共选译、注释子规的俳句 163 首。每首都先列原文，再列汉译，最后是作者的注解和译者的注解。译文大部分都用七言两句或五言两句的古诗句式翻译，和上述彭恩华的翻译方法大致相同。

在译介古典俳句的同时，现当代俳人的作品在 1990 年代也陆续被译介了不少。李芒在这方面做了大量的工作。如，他在 1993 年译出了《赤松蕙子俳句选》，1995 年出版了《藤木俱子俳句、随笔集》（中国社会出版社）；由李芒主编、主译，南京译林出版社 1994—1995 年出版的"和歌俳句丛书"，出版了金子兜太、加藤耕子、赤松唯等俳人的作品数种，全部采用原文与汉译对照的形式，就译介的系统性和规模而言，都是前所未有的。

日本俳句的译介，对中国诗歌产生了一定的影响。五四时期，周作人对小林一茶俳句的翻译介绍，曾直接地促使了"小诗"这种新的诗体的诞生；而 1980 年代对日本俳句的翻译介绍，又使得中国产生了一种新的诗体——"汉俳"。

早在五四时期，在所谓小诗中，郭沫若等就曾用"五、七、五"句式写过作品，也可以说是最早的"汉俳"。但那时的诗人在写作时，并没有"汉俳"的自觉意识。汉俳的真正发足，还是在 1980 年代。1980 年 5 月底，在欢迎以大林野火为团长的中日友好协会代表团时，赵朴初仿照俳句的"五、七、五"的格律写了几首别致的诗，其中一首诗曰："绿荫今雨来，山花枝接海花开，和风起汉俳。"这大概就是"汉俳"一词的由来。此后，杜宣、林林、袁鹰等相继发表了一些汉俳作品。北京的《人民文学》《诗刊》《人民日报》《中国风》，江西的《九州诗文》等报刊，提供了发表的园地。汉俳作为诗歌之一体，逐渐为人们所了解。到了 1990 年代，汉俳创作的势头有了更大的发展。例如，香港的晓帆于 1991 年出版了中国（恐怕也是世界上）的第一部汉俳集《迷朦的港湾》，他还出版了专门论述汉俳的著作《汉俳论》；1992 年大陆出版了第一部多人创作汉俳集，即上海俳句（汉俳）研究交流协会编辑的中日汉俳、俳句集《杜鹃声声》。1995 年，在北京成立了以林林为顾问、李芒为主任的"中国中日歌俳研究中心"；1995 年，北京的中国社会出版社出版了《俳句汉俳交流集》，该集是由日本竹笋（たかんな）俳句访华团和中国中日歌俳研究中心共同创作和编辑的。同年，北京大学出版社出版了林林的汉俳集《剪云集》，该书于 1996 年 4 月获"井上靖文化交流奖"；1997 年 5 月，青岛出版社出版了中国汉俳诗人的选集，书名为《汉俳首选集》。收集了包括钟敬文、赵朴初、林林、公木、杜宣、邹荻帆、李芒、徐放、蓝曼、屠岸、袁鹰、刘德有、郑民钦等三十三人的汉俳约三百首，可以说是汉俳精品的集大成的选集。林岫为此书写的《和风起汉俳——兼谈汉俳创作及其他》，论述了俳句与汉俳的关系，总结了汉俳写作在格律、季语（俳句中表示或暗示四季的字词）方面的特点。1997 年后，林岫的《林岫汉俳集》、纪鹏的《拾贝集》等汉俳集也都面世。

汉俳在中国的迅速发展，是 1980—1990 年代中日文化交流深化的结晶。汉俳虽是一种外来诗作，但鉴于古典俳句受到了中国古典诗歌的影响，所以我国有些学者、诗人并不把汉俳看成是纯粹外来的东西。中国的"汉俳"，较之法国的"法俳"、英美的"英俳"，兴起得虽晚一些，但鉴于历史上中日诗歌和中日语言的特殊的姻缘关系，可以相信，"汉俳"作为一种新兴的诗体，在中国将会有一定的发展前景。

二、对古典物语、散文及戏剧文学的翻译

1. 汉译《源氏物语》的出版与中国的"源学"

《源氏物语》是平安朝宫廷女官紫式部（本姓藤原，约 978—1015 年）创作的长篇"物语"，即散文体小说。它不但是日本首屈一指的古典名著，也被公认为是世界上最早的完整统一的长篇小说。《源氏物语》成书于 11 世纪初年。全书规模宏大，共有五十四回（帖），约合中文八十万字，以细腻柔婉、优美典雅的笔调，描写了主人公光源氏及他的名义上的儿子薰君与众多女子的恋爱故事，反映了平安王朝宫廷贵族的生活情景，表现了感物伤情、多愁善感、悲天悯人、缠绵悱恻的审美风格，奠定了日本古典文学的基本的美学格调，对后来日本文学的发展，产生了巨大而深远的影响，成为历代日本文人墨客的重要的精神源泉。

从 1920—1930 年代，我国的日本文学翻译和研究家们就屡屡提到了《源氏物语》，但由于《源氏物语》卷帙浩繁，文字艰深，翻译难度很大，一直无人开译。到了 1950 年代，在我国对外国文学名著的翻译进行统一

规划的时候,《源氏物语》被人民文学出版社列入了翻译出版的计划。在当时翻译家中,堪当此任的人可谓凤毛麟角。最佳的人选一个是钱稻孙,一个是丰子恺。钱稻孙一直把翻译《源氏物语》作为毕生的宏愿。1950年代,他译出了《源氏物语》的第一卷,发表在《译文》(后改为《世界文学》)杂志上。后来,人民文学出版社决定由钱稻孙承担江户时代近松门左卫门等人的作品,而《源氏物语》则改由丰子恺翻译。1961年,丰子恺欣然接受了翻译任务。他还写了一首诗表达了他高兴的心情,诗曰:"饮酒看书四十秋,功名富贵不须求,彩笔昔曾描浊世,白头今又译红楼。"(丰子恺自注:"红楼",指《源氏物语》)同年10月10日,上海的《文汇报》发表了丰子恺的《我译〈源氏物语〉》一文,其中写道:

> ……日本文学更有一个独得的特色,便是长篇小说的最早出世。日本的《源氏物语》,是公元一〇〇六年左右完成的,是几近一千年前的作品。这是世界上最早的长篇小说。我国的长篇小说《三国演义》和《水浒》,意大利但丁的《神曲》,都比《源氏物语》迟三四百年出世呢。这《源氏物语》是世界文学的珍宝,是日本人民的骄傲!在英国、德国、法国,早已有了译本。而在相亲相近的中国,一向没有译本。直到解放后的今日,方才从事翻译;而这翻译工作正好落在我的肩上,这在我是一个莫大的光荣!

丰一吟在《白头今又译红楼》(载《艺术世界》1981年第4期)谈到了丰子恺翻译《源氏物语》的有关情况,其中说:"我在整理译稿时,还有一个体会:由父亲来译这部作品,确实是非常合适的。因为紫式部这位女作家博学多才,书中所写往往涉及音乐、美术、书法、佛教等各个方面,而父亲恰好也对这些方面感兴趣。例如书中有一节专写绘画,译者对此自然是内行;书中经常评论音乐,我父亲对音乐向来偏爱;书中还论及书法之道，父亲在这方面也不是外行，书中大量地谈到佛教，有许多佛教名称和佛教典故，而父亲恰好又是一个与佛有缘的人。"

从 1961 年 8 月，到 1965 年 9 月，丰子恺用了四年多的时间，终于完成了这部皇皇巨著的翻译。但是，接着到来的所谓"文化大革命"，使《源氏物语》的出版耽搁下来。丰子恺在生前也未能看到译著的问世。直到 1979 年，人民文学出版社委托丰一吟对译稿进行了整理。1982—1983 年，丰子恺译的《源氏物语》分三卷陆续出版。从此，我国有了第一个完整的《源氏物语》的译本。

《源氏物语》原文为平安时代的日本古文，特点是较少使用汉字汉词，是典型的"和文"体，古雅简朴，句式简洁，表达含蓄，主语、特别是人称代词常常省略，只靠人物之间的身份关系及相关语体来体现。其中又涉及当时宫廷贵族独特的生活方式，如风俗习惯、服装打扮、文物典章、建筑居所等，连后世的日本人阅读起来也比较困难。因此，历代一些日本的"国学"家们，曾对《源氏物语》进行了讲疏，到了现代又有谷崎润一郎、与谢野晶子等著名文学家将《源氏物语》译成了现代日语，给现代读者的阅读带来了方便。丰子恺翻译《源氏物语》的时候，参照了日本的多种注释本和现代语译本，主要有谷崎润一郎的译本、与谢野晶子的译本、佐成谦太郎的译本等，并对各种译本进行比较，择善而从，同时又努力忠实紫式部的原文。由于丰子恺对日本文学有深刻的会心和了解，他的《源氏物语》译文可谓信达雅，几近完美。丰子恺在"译后记"（译本中未刊，后编入《丰子恺文集》第六卷）中说："原本文字古雅简朴，有似我国的《论语》、《檀弓》，因此不宜全用现代白话文翻译。今使用此种笔调译出，恨未能表达原文之风格也。"丰子恺在译文中，较多地使用了《红楼梦》式的古代白话，恰当地运用了一些文言词和文言句式，可以说基本上是典雅简练的现代汉语。有中等文化水平的一般读者，读起来都不会有什么障碍。请看译本的开头部分：

　　话说从前某一朝天皇时代，后宫妃嫔甚多，其中有一更衣，出身并不十分高贵，却蒙皇上特别宠爱。有几个出身高贵的妃子，一进宫就自命不凡，以为恩宠一定在我；如今看见这更衣走了红运，便诽谤她，妒忌她。和她同等地位的，或者出身比她低级的更衣，自知无法竞争，更是怨恨满腹。这更衣朝朝夜夜侍候皇上，别的妃子看了妒火中烧。大约是众怨积集所致吧，这更衣生起病来，心情郁结，常回娘家休养。皇上越发舍不得她，越发怜爱她，竟不顾众口非难，一味徇情。此等专宠，必将成为后世话柄。连朝中高官贵族，也都不以为然，大家侧目而视，相与议论道："这等专宠，真正教人吃惊！唐朝就为了有此等事，弄得天下大乱。"这消息逐渐传遍全国，民间怨声载道，认为此乃十分可忧之事，将来难免闯出杨贵妃那样的滔天大祸来呢。更衣处此境遇，痛苦不堪，全赖主上深恩加被，战战兢兢地在宫中度日。

　　译文儒雅流畅，具有音乐感，而且通俗易懂，是丰子恺译的《源氏物语》在语言上的基本特色。

　　紫式部还是有名的歌人，著有和歌集《紫式部家集》。《源氏物语》中有大量的和歌，是日本古典和歌中的珍品。这些和歌，也是翻译的难点。丰子恺用中国五言或七言古诗的形式来译和歌，多译作两句，少数译作五言四句，大都注意对偶或韵脚，如"秋宵长短原无定，但看逢人疏与亲"，"杜宇怎知人话旧，声声啼作旧时声"，"愿将大袖遮天日，莫使春花任晓风"，"梅花香逐东方去，诱得黄莺早日来"等等，都是和歌汉译的成功之作。

　　当然，丰译《源氏物语》的个别地方的译文，还不够准确。有的是由于对日本古代风俗文化的误解造成的，已有学者写了题为《〈源氏物语〉与日本文化——浅谈〈源氏物语〉的几处译文》的文章，指出了日本平安时代睡觉不用被子，而是和衣而寝，而丰子恺译本中有不少地方有"被窝""被头""香衾""孤衾独眠"之类的译语。（见《日语学习与研究》1986 年第 3 期）有的问题是对词义理解有误造成的。如译本上册第 7 页，写到皇上派命妇，去慰问刚死去的桐壶更衣的母亲"太君"，太君打开皇上的书信，展读完毕。译文第十六行为"此外还写了种种详情"。读到这里，就会觉得上下文理欠通：既然书信在上面全部引完，还谈得上什么"此外还写了种种详情"呢？原来，原文是"こまやかにかかせ給へり"。这里的"こまやか"是古日语和现代日语都用的一个形容动词。在古日语中，既有"详细"的意思，也有"亲切""情深意长"的意思。所以，此处译为"写得情深意浓"，似乎更合适些。当然，在一部长达八十万言的译作中，出现问题几乎是不可避免的。总体上看，是瑕不掩瑜的。

《源氏物语》的汉译本出版后，在我国读者和学术界、文学界中都产生了很好的反响。大学中文系的"外国文学史"中的"东方文学"教材和课程，普遍将《源氏物语》列为讲授和学习的重点作品之一。1980 年代后，对《源氏物语》的研究和评论文章逐渐增多，甚至还出现了专门的研究著作。在日本，研究《源氏物语》的学问被称为"源学"，实际上中国在 1980 年代以后也形成了"源学"。当然，中国的"源学"有着中国的特色。大多数人习惯于使用社会学的、反映论的文学观和阶级分析的方法，来评论《源氏物语》。如改革开放后最早的一篇评介《源氏物语》的文章——陶德臻的《紫式部和他的〈源氏物语〉》（《外国文学研究》1979 年第 1 期），把主人公光源氏看作是贵族阶级的典型人物，认为作品"通过光源氏一生的经历展示了日本平安时代贵族阶级从荣华到没落以至精神崩溃的历史命运"。叶渭渠在为丰子恺译的《源氏物语》写的译本序中，认为《源氏物语》"通过主人公源氏的生活经历和爱情故事，描写了当时贵族社会的腐败政治和淫逸生活。作者以典型的艺术形象，真实地反映了这个时代的面貌和特征，揭露贵族统治阶级的黑暗和罪恶，及其不可克服的内部矛盾，揭示了日本贵族社会必然崩溃的历史趋势"。刘振瀛在

《〈源氏物语〉中的妇女形象》（《国外文学》1981年第1期）中，认为《源氏物语》"真正价值，正在于塑造这些妇女的形象上"；而"透过《源氏物语》所刻画的贵族妇女形象这面镜子，不难看出平安时期整个贵族阶级腐朽的本质，不难看出这个阶级走向灭亡的必然命运"。陶力在《紫式部和她的〈源氏物语〉》（北京语言学院出版社1994年）一书中，认为《源氏物语》是一部"现实主义作品"，作者使用的是"现实主义创作方法"，紫式部在写作时运用的"现实主义的典型化"原则，等等。这些看法都代表了1980年代中期以前我国文学批评和文学研究中普遍流行的角度和思路。1980年代中期以后，由于西方多种文学批评方法的传入，我国文学批评方法也实现了转型。人们开始注意摆脱单一的文学批评模式，深入到日本文化和日本文学内部，从比较文学、美学、心理学、宗教学、民俗学等多种角度研究《源氏物语》，并通过《源氏物语》来理解、阐发日本的传统文化和文学，陆续出现了不少这方面的文章。其中，关于《源氏物语》与《红楼梦》的比较研究的文章最多，是我国比较文学研究的热点问题之一。

张龙妹在1993年发表的《试论〈源氏物语〉的主题》（载《日语学习与研究》1993年第2期）一文中对1993年之前我国《源氏物语》的评论与研究情况做了概括，其中写道：

综观《日语学习与研究》创刊以来的各家的学说，大致可以分为以下三类。一是以叶渭渠先生的《〈源氏物语〉中译本序》为代表的"历史画卷"论（以下简称"历史"论），认为作品反映了日本摄关政治时期宫廷中的权势之争；二是以李芒先生为代表的"恋情画卷"论（以下简称"恋情"论），主张作品旨在描写光源氏、薰大将的爱情生活，刻画了平安朝"宫廷贵族的恋情"；三是王向远先生提出的"物哀"观，他在肯定李芒先生的"恋情"论的基础上，认为作品通过对贵族男女恋情

的描写，表达了一件"使人感喟、使人动情、使人悲凄"的
"物哀"的审美理想。（以下简称"物哀"观），与本居宣长的
"物哀"说有联系又有区别。……

进入 1990 年代后，研究《源氏物语》的文章仍然常见于某些学术性
期刊。《源氏物语》的读者面也在进一步扩大。人民文学出版社又把丰子
恺的译本列入"世界文学名著丛书"中，将原来的三册平装，合并为上
下两册，精装出版，发行量较大。1990 年代末，有个别出版社为追逐经
济利益，将丰子恺译本改头换面，名为"全译"，实为篡改，这是不足为
训的。

2. 丰子恺、周作人、申非对《平家物语》等古典物语的翻译

日本的古典"物语"，有各种不同的形态和样式，在《源氏物语》之
前，有所谓"传奇物语"（又称"虚构物语"）和"歌物语"两种形式
的物语，而《源氏物语》就是在吸收、借鉴"传奇物语"和"歌物语"
的基础上集物语文学之大成的作品。丰子恺在译出《源氏物语》之后，
又将其他三部有代表性的物语文学翻译出来。这三部作品是《竹取物语》
《伊势物语》《落洼物语》。到 1984 年，这三部物语被人民文学出版社列
为"日本文学丛书"，以《落洼物语》为书名，合集出版。

这个译文集所收的第一部《竹取物语》是日本最早的物语，约成书
于 9 世纪至 10 世纪间，紫式部在《源氏物语》中称之为"物语的鼻祖"。
它属于"传奇物语"，写的是一个伐竹老翁在竹心中发现了一个三寸长的
小女孩儿，便带回家抚养。三个月后女孩长成了绝色佳人，老人给她取名
为"赫映姬"（丰子恺译本作"辉夜姬"）。五个贵族王公先后来求婚，
辉夜姬不感兴趣，故意出难题为难、捉弄他们。皇帝也来求婚，同样遭到
拒绝。最后为摆脱纠缠，她穿上天衣，留下不死之药而升到月宫去了。皇
帝将不死之药放在日本最高的山顶上燃烧，从此，那山便烟云缭绕，称为
"不死（ふじ）山"，即"富士（ふじ）山"。《竹取物语》显然是在民间

传说的基础上形成的。它与我国藏族的古代民间故事集《金玉凤凰》中的《斑竹姑娘》在情节上极为相似，成为比较文学研究的一个诱人的课题。丰子恺的《竹取物语》译文，根据作品本身的传奇故事的内容，用民间故事那样的通俗流畅、娓娓道来的白话译出，与原文内容风格十分谐调。

译文集所收第二部作品是《伊势物语》，它大约成书于 10 世纪初，属于以和歌为中心、韵文与散文相间的"歌物语"，也是第一部"歌物语"。全书由 125 个相对独立的短篇故事构成，故事篇幅很短，长者上千余字，短者只有几十字。每一个故事就以一至三首和歌为中心，用散文的形式讲述该和歌的背景、由来和意思。每一篇都以"从前有一个男子"来开头，所有故事及和歌都以男女恋爱为题材，写了求爱、相会、相思、相怨等恋爱中的种种情形。《伊势物语》在形式上异常的简单，可以说是简单到不能再简单了，风格平淡之极，但反倒使人觉得余韵深长，平淡中有滋味，简单中有奥义，从一个方面体现了日本文学的特点。丰子恺的译文语言也质朴简洁，其中的和歌翻译，与《源氏物语》中的和歌翻译方法一样，大多采取五言绝句的形式，少数用七言两句的形式，如"月是去年月，春犹去年春。我身虽似旧，不是去年春"（第 4 话）；"生年不满百，恩义总易忘，可叹无情女，芳心不久长"（第 113 话）等，都是达意传神的译作。

译文集所收第三部作品是《落洼物语》。这是一部中篇物语，约成书于 10 世纪末，作者不详。作品讲述的是中纳言源忠赖女儿如何受到继母的虐待，她被迫住在一间低洼的房子里，被人叫做"落洼"。而爱慕着落洼的左近少将又如何帮助落洼，报复她的继母。最后少将娶了落洼，也宽恕了继母，过上了美满生活。这部物语作品生动地反映了平安朝时期普通贵族家庭的生活，采用细密的写实手法，故事结构严谨，人物刻画生动，在《源氏物语》之前的众多描写贵族生活的物语作品中，显得出类拔萃。对《源氏物语》似乎也有一定的影响。

　　这一时期日本古典文学翻译的另一个大收获，是《平家物语》的中文译本的出版。

　　《平家物语》是日本镰仓幕府时代（1192—1333 年）出现的长篇"物语"作品，代表着"物语"文学发展中的一种重要的形态，日本学者称之力"战记物语"，也是当时众多"战记物语"中最有代表性的一种。从内容上看，它以重大历史事件及历史人物为描写对象，史实与虚构参半，是类似于我国的《三国演义》那样的历史演义。和《源氏物语》不同，它虽然也以宫廷为小说的主要舞台，但武士阶级却取代了宫廷贵族男女而成为小说中的主角，从而反映了平安朝后期宫廷贵族阶级衰落、武士阶级兴起的历史趋势。作品讲述了平安王朝末期发生的源氏武士集团与平氏武士集团之间为了争夺国家政权所进行的战争。源氏最终取胜，将平氏家族几乎赶尽杀绝，在镰仓建立了幕府政权，独揽朝纲。《平家物语》是在民间传说、说唱的基础上逐渐成型的，原本是"琵琶法师"（僧装的说唱艺人）的说唱脚本，经过艺人们不断地加工，日趋完善，所以有似我国宋代的话本小说。《平家物语》在日本影响甚广，对后世文学影响很大，此后的戏曲、物语，乃至近现代小说，以《平家物语》的故事为题材者甚多。因此，《平家物语》的翻译，对于我国读者了解日本当时的历史变迁，了解日本的不同形态的物语文学，了解受《平家物语》影响的后世日本文学，都是非常必要的。

　　《平家物语》的版本有上百种。中文译本所依据的是十三卷本，也是一个流行的权威版本。全书由周作人（署名周启明）和申非合译。前六卷由周作人在"文革"前翻译出来，后因政治运动爆发和译者去世而中断。1980 年代后，申非将后七卷补译完毕，并参照几种原文版本对周作人的译文做了校订整理。1984 年，人民文学出版社将该译本作为"日本文学丛书"之一出版发行。

　　《平家物语》的语言，和《源氏物语》的柔婉的、缠绵的假名文体（和文体）很不相同，《平家物语》作为说唱文学，语体上很有特色。它

265

运用了大量的汉语词汇，包括佛教词汇，与日语的假名词汇、俗语词结合在一起，"五七调"的句式又和散文体结合在一起，形成了成熟状态的"和汉混合体"。句子铿锵有力，又富有变化。周作人与申非的译文，较好地传达出了原文的特色。如全书第一卷的开头，原文是：

　　祇園精舎の鐘の声、そして、諸行無常の響きあり。娑羅双樹の花の色、盛者必衰の理をあらわす。驕の人も久しからず、ただ春の夜の夢の如し。猛の者も遂には亡びぬ、偏に風の前の尘に同じ。

　　遠く異朝をとぶらへば、秦の趙高、漢の王莽、梁の朱異、唐の禄山、これらの皆旧主、先皇の政にも随はず、たのしみも極め、諫めをも思ひ入れず、天下の乱れん事を悟らずして,、亡じにし者どもなり。近く本朝を窺うに、承平の将門、天慶の純友、康和の義親、平治の信頼、驕れる心も猛き事も、皆とりどりにこそありしかども、ま近くは、六菠莎の入道前太政大臣清盛公と申し人の有様、伝へ承るこそ心もことばも及ばれぬ。

周作人的译文是：

　　　　祇园精舍钟声响，
　　　　诉说世事本无常。
　　　　沙罗双树花失色，
　　　　盛者必衰若沧桑。
　　　　骄奢主人不长久，
　　　　好似春夜梦一场；
　　　　强梁霸道终殄灭，
　　　　恰似风前尘土扬。

266

　　远察异国史实，秦之赵高，汉之王莽，梁之朱异，唐之安禄山，都因不守先王法度，穷极奢华，不听诤谏，不悟天下将乱的征兆，不恤民间的疾苦，所以不久就灭亡了。近观本朝事例，承平年间的平将门，天庆年间的藤原纯友，康和年间的源义亲，平治年间的藤源新赖等，其骄奢之心，强梁之事，虽各有不同，至于象近世的六菠萝入道前太政大臣平清盛的所作所为，实在是出乎意料，非言语所能形容的了。

译文使用纯正的现代汉语，又适当地使用了一些文言句式，显得典雅、庄重而又不乏活泼。对中文翻译来说，《平家物语》的"和汉混合体"的文章，似乎要比《源氏物语》的"和文体"要好懂、好译一些，但其中涉及大量的历史事件、人物和典故，给准确地理解和翻译造成了不少困难。周作人、申非的译本，借鉴了日本学者的各种版本的校注，在页下加了不少注释，为译本的阅读提供了方便。

　　3. 周作人对《枕草子》、王以铸等对《徒然草》的译介

　　周作人对日本古典散文文学《枕草子》的翻译，也完成于"文革"开始之前。1988年由人民文学出版社列为"日本文学丛书"，作为《日本古代随笔选》中的作品之一（另收吉田兼好的《徒然草》）首次出版发行。《枕草子》（又作"枕草纸"）是日本古典散文（随笔）文学中最早的作品，和《源氏物语》一起，被誉为平安朝文学的双璧。作者是宫中女官清少纳言，与紫式部是同时代人。《枕草子》全书共由305段随笔文字组成，把自己在宫中供职时期所见、所闻、所想、所感，随手记录下来，表现了作者敏锐的观察和感受能力。全书大都是印象性的琐碎的记录与描写，有时不免显得絮叨和无聊，缺乏《源氏物语》那样的博大精深，但作者善于捕捉并表现自己刹那间的印象和感受，这对后来的日本文学，特别是散文随笔文学，都有很大的影响。周作人作为散文、随笔大家，翻

译《枕草子》的条件可谓得天独厚。下面是周作人译全书的第一段：

> 春天是破晓的时候最好。渐渐发白的屋顶，有点亮了起来，紫色的云彩微细地飘横在那里，这是很有意思的。
>
> 夏天是夜里最好。有月亮的时候，不必说了，就是暗夜里，许多萤火虫到处飞着，或只有一两个发出微光点点，也是很有趣味的。飞着流萤的夜晚连下雨也有意思。
>
> 秋天是傍晚最好。夕阳辉煌地照着，到了很接近了山边的时候，乌鸦都要归巢了，三四只一起，两三只一起急匆匆地飞去，这也是很有意思的。而且更有大雁排成行列飞去，随后越看去变得越小了，也真是有趣。到了日没以后，风的声响以及虫类的鸣声，不消说也都是特别有意思的。
>
> 冬天是早晨最好，在下了雪的时候可以不必说了，有时只是雪地里下了霜，或者就是没有霜雪但也觉得很冷的天气，赶快生起火来，拿了炭到处分送，很有点冬天的模样。但是到了中午暖了起来，寒气减退了，所有地炉以及火盆里的火，都因为没有人管了，以至容易变成白色的灰，这是不大好看的。

收在人民文学出版社《日本古代随笔选》中的另一部作品是吉田兼好的《徒然草》。吉田兼好（1282—1350 年）出身贵族家庭，后来出家为僧，所以又被称为兼好法师。《徒然草》是他生前写的随笔，后被人编排印行。全书由 243 段组成，每段一般在百来字至四五百字。在语言文字、编排方式上，《徒然草》似乎受到了《枕草子》的某些影响。但《徒然草》在日本古代随笔文学中，又有自己鲜明的特色。它不像《枕草子》那样只记录直观的印象和感受，而是偏重冷静思考，不是感觉和印象的记录，而是思想的记录。这与作者精通佛教又受中国文化的影响有关。吉田兼好的基本思想是佛教的，但他的思考并不受佛教教条的束缚，甚至还表

达了一些与佛教相反的思想观点。我国了解日本文学的作家和翻译家，对
《徒然草》都很重视。最早翻译《徒然草》的是周作人。1925 年，周作
人在《语丝》杂志上发表了《徒然草》的十四段译文。周作人在译文的
"小引"中说："只就《徒然草》上看来，他是一个文人，他的个性整个
地投射在文字上面，很明了地映写出来。他的性格的确有点不统一，因为
两卷里禁欲家与快乐派的思想同时并存，照普通说法不免说是矛盾。但我
觉得也正是这个地方使人最感兴趣，因为这是最人情的，比倾向任何极端
都要更自然而且更好。《徒然草》的最大价值可以说在于它的趣味性，卷
中虽有理知的议论，但决不是干燥冷酷的。（中略）我们读过去，时时觉
得六百年前老法师的话有如昨日朋友的对谈，是很愉快的事。……"
1936 年，郁达夫译出了《徒然草》的第一、三、五、六、七、八段。发
表在《宇宙风》第十期上。在"译后记"中，对《徒然草》做了高度评
价。郁达夫写道："《徒然草》在日本，为古文学中最普遍传诵之书，比
之四子书在中国，有过之无不及。日本古代文学，除《源氏物语》外，
当以随笔日记为正宗，而《徒然草》则又随笔集中之铮者，凡日本稍受
教育的人，总没有一个不读，也没有一个不爱它的。我在日本受中等教育
的时候，亦曾以此书为教科书。当时志高气傲，以为它只拾中土思想之糟
粕，立意命题，并无创见。近来马齿加长，偶一翻阅，觉得它的文调和谐
有致，还是余事，思路的清明，见地的周到，也真不愧为一部足以代表东
方固有思想的哲学书。久欲把它翻译出来……"

人民文学出版社出版的《徒然草》是全译本，含注释在内，约有 15
万字。译者是著名多语种翻译家王以铸（1925—2019 年）先生。王以铸
的《徒然草》翻译开始于 1960 年代初，1970 年代中期完成初稿，到 1988
年最后公开出版。王以铸的译文，使用浅近的文言，简洁典雅，而又易读
易懂。汉语文言特别适用于发表感慨和议论，以文言来译《徒然草》，在
文体风格上颇为吻合。如王以铸译第三段：

一灯之下独坐翻书，如与古人为友，乐何如之！书籍云云，《文选》诸卷皆富于情趣之作，此外如《白氏文集》、老子之言、南华诸篇，并皆佳妙。（下略）

第 35 段：

书法拙劣者无所顾忌而放笔作书，可嘉也。自称书法不佳而请人代笔，则造作可厌也。

第 78 段：

无论何事均作不甚了然之状，此种态度甚佳。上品之人虽知之而不作知之之态，而来自鄙野之辈反作似无所不通之应答。因此闻之者为之无地自容，而其人反自鸣得意，甚卑劣也！明辨之道，必讷于言，不问则不答，是实大佳事。

4. 钱稻孙、申非对古典戏剧的翻译

新中国成立后长期在人民文学出版社担任编辑工作的翻译家文洁若，在《我所知道的钱稻孙》（载《文学姻缘》，湖南人民出版社 1991 年）一文中，回忆了钱稻孙承担日本古典戏剧翻译的一些情况，其中写道："当时的情况是：日文译者虽然很多，但是能胜任古典文学名著的译者，却是凤毛麟角。例如江户时代杰出的戏剧家近松门左卫门的'净瑠璃'（一种说唱曲艺）就一直找不到合适的译者。起先约人试译了一下，并请张梦麟先生鉴定，他连连摇头。我就改请钱稻孙先生译了一段送给他过目，这回张先生读后说：'看来非钱先生莫属了。'于是只好请钱先生先放下已翻译了五卷的《源氏物语》，改译近松的作品和江户时代著名小说家井原西鹤的选集。"诚然，以钱稻孙的中国文学与日本文学的深厚功底，承担

近松的戏剧文学翻译是最理想不过的。近松的剧作，原本是为日本的
"木偶净琉璃"写的脚本。所谓"木偶净琉璃"（后称"文乐"），是日
本江户时代的一种木偶戏，戏剧形式虽然简单而又原始。但是，却有近松
那样的作家为它写了大量的篇幅较长、剧情复杂、结构严谨、戏剧冲突激
烈、语言优美的文学剧本。在简单的木偶戏的演出形式里，却产生了绝不
简单的、具有高度文学价值的戏剧文学，这是日本古典戏剧的一大特点。

　　近松门左卫门（1653—1724 年）出身武士，后专门为净琉璃、歌舞
伎（歌舞伎是日本的一种古典歌舞剧，在日本戏剧史上大体相当于我国
的京剧）写剧本，一生共写净琉璃剧本 110 多部，歌舞伎剧本 28 部，是
一个多产的、高水平的剧作家。其剧作的题材，既有取材于古籍的历史剧
（"时代物"），也有反映当时的社会生活的现实剧（"世话物"）。钱稻
孙 1950—1960 年代翻译了近松的四部作品，包括《曾根崎鸳鸯殉情》
《情死天网岛》《景清》和《俊宽》，都是近松的代表作。其中《曾根崎
鸳鸯殉情》（原文《曾根崎心中》）和《情死天网岛》（原文《心中天
の網島》）是"世话物"，描写的是不堪社会的欺凌压迫，而与恋人一
起双双情死的悲惨故事；《景清》和《俊宽》都是取材于《平家物语》
的"时代物"。其中的《景清》，是近松历史剧中最优秀的作品之一。
该剧的主人公景清是平家的后裔，他企图刺杀平家的仇人源赖朝。不料
他的情人阿古屋在其兄的唆使下告发了他。本来景清可以脱险，但因不
愿连累自己的妻子投案自首坐了牢。阿古屋后来后悔自己的所作所为，
便来到景清的牢前谢罪，但她没有得到景清的原谅。为了赎罪，阿古屋
将景清与自己生的两个孩子当着景清的面刺死，然后自杀。阿古屋的哥
哥十藏来到牢前责骂景清。景清一怒之下，冲出牢门打死了十藏。然后
返回牢房。源赖朝下令砍掉景清的头，但是观音菩萨保佑景清，砍下的
不是景清的头，而是景清所信仰的观音的头。笃信佛教的源赖朝见此情
景，便释放了景清，并授以俸禄。景清感谢源赖朝的宽大之恩，但平家
的怨仇却不得报了。他终于在矛盾痛苦中挖掉了自己的双眼，并出家为

僧。……近松的原文，说、唱、念白等均竖行连写，若不是行家，很难分清头绪。钱稻孙的译文，将道白部分译为散文，说与唱的部分均译成韵文，而且像现代话剧剧本那样分行分款，使读者一目了然。运用我国古代戏曲的笔调，译得极为传神。如以阿古屋杀死弥石、弥若两个儿子一节为例，可见译文风格之一斑。

〔说书〕一手拉将弥石倒，

　　　　怀里抽来一柄刀，

　　　　"南无阿弥陀佛。"

　　　　卜吱，搠穿了他的小心包。

　　　　弥若年幼胆儿小，

　　　　早吓得疯狂大叫：

　　　　"我，可不是妈的小宝宝，

　　　　爸爸，你来救我一遭！"

〔带腔〕格子眼里探头频频瞧，

　　　　绕着牢笼奔逃。

　　　　"哎，没出息的小幺！"

　　　　一把将他捉住了；他便小手合十哭求饶：

　　　　"饶了我吧，妈，您别恼；

　　　　从明朝，剃头不再哭闹，

　　　　不再逃灸听娘烧。

　　　　啊呀，妈的心眼儿真不好，

　　　　爹呀，快快救我来哟！"

〔沉弦〕小手小脚乱抓挠。

　　　　喊破了小喉咙儿哭号啕。

〔说书〕"嘎，孩儿呀，你听咱：

　　　　杀你的可不是下刀的妈，

借刀的倒是你求救的爸！

小孩孩，你看哪：

你哥哥多么明达？

乖乖地早去了老家。

你若不和妈妈一同死，

便是呀，不听你爸爸的话。

听见吗？我的儿呀！"

一番话，感到了小心芽：

"那，我死，我死；

爸爸，再见吧。"

自去并着哥尸仰卧下，

阿古屋早哭倒在泥沙。

钱稻孙的译文，大体摹仿的是古代白话，在语言上很见功力，非常贴近中国读者对古典戏曲的阅读期待。当然，译文中也有微瑕。如上引片断中多次使用了"爸爸""妈妈"这样的近代以后从西方传来的称呼语，这与剧本的文体很不谐调；而同时又使用了"爹""娘"这样的传统的称呼语，更损害了语体的统一。这样在不经意中夹杂现代词汇与表达方式，从而造成文体上不和谐的情况，在以古文翻译的日本古典作品中，并不是个别的例子。

对日本古典戏剧翻译做出贡献的，还有翻译家申非（1920 年生）。申非翻译日本文学，选题的侧重在日本的古典文学方面。其中，对日本古典戏剧文学的翻译，在他的日本文学翻译中占有重要地位。1980 年，人民文学出版社出版了他译的《日本狂言选》。这是继周作人 1950 年代出版的《日本狂言选》之后的第二个狂言汉译本。全书译出狂言剧本 28 部，在选题上与周作人译本多有重合。在遣词造句方面，比周作人译本似乎更精致些。1985 年，申非翻译的《日本谣曲狂言选》作为《日本文学丛书》之一种由人民文学出版社出版。该译本分为谣曲和狂言两部分。其中狂言部分是1980年版《日本狂言选》的重排。这个译本最有价值的部分，是"谣曲"的翻译。在申非的译本出现之前，我国没有日本谣曲的译本。他的译作填补了我国日本文学译介中的一个空白。

所谓"谣曲"，是日本古典歌舞——能乐（简称"能"）——的脚本。能乐形成于14世纪，从寺院、神社的宗教性歌舞杂艺及民间的农事歌舞发端而来。在日本戏剧史上的地位，有似于明清传奇剧在中国戏剧史上的地位。其基本特征是以歌舞为中心，演员均使用面具，其表演具有很强的程式化和象征性，音乐伴奏使用笛子和鼓。为补充说明剧情和烘托气氛，还利用合唱队来伴唱。在美学理念和风格上，能乐追求平安王朝时代宫廷贵族文学的审美情趣，讲究所谓"幽玄"，即典雅、庄重、肃穆，虚幻、阴柔，有较强的抒情性和悲剧色彩，体现出古典唯美主义和象征主义倾向。由于以歌舞为主，谣曲的情节、结构，均很简单，一般只有三四个人物，主角叫"仕手（して）"，主要配角叫"胁（わき）"，次要配角叫"仕手连"。几乎没有戏剧冲突，篇幅（含舞台提示和说明在内）一般只合几千个汉字，字数逾万者绝无仅有。作为戏剧文学的独立的欣赏价值，相对较弱。谣曲的语言兼用散文和韵文（五七调），唱词部分用韵文，科白部分用散文。其中既有王朝文学时代的文言，也用当时（室町时代，1392—1573年）的口语。如不加注解，现代日本的读者阅读起来也会遇到诸多障碍，中文翻译的难度更大。流传至今的谣曲约有二百种。其中，约有一百种出自著名能乐剧作家、戏剧理论家世阿弥（1363—1443年）之手。同一个剧本又有各种不同的版本。申非的《日本谣曲狂言选》所选译的谣曲部分，有作品十八种，均为谣曲中的著名的优秀作品。篇目有《高砂》《鹤龟》《屋岛》《赖政》《井筒》《松风》《熊野》《隅田川》《花筐》《班女》《砧》《道成寺》《自然居士》《邯郸》《景清》《曾我》《安宅》《船弁庆》。申非的译文大体仿用我国近现代戏曲的语言文体，科白部分用白话，唱词部分用古诗词笔法译出，通俗而不失典雅。如《隅田川》（作者元雅），写的是儿子梅芳丸被人拐骗他乡，母亲外出寻子。在隅田川的渡船上得知儿子死讯。悲伤中来到儿子坟前念佛，在月光下仿佛看到了儿子的幻影。东方破晓，儿子的幻影消失，留下的只有荒冢上的一丛青草。……其中，梅母来到儿子坟前哭诉的唱词，原文如下：

> 残りても、かひあるべきは空しくて、かひあるべきは空しくて、あるはかひなき尋木の見えつ隠れつ面影の定めなき世の慣らぬ。人間愁ひの花盛り無常の嵐音添ひ生死長夜の月の影、不定の雲覆へり、げに目の前のうき世かな、げに目の前のうき世かな。

原文是比较整齐的"五七调"的韵文。申非的译文如下：

> 你本是有用人夭折而去。为母的，无用人，暂偷生留在人间，暂偷生留在人间。我的儿在眼前忽来忽去，人世间原本是变换无常。最可怕是芳华乍吐，忽然间风狂雨骤；更可叹长夜月明，蓦地里阴霾蔽空。眼见得遭不幸好不惨然，眼见得遭不幸好不惨然。

译文并不拘泥于原文字句，但忠实传达了原意；同时灵活运用长短句，很好地表现了一唱三叹的悲凉气息，由此可见申非译笔的功力。

除申非外，刘振瀛对于谣曲的译介，也做出了贡献。几乎在申非译的《日本谣曲狂言选》出版的同时，刘振瀛在《日本文学》季刊1985年第1期上发表了世阿弥的名剧《熊野》的译文，同时发表了题为《谣曲的素材、结构及其特点——为拙译〈熊野〉的题解而作》的论文。将刘、申的《熊野》译文对照阅读，是颇有趣味的事，两者各具千秋，都是成功的译作。刘振瀛的论文和申非的"译本序"，也是我国一般读者了解日本能乐艺术必读的入门文章。

5. 对井原西鹤、龙泽马琴等江户时代市井小说的翻译

在此时期中国的日本古典文学译介中，江户时代的市井小说的译介占重要地位。江户时代（1601—1867年），又称德川时代，是日本封建社会的最后一个朝代。德川幕府对外实行闭关锁国政策，对内强化士民工商"四民制"，在那260多年时间里，日本社会封闭而又相对安定，工商业和商品经济繁荣起来，工商业者——日本称为"町人"——迅速崛起，成为身份地位虽低，却掌握着经济实力的阶层。在文学上，也同时形成了自己的不同于贵族、武士阶级的有特色的文学，其中最重要的是市井小说。市井小说是对古代以贵族武士为读者的物语文学的超越，它是以城镇居民为主要读者的通俗小说，形式上多种多样。最早的渊源是室町时代后期出现的将物语略加通俗化的所谓"御伽草子"。进入江户时代后，出现了少用汉字、多用假名的所谓"假名草子"，接着就是描写町人社会现实生活与风俗人情的、以井原西鹤为代表的"浮世草子"；后来取代"浮世草子"的是各种以图画为主，配以文字说明的通俗的妇幼读物，根据书皮的颜色，分别称为"青本""赤本""黑本""黄表纸"，以及"黄表纸"的合订本"草双纸"。还有描写妓院生活的、以山东京传等人的作品为代表的"洒落本"，表现滑稽趣味的以式亭三马的作品为代表的"滑稽本"，以性爱为题材的为永春水等人的"人情本"等。同时，又出现了光有文字，不带或很少插图的所谓"读本"，大都是中国古典白话小说的"翻案"（翻译改编），代表作家有龙泽马琴、上田秋成等。

在上述各种各样的江户市井小说中，在我国得到译介的是"浮世草子""滑稽本"和"读本"三类。早在1950年代，对江户时代市井小说的译介，就已经列入了我国日本文学翻译出版规划中。在滑稽小说的译介方面，周作人在1950—1960年代翻译并出版了式亭三马的《浮世澡堂》；1989年，人民文学出版社将周作人在生前译就而当时未能出版的《浮世

理发店》，连同《浮世澡堂》一起，合集出版。1980 年代以后，井原西鹤的"浮世草子"，上田秋成、龙泽马琴的"读本"小说，也都陆续翻译出版。

首先受到重视的，是江户时代最重要的小说家井原西鹤市井小说"浮世草子"的翻译。井原西鹤（1642—1693 年）的作品，是日本町人社会的风俗写实。他的小说，在内容上主要有两大类，即艳情小说（"好色物"）和经济小说（"町人物"）。他的艳情小说，有的反映了当时市井社会无视传统伦理道德，恣意享乐、追求情欲满足的实际情形，如《好色一代男》《好色一代女》；有的描写了町人社会的婚恋悲剧，对自由爱情充满理解和同情，如《好色五人女》。他的《日本致富经》《处世费心机》等经济小说，专门描写市民的经济生活，既写了许多如何发家致富的故事，也写了如何破产倒闭的故事，意图在于为町人的持家、发家提供鉴戒，形象地反映了日本人勤俭节约、精打细算的民族性格。这类专门的经济题材的小说，在世界古典作品中非常罕见。1950 年代，钱稻孙接受了人民文学出版社之约，开始翻译井原西鹤的小说。到 1987 年，钱稻孙译的井原西鹤的两篇小说——《日本致富宝鉴》（原题《日本永代藏》）和《家计贵在精心》（原题《世间胸算用》），连同他翻译的近松的净琉璃剧本，以《近松门左卫门·井原西鹤选集》的书名，公开出版。1985—1986 年，鉴于当时国内没有出版井原西鹤的作品译文，王向远也开始翻译井原西鹤的小说，至 1990 年 9 月，他的《五个痴情女子的故事》由上海译文出版社出版。这个译本选收了井原西鹤的四个作品，即短篇集《五个痴情女子的故事》（原题《好色五人女》），中篇《一个荡妇的自述》（原题《好色一代女》）。这两个作品是井原西鹤的艳情小说的代表作；另外两个作品是经济小说，与钱稻孙的上述选题相同，但王向远将作品标题分别译为《日本致富经》和《处世费心机》。王向远的《五个痴情女子的故事》是我国出版的井原西鹤作品集的第一个独立的译本，也是仅有的一个兼收艳情小说和经济小说两类作品的译本。到 1994 年，山东文艺出版社又出版了王启元、李正伦的译本，书名为《好色一代男》，收井原西鹤的艳情小说三种，其中的《好色一代男》为首译。除《好色一代男》外，该译本还另收《好色一代女》和《好色五人女》两种作品，作品的题名均按原文照录。1996 年，王启元、李正伦的上述译本一分为二，又在桂林漓江出版社重版，书名分别为《好色一代男》《好色五人女》。

井原西鹤的作品，在语言上基本是当时的口语，是"和文"体，特点是较少使用汉字汉词。因西鹤早年写作俳谐，所以初期的小说（如《好色一代男》等）受俳谐语言影响较深，特点是简洁、精练，喜欢以名词结尾；表现在叙事风格上，机锋敏捷，话题转换灵活，如行云流水，滔滔不绝，形成了一种"说话体"或"饶舌体"的特殊风格，这在他的经济小说里表现尤为突出。上述各译本的译文，基本上使用的是近代白话。而且均能较好地体现原作风格。钱稻孙和王向远的译文，为译出古典作品的风格，适当运用一些文言句式，注重典雅凝练。兹举《日本永代藏》的开头一段的两种译文为例，可以窥见西鹤原作及译文的风格。钱稻孙的译文是：

> 天道不言，而惠深国土，人则虽有其真实，而虚伪殊多。盖其心本属虚空，虽物迁变，了无痕迹。因此，能够立足在善恶二途的中间，把当今这直道盛世的日子坦荡荡地度将过去，才是人之所以为人之道，也就不是个寻寻常常之人了。人生的唯一大事，就在营生度日，士农工商自不待言，甚至出家的和尚、庙祝神官，也无不须听从节俭大明神的点化，积攒金银。这乃是生身父母之外的衣食父母。人生一世，若说长么，今日不知明日事；虑其短么，则朝夕都足惊心。所以，有道是："天地者，万物之

逆旅；光阴者，百代的过客。"浮生只是一场梦幻，一霎时的一缕云烟，一死之后还有什么呢？金银简直不如瓦砾，黄泉路上没有它的用处。可是，虽这么说，留将下来，毕竟是有益于子孙。

王向远的译文是：

　　苍天不言，赐我国土，此乃大恩大惠。人间虽有诚实，亦多虚伪。人心原本是虚空之物，顺应外界，或变为善，或变为恶，这仿佛是镜中之影，不留形迹。在这善恶并存的世间，能过上富裕生活的，决非凡夫俗子。人生第一要事，莫过于谋生之道。且不说士农工商，还有僧侣神职，无论哪行哪业，必得听从大明神的神谕，努力积累金银。除父母之外，金银是最亲近的。人之寿命，看起来虽长，也许翌日难待；想起来虽短，抑或今夕可保。所以有人说："天地乃万物逆旅，光阴乃百代过客。浮世如梦。"人也会化作一缕青烟，瞬间消失。若一命呜呼，金银在冥土有何用处?! 不如瓦砾。但是，把钱积累下来，可留给子孙使用。

　　除了翻译以外，还出现了研究井原西鹤的论文。如王向远在 1988 年发表了《井原西鹤市井小说初论》（载《北京师范大学学报》增刊），1994 年发表了《论井原西鹤的艳情小说》（载《外国文学评论》1994 年第 2 期）等。井原西鹤作为古典作家，在 1980 年代之后出版的由我国学者撰写的《东方文学史》《日本文学史》的有关著作中，也成为记载和论述的重点。

　　在"读本"小说中，较早出版的译本是上田秋成（1734—1809 年）的《雨月物语》（以《雨月物语》为题名，另收《春雨物语》），该译本由阎小妹翻译，人民文学出版社 1990 年列为"日本文学丛书"之一种出版发行。另外还有申非等翻译的两种译本。《雨月物语》（1768）是一部短篇读本小说集，共分五卷，收九篇短篇小说，篇幅不长，约合中文六万余字，被认为是最早的读本小说。《雨月物语》写的都是一些鬼怪、恐怖的故事，把对现实的不满与自己的理想，寄托于超现实的虚构中。故事虽然荒诞，但描绘甚为逼真，手法也很洗练。在性质上，与我国的《聊斋志异》有些类似。其中大部分在情节构思、人物形象上，受我国的《剪灯新话》《古今小说》、"三言"等作品的影响。对此，译者在"译本序"中都一一做了说明。

1991年，由天津南开大学日文教授李树果（1923—2018年）翻译的龙泽马琴（笔名曲亭马琴，1767—1848年）的《南总里见八犬传》（1814—1842年），由南开大学出版社出版。原书一百九十回，卷帙浩繁，译成中文有一百六十多万字。中文版本分为四册，分精装、平装两种版本出版发行。翻译此书，除了功力，还要有恒心和毅力。这个译本的出版，是我国江户文学乃至整个日本文学翻译中的新的重大成果。《南总里见八犬传》是龙泽马琴几十部读本小说中的代表作，简称《八犬传》。其中"南总"，是日本的一个地名，"里见"是诸侯姓氏，"八犬"是指姓中带"犬"字的八个武士。小说写的是在一场诸侯争战中，里见家的嫡子义实，城池被困，危急关头，义实的爱犬衔来了敌人的首级，使城池化险为夷。义实为报答犬恩，曾戏言将女儿伏姬嫁给爱犬，后来不得不履行早年诺言。伏姬受孕后深以为耻，当剖腹自杀时，颈上戴的刻着"仁义礼智忠信孝悌"八个字的水晶念珠散向八方，这八颗念珠成为后来里见家八个勇士诞生的因缘，并由此而引出了一连串曲折离奇的故事。《八犬传》在构思、情节、手法上，受《水浒传》等中国章回体小说的很大影响，通过"仁义礼智忠信孝悌"八德之象征的八犬士的行动，宣扬了儒家的封建思想和佛教的报应、因果观念。这部小说，是日本"读本"的集大成，在日本文学史上有一定的地位。但日本文学史家对它的评价一般都不

高，认为它表现的思想陈腐落后，情节荒诞不经，人物概念化，不少描写
庸俗无聊。但从中日文学、文化交流史的角度来看，它却有特殊的价值。
李树果之所以要翻译这部作品，其立足点也在于此。他在"译者序"
中说：

> 这次所以把它翻译过来介绍给我国读者，是因为这部巨著是
> 摹仿我国的《水浒传》和《三国志演义》所创作的、具有代表
> 性的日本的一部章回式演义小说，不仅从其结构和内容可以看到
> 不少摹仿的痕迹，而且大量引用了中国的故事典籍，有浓厚的中
> 国趣味。它是一部别开生面的日本小说，可以说是中日文化交流
> 的结晶。我们读了不仅感到格外亲切，同时对我国古代的文学作
> 品在海外的东流所产生的影响，而感到自豪。另外对（此处的
> "对"字似为衍文—引者注）日本人民之善于移植外国的东西使
> 之化为己有，这种引进消化的学习精神也是我们很好的借鉴。

从这样的动机出发，在翻译《八犬传》的同时，李树果还对中日古
代小说的姻缘关系，做了研究，在《日语学习与研究》等期刊上发表了
不少有关的论文，如《从〈英草子〉看江户时代的改编小说》《〈平家物
语〉与〈三国演义〉》《〈水浒传〉对江户小说的影响》《〈八犬传〉与
〈水浒传〉》（分别载《日语学习与研究》1987 年第 3 期，1990 年第 1
期，1991 年第 4 期，1995 年第 2 期）等。到了 1998 年，李树果的专著
《日本读本小说与明清小说》作为"南开日本研究丛书"之一，由天津人
民出版社出版。这部 32 万言的著作以《剪灯新话》、"三言"和《水浒
传》这三种对日本读本小说影响最大的作品为中心，探讨了日本读本小
说与我国明清小说之间的关系，借鉴了日本学者的研究成果，资料甚为翔
实，填补了研究小说史上和中日文学比较研究中的一个空白。

第三节　对近现代名家名作的翻译

一、对近代诸团体流派作家作品的翻译

1. 对明治前期诸流派作家作品的翻译

在我国的日本文学翻译中，明治时代前半期（明治维新至日俄战争前后）文学的翻译一直有许多空白点。1980 年以后，人民文学出版社、上海译文出版社等出版单位显然是有意识地填补这方面的空白，陆续翻译出版了这一时期重要作家的重要作品，如"砚友社"作家尾崎红叶、泉镜花及幸田露伴的作品，德富芦花、水下尚江的"社会主义小说"，浪漫派作家北村透谷、森鸥外等人的作品，等等。

在这批翻译作品中，较早问世的是金福译、上海译文出版社 1983 年出版的尾崎红叶的《金色夜叉》。我国在近代曾译介过数种尾崎红叶的作品，此后七八十年间对他的译介一直中断。尾崎红叶（1867—1903 年）是"砚友社"的核心人物，著名小说家。主要作品有《沉香枕》（1890 年）、《三个妻子》（1892 年）、《多情多恨》（1896 年）、《金色夜叉》等。他在创作中将近代的写实主义手法与井原西鹤式的市井小说的游戏性、市民性结合起来，因而被评论者称为"洋装的元禄文学"。长篇小说《金色夜叉》是尾崎红叶的代表作，这部小说于 1897 年至 1903 年间在《读卖新闻》报上连载。在连载的五年时间里，许多读者每天早上都急切地等待着送报人的到来。还有一位女子在临终时留下遗言，希望《金色夜叉》全部写完出版后，将它供在自己的墓前，可见小说在当时的反响之大。《金色夜叉》的主题是金钱（即所谓"金色夜叉"）与爱情的矛盾。主人公间贯一的恋人阿宫在爱情与金钱中选择了金钱，决定嫁给一个有钱的

财主；贯一得知后气愤地一脚踢倒阿宫，愤然离去。他决心做一个金钱那样的魔鬼、夜叉，向夺去了他的爱情的金钱社会复仇。……这部小说抓住了以金钱为中心的近代社会的悲剧性主题，批判了金钱主义，但同时也宣扬了复仇、贞操、报恩等封建的传统观念。小说的故事情节动人，心理描写细腻，金福译中文版《金色夜叉》，出版后也颇受读者欢迎，第一次就印刷了十多万册。

1990 年，人民文学出版社推出了"日本文学丛书"，将该社过去已出版的零散的古典和近现代的名家名著纳入丛书重版，使之系列化，同时将陆续新译的名家名作充实到丛书中去。被列入丛书出版的新译的作品中，有人民文学出版社编审、著名日本文学翻译家文洁若（1927 年生）翻译的另一个砚友社著名作家泉镜花（1873—1937 年）的小说集《高野圣僧》。泉镜花在写作上曾得到尾崎红叶的提携。但和尾崎红叶的写实手法不同，泉镜花的作品受日本古典文学、佛教文学及中国古典文学的影响，极富想象力和感受性，带有能乐、净琉璃及上田秋成的鬼怪小说中那样的梦幻、浪漫的色彩，同时也注意反映现实的社会问题。泉镜花的主要小说作品大致可分为两种类型：一种是反映当时的社会问题，并提出自己的观点，当时的评论家将此类作品称作"观念小说"，作品有《义血侠血》（1894 年）、《外科室》《巡夜警察》（均 1895 年）等；一种是描写超越现实、带有神秘的浪漫主义色彩的爱情悲剧小说，如《高野圣僧》（1900年）、《去汤岛朝拜》（一译《汤岛之恋》，1899 年）、《和歌灯》（1910年）等。文洁若翻译的《高野圣僧》，收中、短篇小说五篇，其中有《外科室》《琵琶传》《瞌睡看守》《汤岛之恋》《高野圣僧》，基本上包括了上述两类小说的中、短篇的代表作。文洁若在"译本序"中，较详细地论述了泉镜花的创作历程、主要作品及其成就。

同时被列入人民文学出版社"日本文学丛书"中首次出版的，还有文洁若译幸田露伴的小说集《风流佛》。幸田露伴（1867—1947 年）是近代著名小说家，和尾崎红叶齐名。日本文学史家认为在明治二十年代至四十年代，形成了以尾崎红叶和幸田露伴二人为中心的所谓"红露时代"。幸田露伴的小说个人风格非常鲜明突出。他精通中国和日本的古典文学，许多作品如短篇小说《锻刀记》（1890 年）、中篇小说《五重塔》《风流佛》（1889 年）、长篇小说《勇擒鲸鱼》（1891 年）等，以富有男子汉坚强气质的手艺人或普通农民为主人公，描写他们执着的人生理想、坚强的人格、不屈不挠的个性，充满着鲜明的现代精神，又有浓厚的东方佛教文化氛围和传统文人的趣味。幸田露伴的作品早在 1960 年代就被介绍到我国。1966 年 8 月，日本的歌舞伎名优原崎长十郎率"前进座"，到我国来演出根据幸田露伴的《五重塔》改编的歌舞伎。到了 1980 年代初年，幸田露伴的小说就陆续被译介过来。1983 年，刘振瀛翻译的短篇小说《锻刀记》，收在中国青年出版社出版的《日本短篇小说选》中。文洁若翻译的幸田露伴的中篇小说《五重塔》，最早收在《世界文学》编辑部编的《世界文学》丛刊第五辑，1981 年由中国社会科学出版社出版；1987 年，文洁若又将《五重塔》收在《五重塔——日本中短篇小说选》中，由漓江出版社出版。1990 年，人民文学出版社将《五重塔》和新译的中篇小说《风流佛》合为一集，以《风流佛》为题出版发行。《五重塔》是明治文学中的名著，描写的是一个因干活慢而被人蔑称为"呆子"的穷木匠十兵卫如何凭着自信、毅力和恒心，历尽艰难曲折，终于从师傅手里夺得了寺院的五重塔的承包建筑权，建起了壮丽的五重塔，并使刚建成的塔经受了百年不遇的特大风暴的考验。《五重塔》在日本文学史上，第一次塑造了独立健全的男子汉的形象和人格，赞美了顽强不屈的个性意志，表现了对个人的理想、创造和不朽的确认与赞美，并由此体现出了不同于传统封建意识的崭新的现代精神。《五重塔》有着严谨而又灵活的戏剧性的情节结构，描写细致准确，绘声绘色，给人一气呵成之感。有的地方写得惊心动魄。如小说第 34 节，写到十兵卫在特大暴风雨中毅然决然地登上了五重塔，暗自发誓：如果塔上有哪怕一个木板或铆钉被风吹松动了，他就用手里攥着的锋利的凿子当场自杀身死。下面是文洁若的译文：

十兵卫爬到第五层，将门推开，这时霍地露出半截身子。暴雨象碎石一般打在脸上，连眼睛都睁不开。烈风几乎把他剩下的那只耳朵也刮掉了，气儿都透不过来。十兵卫不由自主地往后退了一步，但毫不气馁，鼓起劲头站了出来。他攀住栏杆睥睨四方。只见天空比梅雨连绵的五月间还昏暗，唯有喧嚣的风声充斥乾坤，不绝于耳。塔再牢固，架不住高耸在苍穹中，每逢暴风呜呜刮来，就摇来晃去，宛若颠簸在激浪中的无篷小舟，眼看就要颠覆。十兵卫虽然早已下定必死的决心，但事到跟前却又想到：这是生死攸关的大事呀！于是他竖起全身八万四千根汗毛，咬紧牙关，双目圆睁，出神地攥住备用的六分凿，安详地等待天命。

《五重塔》是文洁若早期的译作，她对此书的翻译花了不少的心血。据她在《不妨临时抱抱佛脚》一文中说："1976 年我决定翻译日本近代小说家幸田露伴的代表作《五重塔》。按照原著的文体，宜于译得半文半白。动手翻译之前，我就把'三言两拍'等明代小说重新看了一遍。由于拦路虎太多，这部译稿前后拖了四年才完成。"（见《当代文学翻译百家谈》，北京大学出版社 1989 年，第 85 页）总的看来，文洁若的译文生动流畅，达意传神。但有的地方遣词用句，仍有可商榷的地方。如上面引用的这段译文的最后几句，写的是十兵卫事到临头是多么紧张，以至"全身四万八千根汗毛"都竖了起来。但译文的最后一句却用了是"安详"一词，显然与前面的"紧张"描写和渲染不甚谐调。原文是"天命を静かに待つ"，译为"默默地等待着天命"也许更恰当些。

德富芦花是我国最早译介的日本近代作家之一。到了改革开放后，德富芦花的《不如归》又有了春风文艺出版社和人民文学出版社的两个译本。在我国 20 世纪所翻译的日本文学作品中，《不如归》成为拥有译本最多的作品之一。1983 年，陈德文翻译了德富芦花的散文名著《自然与人生》，由天津百花文艺出版社出版，也很受读者欢迎，十年中数次重印。作家刘白羽读了译文，也给以高度评价。1993年，陈德文又从德富芦花的另外几个散文集（如《巡礼纪行》《蚯蚓的戏言》《红叶之旅及其他》）中选译了若干作品，编译成《德富芦花散文选》一书，仍由百花文艺出版社1994年出版。此时期影响较大的德富芦花作品译本，是长篇小说《黑潮》。《黑潮》由金福翻译，1959年由上海文艺出版社出版，1978年和1980年由上海译文出版社两度再版重印。其中，1980年版本的印数高达125000册，影响很大。《黑潮》原作发表于1903年，是日本近现代文学史上为数不多的以政治为主题的作品。作品借一个退隐了的旧幕臣东三郎的口，猛烈抨击了明治政府的专制政治及其腐败的官僚，称明治政府为"亡国政府"；同时通过喜多川伯爵夫人的悲剧命运的描写，揭露了官僚贵族家庭腐朽堕落。小说具有强烈的倾向性和批判性，和当时流行的泉镜花、广津柳浪等人的所谓"观念小说""倾向小说"一脉相通。除《黑潮》之外，上海译文出版社1982年还出版了尤炳圻译木下尚江的以反对日俄战争为主题的长篇小说《火柱》（1904年）。《火柱》和上述的《黑潮》两部小说是明治时代所谓"社会主义文学"的代表作。在日本军国主义形成时期，明确地表现反战思想，是难能可贵的。此后，特别是在1910年屠杀幸德秋水等社会主义者的所谓"大逆事件"之后，日本文坛上干预政治的作品、反对军国主义及对外侵略的作品，越来越少，以至趋于绝迹。我国在改革开放初期译介日本文学作品，特别注重作品的思想倾向，把《黑潮》和《火柱》作为翻译选题，是自然和必然的。丁永为《黑潮》写的译本序《略论〈黑潮〉》，尤炳圻为《火柱》译本写的"前言"，都对作家作品的思想价值做了充分的评价和分析。

对浪漫主义作品的译介，在1980年代也被重视起来。早在1920—1930年代，日本近代浪漫主义文学运动的领袖、诗人和评论家北村透谷（1868—1894年）的诗和评论文章，就曾有过零星的译介。1985年，上海译文出版社出版了兰明翻译的北村透谷的诗集，译本名为《蓬莱曲》，内收诗剧《楚囚之诗》（1889 年）和长诗《蓬莱曲》（1891 年）。这是我国翻译出版的第一本北村透谷的诗集。《蓬莱曲》是日本文学史上第一部按照欧洲的体式写出的诗剧，《楚囚之诗》也是日本近代第一部自由体长诗，在诗剧、长诗这样的西方文学样式的引进上，具有开创性的意义。这两部作品都反映了作者对现实的绝望和反抗。桃花源式的神话境界与现实世界相交错，体现了北村透谷浪漫主义文学的特点。兰明的译文流畅优美，清新可读，很多段落合辙押韵，朗朗上口。

森鸥外也是日本浪漫主义文学的先驱之一。1988 年，浙江文艺出版社出版了隋玉林译的森鸥外的小说集，译本题名《舞姬》，列为"日本文学流派代表作丛书"的"浪漫主义"卷。该译本收译了十五篇中短篇小说，即《舞姬》《泡影记》《信使》《青年》《游戏》《沉默之塔》《情死》《雁》《佐桥甚五郎》《护持院空地的复仇》《山椒大夫》《鱼玄机》《高濑舟》《最后一句话》《寒山拾得》。其中，除《舞姬》《高濑舟》等篇在1920—1930 年代已有译文之外，其他为第一次译出。隋玉林的译本是1980—1990 年代我国出版的仅有的一部森鸥外作品集。在已出版的森鸥外作品译本中，是选译作品最多的一个译本。这个译本虽被"日本文学流派代表作丛书"当作"浪漫主义"流派的代表作，但属于浪漫主义作品的，只是前八篇。这八篇或以爱情悲剧为题材，具有感伤的浪漫主义的特点，或表现"文明批评"及追求自由与个性的主题。《佐桥甚五郎》之后的七篇，均为历史小说，是森鸥外后期的作品。这些小说对历史事件和人物做了独特的观察、解释和分析，大都有一个发人深省的主题，体现了和此前浪漫主义不同的强烈的理智主义倾向。这种理智主义倾向对芥川龙之介、菊池宽等人的"新理智主义"产生了直接的影响。但森鸥外的历史小说也体现出了明显的保守性乃至反动性，特别是有的作品宣扬日本传统的武士道精神，歌颂武士为主人殉死的行径。如森鸥外的第一篇历史小说《兴津弥五右卫门》、长篇小说《阿部一族》，都是这样的作品。但在隋玉林的译本中这两部作品都没有收译。这似乎并不是编译者的疏漏，而是有意为之。对这类作品，中国的日本文学研究者，曾作过深刻的批评。如王长新在《评森鸥外的历史小说》（载《吉林大学学报》1983 年第 4 期）一文中指出：森鸥外"是站在反动的军国主义的立场上，把文学当做维护统治阶级利益的武器使用的。这突出地反映在他后期发表的一连串'历史小说'里"；他认为："《阿部一族》是通过阿部弥一右卫门一家的遭遇，大力歌颂武士道精神，宣扬忠君思想，特别颂扬绝对忠君的'殉节'的反动观点。"用词虽然激烈些，但这样的看法是大体符合实际的。在日本，均将森鸥外与夏目漱石并称为近代文坛上的两个领袖人物，备加推崇。但在我国，与夏目漱石、芥川龙之介比较起来，森鸥外要冷清得多。这与森鸥外作品本身的倾向性有着直接关系。

2. 对自然主义作家作品的翻译

在此时期的日本自然主义作家作品的译作中，可以分为两种情况。一种是对旧译的重译，一种是填补空白的新译。

重要的重译本，有岛崎藤村的《破戒》、田山花袋的《棉被》等。《破戒》在 1950 年代曾有尤炳圻（署名"平白"）的译本，先后在上海的平明出版社和北京的人民文学出版社出版。1982 年，人民文学出版社出版了柯毅文、陈德文合译的《破戒》，这个新的译本被列入了选题严谨、规格颇高的"外国文学名著丛书"中。田山花袋的《棉被》的新译本（另收《乡村教师》）由黄凤英、胡毓文译出，1987 年由江苏人民出版社作为"日本文学流派代表作丛书"之一种出版发行。这个译本首次印刷就突破十万册。当时的中国出版业在经过了八九年的飞速成长后，已经显示出了疲软迹象，一些国内作家的小说只能印几千册，因此《棉被》的高印数曾引起了当时有些媒体的注意和评论。半个多世纪前夏丏尊的《棉被》的译本曾引起了我国文学界和读书界的很大兴趣，半个多世纪后，《棉被》在中国仍拥有众多的读者。这说明不同时代的许多中国读者对《棉被》这样的坦诚地、真实地暴露自我的"私小说"，同样是能够理解和接受的。不过，从陈德文为这个译本所写的《关于日本自然主义文

学》序言中，可以看出和半个世纪以前相比，评论者对《棉被》的评价
由于受某些理论教条的束缚而显得有些僵硬。半个世纪前，方光焘曾为
《棉被》中译本写了万字的序言，充分理解并赞赏《棉被》对待人生的坦
诚态度。而在陈德文在序言中，明显地表现出贬斥自然主义的描写个人生
活的非社会性、独尊现实主义以及社会学优越的文学观。陈德文写道：

> 　　暴露丑恶是"私小说"的特点之一。作家如果站在社会学
> 的角度，捕捉的确是带有社会性的丑恶现象，加以暴露，当然会
> 产生不同程度的积极作用。日本自然主义文学中，的确出现过一
> 些这样的作品。然而，《棉被》这篇小说，自始至终所暴露的都
> 是作家爱慕私淑女弟子的心理活动和由此引起的纠葛，以及女弟
> 子走后，作家伏在女人睡过的被褥上，一面狂嗅芳泽，一面嚎啕
> 痛哭的行动。这在反封建主义，主张恋爱自由和个性解放方面，
> 有它值得肯定的一面，但标榜揭露个人私生活方面的丑恶心灵和
> 行径，竟至如此露骨，这也可以说是自然主义给日本文学事业带
> 来很大局限的一种表现。

　　同时，为了表明日本的自然主义还有价值和意义，就要说明"被日
本文学史家和评论家统称为自然主义的一大批作家和作品，有一部分是属
于现实主义范畴的。换句话说，日本自然主义这一概念，实际上包含了现
实主义要素"，等等。这样的看法，在1950—1980年代的文学评论包括日
本文学评论中，是颇为常见的。

　　新译的自然主义作品，大都是重要作家的代表作。其中有田山花袋的
长篇小说《乡村教师》，岛崎藤村的长篇小说《春》《家》，德田秋声长
篇小说《缩影》以及其他的中、短篇小说，还有正宗白鸟若干短篇小说
等。其中，较早翻译出版的是德田秋声的《缩影》。这部长篇小说由翻译
家力生（吴力生）译出，1982年由上海译文出版社列入"二十世纪外国

文学丛书"出版发行。出版发行十万册，到了 1980 年代又再版重印。德田秋声（1871—1944 年）是日本自然主义的代表作家之一。日本有的文学史家对他的《缩影》（1941 年）评价很高。译者吴力生在"译后记"中认为，德田秋声的作品"写的人既是平平凡凡的人，写的事自不外这些人的生老病死和悲欢离合一类平平凡凡的事。所以从他的每篇作品里，几乎看不出有什么俨然的主题思想，读来简直像一首首无题的即兴抒情诗"；又认为《缩影》在技巧上"臻于圆熟"，"是一部天衣无缝、通体透明的自然主义文学珍品"。事实上，《缩影》确是一部地地道道的典型的日本式自然主义作品。题材"平平凡凡"，人物"平平凡凡"，手法也"平平凡凡"，总之，是一部"自自然然"的作品。中国的读者要知道日本自然主义是怎样的，那就应该看着《缩影》这样的小说。但倘若中国读者用中国古典小说和欧洲小说所培养起来的审美观来欣赏《缩影》，很可能会产生"不忍卒读"的感觉。同样的情况也大体适用于德田秋声的其他小说。如海峡文艺出版社、江苏人民出版社等七家出版社在 1980 年代后期联合出版的"日本文学流派代表作丛书"中的"自然主义"卷所收的作品大致也是如此。该卷以德田秋声的中篇小说《新婚家庭》（原题《新世代》）为书名，是德田秋声和正宗白鸟两人的合集。收郭来舜译德田秋声的《新婚家庭》《街头舞场》《抗争》，纪太平译的正宗白鸟的《激光》《尘埃》《泥娃娃》《臭牛棚》等八篇中、短篇小说。描写的无一不是平凡人的平凡而又灰色的日常生活。

在自然主义作家中，被译介最多的是岛崎藤村。岛崎藤村作品的主要译者是翻译家陈德文（1940 年生）。陈德文曾先后就学于北京大学中文系和东语系，他的日本文学翻译是从岛崎藤村的作品开始的。他翻译的岛崎藤村的长篇小说《春》和《家》，分别由福建人民出版社和江苏人民出版社于 1983 和 1981 年出版。《春》写于 1908 年，是岛崎藤村继《破戒》之后发表的第二部长篇小说；《家》写于 1909 年，是《春》之后的第三部长篇小说。它们在岛崎藤村的创作中，占有重要的地位。《春》和《家》

都是以作者本人的生活经历为题材的。其中，《春》描写的是作者青年时代作为一个浪漫的文学青年追求人生理想、追求艺术过程中所遭受的挫折和失败；《家》则描写了作者生活的传统大家庭中灰暗、压抑、琐屑的日常生活。这两部作品和作者 1906 年发表的第一部长篇《破戒》不同。《破戒》的素材也是以他人的事实（真实事件）为基础的，而《春》和《家》是以作者本人的实际经验为基础的，它们分别体现了日本自然主义文学对"真实"的两种理解和两种表现：或是经作者调查来的客观的事实（如岛崎藤村的《破戒》和田山花袋的《乡村教师》）；或是作者本人的事实（如田山花袋的《棉被》）。而在我国，通常是把前者看成是"现实主义"，把后者看成是"自然主义"的。实际上，它们不过是日本自然主义的两种不同形态罢了。在《破戒》之后，岛崎藤村和其他自然主义作家一样，逐渐将笔触对准自我，写出了一批暴露自我的《棉被》式的"私小说"，在《春》和《家》之后，更有暴露作者与侄女乱伦的、1930 年代由徐祖正译出的《新生》。但是，像《棉被》那样的艺术地、洗练地表现作者复杂、隐微的痛切体验的自然主义"私小说"，在此后的日本文学中非常罕见了。尽管岛崎藤村的《春》和《家》，在日本也有人称之为"名著"，但是，与他自己的《破戒》相比，与田山花袋的《棉被》相比，是不可同日而语的。我国小说艺术一向以简洁洗练、流畅可读为上品，而《家》之类的作品，在我国读者的眼里，就不免沉闷、单调、琐碎、芜杂、暧昧、不得要领，以至于无聊。读了这样的作品，就会理解我国文学评论家韩侍桁在 1930 年代所说的日本文学"质与量的不成比例""没有什么伟大的作品"（《杂论现代日本文学》）之类的话，并不是随便说的。尽管对一般读者来说缺乏可读性，但《春》和《家》这类译本出版，有助于我国学习文学的学生和文学爱好者、研究者了解日本文学，特别是了解产生于日本自然主义的"私小说"。

除了写小说之外，岛崎藤村还是个著名的散文作家。有时候，"私小说"笔法的琐碎的细致及发散式的思维，对于散文创作来说，倒往往是很适宜的。岛崎藤村的散文就写得相当成功，在日本文学史上评价也很高。1994年，百花文艺出版社出版了陈德文翻译的《岛崎藤村散文选》。这是陈德文继《德富芦花散文选》之后，为百花文艺出版社的"外国名家散文丛书"所翻译的第二种日本散文的译本，该译本除完整地收译了岛崎藤村的散文集《千曲川素描》外，还另收《静静的草屋》等集子中的部分作品。这些散文（作者称为"写生文"）或写自然景物，或记生活常事，角度、写法不拘一格，格调清新，亲切而又优美。陈德文的翻译的功力，在散文翻译中也得到了集中的体现。他的译文，文笔自然而又老练，不露"翻译语"的痕迹。兹举译本里面篇幅很短的《千曲川素描》中的《枹树荫》为例：

> 枹树荫。
>
> 那里是鹿岛神社的境内。学校放学的时候，我时常打树荫下走过。
>
> 一天，越过铁道交叉口，来到绿草如茵的小道上。一株古老的枹树上，拴着一头短角、长着可爱的眼睛的牛犊。我站着观望了一会儿，小牛围着树一个劲儿地转圈儿，长长的缰绳胡乱地缠在枹树干上。牛犊被缠得紧紧的，最后弄得动弹不得。
>
> 对面的草丛里，一匹红马和一匹白马拴在一起。

这就是所谓"写生文"。把作者所看到的有趣的画面像写生绘画那样写出来就行了。这种文体最早由正冈子规等人提倡，后来成为日本近代散文的重要样式。岛崎藤村也是写生文的大家。陈德文的译文很好地把这种文体的冲淡、素雅的风格传达了出来。除了上述德富芦花、岛崎藤村的散文翻译之外，这里还想顺便提到陈德文编选的《日本散文选》（江苏人民出版社1985年）和选译的《日本散文百家》（人民日报出版社1998年）。这两个本子的选题都是从古至今，特别是后者，篇幅达四十多万字，可以说是日本古今散文的比较全面精当的选译本。

3. 对唯美派作家作品的翻译

1930 年代，我国对日本唯美主义文学的翻译，曾出现过一个高潮。那时，译介最多的唯美派作家是谷崎润一郎。1980 年代以后，日本唯美派作家作品的译本在我国陆续出版。谷崎润一郎的作品，在这一时期仍受翻译家们的重视。有些已有译本的作品出现了新的译本，如《春琴抄》《痴人之爱》等。有些作品有了新译本，如散文随笔集等。而最大的收获是《细雪》的翻译。

《细雪》是谷崎润一郎在 1940 年代历时八年完成的长篇巨著。该作品在日本侵华时期的 1943 年初在《中央公论》杂志上连载，半年后被军部当局以"战时不宜刊载此类有闲文字"为由，中止连载，直到战后的 1947 年才全部完成并出版上、中、下三卷单行本。《细雪》和 1930 年代译介的《痴人之爱》《富美子的脚》的娇艳的风格不同，它属于那种刻意表现《源氏物语》式的古典美学风格的作品。在谷崎润一郎的大部分的以丑恶、变态的两性关系为题材的作品之外，要算是比较端庄秀丽的作品了。这部小说以关西地区一个没落贵族家庭的四姐妹的婚姻恋爱为题材，描写了她们的不同性格和不同命运，表现了姐妹间的同胞之爱。谷崎润一郎在此前（1934—1941 年）曾将《源氏物语》译成现代日语，《细雪》在情节、结构和人物描写方面明显地受到了《源氏物语》的影响。它以表现缠绵悱恻的情趣为中心，没有曲折起伏的贯穿全书的故事情节，而只是若干故事的并列；小说的环境相对狭小封闭，缺乏广阔的时代背景和社会视野。总之，作者在专心营造一种轻松悠闲的美的世界，是一部"日本味"十足的唯美主义的作品。我国在 1980 年代后期出版了《细雪》的两种译本。一种是湖南人民出版社 1985 年出版的周逸之的译本，另一种是上海文艺出版社 1989 年出版的储元熹的译本。周逸之的译本有一篇写得很好的译序，不仅详细地交待了有关作品的背景知识，分析了小说中的主要的人物及作品的艺术风格，而且还特别指出了书中（下卷第 36 节，译本第 633 页）"吹捧、美化德意法西斯的字句"。指出这一点很必要。在我国，许多人认为既然《细雪》是被军部当局下令中止连载的，那么《细雪》至少是对军国主义表示不合作的甚至"抵抗"的作品。然而实际上，谷崎润一郎在侵华战争中有不少行为和言论是为军国主义张目的。（详见拙文《日本有反战文学吗?》，载《外国文学评论》1999 年第 1 期）

在谷崎润一郎散文的译介方面，1992 年北京三联书店还出版了谷崎润一郎的散文集《阴翳礼赞——日本与西洋文化随笔》。该书由丘仕俊翻译，全书收谷崎的关于日本文化与西方文化问题的随笔六篇，其中包括《阴翳礼赞》《论懒惰》《恋爱与色情》《厌客》《漫话旅行》《关于厕所》。中文译文共八万余字，是三联书店"日本文化丛书"中的一种。这个译本中的最重要的一篇是《阴翳礼赞》，这是一篇两万余字的随笔，以优美的笔触，在东西方文化的比较中，论说了日本式建筑中的各个方面，还有陶器、漆器、服装、化妆等的审美特征。认为日本审美文化与西洋的明亮、华丽之美不同，其根本之处是追求微暗、暧昧、模糊、混沌的"阴翳"之美，从而揭示了日本审美文化特征中的一个重要方面，也体现了谷崎润一郎对日本传统的嗜爱。对于我国读者了解日本人的审美意识，了解谷崎润一郎的美学思想及唯美主义趣味，是一本有用的书。

对永井荷风的译介，在这一时期有了较大的进展。出现了永井荷风的四种小说集和一种散文集。最早的是四川人民出版社 1988 年出版的《舞姬》。这部小说集属于"日本文学流派代表作丛书"中的"唯美主义"卷。收中、短篇小说六种。其中包括宋再新译中篇小说《华街上的风波》，胡德友译短篇小说《舞女》，谢延庄译中篇小说《墨东绮谈》，林少华译短篇小说《隅田川》，程文新译短篇小说《美国的故事》，谢延庄译短篇小说《勋章》。第二种译本是 1990 年出版的李远喜译的《争风吃醋》，为漓江出版社"外国文学名著"丛书中的一种。收有《争风吃醋》《墨东绮谈》《梅雨前后》《雨潇潇》等四篇中、短篇小说。第三种译本是 1994 年出版的谭晶华、郭洁敏译的《地狱之花》，为上海译文出版社

"日本文学丛书"的一种,收有《地狱之花》《隅田川》《梅雨时节》《墨东趣谭》《积雪消融》《两个妻子》等六篇中、短篇小说,不仅有唯美派风格的作品,也有《地狱之花》那样的自然主义作品。第四种译本是陈薇翻译、作家出版社 1999 年出版的《永井荷风选集》,收小说四种,即《较量》《雨潇潇》《墨东绮谈》《欢乐》。这样,永井荷风的小说中的一些重要作品,都有了中文译文。谭晶华为《地狱之歌》写的序,主要谈到了永井荷风的创作与他对社会怀有的"强烈的逆反心理"或者说是"反俗精神",说他在日本侵华期间一直采取正面的对抗的态度,"怀着一种悲哀和冷漠的心情注视着自己的国家步步滑向战争的深渊";同时他也认为:"永井荷风不是一位坚强的、勇敢的文学家,他没有能像同时代的文学家石川啄木那样正面进行无畏的斗争,而是采取消极逃避、游戏人间的方法,试图用怀古和追求享乐的态度,从严酷的现实中找到一条安生的道路。他进行了一些似是而非的反抗,然而,又难免给人以畸形的感觉,像是一个失败者。"

永井荷风作为一个小说家,他的小说与散文的文体特征是模糊的,其小说带有强烈的散文化倾向。这表明,他有着作为一个非常优秀的散文作家的禀赋。1920—1930 年代,周作人曾译介过永井荷风的散文,并做出了高度的评价。但长期以来,我国都没有出版永井荷风散文的单行本。到了 1997 年,陈德文翻译的《永井荷风散文选》被百花文艺出版社列入"外国名家散文丛书"出版发行。从而填补了日本文学翻译中的一个空白。陈德文的译本主要以 1994 年日本岩波书店出版的野口富士男编《荷风随笔》为蓝本,从散文集《晴日木屐》《断肠亭杂稿》《断肠亭日记》《美利坚故事》《法兰西故事》中,选出随笔散文 43 篇。大体反映出永井荷风散文的基本面貌。永井荷风的随笔散文,以消闲、怀古、忆旧、游记、写景状物为基本内容,和他的小说风格一脉相通,但没有小说中的那些背德的男女恋情的描写,也少有颓废的气息。陈德文的译文,总体来说流畅可读。但荷风的文章,不同于岛崎藤村的以景物的白描为主的写生文，而是夹叙夹议，有些段落句法关系复杂，稍有疏忽，翻译语言则难以落实到位。例如，《晴日木屐》（周作人直译为《日和下驮》）中的《浮世绘的鉴赏》第三节中的一段文字，为周作人所特别推崇，曾翻译出来并反复引用。现将周作人、陈德文的译文加以对比，也很有意思。

周作人的译文是这样的：

在油画的色里有着强的意味，有着主张，能表示出制作者的精神。与这正相反，假如在木板画的瞌睡似的色彩里也有制作者的精神，那么这只是专制时代萎靡的人心之反映而已。这暗示出那样暗黑时代的恐怖与悲哀与疲劳，在这一点上我觉得正如闻娼妇啜泣的微声，深不能忘记那悲苦无告的色调。我与现社会相接触，常见强者之极其横暴而感动义愤的时候，想起这无告的色彩之美，因了潜存的哀诉的旋律而将暗黑的过去再现出来，我忽然了解东洋固有的专制精神之为何，深悟空言正义不免为愚了。

陈德文的译文是：

油画的颜色具有强烈的意味和主张，能显示作者的精神。与此相反，如果说木板印刷的睡意朦胧的色彩中也有作者精神的话，那只能是专制时代中人心萎微的反映。在暗示黑暗时代的恐怖、悲哀和疲劳这一点上，我仿佛听见娼妇隐忍的啜泣。我怎能忘记这底里蕴含的悲哀和无奈的色调。我接触现代社会，常见强者极为横暴而甚感义愤，这时便翻然想起，如果说凭着这种无奈的色彩美中潜藏的哀怨的旋律再现着黑暗的过去，那么我也知道了东洋固有的专制精神究竟是什么。同时也不能不深深憬悟到侈谈正义是多么愚蠢。

这两种译文反映出了从 1930 年代到 1990 年代六十年间不同译文在语言风格上的变迁。周作人的译文有一点文言痕迹，也有一点涩味，但对原文的理解十分准确，译文也十分贴切。陈德文的译文在译语本身的使用上，是流畅的现代汉语。但由于对原文的理解不大准，"在暗示黑暗时代的……"之后的几句译文，对原意的表达没有落实到位，译文的句法关系也出现了紊乱。不过，总体来说，瑕不掩瑜，《永井荷风散文选》还是质量较好的可靠的译本。

4. 对有岛武郎、志贺直哉等白桦派作家作品的翻译

白桦派作家有岛武郎的唯一的长篇小说《一个女人》（原文《或る女》），是作者一生中最重要的代表作。但一直到 1984 年，才有了谢宜鹏的译本。这个译本改题为《叶子》，由湖南人民出版社出版。叶子是书中主人公早月叶子的名字，但用"叶子"来作书名，容易使读者不知何所指。这种对原作名称轻易改变的做法，在此时期的日本文学翻译中并不是个别现象。如，有人把夏目漱石的《行人》译为《使者》，有人把森村诚一的《人性的证明》译为《人证》，等等，都损害了原作题旨的表达。1991 年，福建的海峡文艺出版社又出版了张正立等人的译本，该译本为"日本文学流派代表作丛书"之一种，以《一个女人的面影》为题，另收《宣言》《星光》两个中篇小说。这两个译本，前者是全译，后者实际上只译了小说的"前编"，即 1911 年至 1913 年在《白桦》杂志上连载的二十一章，原题《或る女のグリンプス》（《一个女人的一瞥》），完整的本子则是 1919 年作者补足"后编"共四十九章。

《一个女人》写的是一个女人——早月叶子追求个性解放，并最终毁灭的悲剧故事。叶子出身名门，心高气傲，当初不顾家人反对，和一个穷诗人木部结了婚，两个月后便厌倦木部，并主动离婚，在母亲临死前，不得不按母亲的心愿和在美国的木村订婚，现在她乘船去美国和木村结婚。在船上，欲望强烈的叶子先是试图勾引一个稚气未脱的青年阿冈，接着又为船上的身材高大、性格野蛮粗犷的事务长仓地三吉所吸引，每夜和仓地

在船上同居纵欲，而置乘客的舆论于不顾。船到美国后，在仓地的唆使下，叶子故意称病不下船，又乘船返回日本。仓地抛弃了妻子儿女，和叶子秘密同居。事发后仓地被解职，在窘迫的生活中，仓地对叶子逐渐厌烦，动辄吵骂。叶子的心理行为也逐渐失常，在肉体疾病和精神痛苦中，回顾自己的一生，后悔地哀叹道："错了，悔不该照这样来世上走了一遭。可是，这又是谁的过错呢？不知道啊！"在这痛苦的叫喊中，结束了二十六年短暂的生命……小说中的叶子的原型据说是国木田独步的妻子佐佐城信子。有岛武郎写作的意图，在于表现一个"解放"了的现代女性，一个典型的"女权主义"者，如何在社会现实中遭到毁灭。白桦派的大部分作品，都怀着乐观的态度，从正面表现自己的人道主义理想，而有岛武郎则擅长描写社会现实和个性的悲剧性的冲突，表现人道主义理想的毁灭，同时流露出作者在张扬个性与放纵个性之间的苦闷和矛盾，从而具备了他人无法企及的深刻性和复杂性。小说具有日本长篇小说中罕见的严谨结构，在人物的心理描写和分析方面也犹显功力，在日本文学史上评价很高。谢宜鹏的译本，填补了我国日本文学翻译中的一个重要空白。

对白桦派的另一位作家志贺直哉的中、短篇小说，我国在1930年代、1950年代都曾出版过译本。1981年，湖南人民出版社又出版了楼适夷翻译的随笔和短篇小说集，以《牵牛花》为题名出版发行。该译本分小品和短篇小说两部分。其中的小品部分，大都为新译；短篇小说部分，则是从1956年人民文学出版社出版的《志贺直哉小说集》中楼适夷的所译部分分出来的。整个译本十来万字，篇幅不大，所以译者说"这只是我所译志贺作品的辑存"。楼适夷写的"译者后记"在1980—1990年代日本文学作品的译序或译跋中，是少见的有个性的亲切可喜的一篇。他谈了自己翻译的经过，也谈了1950年代他与志贺直哉的交往的经过。其中写道：

不料到了1956年春天，人民文学出版社的同志却把这本破破烂烂的古老的《焚火》从什么角落扯了出来，说中国作协邀请志贺直哉访华。可能不久到来，我们得赶快出一本他的作品来欢迎他。（中略）就很快地出版了一本《志贺直哉小说集》。那时作者已是七十三岁的高龄，虽曾欣然接受邀请，届时终于没有成行。但接到了我们寄去的精装的译集，却非常高兴，特地托一个访华的日本美术家代表团给我送来了一本新版的短篇集《朝颜》。这本以限定本形式装帧的特别朴素典雅的集子，一直保藏在我的书柜里，甚至逃过史无前例的浩劫。我曾心心念念想把它全译出来，作为对于作者的感谢和纪念，但实际上我只译了集中的《朝颜》和《秋风》两篇。朝颜亦名牵牛花，我照中国语的习惯，把牵牛花作为现在这个集子的名字，也保留了纪念作者的意思。

作为一个老作家和老翻译家，上引楼适夷的"译者后记"记载了1949 年后我国日本文学翻译史上的一个史实，也反映了中日两个作家友谊交往的一个重要侧面。

1985 年 2 月，湖南人民出版社和漓江出版社同时推出了白桦派作家志贺直哉的长篇小说《暗夜行路》。使这部作者创作中仅有的长篇小说同我国读者见了面。《暗夜行路》写于 1921 至 1937 年，写作时间长达十六年之久。作品中的主人公时任谦作是个作家，他六岁丧母，由祖父的姜阿荣照看长大。谦作本想娶表妹爱子，但被拒绝。受到了伤害的谦作一度过着放荡的生活，同时对阿荣产生了非分之想。为了摆脱苦恼，谦作离家外出旅行。此间，他决定与阿荣结婚，并写信把自己的想法告诉哥哥。从哥哥来信中，他却意外地得知自己出身的秘密。原来他是祖父与母亲的私生子，所以哥哥不同意他与阿荣结婚。在这意外的打击下，谦作又开始了放荡的生活。后来，他结识了美丽的直子姑娘，并同她结了婚。但好景不长，他发现妻子不贞，重新陷入了苦闷烦恼中。为求解脱，谦作再次登上了旅途，来到了群山环抱的大自然中。在病重时，他仿佛进入了一个恬静永恒的世界。妻子闻讯赶来照看他，在病床上，他终于原谅了直子的过失。……《暗夜行路》属于"私小说"之变种的所谓"心境小说"。从题材上看无非是日本"私小说"中常见的家庭及两性关系。除了出生的秘密、妻子失贞的情节为虚构外，谦作的形象明显地有着志贺直哉本人的影子。小说的重心不是反映外部世界，而是描写作家个人的"心境"。故事情节平淡，结构上也不够严谨，但在表现一个知识分子主人公精神痛苦和摆脱痛苦的努力方面，却表现了志贺直哉一贯的敏锐、细腻和精练，贯穿着不懈追求心理和谐的东方式的求道与悟道、反省与忏悔，在日本文学史上有着很高的评价。《暗夜行路》两个中文译本，翻译质量都是可靠的。从中文的文字的本色和洗练来看，漓江出版的版本（孙日明、梁近光、梁守坚合译）很少"翻译腔"，似乎略胜一筹。下面是漓江本的结尾处的最后一段文字：

> 谦作似乎很累。他让直子握着他的手，闭上了眼。这是一张安祥的脸。直子觉得第一次看到谦作这样的脸。她想，这个人会不会就此没有救了？然而，奇怪的很，这并未使直子多么悲伤。仿佛被什么吸住了一样，直子久久地注视着谦作的脸。
>
> "不管有没有救，反正我要永远不离开他。哪怕是跟到天涯海角！"直子衷心地不断地想着。

对白桦派的另一个重要人物武者小路实笃作品的译介，在改革开放后则相对岑寂。1984 年青海人民出版社出版了冯朝阳翻译的中篇小说《友情》，同年，人民文学出版社出版了周丰一译的《友情》，1989 年太原北岳文艺出版社出版了署名"雾鸪、雨鸿"翻译的长篇小说《母与子》；1988 年浙江人民出版社出版了武者小路的随笔小册子《人生论》，此外还有几篇收在有关集子中的短篇小说。从 1920—1940 年代，在我国所翻译的日本文学作品中，武者小路实笃的作品在数量上名列前茅。但在新中国成立后，由于武者小路实笃作品中的乐观而又不免浅薄的理想主义，由于他在侵华战争中做了军国主义的狂热的吹鼓手，武者小路实笃在我国受到了理所当然的冷遇。

5. 对新感觉派等早期现代派文学的翻译

日本的现代派文学，在战前有新感觉派、新心理主义、新兴艺术派等团体流派。

新感觉派是 1920 年代中后期日本出现的第一个现代主义文学流派。是在欧洲的象征主义、未来主义、表现主义、达达主义、超现实主义、精神分析等现代主义思潮的综合影响下产生的。这个流派以 1924 年 10 月创办的《文艺时代》杂志为中心，集合了横光利一、川端康成、片冈铁兵、中河与一、今东光等十几个作家。这些作家以追求所谓"新感觉"为主要目的，宣布与传统文学决裂，进行大胆的艺术探索、文体改革和技巧革新。新感觉派的核心人物是横光利一（1898—1947 年）。我国对新感觉派的译介，主要是以横光利一为中心的。早在 1929 年，郭建英翻译了横光利一的小说集《新郎的感想》，这个小册子收《新郎的感想》《点了人的纸烟》《妻》《园》四篇短篇小说。在 1930 年代，日本的新感觉派对我国上海的刘呐鸥、穆时英等作家产生了一定影响，以至有些评论家认为我国在 1920 年代末至 1930 年代上半期也出现了一个"新感觉派"。实际上，虽然当时我国文学界有些人也鼓吹过新感觉派，日本的新感觉派对当时我国文学有一定的影响，但中国并没有形成日本那样的作为现代主义文学流派的"新感觉派"。（参见拙文《新感觉派及其在中国的变异——对于中日新感觉派的再比较与再认识》，载《中国现代文学研究丛刊》1995 年第 4 期）

改革开放以后的 1988 年，北京的作家出版社出版了《日本新感觉派作品选》。这个译本共收十七篇中、短篇小说。其中川端康成三篇，即《春天的景色》（叶渭渠译）、《少女之心》《孤儿的感情》（杨晓禹译）；横光利一七篇，即《苍蝇》（兰明泽）、《头与腹》（唐月梅译）、《太阳》

（罗传开泽）、《马车载来了春天》（耿仁秋译）、《机械》（丁民、丹东译）、《拿破仑与疥癣》（高汝鸿译）、《飞鸟》（山字译）；片冈铁兵二篇，即《幽灵船》（靳丛林译）、《钢丝上的少女》（杨晓禹译）；中河与一二篇，即《冰雪舞厅》（谷学谦译）、《刺绣蔬菜》（谷学谦译）。还有十一谷义三郎的《青草》（沈迪中译）、今东光的《军舰》（陈泓译）、佐佐木茂索的《爷爷和奶奶》（张扶柱译）等。译本中的大部分为新译，另一部分为编选来的旧译，如《拿破仑与疥癣》是 1935 年发表的郭沫若的译文，《机械》选自 1981 年上海文艺出版社的《外国现代派作品选》第三册，《太阳》选自 1980 年上海译文出版社的《维荣的妻子——当代日本小说集》。叶渭渠为译本写的"前言"，从"新感觉派的产生和发展""新感觉派的理论建设""新感觉派的思想艺术特征"和"新感觉派的成败与解体"四个方面对新感觉派做了解说。总之，这是一个选题比较全面的日本新感觉派作品的选本。但其中的小说，真正体现现代主义特色的，似乎主要是横光利一的作品，尤其以《苍蝇》《头与腹》《太阳》《机械》《拿破仑与顽癣》为最突出。

1993 年，辽宁教育出版社出版了横光利一的长篇小说《上海》，该译本为藤忠汉、王志平、宋崧、李军等四人合译。译名为《上海故事》。《上海》是横光利一的代表作之一，有的日本文学史家认为《上海》是"集新感觉派手法之大成的作品"。作品以我国的上海为舞台，以五卅运动为背景，描写了几个幽灵般的在上海徘徊的日本人的形象。以令人眼花缭乱的、跳跃的、闪闪烁烁、浮光掠影的新感觉派手法，表现了五卅运动前后上海的混乱情形。横光利一似乎想表现各种势力、各色人物在上海的纠葛和沉浮，但他对中国、对上海的了解显然是皮毛的，他把中国人民反对帝国主义的斗争，写成了一场乌合之众的暴力活动。在对共产党员的描写上，更反映出横光利一的偏见、可笑和幼稚。在他的笔下，策动工人暴动的共产党员芳秋兰，反而在暴动中陷入险境，竟需要名叫参木的日本人来救她，后来甚至与参木谈起了恋爱。书中还正面描写了山口、甲谷等人的军国主义言论。总之，《上海》是一本在思想倾向上有不少问题的小说。辽宁教育出版社的译本在译文之前冠以日本的横光利一研究者八木泉为中译本写的题为《〈上海〉之我见》的文章。其中有一段写道：

　　　对于大多数中国人来说，小说《上海》中所描写的许多情况却是当时的日本和欧美各国遗留在他们心中难以忍受的伤痕。同时，要想超脱不愉快的心情一气读完也是不太可能的吧。至于对于我这样的战后十多年才出生的日本人来说，面对以往沉重的历史，不能说没有一种痛苦和赎罪的意识。那么为什么要在日中恢复友好的历史已达二十年，两国的交流正在日益加深的今天，出版一本描写被害者和加害者双方悲惨历史的文学作品，有这个必要吗？持这种疑问的人也许大有人在吧。也有人大概会问：这部作品对于日中两国的现状有何意义？但持这种疑问的人毕竟只是少数。我坚信这部作品的翻译是很有意义的。因为小说告诉我们的并非只是过去我们共有的不幸岁月，而且也是不只是现在，即使将来也要靠理解和信赖去生活的我们应该记取的沉重事实和历史教训。

　　如果从"记取沉重事实和历史教训"这个角度来看，《上海》在中国的翻译出版自然是"有意义的"。而当代中国的读者，在阅读这部小说时，除了注意其新感觉派的特性之外，更应该具有清醒的批判意识。

　　1998 年，海口的南海出版公司还出版了李振声翻译的《感想与风景——横光利一随笔集》，这个译本收作者的随笔散文 31 篇，合中文 15 万余字。内容包括写景述怀的小品、杂感，创作的体会与感想，对历史文化问题的思考以及游记文章等。对于全面了解横光利一的思想与创作，是一本有益的参考书。

　　日本的"新心理主义"文学是在弗洛伊德主义和乔易斯、普鲁斯特等西方意识流小说的影响下产生的,是新感觉派的一个延伸,实际上没有形成独立的流派,而是作家们运用的一种写作方法。一般把横光利一的《机械》《鸟》、川端康成的《水晶幻想》及伊藤整(1905—1969年)的《得能五郎的生活和意见》《幽鬼街》《火鸟》等的一些小说看成是新心理主义作品。我国在1989年翻译出版了伊藤整的长篇小说《火鸟》。该译本为王智新翻译,被列为"日本文学流派代表作丛书"之一种,由四川人民出版社出版。但这个译本却被归为"唯美主义"流派的代表作,显然是不妥当的。日本的唯美主义兴盛于1920—1930年代,作为一个文学"流派"在战后已不存在。伊藤整的《火鸟》发表于1949—1953年,用一个美丽的混血儿女演员独白的方式,反映了主人公坎坷的舞台生涯和人生经历,揭示了现代社会组织与艺术、与个人之间的矛盾。无论从流派上,还是从手法上看,都与唯美主义流派没有直接的关系。该译本没有"前言"或"后记",自然也就没有向读者说明将作品列入"唯美主义"流派代表作的理由。

此外,"日本文学流派代表作丛书"还出版了一本"新兴艺术派"的一部专辑。所谓"新兴派"是1929年底至1931年间日本出现一个现代主义文学流派。先是成了由加藤武雄、龙胆寺雄、尾崎士郎等十三人组成的"十三人俱乐部",后来又有舟桥圣一、井伏鳟二、伊藤整、阿部知二等人加入,成立了32人的"新兴艺术派俱乐部"。"新兴艺术派"反对当时蓬勃兴起的无产阶级文学,反对文学上的功利主义,主张艺术至上,主张"色情、荒诞、无意义",描写现代都市颓废、享乐的生活,以及现代人自我意识的崩溃状态。与西方现代派文学比较来看,理论贫乏,思想浅薄,大量描写摩登女郎、摩登少年、舞女、女招待等,堕入了庸俗的通俗文学,因此没有出现成功的作品。代表作有龙胆寺雄的《放浪时代》和《公寓里的女人与我》等。"日本文学流派代表作丛书"中"新兴艺术派"集,1987年由黑龙江人民出版社出版。该集译本题为《意中人的胸饰》,收舟桥圣一(1904—1976年)的两个中篇小说《意中人的胸饰》

（原题《好きな女の胸飾り》，林少华译）和《印染匠康吉》（原题《悉皆屋康吉》，刘介人译）。但是，把舟桥圣一的这两部小说作为"新兴艺术派"的代表作，是缺乏根据的。新兴艺术派只存在了两年左右的时间，而舟桥圣一在"新兴艺术派"解体后，1933年在法国文学影响下又提倡所谓"行动主义"，倡导"自由主义文学"与"能动精神"，后来又由现代主义逐渐回归日本文学传统。日本战败投降前夕完成的《印染匠康吉》就是这样的作品，作品描写了一位日本传统的印染匠人的奋斗史，无论如何都不属于"新兴艺术派"的作品。至于反映日本战后初期家庭爱情悲剧的《意中人的胸饰》则发表于1967年，与"新兴艺术派"的存在已相隔近三十六年，所以它与"新兴艺术派"根本无缘。这样将"流派"与"代表作"张冠李戴的情况，难以体现"日本文学流派代表作丛书"以"代表作"来展现"流派"的宗旨。

二、对夏目漱石和芥川龙之介的译介

1. 对夏目漱石的译介

在中国的日本文学翻译中，始终备受重视的是夏目漱石的作品，夏目漱石的译介在改革开放以后，被大量翻译出版。以前已有译本的作品，如前期创作《我是猫》《哥儿》《草枕》等，又陆续出现了新的译本。

如《我是猫》，1950年代曾有胡雪、尤炳圻的译本，到了1990年代，又出现了两个新的译本。一个是1993年南京的译林出版社出版的于雷的译本。于雷（1924年生）长期从事日本文学的编辑出版工作，是当代活跃的日本文学翻译家，曾翻译过德富芦花的《不如归》等重要作品。他译的《我是猫》，对猫的自称"吾辈"（わがはい）一词的微妙含意，有深入的研究和体会。在"译者前言"中，他写道：

> 一九八五年我一动手翻译这部作品，就为小说开头第一句、也便是书名的译法陷于深深的困惑。历来，这本书都是被译为

《我是猫》的，然而，我不大赞同。因为，一、原书名不单是一个普通的判断句，就是说，它的题旨不在于求证"我是猫"，而是面对他眼里的愚蠢的人类夸耀："咱是猫，不是人"；二、尽管自诩为上知天文、下知地理的圣猫、灵猫、神猫，本应大名鼎鼎，却还没有个名字。这矛盾的讽刺，幽默的声色，扩散为全书的风格。

问题在于原文的"吾辈"，这个词怎样译才好。它是以"我"为核心，但有不同于日文的"私"（わたくし）。原来"吾辈"这个词，源于日本古代老臣在新帝面前的谦称。不卑不亢，却谦中有傲，类似我国古代宦官口里的"咱家"。明治前后，"吾辈"这个词流于市井，类似我国评书中的"在下"，孙悟空口里的"俺老孙"，还有自鸣得意的"咱"，以及"老敝"等等。"敝"，本是谦称，加个"老"字，就不是等闲之辈了。

我曾写信请教过一些日本朋友与国内作家、翻译家、编辑。有的同意用"在下"，有的同意用"咱家"。还有的劝我不要费脑筋要什么花样，就译成"我是猫"蛮好。于是，我的译文改来改去，忽而"在下"，忽而"咱家"，忽而"小可"，总是举棋不定。直到刘德有先生和冷铁铮先生发表了学术性很强的论文，才胆子壮了，确定用"咱家"……

这种对作品的关键词再三斟酌、一丝不苟的态度，是非常可贵的。将"猫"的自称"吾辈"译为"咱（音 zá）家"，比译成"我"更幽默传神。但是，从另一方面来看，"咱家"是早期白话中的一个词，在现代汉语中早已废置不用了。在现代汉语的译文中，时而出现"咱家""咱家"，就不免影响译文整体的语体风格的和谐统一。

《我是猫》另一个译本是上海译文出版社 1994 年出版的刘振瀛的译本。作为日本文学的教授，刘振瀛对夏目漱石及《我是猫》有着深入的研究，发表了数篇有分量的论文。他在谈自己的翻译经验的文章《片断的感想》一文中认为，翻译不应只追求表面上的"信""达"，翻译者"应当是他所从事翻译的那个作家的研究者，或者退一步说，也应当是个好的理解者"；翻译像《我是猫》这样的作品，应当搞清与之相关的"俳文""俳言"是怎么一回事，以便理解作品所具有的独创性。（见《当代文学翻译百家谈》，北京大学出版社 1989 年）刘振瀛的《我是猫》的译本，很好地贯彻了他的翻译主张，译文生动、潇洒，准确、传神。例如作品的开头一句，原文是：

吾輩は猫である。名前はまだない。

这句话，单从文字角度看相当简单，也非常好译。胡雪、尤炳圻的译本是"我是猫，名字还没有"，完全是直译，但没有译出"味儿"来，于雷的译文是"咱（zá）家是猫，名字嘛……还没有"。"味儿"是译出来了，但中间却加了一个原文没有的省略号，来加强"猫"的那种自负中因没有名字而带来的"不好意思"的意思。刘振瀛的译文则是：

我是只猫儿。要说名字嘛，至今还没有。

这句译文看上去虽简单无奇，但显然包含着译者对作品的深刻的体会。"我是只猫儿"，表示猫的量词"只"以区分表示人的量词"个"，这就使得"猫"自己不屑与人类为伍的自负语气强调出来了；不用"猫"而用儿化音"猫儿"，就很轻松地传达出了原文的滑稽幽默。"要说名字嘛，至今还没有"，其中的"要说……嘛"，语气中有轻微的转折和迟疑，这就把"猫"因"至今还没有"名字而造成的不满足感和不易觉察的自卑感体现了出来。刘振瀛的这句译文没有在原文之外添加什么多余的字词，只用简单的译语，即自然天成地传达出原文微妙的言外之意。由一句可窥全篇，刘振瀛译《我是猫》是一部精心之作，也是他一生翻译文学中的代表作。此外，刘振瀛为译本写了一篇万字以上的序言，表明他对《我是猫》及夏目漱石的认识较之以前发生了变化，不再从"批判现实主义"的角度看待《我是猫》，而是力图从作品的独到之处入手，探讨和分析《我是猫》的幽默、滑稽、诙谐的美学特征；他还表示不同意胡雪在《夏目漱石的生平、时代及其讽刺作品》（《外国文学研究》1981 年第 1 期）一文中关于《我是猫》是"对小资产阶级的知识分子的自我批判"的看法，认为这样的看法没有理解作品借笔下知识分子的口，嬉笑怒骂、幽默讽刺的真意。

夏目漱石的中篇小说《哥儿》《草枕》等早期作品在 1980 年代也出版了两个新的译本。一个是上海译文出版社 1987 年出版的《哥儿》，这是一个以《哥儿》为中心的，包括《伦敦塔》《玻璃门内》《文鸟》《十夜梦》在内的作品集。其中，《哥儿》为刘振瀛翻译，其他为吴树文翻译。另一个是海峡文艺出版社 1989 年出版的《哥儿·草枕》，为陈德文翻译。这两个译本在译文质量上较之原有的旧译本，都有提高。

1930—1960 年代的夏目漱石的翻译，集中在《我是猫》《哥儿》《草枕》等前期作品；而 1980—1990 年代的夏目漱石作品的翻译，选题的侧重点开始转向中后期，陆续翻译出版了夏目漱石中后期的一系列重要作品。漱石中后期的作品，最重要的是他的两个长篇"三部曲"。即"前三部曲"《三四郎》（1908 年）、《从那以后》（1909 年）和《门》（1910 年）；"后三部曲"《春分之后》（1912 年）、《行人》（1912 年）和《心》（1914 年）。夏目漱石的前三部曲，以爱情、家庭为中心，描写了小资产阶级知识分子的内心的憧憬、失落和苦闷烦恼。其中，《三四郎》以刚进大学的小川三四郎为主人公，反映了知识青年面对新的学业、面对爱情时的彷徨、犹疑的内心世界；《从那以后》（原题"それから"，又译《从此以后》《后来的事》）则以大学毕业后三四年的长井代助为主人公。代助为了成全朋友，让自己暗自爱着的三千代与朋友平冈结了婚，数年后得知他们的夫妻生活并不幸福，便决心遵从自然的感情要求，不顾舆论的谴责和父兄施加的压力，把三千代从平冈那里夺了回来，并与她结了婚；《门》描写的是违背社会伦理道德结了婚的宗助和阿米夫妇，被社会、被亲属所遗弃，离群索居，过着贫穷、孤寂的生活。宗助在绝望中去寺院参禅，但也一无所获。作品充满悲观气氛。前三部曲在风格上，较之明快、诙谐的《我是猫》《哥儿》等早期作品，发生了很大的变化。笔触对准人物的内心世界，作品的故事性和叙事性也淡化了。"后三部曲"则进一步偏重心理描写，在某种意义上可以把它们看成是一种心理小说。"后三部曲"中的第一部《春分之后》（原题《彼岸まで》）写一位知识青年须永市藏，由于在爱情上的苦闷，加上忽然得知自己并非母亲所生，为排遣孤独寂寞而独自出门旅行。小说的结构很松散，像是几个短篇小说的连缀。后三部曲中的第二部《行人》中的主人公长野一郎是一个知名学者，但他的生活并不幸福，他痛感把握不住妻子的精神和灵魂，夫妻关系逐渐恶化，使他精神都有些失常了，感到自己前途渺茫，要么死掉，要么发疯，要么皈依宗教。他怀疑弟弟二郎与妻子关系不正常，就借故让弟弟和妻子外出同宿，以考验妻子的贞操，不料弄巧成拙，适得其反。"后三部曲"中第三部是《心》。主人公"先生"喜欢上了房东家的小姐，当他得知自己的朋友 K 也钟情于房东家的小姐时，便抢先一步向小姐求婚。不久 K 自杀身亡。"先生"与小姐结婚后虽然还算和谐美满，但他深知 K 的自杀是因为对友情和爱情的绝望，因而感到自己负有罪责，而受着负罪感的折磨。他剖析了自己的利己主义的行为和心理，意识到自己和霸占他财产的叔父是一类人，感到不寒而栗，最终因不堪痛苦而自杀。作者站在道德和良知的角度，本着所谓"则天去私"的道德信条，对人的利己主义本性做了入木三分的剖析批判。在夏目漱石的后期创作中，《心》是艺术水平最高的作品，有的学者甚至将它视为漱石全部创作中的代表作品。

集中出版漱石中后期作品的，是湖南人民出版社和上海译文出版社。1982、1983 年，湖南人民出版社出版过陈德文译的《三四郎》《从此以后》的单行本；1984 年，湖南人民出版社分别出版了陈德文翻译的《夏目漱石小说选》上、下卷，其中上卷收《三四郎》《从此以后》《门》等三部曲。1985 年，该社又出版了《夏目漱石小说选》的下卷，由张正立、赵德远、李致中译，收《春分以后》、《使者》（即《行人》）、《心》三部小说。湖南版这两卷本、篇幅达一百多万字的《夏目漱石小说选》，是继 1950 年代人民文学出版社的《夏目漱石小说选》之后规模最大的漱石作品的中文译本，在我国的夏目漱石翻译史上，是值得重视的成果。《夏目漱石小说选》的译文，也比较认真可靠。特别是陈德文翻译的上卷，在成卷时将此前作为单行本出版的《从此以后》《门》做了订正，使得译文质量进一步提高。下卷译文，也流畅可读，但也有可商榷之处。如书名的翻译。后三部曲的第二部作品，漱石用"行人"这两个汉字来作书名，是用了典的。它取自我国的《列子》。《列子·天瑞篇》有这样的话："古者谓死人为归人。夫言死人为归人，则生人为行人矣。行而不知归，失家者也。"在漱石看来，小说中的主人公一郎就是"失家"的"行人"。而这么一个引经据典的、寓意深刻的书名，却被译者用"使者"二字取代，就不免令人莫名其妙。

上海译文出版社于 1983、1984 和 1985 年，先后出版了日本文学翻译家吴树文（1943 年生）翻译的《三四郎》《后来的事》和《门》；1988 年，上海译文出版社又将这三部作品合为一集，题为《爱情三部曲》，作为该社的"日本文学丛书"之一出版发行。这是一个高质量的译本。吴树文的译文，语言本色、老成，优美流畅。特别值得称道的是在这个译本的前面，冠有三篇言之有物的论文性的序言。一篇是吴树文自己写的"代序"，第二篇是刘振瀛写的《从冷眼旁观到叛逆》，第三篇是吕元明写的《重压的苦闷》。三篇文章都从不同的角度分析、阐发了漱石创作的意义和内涵，不仅有助于读者理解夏目漱石的作品，也为这个译本增添了浓厚的学术气息。

夏目漱石在晚年，还有两部重要的作品，即自传体的长篇小说《道

草》（一译《路边草》，1915 年）和未完成的长篇小说《明暗》（一译
《明与暗》，1916 年）。书名"道草"二字含有"蹉跎岁月"的意思。小
说从主人公健三从英国留学归来，成为名作家写起，中心情节是健三与贫
穷的养父岛田的矛盾及其苦恼，夫妻之间的勾心斗角，基本上是漱石本人
中年时代的生活经历和体验。《明暗》是漱石的最后一部作品，作者未能
写完全书便去世了，写完的部分已长达三十多万汉字。小说以津田和阿延
的夫妻日常生活为中心，描写了无聊、庸俗、灰暗的夫妻家庭生活，表现
了夫妻关系中的深藏着的利己主义，对人物心理的分析和描写达到了炉火
纯青的境地，在日本文学史上评价很高。1985 年，上海译文出版社出版
了柯毅文翻译的《路边草》；1988 年，上海译文出版社将柯毅文翻译的
《路边草》和周大勇翻译的《心》合为一集，题名《心·路边草》，列入
该社的"日本文学丛书"再次出版。夏目漱石研究专家何乃英为该译本
做了序，以翔实的资料，介绍、分析了《心》和《路边草》的写作背景
和内容。同时，《明暗》也出现了两种译本。一种是 1985 年海峡文艺出
版社出版的林怀秋、刘介人翻译的《明与暗》；一种是 1987 年上海译文
出版社出版的于雷翻译的《明暗》。

　　这样，夏目漱石一生中的大部分作品（特别是小说），都有了中文译
本。只有长篇小说《虞美人草》（1907 年）等少数重要作品，因种种原
因没有译本。（《虞美人草》使用了"俳句连缀式"的文体，翻译难度特
别大）我国一般读者，基本上可以凭借译本，系统地了解博大深厚的
"漱石文学"。

　　在大量翻译漱石作品的同时，也出现了有关夏目漱石评论与研究的论
文和著作。我国学者撰写的《日本文学史》《东方文学史》方面的教材和
专著，均将夏目漱石作为日本近代文学的最杰出的代表，重点加以论述。
刘振瀛发表了一系列有关夏目漱石的有分量的序文和论文，后来收在了他
的论文集《日本文学论集》（北京大学出版社 1991 年）中。1985 年，北
京出版社出版了北京师范大学中文系何乃英教授的题为《夏目漱石和他

的小说》的小册子，这是中国第一部系统全面而又简明扼要的介绍评论夏目漱石生平与创作的书。1990 年，北京大学出版社出版了留学日本的青年学者李国栋写的《夏目漱石文学主脉研究》，对漱石的中、长篇小说做了系统的研究和评论。1998 年，中国社会科学院外国文学研究所的副研究员何少贤的长达 28 万字的专著《日本现代文学巨匠夏目漱石》，由中国文学出版社出版。这是一部专门研究夏目漱石文艺理论与文艺思想的著作（单从书名上看不出此书是专门研究漱石文论的）。即使在日本，这样深入的大规模的漱石文学理论的研究也是罕见的，表明我国作者在漱石研究上所付出的努力。此外，我国学者对夏目漱石与鲁迅的比较研究也颇有成果。刘振瀛、孙席珍、林焕平、吕元明、王向远、李国栋等，都在这方面发表了有见解的研究论文。

2. 对芥川龙之介的译介

芥川龙之介的翻译，在改革开放后继续受到重视。最早出版的是老翻译家楼适夷翻译的《芥川龙之介小说十一篇》，1980 年由湖南人民出版社出版。该书收译的篇目有《罗生门》《地狱变》《奉教人之死》《老年的素盏鸣尊》《秋山图》《莽丛中》《报恩记》《阿富的贞操》《六宫公主》《戏作三昧》，共 11 篇短篇作品。这些小说是楼适夷从 1976 年 4 月到 6 月那特殊的历史时期翻译的。译者在"书后"中交待说：

> 我对这位作家的作品读过一些，但不全面，平素亦更无深入的研究，但他在初中期写的一些历史题材的短篇，却深深地吸引了我。正当天安门广场四五运动之后，我在闭门深居之中，作为自己日常的课程，也可以说是作为逃避现实，逃避痛苦的一种手段，便选出自己所偏爱的篇目，重作冯妇，又理旧业，开始翻译起来。一个动惯笔墨，长期被逼停止，又见到自己亲笔写出来的稿纸，渐积渐厚，首先已得到了劳动的乐趣。而且说起来芥川不但充实了我那时的日常生活，使我每晚上床，感觉这一天没有白

过，而且这工作还居然搭救了我一次。

楼适夷接着谈到，那时上边有人到他家打探他是否参加了天安门集会事件，看见楼适夷摊在桌子上的词典和译稿，那人便不再怀疑。所以楼适夷说芥川"搭救"过他。在那政治环境特别险恶的特殊时期，楼适夷翻译芥川龙之介，没有想到还能公开出版，只是自己装订成册，给家人和友人阅读欣赏。楼适夷在这种情况下翻译的芥川作品，成为改革开放以后公开出版的芥川龙之介的第一个译本。除《罗生门》《秋山图》之外，大部分作品是1930年代芥川译介的高潮时期没有译过的，为楼适夷首译。其中，《莽丛中》和《地狱图》属于芥川龙之介全部作品中最有代表性的作品。楼适夷在芥川的上百篇小说中，选出这样的作品，是颇具审美眼光的。《地狱变》，又可译为《地狱图》。写的是古代一个大公（原文"大殿"）府上的一个叫良秀的画师，为了画出一幅名为《地狱变》的表现地狱之恐怖情景的屏风画，请求大公一定要制造一个可怕的场面供他临摹写生。大公同意了他的请求，便按良秀的想象，把一个女子关进囚车，放火焚烧，然后让良秀观看。当良秀发现车里被烧着的女子却是自己的心爱的女儿时，惊得目瞪口呆。但他很快平静下来——

> 最奇怪的是，——是在火柱前木然站着的良秀，刚才还同落入地狱般在受罪的良秀，现在在他皱瘪的脸上，却发出了一种不能形容的光辉，（中略）似乎他眼中已不见婉转就死的闺女，而只有美丽的烈火，和火中殉难的美女，正感到无限的兴趣似的——观看着当前的一切。（《芥川龙之介小说十一篇》第36页）

一个月后，一幅栩栩如生的《地狱变》的屏风画成了，第二天，良秀也在自己的屋子里上吊自尽。……这篇小说形象地体现了芥川龙之介对社会、人生及艺术的看法。在他看来，艺术与人生、与现实是对立的；人生就是地狱，艺术家是地狱中的一员，同时也是地狱中可怕情景的见证人、描写者和传达者；艺术家只有生活在地狱中并描写地狱才是真正的艺术家，要超脱人生的地狱只有自杀。

楼适夷译的《莽丛中》，原题《薮の中》，亦可译为《竹林中》《树丛中》，是一篇在内容和形式上都非常奇特的天才的作品。整篇小说就像法庭的审判记录，由见证人、活着的当事人或当事人的鬼魂的一段段的自述与口供连缀而成。武士金泽武弘在偕妻子出门的旅途中，因贪财而上了强盗多襄丸的当。以至多襄丸强奸了他的妻子真砂，并把他杀死。对于这个过程的交待和陈述，几个当事人的陈述互相矛盾；强盗承认自己在决斗中杀死了武士，金泽武弘的亡灵说自己由于不堪强盗的侮辱而用小刀自杀，金砂则声称是自己杀死了丈夫。而樵夫则看到现场上有明显的决斗的痕迹。为什么几个人的说法如此矛盾？芥川龙之介运用这种似乎是纯客观的记录文字的形式，深刻地表现了在特定的情境下，自私自利的利己主义的心理如何支配人的行为，对人的丑恶本性的揭露可谓触目惊心，它表明了芥川龙之介对人性的深刻的怀疑和失望，是体现芥川龙之介怀疑主义、悲观主义、相对主义思想的典型作品。

改革开放后，人民文学出版社策划编辑出版"日本文学丛书"，芥川龙之介的作品被列入丛书的首选书目之一。1981 年，人民文学出版社出版了《芥川龙之介小说选》，该译本由文洁若、吕元明、文学朴、吴树文四人翻译。全书四十多万字，共收芥川龙之介短篇小说四十五篇，具体篇目是：《火男面具》《罗生门》《鼻子》《孤独地狱》《父》《虱》《猴子》《手绢》《烟草和魔鬼》《大石内藏助的一天》《戏作三昧》《蜘蛛丝》《地狱图》《毛利先生》《桔子》《沼泽地》《龙》《疑惑》《魔术》《葱》《舞会》《秋》《女性》《弃儿》《阿律和孩子们》《母》《竹林中》《将军》《斗车》《庭园》《保吉的札记》《小白》《一块地》《寒》《大导寺信辅的前半生》《玄鹤山房》《海市蜃楼》《水虎》《三个窗口》《暗中问答》《某傻子的一生》《大川的水》《蛙》《一个社会主义者》《侏儒的话》。这当中，以历史为题材的所谓"历史的小说"为最多。总的看来，芥川龙之介的有代表性的作品大都选在里面了。而且大部分是首次翻译。1920—1930 年代出版的几种芥川龙之介的作品，篇幅最长者也只有十来篇，最短者只有两三篇。比较而言，人民文学出版社的《芥川龙之介小说选》可以说是第一部系统地反映作者创作的基本面貌的选集。当然，芥川龙之介的创作题材、文体形式多种多样，从选题的范围上看，这个译本还未能反映全貌。如他晚年对基督教特别是基督的故事很感兴趣，写了《西方的人》《续西方的人》等以基督和基督教为题材的小说，代表了芥川创作的一个方面，日本出版的几种芥川龙之介选集一般都选，对于理解芥川的思想也很有助益。但该《小说选》没有选入。另外，所选入的篇目有的不是小说，如《侏儒的话》是哲理性的随笔集，选入"小说集"时倘若作为"附录"来处理，似乎更合适些。

1998 年，中国世界语出版社出版了叶渭渠主编的两卷本的《芥川龙之介作品集》。一卷为小说卷，一卷为散文卷，是 20 世纪规模最大的芥川龙之介作品的中文本选集。其中小说卷收作品四十篇，对已经出版的楼适夷译《芥川龙之介小说十一篇》和人民文学出版社的《芥川龙之介小说选》的部分译文均原样收进。有近一半的作品为新译。新译的篇目为郑科译《老年》，胡晓丁译《酒虫》，刘宗和译《开船》《单相思》，王光辉译《开明的杀人犯》，高少萍译《邪教》，揭侠译《圣·克里斯托弗传》《一篇爱情小说》，龚志明译《鼠鬼次郎吉》，高海宽译《素盏鸣尊》，胡毓文译《杜子春》，黄凤英译《南京的基督》，张义素译《诸神的微笑》《春天》，邹东来译《烟管》，黄来顺译《偷盗》（中篇）、《海滨》，刘莹译《点鬼簿》等。散文卷收文艺札记、游记、日记、小品、杂感等各种形式的散文三十五篇，重要的篇目有《我和创作》《文艺杂话·饶舌》《艺术及其他》《东京小品》《江南游记》《文艺的，过于文艺的》等，绝大多数都是首译，填补了芥川龙之介散文翻译的一个空白。

此外，芥川龙之介的作品还有吴树文的译本《疑惑》，该译本于 1991

年由上海译文出版社作为"日本文学丛书"之一种出版；1998 年，南京的译林出版社出版了《罗生门——中短篇小说集》。这两个译本中的大部分译文是已有译文的编选本。1998 年，湖南文艺出版社出版了一套精装本的"世界短篇小说精华丛书"，聂双武等译的《芥川龙之介短篇小说》（收作品三十六篇）被列入该丛书中。

　　芥川龙之介在我国是拥有读者最多的日本作家之一。由于芥川龙之介作品的哲理性强，写作手法、技巧高超新颖，一般读者要深刻理解并不容易。但在文学修养较高的读者层中，芥川的作品很受欢迎。在芥川龙之介的研究方面，1980—1990 年代在学术刊物上陆续发表了多篇有关芥川龙之介的研究与评论文章，有的日本文学史、东方文学史方面的教科书与专著都列专章或专节来讲述芥川。但与夏目漱石、川端康成、三岛由纪夫的研究比较而言，我国的芥川龙之介研究稍显冷清，没有出现专门的传记著作或研究著作。

第四节　对当代名家名作的译介

一、对川端康成的译介

　　川端康成（1899—1972 年）是日本著名作家，1968 年度诺贝尔文学奖获得者。川端康成早在 1926 年就发表了成名作《伊豆的舞女》，1935 年开始发表代表作《雪国》。但在 1980 年代之前，川端康成的译本只有范泉在 1942 年译出的《文章》（上海复旦出版社），遗憾的是该译本已很难查找到了，《民国时期总书目》等也未著录，译了哪些篇目也不得而知。1968 年，川端康成获得诺贝尔文学奖，在日本国内外声名鹊起。但当时正是我国的所谓"无产阶级文化大革命"时期，不可能对川端康成的获奖做出应有的反映。一直到 1980 年代之前,我国文学翻译界对川端康成的创作完全处于无视状态。

1980 年代初,川端康成的翻译一下子成为中国的日本文学翻译中的热点。老翻译家韩侍桁和叶渭渠、唐月梅最早开译川端康成的作品。1981 年 7 月,上海文艺出版社出版了韩侍桁翻译的《雪国》。同年 9 月,山东文艺出版社出版了叶渭渠、唐月梅泽《雪国·古都》。1985 年是川端康成翻译的丰收年。这一年中共出版了七八个川端康成作品的译本,其中有韩侍桁、金福译,上海文艺出版社出版的《古都》,郭来舜译、陕西人民出版社出版的《千鹤》,高慧勤译、漓江出版社出版的《雪国·古都·千鹤》,唐月梅译、外国文学出版社出版的《舞姬》,陈书玉和隋玉林等译、湖南人民出版社出版的小说集《花的圆舞曲》,叶渭渠译、人民文学出版社出版的《川端康成小说选》等。这样,到 1985 年,为川端康成获得诺贝尔奖的几个作品——《雪国》《千鹤》《古都》等,都有了译本,而且是两个以上不同的译本。随后,叶渭渠译的《川端康成谈创作》《川端康成散文选》《川端康成掌小说百篇》等不同体裁的作品集,也陆续推出。在上述译本中,高慧勤翻译的《雪国·千鹤·古都》,叶渭渠翻译的《川端康成小说选》,陈书玉、隋玉林等翻译的小说集《花的圆舞曲》等,是质量可靠、选题精严、影响较大的译本。

到了 1990 年代,像 1980 年代那样的如火如荼的"日本文学热"总体上已经降温了,但川端康成作品的翻译出版依然热火朝天。在 1990 年代川端康成的译介中,翻译家叶渭渠(1929—2010 年)处于中心地位,作为 1980 年代以后活跃的日本文学翻译家,他为川端康成文学在我国的翻译传播做出了积极的贡献。1990 年代,叶渭渠主编了四套川端康成的作品丛书。

第一套是中国社会科学出版社 1996 年出版的《川端康成文集》十卷,其中收叶渭渠、唐月梅译《雪国·古都》,叶渭渠译小说集《伊豆的舞女》,叶渭渠译《千只鹤·睡美人》,唐月梅译《名人·舞姬》,陈薇译

《日兮月兮·浅草红团》，叶渭渠译《美的存在与发现》，叶渭渠、唐月梅译《山音·湖》，孔宪科、朱育春译《美丽与悲哀·蒲公英》，叶渭渠译《掌小说全集》，金曙海、郭伟、张跃华译创作随笔集《独影自命》。

第二套丛书是 1996 年长春的东北师范大学出版社出版的三卷本《川端康成集》，第一卷是"长篇小说卷"，收叶渭渠、唐月梅译《雪国·千只鹤》；第二卷是"中短篇小说卷"，收叶渭渠译《睡美人》《湖》《温泉旅馆》等，第三卷是"散文随笔传记卷"，收叶渭渠译文四十余篇。

第三套丛书是叶渭渠主编、漓江出版社 1998 年出版的《川端康成作品》十卷。其中有郑民钦译反映战后日本家庭生活的长篇小说《东京人》，还有叶渭渠、郑民钦译短篇小说集《再婚的女人》，贾玉芹等译长篇小说《少女开眼》，朱育春译长篇小说《生为女人》，林怀秋、李正伦、何乃英译作品杂著集《天授之子》，孔宪科、杨炳辰译中篇小说集《彩虹几度》，于荣胜译中篇小说集《河边小镇的故事》，叶渭渠译《雪国·山音》、散文集《美的存在与发现》。

第四套丛书是两卷本的《川端康成少年少女小说集》，其中的第一卷为李正伦等译《美好的旅行》，第二卷为杨伟译《少女的港湾》。

到了 2000 年底，高慧勤主编的《川端康成十卷集》由河北教育出版社以豪华精装的形式出版。十卷依次为：一、《雪国·名人》，高慧勤、张云多等译；二、《千鹤·山音》，高慧勤、谭晶华等译；三、《岁月·潮·琼音》，林少华、刘强等译；四、《彩虹几度·舞姬》，赵德远译；五、《古都·美丽与悲哀》，高慧勤等译；六至七、《东京人》（上，下），文洁若译；八、《生为女人》，金中译；九、《伊豆舞女·水月》，李德纯、刘振瀛等译；十、《文学自传·哀愁》，魏大海等译。

川端作品的这些丛书、译本规模化、大密度、持续不断地翻译出版，在 20 世纪我国的日本文学翻译史上是空前的。川端一生中大部分作品，都已经有了中文译本。这些译本推动了川端康成在中国读者中的传播，为我国翻译文学的繁荣做出了贡献，同时，也清楚地表明了我国的日本文学翻译在改革开放后，特别是在 1990 年代以后，已经进入了商业化、市场化运作的时代。这在川端康成作品的翻译中主要表现为：一些丛书的选题设计互有交叉重复，同一个作品多人翻译、多种译本，同一种（篇）译本被多次包装、多次重复出版的情况大量地存在着。

川端康成在中国的持续不衰的高热是值得研究的一种文化现象。其原因很复杂，但最主要的原因大致有三：

第一，对诺贝尔文学奖及其获得者的崇敬乃至崇拜心理，在读者和文学界相当流行。1980 年代后出版的大量的和诺贝尔文学奖及其获得者有关的丛书、类书、专著等就是明证。"诺贝尔文学奖获得者"等于"世界级大作家"这样一种看法虽然在逻辑上和事实上都不能被充分证实，但在感觉和印象上普遍存在。而川端康成作为亚洲第二位诺贝尔文学奖获得者，比起欧美国家的众多的获奖者，更显得稀罕而可贵，更能引起中国读者在"东方文学"层面上的认同、重视与共鸣。

第二，川端康成在当代日本，是文学研究的最大热点之一，虽然不同的评论家和研究家互有争议，但总体上看是评价甚高。研究川端康成的文章、著作和资料汗牛充栋，这种情况，不能不影响到中国对川端康成的译介。

第三，川端康成的作品，具有浓郁的日本民族风格，在文学类型、写法、意蕴等各方面具有特异性，是文学写作、文学研究和文学评论的绝好的、不可多得的文本。

很大程度上，中国的"川端康成热"是由翻译家和研究家、评论家们促成的。本来，川端康成的作品，大部分是属于所谓的"纯文学"的范围。一般来说，日本的"纯文学"和社会小说、推理小说等"大众文学"不同，由于缺乏通俗性和大众性，其阅读圈子相对狭小。而对我国读者来说，川端康成的作品在"纯文学"中恐怕又是最难懂的。但这种"难懂"，更多的不是由作品的情节、人物本身造成的。从情节上看，川端的作品情节淡化，故事大都非常简单；从人物描写来看，常常是单纯的、封闭的，缺乏复杂的社会背景和性格的描写。由于川端的作品从人情的细微处着笔，没有西方文学古典文学博大精深，因而读者读起来不会产生高山仰止的崇高感；又由于他的作品只写感觉与感受，没有西方现代主义文学的荒诞构思和哲学思辨，因而读起来并不感觉深奥难解。读完之后，留下的也只是一点点"感觉"和情调。但是，倘若要用逻辑的、理论的语言把"感觉"和情调加以总结和提升，就会觉得非常困难。在这种时候，才知道原来自己并没有读懂川端康成，原来川端康成并不那么简单。川端康成的作品和日本的传统文学、传统的审美文化有着深刻的渊源关系。他的作品大都通过男女恋情和性爱的描写，来表现他的日本式的"人情"、日本式的"感觉"和日本式的所谓"美意识"。而中国一般读者，要从日本传统文化和美学的角度看待川端康成，理解其中的日本之"美"，那就非由学者和评论家加以研究阐释不可。而且川端康成的作品大多涉及嫖妓（如《雪国》）、乱伦及乱伦意识（如《千鹤》《山音》）、性变态与性妄想（如《睡美人》《一只胳膊》）等悖德、颓废的内容，在性道德比较严格的中国，要理解这些东西，是有着文化隔膜的。如何看待这些作品，也非要评论家和研究家对读者加以引导不可。

　　事实上，在我国，对川端康成作品的翻译与对川端康成的研究和评论是相辅相成的。在我国学者撰写的日本作家的研究评论文章中，有关川端康成的研究成果是最多的。大量翻译和大量研究评论共同构成了川端康成译介的热闹景观。从1980年代初到1990年代末的近二十年时间里，我国的各种学术期刊、报纸发表的有关川端康成的论文与文章不下百篇，出版的有关川端康成的研究、评价著作和论文集等也有多部。除了翻译过来的川端康成研究著作（如孟庆枢译长谷川泉的《川端康成论》、何乃英译进藤纯孝的《川端康成》）外，由我国学者撰写的有关研究性评传著作有叶渭渠的《川端康成评传》及修订版《冷艳文士川端康成》（中国社会科学出版社1989、1996年），何乃英的《川端康成》（河南人民出版社1989年），谭晶华的《川端康成评传》（上海外语教育出版社1996年）等，还

有叶渭渠等主编中外学者川端研究论文集《不灭之美——川端康成研究》
（中国文联出版社 1999 年）。其中，叶渭渠的《川端康成评传》及其修订
版是川端康成研究和评论的集大成的作品。该书充分吸收了日本人的研究
成果，融会了自己多年翻译和研究川端作品的体会，资料很丰富，对作品
的分析深入细致，观点剀切详明，堪称我国读者全面了解川端康成的必
读书。

　　1980 年代后，围绕着川端康成的作品特别是他的代表作《雪国》的
理解和评论，我国文学界、学术界进行了长期热烈的，有时是激烈的讨论
和争鸣。总起来看，对川端康成的评论和理解，大体可以分成立场、角度
各有不同的三派。一派从现实主义观念及“典型人物”“典型环境”论的
角度解读川端康成，认为川端康成的作品是现实主义的，权且称为“现
实主义观念”派；一派站在社会现实的角度，从作品与社会现实的直接
的关系上冷静分析作品，认为川端康成的作品没有正确地反映时代和现
实，因而不是现实主义的，姑且称为“社会现实派”；另一派从日本传统
文化、从日本与西洋文化融合的角度，特别是审美文化的角度、研究和评
论川端，姑且称为“审美文化派”。

　　长期以来，由于政治的、历史的原因，我国文学评论界独尊现实主
义，习惯用现实主义的创作方法来看待文学现象。1980 年代初，研究和
评论川端的一些文章，就把川端康成的作品看成是现实主义作品。用现实
主义的“典型人物”论及“人物形象分析”的方法来分析川端康成作品
中的人物，用所谓“主题思想”的概括来把握作品，用“反映社会本质
论”来衡量作品的价值。如署名黎梦的题为《从生活原型到文学形象》
（载《东北师大学报》1983 年第 3 期）的文章认为：“《雪国》尽管在创
作方法和艺术构思中有一些非现实主义的成分，但它不仅是现实生活的反
映，并且在很大程度上是忠实于生活的本来面目，打着实际生活的鲜明印
记的。因此，这是一部现实主义因素占主导地位的作品。”李明非、尚侠
发表在《日本文学》季刊 1983 年第 2 期上的题为《试论〈雪国〉的人物

与主题》的文章反问道："《雪国》所描绘的到底是怎样的生活图景？作品所展示的一幅幅生活画面，难道没有客观性可言而只能是岛村眼里的虚无世界的幻影吗？"并得出结论说：《雪国》中的驹子是"一个在追求中忍受，在忍受中追求的日本现代社会中的被损害的女性形象"；"《雪国》的主题"是"作品通过驹子为代表的社会底层人物的不幸，表现了人与社会现实的矛盾对立。这一主题揭示了三十、四十年代日本社会生活的某些本质方面"。这类文章的出发点是试图用马克思主义的观点来研究川端，但在运用马克思主义及现实主义文学观念时，却显出了不将具体问题做具体分析的僵硬和机械。

和"现实主义"派不同，"社会现实派"论者反对将《雪国》说成是"现实主义"作品。李芒在《川端康成、〈雪国〉及其他》（原载《日语学习与研究》1994 年第 1 期，后用作湖南人民出版社《花的圆舞曲》的"代序"）一文中指出：川端康成"依然是现实社会中存在的事物，但不一定就是现实主义文学，有模特儿也未必成为塑造典型人物的根据"；川端康成"无意着力塑造艺术的典型形象"，《雪国》中的驹子也不是什么"典型人物"；驹子与岛村的关系"只是游客和艺妓比较热乎的肉体关系，驹子的追求并不是什么真正的爱情，她的存在也并不充实"。《雪国》写于日本对外侵略期间，"如果是现实主义作品，也总该叫人闻到一些〔时代〕气息，或者看到一些这类事件对于日常生活哪怕是极其轻微的影响，或者对自己所写的应予否定的社会生活有所批判。然而，事实并非如此。川端笔下的《雪国》仿佛是世外水晶宫，生活着一些'从社会性走向生理性的人'"。莫邦富在《也谈川端康成的〈雪国〉》（载《外国文学研究》1983 年第 4 期）一文中指出："岛村对驹子只有性欲上的要求，根本没有感情上的爱恋……而驹子对岛村的'爱情'也是计时收费的。"他认为："川端康成在驹子身上灌输了落后的、封建的恋爱观，而这种恋爱观是同日本的封建历史分不开的。"这些评论是从《雪国》与社会、与时代的关系出发，而不是从僵化的概念出发，对川端康成及其

《雪国》的评价力求冷静、客观，反对对川端康成作品的哄抬和拔高。莫邦富还用可靠的材料说明，《雪国》的情节人物均有错乱之处，"很难设想一部连主人公的岁数与出生地都多次搞错的作品会是构思精巧之作"。

"审美文化派"改变了川端康成的研究视角和研究方法，特点是文化的、美学的角度，这是审视川端康成的最本质的角度。在我国，较早尝试使用这种角度来研究川端的是丘培的《浅谈〈雪国〉》（载《日本文学》季刊 1983 年第 1 期）。文中认为："如果把《雪国》比作一支凄婉、感伤的乐曲，悲观和虚无就是它的主旋律，它主宰着全篇的象征、暗示和余韵，奏出了'生存本身就是一种徒劳'的心声。"川端康成"在这里显然是要说明，美是虚无的，对美的追求是徒劳的，人生不过是一场徒劳的梦"；"在川端康成的意识里，建立在真善美基础上的传统的美学观念已经失去了意义，而'悲'、'虚无'、'美'三者是结合在一起的"。许虎一在发表于《日本文学》季刊 1984 年第 1 期上的题为《试谈川端康成的"美的世界"》一文中认为："川端康成的美的世界是建立在非现实基础之上的。他反对反映现实生活的现实主义创作方法，主张文学超越现实，描写瞬息间的感觉、印象和感情，他注重下意识的活动和变态心理。……作家好像要说明，美就是在无数偶然的假象所造成的瞬息间的幻觉之中。"高慧勤在为自己的译本《雪国·千鹤·古都》所写的题为《标举先感觉，写出传统美》的长篇序言中，在分析了三篇作品之后说："他（川端康成）在《雪国》、《千鹤》、《古都》中，刻意追求的，就是美，就是传统的自然美，非现实的虚幻美，和颓废的官能美。""川端作品的写法，既是'新感觉派'的，西方式的，同时也是传统所能接受的，日本式的，从而形成了自己独特的美学风格。如果说，川端康成给日本文学带来了什么新东西，做出什么新贡献，能用一句话加以概括的话，那就是：作家本着现代日本人的感受，以优美叹惋的笔调，谱写出日本传统美的新篇章。"总的看来，1985 年之后，随着我国文学界的文学批评方法由一元的"现实主义反映论"向多元的批评视野的转移，从审美文化的角度评论川端康成，成为一种总体的趋势。大量的研究论文虽然评论的作品有所不同，理论的根据有所差异，但结论大体是统一的。这说明在经过多年的讨论和争鸣后，我国的评论者和读者，对川端康成的作品的认识大体在审美文化的层面上取得了基本的一致。在这方面，有代表性的文章还有叶渭渠的《川端对传统美的新探索》、魏大海的《川端康成的虚空与实在》（均收于中国文联出版社《不灭之美——川端康成研究》）等。

上述川端康成的研究和评论清楚地表明了改革开放后我国文学，特别是文学评论方法，由单一走向多样，由先定的观念走向实事求是的科学研究的变化轨迹。同时，由于川端康成的作品具有特异性，原有的用来批评古典现实主义作品的批评方法与川端康成的作品之间已形成了背谬，使得评论家们不得不尝试使用其他的方法和其他的角度，为此而又不得不借鉴和参考日本文学研究和评论家的方法与视角。这对促进我国文学批评方法的转型，是起了一定作用的。

川端康成的译介对我国作家的创作也产生了一定的影响。在日本当代作家中，川端康成大概是仅有的一个最受中国作家重视的人。虽然川端康成作为一个地道的日本作家而难以摹仿，但他毕竟可以给作家们提供一种可能的参照。甚至有的作家是因为阅读川端康成而走上写作道路的。如作家王小鹰在《从川端康成到托尔斯泰》（载《外国文学评论》1991年第4期）一文中写道：

> 直到1980年，学外国文学课，读到了川端康成的《伊豆的舞女》、《雪国》和《古都》，顿时像中了邪一般。看腻了"文革"中那些十全十美假大空的"英雄"人物，川端作品中纯真少女的哀伤、忧怨、爱情愈显得可亲可近，令人爱怜；厌烦了"三突出"作品千篇一律的结构套路，川端作品中的清新自然真让人耳目为之一新。川端作品中那种古典风格的美，遣词造句的精巧都让人尽情感受着艺术的无穷的滋味。特别是川端并不以故

事情节取胜，只着重对人物的感情和内心的描写，心理与客观，动与静、景与物、景与人的描写是那样的和谐统一，对我有很大的启发，触动了我的创作灵感。（中略）我将那时的作品分为三类：一类是只学川端取材的方法，以真情写引起自己感触的凡人凡事，单纯清新自然，比如《翠绿的信笺》、《别》、《闪亮、闪亮、小星星》、《净秋》等等；另一类是刻意效仿川端风格的，细腻、忧郁，有着淡淡的哀愁，却也很空洞，如《前巷深、后巷深》，写得很精美却有无病呻吟的倾向；还有一类我自以为写得比较成功的，像《相思鸟》、《雾重重》、《新嫁娘的镜子》等，艺术上学川端，追求完满而内容也较为充实。有很长一段时间，我沉溺在川端风格中流连忘返，这在我前三部小说集中都多少有些反映。

作家余华在《川端康成与卡夫卡》（载《不灭之美——川端康成研究》）一文中写道：

　　1982年在浙江宁波甬江江畔一座破旧公寓里，我最初读到川端康成的作品，是他的《伊豆的舞女》。那次偶尔的阅读，导致我一年之后正式开始的写作，和一直持续到1986年春天的对川端的忠贞不渝。那段时间我阅读了译为汉语的所有川端作品。他的作品我都是购买双份，一份收藏起来，另一份放在枕边阅读。后来他的作品集出版时不断重复，但只要一本书中有一个短篇我藏书里没有，购买时我就毫不犹豫。（中略）川端康成的作品笼罩了我最初三年多的写作，那段时间我排斥了几乎所有别的作家……

王小鹰和余华两位作家不懂日文，他们是完全依靠中文译本来了解和接受川端康成的。翻译文学直接架通了中国作家与川端康成之间的桥梁。

二、对三岛由纪夫的译介

在川端康成的译介过程中，尽管由于人们的观点看法不同而引起了争论，但这种争论完全是在纯文学的范围内进行的。而对日本另一个著名作家三岛由纪夫的译介，情况则要复杂得多。

三岛由纪夫（1925—1970 年）是一个在生活上创作上都非常特异的作家。他出身于贵族官僚家庭，自幼在贵族学校"学习院"受教育，青年时代受到宣扬大和民族主义和军国主义的"日本浪漫派"的影响，培养起了对日本天皇和天皇制的狂热的崇拜。战争期间，三岛体检时因医生误诊身体不合格而没有当兵参战，这成为他终生的憾事。日本的战败、战后和平宪法和民主制度的确立，天皇宣布自己是"人"而不再是"神"，这些对三岛来说都难以接受，因而对战败和战后日本社会抱有一种深深的绝灭感和严重的逆反心态。他就是从这种极右的立场出发，开始写作、走向文坛的。他从十九岁开始发表作品，到四十五岁自杀时，共著有中、长篇小说二十一部，短篇小说八十余篇，剧本三十三部，以及大量评论文章、散文随笔。代表性的小说有《假面的告白》（1949 年）、《爱的饥渴》（1950 年）、《禁色》（1951—1953 年）、《潮骚》（1953 年）、《金阁寺》（1956 年）、《忧国》（1961 年）、《午后的曳航》（1963 年）、《丰饶之海》四部曲（1965—1970 年，包括《春雪》《奔马》《晓寺》《天人五衰》）等。日本新潮社 1976—1983 年编辑出版的《三岛由纪夫全集》共计三十五卷（附"别卷"一卷），可谓著作等身。三岛的作品有十部被搬上银幕，三十六部被搬上舞台，七部获得各种文学奖，影响很大。许多作品被译介到欧美国家，曾两次被提名为诺贝尔文学奖候选人。作品的内容和人物大多极其怪异，常常令读者读得目瞪口呆，有"匪夷所思"之感。三岛喜欢以男色性倒错、同性恋、变态心理、杀人与放火、自杀与剖腹、嗜血、毁灭与死亡等非常事件为题材。在这些非常事件的描写中反映出对战后日本社会现实的不满、叛逆与反抗，为天皇失去"神"的光环而挽叹，为式微的日本武士道招魂呐喊，为处在战后的和平民主秩序中的日本而焦躁不安。于是他渴望"行动"，宣扬"行动哲学"。一方面在文学作品中弘扬武士道精神，甚至美化、歌颂法西斯主义旧军人，表现其右翼的乃至军国主义的思想观念，一方面组织自己的"私人部队"——右翼团体"盾会"，深入到自卫队做所谓"入队体验"。1970 年 11 月 25 日，他经过周密策划，带领"盾会"成员闯入自卫队总部，向自卫队员演讲，企图煽动自卫队哗变，未遂，按预定的计划当场剖腹自杀。

三岛由纪夫自杀，其意图在于以自杀警醒国人，促使军国主义及其天皇制国家体制的复活，在日本国内产生了很大的震动，造成了恶劣的影响。三岛自杀的事件以及带来的日本右翼势力和军国主义思潮的抬头，也理所当然地引起了中国的警惕。那时，人民文学出版社决定将三岛由纪夫的军国主义倾向最突出的《丰饶之海》四部曲翻译出来，作为"内部参考"，"供批判用"。1971—1973 年，《丰饶之海》四部曲——《春雪》《奔马》《晓寺》《天人五衰》——陆续出版，内部发行。

从《丰饶之海》出版到 1985 年间的十几年时间里，三岛由纪夫的作品翻译在我国完全停止。一直到 1985 年，中国文联出版公司经请示中央有关主管领导同意，出版了唐月梅翻译的《丰饶之海》四部曲之一《春雪》，为三岛由纪夫在当代中国的公开翻译出版开了一个头。唐月梅在译本前言中指出三岛在战后初期的创作"在唯美主义的背后，还是隐藏着那根深蒂固的以天皇制为中心的日本主义的意识"，而 1960 年代以后的创作，"无论在政治上还是在文学上都表明他已经不仅追求情欲的满足，而且表示对天皇制传统观念的憧憬，对其精神支柱——武士道精神的求索"。谈到作品翻译的动机，唐月梅写道："翻译他的某些作品，并不等于赞同他的政治观点和文艺观点；同样，批判他的政治观点和文艺观点，也并不意味着否定他的全部创作。我们对于一个作家及其作品需要的是采取实事求是的态度，具体作品具体分析。"这表明，随着改革开放的深入和思想的解放，对一个政治上反动、思想上有害，而在文学上富有成就的作家，我们已经敢于把他"拿来"，让广大的读者来了解他、认识他、鉴别他了。

此后，三岛由纪夫的翻译作品陆续不断地出版发行。1987 年，北京的作家出版社出版了台湾翻译家金溟若在 1970 年代翻译并已在台湾出版的长篇小说《爱的饥渴》。1988 年，北京的工人出版社（后更名为中国工人出版社）出版了一套名为《世界著名文学奖获得者文库》，其中的《日本卷》选收了焦同仁、李征翻译的三岛由纪夫的《金阁寺》。1990 年，中国友谊出版公司出版了文洁若、李芒、文静翻译的《春雪·天人五衰》；1991 年，中国社会科学院外国文学研究所主办的《世界文学》第 1 期设立了《日本作家三岛由纪夫专辑》，刊登了唐月梅、许金龙等翻译的五篇短篇小说，另有美国学者和日本学者的两篇评论文章的译文。1994 年，北京外国语大学主办的《外国文学》月刊也设立了《三岛由纪夫专辑》，翻译了《忧国》等小说，并发表了叶渭渠的《"三岛由纪夫现象"剖析》一文。叶渭渠在文章中反对从政治的角度看待三岛。在《"三岛由纪夫现象"辩析》一文中，开门见山地指出：

> 三岛由纪夫 1970 年自戕后，他的一些文学作品作为政治载体很快地介绍到我国来，以"供批判用"。在那个特定的历史时期，正在批判日本"复活"军国主义，人们自然怀着政治的激情，将其人其行为固定在军国主义的政治位置上，并批判他的《忧国》、《奔马》等。三岛事件已经过去二十多年，时至九十年代的今日，有的论者仍然按照特定时期的既定观点批评三岛由纪夫要"复活军国主义"，并且"借助艺术形式来宣扬他的这一观点"；有的论者甚至进一步开放，将批判范围扩大到《金阁寺》和《春雪》，认为前者"反映了他的军国主义情绪"，后者"鼓吹军国主义复活"，这是值得商榷的。

也许是基于这样的"与政治无关"纯学术的观点，1995 年，叶渭渠和日本学者千叶宣一、美国学者堂纳德·金等，拟在中国武汉组织一次国际性的三岛由纪夫学术研讨会。但 1995 年正是世界反法西斯胜利和中国抗日战争胜利五十周年的纪念年，中国和世界各国都举行了有关的纪念活动。在这个敏感的时候举行国际性的三岛由纪夫研讨会，也许有关主管部门认为不合时宜，因而加以干预和制止。对于这个问题，叶渭渠在为主编的论文集《三岛由纪夫研究》（北京：开明出版社 1996 年）所写的序言中，有所谈及，他说：

> 目前三岛由纪夫讨论，作为一种正常学术研究刚刚开始，又有人故伎重演，一方面全面否定三岛由纪夫，一方面自己却又译了三岛的作品，还给一个中学生杂志投稿，向我国少年介绍不应属于未成年人鉴赏的三岛的作品。如果说，这种思维混乱和逻辑颠倒，虽然带有一定的投机性，但还算是属于学术上的认识问题的话，那么，这次却趁暂时存在的某些外在微妙因素之机，企图引进政治来干扰正常的学术讨论，均完全超出了学术研究的范围了。……

后来，文洁若在其论文集《文学姻缘》（湖南人民出版社 1997 年）的序中也提到了这个事情，她写道：

> 我在介绍幸田露伴、泉镜花、谷崎润一郎、芥川龙之介、宫本百合子、五味川纯平、三浦绫子、远藤周作及大江健三郎时，着重写了他们反对日本军国主义者发动的那场不义战争的态度。（中略）可惜我国倒有些人居然置民族感情于不顾，曾试图于1995 年秋季在武汉大学召开三岛由纪夫国际研讨会，从而掀起

329

一股三岛由纪夫热。这些人竟全然忘记了三岛由纪夫是个鼓吹军国主义复活的反动文人。幸而由于有关方面及时制止，未成事实。

看来，我国日本文学翻译研究界对"三岛由纪夫国际研讨会"事件，看法有所不同。但有一点大家是一致的，就是认为三岛由纪夫的作品是可以翻译介绍的。但是，对三岛由纪夫这样一个作家，翻译之外的其他大范围的活动，可能会传达出事与愿违的信息，引起国外舆论的误解，因为三岛由纪夫毕竟不是一般的文人和一般的作家。

就在"三岛由纪夫国际研讨会"拟举办的前后（1994—1995年），作家出版社出版了一套空前规模的"三岛由纪夫文学系列"。该译丛由千叶宣一作顾问，叶渭渠主编，唐月梅等为副主编。译丛共分11卷，约230多万字。其中包括唐月梅译《假面的告白·潮骚》《金阁寺》《春雪》，许金龙译《爱的饥渴·午后曳航》《奔马》，许金龙等译短篇小说集《忧国·仲夏之死》，刘光宇、徐秉洁译《晓寺》，林少华译《天人五衰》，申非、许金龙译近代能乐、歌舞伎集《弓月奇谈》，申非、林青华译散文随笔集《阿波罗之杯》。另外，日本文学研究专家、翻译家唐月梅（1931年生）著《怪异鬼才——三岛由纪夫传》作为"三岛由纪夫文学系列"丛书之一最先出版。这是我国第一部三岛由纪夫的传记，此前她曾发表过数篇有关三岛由纪夫的研究论文，《三岛由纪夫传》可以说是她的三岛由纪夫研究的总结性的著作。作为一部学术性的传记，这本书广泛吸收了日本人的研究成果，利用了大量材料，全面系统地研究评述了三岛由纪夫的生平和创作生涯，观点基本上是科学、中肯的，在总体水平上超过了日本及日本国外的同类著作，堪称了解三岛由纪夫的必读书。《三岛由纪夫文学系列》反映了三岛由纪夫在中、长篇小说，短篇小说、戏剧、散文等方面的大体面貌。绝大多数译文忠实、准确、流畅可读。但由于上述的原因，丛书出版后，一时被禁止发售。不过，在北京及全国各地的私人经营的书摊、书店里，很快就有了该译丛的销售。到1998年以后，北京的一些大书店，也公开把这套丛书摆上了书架，并进入了国家图书馆等各大图书馆。1999年1月，中国文联出版社出版了叶渭渠主编的三卷本的《三岛由纪夫小说集》，其中卷一为杨炳辰翻译的长篇小说《禁色》，卷二为杨炳辰翻译的中篇小说《心灵的饥渴》（另收《宴后》），卷三为杨伟译的长篇小说《镜子之家》。从选题的角度，可以把这三卷本的《三岛由纪夫小说集》看作是《三岛由纪夫文学系列》的续编。接着，中国文联出版社又出版了叶渭渠、唐月梅主编的《三岛由纪夫作品集》，此套丛书共有五种，其中有一些是新译的作品，如中长篇小说《肉体学校》《幸福号出航》《纯白之夜》《盗贼》、散文随笔集《残酷之美》和《太阳与铁》等。这样，三岛由纪夫的主要作品大部分已经有了中文译本。

随着三岛由纪夫作品在中国的翻译出版，绝大多数研究评论者对三岛由纪夫文学的认识是清醒的、正确的。1980年代后期至1990年代，在我国各种学术性杂志中，也出现了一些三岛由纪夫的研究与评论文章。有些文章，收在了叶渭渠等主编的三岛由纪夫研究论文集《三岛由纪夫研究》（开明出版社1996年）中，其中有叶渭渠的《三岛由纪夫的精神结构与美学》、隋玉林的《三岛由纪夫与天皇制——〈文化防卫论〉批判》、唐月梅的《三岛由纪夫美学的重层性》、莫言的《三岛由纪夫猜想》、余华的《三岛由纪夫的写作与生活》、王向远的《三岛由纪夫小说中的变态心理及其根源》等。以收在这本评论集中的文章为例，有的评论者承认三岛在文学艺术方面的天才的特异性，同时也指出了三岛文学与"美学"的实质，如作家余华在《三岛由纪夫的写作与生活》一文中指出："三岛由纪夫混淆了全部的价值体系，他混淆了美与丑，混淆了善与恶，混淆了生与死，最后他混淆了写作与生活的界限线，他将写作与生活重叠到了一起，连自己也无法分清。"王向远在《三岛小说中的变态心理及其根源》一文中认为，"三岛文学中的变态心理既不是一般的颓废主义，也不是他人所说的'唯美主义'。他被人划为'战后派'，但又与反对和揭露战争、期望和平与民主的战后派作家截然相反。三岛由纪夫的小说在道德的堕落中有着清醒的理智，在唯美的颓废中有着强烈然而又是反动的政治信念和追求。他小说中人物的倒错心理，是他与战后日本社会畸形对抗关系的一种艺术的透射和隐喻。虐待（施虐与自虐）心理是他面对丧失了神圣性的日本武士道传统时的一种无可奈何的愤恨情绪的发泄，嗜血心理基于他残暴的武士阴魂的复活与冲动，趋亡心理则基于三岛由纪夫以毁灭、死亡求得永存的'殉教'倾向。一句话，三岛文学的倒错、虐待、嗜血与趋亡等变态心理是日本传统武士道精神在当代社会中的畸变。"针对有人所说的三岛由纪夫只是鼓吹"文化概念"上的天皇制，而不是"政治概念"上天皇制的问题，翻译家隋玉林在《三岛由纪夫与天皇制》中指出：如果不是"政治概念"上的天皇制导致日本的战败投降，"他（三岛由纪夫）还会反对所谓政治概念上的天皇制吗？他不满足于天皇的象征性，他要把军权交给天皇，他还要来一次造神运动把天皇重新抬上神位"。"他对昭和天皇有点恨，那是恨他不争气，恨他自己宣布《人的宣言》。"关于有人所说的三岛由纪夫剖腹不是搞"政变"，隋玉林指出："三岛煽动自卫队目的在于率领他们冲进国会，强迫国会通过他所设计的修改宪法草案，这显然就是政变。（中略）如果只是宣传自己的思想，又何必非找自卫队不可呢？如果不是煽动政变而只是宣传武士道精神，难道他要自卫队都学他来个集体剖腹吗？历史车轮滚滚向前，螳臂当车自取灭亡。总而言之，我只能说三岛由纪夫是个妄图阻止历史和文化发展的、反动的民族主义者和复古主义者。他的文学的社会价值等于是个负数。"

三、对井上靖的译介

井上靖（1907—1991 年）是当代日本德高望重的著名作家，战后由报界进入文坛，并很快成为文坛上举足轻重的人物。井上靖创作历程长达四十多年，作品甚丰。1974 年出版的《井上靖小说全集》（新潮社）就有三十二卷。他的小说可以按题材分为两大类。一类是现实题材的作品，主要有：反映战后初期日本人的赌博心理和混乱状况的短篇小说《斗牛》（1949 年）和长篇小说《射程》，伸张正义，揭露当局、资本家和舆论界掩盖真相的长篇小说《暗潮》（1950 年）、《冰壁》（1957 年），以原子弹受害者为题材的《城堡》（1964 年），反映环境污染问题的长篇小说《夜声》（1967 年）、《方舟》（1970 年），爱情题材的作品短篇小说《猎枪》（1949 年）和长篇小说《明天的人》（中译本作《情系明天》，1954 年），反映日侨在美国生活的长篇小说《海魂》（1977 年），自传体长篇小说《北方的海》（1975 年），自传体随笔小说《我的母亲》（1974 年）等。第二类是历史小说，特别是以中国历史为题材的小说，主要有长篇《天平之甍》（1957 年）、《敦煌》《苍狼》（均 1959 年）、《杨贵妃传》（1965 年）和《孔子》（1989 年），短篇小说《楼兰》《异域之人》《洪水》《狼灾记》等。井上靖的作品题材广泛，视野开阔，他把“纯文学”与“大众文学”结合起来，既保持了“纯文学”的高雅的抒情气质，又具备了“大众文学”的故事性和趣味性，成为雅俗共赏的所谓“中间小说”的最成功的作家。他一生中获得了包括“芥川龙之介文学奖”在内的二十多种奖励，被称为“文学奖作家”，还有二十多种作品被搬上银幕，影响很大。他是日本艺术院会员，日本政府文化勋章获得者，并且长期担任日本笔会会长等重要的领导工作。井上靖是中国人民的老朋友，因而很受中国人民的尊敬。他生前担任了日中文化交流协会会长，中日友好 21 世纪委员会日方委员，长期致力于中日友好事业，前后三十多次来中国访问，并被北京大学授予名誉博士学位。

由于井上靖在文学上的成就，特别是他与我国的友好关系，他的作品的译介在我国受到了高度的重视和欢迎。井上靖作品的翻译，最早开始于 1960 年代。1963 年，楼适夷译出了井上靖的长篇小说《天平之甍》，1977 年，人民文学出版社出版了文洁若、叶渭渠合译的《井上靖小说选》。1980 年代，井上靖译介逐渐增多。1980 年，楼适夷重译的《天平之甍》由人民文学出版社出版。1982 年，《日本文学》第 2 期开设了《井上靖特辑》，译出了三篇短篇小说和一组诗，并刊发了李明非和郭来舜的评论文章。同年，董学昌译的《敦煌》由山西人民出版社出版。1984 年至 1988年五年间，是井上靖翻译的高潮期，多数代表性作品，如《杨贵妃传》《西域小说集》《苍狼》《冰壁》等，均在这五年中翻译出版。有的作品还出现了好几种不同的译本。到 1998 年，日本文学翻译家郑民钦（1946年生）主编了三卷本的中文版《井上靖文集》。这是井上靖作品翻译的集大成的文集，收录了井上靖的重要作品的译本或译文。这些译本或译文此前大都曾出版过。第一卷有郑民钦翻译的《楼兰》《敦煌》《孔子》；第二卷有楼适夷翻译的《天平之甍》，陈德文翻译的《苍狼》，郭来舜翻译的《异域之人》《洪水》《狼灾记》；第三卷有李德纯翻译的《斗牛》，竺家荣翻译的《猎枪》，唐月梅翻译的《比良山的石楠花》和《一个冒名画家的生涯》，竺祖慈翻译的《冰壁》。其中，前两卷是中国题材的作品，后一卷是日本现实题材的作品。这样来安排中文版文集，是能够反映井上靖的创作特色的。这样，1980—1990 年代的近二十年间，井上靖作品的中文译本已达三十部。

　　我国翻译家、出版社和读者，首先对井上靖的以中国历史人物为题材的小说抱有强烈兴趣。1980 年，楼适夷重译的《天平之甍》由人民文学出版社出版。这部小说根据唐代的鉴真和尚东渡日本的历史事实写成。鉴真受日本方面的邀请，毅然决定乘船东渡，但五次航海均遭失败，鉴真和尚也因疲劳过度双目失明。在这种情况下，鉴真不改初衷，经过十一年的漫长岁月，第六次出航终于成功到达日本。他在日本都城奈良建立了唐招提寺。大殿的中式屋脊——也就是所谓“甍”——两端装饰着从中国运去的鸱尾，象征着中日两国文化的融会。鉴真在日本弘扬佛法和中国文化，为日本的佛教、建筑、文学艺术、医学等做出了卓越的贡献。这部小说基本上尊重历史史实，并在细节上进行了必要的艺术虚构。虽然这部作品偏重叙述史实，对人物的性格及心理的复杂性表现不够，但我国学者对这部作品评价很高，把它视为日本当代文学的最杰出的代表作之一。有的公开出版的大学中文系的教科书《外国文学史》及《东方文学史》，不但专节讲授井上靖的创作，而且把《天平之甍》作为他的代表作加以论述。

杨贵妃作为一个历史人物，随着白居易的《长恨歌》的传入，早为日本所熟知，从古代到现代的一千多年来，在日本的诗歌、戏曲中，就有不少描写杨贵妃的作品。井上靖的《杨贵妃传》则是第一部全面地描写杨贵妃的长篇小说。《杨贵妃传》从杨玉环被召入宫写起，一直写到马嵬兵变，杨玉环被缢身死，通过杨玉环命运的变迁，生动表现了唐代的历史、社会，特别是宫廷生活在繁华中的危机。这部作品自1963年发表以来，不断再版和重印，成为畅销作品。在我国，1984年一年中，几乎同时出现了《杨贵妃传》的两种译本，一个是陕西人民出版社出版的林怀秋的译本，一个是天津百花文艺出版社出版的文兰的译本；1985年又出现了另外两种译本，即黑龙江人民出版社的郝迟、颜延超的译本和郑州的中州古籍出版社的周祺等人的译本。

长篇小说《孔子》是井上靖晚年的最重要的长篇。孔子作为中国文化的核心人物，在日本几乎人人皆知。井上靖更对孔子满怀着特殊的景仰之情，决心写一部有关孔子的传记小说。但由于年代久远，有关孔子生平的文献资料不多，要为孔子写一部长篇小说，并非易事。井上靖曾到孔子的家乡山东曲阜等地参观访问，寻求创作的灵感。《孔子》在1989年终于推出。这部小说假借孔子的弟子之一"焉薑"这一虚构的人物之口，以"焉薑"向年轻人讲述往事的口吻，展开对孔子的回忆，其中既写到了孔子的生平经历，也阐述了孔子的以"仁"为核心的博大精深的哲学思想。小说写得轻松潇洒，自然天成，体现了井上靖对孔子及孔子思想的深刻独到的理解。《孔子》发表后，很快引起了我国文学的关注。1990年，人民日报出版社出版了郑民钦的译本，1991年，春风文艺出版社出版了王玉玲等人的译本，1992年，西安的三秦出版社又出版了林音的译本。

在井上靖的中国题材的历史小说中，以我国古代西域地区为背景的作品占有特别重要的地位。井上靖在创作中有一种强烈的"西域情结"，对我国的古代的西域地区充满了神往。他在当时无法亲历这一地区进行体验观察的情况下，凭借历史资料和丰富的驰骋的想象力，写出了一大批相关作品，在当代日本文学中独树一帜，从而改变了上千年来日本文学视野逼仄、场面狭小、缺乏"大陆性"的局面。1965年，井上靖把这类作品及相关作品辑录成册，取名为《西域小说集》。1984年，我国的新疆人民出版社出版了耿金声、王庆江合译的《井上靖西域小说选》，该译本收《漆胡樽》《异域人》《行僧贺的眼泪》《楼兰》《敦煌》《苍狼》，共6种；1985年，郭来舜翻译了另一种《西域小说集》，由甘肃人民出版社出版。该译本收《敦煌》《楼兰》《异域之人》《洪水》四部（篇）。这样，井上靖西域小说的重要作品，都已经有了中文译本。

井上靖的西域小说，或以历史人物为中心，如《异域之人》写汉代的班超；或以历史事件为中心，如写敦煌莫高窟藏经洞秘密的《敦煌》。大都有历史文献的依据，但他不拘泥于历史事实，而是在广袤的西域沙漠原野和悠远的历史空间中，发挥着艺术的想象。在这些作品中，最有代表性、最成功的当数长篇小说《敦煌》。《敦煌》以出色的艺术想象力，讲述了敦煌鸣沙山佛教藏经洞的来历。宋代举人赵行德，在开封殿试前因睡觉错过了考试时间。在市场上他救助了一位将被杀害的西夏女子，西夏女子送给他一块带有西夏文字的布条，这引起了赵行德探求西夏民族及其文字的强烈兴趣，决心到西夏去。途中，他加入了属于西夏的朱王礼率领的一支汉人部队，在战争中他搭救了一位回鹘族的王女，并与之相爱。不久，赵行德要到西夏都城兴庆学习西夏文，便把王女托付给朱王礼。但西夏王李元昊强迫王女做自己的姜，王女不从而跳城墙自杀。一年半后，赵行德闻知王女之死，坚信那王女是为他而死的，不胜悲伤。从此，赵行德开始钻研佛经。在转战中，赵行德结识了无赖商人尉迟光，利用迟尉光力图保护自己财产的心理，成功地把大批佛经与尉迟光的财产一起，藏入鸣沙山的洞窟中。后来朱王礼、尉迟光死去，这些佛经一直深藏，不为人知。直到清末被王道士发现……在《敦煌》中，井上靖利用虚构的人物和故事，演义了敦煌莫高窟藏经洞形成的历史，将史实的合理推测、时代氛围的营造、人物形象的塑造三者完美地结合起来。那段淹没在层层黄沙下的历史和人物，在井上靖的笔下获得了生动的形象和鲜活的生命。类似的作品，占有天时地利的中国作家也未能创作出来。不过，从另一方面来说，由日本作家来写敦煌，更能让我国读者为我们所拥有的灿烂的历史文化而备感自豪。老作家冰心在为新疆版《井上靖西域小说选》的序中写道："我要从井上靖先生这本历史小说中来认识、了解我自己国家西北地区，当年的美梦般的风景和人物。这是我欣然执笔作序，并衷心欢迎这个译本出版的原因。"又说："我感谢井上先生，他使我更加体会到我们国土之辽阔，我国历史之悠久，我国文化之优美。"

井上靖的以日本社会现实为题材的小说，译介得也不少。影响较大的译本有文洁若等译、上海译文出版社 1980 年出版的小说集《夜声》，周明译、上海译文出版社 1984 年出版的《冰壁》，孙海涛译、湖南人民出版社 1985 年出版的《猎枪·斗牛》，唐月梅译、外国文学出版社 1987 年出版的《暗潮·射程》等。这些作品从各种不同角度描写了日本的社会现实，特别是其中的短篇小说《斗牛》，从一次斗牛比赛的描写深刻地表现了日本战败后社会的无序、混乱，知识分子的不安、失望与孤独的内心世界。我国有的文学史教科书把这篇小说作为体现井上靖写作水准的名篇详加分析。井上靖的这些以日本现实社会为题材的作品，虽然对社会的批判常常是温和的，却表现了作者强烈的社会正义感，同时带有日本传统文学的那种淡淡的忧郁和感伤。

从根本上看，井上靖不是那种先锋派的、追新求异的、"思想型"的作家。他在思维上不脱离常识和常规，在写作方法上多使用传统的写实手法，对于一般习惯于阅读现实主义作品的中国读者来说，井上靖的作品从内容到形式都容易被人接受。尤其是，作品始终保持纯正、健康的格调，在男女性爱的描写中也摆脱了日本当代文学中的放纵与不知节制，这也尤为我国评论者和读者所欣赏。李明非在《井上靖及其文学》（载《日本文学》1982 年第 2 期）中说："现代日本，性爱观念打破了传统道德的制约，反映在文学上，主要反映在大众文学的一些作品中，充满了性欲、肉感的描写。井上靖借鉴了大众文学的趣味性，却极少自然主义之笔，他总是力求给人以健康的美感与高尚的精神享受。即使对爱情纠葛的描写，也会给人以某种启迪和教益，作家几十年如一日地保持着自己的风格，在当代日本文学中，特别是在文学完全商品化的情况下，像井上靖这样严肃的作家是不多见的。"在小说艺术上，井上靖在中国也得到了王蒙那样的著名作家的肯定。王蒙在《井上先生与西域小说选》（载作家出版社版，赖育芳译井上靖西域小说集《永泰公主的项链》卷首）一文中说：

> 他（井上靖）写得深沉、细腻，富有真实感，娓娓动人，同时他又写得相当"平淡"，不慌不忙，不露声色，不加夸张修饰，不玩弄任何技巧地表达出人生中许多撕裂人的心肝的痛苦。作品中表达出一种悲天悯人的心肠，一种超越了最初的情感波澜的宁静，一种饱经沧桑的对历史、对社会、对人生的俯视，一种什么都告诉了你的直截了当同时什么也没告诉你的彬彬有礼。他的风格很独特，很有味儿。我认为，只有经验丰富的老作家才能达到这样的境界。这种境界，中国话叫做"炉火纯青"。

这真是内行人的内行话。

四、对安部公房、大江健三郎等现代派文学的译介

1. 对太宰治、安部公房的译介

日本在战后初期，由战败、由天皇宣布从"神"变为"人"而形成的屈辱感、荒诞感、虚脱感，由盟军占领日本及和平宪法的实施而带来的抗拒心理，由痛定思痛带来的对战争的回顾与反刍，成为绝大多数日本国

民的情绪特征。这种社会氛围，造成了现代主义文学思潮的流行，现代主义思潮成为战后日本文学的占主导地位的思潮，出现了战后派、"太阳族"、"无赖派"等现代主义流派。改革开放后的1980年代，我国文学界对外国现代派文学进行了大规模的翻译介绍，并曾就现代派文学的性质与评价问题展开了激烈的理论论争。1981年，上海文艺出版社出版了袁可嘉等人编选的四卷《外国现代派作品选》，这是我国第一种系统全面地译介外国现代派文学的作品译文集。在该作品选的第二册"存在主义"一栏中，选入了日本作家椎名麟三的短篇小说《深夜的酒宴》和安部公房的中篇小说《墙壁》；第三册的"垮掉的一代"一栏中，选入了日本作家石原慎太郎的短篇小说《太阳的季节》。这表明，战后日本的现代派文学，作为世界现代派文学的组成部分，已进入了中国学术界和文学界的视野中。

日本战后的现代派文学中，"垮掉的一代"的无赖颓废思潮和存在主义是势力最强、发展最充分的两种现代主义流派。"垮掉的一代"，在日本有太宰治为代表的"无赖派"（又称"新戏作派"）和以石原慎太郎为代表的"太阳族"。太宰治（1909—1948年）出身大地主家庭，后到东京帝国大学读法文系，中途退学，1933年开始写作。战争期间他曾积极支持侵略战争，按军国主义政府的要求，写了一部以歪曲鲁迅形象、宣扬东条英机的"大东亚主义"的长篇小说《惜别》。战败后，他宣称自己是"无赖"，成了"无赖派文学的旗手"。代表作有短篇小说《维荣的妻子》、长篇小说《斜阳》（均1947年）和中篇自传体小说《丧失为人资格》。这三部作品在1980—1990年代均已被译成中文。其中，《维荣的妻子》和《斜阳》由张嘉林翻译，上海译文出版社分别于1986和1981年出版；《丧失为人资格》由王向远翻译，北京师范大学出版社1993年出版。1999年，山东文艺出版社出版了杨伟、晋学新等翻译的太宰治中短篇小说集《斜阳》，收《维荣之妻》《斜阳》《丧失为人资格》等作品七篇。《维荣的妻子》中的男主人公大谷先生是个放浪形骸、醉生梦死、暗偷明抢、恬不知耻的无赖文人,他在一家酒馆喝了三年酒,只交了一回钱,最后竟当着店主的面,打开抽屉,将五千元抓起来就走。他在外面不断地勾引女人,玩完后就抛弃了事。作为大谷妻子的"我"对丈夫无可奈何。当"我"在电车上看到一份杂志广告,想到丈夫在这家杂志上写的关于法国的无赖诗人弗朗索瓦·维荣的论文,不由地流出泪来……《斜阳》描写了战后的一个没落贵族之家的灰色、堕落、自暴自弃的生活。这家的儿子直治痛苦、迷惘,酗酒、玩女人,最后以自杀告终。姐姐和子则完全抛弃了贵族的矜持和优雅,爱上了一个"天字第一号的明码实价的坏蛋"——小说家上原先生,并为怀上这个农民出身、已有家室的无赖的孩子而感到自豪。《丧失为人资格》是自传性作品,采用主人公手记的形式,可以说是一个痛苦绝望的无赖的自白。"我"生性怯弱、敏感、胆小。世道的混乱,人情的炎凉,爱情的创伤,经济的困窘,不可自拔的酒瘾毒瘾,清醒自觉的"犯人意识",这一切,都使他感到自己"丧失了为人资格"。太宰治战后的这些作品,反映出由于日本原有的社会体系的崩溃、价值体系的颠倒,所造成的精神虚脱、自暴自弃、自嘲自虐和自恋自残。

同样的情形更明显地反映在所谓"太阳族"作家石原慎太郎的小说中。石原慎太郎(1932年生)在1955年发表了短篇小说《太阳的季节》。小说以赞赏的态度,描写了以主人公龙哉为首的一群男女痞子的流氓犯罪行为。他们渴望"行动",打架斗殴,玩弄异性,飞车拳击,尽情宣泄,彻底"垮掉",不愧是敢于在光天化日之下实施暴力与色情的"太阳族"。"太阳族"的所作所为,不是一般的流氓犯罪行为,他们的行为象征着对战败后日本新的社会秩序的不满与反抗,反映了相当一批日本人的心理与渴望。所以,作品一出笼就引起了文学界和读者的一阵喝彩并被授予权威的芥川龙之介文学奖是不足为怪的。1981年,孙利人翻译的《太阳的季节》被收在《外国现代派作品选》中。在刚刚开放不久的1980年代初,翻译和公开出版这样的作品是有不小的困难的。好在日本文学专家李德纯在译文前面的题解中对石原慎太郎及其作品做了必要的分析和批判。李德纯指出：石原慎太郎的《太阳的季节》等一系列小说"主要描写流氓阿飞荒淫无耻的生活，把他们纵情声色和轮奸杀人的犯罪活动，美化为'对成年人世界和成年人道德的叛逆'，是什么'行为'主义文学，认为这才是年轻一代的新伦理观。比起日本唯美主义那种以绮靡生活中的艳事闲愁为特征的创作倾向更其有害"。石原慎太郎后来由垮掉派的作家成了一名臭名昭著的右翼政客和反华分子。除了他的宣扬大和民族主义的《日本可以说"不"》之类的政治性小册子在1990年代初被译过来作参考外，很少再有人译介他的那些"垮掉"小说了。

在当代日本的现代派文学中，"垮掉派"之外，最重要的还有存在主义文学。安部公房（1923—1993年）是日本存在主义文学的代表人物。1950年发表的短篇小说《红茧》获第二届战后文学奖；1951年，短篇小说《墙壁——S·卡尔马氏的犯罪》获第25届芥川龙之介奖，确立了他在战后文坛上的地位。安部公房作品甚丰，主要作品有《闯入者》（1951年）、《饥饿同盟》（1954年）、《野兽们思念故乡》（1957年）、《沙女》（1962年）、《箱男》（1973年）、《樱花号方舟》（1984年）等。作为现代派作家，安部公房的小说与日本传统文学几乎失去了联系，他在思维、立意及文体方面具有强烈的西方化特征，所以有人称他为"国际作家"。安部公房是改革开放后最早被译介的一批日本作家之一。除上述的《墙壁》外，短篇小说《闯入者》由任溶溶翻译，收在上海译文出版社1986年版《维荣的妻子——日本当代小说选》中；1989年，北京出版社又出版了以《闯入者》为书名，主要由日本留学生翻译的当代日本中篇小说选；长篇小说《沙女》在1980年代先后出现了丁棕领的译本（安徽人民出版社1986）和秦晶、刘新力的译本（工人出版社《世界著名文学奖获得者文库·日本卷》，1988年）。1988年，作家出版社出版了杨晓禹、张伟翻译的反映核战争与人类生存危机长篇小说《樱花号方舟》。总的看来，在安部公房的作品中，最受我国翻译界重视的，给读者留下最深印象的，还是他的《闯入者》和《沙女》。

事实上，《闯入者》和《沙女》是安部公房所有作品中最有独创性、最成功的作品。《闯入者》描写由一家老小组成的"闯入者"以"少数服从多数"的所谓"民主原则"占据"我"所租居的公寓房间，接着又以同样的原则剥夺了"我"的工资乃至自由，"我"变成了他们的奴隶。小说把真实生动的细节描写与荒诞的构思完美地结合在一起。现代社会引以为自豪的民主原则，在这里遭到了毁灭性的挖苦和嘲笑。在《沙女》中，安部公房的文学天才进一步发挥得淋漓尽致。来到海滨沙丘采集昆虫标本的中学教师，被村人安排在一个沙坑下面的房间里，和一个年轻的寡妇住在一起。从此以后，他就处在了村人们的严密的监视之下，失去了自由。他几次想逃出去，都没有成功。几年后，他慢慢地习惯了沙坑下面的闭塞、乏味的生活。当他有机会逃走的时候，却不想逃走了。他只想把自己研究的在沙丘中取水的装置，找个人讲讲。整整六年过去了，根据法律，他先是被宣布为"失踪"，后又被宣布为"死亡"……在这部小说中，茫茫的风沙象征着现代社会的荒漠化，被沙子掩埋的房屋象征着现代人的生存困境，而女主人公日复一日地清理沙子，"我"绞尽脑汁一次次地外逃，都在重复着西绪福斯似的徒劳。作品揭示了现代人的宿命：个人所处的不由自主的荒诞处境，对这种环境的徒劳无益的反抗和最终不得不生活在这种环境里追求着无望的希望。虽然，类似的思想和主题在西方现代派那里，早已经被表现过了，但是，《沙女》却没有西方现代派作品中那种常见的哲学演义式的晦涩、混乱、枯燥和观念化。它只是讲故事，讲得似真似幻、耸人听闻而又煞有介事，至于故事背后的丰富而耐人寻味的意义，则任由读者思考。这是现代派小说所能达到的最高境界，在西方，也只有卡夫卡、萨特、贝克特等有数的几位大家才有这样的笔力。只是，在安部公房的作品中，这样出色的作品也并不多见。

1997年，叶渭渠、唐月梅主编了《安部公房文集》全三卷，由珠海出版社出版发行。这是我国翻译出版的第一套安部公房的作品选集。也是

20世纪安部公房作品汉译的总结性的文集。三卷以所收最有代表性的长篇作为书名，分别为《砂女》（一译《沙女》，杨炳辰译）、《箱男》（王建新译）和《他人的脸》（杨伟译）。另收长篇小说《燃烧的地图》（郑民钦译）、《饥饿同盟》（高海宽、张义素译），短篇小说《墙》（即《墙壁》）、《饥饿的皮肤》等。大多数作品都是首次译出，而且都是安部公房的重要作品。不过由于三卷篇幅有限，作者的《野兽们向往故乡》等小说及《朋友》等重要戏剧作品（安部也是剧作家）未能选入。尤其是不选《闯入者》，作为精选名作的《文集》，是一个缺憾。叶渭渠在文集的"前言"中说："……接到不少读者来信，期望我下一个主编日本作家安部公房的作品，多家出版社也不约而同地与我洽谈翻译出版安部公房作品的事宜。众望所归，日本文学的下一个热点，无疑将是安部公房莫属了。"文集出版后，安部公房似乎并没有成为像川端康成、三岛由纪夫那样的热点。作为一个现代派的、存在主义的作家，安部的作品毕竟并不那么好懂。不过，《安部公房文集》的出版，对于让更多的中国读者较多地了解作家作品，无疑是起了重要作用的。

2. 对大江健三郎的译介

　　如果说"垮掉派"和存在主义是战后日本现代主义的两种基本形态，石原慎太郎、太宰治和安部公房分别是这两种倾向的代表，那么，大江健三郎则是存在主义与"垮掉派"两者兼而有之的作家。对于大江健三郎（1935年生），在1994年大江获诺贝尔奖之前，我国读者对他是陌生的。1980年代以来，有关的出版社和新闻报刊，每到年底时都紧张关注着诺贝尔文学奖得主的消息，以便决定下一步的发稿和出版的选题。但大江的获奖不仅出乎许多日本人的意料，更使中国日本文学界感到措手不及。因为在大江获奖之前，中国对他的作品翻译得极少，连一个单行本译本都没有。外国文学出版社1981年出版、文洁若编选的《日本当代小说选》在下册选了大江的《突然变成的哑巴》，上海译文出版社1986年出版的《维荣的妻子——当代日本小说集》，选入大江的《空中怪物阿归》，1988

年北京出版社出版的《闯入者——当代日本小说集》，选入了大江的《饲育》。这几个短篇，当然还不足以引起我国读者对大江的充分注意。在学术界，只有《日语学习与研究》在 1993 年第 2 期发表了孙树林的题为《大江健三郎及其早期作品》的文章，对大江健三郎加以推介。文章一开头就指出：

> 大江健三郎是日本当代著名小说家，被誉为"川端康成第二"和"新文学的旗手"。自从作为大学生作家登上文坛以来，大江发表了大量的小说、戏剧、评论及随笔等，成为日本文坛的宠儿和战后成长起来的年轻一代的代言人。他的作品有广泛的读者，尤其受到青年读者的青睐。大江健三郎常常走在日本文学的最前列，用具有现代意识和风格的作品去反映忧郁、烦恼、无所依托的青年一代，深深地挖掘社会所面临的种种问题以及人生的本质，批判当今资本主义的流弊。他的作品被介绍到欧美，成为当今享有国际声誉的为数不多的日本作家之一。然而，在我国，大江健三郎的作品翻译及研究近乎一片空白。故此，笔者想通过这篇拙文放一把火……

这篇文章发表在大江获奖之前，在我国的日本文学研究界可以说是有"先见之明"的。但是，值得注意的是，当孙树林在推介大江健三郎的时候，是以"早期作品"，——如短篇小说《奇妙的工作》（1957 年）、《死者的奢侈》（1957 年）、《饲育》和中篇《抽嫩芽打孩子》——为例证的，这些作品从主题立意和手法上看基本上是存在主义的，轻松中带着沉重，青春少年的活泼情调中带着无奈、忧郁乃至愤懑，大都是富于独创的优秀作品。那么，中后期作品为什么不可以作为例证来谈？这除了文章的篇幅有限之外，恐怕和文章对大江的中期以后的作品的评价有关。孙树林说：大江的"中期作品，较前期在手法上有些突破，但有些作品称不上是成功之作"。

的确，大江健三郎在 1959 年之后的作品，在日本文学界也存在不小的争议。1959 年以后到 1970 年代，大江健三郎写了《我们的时代》《我们的性世界》（均 1959 年）、《青年的污名》（1960 年）、《十七岁》（1961 年）、《性的人》《哭号声》（均 1963 年）、《个人的体验》《日常生活的冒险》（均 1964 年）、《万延元年的足球队》（1967 年）、《同时代的游戏》（1979 年）等一系列作品，由早期的存在主义走向了"垮掉派"。不断塑造反社会、反秩序、为所欲为、我行我素、走火偏执、颓废放纵的人物。从这一点看，他和石原慎太郎虽然在政治倾向上有左、右之别，但创作上却与"太阳族"非常接近。在中期以后的大部分小说里，充斥着赤裸裸的、大量的、放肆的、丑恶的性描写。作品中的主人公或者因为对社会现实不满，或者由于家庭不幸（如生了残疾儿），为寻求逃避、麻醉、自慰或反抗而沉溺于纵欲行为中。大江喜欢不加掩饰、津津有味、自我陶醉地描写性器和性行为过程，有关性器的词汇随处可见，而且所描写的这些性行为大多是变态的。他写了乱交、乱伦、强奸、手淫、自渎、性暴露癖、同性恋等等，甚至不止一次地写到男主人公在地铁里众目睽睽之下对着女性的身体手淫时的陶醉。据说大江颇为赞赏美国作家诺曼·梅勒在《20 世纪小说中的性》一文中的话："留给二十世纪后半期作家的新大陆，只剩下性的领域了。"于是他便开始了"性"的"大陆"的探险。他把人视为"性的人"，与所谓"政治的人"相对立，自称创作的主题就是"性"与"政治"。这似乎与当代捷克著名作家米兰·昆德拉很相似。昆德拉的主题也是"性"与"政治"。但昆德拉归根到底还是以"政治"为核心的，并且他的性描写是有节制的，并带有欧洲式的幽默。而大江健三郎所描写的"政治的人"的政治行为——无论是左翼的政治行为还是右翼的政治行为——都在根本上受"性"的驱动和支配。"性"凝聚着他"个人的体验"，性行为成为他笔下人物的"日常生活的冒险"，是人物"同时代的游戏"，"性"也是他笔下的人物确认自身存在的主要方式。对此，推崇大江的日本评论家奥野健男在《大江健三郎与性》一文中也不得不承认："大江的小说里充满了露骨的性器描写，关于性行为和排泄行为的描写泛滥成灾，作者简直是个暴露狂。"在古往今来的世界文学中，即使在以堕落无耻著称的欧美"垮掉派"作家中，像大江这样写"性"成癖的作家，都是罕见的。这样的描写，在性道德相对松弛的日本固然大有人赞赏，但也受到了强烈批评；对于一贯重视性道德的中国来说，要翻译大江，在选题立项上不能不有许多的顾虑。我国的翻译家们此前当然并非不知道大江是位很重要的作家，但同时不能不考虑我国读者的接受阈限。尽管许多人知道大江在政治立场上属于左翼，1960年代初还曾在上海受到中国领袖的接见；尽管许多人知道大江是反对战争，主张和平，对核战争抱有深刻的忧虑的作家，但翻译家们对翻译他的小说，还是犹豫不能放手，以致长期以来，只是译出了几篇早期的短篇作品。

但是，西方的评论家们却很赞赏大江这样的大胆的、先锋性、探险性的、颇有西方风格的作家，先是给了他很高的评价，又终于给了他诺贝尔文学奖。而长期以来，我国文学界有一种"诺贝尔文学奖情结"，或者说有一种"诺贝尔文学奖崇拜"。尽管也有人写文章提醒说：诺贝尔奖获远不是衡量文学成就的唯一根据，许多最好的作家没能得奖，而平庸之辈获奖的例子并非个别，甚至有人还指出了评奖的内幕，证明获奖并非只取决于文学水平。但是，这些提醒就如同闹市足音，不被注意，或不被接受。不管怎样，可以说，随着大江健三郎的获奖，先前的问题似乎已不成问题了。诺贝尔奖为他的作品在中国的译介打开了全部的闸门。1995年一年间，我国所有的文学报刊，日本研究类学术刊物，如《外国文学月刊》《日本学刊》《日本研究》《国外文学》《文学报》《文艺报》等等，都争先恐后地报道大江健三郎，翻译和发表大江健三郎的作品，发表关于大江健三郎的评论文章和研究论文，一时间出现了一股"大江健三郎热"。

就在这个时候，北京的光明日报出版社 1995 年推出了叶渭渠主编的五卷本的《大江健三郎作品集》。五卷作品集包括王中忱、沈国威、李庆国等翻译的中短篇小说集《死者的奢华》（另收《人羊》《感院的少年》《敬老服务周》《聪明的两树》《占梦师》），王中枕翻译的长篇小说《性的人》（另收《我们的时代》），王中忱翻译的长篇小说《个人的体验》（另收虞欣、史国瑞译《新人呵，醒来吧》），于长敏、王新新翻译的长篇小说《万延元年的足球队》，刘光宇、李正伦等翻译的长篇随笔《广岛札记》。每种书前头均冠有叶渭渠和王中忱分别写的两篇序文。叶渭渠的题为《偶然与必然》的序文，谈了大江获奖的偶然性与必然性，认为大江获奖的必然性主要在于大江将存在主义文学"加以日本化"了。王中忱的题为《边缘意识和小说方法》，从大江所说的"边缘意识"出发，阐发了大江文学的特性。《大江健三郎作品集》出版后，编者与出版者似乎都意犹未尽，于是在 1996 年，叶渭渠又主编了《大江健三郎最新作品集》丛书五卷，由北京的作家出版社出版。所谓"最新作品"看来只是市场运作的策略用语，实际上并不"新"，都是 1960—1970 年代的作品。该丛书在选题上和《作品集》没有重叠，可以看作是《作品集》的续编或补充。五卷分别为：郑民钦译短篇小说集《人的性世界》（收《十七岁》等作品 11 篇），包容译长篇小说《摆脱危机者的调查书》，谢宜鹏译长篇小说《日常生活的冒险》，李正伦、李实、李长嘉译《同时代的游戏》，林怀秋译长篇小说《青年的污名》（另收《哭号声》）。2000 年 9 月，光明日报出版社出版了王新新等译的《大江健三郎自选随笔集》，收译了演讲、散文、书信、对话共四种类型的文章。这样，除了《掐嫩芽打孩子》和《洪水荡及我灵魂》以及 1999 年新出的长篇《空翻》之外，大江健三郎的主要作品，在短时期内都有了中文译本。有的作品还不止一种译本，如浙江文艺出版社 1997 年出版了叶渭渠编的作品集《人羊》，南京的译林出版社在 1999 年出版了郑民钦翻译的《性的人·我们的时

347

代》等。

大江健三郎的获奖以及半年后在中国引起的热火朝天般的、迅速而又大规模的译介表明了我国文学界、出版界和读者对世界文学最新动向的关注，表明了我们在翻译方面已经具备了对外国文学的快速反应能力，1980年代之前要做到这一点是不可想象的。也表明1990年代的中国出版事业已经走向市场化了，我国在外来文化接受上的大环境越来越宽容了。但与此同时，市场化操作也带来了问题。由于大江作品是在短时期内集中翻译过来的，我们的研究和评论显然对大江的作品没有充分消化的余裕。从已经发表的几十篇文章看，无论是介绍性的，还是评论与研究性的，许多都是引进日文材料，在观点上也很少超越。从"诺贝尔获奖者就是伟大作家"这一思维定势出发，极力寻求说明大江健三郎的作品是与诺贝尔奖相匹配的。因而赞美过多，评价偏高，冷静分析与独立判断不够。特别是，有的文章对大江作品中的至关重要的"性"问题缺乏正确的分析，或避而不谈，或一带而过，或援引作者本人的辩解，套用国外评论者的思路，极力把大江的作品中的"性"加以美化和提升，用暧昧含糊的新名词来证明他的性描写的形而上的价值。这对我国读者正确理解大江显然是无益的。事实上，大江作品在中国的翻译，一开始就存在着一个难以调和的悖论：对文学研究者、对具有一定辨别能力的成年人文学爱好者来说，需要系统地阅读大江的作品，当然也应包括那样充满丑恶的性内容的作品，但对于不太懂文学的一般读者，特别是青少年来说，大江的那些"垮掉"色彩很浓的作品是不宜的，甚至是有害的。而每种译本数万册的高印数，表明这些译本更多地到了一般读者，特别是喜欢读书的青少年读者手里。这就要求我们的译介要采取负责任的、慎重的态度，对读者以正确的引导，以防止"垮掉派"文学造就"垮掉派"人物。这也是今后需要注意解决的课题。

第五节　对当代流行作家作品的翻译

一、对战争与反战题材的作品的翻译

在 1950—1960 年代，对以野间宏为代表的日本战后派作家的反战文学，我国曾翻译过一些。1980 年代以后，又陆续翻译出版了战后的与战争有关的作家作品。在所译介的有关作家作品中，最重要的有森村诚一、大冈升平、五味川纯平、本多胜一、小林宏等的作品。

1. 对侵华战争题材的作品的翻译

森村诚一（1933 年生）是以推理小说著称于世的（详后），同时他也是一个卓有成就的纪实文学作家。他以揭露日军在中国东北的细菌部队"七三一部队"骇人听闻的罪行写的长篇报告文学《恶魔的饱食》和《新人性的证明》，在我国有多种译本，影响很大。《恶魔的饱食》发表于 1981 年，次年出版单行本。为了收集材料，森村诚一参阅了远东军事法庭当年审批"七三一"的庭审记录，采访了大量"七三一"的当事者和见证人，因此具有不可怀疑的真实性和文献价值。这部作品描写了"七三一"部队为了获得细菌战的实验数据，将抓到的中国和苏联的抗日人士作为试验的原材料，称为"木头"（まるだ），进行活体解剖、病毒、冻伤等各种试验，残害了三千人，其中三分之二是中国人。在日本政客和多数日本作家千方百计掩饰侵华罪行，对侵略战争不作反省的情况下，森村诚一的《恶魔的饱食》代表了日本人的勇气和良心，受到了中国人民的高度尊敬和评价。这部作品在日本出版后，当年（1982 年）就有了祖秉和等人翻译的中文译本，译名为《食人魔窟》，由北京的群众出版社出版发行；1983 年，又翻译出版了该作品的第二部。此外，吉林人民出版社、湖南人民出版社、黑龙江人民出版社等，都出版了各自的译本，总发行近百万册，影响很大。森村诚一的《恶魔的饱食》和1961年我国翻译出版、1982年再版的秋山浩的《"七三一"细菌部队》，是揭露"七三一部队"的两部最重要的报告文学，对于当代读者了解"七三一"部队恶魔般的恐怖面目，具有重要的参考价值。在《恶魔的饱食》发表的几乎同时，森村诚一又推出了长篇小说《新人性的证明》。作为此前发表的著名小说《人性的证明》（详后）的续篇。这篇小说以推理小说的形式，虚构了当年从"七三一"侥幸逃脱的中国女子杨君里到日本寻找女儿，忽然中毒死亡的故事，从而引出了当年"七三一"部队的罪恶内幕。作品把史实和史料小说化了，但涉及"七三一"部队的史实，是完全尊重历史的。如果说《人性的证明》所证明的是在似乎丧失了人性的人身上，也有些微的人性存在，而《新人性的证明》最终证明了，"七三一"就是杀人的魔窟，根本没有人性可言。森村诚一的这两部作品都成了畅销书，产生了广泛而积极的影响，一些右翼分子对此气急败坏，大骂森村诚一是什么"国贼""不是日本人"。《新人性的证明》已由徐宪成译出，1985年由群众出版社出版。

1980年代译介的最重要的日本战后派作家是大冈升平（1909—1988年）。大冈升平在战争期间曾参军并被派往菲律宾前线。战后，他带着战争体验走上文坛，以短篇小说《俘虏记》（1948年）成名，以长篇小说《野火》（1951年）巩固了作为战后新作家的地位。1987年，《野火》由王杞元、金强译出，由昆仑出版社列入《外国军事文学译丛》，出版发行。《野火》中的主人公田村所在的部队在菲律宾被美国军队包围。于是，这些困兽般的日本士兵有的病饿而死，暴尸原野，有的杀死同伴，以人肉为食。田村为了活命，也吃了人肉，最后他作为俘虏，被遣送回日本，不久就死在精神病院里。这部作品生动地反映了第二次世界大战后期，日本军队走投无路的困境，描写了日本士兵的厌战、绝望，乃至人性的丧失、肉体与精神的双重崩溃。但由于所写题材的局限性，作品没有能够充分表现日本士兵的烧杀抢掠的残暴行径，倒在相当程度上将日本军队作为可怜的、值得同情的对象加以描写。1998 年，作家出版社又出版了由尚侠、徐冰主编的两卷本的《大冈升平小说集》。在上卷收了侯丽颖译《俘虏记》和陈爱阳译《野火》。《俘虏记》描写并分析了日本士兵"我"为什么没有向出现在射程内的一个美国兵开枪的问题，似乎在表现战场上的日本士兵出乎意料的理智与人性。总的来看，大冈升平的作品基本上将日本军队及士兵作为被害者，而不是作为加害者来写的。这与中国读者对日本军队的认识是存在反差的。大冈升平在为中译本小说集所写的题为《致中国读者》的序中，似乎意识到了这个问题。他一方面表示他为《俘虏记》和《野火》等作品被翻译成中文而"感到很荣幸"，同时他也表示"敬佩"中国人民的"宽容和博取精神"。

和大冈升平一样，五味川纯平（1916—1995 年）也是带着战争体验走上文坛的。他参加过关东军，1945 年被苏军俘虏，1948 年被遣送回国。五味川纯平的作品大都是以日军在我国东北的侵略活动为题材的。作品大都是卷帙浩繁的多卷本长篇，而且多成为畅销书，在日本当代文坛独树一帜。他的重要作品有六卷本的《作人的条件》（1956—1958 年）、六卷本的《自由与契约》（1958—1960 年）、三卷本的《孤独的赌注》（1962—1963 年）、十八卷本的《战争和人》（1965—1981 年），还有《虚构的大义》（1973 年）等，许多作品在当时成为畅销书，并被搬上银幕。我国自1976 年翻译五味川纯平的作品。这一年由人民文学出版社翻译组翻译的《虚构的大义——一个关东军士兵的日记》出版，1988 年外国文学出版社又出版了该译本的新版。《虚构的大义》描写了关东军士兵杉田在日本战败前夕的一段悲惨经历，反映了日本士兵遭受的苦难。1991 年，黑龙江省人民出版社出版了竺祖慈翻译的《孤独的赌注》，1992 年，春风文艺出版社出版了苏明顺等多人翻译的《战争和人》（译本全四册）。《战争与人》以日本财阀伍代家的兄弟姐妹为中心，以次子伍代俊介为主人公，描写了日本在我国东北地区的军事侵略和经济掠夺，表现了战争中的个人是无法支配自己的命运的。作为历史题材的小说，《战争和人》等作品大体尊重历史事实，而且对日本的侵略战争持批判的态度。译介五味川纯平的原因和价值也在于此。但是，五味川纯平的作品中也存在着作为日本作家的局限和偏见。对此，文洁若在《战争与人》的译本序中指出：

> ……那些蓄意为帝国主义的罪恶进行辩解的作品不用说，就连五味川纯平这样对侵略战争抱反省态度的作家，其作品也难免存在缺陷。《战争和人》中，对某些举世皆知的历史事件，却做了片面的描写。关于济南事件，作者说什么日本出兵山东是为了保护日本侨民生命财产安全，并大肆渲染山东人民屠杀日本侨民的所谓罪行。（中略）不遗余力地描写卢沟桥事变后，冀东保安队在通县杀死日本居民的场面。作者还用荒谬的逻辑替日本士兵烧杀、抢掠中国人、强奸中国妇女的禽兽行为辩护，说这些士兵是用每张一分五厘的明信片征集来的，他们的地位还不如军马；说既然日本士兵受到非人的待遇，他们也不可能把被侵略国的人民当人看。

文洁若所说的实际上就是许多日本战争文学所存在的认识上的误区：把责任完全推给军阀政府，为在中国烧杀抢掠的日军普通士兵的战争责任进行开脱。

1996 年，北京的警官教育出版社出版了刘明华翻译的日本著名记者、作家本多胜一（1932 年生）与长沼节夫合著的长篇报告文学《天皇的军队——"衣"师团侵华罪行录》。该书原作发表于 1972 年，单行本出版于 1974 年。本多胜一是日本少有的勇敢揭露日军侵华罪行的记者和作家之一。1971 年，本多胜一曾以《朝日新闻》记者、编委的身份，来我国调查采访，搜集了大量材料，发表了长篇报道《中国之行》，揭露了日军在沈阳进行的人体细菌试验、抚顺万人坑、平顶山惨案、抚顺防疫杀人事件、大石桥万人坑、南京大屠杀、劳工奴隶船等暴行。《天皇的军队》以入侵山东的日军 59 师团（"衣"师团）为中心，揭露了"天皇的军队"的侵略罪行。上述两部作品发表后，在日本引起了强烈的反响。一些右翼分子对作者进行了辱骂和恫吓。但是，作者义无反顾。他认为日本许多人仍在坚持美化侵略战争、颠倒是非黑白的"皇国史观"，而这种"皇国史观"是应该改变的。

1997 年，新华出版社出版了由国家一级演员于黛琴翻译的日本剧作家小林宏（1927 年生）的剧作集《小林宏剧作选》。小林宏是中国人民的朋友，曾多次来华演出和访问，受到过周恩来总理的接见，1980 年代还参观了南京大屠杀纪念馆，对日本侵华战争有着深刻的认识和反省。中文版《小林宏剧作选》收译了小林宏的三部话剧剧本。《长江啊，莫忘那苦难的岁月——为铭刻南京大屠杀五十周年而作》，从一个侧面揭露了南京大屠杀的真相，批判了日本当代的右翼势力的"南京大屠杀虚构论"；《在美人蕉缭乱的天崖——遥远遥远的战争啊》以衡阳战役为题材，表现了日军的残暴行径，也反映了日本士兵在其晚年的忏悔；《融入黄土地里的火红夕阳——伴同随军慰安妇们》表现了中国及朝鲜慰安妇们的非人的屈辱生活。小林宏的剧作，注意把历史题材和日本的社会现实结合在一起，把历史场面和现实场景交叉在一起，在揭露日军侵华暴行的同时，批判了日本右翼势力企图掩盖历史真相的行为。1990 年代以来，日本右翼势力进一步抬头，不断有政府高官（如奥野诚亮等人）在公开谈话中对侵华罪行表示不认账，不反省。而且 1997 年又是南京大屠杀六十周年的纪念年，在这种情况下，出版小林宏的有关戏剧是很有价值的。我国文学艺术界对这部书的出版很重视。前国家文化部副部长、日本问题专家刘德有为译本写了序。书后还附有于黛琴和余林写的两篇评论文章。他们对小林宏剧作的思想与艺术给予了高度评价。刘德有在序中说：

　　小林宏先生却从正面勇敢地抓住了这个问题（指如何认识

侵华历史的问题——引者注）。正像他所说的那样，不仅绝不应回避日本的"见不得人的那一面"，而且还要彻底挖掘它的根源。小林先生深感日本的某些政界人士不像德国领导人那样勇于承担责任，承认当年日本军国主义在二战中的罪行，并向人民道歉。他认为两者的落差实在太大了。小林先生说："难道日本是一个对自己的过去不负责任的国家吗？""从军慰安妇，这个字眼使人难为情，真是难以启齿。请问世界上有哪一个国家曾经把别国的妇女驱赶到前线去干那种事呢？可悲的是，只有日本。"（中略）他说："我想使自己成为一个活着感到自豪的日本人。而日本人越是要活着感到自豪，就越不能掩盖自己的过去。"《融入黄土里的火红夕阳》，就是小林宏先生上述这一信念的集中体现。也是对奥野等人的当头棒喝。

2. 对其他有反战倾向的作家作品的翻译

石川达三是日本战争文学——侵华文学的代表人物，先是写了真实表现日军暴行的《活着的士兵》，又写了协力侵华战争的《武汉作战》等作品。抗战期间，他的《活着的士兵》被译成中文后，曾在我国文坛引起高度注意。战后，石川达三又写了一些以侵华战争为背景的小说。如《人墙》（1957—1959 年）、《风中芦苇》（1944—1951 年）等作品。这两部作品在 1980 年代后都由金中译成中文，分别由云南人民出版社和黑龙江人民出版社在 1982 和 1983 年出版。两部作品的规模都比较大，中文译本都有五十万字左右。《人墙》表现了战争期间有正义感的日本教育工作者，如何抵制向学生灌输军国主义的思想。《风中芦苇》以战争中两个知识分子家庭的不幸遭遇为中心，反映了 1940 年代日本的黑暗而又动荡的历史。1992 年，《风中芦苇》经编者压缩约三分之一后，被选入重庆出版社出版的《世界反法西斯文学书系·日本卷》中。这样一来，《风中芦苇》就被当成了反法西斯文学的代表作。平心而论，《风中芦苇》是有一定的反战倾向的，但并没有超越战后一般日本人的立场，而达到"反法西斯文学"的高度。石川达三在战后，对日本侵华战争中的一些重大问题，认识是错误的。他在 1970 年代出版的随笔《时光流逝》中竟然说："战争是两国干出来的，不应该说坏事都是一国干的。"甚至认为南京大屠杀的真实性还"有不少问题"。至于《风中芦苇》，石川达三自己也没有说是反法西斯的。他在中文译本的"作者序言"中说："任何国家的人民都有困难的时代和痛苦的时代，国家苦难的时代人民被迫负担起重担。从 1938 年到 1947 年是日本人民苦难的时代，那时完全没有言论自由。这本书是我悲痛的记录。"可以说，《风中芦苇》所记录的是战争期间到战后初期日本人的"苦难"。这才是它的主题。总体看来，我国日本文学翻译和研究界在对石川达三战后具有反战倾向的作品作出评价时，没有考虑到战争中石川达三协力侵略战争的根本态度，评价时缺乏历史感，导致对其反战思想评价过高。如重庆出版社 1989 年出版的《中国抗日战争时期大后方文学书系·外国人士卷》，竟把石川达三作为当时的"国际友人"，甚至还有人称他为"反法西斯斗士"，这些恐怕都是不严谨、不妥当的。

在 1980—1990 年代战争题材作品的翻译中，还有一些所谓"原爆文学"，主要的译本有文洁若等翻译、湖南人民出版社 1980 年出版的女作家佐多稻子（1904—1998 年）的长篇小说《树影》（1972 年）。这部小说以遭受原子弹轰炸的长崎为背景，描写了死于"原爆病"的一对恋人的悲剧，表现了原子弹给日本带来的灾难。井伏鳟二（1898—1993 年）的长篇小说《黑雨》（1965 年）则以广岛县的一个小山村为背景，写须子姑娘因在广岛郊区被含有大量放射性尘埃的"黑雨"淋过，终于爆发了令人担心的原爆病，其婚事也因此而失败，表现了原子弹爆炸的深重危害。《黑雨》有两种译本，一个是湖南人民出版社 1982 年出版的柯毅文译本，另一个是四川人民出版社 1984 年出版的宋再新的译本。此外，还有译载于有关作品集和杂志中的短篇"原爆文学"，如原民喜的《夏天的花》、大田洋子的《尸体狼藉的市街》等。关于"原爆文学"，王向远在《战后日本文坛对侵华战争及战争责任问题的认识》（载《北京师范大学学报》1999 年第 3 期）中评价说："原子弹的爆炸夺去了日本近三十万人的生命，给日本留下了血的教训。（中略）对原子弹的祸害加以表现，是完全正常的和必要的。但是，这些'原爆文学'虽然不同程度地表现了反战倾向，但也往往孤立地描写日本如何受到原子弹及其后遗症'原爆病'的折磨，而没能从根本上指出日本为什么挨原子弹的轰炸。被害者的意识非常强烈，显得诉苦有余，而反省不足。"

此外，其他的有关翻译作品还有：反映战后军国主义阴魂不散的井伏鳟二的短篇小说《遥拜队长》（柯毅文译），堀田善卫的描写南京大屠杀的中篇小说《时间》（刘光宇译），远藤周作的反映原日本侵华士兵犯罪感的短篇小说《架着双拐的人》（文洁若译），曾野绫子的短篇小说《青春之梦》（文学朴译）、《只见河》（文洁若译）、吉冈源治的《战争废墟上的少年时代》（王松林译）、三浦绫子的长篇小说《青棘》（一译《绿色荆棘》，1982 年）等。其中，《青棘》以北海道旭川市的一个大学教授康郎的家庭为中心展开故事情节，表现了日本的侵略战争留在当地日本人心头的阴影。书中大胆地描写了日本在战争期间奴役、迫害中国劳工的罪行，并通过主人公的口表示了当代日本人的悔恨和忏悔。这是非常可贵的，得到了中国文学界的充分肯定。文洁若在上海《文汇报》1995 年 6 月 11 日发表《用作品揭露侵略者罪行——具有良知的日本女作家三浦绫子》的文章，详细介绍了《绿色荆棘》中的反战内容，文章最后说：三浦绫子"用饱含深情的笔触告诉读者什么是真正的爱国心，呼吁日本人民不可重犯过去的错误。她那真挚的、炽热的激情很是感人肺腑。我相信，只要有三浦绫子这样敢于说真话的作家在，只要有支持这样的作家的广大读者，日本就不会重蹈军国主义覆辙，亚洲和平的前景就是光明的"。此外，春风文艺出版社 1991 年出版了于雷译专题短篇小说集《脸上的红月亮——日本反战爱情小说集》，收野间宏、田宫虎彦、石川达三、水上勉、森村诚一的作品七篇。

不过，总体来看，日本战后的反战文学或带有反战倾向的文学并不多。对此，小林宏曾感叹地说："仔细想想，写以侵略战争为题材的作家除我之外如能再多一些该多好啊。可悲的是尚未发现。"这种情况表明，日本文学界对战争责任、对侵华战争的罪恶，还没有形成普遍的悔罪意识，对侵略战争的普遍正确的认识还远远没有形成。虽然我国文学翻译界对这类作品的翻译比较重视，但翻译选题的范围是很有限的。应该翻译和值得翻译的有关作品，除了武田泰淳的 1950 年代的反战小说（如《审判》《凤媒花》等）之外，已经不多了。

二、对社会小说、家庭小说、经济小说的翻译

所谓社会小说、家庭小说、经济小说，都是题材类型上的一种划分，大都属于日本的所谓"大众文学"的范围。这些类型的作品，与日本传统的、被视为"纯文学"的"私小说"不同。作家不是以表现自我为中心，即使写家庭生活也体现出强烈的社会意识。这些作品揭露社会问题，批判社会与人性的丑恶，表现出作家的强烈的责任感、正义感和忧患意识；在手法上不追求先锋性、探险性，而是运用巴尔扎克式的经典现实主义，追求大众化、时代性和可读性，因此，许多社会批判小说及家庭小说都曾是畅销书或流行作品。

日本的社会批判小说及家庭小说，是与中国近现代文学的现实主义主流相吻合的，是与广大读者的阅读和欣赏的习惯相一致的。因此，1980年代后，日本的社会派作家及作品在中国译介颇多，评价较高，拥有很多的读者。

1. 对石川达三、水上勉的翻译

在日本的社会派作家中，石川达三是最受我国读者欢迎的作家。1980年代后，我国翻译出版的石川达三的小说译本近三十种，是百年来我国译介最多的日本作家之一。他的主要作品，都被翻译成了中文，有的在1930 年代曾译介过的作品，如《活着的士兵》，这时又出版了新的译本，有的作品还有两三个不同的译本。特别是批判官商勾结、政治腐败的政治的《金环蚀》（1966年）、揭露资本家巧取豪夺、无情扩张实力的《破碎的山河》（1962年）等，印数达几十万册；根据小说《金环蚀》改编的电影《金环蚀》，1980年代也在我国上映，影响很大。评论家对这两部作品也给予了高度的评价。如李德纯认为，这两部小说表现了作者"政治的敏感和驾驭生活的艺术匠心"，"成为战后文学发展历程中的重要收获，标志着他的现实主义已发展到精湛娴熟的阶段"。（《战后日本文学》第287页，辽宁人民出版社1988年）石川达三还有一些以社会、家庭问题为题材的所谓"风俗小说"，如反映社会道德堕落的《恶女手记》（1956年）、《最后的世界》（1974年），批判个人主义和利己主义的《青春的蹉跎》（1968年）、《不懂爱情的女人》、《爱情的终结》等。这些作品在我国都有译本。石川达三作品的主要翻译者是山东大学外语系金中（1926—2008年）教授。在近二十年中，金中将日本文学翻译选题的重点放在石川达三的翻译方面，所出版的石川达三的作品单行本译本就有十几种，占石川全部中文译本的将近一半，重要的有《金环蚀》《风中芦苇》《人墙》《青春的蹉跎》《恶女手记》《破碎的山河》等。他与作者也有密切的联系，在石川达三逝世前出版的有关译本中，大都有石川达三专门为中文译本写的序言。

在社会派作家中，水上勉（1919—2004年）的创作独具一格。他早期以推理小说著名，和松本清张一样是社会派推理小说的代表作家。后来突破了推理小说的局限，将社会派推理小说的故事性、趣味性、社会批判性与纯文学的雅致、细腻的情调结合起来，形成了自己鲜明的风格。水上勉的作品多以乡村，特别是以自己的家乡为背景，带有浓厚的乡土气息和民俗文化韵味。他擅长写底层小人物，包括手艺人、小和尚、樵夫、花匠、艺妓等，表现他们的悲惨遭遇，结局往往是主人公的死亡，充满浓重的悲剧气氛，并注意表现出悲剧的社会根源。1982年，《日本文学》杂志创刊号上开设了"水上勉代表作特辑"。"特辑"中有吴树文译的中篇小说《越前竹偶》和李明非译的短篇小说《稻草人》，还有李思乐写的评论《越前竹偶》的文章《竹偶之泪》。《越前竹偶》（1963 年）描写的是一幕奇特的爱情悲剧。二十几岁的漂亮的妓女玉枝爱上了年近五十、长相丑陋但又以卓越的手艺而闻名遐迩的竹工喜左卫门。而在喜左卫门死后又爱上了他的儿子，同样善良手巧也同样丑陋的喜助，并从良嫁给了喜助。但喜助却把玉枝视为母亲，同床而不乱。后来竹偶商人诱奸了玉枝，致使她怀孕、流产、死亡。喜助因玉枝的死而失去了精神依托，不久也死去。从此，著名的越前竹偶也就消失了。……小说写得哀感顽艳，情意缠绵，人物栩栩如生，令读者且读且叹。吉林人民出版社在同年出版了《越前竹偶》的单行本，发行量很大。也是在这一年 8 月，外国文学出版社出版了文洁若、吴树文、柯森耀、孙维善翻译的《水上勉选集》。《选集》收作品 11 种，包括中篇小说《越前竹偶》《雁寺》《饥饿海峡》《冬天的灵柩》，短篇小说《西阵之蝶》、《鸳鸯怨》（原名《越后筒石亲不知》）、《水仙》、《棺材》、《桑孩儿》、《蟋蟀葫芦》及散文《京都四季》。水上勉小说大量地译介从此开始。从 1982 年到 1993 年，我国共翻译出版水上勉作品的单行本十七八种。水上勉的代表作《雁寺》（1961 年）、《越前竹偶》《五号街夕雾楼》（1963 年），还有推理小说《饥饿海峡》等，都有两三种译本，在我国拥有众多的读者。根据水上勉的小说改编的童话剧《布纳，快从树上下来》于 1981 年在北京、上海等地上演，也吸引了许多观众。

《雁寺》和《五号街夕雾楼》的译者何平、一凡等，在为海峡文艺出版社的译本所写的"译后记"中对"水上文学"的特点做了很好的概括，其中说：

> 水上勉作品的调子是凄凉的，读者读着读着就会觉得喘不过气来。他的作品不像一般批判现实主义作品那样大声疾呼，而是极力控制着忧伤的情感，恰似一个有满肚子苦水的人哽咽着轻声

地诉说着自己的不幸，更像蚕在吐丝，在不知不觉中轻轻地一颗心便被缠住了，使你觉得心头沉重。所有这些就是"水上调"的明显特征。

他们还指出，水上勉所写的，可以说都是"人间悲剧"，在他的作品中，勤劳和善良的人一个个死去，如《湖底琴音》中的阿作和宇吉，《越后筒石亲不知》中的阿信，《越前竹偶》中的玉枝，《饥饿海峡》中的杉户八重，《猴笼牡丹》中的神主土妹，《五号街夕雾楼》中的夕子和栋田等等。不过，现在总体看来，水上勉的大量作品存在着一种模式化倾向：怀孕是女性悲剧的起因，忧郁、压抑和孤独是人物性格的基调，复仇泄愤的杀害或悲愤的自杀是悲剧情节的高潮。形成了一种变化中见单一的叙事模式。

值得提到的是，水上勉是日中文化协会常任理事，对中国抱有友好感情。他为他的作品的好几种中译本，如何平、一凡译《雁寺》《五号街夕雾楼》、张利等译《红花物语》等，写了热情的序言。水上勉曾多次访问我国，写了以中国为题材的随笔《虎丘灵岩寺》（1967 年）等，还有缅怀老舍先生的纪实散文《蟋蟀罐》（一译《蟋蟀葫芦》，1967 年）。

2. 对山崎丰子、有吉佐和子等女作家的翻译

女作家是日本当代社会小说及家庭小说的中坚，是日本战后文坛上的一种引人注目的现象。她们的作品大都立足于家庭生活，但又不囿于家庭，摆脱了私小说的狭隘性，对日本社会和家庭生活的观察与体验细致而又深刻，表现出强烈的社会正义感、道德意识和开阔的社会视野。她们带着女性作家的细腻与敏感，又不乏男性作家的那种犀利和尖锐，体现出现代女权主义或女性主义的某些特点。1980 年代以后，我国对日本社会派女作家的作品做了较多的译介。如山崎丰子、有吉佐和子、三浦绫子、曾野绫子、圆地文子等。其中，曾野绫子的表现家庭悲剧和妇女不幸的长篇小说《爱的破灭》（王庆兰译，湖南人民出版社 1986 年）、《家庭悲剧》

（刘瑞霞等译，北京十月文艺出版社 1986 年）和《女人》（程在里译，北方文艺出版社 1987 年版），中国文联出版公司 1987 年出版的沈海滨译圆地文子的中篇小说《女人的路》等，在我国读者中都有一定的影响。

译介最多，也最有影响的日本女作家，是山崎丰子、有吉佐和子和三浦绫子的作品。

山崎丰子（1924—2013 年）是社会派作家的重要代表。她曾在井上靖领导下做过记者，又私淑石川达三，在创作风格上同石川达三很相似，故被称为“女石川达三”。1981 年，山崎丰子的长篇小说《浮华世家》（1974 年）的上卷，由叶渭渠、唐月梅译出，上海译文出版社出版。该书上册第一次印刷的印数就高达 22.5 万册，成为最畅销书，后来的中、下册也陆续出版，并且不断重印。可以说，《浮华世家》的翻译出版，是 1980 年代初我国的“日本文学热”兴起的一个重要标志。其后不久，根据《浮华世家》改编的电视剧也在我国播出，受到广泛关注和欢迎，收视率很高。在《浮华世家》中，日本金融界尔虞我诈、互相倾轧，官商勾结，损人利己，甚至为了金钱和私利，父子相斗、骨肉相残；资本家的家庭生活也是腐败透顶，私通乱伦，妻妾同床……。林林在为译本所写的序中，认为这部书能使我们的读者了解资本主义社会。他称赞说：“作为一个女作家，能够暴露自己生活在其中的现实社会的丑恶和腐朽，如此的气魄和胆识，实是难能可贵的。”除《浮华世家》外，山崎丰子的其他重要作品，如揭露医学界黑暗面的长篇小说《白色巨塔》（1965 年），以及《女人的勋章》（1960 年）、《女系家族》（1963 年）等，也都有中文译本。

有吉佐和子（1931—1984 年）是我国较早译介的日本当代作家。早在 1960 年代，《世界文学》曾经译载过的她的《祈祷》等作品。1977 年，人民文学出版社曾出版了文洁若、叶渭渠翻译的《有吉佐和子小说选》。有吉佐和子善于发现和捕捉现实生活中的重大问题，并加以表现。例如，1979 年人民文学出版社出版的叶渭渠等翻译的长篇小说《恍惚的人》

（1972年），反映的是当代家庭中的老年人问题；1984年上海译文出版社出版的李德纯翻译的长篇小说《非色》（1963年，标题意为"并非因为肤色"），通过战后嫁给美国黑人士兵，而到美国生活的女主人公的经历，反映了美国社会的种族差别和歧视问题；黑龙江人民出版社1986年出版的刘德有等翻译的《祈祷》反映的是原子弹轰炸所带来的"原爆病"问题；长篇小说《海暗》是以日本人民反对美军在日本建立军事基地为题材的，在我国先后出现了两种译本：一个是中国文联出版公司1984年出版的梅韬的译本，译名为《暗流》；一种是春风文艺出版社1986年出版的唐月梅的译本，译名是《暖流》。长篇小说《综合污染》（1975年）反映当代社会的严重的环境污染问题，该书由王纪卿翻译，译名为《死神悄悄来临》，中国文联出版公司1987年出版。有吉佐和子作为我国的友人，从1961年后数次来我国访问，受到了毛泽东、周恩来等的接见，在北京住过较长时间，还到我国农村去体验生活，和中国文学界建立了深厚的友谊，并于1979年出版了长篇报告文学《中国报道》。1984年有吉佐和子突然去世后，我国的《光明日报》等报刊曾做过报道，还有人发表了悼念文章。文洁若在1982年在《日本文学》季刊创刊号上发表的题为《有吉佐和子的创作》一文，对她的创作做了高度评价。她指出："尤其难能可贵的是，这样一位作家并不安于单纯去雕琢文字，走唯美主义道路，而她总是怀了满腔热情，大胆去干预生活，她的很多作品都针对国内外生活中的重大问题，这一点特别值得我们学习。"

三浦绫子（1922—1999年），原是一个小杂货铺的老板娘，在业余时间刻苦写作。1963年，三浦绫子写出了长篇小说《冰点》，参加《朝日新闻》大阪版的"悬赏小说"的应征，以第一名入选。《冰点》发表后引起热烈反响，单行本印刷30多次，发行150多万册，成为日本战后家庭小说的杰作。1986年安徽文艺出版社《日本当代文学丛书之二·日本女作家作品选》出版了帅德全翻译的长篇小说《冰点》，1987年，外国文学出版社出版了李建华翻译的《冰点》。《冰点》写的是一家医院的院长启造的妻子夏子因与人私通，使得三岁的女儿遇害。启造发现妻子不贞后决意报复，通过好友高木，暗将凶手的幼小的遗女接来家中，起名阳子，令妻子抚养，开始时夏子将阳子视若亲生，疼爱有加，但数年后得知真情，即对阳子百般刁难和折磨，最后终于将阳子的身世当面说出。阳子不堪打击，服毒自杀。这时高木赶来，说阳子不是凶手的遗孤，而是启造一个同学的私生子。真相大白，令大家目瞪口呆，追悔莫及。……三浦绫子的作品没有山崎丰子那样重大的社会主题和锐利的批判锋芒，多以家庭为舞台，反映家庭的爱情和婚姻问题，抓住了社会性题材的一个重要侧面，发挥了女性作家的特长，善于细腻地表现人性和人情，能够深刻地进行心理剖析，表现人性中的利己主义根性，充满了强烈的人道主义精神。1992年，山东文艺出版社出版了李佳羽、苏克新翻译的长篇小说《地狱谷》。这部小说描写了一个豪门之家的浮华堕落的生活，丈夫、妻子、小妾、儿子之间的复杂险恶的关系，是三浦绫子家庭生活题材作品的又一部力作。三浦绫子其他的主要作品被译成中文的，还有中国文联出版公司1987年出版的陈喜儒译长篇小说《泥流地带》，北岳文艺出版社1996年出版的文洁若译《泥流地带》（译名为《十胜山之恋》）等。

3. 对城山三郎等经济小说的翻译

经济活动是社会活动的重要内容，因此广义上说，社会问题小说也含经济问题在内，社会小说中也包括着经济小说。事实上，上述的社会小说作家，如石川达三、山崎丰子等，也写了不少以经济问题为题材的作品，如石川达三的《破碎的山河》，是写资本家强征地皮进行经济扩张的，山崎丰子的《浮华世家》既是社会小说，也可以说是经济小说，而她的《暖帘》完全就是经济题材。但随着经济的发展，经济问题的强化，经济小说作为一种小说类型，也逐渐凸显出来了。一般认为，以人的经济活动为中心，以公司、工厂、银行、商社等经济领域为舞台的小说，就是经济小说。日本经济小说作为一种独立的题材类型有悠久的历史传统，17世纪的井原西鹤就是古典文学最早的经济小说作家。但现代的经济生活与古代不同，现代经济小说也有了全新的内容。它产生于经济高度增长的1950 年代后期，以城山三郎的《输出》的出版为标志，经济小说成为日本当代文学中的重要组成部分。到了 1960 年代以后，经济小说常常成为畅销书，并出现了持续的"经济小说热"。我国在改革开放后以经济建设为中心，人们对经济问题、经济现象的关心日益增强，对日本经济小说也开始重视起来。

日本现代经济小说的创始者和主要代表作家是城山三郎（1927—2007年）。他的经济小说或反映普通员工的辛酸，或揭露公司企业之间的尔虞我诈，或描写企业上层的权力与经营思想的斗争，或揭露公司企业的黑暗内幕。一方面同情下层职员的不幸遭遇，一方面主张个人对企业整体利益的服从。早在 1965 年和 1977 年，我国的作家出版社和人民文学出版社就先后翻译出版了城山三郎的《辛酸》和《官僚门的夏天》两个长篇小说，但那时翻译城山三郎的作品，其用意还在于"认识资本主义的实质"，"供内部研究参考"。1980 年，外国文学出版社翻译出版了王敦旭、施人举译的《城山三郎小说选》，将以前译的《辛酸》和《官僚们的夏天》合集重版。1980 年，吉林人民出版社编辑出版的《日本文学》杂志创刊号上，刊登了马兴国的题为《谈日本经济题材小说》的论文，介绍了日本经济小说的产生、现状和重要的作家作品。1984 年湖南人民出版社出版了张弘毅、万木春翻译的城山三郎的短篇小说集《性命难保的城市》。此后几年，长篇小说《天天星期日》《挑战者》《危险的椅子》《官场生死搏斗记》《价格之战》等，陆续翻译出版。曾小华在《价格之战》的"内容介绍"中说："近几年，我国的商品经济得到了迅猛发展，涌现了大批企业家。矢口（小说中的人物——引者注）的经营思想，销售方法是值得广大企业家借鉴的。"认为城山三郎的经济小说"把经济题材形象化，不仅有一定的趣味性，而且有助于了解日本社会，对我国的经济建设也有一定的参考作用"。这表明，我国的经济小说翻译者是站在经济小说的本体上来看待经济小说的价值的。

除城山三郎的经济小说外，经济小说的另一个代表人物高杉良（1942 年生）的作品翻译也受到重视。1981 年，江苏人民出版社出版了张云多译的《荣耀的退任》，1993 年，北京的知识出版社出版了曲维翻译的《解雇》，1998—1999 年，文化艺术出版社出版了高杉良经济小说的一套丛书，丛书名为《现代都市财经小说》，收《商战隐情》《虚幻之城》《黑钱风波》《调动内幕》四种。1999 年，群众出版社出版了《日本经济小说系列》丛书，译出高杉良的《浊流》《不被公司埋没》《大合并》《一个高利贷者的足迹》《社长之器》《兴业银行》《人事权》等多种作品。高杉良还为此套丛书写了题为《致中国读者》的卷头语。此外，经济小说的其他作家作品，如广濑仁纪的《明日的缔约》、源氏鸡太的《三等经理》等，都有了译本。

日本的经济小说，对我国的港台地区影响较大。近年来，那里也有作家和评论家打出了"经济小说"的招牌。但对大陆的文坛，影响还不显著。但随着经济生活的深化和文学的发展，日本的经济小说将越来越显示出对我国文学的参考价值。

三、对青春小说、性爱小说的翻译

1980 年代以后，我国对日本的青春小说和爱情小说的翻译，数量较大，热点较多。在当代日本流行作家作品的翻译中，占有重要地位。

1. 对村上春树等青春小说的翻译

所谓"青春小说"是以人的青春时期的经历、体验为题材的小说，其作者和读者也大都是青年人，在日本国内具有巨大的读者市场，因此许多青春小说成为流行作品或畅销书。我国译介的青春小说，主要有石坂洋次郎、宫本辉、五木宽之、村上龙、村上春树、吉本芭娜娜等人的作品。而尤其是后三位作家的作品翻译最多、影响最大。

五木宽之（1932 年生）是日本的 1960—1970 年代的畅销书作家。他的作品大都描写日本青年的奋斗与成长的经历，反映国际风云、时代变迁和日本社会生活的各个方面，揭露了社会丑恶现象，如《青春之门》《朱鹭之墓》《恋歌》《冻河》等。我国翻译出版的五木宽之的作品译本约有十七种，大多属于青春小说。其中为我国读者最熟悉的，则是描写日本青年成长经历的长篇系列小说，即所谓"长河小说"《青春之门》。《青春之门》系列长篇小说规模宏大，由《筑丰篇》《自立篇》《放浪篇》《挑战篇》《望乡篇》《再起篇》等多部构成。全书以《筑丰篇》开卷，从主人公信介伊吹的少年时代写起，表现了战后日本青年的幻想、追求、挫折、破灭、失败、堕落、奋起、挑战的人生经历，反映了日本当代社会的各个方面。但作为流行小说，其中也有一些色情、暴力等不健康的内容。《青春之门》问世后在日本已印行十几版，销售两千多万册。中国文联出版公司和四川人民出版社，分别在 1987 年和 1988 年出版了《青春之门》数卷。1990 年代后期，长春的时代文艺出版社买断了《青春之门》的中文版权，从 1997 到 1999 年，出版了《放浪篇》《自立篇》《堕落篇》《望乡篇》《挑战篇》《再起篇》。

像五木宽之那样的作家，不管在日本还是在我国，评论家和学者们一般把他们定位在"通俗文学"（大众文学）上，虽然翻译的作品多，阅读量也很大，但学者与评论家一般不太重视，因此其作品对我国文学的影响也不大。但另一位青春小说作家村上春树在中国的译介，情形就大不相同了。

村上春树（1949 年生）的作品大都是轻松幽默的青春故事，读者也大都是青年人，而且最受女青年喜爱，在 1980 年代以后的日本极为畅销和流行，但他的文学品位却极高，具有明显的先锋性、试验性的特征，代表了 1980 年代日本乃至世界文学的最新潮流。村上春树主要的中长篇小说有《听风的歌》（一译《好风长吟》《且听风吟》，1979 年）、《1973 年的弹球游戏机》（1980 年）、《寻羊冒险记》（1982 年）、《世界末日与冷酷仙境》（一译《末日异境》，1985 年）、《舞吧、舞吧，舞吧!》（一译《跳! 跳! 跳》《舞! 舞! 舞!》，1988 年）、《拧发条鸟编年史》（中文译名《奇鸟行状录》, 1994—1995 年）等，还有《象的失踪》等大量短篇小说。村上春树以他那特有的轻松、悠闲、潇洒的笔调，描写了从正面欣然接受现代都市生活方式的年轻人，成功地塑造了后现代社会中"感受型""消费型"的"后现代"人格。他笔下的人物都是青年单身汉，无妻无子，过得逍遥自在。他们喜欢一人独处，喜欢爵士乐、啤酒、红茶、外国小说、外国电影和唱片，寂寞时便找同样年轻的异性伙伴聊天、兜风、谈情说爱。有时像是逢场作戏，随便做爱，近似儿童式的天真烂漫的性游戏；有时对恋人也怀着虽不热烈执着，但也算是缠绵难舍的情感。生活平淡无奇，工作单调乏味，于是主人公的生活中常常出现天方夜谭般的奇遇，莫名其妙的丢失，费尽周折的寻找，有惊无险的冒险，不了了之的结局。《听风的歌》中，主人公"我"寻找不知去向的女友；《1973 年的弹球游戏》中，"我"到处寻找一条似曾相识的狗；《寻羊冒险记》中，"我"半推半就地受一个右翼组织的指派，历经艰险去寻找一头带星形斑纹的羊；在《舞吧！舞吧！舞吧！》中，"我"寻找昔日情人。……所有这些寻找，像煞有介事，乃至想入非非，却又饶有趣味。实际上，所有寻找都只是一个"过程"，一种没有必然性，也没有充分必要性的"过程"，因此其结果也必然是没有结果。在作品中，作者把一切都"消解"了，人物的行为"跟着感觉走"，没有目的、没有意义，从而消解了主题，消解了中心，消解了意义，体现出无机性、平面化、符号化的特征。他以貌似的写实，表现超现实与荒诞，但它与现代主义文学的荒诞又有不同，没有形而上的意义指向，只表现感觉与感受，真假难辨，庄谐并出，不可阐释。这就是村上春树文学的独创与魅力，也体现出后现代主义文学的许多典型特征。

1989 年，村上春树在日本发行三百多万册的长篇小说《挪威的森林》由林少华译出，漓江出版社出版，首次印刷六万册。这是我国翻译村上春树的开端。次年，北方文艺出版社又出版了钟宏杰、马述祯译《挪威的森林》。《挪威的森林》译本在我国引起强烈反响，在 1990 年代初期的大学校园，大学生们争相购买、借阅、传看。《挪威的森林》在市场销售上的旺势，促使了村上春树其他作品的较多较快地翻译出版。漓江出版社在1991 年至 1992 年，推出了"村上春树作品系列"丛书。丛书除《挪威的森林》外，还有长篇小说《跳！跳！跳》，《世界尽头和冷酷仙境》，中短篇小说集《好风长吟》。除《跳！跳！跳》为冯建新等翻译外，其余均为林少华翻译。1999 年，漓江出版社又推出《村上春树精品集》，将林少华的译本《挪威的森林》《寻羊冒险记》《舞！舞！舞》《象的失踪》（作品集）和《世界末日与冷酷仙境》五种书，收在"精品集"中，装帧印刷也雅致精美，不愧称为"精品"。书前冠有林少华撰写的"总序"，全面介绍了村上春树作品在日本国内外的传播与影响，论述了其主要作品在内容和形式上的特点，是一篇包含着译者真切感受和体悟的高水平的序文。1997 年，林少华翻译的村上春树的新作《奇鸟行状录》也被译林出版社列入"当代外国流行小说丛书"出版发行。另外，远方文艺出版社出版了台湾的老翻译家赖明珠的译本《末日异境》。村上春树的主要译者林少华，是 1980 年代后我国日本文学界出现的高水平的中青年翻译家。村上春树的作品原文，使用的日常口语，没有别扭的句式，没有难以把握的长句子，简明晓畅，平白如话，从这个角度说翻译的难度不大。但在写到各种流行商品、歌曲、电影名称等流行现象时，使用了大量的在词典里查找不到的外来语，给翻译造成一定困难。但村上春树作品的翻译难度，不在原文字句本身，而在于原文风格的传达。村上的小说在轻松中有一点窘迫，悠闲中有一点紧张，潇洒中有一点苦涩，热情中有一丝冷漠。兴奋、达观、感伤、无奈、空虚、倦怠，各种复杂的微妙的情绪都有一点点，交织在一起，如云烟淡霞，可望而不可触。翻译家必须具备相当好的文学感受力，才能抓住它，把它传达出来。林少华的译文，体现了在现代汉语上的良好的修养及译者的文学悟性，准确到位地再现了原文的独特风格。可以说，村上春树在我国的影响，很大程度依赖于林少华译文的精彩。

如果说村上春树是 1990 年代对我国文学界影响最大的日本作家，恐怕是没有争议的。十几年间，我国的主要的报刊，特别是有影响的文学类报刊，如《外国文学评论》《国外文学》《日本文学》《世界文学》《译林》等，还有《北京师范大学学报》等重要的大学学报，都发表了有关村上春树的报道、评论和研究论文，普遍认为村上春树的作品富有独创，是日本当代文学中值得注意的现象。特别是有的研究者站在世界文学与比较文学的广阔视野上，指出村上春树作品的"后现代主义"的特征，这种看法在日本也未见有人提出，体现了中国研究者的理论洞察。

林少华在译介村上春树的差不多同时，翻译了日本另一位青年女作家吉本芭娜娜（1964年生）的小说集《开心哭泣开心泪》。该小说集收作者的《厨房》等小说七篇，于1992年由漓江出版社出版。吉本芭娜娜的作品也属于青春文学的范围，她以描写青年女性的青春心理见长，表现了现代都市生活中青年的孤独、寂寞与惆怅。她的代表作、中篇小说《厨房》描写亲人早逝的"我"（樱井美影）在孤独中喜欢和厨房中的冰箱等器物相依相伴，后来"我"受到邀请，搬到男青年雄一家里住。两人像兄妹又像恋人。雄一失去了母亲，他现在的"母亲"理惠子是做了变性手术的原来的父亲，理惠子给了他们两人以母亲的关爱。但后来理惠子却意外地被求爱者杀害。两个青年人又陷入了孤独忧伤之中，但他们还表示要坚强愉快地生活下去。这篇小说在1987年发表后成为畅销书，日本国内外一些评论家给予高度评价，但多属商业广告性的赞词。吉本芭娜娜的作品在表现青春感伤和都市生活体验等方面，与村上春树近似，但与村上比较而言，显得单薄肤浅。看来，她还是一位正在成长中的作家。我国翻译出版的吉本芭娜娜的作品，除上述的林少华的译本外，花城出版社1997年还出版了张哲俊、贺雷等翻译的小说集《厨房》。

2. 对渡边淳一的性爱小说的翻译

上述所译的诸位作家的青春小说，从一定意义上说也是"爱情小说"或"性爱小说"，因此，青春小说与爱情、性爱小说也有重合的地方，有些作品既可以说它是青春小说，也可以说它是爱情、性爱小说。但这里所说的爱情或性爱小说，不只是青年人的、青春的爱，也包括中年人的爱情与性爱。在爱情及性爱小说方面，我国翻译的重要作家作品有大江贤次的长篇小说《绝唱》，原田康子的长篇小说《挽歌》，渡边淳一的系列小说。其中，翻译最多、影响较大的是渡边淳一的性爱小说。

　　渡边淳一（1933—2014 年）是日本当代著名的畅销书作家。著有五十多部长篇小说。渡边淳一的作品主张情感至上，性爱至上，把追求性快乐作为生活的极致。因此日本有评论家称他为"情痴主义"和"唯美主义"者。作品的大部分写中年人的悖德的性爱，并形成了一个写作模式，即男主人公厌倦妻子，有了外遇，女方是有夫之妇或是未婚女性；相恋的男女均性欲旺盛，一年四季，春去秋来，隔三差五，到旅馆饭店租房，不知厌足地做爱。这时候作者常常津津有味地、毫无顾忌地描写女性肉体秘处、做爱过程、情态和感受，并声称这种描写是为了试试看"能在什么程度上得到认可"。如在《失乐园》中，做爱过程的描述不下十次，《一片雪》中，详细描写做爱的就有二十多次。渡边淳一的小说在描写不伦男女的纵情享乐时，并没有落入受道德谴责而良心不安之类的常见的老套子。也就是说，不注重表现性爱与道德的冲突，而注重表现性爱的极乐与短暂之间的矛盾。男女都认为如此久而久之，"厌倦"不可避免，因此心生悲哀与空虚。悟到性爱最终不过是就像极易消融的"一片雪"（《一篇雪》），最终不过是"泡与沫"（《泡与沫》）。于是，发展到《失乐园》，男女主人公便决定在性爱的高潮中双双一同自杀，这就是渡边淳一所说的"爱的深沉、爱的沉重、爱的美好、爱的可怕"。按渡边淳一在接受中国学者张石的采访时所说：《失乐园》中的男女主人公"是在幸福的顶点死的。（中略）而爱一旦到了顶点，相反会有一种倦怠感，已经不能更上一层楼了"，所以要以死来保持爱的永恒的高潮。由于渡边淳一把性本身看成是极美的，因此没有大江健三郎作品中那种堕落的腐臭气息。他还注意把日本人的四季变迁与男女之爱相融会，写出了日本式的无常与哀愁。但平心而论，作为流行小说、大众小说，与川端康成的同类作品比较起来，主题性太凸显，而含蕴不足。在日本，渡边淳一的性爱小说虽因可能对未成年学生造成不良影响而遭到抨击唾骂和抗议，但还是很受欢迎，而且每有作品出版，大都由著名评论家在书后做"解说"，对作品做肯定的评价。

我国在 1980 年代后期开始翻译渡边淳一的作品。从 1986 年到 1989 年，翻译出版了《光与影》《花葬》《梦断寒湖》《外遇》《走出欲海》等小说。但 1990 年代初，又出现了《红花》《白衣的变态》《蜕变》《不分手的原因》等作品译本。但渡边淳一在我国真正地引起一股"热"，还是在 1998 年和 1999 年。1998 年，珠海出版社出版了他的《梦幻》和《失乐园》，北京的文化艺术出版社和香港天地图书出版公司联手，也同时在内地和香港出版了《失乐园》。对于《失乐园》，两家出版社都声称拥有版权，但后来有报纸披露真正拥有合法版权的是文化艺术出版社。就在这一年，从日本流入的《失乐园》电影录像、VCD 光盘，也很流行，甚至在大学校园也公开播放，因此带来了小说的热销。在这种情况下，文化艺术出版社和香港天地图书再次联合推出了"渡边淳一作品系列丛书"，收译作品七种，包括《男人这东西》《失乐园》《夜潜梦》《泡与沫》《一篇雪》《爱如是》《为何不分手》。七部作品有六部写婚外恋，一部（《雁来红》）写女人的变态性爱。这套书装帧讲究，印刷精美，销路很好。似乎没有人从道德的立场对渡边淳一作出批评。这种情况表明，在中国，人们的性道德观念在悄悄地发生着变化。1995 年前后，当美国的类似题材的小说《廊桥遗梦》在我国流行的时候，就有人撰文认为，《廊桥遗梦》的被接受说明中国人已经在文学的层面上理解了、容许了婚外恋情的存在。几年后渡边淳一作品的热销，再次表明了传统家庭伦理道德在人们的观念意识中已经悄悄地发生着倾斜。

四、对推理小说的翻译

推理小说，也称为"侦探小说"，是以犯罪案件和破案过程为题材的小说，日本近代将侦探小说叫作"探侦小说"。战后文字改革，减少汉字，"侦"被停止使用，此后日本的"探侦小说"就改称为"推理小说"。推理小说在当代日本颇为盛行，在世界推理（侦探）小说中也占有重要的地位。这类小说作为一种题材类型，19世纪中期肇始于美国的爱伦·坡，19世纪末20世纪初成熟于英国的柯南道尔，20世纪中期以英国的阿加沙·克里斯蒂的创作为标志形成一个高峰。而到了1950年代以后，侦探小说创作的主要阵地转移到了日本。日本成为当代世界侦探（推理）小说创作最繁荣的国家。从战前的江户川乱步、横沟正史开始，经过战后的松本清张、森村诚一的努力，一直到1980年代后赤川次郎的崛起，前后经过了六十余年，出现了五十多位卓有成就的推理小说家，创作了五千部以上的作品。为推理小说所设立的各种奖项之多，也是世界第一。许多作品被译介到国外，形成了世界性的影响。

我国从近代的林纾开始翻译外国的侦探小说，包括黑岩泪香等日本作家的推理小说。1920—1940年代，也出现了程小青那样的著名的侦探小说作家。但1950年代以后，把近现代的侦探小说列为"鸳鸯蝴蝶派"加以批判，把外国的侦探小说划入了资产阶级文学的范围，并认为社会主义的中国不存在资本主义国家那样的犯罪问题，因此禁止作家写作侦探小说。后来，政策虽时有局部松动，但侦探小说一直处在被压抑的状态中。改革开放以后，一直到1990年代末，中国的推理小说创作还处在艰难的探索阶段，为读者广泛接受的作家作品极为罕见。由于国内的作家创作不能满足读者的需要，外国侦探小说就势必被大规模翻译过来。其中，日本的推理小说的译本约达270种左右（含复译本），占一百年来日本文学翻译总量的约七八分之一。在1980—1990年代的日本文学翻译中，推理小说在数量上约占四分之一。其特点是翻译面很广，各个不同时期的代表作家及重要作品，大都有了译本。

1. 对早期推理小说与松本清张、森村诚一社会派推理小说的翻译

在早期推理小说作家中，江户川乱步和横沟正史是早期的两位重要的

推理小说家。江户川乱步（1894—1965 年）被称为日本的"推理小说之父"。他的作品借鉴欧美侦探小说，注重以科学的逻辑推理作为破案的手段，运用写实主义的手法，反映日本存在的社会问题，他的推理小说被研究者称为"本格派"，奉为"正宗"，开创了日本推理小说的主流。我国早在 1931 年就翻译出版了江户川乱步的《蜘蛛男》。1986 年到 1992 年，我国共翻译出版了江户川的推理小说六部，有《飘忽不定的魔影》《女妖》《附身恶魔》《黄金假面人》《青铜魔人》《少年侦探团》等。到了1999 年，珠海出版社又出版了《乱步惊险小说集》丛书，共收五种作品。

横沟正史（1902—1981 年）在风格上不同于江户川乱步，被称为推理小说的"变格派"。他强调趣味性，不重写实，而以离奇怪诞为特征，人物和情节被夸张、变形，甚至有妖魔鬼怪、死而复活的情节。主要作品有《三根头发》《怪兽男爵》等。从 1980 年开始，我国陆续翻译出版横沟正史的作品，有《迷宫之门》《溅血的遗嘱》《八墓村》《女人，要比男人多个心眼》《女明星的奇特婚姻》《情仇》《怪兽男爵》《幽灵座》《潘多拉盒子的奥秘》等。到 1999 年，内蒙文化出版社和珠海出版社购买了版权，出版了"日本当代惊险推理小说大师横沟正史精品系列丛书"，其中，内蒙古文化出版社出版了《白与黑》《百万遗产杀人案件》《恶灵岛》《神秘女子杀人事件》《杀人预告》《恶魔的宠儿》《幽灵岛》《化装舞台》等九种作品，珠海出版社出版了《八墓村》《女王蜂》《狱门岛》《恶魔吹着笛子走》等四种作品。

在日本推理小说中，松本清张和森村诚一的作品占有极其重要的地位。他们是推理小说大师，也是战后全世界推理小说的大师级的作家。松本清张（1909—1992 年）的作品被评论家称为"社会派"，他是"社会派"推理小说的奠基人。松本清张的"社会派"与此前的"本格派""变格派"都有不同，不只是讲究趣味性和消遣性，而是更突出作品的思想性和社会意义。其作品以人道主义为思想基础，以批判现实主义为基本的创作方法，注重以作品揭露社会弊端，深入挖掘犯罪案件背后的深层的社会根源，把批判的矛头直指日本的上层官僚机构，包括法律与司法界、税务、经济金融界，乃至最高统治集团，撕下了上层人物的虚伪假面，具有强烈的社会批判性，对下层社会的小人物的不幸遭遇则寄予深切的同情。松本清张的小说不以恐怖、血腥的故事招徕读者，而是以尖锐的矛盾冲突，复杂的社会背景、合乎逻辑的推理来组织情节，具有很高的艺术趣味。我国在 1980—1990 年代出版的松本清张的作品译本四十余种，在读者中有着广泛的影响。重要的译本有《点与线》、《波浪上的塔》、《砂器》、《歪斜的复印》、《雾之旗》（中译本《复仇女》）、《零的焦点》（一译《伴伴儿女郎》）等。

森村诚一（1933 年生）在 1960 年代走向文坛，1970 年代创作上达到全盛时期，作为"社会派"推理小说大家，森村诚一和松本清张一样注重作品的社会批判性。同时，他又有自己的鲜明特点。他既注重写"故事"，更注重写"人"，写出人的复杂性与多面性，刻画出人物的内心世界，塑造出鲜活的人物形象。我国翻译界和出版界对森村诚一作品的译介非常重视。从 1979 年江苏人民出版社出版了第一部森村诚一的小说《人性的证明》以来，到 1990 年代末，共出版森村诚一的作品译本约七十余种（含复译本），在整个 20 世纪我国所翻译出版的从古至今的日本作家作品中，森村诚一作品的中文译本在数量上雄居第一，充分证明了我国读者对森村诚一小说的肯定和喜爱。我国的推理小说作家和研究者曹正文在其《世界推理小说史略》一书中说："笔者曾读过许多行行式式的侦探小说，但森村诚一的作品无疑是最吸引我的。无论是洋洋三十万字的长篇巨著，还是千余字的短篇小说，都别具一格。他的推理小说在题材内容上有很强的表现力，在艺术手法上则新颖而自成一家。"的确，在我国，森村诚一的作品，无论是在专家中，还是在一般读者中，都得到了很高的评价。

在所译介森村诚一的作品中，最受欢迎、影响最大的作品，首先是"证明三部曲"（1977—1978 年）——包括《人性的证明》《青春的证明》

和《野性的证明》。其中《人性的证明》最早由王智新译出，江苏人民出版社1979年出版。1981年，根据小说改编的电影剧本由陈笃忱译出，中国电影出版社出版。1980年代前期，《人性的证明》（译名为《人证》）在中国上映，引起轰动，数年中在各地电影院上映不衰。《野性的证明》由朱金和、孟传良、冯建新、姜晚成译，群众出版社1981出版；《青春的证明》由刘宁翻译，中国文联出版公司1986出版。到了1998年，海南出版社和三环出版社又联合出版了三部曲的新译本，统一装帧，同时推出。在三部曲中，最重要的是《人性的证明》。《人性的证明》是能够集中体现森村诚一创作特色的长篇。小说写一个名叫八杉恭子的女人，是红极一时的"家庭教育问题权威"，经常在媒体与社会上招摇。为了现身说法，她把自己与儿子恭平打扮成"模范母子"，公开发表和儿子恭平的"母子通信"，而实际上，她的儿子是个无恶不作的流氓。更有甚者，八杉恭子，为了保住自己的名声和地位，千方百计掩盖她早年同一个美国黑人士兵同居并生下孩子的事实。当她的黑人儿子乔尼从美国来看望母亲时，八杉恭子竟残忍地将亲生的儿子杀死。负责调查此案的栋居侦探，由于少年时代就痛感人性的沦丧，对人性中的丑恶具有一种本能的厌恶和憎恨，他全力侦破案件并审讯八杉恭子，实际上就是要"证明"八杉恭子身上是否存在人性。而表达人类美好的母子感情的《草帽歌》唤起了八杉恭子的久已被社会所淹没了的人性，于是她坦白、忏悔了自己的罪行。作者要说明的是，人都有人性，但社会环境却使人丧失人性。八杉恭子丧失人性，是因为要保持现有的社会地位，八杉恭子的儿子恭平人性的堕落，是因为他顺从了社会环境。作者表现了社会对人性的扭曲，同时作者对人本身并没有丧失希望，他"证明"了人性的存在，"证明"了人性或多或少地存在于人的身上；"证明"了人性的存在，也就意味着否定了泯灭人性的社会的存在。森村诚一就是这样，在他的推理小说中高扬人性，呼唤人性，将推理小说从社会学的层面，进一步深化到"人性"的层面，在社会性与人性的矛盾对立中，确立了创作的立足点。

2. 对赤川次郎等其他推理小说的翻译

我国译介较多的日本推理小说家还有夏树静子、山村美纱、高木彬光、佐野洋、大薮春彦、西村寿行、西村京太郎、斋藤荣、胜目梓、黑岩重吾、五木宽之、赤川次郎、陈舜臣、渡边加美等。这些作家各有特色。如夏树静子（1938年生）作为著名的社会派推理小说女作家，擅长通过生活琐事来反映重大的社会问题，我国翻译出版她的作品译本有十几种；女作家山村美纱（1934年生）的推理小说富有动作性感，其作品的主角大都是外表漂亮、内心丑恶、名利欲强的女人，我国翻译出版的她的作品译本约有六种。高木彬光（1920—1995年）擅长写法庭推理小说，塑造富有正义感的法官形象。我国出版了他的《破戒裁判》等译本近十种。佐野洋（1928—2013年）擅长爱情、婚姻题材的推理小说，反映了爱情婚姻中的种种丑恶、罪恶现象。西村京太郎（1930年生）善于描写谋杀题材，而且多是连环谋杀，具有浓烈的血腥味，我国出版的他的作品译本约有二十种。西村寿行（1930—2007年）和大薮春彦（1935年生）属于"硬汉派"推理小说，描写以暴力反暴力的复仇行为，在中国的译本各有二十来种，其中西村寿行的《涉过愤怒的河》（据此改编的电影名为《追捕》）在我国影响最大。台湾籍日本作家陈舜臣擅长以中国历史为题材创作推理小说，他的推理小说代表作《重见玉岭》《长安日记》《北京悠悠馆》等在中国均有译本。另外，我国还翻译出版了他的《太平天国》《鸦片战争》等中国题材的历史小说。

在这些推理小说家中，赤川次郎及其形成的"青春派推理小说"，在日本影响最大，在我国也受到了译者和读者的高度评价。

赤川次郎（1947年生）是1980年代红极日本的著名畅销书作家。已出版作品三百多种，至1980年代，其作品的发售达一百多万册，连年保持日本畅销书的"冠军"地位，稿费收入也连年第一，创造了日本文学史上少见的奇迹。赤川次郎的小说，主人公全是初涉社会的青年学生，读者对象也是青年人，特别是女青年。他擅长用推理小说的手法写青春题材，被称为"青春派推理小说"。但他的推理小说已经没有一般推理小说的那种压抑和紧张，而是用轻松的心情、幽默的笔法、浪漫的情怀和跌宕起伏的故事情节，讲述青春遭际，描写青春心理，抒发青春感受。除推理小说外，还有大量的其他形式的青春小说，据1980年代后期的统计，他的以女学生为主人公的学园探奇小说有三十一部，以二十五岁年轻女性的生活为题材的小说十三部，描写青春时期浪漫故事的小说有二十部。他站在普通青年人的视点上观察和描写社会，揭露社会黑暗，但不渲染暴力和色情，着意表现青年人的喜怒哀乐，注重表现他们追求理想、乐观向上、热爱生活的一面。虽然作品的思想缺乏深度，故事情节也时有破绽，但却与当代社会的青年读者追求轻松、娱乐、消遣的阅读期待相契合，所以受到普遍的欢迎。我国自1980年代中期以后开始翻译赤川次郎的作品。在十几年的时间里，出版了二十多部译本。1995年，黑龙江人民出版社还购买了版权，出版了宋明清等人翻译的"赤川次郎侦探系列丛书"，其中有《三色猫怪谈》《小偷物语》《无脸十字架》《幽灵同好会》《三色猫狂死曲》《三色猫探案》等。赤川次郎的代表作之一《早春物语》，有广西人民出版社1886年出版的梁近光的译本《少女的故事》，印刷九千册；工人出版社1988年出版的卢晓利译本《少女青春冒险》，印刷五万多册。

总体来看，这些作家在思想与艺术方面，基本上没有与松本清张、森村诚一相比肩者。有的作家作品如山村美纱、大薮春彦、西村寿行的有关作品，过分宣扬暴力、色情、极端个人主义的反社会行为，实属于一种低俗文学。我国翻译出版的日本推理小说在选题上大部分是健康、有益的。但是，由于在1992年我国未加入世界版权公约之前，不需购买版权，出版社和出版商可一本万利，因此出得过多过滥；一些推理小说译本是书商购买出版社的书号出版的，选题不够严谨，出了一些平庸的甚至是有害的译作。在翻译质量方面，和经典作品的译文相比，推理小说的译者大多是新手，加上抢译赶时间，致使译文的错漏较多。译本的装帧设计庸俗、花哨，纸张和印刷大多比较低劣粗糙。大多数译本没有像样的译本序跋，其至完全没有序跋；相当一部分译本连作家作品的简单的介绍文字都没有，使得整本书缺乏文学品位。这一切，都是我国的推理小说翻译出版中存在的问题。

五、对儿童文学及民间文学的翻译

我国的儿童文学与日本儿童文学有着很密切的关系。"儿童文学"这一概念，"童话"这一概念，就是直接从日本引进过来的。我国对日本儿童文学（也包括少年文学）的翻译，在1930年代的上海有一次小小的高潮，那时翻译了日本的童话集有十来种。但1930年代以后，一直到1970年代末的四十来年间，由于战争、政治、出版能力等种种原因，我国对日本儿童文学的翻译非常少。1980年代以后，随着经济、文化的迅猛发展和日本文学翻译的繁荣，日本儿童文学的翻译迎来了高潮时期。这二十年间出版的日本儿童文学译本（不含卡通读物）近一百种，是20世纪前八十年的五倍多。若算上卡通读物和卡通音像制品，则多得无法统计。在相当长的时间内，特别是1980年代，日本的儿童文学大量涌进我国的儿童文学书籍和音像市场。书店里，日本文学的儿童读物占满了儿童专架；电视中的儿童节目到处都是日本式的图像造型。中国的儿童人人都知道日本的"一休"小和尚，日本电视连续剧《血疑》（原名《赤色的疑惑》）使无数的中国少年倾倒，有报道说南京的一位初中女生竟在《血疑》中的女孩病死后，自己也自杀身亡。甚至中国的《西游记》也被配上日本式的卡通造型。这些情况，一方面说明了我国在改革开放后大胆引进外来文化的气魄和成效，另一方面也对我国的儿童文学的民族化提出了严重的挑战，引起了儿童文学界乃至文学界的忧虑和不安。但是，由于我国的儿童文学创作和世界发达国家相比，起步较晚，创作观念也比较陈旧，习惯于将成年人、父母辈作为本体，而忽视孩子们的独立的天性。许多作品的现实性、社会性、说教性、概念性有余，儿童性、娱乐性、想象力不足。因此许多儿童文学，实际上是成人化的文学。这些问题虽然已经被意识到了，但要在创作上有根本的改变，恐怕还需要很长的时间。在这种情况下，日本儿童文学的翻译，满足了我国广大小读者的需要。

1980—1990 年代日本儿童文学翻译的一个特点，是注重儿童文学名家名作的翻译。而且所翻译的作品除少数（如小川未明、宫泽贤治）是属现代作家之外，大都是当代名家的作品。

在日本近代儿童文学家中，小川未明（1882—1961 年）的童话作品充满浪漫的色彩、神秘气氛、纯正的童心和浓郁的诗意，成为日本近代儿童文学的权威。小川未明也是我国译介最早的日本儿童文学大家。1930年代张晓田曾经翻译出版了小川未明的三四本童话集。进入 1980 年代后，福建人民出版社在 1981 年出版了施元辉、孟慧娅翻译的小川未明的代表作《红蜡烛和人鱼姑娘》，吉林人民出版社 1983 年出版了刘子敬、李佩翻译的《巧克力天使》等。

另一个儿童文学家宫泽贤治（1896—1933 年）在短暂的 37 年的生涯中，创作了 94 篇童话和大量诗歌，其作品充满神奇的幻想，爱憎分明的情感，佛教式的自然观与生命观，不加雕琢的朴素之美，形成了独特的风格。但由于他是一个文坛圈子之外的人，生前默默无闻，遭到冷遇，只有一篇童话《过草地》拿过稿费，大量作品未能发表。宫泽贤治死后不久，其遗作便以全集的形式出版问世，遂引起读者和研究者的极大兴趣，其作品的价值很快得到承认。到了当代，宫泽贤治的名字在日本妇孺皆知，有的作品还被编入国语教科书。文学界对宫泽贤治的作品的评价越来越高，研究宫泽贤治成为一门显学。在我国，1930 年代钱稻孙曾将宫泽贤治的诗，《不怕风雨》和童话《风大哥》（原名《风又三郎》）翻译过来。1957 年，北京的少年儿童出版社翻译出版了宫泽贤治的童话集《小木偶和大提琴》；《日本文学》季刊 1986 年第二期还开设了《宫泽贤治特辑》，译载了《夜莺星座》《过雪地》《一个规矩特多的餐馆》《风又三郎》《奥伯尔和大象》《猫儿办事处》《滑床的熊》等七篇童话和七首诗。该特辑还发表了于长敏的《宫泽贤治及其作品浅析》和王敏的《宫泽贤治研究五十年》两篇文章。1994 年，译林出版社出版了顾龙梅翻译的《宫泽贤治童话选》，同年，光明日报出版社出版了滕瑞翻译的《宫泽贤治童话选》，西安的西北交通大学出版社出版了胡美华、傅克昌翻译的童话集《银河铁道之夜》；1996 年，春风文艺出版社出版了王敏主编的《宫泽贤治作品选》，收童话九篇，诗六首。这样，宫泽贤治的优秀作品，大都有了译本。

在当代日本儿童文学家中，椋鸠十（原名久保田彦穗，1905—1987 年）的动物小说占有重要地位。他幼年在父亲的牧场有狩猎的体验，战前曾发表过所谓"山窝小说"，战后大量发表"动物小说"。1965 年出版《椋鸠十动物童话文学全集》五卷，1969—1970 年，出版《椋鸠十全集》十二卷。我国的翻译家们通常将椋鸠十的"动物小说"改称为"动物故事"，自 1982 年以后大量翻译出版，受到我国少年儿童的欢迎。在 1982 年以后的十几年的时间里，各出版社翻译出版的椋鸠十的作品译本有十八种。主要有刘永珍译《月芽熊》《鼠岛的故事》《玛雅的一生》、李耀年等译《水獭之谜》、申建中等译《斗牛瘦花》等，特别是儿童文学翻译家安伟邦翻译的椋鸠十动物故事，影响较大。河北人民出版社 1980—1985 年，出版了安伟邦翻译的"椋鸠十动物故事丛书"。丛书包括《太郎和阿黑》《矮猴兄弟》《金色的脚印》《两只大雁》《野兽岛》《孤岛的野狗》《阿黑的秘密》《镜子野猪》《山大王》，共九种。每种字数约在四万字至七万字之间，是 1980 年代我国翻译出版的规模较大也较系统的动物故事系列作品。椋鸠十的动物故事不同于一般的童话和寓言中的动物故事，虽然将动物人格化了，但很少幻想、离奇的情节，而是现实性的故事。他描写了各种动物之间、动物家族内部之间的关系，特别是人与动物的关系，反映了现代世界中人对动物世界的侵入和渗透。其中，人与动物的情感写得很动人。如《阿黑的秘密》，在它的小主人太郎不幸死后，家人要搬到东京去。阿黑从车上跳下来跑回故家，被附近的学校收养。不久师生们发现，每当日落时分，阿黑就到山上的一棵樱桃树下，一动不动地趴在那里。师生们猜想树下一定埋藏着阿黑的秘密，结果他们真的从树下挖出了太郎生前穿的一只运动鞋。阿黑每天来守护的，原来就是小主人的这只鞋。这里写的动物对人的真挚的感情，感人至深。

著名女作家松谷美代子（1926—2015）也是我国译介较多的日本儿童文学作家之一。她的创作受日本民间故事的影响，同时具有强烈的时代性和现实性。1980 年代，我国曾翻译出版了松谷美代子的作品译本八种。其中，《小百合》《小茜茜》等五种，均由季颖翻译、重庆出版社出版。1980 年由江苏人民出版社出版的何毅之翻译的长篇童话《龙子太郎》（1961 年），是作者根据日本信州地区的民间故事写出来的，塑造了一个勇敢、善良的少年龙子太郎的形象。这部作品的中文译本的出版与同名动画片在我国的上映，使龙子太郎为我国 1980 年代初期的少年儿童广为知晓。1985 年由中国少年儿童出版社出版的高林翻译的长篇童话《两个意达》，也受到中国小读者的欢迎。《两个意达》将幻想性与现实性结合起来，反映了原子弹爆炸给日本人民带来的悲惨后果。这部作品曾在 1980年获国际儿童年设立的特别安徒生奖。松谷美代子强烈关注战争题材的儿童文学的创作，1993 年她在上海召开的第二次中日儿童文学研讨会上，提出要用收集"现代民间故事"的方法，收集战争及侵华日军（如"七三一"部队）的情况，作为少年儿童文学的题材。

在 1980 年代我国译介的日本儿童文学作家中，有一个特殊的作家，那就是黑柳彻子（1932 年生）。她本来不是职业的作家，而是著名演员和电视节目主持人。幼时曾因太顽皮而被小学校开除。但她的家长和新的学校的校长却因势利导，终于将她培养成了著名影星。后来，黑柳彻子曾写了自传体作品《窗边的阿彻》（1981 年）、《从中学生到演员》（1982 年）等，讲述了一个聪明顽皮的小姑娘受教育和成长的经历，很受学生和家长们的欢迎，成为畅销书。我国在 1982 年到 1983 年，很快翻译出版了《窗边的阿彻》的四种不同的译本——《窗边的小桃桃》《窗边的小豆豆》《窗边的阿彻》《窗边的小姑娘》。《从中学生到演员》等译本也被翻译过来，日本文学翻译家、记者陈喜儒在《黑柳彻子的启示》（载《日本文学》1986 年第一期）一文中说："我读黑柳彻子的书的时候，我想起了自己的童年，思索着自己走过的路，心中那颗早已枯萎的童心又萌发出了嫩绿的芽。我发现，童年和中年之间的那堵无形的墙在逐渐消溶，对于孩子又多了几分理解、温存的爱。联想到那些硬逼着孩子去学钢琴、提琴、书法或者绘画的好心的父母们，我希望他们能读一读黑柳彻子的书，于是我和徐前同志翻译了《窗边的阿彻》和《从中学生到演员》。"

在日本文学翻译中，科学幻想小说的翻译也占有一定分量。科幻小说既是成人文学，也是少年儿童文学。在科幻小说领域，著名作家星新一（1926—1997 年）的作品独树一帜。他的作品属微型小说，即西方的 short short story，日语简称为"ショートショート"，又称"超短篇小说""掌小说"；我国称"微型小说""小小说""超短篇小说""一分钟小说"等。星新一一生写了一千多篇微型小说，其中大部分是科幻作品或有科幻色彩。其数量之多，据说在日本乃至全世界无与伦比。他在《创作的道路》一文中说："我认为一篇精巧的短篇小说应具备这三个要素：一、立意新颖独特；二、情节相对完整；三、结尾出人意料。关于写作的题材，我主张不受任何限制，但我却为自己规定了三个原则：第一，坚决不描写色情和凶杀的场面；第二，不追赶时髦，不写时事风俗类的作品；第三，不使用现代派的手法。"由于具备这样的特点，由于将知识性、趣味性、想象力完满地结合在一起，星新一的微型科幻小说在中国很受欢迎。许多重要的文学期刊，如《译林》《译海》《外国文学》《日本文学》《外国文学报道》《清明》《长城》《小说界》等，都译载过星新一的作品。从1982 年孟庆枢等主编了星新一作品的第一个中文译本——《保您满意——日本星新一短篇科幻小说选》（江苏科学技术出版社）开始，到1990 年代末于雷等主编《肩膀上的秘书》为止，春风文艺出版社、湖南人民出版社等各家出版社，出版了十几种星新一小说译本，发行量也很大。星新一的作品不仅是少年学生的健康有益的读物，也为成年读者所爱读。马兴国、于雷、李有宽等翻译家在有关的译本序中，均对星新一给予了高度的称赞和评价。

除上述的作家之外，在我国译介的日本儿童文学名家名作还有浜田广介的《黄金的稻穗》，女作家乾富子的《小企鹅历险记》《小矮人历险记》，女作家大石真的《二〇五教室》《巧克力战争》，那须正干的《荒岛历险记》《时间漂流记》等冒险小说，小松左京的《空中都市008》等科幻小说，胜尾金弥的《太次郎的故事》，宫本辉的《泥之河》，住井末的儿童文学作品选集《和大地在一起》等。还有《日本童话选》《日本儿童小说选》《日本儿童故事选》等多种诸家作品综合集。

民间文学是与儿童文学密切相关的一种文学类型，在题材、构思、审美特征上有许多相通之处。日本有许多的儿童文学作家作品，是从民间文学中汲取营养的，如上述的松谷美代子及其《龙子太郎》。另一位重要的儿童文学家坪田让治（1890—1982 年）同时也是日本民间文学的整理、改写者。我国出版的坪田让治的四部作品，除《风波里的孩子》外，其余三种都是他所收集整理的日本民间故事。其中包括陈志泉译、人民文学出版社 1979 年出版的《日本民间故事》，北京少年儿童出版社 1980 年出版的《猫和老鼠——日本民间故事》，季颖译、中国民间文艺出版社 1981 年出版的《田螺少年——日本民间故事集》等。1980—1990 年代，我国共翻译出版了二十余种日本民间文学（包括故事、传说、寓言、笑话等）作品集的译本，重要的有：李威周等编译、山东人民出版社 1980 年出版的《日本民间故事》，马兴国译、辽宁人民出版社 1980 年出版的《日本民间故事选》，金道权等译、中国民间文艺出版社 1982 年出版的关敬吾编的《日本民间故事选》，连湘译、上海文艺出版社 1983 年出版的关敬吾编的《日本民间故事选》，李克宁译、山东人民出版社 1992 年出版的大川悦生编《日本民间故事精选》，王汉山译、安徽文艺出版社 1984 年出版的《日本笑话选》，管乾秋、刘文智译、郑州海燕出版社 1986 年出版的《一休的故事》等。在这些日本民间故事的译本中，最受我国小读者欢迎的是《一休的故事》。日本民间文学的译本，不仅适合小读者，而且也引起了许多民间文学研究的学者、比较文学学者的广泛兴趣。日本的许多民间故事与我国的有关民间故事在情节构思上多有相似，因此，研究日本民间故事与中国民间故事的异同，也是寻绎中日文化交流轨迹的重要途径。

附录一：   台湾及香港地区的日本文学翻译概述

　　台湾与香港地区的文学翻译活动，是中国翻译文学的重要组成部分。但是，由于近百年来的历史、政治的原因，台湾在 20 世纪前半期沦为日本帝国主义的殖民地，后半期由国民党政权统治，与祖国大陆的文化交流受到诸多的限制。而香港在 1997 年回归中国之前的九十九年间，一直是英国的殖民地。在这种情况下，台湾和香港地区的文学活动，包括翻译文学，有着与大陆不同的发展轨迹和自己的特色。因此有必要将两地的日本文学翻译情况单独成文，加以评介。

　　台湾在日据时期的五十年中，基本上没有什么可以查考的日本文学翻译。在台湾，日本人一开始就蓄意压制作为中华民族的共同语的汉语，他们极力推行日本语，强制台湾的学校使用日语教学，竟将日语称为台湾人民的"国语"，而将汉语说成是"方言"。这种语言殖民政策在经过了几十年的强制推行之后，使得许多受过系统学校教育的台湾人可以直接阅读日文书刊，包括日本文学作品。而假如用汉语翻译日本文学作品，读者读的还是汉语，则与日本殖民者的语言殖民主义意图不符。因此，当时的台湾甚少用中文翻译日本文学作品，这恰恰是日本人处心积虑的文化殖民主义策略。日本殖民当局就是用这样的方法来实现使台湾人"皇民化"的目的。

　　抗日战争结束后，台湾结束了日本殖民统治，国民党接管了台湾。在接下去的三年国共内战期间，台湾的日本文学翻译几乎仍然和从前一样，处于空白状态。1949 年国民党政权退据台湾，1950 年代后，台湾的日本文学翻译开始发足。从 1950 年代到 1970 年代三十年中，台湾的日本文学翻译呈现出逐年递增的趋势，1970 年代形成较大规模，并且在选题及译文风格上，渐渐形成与大陆不同的特色。

首先，由于两岸的社会制度不同，表现在日本文学翻译的选题上，大陆特别重视无产阶级文学和左翼文学，而台湾则把反共作为基本政策，并实现严格的新闻出版检查制度，因而日本战前战后的左翼文学及无产阶级文学就被排斥在外了。但两岸在日本古典文学、近现代其他思潮流派的作家作品的翻译方面，大体是一致的。由于历史上台湾与日本语言文化的特殊联系，许多人在日据时期就通晓了日语，这就为战后的日本文学的翻译准备了人才，形成了阵容较为强大的日本文学译者队伍。1950—1970 年代活跃的翻译家有朱佩兰、林文月、刘慕沙、余阿勋、钟肇政、施翠峰、徐白、叶寄民、金溟若、左秀灵、徐云涛、邱素臻等。这些译者不仅翻译的数量较多，而且译文的质量也较好。在 1946—1979 年间的三十多年中，台湾共翻译出版日本文学类书籍二百余种，而同时期大陆出版的日本文学译本的数量约为一百五十种，从数量上台湾超过了大陆。这些译本绝大部分是 1960—1970 年代翻译出版的。在翻译选题上，涉及古典文学、近现代文学与当代文学。《源氏物语》《竹取物语》《雨月物语》等古典名著有了译本；明治时期以降的近现代文学，包括尾崎红叶、德富芦花、森鸥外、夏目漱石、岛崎藤村、芥川龙之介、武者小路实笃、菊池宽、志贺直哉、高村光太郎等人的作品翻译较多，其中译本最多的作家依次为芥川龙之介（约十八种译本）、武者小路实笃、菊池宽（各约六种译本）、谷崎润一郎（约四种译本）。比较而言，最受重视的还是当时活跃于文坛的著名作家的畅销作品。译本数量最多的依次为川端康成（约二十七种）、三浦绫子（约二十二种）、三岛由纪夫（约十四种）、曾野绫子（约十一种）、江户川乱步、柴田炼三郎（各约八种）等。另外翻译较多的作家还有安部公房、石原慎太郎、源氏鸡太、有吉佐和子、井上靖、远藤周作、松本清张、原田康子、五味川纯平等。

在 1950—1970 年代台湾的日本文学翻译出版中，收获最大的、最值得特别提到的，是林文月女士对日本古典名著《源氏物语》的翻译。林文月出生于上海日本租界，后长期在台湾大学任教。她的《源氏物语》翻译开始动笔于 1974 年，到 1978 年底全书译毕。其间，边译边在台湾大学外文系的刊物《中外文学》上连载。到了 1979 年，由中外文学月刊社分五册出版单行本。在大陆，丰子恺先生早在 1960 年代初就已开始翻译《源氏物语》了，但由于所谓"文化大革命"的爆发，丰子恺译本出版的时间，反而晚于林文月译本两三年。由于当时两岸无法沟通，丰子恺、林文月分头翻译，互不知晓。对此，最近林文月在《源氏物语》洪范版 2000 年新序中写道："未能参考丰译，诚然遗憾，却也足以激励自我奋勉。设若我当初知悉前辈大家已先完成此钜著之译事，也许竟会踌躇不敢提笔；而即使提笔翻译，有可供参考之另一种译本在手边，遇有困难，大概不会不产生依赖之心，然则，我的译文必然会受到丰译之影响无疑。于今思之，反倒庆幸朦昧中摸索前行，至少建立了属于自我的译风。"此话并非过言。拿林文月的译本与丰子恺译本相比，很快就能看出两种的译文风格各具千秋：丰译本多用《红楼梦》那样的古代白话小说的词汇句法，典雅简洁，华美流丽；林译本则使用标准的现代汉语，将现代汉语的书面语与日常口语很好地结合起来，通俗而不流俗，清新而又亲切。说起来，《源氏物语》的语言在 9 到 10 世纪的日本要算是地道的"口语"了。所以林译本用纯粹的现代汉语来翻译，并不使人觉得有失古典的韵味。可以说，林文月的《源氏物语》译本与大陆的丰子恺的《源氏物语》译本，业已成为海峡两岸日本文学翻译的两块丰碑。

除林文月的《源氏物语》这样不以商业为目的的"纯翻译"之外，台湾的日本文学翻译界最显著的倾向还是其强烈的商业性特征。在大陆，同时期（1980 年代前）的外国文学（包括日本文学）翻译还完全限制在社会主义计划经济的框架内，较少商业性特征。但台湾战后的日本文学翻译，从一开始就显示出商业性特征。商业性特征的正面表现是对热点作家作品反应敏锐、译介迅速，能够紧追日本文学的潮流。其负面特征就是翻译家在选题上容易丧失主动性，而成为出版商赢利的工具，往往因赶时髦、抢市场而妨害翻译选题的学术性、科学性、系统性，进而影响译作本身的质量。对此，湛荣先生1970年代在香港发表的《1949—1965中国对日研究出版简介》（香港《抖擞》二十一期，1977年5月）一文中说："台湾翻译为人诟病的地方着实不少，其中最显著的缺点就是赶风潮。为了抢先于同类'竞译'中出版，译者往往马虎了事，这不但降低了译作的质，同时，'竞译'此一现象，也说明了作品的译介缺乏系统性和长远的计划。由于译者的态度不够严肃，译作的文字……除少数较为洗炼之外，普遍来说，均逊于〔大陆译者〕。"香港中文大学的谭汝谦先生在《中国译日本书综合目录》（香港中文大学出版社1981年版）的序言中也写道："台湾的日本文学翻译事业存在着不少缺点。除少数译者较为严谨之外，大都滥译，而且普遍缺乏文学批评修养。很少译者撰文评介原作时代背景，分析人物性格或作者艺术成就等。在选材方面，似乎鲜有独立审判能力。一味唯销路是问。有些译者见到一书畅销，不问是否有文学价值，动手就译，致使'竞译'、'抢译'蔚成风尚。"他以川端康成的翻译为例，指出在1968年川端康成获得诺贝尔奖之前，川端康成在台湾无人问津，但在获奖后，仅在1969年一年中就"抢译"了19种，1974年以后，川端康成的翻译热潮从此不再。

　　进入1980年代后，台湾社会、台湾文化与文学进入了一个新的转折点。台湾的日本文学翻译也进入了一个新的阶段。经济迅速增长，高度繁荣，社会政治环境相对宽松，文学界的创作思想更趋活跃。台湾的日本文学翻译也进入了繁荣时期。由于台湾在经济上长期依赖美国和日本的资金和贸易，再加上日本在台湾五十年之久的殖民史，故许多的台湾民众对日本文化和文学有些了解并抱有兴趣。尤其进入1990年代以来，李登辉的

"亲日"倾向强化了台湾的"日本情结",也使日本文化在台湾更有市场。虽然台湾的日本文学翻译很少直接受到官方和政治的影响,但社会的大氛围无疑有助于拓展日本文学翻译的读者空间。

1980—1990 年代台湾的日本文学翻译的首要特点是翻译选题的全面化、系统化和出版设计的丛书化。一多半的作品译本都收在某一套丛书中。据不完全的统计,台湾出版的有影响的日本文学译丛三十多种。按内容出版划分,可大体分出纯文学名著译丛、纯文学与大众通俗文学的综合性译丛、大众文学译丛、作家个人的作品系列译丛共四类。现将重要的译丛分类简介如下。

一、纯文学类丛书主要有:

1. "文学名著"丛书,台北正义出版社 1985 年版。收三岛由纪夫、井上靖、石川达三等日本作家作品十余种。

2. "当代世界小说家读本"丛书,台北光复书局 1988 年出版。收日本近现代作家夏目漱石、川端康成、井伏鳟二、太宰治、佐多稻子、大冈升平、安部公房、远藤周作、大江健三郎、井上靖共十人十卷。

3. "双子星丛书",台北星光出版社 1980 年代后期出版的大型丛书,共有五百多种。其中收伊藤左千夫、中岛敦、谷崎润一郎、芥川龙之介、川端康成、三岛由纪夫、渡边淳一、吉川英治、松本清张、赤川次郎等日本现代作家的作品上百种。

4. "日本经典名著",星光出版社出版。这是一套选题严谨、翻译出版质量较高的丛书。1993 年后陆续出版,至 1990 年代末,已出版至少四十种,包括了夏目漱石、森鸥外、芥川龙之介、川端康成、三岛由纪夫等名家名著。

5. "小说地图·日本名家系列",远流出版事业公司 1991 年出版,收日本作家作品十余种。

6. "日本经典文学大系",台北花田文化股份公司 1990 年后陆续出版，已出数十种。

7. "日本文学"丛书，大型日本近现代文学名著丛书，由台北万象图书公司 1990 年代后陆续出版，至今至少已出版五十多种。

8. "日本文学"，台北久大文化公司 1990 年代后陆续出版，已出几十种。

二、纯文学与大众通俗文学的综合性译丛主要有：

1. "新潮文库"，台北志文出版社 1980 年代出版的大型丛书，其中收川端康成、水上勉等日本作家的作品多种。

2. "日本文学精选"，台北故乡出版社 1988 年出版。这是一套按题材分类编选的日本当代文学译丛，如《日本企业小说选》《日本爱情伦理小说选》等。

3. "日本文学系列"，1987—1988 年台北故乡出版社出版，翻译出版日本当代作家小松左京、渡边淳一、森村诚一等作家的作品十数种。

4. "皇冠丛书·日本金榜名著"，超大型丛书。台北皇冠出版社出版。1987—1990 年间共出版日本当代作家的作品七十余种，其中有三浦绫子、山村美纱、曾野绫子、青岛幸男、平岩弓枝、林真理子、芝木好子、夏树静子、石原慎太郎、吉本芭娜娜等人的作品。

5. "日本畅销金榜小说"，台北旺文社 1988 年出版，共出版十余种。

6. "石榴红系列"，台北大嘉出版社 1989 年出版，其中收三岛由纪夫、井上靖、曾野绫子等日本作家的作品多种。

7. "日本新潮小说"，万象图书公司 1991 年后出版，已出版至少19 种。

8. "日本女作家系列"，台北方智出版社 1998 年出版，已出林真理子、小池真理子等作品十五种以上。

9. "日本女性小说系列"，台北麦田出版公司 1990 年代出版。

三、大众通俗文学（首先是推理小说，其次是历史小说、武侠小说等）类译丛：

1. "新潮推理"，这是一套大型推理小说译丛，共三十多卷，由台北志文出版社 1987—1989 年出版发行。收松本清张、西村京太郎、森村诚一、赤川次郎、黑岩重吾、夏树静子、水上勉等七位推理小说大家的"推理系列"每人数卷。

2. "日本名探推理系列"，共十卷，由台北希代出版公司 1987 年出版，丛书第一至八卷为赤川次郎的作品，后两卷分别是西村京太郎和连城三纪彦的作品。

3. "日本十大推理名著全集"，共十卷，由台北希代出版公司 1987 年出版。收仁木悦子、高木彬光、松本清张、佐野洋等人代表作十种。

4. "日本推理名著大展"，由希代出版公司 1987 年出版，共五种，属于《希代推理》大型丛书中的子丛书。收户川昌子、树下太郎、结城昌治共五位作家的作品。

5. "推理小说系列"，台北林白出版社 1987—1988 年出版。这是一套大型推理小说丛书，到 1988 年，已出版至少七十种。

6. "新潮短篇推理"，丛书共有十余种，由台北志文出版社 1988—1989 年出版。

7. "文经推理文库"，由台北文经出版社出版。1987 年出版江户川乱步作品四种。未见后续书目。

8. "推理之最精选"，台北林白出版社 1990 年代中期后陆续出版，已出版至少二十余卷。

9. "小说历史"，大型历史小说译丛。台北远流出版事业公司 1988 年以后陆续出版，到 1999 年，已出版近百卷。译丛收录的主要作家作品有山冈庄八的多卷册长篇小说《德川家康全传》《织田信长》《丰臣秀吉》《伊达正宗》，井上靖的《战国无赖》《苍狼》《战国红颜》《杨贵妃传》，长部日出雄的《信经风云录》，司马辽太郎的《大盗禅师——郑成功反清复明外一章》《幕末》，海音寺潮五郎的《上山谦信》《蒙古袭来》，吉川英治《源赖朝》，新田次郎的《武田信玄》等。

10. "实用历史丛书"，台北远流出版事业公司 1994 年后陆续出版，收华裔日本作家陈舜臣的多卷本长篇小说《小说十八史略》《小说甲午战争》《耶律楚材》《龙虎风云》等作品。

11. "日本小说丛书"，台北武陵出版有限公司 1998 年后陆续出版。以武侠小说、历史小说为特色。

12. "大众读物丛书"，由台北大众读物出版社出版，收柴田炼三郎的历史小说《水浒英雄传》四部。

13. "武侠名著"丛书，台北武陵出版有限公司 1998 年后陆续出版，收译了《八犬传》（删本）、《丰臣秀吉》等日本武侠小说。

四、作家个人的作品系列译丛：

如林白出版社 1985 年出版的《松本清张选集》十几卷，时报文化出版企业公司 1994 年出版的《村上春树作品集》等。

丛书化、系列化使台湾的日本文学的翻译出版在出版界、读书界更显规模效应，突出地表现了 1980—1990 年代台湾日本文学翻译出版事业的繁荣状况。与同时期大陆的日本文学翻译情况相比，在丛书的数量方面，大陆的大型的多个作家的综合性日本文学丛书只有四套，远比台湾为少。从译介的版本数量上看，同时期大陆的日本文学译本约有一千四百余种，台湾的译本约有一千余种，在数量上约相当于大陆日本文学译本的百分之七十。每种译本的印数，因台版书的版权页上没有注明，不得而知，只是由于人口数量的限制，虽然也在香港地区发售，估计发行量要远低于大陆。但从台湾的两千多万人口来看，日本文学的阅读人数的比例恐怕要超过大陆的若干倍。从译介的范围上看，从古典文学到当代最新的流行作品，都得到了较全面的译介。在古典文学方面，1970 年代林文月的《源氏物语》到了 1990 年代已销售六千套，至 2000 年初，又由台北的洪范出版社出版了四卷本的新版本。日本最古老的典籍《日本书纪》由时报出版公司出版了译注本（大陆尚无译本），平安时代妇女日记文学的代表作之一《和泉式部日记》、"歌物语"的代表作《伊势物语》也由林文月译出；江户时代上田秋成的《雨夜物语》、井原西鹤的《好色一代女》等也有了译本。在近现代的纯文学方面，最受重视和欢迎的作家有芥川龙之介、夏目漱石、川端康成、三岛由纪夫等。其中，芥川龙之介的短篇小说有多种不同的版本，夏目漱石的《我是猫》也在1994和1995年出版了两种版本；在当代流行作家作品方面，最受欢迎的是村上春树的青春小说、松本清张、赤川次郎等人的推理小说以及陈舜臣等人的历史小说。对于日本文坛的最新动向，台湾的日本文学翻译界的反应也很快。例如对于村上春树的作品，台湾在1980年代初村上春树刚崭露头角的时候，就有了较多的译介，比大陆早好几年。女翻译家赖明珠有关村上春树小说的三篇译文，曾被大陆的《日本文学》季刊1996年第2期转载过，成为大陆最早发表的村上春树作品译文。台湾的时报出版公司还在1998年出版了台湾评论家们写的村上春树的评论集《遇见百分百的村上春树》。显然，1980年代中后期大陆的"村上春树热"，与台湾的"村上春树热"有一定关系。

本时期活跃在台湾的日本文学译坛上的翻译家，除上一时期的余阿勋、朱佩兰、钟肇政、刘幕沙等仍然活跃之外，还有陈鹏仁、林永福、林达中、赖明珠、叶石涛、叶明、林敏生、李永炽、萧羽文、何芸、王怡人、程羲、郑凯、朱晓兰、岭月、宋明清、叶蕙、廖为智、何黎莉、丁祖威、丁小艾、黄玉燕、郑秀美、郑建元、郑清茂、赵慧瑾、赵文宇、刘华亭、杨梦周、梁慧珠等。这些翻译家的译文一般都文通字顺，并能不同程度地传达原作的风格。由于战后台湾在语言文字和大陆失去了联系，台湾的"国语"更多地保留了1930—1940年代的汉语风格，较少使用欧化句式，较多地使用古汉语的字词，在句式结构、字词使用上与大陆当代的普通话有所差异，这在台湾的日本文学翻译中也有明显的表现。在翻译的质量上，也有了明显的进步，谭汝谦先生所指出的 1950—1970 年代台湾的日本文学界普遍存在的问题，如译者"普遍缺乏文学修养"的问题、"滥译"问题，都得到了很大程度的改进。大部分纯文学类的译作，都有质量较高的译本序言，还有不少译本（如星光出版社的"日本经典名著"丛书），在书后附有作家的生平创作年表。像这样的译本不仅具有面向一般读者的可读性，而且还具备了资料版本的研究价值。但是，"抢译"的问题，在推理小说、历史小说等通俗畅销类作品的翻译中仍然存在。

在译本的发行范围上，长期以来，台湾版的图书在香港的图书市场上占有相当大的份额。由于大陆出版的书籍使用简体字横排版式，香港读者看不习惯，再加上图书的纸张、印刷装帧等外观质量方面与台港书有差距，虽然价格低廉，仍难以拓展市场。所以，大陆的日本文学译本，在香港市场上并不多见，有些只是内地的版本在香港的繁体字竖排重版。直到 1997 年回归后这种情况才逐渐有所改观。所以，单从日本文学译本的读者市场来看，台湾对香港的影响很大，在这方面台港两个地区是密切关联，甚至说是连为一体的。这也是我们在谈中国的日本文学翻译的时候将台港两地并提的原因之一。

香港自 1959 年开始翻译出版日本文学作品。这一年香港出版了《日本作家十二人集》《日本短篇小说选》两部译作。到了二十年后的 1979 年，香港只出版了日本文学作品译著十三四种，选题以松本清张等人的推理小说居多，难见全面系统。1980 年代以后日本文学的翻译出版逐渐增多。香港是个商业性都市，其主流文化也是商业性文化，表现在香港的日本文学翻译与出版中就是严肃的纯文学读者很少。在日本的纯文学中，似乎芥川龙之介最受欢迎。连芥川龙之介本来不太有名的短篇小说《南京的基督》也被香港作家陈韵文改写成同名中篇小说，后来又进一步改编成电影，搬上了银幕，由香港和日本的演员联袂出演。其他被香港高层次的读者认同的日本纯文学作品还有《源氏物语》以及夏目漱石、川端康成、三岛由纪夫等作家的部分作品。有关纯文学译本一般从台湾及大陆入

王向远文学史书系·日本文学汉译史   >>>

口，而并非由香港本地翻译出版。在本地翻译出版的则主要是推理小说等通俗文学和流行作品。其中最受出版商垂青的流行作家有村上春树、村上龙、吉本芭娜娜的青春小说、渡边淳一的性爱小说、赤川次郎的推理小说。如，香港皇冠出版社从 1990 年代中期出版"赤川次郎推理小说系列"，到 1999 年已出版五十多册，香港博益出版集团有限公司 1980 年代后期出版的"博益日本畅销小说精选"，至 1990 年代后期，已出版一百多种，其中赤川次郎的作品最多，达六十种，其次是村上春树的作品，有十九种，再次是吉本芭娜娜、村上龙等人作品。这些译本全部是袖珍式小开本，每本字数在十万字左右，便于携带，在生活节奏紧张的香港社会，很受年轻人的欢迎。

台湾及香港地区的日本文学翻译，为中华民族的文学翻译事业做出了自己的贡献。如果说，20 世纪中国的翻译文学是一棵参天大树，中国的日本文学翻译是大树上的繁茂的一枝，那么，台湾及香港地区的日本翻译文学就是这树枝上的红花绿叶。近年来，大陆和台湾、香港在翻译文学，包括日本翻译文学方面的交流逐渐加强了。1997 年香港回归后，大陆的日本文学译本在香港的书店日渐增多，有关日本文学翻译的交流也日益密切。台湾翻译家的日本文学译本，如赖明珠、金溟若、朱佩兰等人的译作得以在大陆出版，而大陆日本文学翻译家，如冯度、金福、谭晶华等人的译作，也得以在台湾出版。有理由相信，随着台湾最终与祖国大陆的统一，包括两岸的日本翻译文学在内的文学作品，将成为两岸人民充分共享的精神财富。

394

附录二：20世纪中国的日本文学译本目录

说明：

一、从翻译文学史研究、比较文学和文献学的角度看，为20世纪中国的日本文学译本编一个系统详实、便于浏览和查阅的译本目录，是十分重要和必要的。

二、本目录所列内容是1898—1999年间（2000年重要译本少量）在中国大陆（不含港、澳、台地区）公开出版的日本翻译文学作品的单行本，包括小说、诗歌、文学剧本，报告文学、童话、故事、散文、随笔及有一定文学性的日记、书信、传记、自传、回忆录等，兼收文艺理论与文学研究的学术著作。以图画为主的儿童卡通读物不列在内。

三、内容分为"作家作品单行本"和"诸家综合本"两大部分。第一部分按原作者姓氏笔画顺序排列（少数作者不明者作"佚名"），第二部分按书名首字笔画顺序排列。为节省篇幅计，只列作者、书名、译者、出版者、出版年份；除多卷文集、丛书外，子目一般不列。个别的译者、出版年份等不明待考者，暂作阙疑。

四、本目录在采编中参考了下列文献：

1.《民国总书目·外国文学》，北京图书馆编，书目文献出版社1987年。

2.《全国总书目》1950—1991年各卷，中华书局出版。

3.《外国文学著作目录和提要》（1980—1986），中国版本图书馆编，重庆出版社 1989 年。

4.《中国译日本书综合目录》，谭汝谦编，香港大学出版社 1981 年。

5.《五四运动以来日本文学研究与翻译目录》，东北师范大学外国问题研究所日本文学研究室编，连载于《日本文学》季刊 1980—1985 年。

对以上各种目录文献互相参校，择善而从；对其中的错漏尽可能补充修正，并补足其中未及列入的 1990 年代新出版的译本。

近百年来的日本文学译本，国内各大图书馆收藏均不齐全，有些早已绝版，搜求甚难；而现已出版的各种版本的有关书目目录又均有遗漏；有些新出版的译本，尚无编目，难以排查。所以，本目录是力求完备，但错漏之处难免，期待方家补正。

一、作家作品单行本

一画

乙羽信子

《日本影坛巨星乙羽信子自传》，恒绍荣等译，工人出版社 1985

乙武洋匡

《五体不满足》（自传体小说），郅颙译，山东文艺出版社 1999

二画

二叶亭四迷

《二叶亭四迷小说集》，石坚白、秦柯译，人民文学出版社 1962

工藤昌男

《走向海底世界》，北岳文艺出版社 1991

《海底王国的诱惑》，新蕾出版社 1992

乃南朝

《复仇的牙》，郑民钦译，群众出版社 1998

《6月19日的新娘》，祖秉和、包容译，群众出版社 1998

《幸福的早餐》，刘建民译，群众出版社 1998

八木保太郎

《米》（电影剧本），陈笃忱译，中国电影出版社 1958

八柱利雄

《浮草日记）（电影剧本），李正伦译，中国电影出版社 1959

八尾昌里

《山本一家》（日汉对照），北京语言学院出版社 1992

入江曜子

《皇后泪——婉容自白》，陈喜儒译，吉林人民出版社 1991

儿岛献吉郎

《中国文学概论》，胡行之译，上海：北新书局 1930

《中国文学概论》，张铭慈译，上海：商务印书馆 1931

《中国文学》，隋树森译，商务印书馆 1935

《中国文学通论》，孙俍工译，商务印书馆 1935

《毛诗楚词考》，隋树森译，商务印书馆 1936

《中国文学研究》，胡行之译，上海：北新书局 1937

儿岛美津子

《野菊之家》，赖幸译，安徽大学出版社 1997

三画

工藤昌男

《走向海底世界》，北岳文艺出版社 1991

《海底王国的诱惑》，新蕾出版社 1992

广津和郎

《到泉水去的路》，生生译，上海文艺出版社 1959

《暴风雨前夕》金中、牛克敬译，湖南人民出版社 1985

广濑仁纪

《明日的缔约》，筱祝译，湖南人民出版社 1987

广濑彦太

《潜水舰的大活动》（军事小说），哈汉仪译述，天津：天津海事编译局 1932

广河隆一

《破断层》，范小秦译，译林出版社 1991

门田泰明

《Z—13 的幽灵》，文芝译，哈尔滨出版社 1989

《皇帝陛下的黑豹》，黄克依译，山东文艺出版社 1990

三岛由纪夫

《忧国》，人民文学出版社 1972

《春雪》（《丰饶之海》第一部），人民文学出版社 1973

《奔马》（《丰饶之海》第二部），人民文学出版社 1973

《晓寺》（《丰饶之海》第三部），人民文学出版社 1972

《天人五衰》（《丰饶之海》第四部），人民文学出版社 1971

《假面的告白》，王向远译，北京师范大学出版社 1993

《金阁寺》（另收安部公房《沙女》），焦同仁等译，工人出版社 1988

《爱的饥渴》，金溟若译，作家出版社 1987

《爱的堕落》，易超译，沈阳出版社 1988

《深闺风流》，张荣等译，华岳文艺出版社 1989

《春雪·天人五衰》，李芒、文静译，中国友谊出版公司 1990

《爱的潮骚》，杨槐译，大众文艺出版社 1992

《三岛由纪夫文学系列》（共十种），作家出版社 1994

 《假面告白·潮骚》，唐月梅译。

 《晓寺》，刘光宇、徐秉洁译。

 《奔马》，许金龙译。

 《忧国·仲夏之死》（短篇小说集），唐月梅、许金龙等译。

 《爱的饥渴·午后曳航》，唐月梅、许金龙译。

 《金阁寺》，唐月梅译。

 《春雪》，唐月梅译，中国文联出版公司 1986

 《阿波罗之杯·散文随笔集》，申非、林青华译。

 《天人五衰》，林少华译。

 《弓月奇谈·近代能乐、歌舞伎集》，申非、许金龙译。

《金阁寺·潮骚》，唐月梅译，译林出版社 1998

《三岛由纪夫小说集》（共三种），叶渭渠主编，中国文联出版社 1999

 《镜子之家》，杨伟译。

 《心灵的饥渴》，杨炳辰译。

 《禁色》，杨炳辰译。

《三岛由纪夫作品集》（共十种），叶渭渠、唐月梅主编，中国文联出版社
1999—2000

《走尽的桥》（短篇小说集），唐月梅等译。

《春雪》，唐月梅译。

《心灵的饥渴》，杨炳辰译。

《恋都》（另收《肉体学校》），唐月梅、林青华译。

《沉潜的瀑布》（另收《幸福号出航》），竺家荣等译。

《纯白之夜》（另收《盗贼》《爱在疾驰》），汪正球等译。

《镜子之家》，杨伟译。

《禁色》，杨炳辰译。

《太阳与铁》（散文随笔集），唐月梅译。

《残酷之美》（散文随笔集），唐月梅译。

三木露风

《东方的忧郁》（诗集），武继平译，四川文艺出版社 1987

三好 彻

《千金之梦》，刘福庚、于长敏译，吉林人民出版社 1985

《"革命浪人"——滔天与孙文》，任余白译，学林出版社 1997

三野大木

《怪笔孤魂》，耿晏译，中国文联出版公司 1987

三浦绫子

《青棘》，朱佩兰译，中国友谊出版公司 1985

《绿色荆棘》，文洁若、申非译，外国文学出版社 1987

《泥流地带》，陈喜儒译，中国文联出版公司 1987

《冰点》，李建华译，外国文学出版社 1987

《地狱谷》，李佳羽、苏克新译，山东文艺出版社 1992

《十胜山之恋》（原名《泥流地带》《续泥流地带》），文洁若译，北岳文艺出版社 1996

三浦清史

《马可·波罗》，李季安、徐伟译，新华出版社 1982

土居光知

《现代文坛的怪杰》，冯次行译，上海：现代书局 1929

400

土井治

《人生百态》，黄雄美译，湖南文艺出版社 1990

土井宽

《世界营救作战——鲜为人知的特种部队》，郝如庆、卢群才译，军事译文出版社 1991

下村湖人

《次郎的故事》，李建华、杨晶译，中国工人出版社 1991

大宅壮一

《文学的战术论》，毛含戈译，联合书店 1930

大下晋平

《古典文学的再认识》，杨烈译，上海：开明书店 1950

大下英治

《商界黑幕》，包容译，北岳文艺出版社 1993

大桥乙羽

《累卵东洋》，忧亚子译，东京，译者自印，1901

大泉黑石

《老子》（中国题材历史小说，译文为原作的前半部分），译者自刊，1923

大田洋子

《广岛的一家》，周丰一译，新文艺出版社 1957

大冈 玲

《表层生活》，兰明、郑民钦译，作家出版社 1991

大冈 信

《大冈信诗选》，兰明译，三联书店 1991

《日本和歌俳句赏析》，郑民钦选译，译林出版社 1991

《大冈信散文诗选》，郑民钦译，安徽文艺出版社 1995

大冈升平

《野火》，王杞元、金强译，昆仑出版社 1987

《武藏野夫人》，陈访泽、刘小珊译，漓江出版社 1991

《三角案件》，施元辉等译，海峡文艺出版社 1992

《大冈升平小说集》（上、下卷），尚侠等译，作家出版社 1998

大山倍达

《世界打斗旅行——三十二国惊险搏击》，盛宏伟译，黑龙江人民出版社 1987

大石真

《二〇五教室》，安伟邦译，上海少年儿童出版社 1990

《巧克力战争》，沈振明译，上海少年儿童出版社 1995

大江贤次

《绝唱》，林怀秋译，吉林人民出版社 1985

大江健三郎

《个人的体验》，王琢译，中国文联出版公司 1995

《大江健三郎作品集》（共五种），叶渭渠主编，光明日报出版社 1995

　　《个人的体验》，王中忱译。

　　《万延元年的足球队》，于长敏、王新新译。

　　《性的人》，郑民钦译。

　　《广岛札记》，刘光宇、李正伦等译。

　　《死者的奢华》（中短篇小说集），王中忱等译。

《大江健三郎作品集》（共五种），叶渭渠主编，作家出版社 1996

　　《摆脱危机者的调查书》，包容译。

　　《日常生活的冒险》，谢宜鹏译。

　　《同时代的游戏》，李正伦等译。

　　《人的性世界》，郑民钦译。

　　《青年的污名》，林怀秋译。

《人羊——大江三部作品集》，叶渭渠编，浙江文艺出版社 1997

《性的人·我们的时代》，郑民铁译，译林出版社 1999

《大江健三郎自选随笔集》，王新新等译，光明日报出版社 2000

大谷洋次郎

《黑色协奏曲》，万强、童舟译，吉林人民出版社 1985

大佛次郎

《归乡》，陈浩译，漓江出版社 1985

《丑角》，周炎辉、李远喜译，漓江出版社 1987

大薮春彦

《我不需要坟墓》，曹育才、刘幼林译，甘肃人民出版社 1988

《绝望的挑战者》，郑竹筠译，四川人民出版社 1988

《同归于尽》，宋知译，大连出版社 1989

《金狼》，许雁等译，四川人民出版社 1989

《青春亡灵》，雅儿译，山东文艺出版社 1990

《女子大学的流萤》，意天译，群众出版社 1991

《野性的诀别》，林绿波等译，群众出版社 1991

《蜂王女》，范苓、李乔译，春风文艺出版社 1991

《潇洒的恶魔》，海滨译，群众出版社 1991

《寂寞独行侠》，高云译，安徽文艺出版社 1992

《神秘的女郎》，陈军译，内蒙古人民出版社 1992

《地狱使者》，阿军、章达译，内蒙古人民出版社 1992

《不屈的野兽》，张正生译，北京师范大学出版社 1992

《讹诈》，柳青译，北京师范大学出版社 1992

《黑豹喋血》，杨军、洪成浸译，北京师范大学出版社 1992

《死亡归来》，杨军译，北京师范大学出版社 1992

《香巢暴虐》，北京师范大学出版社 1992

《血拼》，柳青译，北京师范大学出版社 1992

《走向疯狂的复仇者》，梁明译，内蒙古人民出版社 1992

《敢死队》，群侠译，花城出版社 1992

《死亡快乐同盟》，艾明译，北岳文艺出版社 1993

《野兽追杀》，艾明译，北岳文艺出版社 1993

《欲海搏杀》，梁秋水译，北岳文艺出版社 1993

大塚城造

《牛顿的故事》，战宪斌译，黑龙江人民出版社 1980

大塚幸男

《比较文学原理》，陈秋峰、杨国华译，陕西人民出版社 1985

丸山 学

　　《文学研究法》，郭虚中译，商务印书馆 1937

丸山清子

　　《源氏物语与白氏文集》，申非译，国际文化出版公司 1985

丸善常喜

　　《人与鬼的纠葛》，秦弓译，人民文学出版社 1995

与谢野晶子

　　《与谢野晶子论文选》，张娴译，上海：开明书店 1926

上笙一郎

　　《儿童文学引论》，朗樱、徐效民译，四川少年儿童出版社 1983

上田秋成

　　《两月物语》，刘牛译，福建少年儿童出版社 1986

　　《两月物语》（另收《春雨物语》），阎小妹译，人民文学出版社 1990

　　《雨月奇谈》，申非译，农村读物出版社 1996

上田 敏

　　《现代艺术十二讲》，丰子恺译，上海：开明书店 1929

上野英信

　　《"煎黄连"笑了》（短篇集），孙光宇译，新文艺出版社 1957

　　《一镐渠》，何平译，人民文学出版社 1979

小池富美子

　　《大波斯菊盛开的人家》，王延龄译，新文艺出版社 1958

小泽征尔

　　《指挥生涯——我的游学随笔》，范禹、钟明译，上海文艺出版社 1981

小田切进

　　《日本的名作》，山人译，福建人民出版社 1985

小野四平

　　《中国近代白话短篇小说研究》，施小炜等译，上海古籍出版社 1997

小栗凤叶

　　《鬼士官》，商务印书馆 1907，1914

小尾郊一

《杨贵妃》，刘建英译，三泰出版社 1989

《中国文学中所表现的人与自然》，上海古籍出版社 1992

小川未明

《红雀》（童话集），张晓天译，上海：新中国书局 1932

《鱼和天鹅》（童话集），张晓天译，新中国书局 1932

《雪上老人》（童话集），张晓天译，新中国书局 1932

《黑人和红雪车》，张晓天译，中华书局 1932

《红蜡烛和人鱼姑娘》，施元辉、孟慧娅译，福建人民出版社 1981

《巧克力天使》，刘子敬、李佩译，吉林人民出版社 1983

《魔鞭》（与浜田光介合著），孟慧娅译，黑龙江人民出版社 1988

小林多喜二

《蟹工船》，潘念之译，上海：大江书铺 1930

《蟹工船》，适夷译，作家出版社 1955

《蟹工船》，叶渭渠译，人民文学出版社 1973

《党生活者》，李克异译，作家出版社 1955

《为党而生活》，卞立强译，人民文学出版社 1974

《不在地主》，震先译，作家出版社 1956

《在外地主》，李芒译，人民文学出版社 1973

《一九二八年三月十五日》，适夷译，人民文学出版社 1958

《安子》，楼适夷译，上海文艺出版社 1962；作家出版社 1964

《沼尾村》，李德纯译，人民文学出版社 1973

《小林多喜二选集》第一卷，适夷等译，人民文学出版社 1958

《小林多喜二选集》第二卷，金中等译，人民文学出版社 1958

《小林多喜二选集》第三卷，李克异等译，人民文学出版社 1959

《小林多喜二小说选》，适夷等译，人民文学出版社 1965

《为党生活的人》，卞立强译，人民文学出版社 1979

《伤痕》（日汉对照），杨幸雄、杨国华译注，上海译文出版社 1980

《防雪林》，文洁若译，山西人民出版社 1982

《小林多喜二小说选》（上、下卷），卞立强等译，人民文学出版社 1983

小林久三

《正义之士》，曲建文、陈桦译，军事译文出版社 1992

小林清

《在中国的土地上——一个日本"八路"的自述》，解放军出版社 1985

小林清之介

《法布尔》，朱世直译，黑龙江人民出版社 1981

小林宏

《小林宏剧作选》，于黛琴译，新华出版社 1997

小岛勋

《平地风波》，张资平、郑佐苍译，上海：乐群书店 1928

小山胜清

《日本剑侠宫本武藏》（全四册），岱北译，山东文艺出版社 1985

小岛信夫

《拥抱家族》，龚志明译，黑龙江人民出版社 1991

小堺昭三

《东京歌妓》，智忠译，中国文联出版公司 1988

小松左京

《日本沉没》，李德纯译，人民文学出版社 1975；吉林人民出版社 1986

《空中都市 008》，安徽少年儿童出版社 1992

小泉八云

《文学入门》，杨开乐译，上海：现代书房 1929

《西洋文学论集》，韩侍桁译，上海：北新书局 1929

《日本与日本人》，胡山源译，商务印书馆 1930

《文学讲义》，惟夫译，北京：北平联华书局 1931

《小泉八云文学讲义》，去罗编译，北平联华书店 1931

《文学十讲》，杨开渠译，上海：现代书局 1931

《文艺谭》（自修英文丛刊之一），石民译注，北新书局 1930

《英国文学研究》，孙席珍译，现代书局 1932

《两个罗曼司》，刘麟生、伍蠡甫译，上海：黎明书店 1933

《文学的畸人》，韩侍桁译，北新书局 1934

《心》（散文集），杨维铨译，上海：中华书局 1935

《神国日本》，曹晔译，上海杂志社 1944

《一个日本女人的日记》，东方文化编译馆译，上海：东方书店 1945

《日本聊斋故事》，中国国际广播出版社 1989

《小泉八云散文选》，孟修译，百花文艺出版社 1994

山下乔子

《诺贝尔》，赵乐甡译，黑龙江人民出版社 1981

山上上泉

《苦学生》，中国之苦学生译，上海：作新社 1903

山本正男

《东西方艺术精神的传统和交流》，牛枝慧译，中国人民大学出版社 1992

山本有三

《女人的一生》，南敬铭、邓青译，内蒙古人民出版社 1985

《波浪》，孙福阶译，湖南人民出版社 1985

《路旁之石》，王克强、简福春译，湖南文艺出版社 1985

《一个女人的命运》，龚志明译，江苏人民出版社 1988

山本市郎

《一个日本人眼中的新旧中国——北京三十五年》，胡传德、郑泰宪译，光明日报出版社 1985

山本惠三

《皂沫王国背后的阴谋》，子初、梦乙译，春秋出版社 1988

《金三角大追杀》，胡连荣译，群众出版社 1988

《血染的墓志铭》，张干城等译，重庆出版社 1989

《豹笼觅踪》，杨军译，群众出版社 1994

山口淑子

《李香兰——我的前半生：假冒中国人的自白》（与藤原作弥合著），巩长金等译，解放军出版社 1989

山口百惠

　　《苍茫的时刻——山口百惠自叙传》，安可译，漓江出版社 1984

　　《苍茫的时分——山口百惠自传》，宋丽汉、王晨译，中国电影出版社 1982

山中 恒

　　《狼孩恩仇》，徐方启译，湖南少年儿童出版社 1987

山代 巴

　　《板车之歌》，钱稻孙、叔昌译，作家出版社 1961，1962

山田敬三

　　《鲁迅世界》，韩贞全、武殿勋译，山东人民出版社 1983

山田清三郎

　　《天总会亮的》，李统汉译，新文艺出版社 1958

山田歌子（集体笔名）

　　《活下去》，文洁若译，作家出版社 1956

　　《活下去》，周大勇译，新文艺出版社 1957

山田风太郎

　　《道魔大决斗》，陕西人民出版社 1990

山村美纱

　　《离婚旅行》，文珏、文琰译，中国文联出版公司 1988

　　《蝴蝶痣姑娘》，姚文庆译，沈阳出版社 1989

　　《代理妻杀人案》，杨冠东等译，群众出版社 1992

　　《灵柩中的紫藤花》（小说集），徐斌译，军事译文出版社 1992

　　《京都化野杀人案》，杨军译，群众出版社 1996

　　《京都新婚旅行杀人案》，杨军译，群众出版社 1996

山花郁子

　　《难忘的童年》，金君子译，黑龙江人民出版社 1982

山形雄策

　　《最后的抵抗——基地 605 号》（电影剧本），陈笃忱译，艺术出版社 1955

山崎丰子

　　《浮华世家》（全三卷），叶渭渠、唐月梅译，上海译文出版社 1981—1983

《女系家族》, 王玉琢译, 黑龙江人民出版社 1987

《白色巨塔》, 李成起等译, 译林出版社 1994

《女人的勋章》, 施元辉等译, 海峡文艺出版社 1985

《情的锁链》, 严忠等译, 广西民族出版社 1992

《白色巨塔——山崎丰子选集》, 李成起等译, 译林出版社 1994

山兜马修

《狗的自述》, 曹文楠、于在春译, 开明书店 1932

川崎大治

《变成花呀, 变成树》, 瞿麦译, 少年儿童文学出版社 1957

山崎正和

《世阿弥》(剧本), 王冬兰译, 海天出版社 1995

山崎朋子

《望乡——底层女性史序章》, 陈晖等译, 作家出版社 1997

川口 浩

《艺术方法论》, 森堡译, 上海: 大江书铺 1933

川端康成

《文章》, 范泉译, 上海: 复旦出版社 1942

《雪国》, 韩侍桁译, 上海文艺出版社 1981

《古都·雪国》, 叶渭渠、唐月梅译, 山东人民出版社 1981

《古都》(电影剧本), 李正伦译, 中国电影出版社 1984

《古都》, 侍桁、金福译, 上海译文出版社 1985

《千鹤》, 郭来舜译, 陕西人民出版社 1985

《雪国·千鹤·古都》, 高慧勤译, 漓江人民出版社 1985

《舞姬》, 唐月梅译, 外国文学出版社 1985

《花的圆舞曲》, 陈书玉等译, 湖南人民出版社 1985

《川端康成小说选》, 叶渭渠译, 人民文学出版社 1985

《弟弟的秘密》, 朱惠安译, 浙江少年儿童出版社 1985

《湖·山之音》, 林许金、张仁信译, 海峡文艺出版社 1987

《川端康成谈创作》, 叶渭渠译, 三联书店 1988

《川端康成散文选》，叶渭渠译，百花文艺出版社 1988

《川端康成掌小说百篇》，叶渭渠译，三联书店 1989

《睡美人》，张哲俊译，陕西人民出版社 1992

《川端康成作品精粹》，高慧勤选编，河北教育出版社 1993

《睡美人》，王向远译，北京师范大学出版社 1993

《川端康成散文选》，海翔选编，中国世界语出版社 1993

《雪国·古都·千只鹤》，叶渭渠、唐月梅译，译林出版社 1996

《川端康成集》（共三种），叶渭渠主编，东北师范大学出版社 1996

　　《雪国·千只鹤》（长篇小说卷），叶渭渠译。

　　《睡美人》（中短篇小说卷），叶渭渠译。

　　《临终的眼》（散文随笔卷），叶渭渠译。

《川端康成文集》（共十卷），叶渭渠主编，中国社会科学出版社 1996

　　《雪国　古都》，叶渭渠、唐月梅译。

　　《伊豆的舞女》，叶渭渠译。

　　《千只鹤　睡美人》，叶渭渠译。

　　《名人　舞姬》，叶渭渠、唐月梅译。

　　《日兮月兮　浅草红团》，陈薇译。

　　《美的存在与发现》，叶渭渠译。

　　《山音　湖》，叶渭渠、唐月梅译。

　　《美丽与悲哀　蒲公英》孔宪科、朱育春译。

　　《掌小说全集》，叶渭渠译。

　　《独影自命》（创作随笔集），金曙海、郭伟、张跃华译。

《川端康成作品》（共九种）叶谓渠主编，漓江出版社 1997

　　《东京人》（上下册），郑民钦译。

　　《少女开眼》，贾玉芹等译。

　　《生为女人》，朱育春等译。

　　《天授之子》（作品集），林怀秋、李正伦、何乃英、叶渭渠译。

　　《再婚的女人》（短篇集），叶渭渠、郑民钦译。

　　《彩虹几度》（中篇小说集，另收《青春追忆》《玉响》），孔宪科、杨炳辰译。

《河边小镇的故事》（中篇小说集，另收《风中之路》），于荣胜译。

《雪国·山音》，叶渭渠译。

《美的存在与发现》，叶渭渠、郑民钦等译。

《川端康成哀婉小说》，高慧勤编选，上海文艺出版社 1997

《雪国》叶渭渠、唐月梅译，外国文学出版社 1998

《雪国·古都》，叶渭渠、唐月梅译，漓江出版社 1998

《川端康成少年少女小说集》（共二种），叶渭渠主编，中国文联出版社 1999

《美化的旅行》，李正伦等译。

《少女的港湾》，杨伟译。

《古都》，高慧勤泽，人民日报出版社 1998

《雪国·古都》，高慧勤译，沈阳出版社 1999

《川端康成散文》（上、下），叶渭渠译，中国广播电视出版社 1999

《川端康成经典作品》 （全三册），叶渭渠、唐月梅译，中国人民大学出版
社 1999

《川端康成、三岛由纪夫往来书简集》，许金龙译，昆仑出版社 2000

《川端康成十卷集》，高慧勤主编，河北教育出版社 2000

《雪国·名人》，高慧勤、张云多等译。

《千鹤·山音》，高慧勤、谭晶华等译。

《岁月·湖·琼音》，林少华、刘强等译。

《彩虹几度·舞姬》，赵德远译。

《古都·美丽与悲哀》，高慧勤等译。

《东京人》（上），文洁若译。

《东京人》（下），文洁若译。

《生为女人》，金中译。

《伊豆舞女·水月》，李德纯、刘振瀛等译。

《文学自传·哀愁》，魏大海等译。

千田是也

《千田是也传》，丛林春译，中国戏剧出版社 1992

千田夏光

《随军慰安妇》，湖南人民出版社 1988

《军国烟花——随军慰安妇庆子的经历》，林怀秋、夏文秀译，花城出版社 1990

千叶龟雄

《现代世界文学大纲》，赵景深译，上海：神州国光社 1930

《大战后之世界文学》，徐翔译，上海：光华书店 1933

千叶宣一

《日本现代主义的比较文学的研究》，叶渭渠译，中国社会科学出版社 1997

久米正雄

《伊藤博文传》，梁修慈译，商务印书馆 1935

久保 荣

《火山灰地》（剧本），孙维善译，中国戏剧出版社 1991

《久保荣戏剧集》，孙维善等译，中国戏剧出版社 1992

久留岛龙夫

《"明斯克号"出击》，新华出版社 1980

三宅彦弥

《珊瑚美人》，佚名译，1905

四画

户川幸夫

《狼狗牙王》，林怀秋、李占东译，河南人民出版社 1986

《在极光下》，李国方译，河北教育出版社 1994

户川猪佐武

《吉田学校》，未署译者，上海人民出版社 1977

《党人山脉》（《吉田学校》第二部），未署译者，上海人民文学出版社 1976

《角福火山》（《吉田学校》第三部），未署译者，上海人民出版社 1977

《田中角荣传》，未署译者，上海人民出版社 1972

《河野家族——一郎、谦三、洋平的反骨传统》，卞立强译，北京大学出版社 1985

户田浩晓

《〈文心雕龙〉研究》，曹旭译，上海古籍出版社 1992

火野苇平

《土与兵》，金石译，北京：东方书局 1939

《麦田里的兵队》，雪笠译，伪"满洲通信社出版部" 1939

《麦与兵队》（节译本），哲非译，上海杂志社 1939

丰田行二

《日本捐款部长——左翼政局的幕后人》，何力译，世界知识出版社 1984

丰田正子

《雪娘》，陈喜儒译，译林出版社 1996

丰岛与志雄

《黑魔马》，崔红叶译，中国少年儿童出版社 1987

太宰治

《斜阳》（小说集），张嘉林译，上海译文出版社 1981

《丧失为人资格》，王向远译，北京师范大学出版社 1993

《斜阳》（小说集），杨伟等译，山东文艺出版社 1999

五味川纯平

《虚构的大义》，人民文学出版社翻译组译，人民文学出版社 1976

《虚构的大义——一个关东军士兵的日记》，尚永清、陈应年译，外国文学出版社 1988

《孤独的赌注》，竺祖慈译，黑龙江人民出版社 1991

《战争与人》（全四册），苏明顺等译校，春风文艺出版社 1992

五味康佑

《女刑警》，倪雄健译，群众出版社 1991

五峰仙史

《女学生旅行记》，曼陀译，1909

五木宽之

《青春之门》，万强、童舟译，中国文联出版公司 1987

《陛下的高级轿车》，徐秉洁译，中国文联出版公司 1987

《逝去的梦》，高润生译，黑龙江人民出版社 1987

《恋歌》，郎军、卓夫译，春风文艺出版社 1987

《晚安，恋人们》，王玉琢译，工人出版社 1987

《青春之门·筑丰篇》，万强译，中国文联出版公司 1987

《豺狼的哀歌》，辛超译，陕西人民出版社 1988

《青春之门·放浪篇》，李旭光等译，四川人民出版社 1988

《青春之门·自立篇》，王志松等译，四川人民出版社 1988

《夏日的梦——神秘的双面佛》，郭来舜、戴璨之译，北岳文艺出版社 1990

《冻河》，谭晶华译，译林出版社 1991

《青春·放浪篇》于畅译，时代文艺出版社 1997

《青春·自立篇》，陈云哲、徐明真译，时代文艺出版社 1997

《青春·堕落篇》，张向东、孟宪宝译，时代文艺出版社 1997

《青春之门·望乡篇》，马力译，时代文艺出版社 1999

《青春之门·挑战篇》，吴盛斌、柴广译，时代文艺出版社 1999

《青春之门·再起篇》，李永江译，时代文艺出版社 1999

井原西鹤

《五个痴情女子的故事》（小说集），王向远译，上海译文出版社 1990

《好色一代男》，王启元、李正伦译，山东文艺出版社 1994

《好色一代男》，王启元、李正伦译，漓江出版社 1996

《好色一代女》，刘丕坤、张鼎新译，译林出版社 1994

《一个荡妇的自述》（收《世界怪异小说文库·畸情篇》），王向远译，四川文艺出版社 1995

《好色一代女》，王启元、李正伦译，漓江出版社 1996

井上圆了

《星球旅行记》，戴赞译，彪蒙译书局 1911 年以前版

井上 靖

《井上靖小说选》，唐月梅译，人民文学出版社 1977

《天平之甍》，楼适夷译，作家出版社 1963，1980

414

《天平之甍》（剧本，依田义贤改编），陈德文、张和平译，江苏人民出版社 1980

《夜声》（小说集），文洁若等译，上海译文出版社 1980

《敦煌》，董学昌译，山西人民出版社 1982

《北方的海》，陈奕国译，湖南人民出版社 1983

《冰壁》，周明译，上海译文出版社 1984

《杨贵妃传》，文兰译，百花文艺出版社 1984

《杨贵妃传》，林怀秋译，陕西人民出版社 1984

《杨贵妃传》，周祺等译，中州古籍出版社 1985

《杨贵妃传》，郝迟、颜延超译，黑龙江人民出版社 1985

《暗潮·射程》，唐月梅译，外国文学出版社 1987

《猎枪·斗牛》，孙海涛译，湖南人民出版社 1985

《一代天骄》，陈德文译，湖南人民出版社 1985

《井上靖西域小说选》，耿金声、王庆江译，新疆人民出版社 1985

《西域小说集》，郭来舜译，甘肃人民出版社 1985

《战国城砦群》，包容译，山西人民出版社 1985

《海魂》，文洁若、文学朴译，中国文联出版公司 1985

《敦煌》，龚益善译，新华出版社 1986

《爱的奏鸣曲》（原名《流沙》），吕立人译，中国文联出版公司 1986

《苍狼》，张利、晓明译，内蒙古人民出版社 1986

《苍狼》，冯朝阳译，世界知识出版社 1987

《情系明天》，林少华译，北岳文艺出版社 1988

《永泰公主的项链》（西域小说集），赖育芳译，作家出版社 1988

《四季雁书》（与池田大作合著），仁章译，吉林人民出版社 1990

《孔子》，郑民钦译，人民日报出版社 1990

《孔子》，王玉玲译，春风文艺出版社 1991

《孔子》，林音译，三秦出版社 1992

《战国情侠》，包容译，北岳文艺出版社 1992

《孔子传》（原名《孔子》），郑民钦译，安徽文艺出版社 1998

《成吉思汗传》（原名《苍狼》），陈德文译，安徽文艺出版社 1998

《杨贵妃传》，林怀秋译，安徽文艺出版社 1998

《井上靖文集》（全三卷），郑民钦主编，郑民钦、郭来舜、楼适夷等译，安徽人民出版社 1998

井上 谦

《中国大河之旅》，上海社会科学院出版社 1989

井上正治

《有怪癖的百鼻马》，李京译，中国和平出版社 1990

井伏鳟二

《井伏鳟二小说选》，柯毅文著，外国文学出版社 1982

《黑雨》，柯毅文、颜景镐译，湖南人民出版社 1982

《黑雨》，宋再新译，四川人民出版社 1984

无着成恭

《山彦学校》，汪向荣译，光明书局 1953

木下尚江

《火柱》，尤炳圻译，上海文艺出版社 1981

木下顺二

《夕鹤》，陈北鸥译，中国戏剧出版社 1961

《民间故事集》，钱稻孙等译，作家出版社 1963

《木下顺二戏剧集》，高慧勤、申非、陈北鸥等译，外国文学出版社 1980

木下博民

《悠悠长江行——前日军战俘重访旧地纪实》，夏文宝译，安徽人民出版社 1994

木村 毅

《世界文学大纲》，朱德会译，上海：昆仑书店 1929

《小说的创作和鉴赏》，高明译，神州国光社 1931

《小说研究十六讲》，高明译，北新书局 1930

《东西小说发达史》，美子译，厦门：世界文艺书社 1930

《怎样创作与欣赏》，罗曼译，上海：言行社 1941

《男女间谍传奇录》，雷同群编译，广东曲江环球图书公司 1942

木真本七子

《小和尚一休》，刘文智、管黔秋译，海燕出版社 1986

北杜 夫

《榆氏一家》，郭来舜、戴璨之译，湖南人民出版社 1985

中江兆民

《三醉人经纶问答》，滕颖译，商务印书馆 1990

中西 进

《河边的婚恋——万叶集与中国文学》，王晓平译，四川人民出版社 1995

《智水仁山——中日诗歌自然意像对谈录》（与王晓平合著），中华书局 1995

中村光夫

《不如早死好——二叶亭四述传》，刘士明译，湖南人民出版社 1987

《日本现代小说》，董静如译，北岳出版社 1994

《万里风》，用良儒译，浙江文艺出版社 1995

中本高子

《跑道》，金福译，上海文艺出版社 1962

中田润一郎

《从序幕开始》（另收《转椅》，共工译，中国人民大学出版社 1976

中田庆雄

《冰花——一个满蒙开拓青少年义勇军队员的自述》，苗琦、刘兴才译，三联
书店 1982

中津文彦

《秘密——相隔二十年后的亲吻》，李连鹏译，北岳文艺出版社 1992

中河与一

《美貌有罪》，冯度译，中国文联出版公司 1986

中岛 敦

《李陵》（短篇小说集），卢锡熹译，北京：太平出版公司 1944

中岛孤岛

《北欧神话》，汪馥泉译，中华书局 1936

中村义夫

　　《一个士兵的阵中日记》，陈信、辛人译，桂林：新知书店 1940

中村龙夫

　　《万里风》，周良儒译，浙江文艺出版社 1995

中川李枝子

　　《小大胆侦探记》，于忆译，河南人民出版社 1981

　　《不了园》，孙幼军译，四川少儿出版社 1981

中野重治

　　《中野重治集》，伊庚译，现代书局 1934

　　《初春的风》，伊庚译，现代书局 1934

中薗英助

　　《诗僧苏曼殊》（原名《樱花桥》），甄西译，山西教育出版社 1999

中野孝次

　　《清贫思想》（随笔），邵宇达译，三联书店 1997

日下实男

　　《揭开宇宙的神秘面纱——阿波罗号宇宙船》，吴德利、马俊青译，北岳文艺
出版社 1991

　　《天体和宇宙》，李季安译，北京出版社 1980

冈泽秀虎

　　《现代俄国文艺思潮》，陈望道译，开明书店

　　《苏俄文艺理论》，陈望道译，大江书铺 1930

　　《苏俄文学理论》，除血帆译，大江书铺 1930

　　《翻译与研究五十年》，文之译，上海杂志出版社 1953

冈雷 翁

　　《狸子菩萨》孟慧娅译，文津出版社 1992

　　《日本佛教通话集——迷雾慈航》，光军译，新华出版社 1993

内山美男

　　《日本故事选》张少山译，大连：梅友社 1937

内山完造

　　《文坛史料》，杨一鸣编，大连书店 1944

《活中国的姿态》，尤炳圻译，上海开明书店1935；敦煌文艺出版社1995

内田道夫

《中国古代小说世界》，李庆译，上海古籍出版社1992

内崎作三郎

《近代文艺的背景》，王璧如译，北新书局1928

水上 勉

《石子之谜》，周进堂译，群众出版社1981

《饥饿海峡》（话剧剧本），孙维善译，中国戏剧出版社1981

《越前竹偶》，吴树文译，吉林人民出版社1982

《水上勉选集》，文洁若等译，外国文学出版社1982

《饥饿海峡》，张和平译，福建人民出版社1982

《孤独的盲歌女》（小说集），于雷译，湖南人民出版社1983

《海的牙齿》，李翟译，海洋出版社1984

《水仙》（小说集，日汉对照），柯森耀译，上海译文出版社1984

《雁寺》，何平、一凡译，海峡文艺出版社1985

《五号街夕雾楼》，何平、乔正译，海峡文艺出版社1985

《一个北国女人的故事》，林怀秋、简福春译，长江文艺出版社1985

《青楼哀女》林少华译，春风文艺出版社1986

《饥饿海峡》，何平、一凡译，海峡文艺出版社1987

《红花物语》，张利等译，浙江文艺出版社1988

《布纳，快从树上下来》，禹忠义、王振民译，广西人民出版社1988

《海峡尸案》，柯森耀译，华岳文艺出版社1989

《棒棒女郎》，于长江等译，北京出版社1990

《人生架桥》，张利等译，浙江文艺出版社1991

《阿琴》，张辉、扬子江译，海峡文艺出版社1991

《越前竹偶》（小说集），柯森耀，上海译文出版社1993

《泡影·越前竹偶》，柯森耀、吴树文译，上海译文出版社1993

《大海獠牙》，李长声译，群众出版社1999

水野靖夫

《反战士兵日记》，巩长金译，解放军出版社1985

升 曙梦

《新俄文艺的曙光期》，画室译，北新书局 1926

《新俄的无产阶级文学》，冯雪峰译，北新书局 1927

《新俄的演剧运动与跳舞》，冯雪峰译，北新书局 1927

《现代文学十二讲》，汪馥泉译，北新书局 1931

《现代俄国文学思潮》，陈俶达译，北新书局 1929

《俄罗斯现代思潮及文学》，许亦非译，现代书局 1933

《高尔基的一生和艺术》，西因译，上海杂志出版社 1949

仁木悦子

《猫知道》，金岗译，群众出版社 1980

仓田百三

《出家及其弟子》，孙百刚译，上海：创造社出版部 1927；上海：开明书店 1930

今户与一

《未来少年克那思》（科幻电源剧本），莫邦富、楼志娟译，江苏人民出版社 1981

今道友信

《关于美》，鲍显阳、王永丽译，黑龙江人民出版社 1983

《美的相位与艺术》，周哲平、王永利译，中国文联出版公司 1988

《东方的美学》，蒋寅等译，三联书店 1991

片上 伸

《现代新兴文学的诸问题》，鲁迅译，大江书铺 1929

《文学底作者与读者》，汪馥泉译，大江书铺

《文学与社会》，雪峰译，光华书店

丹羽文雄

《海战》（节译本），吴志清译述，上海：大陆新报社 1943

手塚英孝

《小林多喜二传》，卞立强译，吉林人民出版社 1983

长田偶得

《日本维新英雄儿女奇遇记》，逸人后裔译，上海：广智书局 1901

长谷川敬

《女演员之梦》，二月星、华明译，山东友谊书社 1992

长谷川泉

《近代文学研究法》，孟庆枢、谷学谦译，时代文艺出版社 1991

《长谷川泉日本文学论著选·川端康成论》，孟庆枢译，时代文艺出版社 1993

《长谷川泉日本文学论著选·森鸥外论考》，谷学谦译，时代文艺出版社 1995

《日本战后文学史》，李丹明译，三联书店 1988

《近代日本文学思潮史》，郑民钦译，译林出版社 1992

《长谷川泉诗集》，郑民钦译，国际文化出版公司 1994

《日本现代文章鉴赏》，林璋译，译林出版社 1995

长野博一

《愉快的圣诞节》，李京译，中国和平出版社 1990

长泽和俊

《向太空挑战》，赵景扬、马俊青译，北岳文艺出版社 1991

《周游世界大冒险》，胡云高等译，北岳文艺出版社 1991

长泽信子

《韧性与人生——一个女人的生活道路》，李保平译，国际文化出版公司 1987

五画

市古贞次

《日本文学史概说》，倪玉等译，东北师范大学出版社 1987

立原正秋

《破灭的美》，林怀秋、简福音译，黑龙江人民出版社 1987

《夭亡》，宋再新译，山东文艺出版社 1990

立松和平

《立松和平文集》，作家出版社 1998

《雷神鸟》，徐前、黄华珍译

《性的启示录·穷困潦倒》，郑民钦译

《走投无路·自行车·远雷》，龚志明，竺祖慈、陈喜儒译

半田义之

《春天的花园》，瞿麦译，上海儿童读物出版社 1956

世阿弥

《风姿花传》，王冬兰译，中国社会科学出版社 1999

平田晋策

《未来的日俄大战记》，思进译，北平：民友书店 1934

平林泰子

《在施疗室》（短篇小说集），沈端先译，上海：水沫书店 1929

《平林泰子集》，沈端先译，现代书局 1933

《新婚》，沈端先译，上海文光书局 1938。篇目与上书同。

平岩弓枝

《女人的幸福》，武继平、王云燕译，吉林人民出版社 1987

《记着我的爱》，宋一庙译，南海出版公司 1991

平野妇美子

《女教师的日记》，何云祥译，长春 1942

平山郁夫

《敦煌，有我的艺术追求》，王保祥译，北京大学出版社 1990

平林初之辅

《文学之社会学的研究》，方光焘译，大江书铺 1928

《文学及艺术之技术的革命》，陈望道译，大江书铺 1929

《文学之社会学的研究方法及其适用》，林骙译，上海：太平洋书店 1928

正冈子规

《正冈子规俳句选》，葛祖兰译注，上海译文出版社 1985

正宗白鸟

《正宗白鸟集》，方光涛译，开明书店 1932

《新婚家庭》（与德田秋声的小说合集，收正宗百鸟小说 8 篇），纪太平译，海峡文艺出版社 1987

末广铁肠

《雪中梅》，熊垓译，江西尊业书局 1903；江西广智书局

《花间莺》，佚名译，1903

《哑旅行》，黄摩西（黄人）译，上海小说林社 1904—1906

古世古和子

《八月的最后列车》，夏虹译，北方妇女儿童出版社 1987

古田大次郎

《死之忏悔》，伯峰译，文化生活出版社 1937；1941

古田足日

《一年级大个子和二年级小个子》，安伟邦译，江苏人民出版社 1983

《鼹鼠原野的小伙伴》，安伟邦译，中国少年儿童出版社 1981

古川万太郎

《冰冻大地之歌——中国革命纪实译丛》，张斌等译，解放军出版社 1986

东洋奇人

《未来战国志》，马仲禹编译，广智书局 1903

东山魁夷

《与风景对话》，陈月吾、朱训德译，湖南美术出版社 1988

《东山魁夷散文选》，陈德文译，百花文艺出版社 1989

《东山魁夷美文》（丛书），漓江出版社 1999

　　《我的窗》，李正伦等译。

　　《旅环》，陈德文译。

　　《与风景对话》，唐月梅译。

　　《水墨画的世界》，林青华等译。

　　《我游历的河山》，郑民钦译。

　　《唐招提寺之路》，林少华译。

东 史郎

《东史郎日记》，本书翻译组译，江苏教育出版社 1999

龙泽马琴

《南总里见八犬传》（全四册），李树果译，南开大学出版社 1992

本多胜一

《原始部落探险记》，袁扬译，北岳文艺出版社 1991

《天皇的军队——"衣"师团侵华罪行录》（与长沼节夫合著），刘明华译，警官教育出版社 1996

《勿忘血的历史》，晓光、韩溪等译，中国青年出版社 1995

本间久雄

《新文学概论》，章锡琛译，商务印书馆 1925

《新文学概论》，汪馥泉译，上海书店 1925

《欧洲近代文艺思潮论》，沈端先译，开明书店 1928

《文学概论》，章锡琛译，开明书店 1937

《文学研究法》，李自珍译，北平：星云堂书店 1932

节子 植

《大和尚和小和尚》，王山译，少年儿童出版社 1957

石川啄木

《我们的一团与他》，画宝译，上海：光华书店 1928

《我们的一伙儿和他》，叔昌译，人民文学出版社 1962

《两条鞭痕》（汉文译注），周作人译，开明书店 1933

《石川啄木小说集》，丰子恺译，人民文学出版社 1958

《石川啄木诗歌集》，周启明、卞立强译，人民文学出版社 1962

石川达三

《活着的兵队》，张十方译，上海：文摘社 1938

《未死的兵》（节译本），白木译，上海杂志社 1938

《未死的兵》，夏衍译，广州：南方出版社 1938；桂林：南方出版社 1940

《金环蚀》，金中译，湖南出版社 1980

《骨肉至亲》，金中译，湖南出版社 1980

《青春的蹉跎》，金中译，云南人民出版社 1981

《风中芦苇》，金中译，黑龙江人民出版社 1982

《人墙》，金中译，云南人民出版社 1983

《破碎的山河》，吴树文等译，春风文艺出版社 1983

《恶女手记》（小说集），金中译，海峡文艺出版社 1985

《敞开的门》（另收《他有七个敌人》），金中译，海峡文艺出版社 1985

《最后的世界》，侯仁锋译，陕西人民出版社1986

《不懂爱情的女人》，王玉琢译，湖南文艺出版社1986

《爱的终止时》，金中译，山东大学出版社1986

《爱情的终结》，王泰平译，中国文联出版公司1987

《风雪》（小说集），于雷等译，上海译文出版社1987

《活着的士兵》，钟庆安、欧希林译，昆仑出版社1987

《女人为谁而活》，侯仁锋译，华岳文艺出版社1988

《女人，活着为谁?》，金中译，海峡文艺出版社1988

《爱的得失》，金中译，山东文艺出版社1988

《婚败》，金中等译，重庆出版社1993

《爱的荆棘》，金中译，中国文联出版公司1992

《大学生春梦》，敏段译，北方文艺出版社1992

《四十八岁的抵抗》，刘德慧译，黑龙江人民出版社1992

《破碎的山河》，吴树文等译，春风文艺出版社1983

《破碎的山河》，金中译，译林出版社1994

《青春悲歌》，金中译，河南人民出版社1996

《石川达三作品系列》（丛书），百花文艺出版社2000

    《恶女手记》，金中译。

    《何妨更潇洒》，金中译。

    《以作恶为乐》，金中译。

    《洒脱的关系》，金中译，山东文艺出版社2000

石川清光

    《西施春秋》，马安东译，浙江古籍出版社1993

石泽英太郎

    《唐三彩之谜》，于振洲译，吉林人民出版社1986

石井桃子

    《阿信坐在云彩上》，梅韬译，北京少年儿童出版社1958

石坂洋次郎

    《向阳的坡道》，梁传宝、周平译，江苏人民出版社1981

《绿色的山脉》，于雷译，外国文学出版社 1983

《青山恋情》吴侃、王海清译，吉林人民出版社 1988

《姐妹花》，兹心、小迎译，海峡文艺出版社 1991

石上正夫

《"玉碎"岛提尼安》，林怀秋译，海峡文艺出版社 1985

石原慎太郎

《野郎与少女》，于汪惟、曲国贵译，春风文艺出版社 1988

石桃泽耕史

《魔女》，李涛、王雨译，春风文艺出版社 1988

永井荷风

《争风吃醋》（小说集），李远喜译，漓江出版社 1990

《地狱之花》（小说集），谭晶华、郭洁敏译，上海译文出版社 1994

《舞女》（小说集），谢延庄等译，四川文艺出版社 1988

《永井荷风散文选》，陈德文译，百花文艺出版社 1997

《永井荷风选集》，陈薇译，作家出版社 1999

永桥卓介

《土耳其童话集》，许达年译，中华书局 1937

甘粕石介

《艺术学新论》，谭吉华译，辛垦书店 1936

司马辽太郎

《丰臣家的人们》，陈生保、张青平译，外国文学出版社 1983

《东洋枭雄》，高文汉译，河南人民出版社 1988

加藤周一

《日本文化特征》，唐月梅等译，吉林人民出版社 1992

《日本文学史序说》（二册）叶渭渠、唐月梅译，开明出版社 1995

《日本文化论》，叶渭渠等译，光明日报出版社 2000

加藤多一

《白围裙和白山羊》，高烈夫译，人民文学出版社 1979

加藤武雄

《她的肖像》，叶作舟译，上海：开华书局 1931

加贺乙彦

《湿原苦恋》（二册），包容译，北岳文艺出版社 1992

《永别的夏天》，包容译，北岳文艺出版社 1993

《死刑犯》（二册），包容译，群众出版社 1994

《没有锚的船》，包容译，北岳文艺出版社 1996

北条民雄

《癞陀受胎及其他》（小说集），许竹园译，太平书局 1942

北杜　夫

《榆氏一家》，郭来舜、戴璨之译，湖南人民出版社 1985

《小不点航海历险记》，海燕出版社 1986

北冈正子

《摩罗诗力说材源考》，何乃英译，北京师范大学出版社 1983

北村透谷

《蓬莱曲》，兰明译，上海译文出版社 1985

田宫虎彦

《菊坂》（小说集），储元熹等译，上海译文出版社 1982

田山花袋

《棉被》，夏丏尊译，商务印书馆 1927，1929，1932

《棉被》（另收《乡村教师》），黄凤英、胡毓文译，江苏人民出版社 1987

田中　博

《东海有蓬莱——徐福传奇》，包容译，北岳文艺出版社 1992

田中湖月

《文艺鉴赏论》，孙俍工译，中华书局 1932

田中英光

《逃亡》，陈浩译，中国文联出版公司 1986

田中润一郎

《从序慕开始》，共工译，人民文学出版社 1977

田仲一成

《中国的宗教与戏剧》，钱杭、任余白译，上海古籍出版社 1992

田岛伸二

　　《狐狸宽吉变成人以后》，荆锦译，湖南少儿出版社 1996

甲田正夫

　　《日本童话选集》，许达年译，上海：中华书局 1940

叶山嘉树

　　《叶山嘉树选集》（短篇小说集），冯宪章译，现代书局 1930

　　《叶山嘉树集》，冯宪章译，现代书局 1933。内容与上书同。

　　《卖淫妇》（短篇小说集），张我军译，北新书局 1930

　　《生活在海上的人们》，徐汲平译，上海文艺出版社 1979

矢野文雄

　　《经国美谈》，周逵译，商务印书馆 1902；广智书局 1907

　　《极乐世界》，披雪洞主译，广智书局 1903

矢追纯一

　　《与外星人密约》，卢溧环译，中国广播电视出版社 1992

丘浅次郎

　　《烦闷与自由》（杂文集），张我军译，北新书局 1929

生岛治郎

　　《觅踪》，苏克新、李佳羽译，四川文艺出版社 1988

　　《陪浴小姐》，药会、殿章译，内蒙古人民出版社 1989

鸟井加南子

　　《巫女的后裔》，王启元译，文化艺术出版社 1987

鸟越 信

　　《世界名著中的小主人公》，姜群星、刘迎译，新世纪出版社 1993

六画

宇野直人

　　《柳永论稿》，张海鸥、羊昭红译，上海古籍出版社 1998

宇野哲人

　　《中国文明记》，张学锋译，光明日报出版社 1999

宇沢冬男

《中国游吟俳句集》，李芒译，译林出版社 1997

安万侣

《古事记》，周启明译，人民文学出版社 1963

《古事记》，邹有恒、吕元明译，人民文学出版社 1979

安部公房

《樱花号方舟》，杨晓禹、张伟译，作家出版社 1988

《安部公房文集》（共三卷），叶渭渠、唐月梅主编，珠海出版社 1997

　　《砂女》（另收《饥饿同盟》等七篇），杨炳辰、张义素等译

　　《箱男》（另收《墙》《幽灵在这里》），申非、王建新等译

　　《他人的脸》（另收《燃烧的地图》），郑民钦、杨伟译

安房直子

《谁也看不见的阳台》（童话集），安伟邦译，辽宁少儿出版社 1986

庄司浅水

《一千零一夜世界奇谈》，李荣标译，世界知识出版社 1985

米川正夫

《我国文艺思潮》，任钧译，重庆：正中书局 1941

关守中

《海誓》，田琳编译，北方文艺出版社 1995

江见水荫

《地中秘》，风仙女史译，上海：广智书局 1906

《女海贼》，商务印书馆编译所译，商务印书馆 1908

江口涣

《恋爱与牢狱》，钱歌川译，北新书局 1930

《新娘子和一匹马》，张梦麟译，作家出版社 1964

江户川乱步

《蜘蛛男》，黄宏铸译，南京书局 1931

《少年侦探团》，吴侃译，四川少年儿童出版社 1992

《飘忽不定的魔影》，张书林、秋夫译，黑龙江人民出版社 1986

《女妖》，周晓华译，安徽文艺出版社 1990

《附身恶魔》，朱述斌译，安徽文艺出版社 1990

《黄金假面人》，武继平译，安徽文艺出版社 1990

《青铜魔人》，夏子等译，湖南少年儿童出版社 1990

《乱步惊险侦探小说集》（丛书），朱书民主编，珠海出版社 1999

    《黄金假面人》，武继平译

    《女妖》，周晓华译

    《白发鬼》，刘辉译

    《恶魔》，朱书民译

    《地狱的滑稽大师》，邹东来、夏勇译

《阴兽·怪人幻戏》，林少华、祖秉和译，群众出版社 1999

《蜘蛛人》，顾培军译，群众出版社 1999

《金色面具》，欧阳寅安、顾培军译，群众出版社 1999

江马 修

《冰河》（第一、二部），力生译，新文艺出版社 1958，1981

《山民》，卞立强译，上海译文出版社 1980

池田大作

《吉川英治：作家与作品》，石观海等译，武汉大学出版社 1992

《人生箴言》，卞立强译，中国文联出版公司 1995

《心理的四季》，吴瑞钧、王云涛译，时事出版社 1998

《青春对话》，中国友谊出版公司 2000

池上嘉彦

《诗学与文化符号学》，林璋译，译林出版社 1998

兴膳 宏

《兴膳宏〈文心雕龙〉论文集》，彭恩华编译，齐鲁书社 1984

羽化仙史

《食人国》，觉生译，河北粹文书社 1907

寺野辉夫

《聪明的一休》，管黔秋、刘文智译，河南少儿出版社 1985

吉江乔松

《西洋文学概论》，高明译，现代书局 1933

吉永小百合

《我的一百部电影》，徐亚平、梁雪雪译，文汇出版社 1989

吉田精一

《现代日本文学史》，齐干译，上海人民出版社 1976

吉川英治

《东洋大侠》，张帆、杨棹译，长江文艺出版社 1987

《龙笛纯青剑》，李坚译，北岳文艺出版社 1987

《龙虎八天狗》，樊学钢译，陕西人民出版社 1990

吉川幸次郎

《中国诗史》，章培恒等译，安徽文艺出版社 1986

《中国诗史》，蔡靖泉等译，山西人民出版社 1989

《我的留学记》，钱婉约译，光明日报出版社 1999

吉冈 明

《日本列岛大搜捕》，中国人民公安大学出版社 1988

吉村 昭

《漂流》，徐世弘译，山东文艺出版社 1984

吉本芭娜娜

《开心哭泣开心泪》（小说集，收《厨房故事》等七篇），林少华等译，漓江出

版社 1992

《厨房》（小说集），张哲俊等译，花城出版社 1997

有吉佐和子

《木偶净琉璃》（另收《黑衣》），钱稻孙、文洁若译，作家出版社 1965

《有吉佐和子小说选》，文洁若、叶渭渠译，人民文学出版社 1977

《恍惚的人》，秀丰、渭慧译，人民文学出版社 1979

《黑衣》（日汉对照），李进守译注，上海译文出版社 1979

《非色》，李德纯译，上海译文出版社 1984

《暗流》（原名《海暗》），梅韬译，中国文联出版公司 1984

《暖流》（原名《海暗》），唐月梅译，春风文艺出版社 1986

《祈祷》，刘德有等译，黑龙江人民出版社 1986

《死神悄悄来临》（原名《复合污染》），王纪卿译，中国文联出版公司 1987

有岛武郎

《宣言》，绿蕉译，上海：启智书局 1929

《有岛武郎论文集》，任白涛译，上海：神州国光社 1933

《有岛武郎散文集》，任白涛译，上海：标点书局，1934；龙虎书局 1936。

《有岛武郎集》，沈端先译，中华书局 1935

《有岛武郎与蒂尔黛的情书》，周曙山译，贵阳：交通书店 1949

《叶子》（原文《一个女人》），谢宜鹏、卜国钧译，湖南人民出版社 1984

《一个女人的面影》（小说集，另收《宣言》《星座》），张正立等译，海峡文艺出版社 1991

《爱是恣意夺取——有岛武郎文艺思想选辑》，刘立善译注，辽宁大学出版社 1998

有马 敲

《有马敲诗选》，郑民钦译，工人出版社 1990

《真实的旅途》（诗集），罗兴典、周昌辉译，春风文艺出版社 1993

有马赖义

《四万人的目击者》，林青华译，漓江出版社 1998

西乡信纲

《日本文学史——日本文学的传统与创造》，佩珊译，人民文学出版社 1978

西野辰吉

《晨霜路上》，尤春兰译，作家出版社 1966

西野象山

《风吹的时候——西野象山随想集》，郭望春译，吉林人民出版社 1998

西村 野

《职业杀手》，云南人民出版社 1993

西村寿行

《涉过愤怒的河》，杨哲山、王晓滨译，群众出版社 1982

《涉过愤怒的河——追捕》，张柏霞译，吉林人民出版社 1982

《癌病船》，王玉琢译，北京出版社 1982

《污染的海峡》，高增杰、郝玉珍译，群众出版社 1984

《不归的复仇者》，罗二虎译，昆仑出版社 1987

《血火大地》，肖坤华译，甘肃人民出版社 1987

《女人与狗》，陈浩译，华艺出版社 1988

《狂人之国》，雨佳、汜力译，广西民族出版社 1988

《荒野复仇》，刘光同、张振齐译，四川省社会科学院出版社 1988

《迷惘的梦——惊险侦探小说》，丁贤钜译，湖南人民出版社 1988

《黑色的疯狂》，刘星译，湖南文艺出版社 1988

《裸冬》郭曙光、李岩译，山东文艺出版社 1988

《变态恶魔》，幸起、林漓译，花城出版社 1989

《恐怖的隧道》，翔林、蔡院森译，春秋出版社 1989

《恐怖的黑唇》，杨立展、卢建云译，北京日报出版社 1989

《凌虐》，丁国奇译，大连出版社 1989

《复仇的火焰》，晓溪译，军事译文出版社 1992

《魔妖山庄》，陈凡、含笑译，内蒙古人民出版社 1992

《血腥的罪恶》，芦江华译，内蒙古人民出版社 1992

西村京太郎

《D 情报机关》，关颜军译，北京出版社 1982

《双曲线的杀人案》，张国铮译，海南人民出版社 1985

《蓝色列车上的谋杀案》尤之译，山东文艺出版社 1986

《雷曼湖谍影》，王德文译，北岳文艺出版社 1986

《天使的伤痕》，川谦译，吉林人民出版社 1986

《东京车站谋杀案》，贾文心译，华夏出版社 1988

《约会中的阴谋》，尤之译，广西人民出版社 1988

《幽魂》，李云云译，四川文艺出版社 1988

《总理大臣被劫记》，文珍玉、葛炎译，广州文化出版社 1988

《星期五的魔鬼》，木石编译，沈阳出版社 1988

《陷阱》，杨波、卢丽译，沈阳出版社 1988

《神探十津川》，耀华译，陕西人民出版社 1990

《死亡旅行》，郝玉珍等译，群众出版社 1991

《魔海幽灵船》，李世光译，群众出版社 1991

《疯狂之恋》，祖秉和译，群众出版社 1992

《荒诞大劫持》，张苏亚译，群众出版社 1992

《情断死亡链》，杨军译，群众出版社 1992

《夜行列车杀人事件》，杨军译，群众出版社 1999

《列车 23 点 25 分到札幌》，祖秉和译，群众出版社 1999

《开往巴黎的杀人列车》，张丽颖等译，群众出版社 1999

《消失的油轮》，包容译，群众出版社 1999

式亭三马

《浮世澡堂》，周启明译，人民文学出版社 1958

《浮世澡堂·浮世理发店》，周作人译，人民文学出版社 1989

灰谷健次郎

《小谷老师和苍蝇博士》，王智新译，中国和平出版社 1992

那须正干

《这里是特别侦探事务所》，林峻译，四川少年儿童出版社 1986

《荒岛历险记》，陈珊、陈连文译，中国文联出版公司 1989

《海盗岛之谜》，裴培译，希望出版社 1991

《时间漂流记》（与高千穗合著），沈建文等译，福建少儿出版社 1992

那须田稔

《南极探险》，李西岩译，山东教育出版社 1987

《笑一笑，请笑一笑》，季颖译，中国少年儿童出版社 1989

成濑 清

《现代世界文学小史》，胡雪译，光华书局 1938

邦光史郎

《金钱的魔力》，高鹏、孙敏华译，法律出版社 1988

朽木寒三

《小白龙传奇——一个日本浪人在中国大陆的经历》，袁韶莹等译，吉林文史

出版社 1991

列躬 射

《岛上落霞》，重庆国民图书出版社 1944

曲亭马琴（龙泽马琴）

《南总里见八犬传》（全四册），李树果译，南开大学出版社 1992

早水 恒

《干渴的大地》，江燕玲等译，陕西人民出版社 1994

竹内 好

《鲁迅》，李心峰译，浙江文艺出版社 1986

多田裕计

《长江三角地带》，巢燕译，汉口：伪"中日文化协会武汉分会" 1941

伊藤 整

《火鸟》，王智新译，四川文艺出版社 1989

伊藤左千夫

《野菊之墓》，仰文渊译，湖南文艺出版社 1986

伊藤虎丸

《鲁迅、创造社与日本文学》，孙猛等译，北京大学出版社 1995

伊达常雄

《一休和尚》，滕新华、周滨译，中国少年儿童出版社 1986

伊达源一郎

《近代文学》，张闻天译，商务印书馆 1930

舟桥圣一

《意中人的胸饰》（另收《印染匠康吉》），林少华、刘介人译，黑龙江人民出版社 1987

向坊 隆

《繁霜之鬓》（演讲、访谈、随笔集），郭永江等译，大连理工大学出版社 1991

近藤芳美

《一个日本歌人的中国之旅》，《人民中国》杂志社翻译部译，上海文艺出版社 1985

多田野弘

《铁与火花——多田野益雄的生涯及他的事业》,张利、晓明译,浙江文艺出版社 1994

七画

间宫茂辅

《在喷烟之下》,张梦麟译,中国青年出版社 1958

芦谷重常

《世界通话研究》,黄源译,华通书局 1930

赤座宪文

《鲜花盛开的城市》,王晓滨译,黑龙江人民出版社 1981

赤川次郎

《三色猫智破连环案》,曹俭、张强等译,中国文联出版公司 1988

《一个侦探的故事》,夏日译,广西民族出版社 1985

《三姐妹侦察团》,夏子译,河南人民出版社 1986

《少女的故事》,梁近光译,广西人民出版社 1986

《阳光下的阴影》,林桦译,文化艺术出版社 1987

《歌星梦》,孙耀、李平译,希望出版社 1987

《少女青春冒险》,卢晓莉译,工人出版社 1988

《少年星泉奇遇》,高增杰等译,中国妇女出版社 1988

《怪人俱乐部》,甄真译,团结出版社 1988

《浴室迷雾》,朱书民译,黑龙江人民出版社 1988

《花票毙命之谜》,李四等译,北京日报出版社 1989

《华丽的侦探们》,李小青译,上海译文出版社 1990

《艳妇的追逐》,于长敏等译,时代文艺出版社 1990

《"杀手杰克"百年案》,钟理译,文化艺术出版社 1991

《幽灵列车》(小说集),静波译,南海出版社 1991

《被绑架的少女》,展梁译,群众出版社 1991

《昂贵的失恋》,刘宇、长林译,南海出版公司 1991

《赤川次郎侦探系列》（丛书），黑龙江人民出版社 1995

　《三色猫怪谈》，宋明清译

　《小偷物语》，宋明清译

　《无脸十字架》，宋明清译

　《幽灵同好会》，宋明清译

　《三色猫狂死曲》，吕慧珍译

　《三色猫探案》陆仁译

尾濑敬止

《苏俄新艺术概论》，雷通群译，上海：新宇宙书店 1930

尾崎德太郎（尾崎红叶）

《寒牡丹》，吴俦译，上海：商务印书馆 1906，1914

《侠黑奴》，吴俦译，上海：商务印书馆 1906，1914

《美人烟草》，吴俦译，上海：商务印书馆 1906，1914

《金色夜叉》，金福译，上海译文出版社 1983

尾崎秀树

《三十年代上海》，赖育芳译，译林出版社 1992

辰巳正明

《万叶集与中国文学》，石观海译，武汉出版社 1997

芥川龙之介

《芥川龙之介小说集》，汤逸鹤译，北平文化书社 1928

《河童》，黎烈文译，商务印书馆 1928

《河童》，黎烈文译，上海：文化生活出版社 1936

《河童》，冯子韬译，上海：三通书局 1941

《芥川龙之介集》，鲁迅、方光焘、夏丏尊、章克标译，开明书店 1929

《芥川龙之介集》，冯子韬译，上海中华书局 1934；昆明：中华书局 1940

《某傻子的一生》（短篇小说集），冯子韬等译，三通书局 1940

《罗生门》（小说·电影剧本），钱稻孙、李正伦译，中国电影出版社 1979

《芥川龙之介小说十一篇》，楼适夷译，湖南人民出版社 1980

《芥川龙之介小说选》，文洁若、吕元明、文学朴、吴树文译，人民文学出版

社 1981

《罗生门——芥川龙之介小说十一篇》，楼适夷译，湖南人民出版社 1982

《疑惑》（小说集），吴树文译，上海译文出版社 1991

《罗生门》（小说集），林少华译，漓江出版社 1997

《芥川龙之介短篇小说》，聂双武译，湖南文艺出版社 1998

《罗生门》（中短篇小说集），楼适夷等译，译林出版社 1998

《芥川龙之介作品集·小说卷》，叶渭渠主编，楼适夷等译，中国世界语出版
社 1998

《芥川龙之介作品集·散文卷》，叶渭渠主编，李正伦等译，中国世界语出版
社 1998

《地狱变》（小说集），楼适夷、文洁若等译，解放军文艺出版社 1999

志贺直哉

《范某的犯罪》，谢六逸译，现代书局 1929

《志贺直哉集》，谢六逸译，中华书局 1935

《焚火》，叶素译，上海：天马书店 1935

《转生》，钱稻孙译，近代科学图书馆 1939

《一个人》，上海：三通书局 1941

《志贺直哉小说集》，适夷等译，作家出版社 1956

《暗夜行路》，孙日明译，漓江出版社 1985

《暗夜行路》，刘介人译，湖南人民出版社 1985

《牵牛花》（小品、小说集），楼适夷译，湖南人民出版社 1981

进藤纯孝

《川端康成》，何乃英译，中央编译出版社 1998

村石利夫

《范蠡外传》，苍溪译，上海文艺出版社 1996

村山知义

《最初的欧罗巴之旗》（剧本集），袁殊译，上海：湖风书局 1932

村井弦斋

《血蓑衣》，商务印书馆编译所译，商务印书馆 1906，1943

《卖国奴》，商务印书馆 1925

村上 龙

《近似无限透明的蓝色》（小说集），竺家荣译，珠海出版社 1999

村上春树

《挪威的森林》，林少华译，漓江出版社 1989，1992，1999

《挪威的森林——告别处女世界》，钟宏杰、马述祯译，北方文艺出版社 1990

《跳！跳！跳！》，冯建新、洪宏译，漓江出版社 1991

《舞吧，舞吧，舞吧》，张孔群译，百花文艺出版社 1991

《青春的舞步》，林少华译，译林出版社 1991，1996

《好风长吟》（小说集），林少华等译，漓江出版社 1992

《世界尽头与冷酷仙境》，林少华译，漓江出版社 1992

《奇鸟行状录》，林少华译，译林出版社 1997

《末日异境》，赖明珠译，远方文艺出版社 1998

《寻羊冒险记》，林少华译，漓江出版社 1999

《象的失踪》（小说集），林少华译，漓江出版社 1999

《村上春树作品集》（全四卷），高翔翰译，北方文艺出版社 1999

　　《听风的歌》（小说集）

　　《袋鼠通信》（小说集）

　　《发条鸟年代记》（二册）

远藤周作

《砂城》，林怀秋译，山西人民出版社 1985

《痴女怪男》，谢德岭译，黄河文艺出版社 1986

《纯子和他的父亲》，李敏娜、卢合之译，湖南人民出版社 1987

《丑闻》，孙耀等译，北岳文艺出版社 1990

《丑闻》，山林等译，北岳文艺出版社 1991

《恶灵》，郅颙译，山东文艺出版社 1991

阿田刀高

《雪女之惑》（小说集），中国友谊出版公司 1997

阿川弘之

《恶魔的遗产》，颜华译，作家出版社 1957

张宗植

《樱花岛国余话》，作家出版社 1992

陈舜臣

《重见玉岭》，卞立强译，中国友谊出版公司 1985

《太平天国》（上下），卞立强译，作家出版社 1985—1986

《北京悠悠馆》，关燕军、王执芳译，广东人民出版社 1985

《长安日记——贺望东探案集》，祖秉和、金慕箴译，群众出版社 1985

《鸦片战争》，卞立强译，贵州人民出版社 1985

《鸦片战争》（中卷），卞立强译，贵州人民出版社 1987

《大江不流》，李翟译，中国文联出版公司 1987

《粉红色的陷阱》，蔡静等译，国际文化出版公司 1988

《日本人与中国人》，张宪生译，花城出版社 1988

《鸦片战争》，萧志强译，海南出版社 1996

《诸葛孔明》，东正德译，中国友谊出版公司 1998

《太平天国》，姚巧梅译，中国友谊出版公司 1998

坂口安吾

《非连续杀人事件》，逆飞译，群众出版社 1999

坂本 胜

《戏剧资本论》（剧本），上海：社会科学研究社 1949

杉森久英

《神秘的驻外武官》，林怀秋译，湖南人民出版社 1987

佐佐木龙

《政海波澜》，赖子译，上海：作新社 1903

佐木隆三

《大罢工》，马兴国译，吉林人民出版社 1985

佐多稻子（洼川绮妮子）

《祈祷》，华蒂等译，光华书局 1933

《树影》，文洁若、韩铎、曾丽卿译，湖南出版社 1980

佐野 洋

《别了，可恶的人》，王纪卿、夏子译，中国文联出版公司 1986

《弄假成真的姻缘》，刘多田译，中国文联出版公司 1988

佐野正太郎

《梅林尽头——青春流亡记》，王弈红译，译林出版社 1998

佐濑 稔

《日苏战争——北海道十一天》，洪科译，吉林人民出版社 1981

佐藤 觉

《神秘的小小国》，钱青译，上海少年儿童出版社 1986

佐藤一郎

《中国文章论》，赵善嘉译，上海古籍出版社 1996

佐藤藏太郎

《恨海春秋》，仆本恨人译，开明书店 1903

佐藤红绿

《社会钟》（剧本），陆镜若编译，新剧同志会 1912

《猛回头》（剧本），陆镜若编译 1911

《人兽之间》，张资平译，上海商务印书馆 1936；长沙：商务印书馆 1938；东北青年出版社 1952

佐藤春夫

《都会的忧郁》，查士元译，华通书局 1931

《佐藤春夫集》，高明译，现代书局 1933

《田园的忧郁》（小说、诗合集），李漱泉译，中华书局 1934

《更生记》，查士骥译，中华书局 1935

《更生记》，吴树文、梁传宝译，海峡文艺出版社 1985

《田园的忧郁》（小说集），吴树文译，上海译文出版社 1989

佐藤和夫

《菜花能否移植——比较文学的俳句论》，译林出版社 1992

佐藤忠男

《黑泽明的世界》，李克世、荣连译，中国电影出版社 1983

谷崎润一郎

《痴人之爱》，杨骚译，北新书局 1928

《谷崎润一郎集》，章克标译，开明书店 1929

《杀艳》，查士元译，上海：水沫书店 1930

《恶魔》（短篇小说集），查士元译，上海：华通书局 1930

《富美子的脚》，白鸥译，上海：寻乐轩 1929；晓星书店 1931

《富美子的脚》，章克标译，三通书局 1941

《神与人之间》（小说集），李漱泉译，中华书局 1934

《春琴抄》，陆少懿译，文化生活出版社 1936

《人面疮》，章克标译，三通书局 1941

《细雪》，周逸之译，湖南人民出版社 1985

《细雪》，储元熹译，上海译文出版社 1989

《春琴传》（小说集），张进等译，湖南人民出版社 1984

《金与银》（收《日本文学流派代表作丛书·拥抱家族》，王凤林译，黑龙江人民出版社 1991

《春琴抄》（小说集），吴树文译，上海译文出版社 1991

《痴人之爱》，郭来舜、戴璨之译，陕西人民出版社 1988

《乱世四姐妹》（原名《细雪》），孙日明等译，广西民族出版社 1991

《阴翳礼赞》，丘仕俊译，三联书店 1992

《谷崎润一郎作品集》（丛书，共四种），叶渭渠主编，中国文联出版社 2000

　　《知人之爱》（长篇小说卷），郑民钦译

　　《疯癫老人日记》（长篇小说卷），竺家荣译

　　《恶魔》（短篇小说卷），于雷、林青华、林少华译

　　《饶舌录》（散文随笔卷），汪正球译

谷口善太郎

《谷口善太郎小说选》，卞立强译，中国文联出版公司 1984

谷 真介

《螃蟹开的蛋糕店》，马妍编译，接力出版社 1991

伴野 郎

《五十万年的死角》，谈建浩、陆荷芬译，云南人民出版社 1982

《50 万年的死角——"北京人"奇案追踪记》，丹东译，世界知识出版社 1984

《蒋介石的黄金》，侯仁锋译，华岳文艺出版社 1988

《上海间谍战》，金中译，江苏古籍出版社 1990

442

住井 末

《没有桥的河·第一部》，迟叔昌译，上海译文出版社 1983

《没有桥的河·第二部》，张嘉林、李进守译，上海译文出版社 1983

《没有桥的河·第三部》，张嘉林、李进守译，上海译文出版社 1984

《没有桥的河·第四部》，谢宜鹏、王建康译，上海译文出版社 1986

《和大地在一起——住井末儿童文学作品选》，淀川德译，吉林大学出版

社 1998

龟井胜一郎

《我的读书观》，刘瑞芝译，漓江出版社 1996

《北京的星星》，李芒等译，作家出版社 1964

钉崎 卫

《黎明前的洗礼》，鲁佃译，湖南人民出版社 1988

严谷兰轩

《栖霞女侠小传》，亚东破佛译，上海：集成图书公司 1907

八画

空海（弘法大师）

《文镜秘府论》，王利器校注，中国社会科学出版社 1983

泪香小史

《色媒图财记》，黄山子译，改良小说社 1907

河原敏明

《日本新天皇浪漫史》，张炳安、王捷译，军事译文出版社 1990

《美智子妃——从平民到皇妃》，钟玉秀、赵承福译，百化文艺出版社 1991

《美智子皇后》，佘华等译，时事出版社 1991

河野贵子

《书桌中的秘密》，蒋瑜译，上海少年儿童出版社 1992

幸田露伴

《风流佛》，文洁若译，人民文学出版社 1990

若樱木虔

《环恋》，刘铎等译，沈阳出版社 1988

青木正儿

《中国文学发凡》，郭虚中译，商务印书馆 1933

《中国古代文艺思潮论》，王俊瑜译，北平人文书店 1933

《中国文学思想史纲》，汪馥泉译，商务印书馆 1936

《中国近代戏曲史》，郑震编译，北新书局 1933

《中国近世戏曲史》，王古鲁译，商务印书馆 1936

《元人杂剧序说》，隋树森译，开明书店 1941

《中国文学概论》，隋树森译，商务印书馆 1936

《中国文学概说》，隋树森译，重庆出版社 1982

青山 宏

《唐宋词研究》，程郁缀译，北京大学出版社 1995

青野季吉

《艺术简论》，陈望道译，大江书铺 1928

《观念形态论》，若俊译，南强书局 1929

《文艺新论》，张资平译，现代书局 1933

青岛幸男

《坎坷》，包容译，湖南人民出版社 1984

茅野裕城子

《韩素音的月亮》，王中忱等译，作家出版社 1998

武者小路实笃

《人的生活》（论文与剧本集），毛咏堂、李宗武译，中华书局 1922

《一个青年的梦》，鲁迅译，商务印书馆 1922 年初版，1926 年重版；北新书局
1929 年再版

《武者小路实笃集》，周作人等译，小说月报社编辑，商务印书馆 1925

《新村》，孙百刚译，光华书局 1927

《母与子》，崔万秋译，上海：真善美书店 1928

《武者小路实笃戏曲集》，崔万秋等译，中华书局 1929

《爱欲》（四幕剧），章克标译，上海：金屋书局 1928

《孤独之魂》（三幕剧），崔万秋译，中华书局 1929，1931

《忠厚老实人》，崔万秋译，真善美书店 1930

《四人及其他》（剧作集），王古鲁、徐祖正译，南京书店 1931

《妹妹》，周白棣译，中华书局 1925，1928

《第二的母亲》，周作人译，启明书店 1937

《日本人二尊宫德及其他》，曹晔译，上海：政治月刊社，1943

《青年人生观》，东方文化编译馆译，上海：东方书局 1945

《生死恋》（小说、电影剧本集），李正伦译，中国电影出版社 1980

《友情》，冯朝阳译，青海人民出版社 1984

《友情》，周丰一译，人民文学出版社 1984，1987

《人生论》（随笔集），顾敏节译，浙江人民出版社 1988

《母与子》，雾鸪、雨鸿译，北岳文艺出版社 1989

武田胜彦

《桥——一个日本人的一生》，三联书店 1992

武藤富男

《发明与自由恋爱》（剧本另收三幕剧《某承审员之略历》），未署译者，长春伪"满日文化协会"1938

押川春浪

《千年后之世界》，包天笑译，群学社 1904

《新舞台》（原题《武侠之日本》），徐念慈译，小说林农文馆 1905

《银山女王》，黄摩西译，上海：小说林社 1905

《旅顺双杰传》，汤红绂译，世界社 1905

《大魔窟》，吴弱男译，小说林社 1906

《白云塔》，冷血（陈景韩）译，小说林社 1911 年前

《秘密电光艇》，金石、褚嘉猷译述，商务印书馆 1914

《空中飞艇》，海天独啸子译，商务印书馆 1926；明权社再版

《侠女郎》，吴梼译，商务印书馆 1915

《未来世界》，包天笑译述，上海：国学书室 1925；商务印书馆 1907，1917

枫村居士

《橘英男》（侦探小说），商务印书馆编译所译，1907，1914

坪田让治

《风波里的孩子》，聂长振译，北京少年儿童出版社 1957

《日本民间故事》，陈志泉译，人民文学出版社 1979

《猫和老鼠——日本民间故事》，陈志泉译，内蒙古人民出版社 1980

《田螺少年——日本民间故事集》，季颖译，中国民间文艺出版社 1981

松永宇八

《敌后阵中日记》，夏衍、田汉译，广州：离骚出版社 1938

松浦友久

《李白——诗歌及其内在心象》，张守惠译，陕西人民出版社 1983

《中国诗歌原理》，孙昌武、郑茂刚译，辽宁教育出版社 1990

《唐诗语汇意象论》，陈植锷、王晓平译，中华书局 1992

《节奏的美学——日中诗歌论》，石观海、赵德玉、赖辛译，辽宁大学出版社 1995

《李白诗歌抒情艺术研究》，刘维治译，上海古籍出版社 1996

松泽信佑

《近代日本作家介绍》，寒冰译，国际文化出版公司 1985

松原 刚

《现代中国戏剧考察录》，丛林春译，中国戏剧出版社 1992

松井博光

《黎明的文学——中国现实主义作家茅盾》，高珊译，浙江人民出版社 1982

松村武雄

《童话与儿童的研究》，钟子岩译，上海：开明书店 1935

《欧洲的传说》，钟子岩译，开明书店 1931

《日本童话集》，许达年译，中华书局 1933

《八头蛇》（日本故事集），叶炽强译，上海：启明书店 1941

《日本故事集》，叶炽强译，启明书店 1941

松本清张

《日本改造法案——北一辉之死》（剧本），吉林师大日本研究所译，人民文学出版社 1975

《点与线》，晏洲译，群众出版社 1979

《日本的黑雾》，文洁若译，作家出版社 1965，1980

《日本的黑雾》，文洁若译，福建人民出版社 1983

《声音之谜》（小说集），郭来舜、戴璨之译，甘肃人民出版社 1981

《波浪上的塔》，赵德远译，江苏人民出版社 1982

《真与假》，吴元坎译，山西人民出版社 1984

《砂器》，曹修林译，春风文艺出版社 1985

《歪斜的复印》，金中译，山东文艺出版社 1985

《雾之旗》，王智新译，鹭江出版社 1985

《玫瑰旅游团》，田力译，花城出版社 1986

《人间水域》，王际周、葛云华译，河南人民出版社 1986

《丽都孽海》，张焕文译，长江文艺出版社 1986

《湖畔阴影》，金中、曹大峰译，山东文艺出版社 1986

《半生记》（松本清张自传），宋丽红、王晨译，安徽文艺出版社 1986

《深层海流》，文洁若、文学朴译，国际文化出版公司 1987

《复仇女》（原名《雾之旗》），吕立人译，宝文堂出版社 1987

《女人的代价》，柯森耀译，吉林人民出版社 1987

《重重迷雾》，谢志强、张素娟译，黄河文艺出版社 1987

《孤狼》，宋金玉等译，法律出版社 1987

《酒吧世界》，马述祯译，百花文艺出版社 1987

《迷离世界》，高立译，时事出版社 1987

《女性阶梯》，朱书民译，安徽文艺出版社 1988

《天城山奇案》，郑建元译，四川省社会科学院出版社 1988

《伴伴儿女郎》（原题《零的焦点》），邓青、南敬铭译，内蒙古人民出版社 1988

《血案·高速公路》，龚宗明译，江苏人民出版社 1988

《恶棍》，蔡院森、张志刚译，山东友谊出版社 1988

《隐秘的黑手》，徐世虹译，四川文艺出版社 1988

《梦断寒湖》，肖良、晓雨译，广西人民出版社 1988

《女名流罪行始末》，林少华等译，哈尔滨出版社 1989

《白衣魔影》，南敬铭、邓青译，中国文联出版公司 1989

《苍凉夜色》，王子今译，求实出版社 1989

《私奔》，张荣等译，华岳出版社 1989

《情错》，金中译，华岳文艺出版社 1989

《日本箱尸案》，康明桂、石磅译，北岳文艺出版社 1990

《群魔》，金中译，湖南文艺出版社 1990

《淡汝的男人》（小说集），愧之译，文化艺术出版社 1991

《零的焦点》，刘庆纶译，中国青年出版社 1991

《砂器》，孙明德译，群众出版社 1998

《零的焦点》，金中、章吾一译，群众出版社 1999

松本雄原

《猎人的幸运》，集成译，重庆：天地出版社 1945

松本武雄

《八头蛇》，莫炽强译，启明书局 1941

松本零士

《银河铁道——999》，揭余生译，重庆出版社 1984

松本澄江

《樱花烂漫——松本澄江俳句选集》，李芒译注，译林出版社 1992

松下幸之助

《拓路——人生感言》，刁永政译，世界知识出版社 1992

松山良昭

《绝命谋杀》，卢正平译，黑龙江朝鲜民族出版社 1990

松山善三

《独臂中锋》，王启元、金强译，华夏出版社 1992

松田解子

《地底下的人们》，金芒、关衡译，泥土社 1954

松谷美代子

《龙子太郎》，何毅之译，江苏人民出版社 1980

448

《小百百》，季颖译，重庆出版社 1984

《龙子太郎》，王璞、林怀秋译，黑龙江人民出版社 1982

《两个意达》，高林译，中国少年儿童出版社 1985

《小茜茜》，季颖译，重庆出版社 1989

《百百和茜茜》，季颖译，重庆出版社 1989

《茜茜和客人爸爸》，季颖译，重庆出版社 1989

林芙美子

《放浪记》，崔万秋译，上海：新时代书局 1932；大光书店 1937；上海启智书局 1937，1939

《枯叶》（作品集），张建华译，上海文化生活出版社 1937

林 房雄

《都会双曲线》（中篇小说），石尔译，神州国光社 1932

《一束古典的情书》（短篇小说集），林伯修译，现代书局 1928

《林房雄集》，林伯修等译，现代书局 1933 年版；上海：新安书局 1939

《林房雄集》，适夷译，开明书店 1933 年版

《牢狱的五月祭》（短篇小说集，篇目与《一束古典的情书》相同），林伯修译，风行出版社 1939

《青年》，张庸吾译，上海：太平书店 1942

林真理子

《不愉快的果实》，中原鸣子译，珠海人民出版社 1999

林 寿郎

《海豚首领太郎》，刘珍亭、胡立品译，海洋出版社 1992

坪内逍遥

《小说神髓》，刘振瀛译，人民文学出版社 1991

驹田信二

《七大名妃轶事》，董书玉、郭继先译，昆仑出版社 1988

《中国皇妃秘传》，林怀秋译，湖南大学出版社 1989

岩田丰雄（狮子文六）

《海军》，洪洋译，上海申报馆 1945

《自由与爱情》，林少华、张洁梅译，吉林人民出版社 1987

岩藤雪夫

《铁》，巴人译，人民书店 1939

岩崎京子

《养蜂娃》，张嘉林、陈文辉译，上海少年儿童出版社 1982

岸田国士

《戏剧概论》，陈瑜译，中华书局 1933

国木田独步

《国木田独步集》，夏丏尊译，开明书店 1927；文学周报社 1928

《国木田独步选集》，金福译，人民文学出版社 1978

国松俊英

《飞舞吧，朱鹮》，安伟邦、李国方译，河北教育出版社 1991

和久峻二

《爱滋病凶杀案》，黎明、黄昏译，华岳文艺出版社 1988

《凶手就是他》，林怀秋译，黄河文艺出版社 1989

和田纪久惠

《大栗子，我的第二故乡》，周维权译，上海人民出版社 1994

岛崎藤村

《新生》，徐祖正译，北新书局 1927

《新生》（节译本），罗洪编译，上海开华书局 1934

《千曲川素描》，黄源译，上海：新生命书局，1936

《黎明》，张我军译，太平书局 1944

《破戒》，白云译，上海文艺联合出版社 1955

《破戒》，平白译，平明出版社 1955

《破戒》，由其译，人民文学出版社 1954，1958

《家》，枕流译，江苏人民出版社 1981

《破戒》，柯毅文、陈德文译，人民文学出版社 1982

《春》，陈德文译，福建人民出版社 1984

《自然与人生》，陈德文译，百花文艺出版社 1984

《岛崎藤村散文选》，陈德文译，百花文艺出版社 1994

《破戒·家》，柯毅文等译，人民文学出版社 1997

岛田一男

《荡魔》，乞食、玉芬译，河北人民出版社 1988

岛田政雄

《为友谊架桥四十年——岛田政雄回忆录》，田家农、李兆田译，新华出版社 1992

岛村三郎

《中国归来的战犯》，金源译，群众出版社 1984

岛仓 功

《我不哭泣》，邹小丽译，重庆出版社 1993

细田源吉

《空虚》，郑佐苍、张资平译，上海：新宇宙书局 1928，1931；中华新教育社 1932

金子洋文

《地狱》（作品集），沈端先译，上海：春野书店 1928

金子筑水

《艺术论》，蒋径三译，上海：明日书店 1929

金 一勉

《军妓血泪——天皇军队和朝鲜慰安妇》，接桑等译，天津社会科学院出版社 1993

依田义贤

《望乡诗——阿倍仲麻吕与唐代诗人》（电影剧本），李正伦译，人民文学出版社 1979

依田百川

《东洋聊斋》（原题《谭海》），孙菊园、寻逊校译，湖南人民出版社 1990

九画

津村节子

《冬虹》，时卫国译，中国文联出版社 1995

前田河广一郎

《新的历史戏曲集》，陈勺水译，上海：乐群书店，1928

宫本百合子

《播州平野》，沈起予译，上海文化生活出版社 1951

《宫本百合子选集》（第一卷），萧萧译，人民文学出版社 1958

《宫本百合子选集》（第二卷），冯淑兰、石坚白译，人民文学出版社 1959

《宫本百合子选集》（第三卷），叔昌、张梦麟译，人民文学出版社 1959

《宫本百合子选集》（第四卷），储元熹译，人民文学出版社 1959

宫本 辉

《泥水河》（小说集），王玉琢、陈喜儒选译，江苏人民出版社 1986

《避暑地的猫》，王玉琢译，海峡文艺出版社 1987

《春梦》，戴璨之、郭来舜译，中国文联出版公司 1988

宫岛新三郎

《世界文艺批评史》，史美士编译，厦门国际学术书社 1928

《文艺批评史》，黄清嵋译，现代书局 1929

《文艺批评史》，高明节译，开明书店 1930

《现代日本文学评论》，张我军译，开明书店 1930

《欧洲最近文艺思潮》，高明译，现代书局 1930

宫泽贤治

《小木偶拉大提琴》，洪忻意译，少年儿童出版社 1957

《宫泽贤治童话选》，周龙梅译，译林出版社 1994

《宫泽贤治童话选》，腾瑞译，光明日报出版社 1994

《宫泽贤治作品选》，王敏主编，春风文艺出版社 1996

《银河铁道之夜》（童话集），胡美华、傅克昌译，西北大学出版社 1994

宫城谷昌光

《黑色春秋——夏姬情史》，孙智龄译，上海文化出版社 1998

《春秋霸主——重耳恩仇记》，东正德译，上海文化出版社 1998

《乱世奇才——伊尹传奇》，东正德译，上海文化出版社 1998

《铁幕名相——晏子世家》，黄玉燕译，上海文化出版社 1998

室生犀星

《情窦初开》，顾盘明译，漓江出版社 1991

津本 阳

《深重的海》，曹怀潍译，黑龙江人民出版社 1986

神田丰穗

《学校剧本集》，徐傅霖译，商务印书馆 1924

神田喜一郎

《日本填词史话》，程郁缀、高雪野译，北京大学出版社 2000

海渡英佑

《血腥谋略》，毛旭红译，江苏文艺出版社 1989

畑中宏子

《天边来的小女孩》，王建宜、魏建平译，新蕾出版社 1992

眉村 卓

《太空少年》，韩冈觉、韩巍译，海洋出版社 1982

春川铁男

《日本劳动者》，梅韬、文洁若译，作家出版社 1955

南征里典

《一盘没有下完的棋》，孟传良译，长江文艺出版社 1984

《谋杀的荒郊》，熠华、光中译，华夏出版社 1987

南洋一郎

《猎猩猩记》（儿童故事），任白涛译，商务印书馆 1947

草野唯雄

《女继承人》，孟传良译，吉林人民出版社 1987

《被抛弃的女人》，萌芳译，中国电影出版社 1989

《贵妇人号》，杨学勤译，新疆人民出版社 1990

柳川春叶

《薄命花》，吴梼译，上海：商务印书馆 1917

柳田邦男

《击坠 007》，林浩译，陕西人民出版社 1987

柳田国男

《传说论》，连湘译，中国民间文艺出版社 1985

柳田圣山

《沙门良宽——读自抄本〈草堂诗集〉》，叶渭渠、唐月梅译，北京大学出版社 1990

城山三郎

《辛酸》，王敦旭译，作家出版社 1965

《官僚们的夏天》，共工译，人民文学出版社 1977

《城山三郎小说选》，王敦旭、施人举译，外国文学出版社 1980

《性命难保的城市——城山三郎短篇小说选》，张弘毅、万木春等译，湖南人民出版社 1984

《天天星期日》，李翟译，湖南人民出版社 1986

《挑战者》，于荣胜译，北岳文艺出版社 1986

《危险的椅子》，文瑾译，中国文联出版公司 1988

《官场生死搏斗记》，卢合之、李敏娜译，湖南人民出版社 1988

《价格之战》，孙玉明等译，广西教育出版社 1994

胡桃泽耕史

《燃烧的海峡——混血女谍：丽娜·京子》，任国明等译，春秋出版社 1989

相浦 杲

《考证·比较·鉴赏——二十世纪中国文学研究论集》，胡金定等译，北京大学出版社 1996

相马御风

《近代欧洲文学思潮》，冯次行译，现代书局 1930

星 新一

《保您满意——日本星新一短篇科幻小说选》，孟庆枢、潘力本主编，江苏科学技术出版社 1982

《一分钟小说选》，陈真等译，春风文艺出版社 1983

《一分钟小说选》（续集），陈真等译，春风文艺出版社 1985

《星新一微型小说选》，李有宽译，湖南人民出版社 1984

《不速之客——星新一短篇小说选》，李有宽译，湖南人民出版社 1985

《波子小姐——星新一超短篇小说集》，黄元焕译，北岳文艺出版社 1985

《一段浪漫史》，李有宽译，长江文艺出版社 1986

《职业刺客》（小说集），申英民译，百花文艺出版社 1986

《强盗的苦恼》（小说集），周萌选编，敦煌文艺出版社 1991

《魔幻星》（童话集），孙建和、庄志霞译，中国国际广播出版社 1993

《肩膀上的秘书》（小说集），郭富光、于雷主编，春风文艺出版社 1999

《可恶的恶魔》（小说集），郭富先、于雷主编，春风文艺出版社 1999

品野 实

《中日拉孟决战揭秘——异国的魂》，伍金贵、喻芳译，群众出版社 1992

皆川博子

《虹的悲剧》，海晓等译，群众出版社 1991

胜尾金弥

《太次郎的遭遇》，萧岚译，湖北少年儿童出版社 1989

《太次郎的故事》，萧岚译，湖北少年儿童出版社 1989

胜目 梓

《职业杀手》，鸿川等译，云南人民出版社 1988

《隐情逐探》，华骏译，农村读物出版社 1988

《遭劫女》（中篇小说集），刘憔、卢敏译，湖南人民出版社 1988

《女惑》，王欣、董进宪译，河北人民出版社 1993

狮中弘子

《天边来的小女孩》，王建直、魏建平译，新蕾出版社 1992

须井 一（加贺耿二）

《棉花》，胡风译，上海：新新出版社 1946

秋田雨雀

《骷髅的跳舞》（剧本集），一切（巴金）转译，开明书店 1930

《新俄游记》，文沙译，开明书店 1930

《国境之夜》，一切译，开明书店 1934

《文学名著研究》，杨烈译，成都：协进出版社 1947

秋山 浩

《731 细菌部队》，北京编译社译，群众出版社 1961，1982

种田山头火

《山头火俳句集》，李芒编译，浙江文艺出版社 1991

香山彬子

《金色的狮子》，高林译，辽宁少儿出版社 1983

香川孝志

《八路军内日本兵》（与前田光繁合著），赵安博、吴从勇译，解放军出版社 1985

香诹俊介

《魔影》，龚志明译，军事译文出版社 1988

重森 孝

《老鼠变鱼》，于乃秋、金洁译，希望出版社 1989

十画

高山樗牛

《释迦传》，隋树森译，西藏人民出版社 1984

高仓 辉

《箱根风云录》，萧萧译，新文艺出版社 1953；作家出版社 1958

《狼》，金福译，新文艺出版社 1956，1959

《农民之歌》，金福译，新文艺出版社 1956

《猪的歌》，萧萧译，人民文学出版社 1955

《肥猪的歌》（拉丁注音），路英译，文学改革出版社 1957

《狼》（电影剧本，新藤兼人改编），李正伦译，中国电影出版社 1957

高仓 健

《期待您的夸奖——高仓健随笔》，叶红译，广州出版社 1996

高木彬光

《零的蜜月》，光辉、光华译，福建人民出版社 1981

《破戒裁判》，祖秉和译，群众出版社 1981

《女富翁的遗产》，施元辉译，中国文联出版公司 1987

《阴谋发生在新婚之夜》，施元辉、孟慧娅译，中国文联出版公司 1987

《死者的来信》，赵博源译，华岳文艺出版社 1988

《都市之狼》，杨德润等译，中国民间文艺出版社 1988

《帝国·白金·女人》，南敬铭、尹盛译，北方文艺出版社 1989

《复仇》，曲建文、陈桦译，中国文联出版公司 1992

《鬼面谋杀案》，向陵、柏叶译，群众出版社 1992

高木俊朗

《覆灭》，黄凤英译，农村读物出版社 1990

高士与市

《水怪出没的地方》，刘永珍译，山西人民出版社 1984

《海怪大追捕》，辽宁少年儿童出版社 1986

高木敏子

《玻璃兔子》，彭克巽、徐小英译，清华大学出版社 1993

高桥 敷

《丑陋的日本人》，许金龙等译，作家出版社 1988

《丑陋的日本人》，张国良等译，广州文化出版社 1988

高杉 良

《荣耀的退任》，张云多译，江苏人民出版社 1981

《解雇》，曲维等译，知识出版社 1993

《现代都市财经小说》（丛书），文化艺术出版社 1998—1999

　　《商战隐情》，龙翔译

　　《虚幻之城》，陈多友译

　　《黑钱风波》，曲维译

　　《调动内幕》，孙猛译

　　《日本经济小说系列》（丛书），群众出版社 1999

　　《浊流》，祖秉和译

　　《不被公司埋没》，马丽莎、王建新译

　　《大合并》，叶宗敏译

《一个高利贷者的足迹》，刘大兰、王建新译

《社长之器》，叶宗敏译

《人事权》，杜冰译

《兴业银行》（上、下），王建新译

高野悦子

《黑龙江之行》，于维汉、王琳德译，北方文艺出版社 1989

高峰秀子

《从影五十年——高峰秀子自传》，盛凡夫、杞元译，文化艺术出版社 1981

斋藤 荣

《拐骗的背后》，村晓译，北京十月文艺出版社 1986

《密室迷踪》，王丕迅译，广西人民出版社 1988

《棋谱血案》，陶法义、赵琪译，甘肃人民出版社 1988

《磁性棋子之谜》，刘动中译，人民体育出版社 1989

《香港旅行谋杀案》，雷音译，文化艺术出版社 1990

《血案追踪》，张明赞译，群众出版社 1992

酒井友身

《世界探险怪杰——植村直己》，中国少年儿童出版社 1989

浜田广介

《黄金的稻穗》，施元辉、孟慧娅译，福建人民出版社 1984

浜田系卫

《回到田野的蔷薇花》，所凯、肖平译，吉林人民出版社 1984

浜田正秀

《文艺学概论》，陈秋峰、杨国华译，中国戏剧出版社 1985

浜野政雄

《贝多芬》，阎泰公译，中国少年儿童出版社 1983

诹访春雄

《日本的幽灵》（学术著作），黄强译，中国大百科全书出版社 1990

原 百代

《中国女皇——武则天传奇》，谭继山译，新世纪出版社 1989

《武则天》，谭继山译，中国友谊出版公司1985

《武则天传》（上、下），伟君节译，陕西人民出版社1986

原田康子

《挽歌》，管黔秋、刘文智译，湖南人民出版社1987

《挽歌》，金中、章吾一译，百花文艺出版社1999

原 胜文

《海蛇行动》，杨军译，群众出版社1996

真山美保

《蔷薇何处开》（剧本），陈北鸥译，中国戏剧出版社1958

夏目漱石

《草枕》，崔万秋译，上海：真善美书店1929

《草枕》，郭沫若译，上海：美丽书店，1930；上海：华丽书店1930（崔万秋译本的盗版）

《文学论》，张我军译，开明书店1932

《夏目漱石集》，章克标译，开明书店1932

《梦十夜》，烟三吉等译，1934

《三四郎》，崔万秋译，中华书局1935

《心》，古丁译，新京（长春）：满日文化协会1938

《草枕》，李君猛译，上海益智书店1941

《哥儿》，开西译，人民文学出版社1959

《夏目漱石选集·第一卷》（收《我是猫》），胡雪、由其译，人民文学出版社1958，1997

《夏目漱石选集·第二卷》（收《哥儿》《旅宿》），开西、丰子恺译，人民文学出版社1958

《三四郎》，吴树文译，上海译文出版社1983

《从此以后》，陈德文译，湖南人民出版社1982

《后来的事》，吴树文译，上海译文出版社1984

《门》，陈德文译，湖南人民出版社1983

《门》，吴树文译，上海译文出版社1985

《心》，董学昌译，湖南人民出版社 1982

《心》，周大勇译，上海译文出版社 1983

《心》，周炎辉译，漓江出版社 1983

《夏目漱石小说选·上》（收《三四郎》《从此以后》《门》），陈德文译，湖南人民出版社 1984

《夏目漱石小说选·下》（收《春分之后》《使者》《心》），张正立等译，湖南人民出版社 1985

《路边草》，柯毅文译，上海文艺出版社 1985

《明与暗》，林怀秋、刘介人译，海峡文艺出版社 1985

《明暗》，于雷译，上海译文出版社 1987

《哥儿·草枕》，陈德文译，海峡文艺出版社 1986

《爱情三部曲》（收《三四郎》《后来的事》《门》），吴树文译，上海译文出版社 1988

《心·路边草》，周大勇、柯森耀译，上海译文出版社 1988

《哥儿》，刘振瀛、吴树文译，上海译文出版社 1987

《哥儿》，胡毓文译，人民文学出版社 1989

《哥儿——世界中篇名著精选》，包寰、包容译，北岳出版社 1994，1996

《我是猫》，于雷译，译林出版社 1993

《我是猫》，刘振瀛译，上海译文出版社 1994

《我是猫》，尤炳圻、胡雪译，人民文学出版社 1997

夏树静子

《私情——夏树静子推理小说选》，李有宽译，湖南文艺出版社 1988

《变性者的隐私》，刘金鸿、丁涛译，湖南文艺出版社 1988

《女性的悲剧》，穆广菊译，华夏出版社 1990

《第三个女人：一部活生生的"罪与罚"》，顽石译，南海出版社 1990

《黑白旅路》，黄来舜译，花城出版社 1995

《M 的悲剧·C 的悲剧》，黄来顺译，花城出版社 1997

《青春的悬崖》，杨军译，群众出版社 1996

《蒸发》，杨军译，群众出版社 1996

《目击》，王光民译，群众出版社1998

《风之门》，樊松萍、洪成凌译，群众出版社1998

《丧失》，杨军译，群众出版社1998

《来自死亡谷的女人》，杨军译，群众出版社1988

《第三个女人》，祖秉和译，群众出版社1998

夏堀正元

《北方的墓标》，南京大学外语系欧美文化研究室译，江苏人民出版社1977

荻原长一

《骷髅的证词——棉兰老岛死里逃生记》，胡毓文、黄凤英译，上海译文出版社1992

壶井繁治

《壶井繁治诗钞》，楼适夷、李芒译，作家出版社1962

壶井 荣

《二十四只眼珠》，孙清译，上海新文艺出版社1956

《壶井荣小说集》，舒畅、萧萧译，人民文学出版社1959

槙木楠郎

《三只红蛋》，胡明树译，广西出版社1957

桑原武夫

《文学序说》，陈秋峰译，黄河文艺出版社1985

《文学序说》，孙歌译，三联书店1991

盐谷 温

《中国文学概论讲话》，孙俍工译，开明书店1924

《中国文学概论》，陈彬禾译，北平朴社1926

《中国文学研究译丛》，汪馥泉译，上海：北新书局1930

桂木宽子

《居里夫人》，赵乐甡译，黑龙江人民出版社1981

桐洲 辉

《莱特兄弟》，王琳德译，黑龙江人民出版社1981

桃井 真

《"海底战车"之谜》，解放军出版社1990

桥本 忍

《暗无天日》（电影剧本），李正伦译，中国电影出版社 1957

桥田寿贺子

《阿信》，慈心编译，天津百花文艺出版社 1985

《阿信》（电视小说），钟肇政精译，山西人民出版社 1985

《阿辛·童工篇》（电视剧本），于雷等译，春风文艺出版社 1985

《阿信·少女篇》，丛林春、刘慧敏译，国际文化出版公司 1985

《大家庭》，李连鹏译，北岳文艺出版社 1988

晓风山人

《秘密怪洞》（社会小说），郭家声、孟文翰译述，商务印书馆 1915

峰谷道彦

《广岛日记》，晓萌、王无为译，世界知识出版社 1958

乾 富子

《小企鹅历险记》，周维权译，少年儿童出版社 1957

《小矮人奇遇》，陈文辉译，少年儿童出版社 1989

柴四郎（东海散士）

《佳人奇遇》，梁启超译，商务印书馆 1901 年版；广智书局、上海中华书局 1936

柴田练三郎

《三个独身女人》，李学熙译，花城出版社 1989

《冷血孤星剑》，樊学钢译，陕西人民出版社 1990

圆地文子

《女人的路》，沈海滨等译，中国文联出版公司 1987

泉镜 花

《高野圣僧》（小说集），文洁若译，人民文学出版社 1990

铃木 瞳

《迟到的婚礼钟声》，周祺译，华夏出版社 1989

铃木虎雄

《中国古代文艺论史》（上、下）孙俍工译，北新书局 1929

《中国文艺论集》，汪馥泉译，上海神州国光社 1930

铃木修次

《中国文学与日本文学》，吉林大学日本研究所文学研究室译，海峡文艺出版
社 1989

铃木邦彦

《天皇梦——裕仁皇室秘史》，正平译，吉林人民出版社 1991

俵万 智

《沙拉纪念日》（和歌集），王洪等译，工人出版社 1988

十一画

鹿岛樱巷

《美人岛》，张伦译，《月月小说》1907 年 10 月 7 日载

鹿地 亘

《鹿地亘及其作品》，上海：天马书店 1938

《日本反侵略作家鹿地亘及其作品》，夏衍、林林等译，汉口：新国民书
店 1938

《日本反侵略作家鹿地亘》，现实社编，汉口：现实出版社 1938

《三兄弟》，夏衍译，桂林：南方出版社 1940；戏剧书店再版

《寄自火线上的信》，张令澳译，重庆：五十年代出版社 1943

《我们七个人》，沈起予译，重庆：作家书屋 1943

《叛逆者之歌》，沈起予译，上海：作家书屋 1945

清水一行

《七个自焚的人》，谢德岭译，长江文艺出版社 1981

《神秘的亿元拾款》，王玉啄译，江苏人民出版社 1986

《动机》，孙明德译，黑龙江人民出版社 1991

《沉浮》，李长明译，外国文学出版社 1997

清水正夫

《松山芭蕾——白毛女：日中友好之桥》，王北成、前民译，国际文化出版公
司 1985

笹川种郎

《帝国文学史》，范吉迪等译，上海：会文学社 1903

菊池 宽

《日本现代剧选·菊池宽剧选》，田汉译，上海：中华书局 1924，1928，1930

《戏曲研究》，沈宰白（夏衍）译，1927

《再和我接个吻》，葛祖兰译，国光印书局 1928，1929

《藤十郎的恋》（剧本集），胡仲持译，现代书局 1929

《恋爱病患者》（剧作集），刘大杰译，北新书局 1927，1929

《结婚二重奏》，浩然译，上海长城书局 1929

《结婚二重奏》，张品译，济南：渤海丛书社 1933

《新珠》，周白棣译，上海：东南书店 1929；上海：大陆书局 1932

《菊池宽集》，章克标译，开明书店 1929

《菊池宽杰作集》（短篇小说集），黄凤仙译，上海：集成书局 1931

《菊池宽戏曲集》，黄九如译，中华书局 1934

《家》，田作霖译，山西农专出版社 1934

《第二接吻》，胡思铭编述，上海：中学生书局 1934

《再和我接个吻》，路鸾子译，水沫书局 1928，1929，1936

《无名作家的日记》，查士元译，上海：三通书局 1941

《新日本外史》，陈致平译，广州：中日文化协会广东省分会 1943

《戏剧之研究》，沈辛白译，上海：良友出版公司

《新珠》，冯度译，福建人民出版社 1979

《结婚二重奏》，冯度译，福建人民出版社 1981

《珍珠夫人》，冯度译，海峡文艺出版社 1985

菊池幽芳

《电术奇谈》（一名《催眠术》），方庆舟译述，我佛山人衍义，知新主人评点，广智书局 1911

《乳姊妹》（上下册），韵琴译，上海：中国图书公司 1916

菊田一夫

《请问芳名》，周平等译，江苏人民出版社 1988

堀 辰雄

《风雪黄昏》（剧本，宫内富贵子改编），李正伦译，中国电影出版社 1986

464

堀田清美

《岛》（话剧剧本），梦迥、陈北鸥译，中国戏剧出版社 1959

堀田善卫

《鬼无鬼岛》，李芒、文洁若译，作家出版社 1963

《血染金陵》，王之英、王小歧译，安徽文艺出版社 1989

堀江谦一

《孤身环球旅行》，北岳文艺出版社 1991

《横渡太平洋》，钰堂译，沈阳出版社 1992

梶山季之

《伤痕累累的赛车》，吴大有、储大泓译，人民体育出版社 1985

《兽行》，马龙、迟滨译，沈阳出版社 1989

《财阀二世的野欲》，金永彪译，时代文艺出版社 1992

梅原 猛

《人类文明启示录——几尔加美休》，卞立强译，中国国际广播出版社 1990

野间 宏

《真空地带》，萧萧译，作家出版社 1956；人民文学出版社 1958

野口元大

《从传承到文学的飞跃——〈竹取物语〉和〈斑竹姑娘〉》，斯英琪译，上海少年儿童出版社 1983

野本雄子

《我们觉醒的一代》（日汉对照），罗兴典译，译林出版社 1995

绿川英子

《绿色的五月》，龚佩康编译，三联书店 1981

船山 馨

《夜路炭炭》，李翟、高文汉译，江苏人民出版社 1986

笠元良三

《军阀的野心》，胡立品、柳真译，解放军出版社 1988

笹仓 明

《异国女刺客》，王新民、谢五丹译，译林出版社 1990

笹泽左保

《初夜失踪的新娘》，西辉、祥泉译，群众出版社 1992

《断崖边的情人》，孙立新、刘宏伟译，黑龙江人民出版社 1992

《绝命情缘》，杨军译，群众出版社 1996

十二画

渡边氏（本名不详）

《世界一周》（冒险小说），商务印书馆编译所译述，商务印书馆 1907，1914

渡边淳一

《光和影》，金中、陈喜儒等译，春风文艺出版社 1986

《花葬》，陈喜儒译，作家出版社 1988

《梦断寒湖》，肖良、晓雨译，广西人民出版社 1988

《外遇》，庄玮译，中国广播电视出版社 1989

《走出欲海》，张玲玲译，哈尔滨出版社 1989

《红花》，刘咏华译，北岳文艺出版社 1990

《白衣的变态》，金中、董亚君译，黑龙江人民出版社 1992

《不分手的理由》，赖明珠译，敦煌文艺出版社 1998

《蜕变》，傅伯宁译，时代文艺出版社 1998

《梦幻》，朱书民译，珠海出版社 1998

《失乐园》，竺家荣译，珠海出版社 1998

《渡边淳一作品》（丛书），文化艺术出版社 1999

　　《男人这东西》，炳坤等译

　　《失乐园》，谭玲译

　　《夜潜梦》，周金强、王启元译

　　《泡与沫》，芳子译

　　《一片雪》，高珊、郁贞等译

　　《爱如是》，虽弓译

　　《为何不分手》，方斗译

　　《雁来红》，丁国旗、秦创译

《秋残》，王庆跃、秦跃等译，珠海出版社 1999

《无影灯》，郝玉金、潘荣敏、知非译，珠海出版社 1999

《樱花树下》，胡晓丁、朱书民译，珠海出版社 1999

《魂归阿寒》，窦文、冯建华、知非译，译林出版社 1999

渡边加美

《饥狼之吻》，梁华译，吉林人民出版社 1995

《艳窟冤魂》，攀松屏译，吉林人民出版社 1995

《人兽之间》，任凭译，吉林人民出版社 1995

《香艳猎手》，肃心译，吉林人民出版社 1995

《销魂天使》，李文军译，吉林人民出版社 1995

《屠艳游戏》，黄燕译，吉林人民出版社 1995

《渡边加美精品——滴血樱花系列》，杨军译，吉林人民出版社 1994

渡边龙策

《女间谍川岛芳子》，本山、孙望译，江苏人民出版社 1982

《杨贵妃复活秘史》，阎肃译，河北人民出版社 1987

富田常雄

《姿三四郎》（上下册），尚侠、徐冰译，时代文艺出版社 1985

曾野绫子

《曾野绫子小说选》，文洁若译，文学朴校，人民文学出版社 1982

《爱的破灭》，王庆兰译，湖南人民出版社 1986

《家庭悲剧》，刘瑞霞、俞慈韵译，十月文艺出版社 1986

《女人》，程在里译，北方文艺出版社 1987

道满三郎

《世界命人花絮》，赵静波译，江西少儿出版社 1986

厨川白村

《近代文学十讲》（上下卷），罗迪先译，上海学术研究会 1921

《文艺思潮论》，樊仲云译，商务印书馆 1924

《苦闷的象征》，鲁迅译，北新书局 1924

《苦闷的象征》，丰子恺译，商务印书馆 1925

《出了象牙之塔》，鲁迅译，北新书局 1925

《近代恋爱观》，夏丏尊译，开明书店 1928

《走向十字街头》，夏绿蕉、大杰译，上海：启智书局 1928

《欧洲文艺思想史》，黄新民译，厦门国际学术书社 1928

《北美印象记》，沈端先译，金屋书店 1929

《欧洲文学评论》，夏绿蕉译，大东书局 1931

《小泉八云及其他》，绿蕉译，上海：启智书局 1934

《文艺思想论》，汪馥泉译，上海：民智书局

《苦闷的象征·出了象牙之塔》，鲁迅译，人民文学出版社 1988

落合惠子

《冰女》，李旭光译，四川文艺出版社 1988

落合信彦

《纳粹的最后堡垒》（纪实文学），春风文艺出版社 1988

《豺狼的世界》，徐海译，天津人民出版社 1989

萩原朔太郎

《诗的原理》，程鼎声译，知行书店 1933

《诗的原理》，孙俍工译，中华书局 1937

《绝望的逃走——萩原朔太郎随笔选》，于君译，群言出版社 1996

森村诚一

《人性的证明》，王智新译，江苏人民出版社 1979

《人的证明》（电影剧本），陈笃陈译，中国电影出版社 1981

《野性的证明》，朱金和、孟传良、冯建新、姜晚成译，群众出版社 1981

《太阳的黑点》，刘柏青、李成宰译，吉林人民出版社 1980

《花的尸骸》，朱金和译，云南人民出版社 1981

《花骸》，马兴国译，江西人民出版社 1982

《腐蚀》，孙立人、莽永彬译，吉林人民出版社 1982

《恶魔的饱食》，成宰等译，吉林人民出版社

《恶魔的饱食》（续集），正路等译，吉林人民出版社 1983

《恶魔的饱食》（第三集），成宰等译，吉林人民出版社 1985

468

《魔鬼的乐园——关东军细菌部队恐怖的真相》，关成和、徐明勋译，黑龙江人民出版社 1983

《魔鬼的乐园——关东军细菌部队战后秘史》（续集），关成和、徐明勋译，黑龙江人民出版社 1984

《魔鬼的乐园》（第三部），关成和、徐明勋译，黑龙江人民出版 1984

《食人魔窟》（第一部），祖秉和、唐亚明译，群众出版社 1982，1985

《食人魔窟》（第二部），祖秉和、李丹译，群众出版社 1983

《恶魔的暴行》，刘宗和译，湖南人民出版社 1983

《恶魔的盛宴》，黄纲纪、胡浩译，福建人民出版社 1983

《封锁日本》，谷铁溪译，江苏人民出版社 1981

《大城市》，郭富光、孙好轩译，春分文艺出版社 1983

《分水岭》，吕立人译，宝文堂书店 1983

《"蔷薇蕾"的凋谢》，李琳、蔡静译，时事出版社 1984

《雾夜奇案》（原名《人性的证明》），刘多田译，群众出版社 1985

《人性的证明新编》，朱继征、杨卫红译，解放军文艺出版社 1985

《新人性的证明》，徐宪成译，群众出版社 1985

《大城市》，郭富光、孙好轩译，春风文艺出版社 1985

《孽缘》，林平译，黑龙江人民出版社 1986

《青春的证明》，刘宁译，中国文联出版公司 1986

《冷血舞台》，高智忠译，长江文艺出版社 1986

《迷人的山顶》，冯朝阳、王晓民译，中国文联出版公司 1986

《恶梦的设计者》，施元辉译，黑龙江人民出版社 1986

《虚幻的旅行》，王为儒、肖坤华译，四川文艺出版社 1987

《情爱的证明》，高智忠译，长江文艺出版社 1987

《谋杀从新婚之夜开始》，施元辉译，黑龙江人民出版社 1987

《黑色飞机的坠落》，吕立人译，中国青年出版社 1987

《疑案追踪》（原名《死海里的潜流》），柯毅文、黄凤英译，军事译文出版社 1987

《飘零舞女》，马述祯、马龙译，青岛出版社 1987

《高层饭店的死角》，于荣胜、许跃明译，文化艺术出版社 1988

《飞机坠毁疑案》，刘多田译，群众出版社 1988

《死亡链条》，刘嘉、李莲译，四川人民出版社 1988

《阴阳复仇记》，施元辉译，百花文艺出版社 1988

《复仇幽灵》，樊一译，四川人民出版社 1988

《挂锁的棺材》，陈浩等译，中国文联出版公司 1988

《罪恶的黑手》，王琳德译，黑龙江人民出版社 1988

《丽影》，晓月译，河北人民出版社 1989

《枪手的命运》，赵晓明译，中国妇女出版社 1989

《雪野追杀》，徐明中等译，花山文艺出版社 1990

《子夜悲歌》，高文汉译，山东文艺出版社 1991

《血手印案件》，宋金玉译，群众出版社 1991

《魔鬼的盛宴——侵华日军 731 部队罪证纪实》（第一部），关成和、徐明勋译，黑龙江人民出版社 1991

《黑血的证明》，祖秉和译，群众出版社 1992

《旋涡中的人》，韩贞全译，山东文艺出版社 1992

《黑道情仇》，顾培军译，群众出版社 1992

《死亡座位》，徐鲁扬译，译林出版社 1992

《凶水疑案》，千秋译，群众出版社 1992

《凶险人生》，曹春生译，群众出版社 1992

《神赐的宴会》，崤桑、方晓等译，时代文艺出版社 1992

《花骸》，马兴国译，百花洲文艺出版社 1993

《情债血案》，要塞译，群众出版社 1993

《死亡陷阱》，黄柏、吴非译，陕西人民出版社 1993

《兽道狼窝》，施元辉译，军事译文出版社 1993

《私生子》，徐秉洁译，群众出版社 1995

《人性的证明》，许京宁、邵延军译，海南出版社、三环出版社 1998

《青春的证明》，丁国桢、邵延军等译，海南出版社、三环出版社 1998

《野性的证明》，何培忠、孟传良、冯建新译，海南出版社 1998

470

《至死座席》，叶宗敏译，群众出版社 1999

《杀人的祭坛》，王安勤、魏娜译，群众出版社 1999

《恶梦的设计者》，施元辉译，群众出版社 1999

《人间的十字架》，张淑英、王路芳译，群众出版社 1999

《恶魔的圈内》，祖秉和译，群众出版社 1999

《太阳黑点》，韩小龙译，群众出版社 1999

《高层的死角》，李重民译，群众出版社 1999

《杀人株式会社》，高凌远译，群众出版社 1999

森林黑猿

《俄宫怨》（二册），傅阔甫译，1904

森鸥 外

《妄想》（短篇小说集），画室（冯雪峰）译，林雨发校，上海：人间书店 1928

《舞姬》（小说集，另收《性生活》），林雪清译，上海：文化生活出版社 1937

《舞姬》（小说集），隋玉林译，浙江文艺出版社 1988

森泰次郎

《作诗法讲话》，张慈铭译，商务印书馆 1930

森山 启

《文学论》，廖宓光译，读者书店 1936

《小说研究十六讲》，高明译，北新书局 1934

《社会主义的现实主义论》，林焕平译，希望书店 1940

森詠

《封锁日本——第三次世界大战推想小说》，谷溪译，江苏人民出版社 1981

《非洲女王》，张竹、王兴起译，四川文艺出版社 1988

《挡不住的诱惑》，辛超译，陕西人民出版社 1988

《隐身杀手》，门锋译，北方文艺出版社 1991

《黑龙》，辛超译，陕西人民出版社 1992

椋 鸠十（久保田彦穗）

《月牙熊》，刘永珍等译，中国少年儿童出版社 1982

《椋鸠十动物故事》（丛书），河北人民出版社 1983—1985

《太郎和阿黑》，安伟邦译，1983

《矮猴兄弟》，安伟邦译，1983

《金色的脚印》，安伟邦译，1983

《两只大雕》，安伟邦译，1984

《野兽岛》，安伟邦译，1984

《孤岛的野狗》，安伟邦译，1985

《阿黑的秘密》，安伟邦译，1985

《镜子野猪》，安伟邦译，1985

《山大王》，安伟邦译，1985

《日本儿童故事荟萃》，李连鹏译，山西人民出版社 1984

《鼠岛的故事》，刘永珍译，希望出版社 1986

《玛雅的一生》，刘永珍译，希望出版社 1986

《斗牛瘦花》，申建中译，希望出版社 1987

《水獭之谜》，李耀年、沈碧娟译，河北教育出版社 1989

《岛国哀犬》，贡吉荣译，上海少年儿童出版社 1991

《野性的叫声》，安伟邦译，河北少年儿童出版社 1995

植村直己

《我站在北极点上》，朱金和译，天津新蕾出版社 1983

《奔向北极》，朱京伟译，湖北科学技术出版社 1987

朝野富三

《爱的眼神·阿童木的心》，顾振申等译，中国少儿出版社 1998

朝吹登水子

《爱的彼岸》，王玉琢译，湖南人民出版社 1987

紫式部

《源氏物语》（平装三册），丰子恺译，人民文学出版社 1980—1982 初版，1998 新版；1990 精装二册初版

《源氏物语》，殷志俊节译，远方出版社 1996

黑田鹏信

《艺术学纲要》，俞寄凡译，上海：商务印书馆 1922

《美学纲要》，俞寄凡译，上海：商务印书馆 1922

《艺术概论》，丰子恺译，开明书店 1928

黑泽 明

《黑泽明电影剧本选集》（上、下），李正伦等译，中国电影出版社 1988

黑岛传治

《黑岛传治短篇小说选》，李芒等译，上海文艺出版社 1962

《黑岛传治短篇小说选》，李芒等译，上海译文出版社 1981

黑岩泪香

《离魂病》，披发生译，1902—1903 年版

《寒桃记》（侦探小说，二册），商务印书馆 1906，1914

《鸳鸯离合记》，汤尔和译，商务印书馆 1926

《天际落花》（言情小说），褚灵辰译，商务印书馆 1908，1913，1914，1923

黑柳彻子

《窗旁的小桃桃》，王克智译，辽宁人民出版社 1982

《窗边的小豆豆》，朱申译，中国展望出版社 1983

《窗边的阿彻》，陈喜儒、徐前译，上海少年儿童出版社 1983

《窗边的小姑娘》，朱濂译，湖南少年儿童出版社 1983

《从中学生到名演员》（自传体小说），陈喜儒、徐前译，中国少儿出版社 1983

堺屋太一

《油断》，渭文、慧梅译，人民文学出版社 1976

十三画

福泽谕吉

《福翁百话——福泽谕吉随笔集》，唐沄译，上海三联书店 1993

《福泽谕吉自传》（原名《福翁自传》），商务印书馆 1980，1995

福永令三

《蜡笔王国童话》（全三册），孟英、李景芳译，接力出版社 1994—1995

福永真由美

《日本童话》，张治正译，江苏少儿出版社 1987

福岛正实

《国际间谍故事》，王双子译，吉林人民出版社 1981

新井白石

《折焚柴记》（自传），周一良译，北京大学出版社 1998

新藤兼人

《新的力量在成长》，梅韬译，平明出版社 1954

《正是为了爱》（与山形雄策合著），白帆译，中国电影出版社 1956

《狼》（电影剧本），李正伦译，中国电影出版社 1957

《日本著名电影明星——田中绢代》，丛林春译，国际文化出版公司 1985

新田次郎

《北极缘——阿拉斯加的故事》，邱茂、张振华译，广播出版社 1982

《富士山顶雪莲花》，张青平、陈生保译，江苏人民出版社 1983

《武田信玄》，林璋、林惟译，海峡文艺出版社 1990

源氏鸡太

《青春年华》，张云多译，赵德远校，江苏人民出版社 1982

《三等经理》，王玉林、徐涤尘译，北岳文艺出版社 1985

《蓝天少女》，赵青译，中国妇女出版社 1988

《被诱惑的姑娘》，刘涤尘、赵景扬译，北岳文艺出版社 1989

《美的抗争》，刘涤尘、赵景扬译，黑龙江人民出版社 1992

楠木利夫

《江口富美荣》，方德溥译，华夏出版社 1993

简井康成

《绿魔街》，福建少儿出版社 1992

鲇川信夫

《黄金幻想》，郑民钦译，花城出版社 1990

詹姆斯·三木

《海誓山盟》（原名《航标》），张景宏、宁殿弼译，陕西人民出版社 1992

十四画

樋口一叶

《樋口一叶选集》，周启明、卞立强译，人民文学出版社 1962

十五画

樱井彦一郎 （樱井鸥村）

《朽木舟》，上海：商务印书馆 1908

《航海少年》，商务印书馆 1914

《澳洲历险记》，金石等译，商务印书馆 1915

《橘英雄》，商务印书馆 1926

樱井忠温

《旅顺实战记》（原题《肉弹》），黄郛译，上海新学会社 1909

德富苏峰

《浪漫主义文学》，哲人译，世界文艺书社

德富芦花

《不如归》，林纾、魏易译，上海：商务印书馆 1908，1913，1914；商务印书馆 1981

《不如归》，林雪清译，亚东图书馆 1933

《不如归》，林雪清译，人民文学出版社 1962

《黑潮》，金福译，上海文艺出版社 1958；上海译文出版社 1978

《自然与人生》，陈德文译，天津：百花文艺出版社 1948

《不如归》，于雷译，春风文艺出版社 1989

《不如归·黑潮》，丰子恺、巩长金译，人民文学出版社 1989

《德富芦花散文选》，陈德文译，百花文艺出版社 1994

《自然与人生》，周平译，上海文化出版社 1998

德田秋声

《缩影》，力生译，上海译文出版社 1982

《新婚家庭》（小说集，另收纪太平译正宗白鸟小说），郭来舜译，海峡文艺出

版社 1987

德永 直

《没有太阳的街》，何鸣心译，上海现代书局 1930，1932

《没有太阳的街》，李芒译，人民文学出版社 1958

《没有太阳的街》（小说集），李芒等译，人民文学出版社 1985

《静静的群山》（第一部），萧萧译，文化生活出版社 1953

《静静的群山》（第二部），萧萧译，作家出版社 1957

《街》（短篇小说集），李克昇、王振仁译，新文艺出版社 1957

《怎样走上战斗道路的》（短篇小说集），储元熹、林玉波译，上海文艺出版社 1959

《童年的故事》，刘仲平译，少年儿童出版社 1960

《德永直选集·第一卷》，李芒译，人民文学出版社 1960

《德永直选集·第二、三卷》，萧萧译，人民文学出版社 1959

《德永直选集·第四卷》，石坚白、刘仲平、萧萧译，人民文学出版社 1959

《妻呵，安息吧!》，周丰一译，上海文艺出版社 1961

增田 涉

《鲁迅的印象》，钟敬文译，湖南人民出版社 1980，1981

横井时敬

《模范町村》（政治小说），唐人杰、徐凤书译，商务印书馆 1908，1915

横沟正史

《迷宫之门》，王纪卿译，湖南人民出版社 1980

《溅血的遗嘱》，猛子、念鹤译，云南人民出版社 1982

《八墓村》，周炎辉译，湖南人民出版社 1986

《女人，要比男人多个心眼》，李平译，长江文艺出版社 1987

《女明星的奇特婚姻》，马强、石兵译，中国妇女出版社 1988

《情仇》，谢志强、张素娟译，黄河文艺出版社 1988

《怪兽男爵》，巩长金等译，长虹出版社 1989

《幽灵座》（小说集），究殿举、王成彦译，军事译文出版社 1992

《潘多拉盒子的奥秘》（小说集）张岚、杜渐译，时代文艺出版社 1992

476

《当代惊险推理小说大师横沟正史精品系列·金田一探案集》（丛书），内蒙古文化出版社 1999

　　《杀人预告》，尹卓伦译

　　《恶魔的宠儿》，羽一译

　　《幽灵男》，吴彦明译

　　《化装舞会》，汪洋译

《当代惊险推理小说大师横沟正史精品系列》（丛书），内蒙古文化出版社 1999

　　《白与黑》，兰宏译

　　《百万遗产杀人案》，郭志兴译

　　《恶灵岛》，吴家伟译

　　《神秘女子杀人事件》，清心译

《日本当代惊险推理小说大师横沟正史精品系列·金田一探案集》（丛书），珠海出版社 1999

　　《狱门岛》，赵剑锋译

　　《女王蜂》，第五贤德译

　　《恶魔吹着笛子来》，伟峥译

　　《八墓村》，刘红译

横光利一

《新郎的感想》（短篇小说集），郭建英译，水沫书店 1929

《上海故事》（原题《上海》），藤忠汉等译，辽宁教育出版社 1993

《感想与风景——横光利一随笔集》，李振声译，南海出版公司 1998

鹤见佑辅

《思想·山水·人物》（杂文集），鲁迅译，北新书局 1928，1929

《政治·小说·旅行》（杂文集），沈思译，光华书局 1933

《读书三昧》（杂文集），李冠礼、肖品超译，长沙：商务印书馆 1940

《苏俄访问记》，樊仲云译，上海新生命书局 1934

《影响史诗》，娄子仑译，江西民族正气出版社 1943

《拜伦传》，陈秋子译，上海：新知书局 1946

《拜伦传》，陈秋帆译，湖南人民出版社 1981，1992

《明月中天——拜伦传》，陈秋帆译，湖南文艺出版社 1992

鹤见正夫

《爱迪生》，孙利人译，黑龙江人民出版社 1981

滕木 梓

《欲海杀手》，高松、陆荣译，沈阳出版社 1989

十六画

濑户内晴美

《远声——大逆事件真相》，陈浩译，湖南人民出版社 1984

《东京的早晨》，金永彪译，延吉：延边人民出版社 1990

濑川昌男

《海底旅行》，孙宽先译，教育科学出版社 1981

醍醐钦治

《丝绸之路——我所走过的丝绸之路》，曲凯等译，中国社会科学文献出版社 1997

十七画

霜多正次

《冲绳岛》，金福译，上海文艺出版社 1963；作家出版社 1964

《守礼之民》，迟叔昌译，上海文艺出版社 1963；作家出版社 1964

藤泽周平

《玄鸟——武侠小说集》，魏大海、侯为译，中国社会出版社 1994

藤木俱子

《藤木俱子俳句、随笔集》，李芒、李丹明译，中国社会出版社 1996

藤井省三

《鲁迅比较研究》，陈福康译，上海外语教育出版社 1997

藤 雪夫

《狮子星座》（与藤桂子合著），崔淑文译，山东文艺出版社 1991

藤森成吉

《新兴文艺论》，张资平译，上海：联合书店 1828，1929，1930；现代书局 1933

《藤森成吉集》，森堡译，现代书局 1933

《牺牲》（剧本集，另收《光明与黑暗》），沈端先译，北新书局 1929

《马关和议》（三幕历史剧），张大成译，上海：新生命社 1940

藤村正太

《大都孤影》，周进堂译，河南人民出版社 1982

藤原一生

《南极勇犬》，杨洪鉴译，接力出版社 1992

藏原惟人

《新写实主义论文集》，之本译，现代书局 1930

《文艺政策》（藏原惟人、外村编），鲁迅译，水沫书店 1930

《新俄的文艺政策》，画室译，光华书店 1929

《艺术中的阶级性与民族性》，文之译，上海杂志出版社 1951

《文化革命论》，林焕平译，求实出版社 1951

《日本民主主义文化运动》，尤炳圻译，天津知识书店 1951

穗积隆信

《女儿回来了——挽救失足女儿二百天奋斗记》，张琳译，北京出版社 1984

《警视厅门前的少女》，管可风译，法律出版社 1987

穗刈甲子男

《西伯利亚纪实》，流石译，花山文艺出版社 1992

佚名

《游侠风云录》，独立苍茫子译，东京 1903

《平家物语》，周启明、申非译，人民文学出版社 1984

《和汉朗咏集》，宋再新译注，见《和汉朗咏集文化论·附录》，山东文艺出版社 1995

二、诸家作品合集

一画

《一个日本士兵的阵中日记》，陈辛人译，金华：集纳出版社 1938

《一支出卖的枪——外国现代惊险小说选集之三》，松本清张、夏树静子等著，高慧勤等译，上海文艺出版社 1981

《一只长筒袜子》（童话集），洪紫千译，湖南少儿出版社 1985

《一休的故事》，管乾秋、刘文智译，海燕出版社 1986

二画

《人性的证明》（电影剧本集，另收横沟正史《犬神家族》、堀辰雄《风逝》）南京大学外国文学研究所译，浙江人民出版社 1980

《二十一世纪的故事》，陶雪等译，山东教育出版社 1985

《七月望乡叹》（小说集），吴树文译，上海译文出版社 1989

三画

《千人针》（短篇小说集），罗玉波编译，未名出版社 1940

《小儿病》（短篇小说集），片冈铁兵等著，高汝鸿等译，三通书局 1941

《万叶集精选》，钱稻孙译，中国友谊出版公司 1992

《万叶集》，杨烈译，湖南人民出版社 1984

《万叶集选译》，李芒译，人民文学出版社 1998

《三爱书》（随笔集），远藤周作、福永武彦、龟井胜一郎著，穆利琴等译，漓江出版社 1988

《小兔小鹿小熊历险记——日本童话》，尹驰译，黑龙江人民出版社 1989

《小和尚一休》，管乾秋、刘文智译，海燕出版社 1986

《三光——日本战犯侵华罪行自述》，李亚一译，世界知识出版社 1990

《上海东亚同文书院大旅行记录》，日本沪友会编，杨华等译，商务印书馆 2000

四画

《日本的诗歌》，小说月报社编，上海：商务印书馆 1924

《日本小说集》，小说月报社编辑，加藤武雄等，周作人等译，商务印书馆 1925

《日本现代剧三种》，田汉辑译，上海：东南书店 1928

《日本新写实派代表杰作集》，陈勺水辑译，乐群书店 1929

《日本故事集》，谢六逸译，世界书局 1931

《日本童话集》，许达年译，朱文叔校，中华书局 1931

《文艺一般论》（文论集，芥川龙之介、武者小路实笃著），高明译，光华书局 1933

《日本少年文学集》，钱子衿编译，上海：儿童书局 1934

《文艺创作讲座》，芥川龙之介、菊池宽等著，高明等译，上海：大光书局 1936

《日本新童话》（上、下册），张逸父选译，上海：商务印书馆 1937

《日本现代名家小说集》，查士元辑译，上海：中华书局 1930，1940

《日本新兴文学选译》（短篇小说集），前田河广一郎等译，北平：星云堂书店 1933

《日本戏曲集》，山本有三、冈本绮堂等著，章克标译，上海：中华书局 1934

《日本短篇小说集》（全三册），高汝鸿选译，上海：商务印书馆 1935，1939

《日本小品文》，德富芦花等著，缪崇群译，昆明：中华书局 1937

《日本名家小说选》，汉口：中日文化协会武汉分会 194?

《少年的悲哀——日本小说名著》，施落英编，周作人等译，上海：启明书店 1941

《无名作家的日记》，菊池宽等著，查士元译，三通书局 1941

《日本民间故事》，梅韬译，天津百花出版社 1959

《日本人民的英雄气概》，中本高子等著，李芒等译，作家出版社 1965

《日本电影剧本选》，外国文学出版社，叶渭渠、高慧勤等译，外国文学出版社 1979

《日本狂言选》，申非译，人民文学出版社 1980

《日本民间故事》，李威周等编译，山东人民出版社 1980

《日本民间故事选》，永田义直编写，马兴国译，辽宁人民出版社 1980

《日本推理小说选》，吴树文、文朴译，群众出版社 1980

《日本短篇小说选》，文洁若编选，人民文学出版社 1981

《苍氓——日本中、短篇小说选》，《世界文学》编辑部编，中国社会科学出版社 1981

《日本推理小说选》，松本清张等著，吴树文等译，群众出版社 1980

《日本当代短篇小说选》（第 1 辑），辽宁人民出版社 1980

《日本当代短篇小说选》（第 2 辑），辽宁人民出版社 1982

《日本短篇推理小说选》，辽宁人民出版社编，辽宁人民出版社 1981

《日本当代小说选》（上下册），文洁若选编，外国文学出版社 1981

《风雪黄昏》（电影剧本），李正伦译，中国电影出版社 1982

《罗生门》（电影剧本集），钱稻孙等译，中国电影出版社 1983

《天女的羽衣》（世界民间故事丛书·日本卷），吴朗西等译，少年儿童出版社 1983

《日本民间故事选》，关敬吾编，金道权等译，中国民间文艺出版社 1982

《日本民间故事选》，关敬吾编，连湘译，上海文艺出版社 1983

《日本民间故事选粹》，西本鸡介编，邓三雄等译，湖南人民出版社 1983

《日本古典俳句选》，松尾芭蕉等著，林林译，湖南人民出版社 1983

《日本现代诗选》，岛崎藤村等著，武继平、沈治鸣等译，西宁：青海人民出版社 1983

《日本短篇小说选》，高慧勤编译，中国青年出版社 1983

《日本研究〈文心雕龙〉论文集》，王元化编选，齐鲁书社 1983

《日本历代名家七绝百首注》，黄新铭选注，书目文献出版社 1984

《日本电影剧本选·第一辑》，李正伦等译，辽宁人民出版社 1984

《日本笑话选》，王汉山译，安徽文艺出版社 1984

《日本民间笑话》，兰谷、王勉译，中国民间文艺出版社 1986

《日本儿童故事荟萃》，李连鹏编译，山西人民出版社 1984

《日本词选》，彭黎明、罗姗选注，岳麓书社 1984

《日本儿童文学名作选》，赵德远等译，湖南少儿出版社 1985

《日本古诗一百首》，檀可译，外国文学出版社 1985

《日本谣曲狂言选》，申非译，人民文学出版社 1985

《日本散文选》，陈德文编选，江苏人民出版社 1985

《风雪》（小说集，石川达三等著），光明日报出版社 1985

《日本当代文学丛书》（共四种），刘和民主编。

《冰点——日本女作家作品选》，安徽人民出版社 1985

《仙惑》（电影、话剧剧本与诗歌集），安徽人民出版社 1985

《沙女——日本中、长篇小说选》，安徽文艺出版社 1985

《蹉跎情》（长篇小说集），安徽人民出版社 1986

《日本汉诗新编》，刘砚、马沁选编，安徽文艺出版社 1986

《日本学者中国文学研究译丛》（第1—5辑），刘柏青等编，吉林教育出版社
1986—1990

《日本古典文学作品选注》，张正文译注，上海译文出版社 1986

《日本小说 1》，光西等译，吉林人民出版社 1985

《日本小说 2》，吉林人民出版社编，吉林人民出版社 1986

《日本随笔选集》，川端康成等著，周祥仑等译，上海译文出版社 1986

《他的妹妹——日本近代戏剧选》，文洁若等译，人民文学出版社 1987

《日本当代诗选》，孙钿译，湖南人民出版社 1987

《日本喜剧电影剧本选》，李正伦译，花城出版社 1987

《五重塔——日本近代短篇小说选》，幸田露伴等著，文洁若译析，漓江出版
社 1987

《日本学者研究中国现代文学论文选粹》，伊藤虎丸、刘柏青、金训敏合编，
吉林大学出版社 1987

《日本古典俳句选》，松尾芭蕉等著，檀可译，花山文艺出版社 1988

《日本汉诗选评》，程千帆、孙望选评，江苏古籍出版社 1988

《无影跟踪》（推理小说集），星新一等著，群益堂 1988

《日本新感觉派作品选》，横光利一著，杨晓禹等编，叶渭渠等译，作家出版社 1988

《日本古代随笔选》，清少纳言、吉田兼好著，周作人、王以铸译，人民文学出版社 1988

《日本童话选》，阎新华译，中国妇女出版社 1988

《日本抒情诗》，林苑等译，林范选析，花城出版社 1989

《日本战后小说选》，陈生保、谭晶华等译，上海外语教育出版社 1989

《日本民间故事》，邓鹏、马建东译，黑龙江少儿出版社 1989

《日本笑话选》，佐藤胁子编著，林怀秋、正月译，湖北少儿出版社 1989

《少年生活小说选》（当代日本少年儿童文学丛书），王敏主编，辽宁少年儿童出版社 1989

《日本儿童文学选》，凌大波等译，江苏少儿出版社 1989

《日本近代五人俳句选》，正冈子规等著，林林译，外国文学出版社 1989

《日本民间故事会》，汤一平译，上海翻译出版公司 1990

《少女小说选》，源氏鸡太等著，唐先蓉等译，辽宁少儿出版社 1990

《日本和歌俳句赏析》，大冈信选注，郑民钦选译，译林出版社 1991

《日本近现代抒情诗选》，李芒、兰明编译，译林出版社 1991

《日本狂言选》，周作人译，国际文化出版公司 1991

《日本童话精选》，孙幼军译，21 世纪出版社 1991

《日本民间故事精选》，大川悦主编，李克宁译，山东文艺出版社 1992

《日本儿童故事精选》，佐藤春夫等编著，李连鹏等译，山西教育出版社 1992

《日本古典美学》（论文集，安田武、多田道太郎编），曹允迪译，中国人民大学出版社 1993

《日本民间故事》，陶力编，辽宁大学出版社 1993

《日本战后名诗百家集》，罗兴典译注，海峡文艺出版社 1993

《日本鬼故事》，春风文艺出版社 1994

《历史的见证——日军忏悔录》，袁秋白等译，解放军出版社 1994

《日本优秀童话选》，夏青译，人民体育出版社 1994

《日本儿童小说》，张国强编，北京少儿出版社 1995

《日本汉诗撷英》，王福祥、汪玉林、吴汉樱编，外语教学与研究出版社 1995

《日本禹域旅游诗注》，孙东临编著，武汉出版社 1996

《日本童话 100 篇》，五轩彦、陈剑编，广西师大出版社 1996

《巴金的世界》，山口守、坂井洋史著，东方出版社 1996

《日本散文百家》，陈德文选译，人民日报出版社 1998

《日本艺术家随笔》，贾开京编，东方出版中心 1998

《日本散文精品》（"咏事卷""咏物卷""咏人卷"），李芒、黎继德主编，云南人民出版社 1999

五画

《东西文学评论》，刘大杰著译，中华书局 1934

《外国作家研究》，立野信之、中条百合子著，鲁迅、胡风译，上海：生活书店 1936

《乡下姑娘》，卢任钧选译，上海：商务印书馆 1938

《汉译万叶集选》，钱稻孙译，日本东京·日本学术振兴会 1959

《古今和歌集》，杨烈译，复旦大学出版社 1983

《仙鹤女儿——日本童话选》，郑万鹏等译，吉林人民出版社 1980

《外国电影剧本丛刊》（日本电影剧本辑），中国电影出版社 1981—1985

《外国电影剧本丛刊·第 5 辑》，李正伦等译，1981

《外国电影剧本丛刊·第 7 辑》，于黛琴等译，1981

《外国电影剧本丛刊·第 12 辑》，金连缘译，1982

《外国电影剧本丛刊·第 14 辑》，李正伦译，1982

《外国电影剧本丛刊·第 23 辑》，文学朴、文洁若译，1983

《外国电影剧本丛刊·第 27 辑》，李正伦译，1983

《外国电影剧本丛刊·第 31 辑》，李正伦译，1983

《外国电影剧本丛刊·第 39 辑》，李学等译，1984

《外国电影剧本丛刊·第 42 辑》，李华等译，1984

《外国电影剧本丛刊·第 44 辑》，陈笃忱、严安生译，1985

《饥饿海峡——日本电影文学剧本四篇》，张和平译，福建人民出版社 1982

《白鸟故事——冲绳民间故事》，王汝澜译，中国民间文艺出版社 1984

《云彩的记忆》，石田耕治等著，粟杏琪等译，湖南人民出版社 1985

《叶山嘉树、黑鸟传治小说选》，李芒、包容译，人民文学出版社 1986

《他的妹妹——日本现代戏剧选》，武者小路实笃等著，文洁若等译，人民文学出版社 1987

《东方奇书 55》，岩村忍等著，李涌泉等译，三泰出版社 1989

《失踪者的下落——日本短篇科学幻想小说选》，吴晓枫译，上海少儿出版社 1990

《世界反法西斯文学书系·日本卷》（全二卷），李芒、高慧勤主编，重庆出版社 1992

《四季的情趣——世界散文随笔精选文库·日本卷》，宗诚编选，中国社会科学出版社 1993

《母亲的初恋——世界婚恋小说丛书·日本卷上》，蔡茂友主编，华夏出版社 1994

《春琴抄——世界婚恋小说丛书·日本卷下》，蔡茂友主编，华夏出版社 1994

《世界短篇小说精粹文库·日本卷》，柳鸣九主编，海峡文艺出版社 1996

六画

《色情文化——日本小说集》，刘呐鸥辑译，上海：第一线书店 1928；水沫书店 1929

《压迫》（短篇小说集），张资平辑译，上海新宇宙书店 1928

《初春的风——日本新写实派作品集》，沈端先辑译，上海：大江书铺 1929

《先生的坟》（童话集），孙百刚辑译，上海：开明书店 1932，1934

《论鲁迅》，内山完造、鹿地亘、长尾景和著，泥土社 1953

《回忆伟大的陆续先生》，内山嘉吉等著，上海新文艺出版社 1959

《防雪林》（小林多喜二著，另收山田歌子《活下去》），文洁若译，山西人民出版社 1982

《竹取物语》（民间故事选），武殿勋译，山东人民出版社 1983

《血腥的遗嘱——日本最新小说精选》，横沟正史等著，君贤等译，陕西人民出版社 1988

《闯入者——当代日本中篇小说选》，荀春生、李值勇编，北京出版社 1989

《竹节里的小姑娘——日本民间故事》，陈丁译，广西人民出版社 1989

《如梦记》（散文集），坂本文泉子等著，周作人译，文汇出版社 1997

七画

《近代日本小说集》，周作人、夏丏尊等译，商务印书馆 1924，1925

《狂言十番——日本古代小戏剧集》，周作人译，北新书局 1926

《别宴——日本名家短篇小说集》，张资平辑译，武昌：时中合作书社 1926

《两条血痕及其他——日本小说集》，周作人辑译，上海：开明书店 1927，1928

《围着棺的人们》（剧本集），田汉辑译，金屋书店 1929

《近代日本文艺论集》，韩侍桁译，北新书局 1929

《近代日本小品文选》，谢六逸辑译，大江书铺 1929，1931，1932

《两条血痕——日本小说集》（增订本），周作人译，开明书店 1930

《社会文艺概论》，胡行之译，上海乐华图书公司 1934

《译丛补》（文论集），鲁迅译，上海：鲁迅全集出版社 1939；人民文学出版社 1958

《冰结的跳舞场》（短篇小说集），中河与一等著，高汝鸿译，三通书局 1940

《男清姬》（短篇小说集），近松秋江等著，查士元译，三通书局 1940

《近松门左卫门、井原西鹤选集》，钱稻孙译，人民文学出版社 1987

《远处的焰火——日本三人散文选》，国木田独步、宫城道雄、森田玉著，程在里译，湖南人民出版社 1987

《我们在中国干了些什么——原日本战犯改造回忆录》，吴浩然、李锡弼译，中国人民公安大学出版社 1989

《社会问题小说选》，三浦绫子等著，杨伟等译，少年儿童出版社 1990

《动物小说选》，王敏主编，辽宁少儿出版社 1990

《我们的手沾满了鲜血——侵华日军士兵的反省日记》，杨军、张婉茹译，中国和平出版社 1991

《芳踪难觅——日本爱情小说选译》，黄若冰主编，北京师范大学出版社 1993

《汤岛之恋·风流佛》，泉镜花、幸田露伴著，文洁若译，鹭江出版社 1992

《两个日本汉学家的中国纪行》，内藤湖南、青木正儿著，王青译，光明日报出版社 1999

八画

《俘虏》（短篇小说集），林伯修辑译，上海：晓山书店 1929

《俘虏日记》（侵华日军士兵日记），鹤风编，前锋出版社 1938

《范某的犯罪》（短篇小说集），谢六逸辑译，上海现代书店 1929

《败北》（短篇小说集），沈端先辑译，神州国光社 1930

《现代日本小说》，侍桁选译，上海：春潮书店 1929；开明书店 1931

《衬衣》（短篇小说集），张资平辑译，世界书局 1928；光华书局 1929；大光书局 1936

《现代日本童话集》，许亦非辑译，上海：现代书局 1933

《现代日本小说集》，鲁迅、周作人译，上海：商务印书馆 1923，1925，1930，1934

《现代日本短篇杰作集》，丘晓沧选译，大东书局 1934

《现代日本小说译丛》，黄源选译，商务印书馆 1936

《现代日本短篇名作集》，张深切编译，北平：新民印书馆 1942

《现代日本小说选集·第一集》，章克标辑译，太平书局 1943

《现代日本小说选集·第二集》，章克标辑译，太平书局 1944

《郁达夫传记两种》（小田岳夫《郁达夫传》、稻叶昭二《郁达夫——他的青春和诗》），李平、蒋寅译，浙江文艺出版社 1982

《祈祷》（小说集），刘德有等译，黑龙江人民出版社 1986

《青春·爱情·人生译诗集》，罗兴典译注，湖南人民出版社 1988

《红庄的悲剧》，井上靖等著，施元辉、孟慧娅译，法律出版社 1988

《狐狸节》（外国当代优秀儿童文学作品精选·日本部分），王敏、杨伟选编，

湖南少儿出版社 1991

九画

《草丛中》（短篇小说集），张资平辑译，乐群书店 1928

《洗衣店老板与诗人——日本现代戏曲选集》，杨骚辑译，南强书局 1929

《某女人的犯罪》（短篇小说集），张资平辑译，乐群书店 1929

《炮火里取获》（侵华日本士兵日记书信集），陆印泉编，阵中日报社 1938

《怒吼吧，富士!》（诗集），李芒、瞿麦等译，作家出版社 1965

《故乡》（电源剧本集），山田洋次、三浦哲郎等著，石宇译，上海人民出版社 1947

《砂器·故乡》（电影剧本），松本清张、山崎朋子等著，叶渭渠、高慧勤译，人民文学出版社 1976

《战后日本文学史·年表》，松原新一、矶田光一、秋山骏，小田切进，樱井克明著，罗传开等译，上海译文出版社 1983

《迷人的波尔多红葡萄酒》（小说集），吉林人民出版社编，吉林人民出版社 1986

《美貌丈夫》（推理小说集），南条范夫等著，晋文、晓鸣译，农村读物出版社 1987

《科学幻想小说选》，濑川昌男等著，吴辉等译，辽宁少儿出版社 1990

《蚂蚁王国历险记》，孙树林译，大连出版社 1993

《美学的将来》（论文集），今道友信编，樊锦鑫译，广西教育出版社 1997

十画

《资平译品集》（短篇小说集），张资平译，上海：现代书局 1933

《敌兵家信集》，林植夫译，桂林：新知书店 1940

《敌兵阵中日记》，周曙山译，贵阳：文通书店 1938

《敌军战记》，夏烈编译，广州：新群出版社 1938

《敌军士兵日记》，林植夫等译，新知书店 1940

《爱与死——日本现代小说欣赏》，林焕平编译，广西人民出版社 1981

《破碎的爱》，松山善三、中井多津夫编剧，钟晓阳、朱金和译，鹭江出版社 1988

《换妻——日本最新小说精选》，松本清张等著，陕西人民出版社 1988

《被追杀的女人》，井上淳等著，穆利琴、晋学新译，广西民族出版社 1988

《爱与孤独——日本恋情诗》，罗兴典编译，海峡文艺出版社 1989

《俳句汉俳交流集》，中国社会出版社 1995

《获日本芥川奖作家作品选》，唐月梅编，漓江出版社 1996

十一画

《给志在文艺者》（文论集），任白涛辑译，亚东图书公司 1928

《雪的夜话》（短篇小说集），里见弴等著，高汝鸿译，三通书局 1941

《惊雷集——日本人民反美爱国斗争诗集》，诗刊社编，李芒、刘德有、卞立强等译，作家出版社 1962

《接吻》（短篇小说集），谢六逸辑译，上海：大江书铺 1929

《深山里的焰火》（日本童话），邸红译，云南人民出版社 1980

《深夜，美术馆》（推理小说），五木宽之、西村京太郎著，王玉琢译，海峡文艺出版社 1986

《港湾小镇》（李芒译文自选集），海峡文艺出版社 1986

《理想夫人》（外国微型小说译丛·日本卷），马兴国编，江西人民出版社 1988

《黄金幻想》（诗集），鲇川信夫等著，郑民钦译，花城出版社 1990

《脸上的红月亮——日本反战爱情小说选》，野间宏等著，于雷译，春风文艺出版社 1991

十二画

《童话世界》，藤川淡水选辑，冯亨嘉译述，世界书局 1932

《富士山的传说》，庄释义、珍重译，新蕾出版社 1980

《寒冷的早晨——日本当代小说选》，石坂洋次郎等著，宋佑燮等译，春风文艺出版社 1985

《黑魔马》（日本童话），崔红叶译，中国少儿出版社 1987

《智慧的帆——日本聪明儿童故事》，阎瑞编译，延边人民出版社 1988

《童话选》，安房直子等著，杨洪鉴等译，辽宁少儿出版社 1989

《紫阳花少妇——日本最新推理小说精选》，尤之译，广西人民出版社 1989

《猴子和螃蟹——日本民间故事》，徐寒梅译，广西人民出版社 1989

《猴子和螃蟹——日本民间故事》，徐寒梅，接力出版社 1990

十三画

《新兴艺术概论》，冯宪章译，现代书局 1930

《新兴艺术概论》，王集丛译，上海：星星书店 1930

《落洼物语》（另收《竹取物语》、《伊势物语》），丰子恺译，人民文学出版社 1984

《维荣的妻子——当代日本小说集》，罗传开等译，上海译文出版社 1986

《感觉的世界——日本青少年优秀诗作导读》，王喜绒译，兰州大学出版社 1996

十五画

《樱花国歌话》（原题《日本爱国百人一首》），钱稻孙译注，北京中国留日同学会 1943

《聪明的彦一——日本民间故事》，陈丁译，接力出版社 1990

《鹤妻》（民间故事集），孙言诚译，河北人民出版社 1983

十六画

《壁下译丛》（文论集），鲁迅译，上海：北新书局 1929

十九画

《蘑菇云下的悲剧——广岛少男少女的回忆》，长田新编著，彭家声等译，北京大学出版社 1989

人名索引

（按照笔画顺序排列，人名后的阿拉伯数字为所在页码）

492

四画

林岫　257

林房雄　53，152，160，163－165，168，
　171

林癸未夫　62，144

林雪清　53，54，78

林焕平　174，175，178，312

林植夫　174

林獒　73

板垣退助　13

松井须磨子　30

松本清张　233，358，372－374，377

松田解子　229，231

松谷美代子　381，383

松尾芭蕉　56，241，247，254

松原新一　239

松浦一　61

郁达夫　67，72，88，107－109，123，
　168，174，269

欧阳山　178

欧阳予倩　30，32，33，38，39

押川春浪　26，27

尚侠　321，351

国木田独步　42，44，50，104，109－
　115，193，298

迪斯累理　13

岩田丰雄　171

罗传开　239，302

罗兴典　245，246

罗迪先　61

罗振玉　11

罗普　22

季凡　188

季颖　381，383

竺祖慈　334，351

竺家荣　334

金子洋文　152，154，162

金子兜太　256

金子筑水　61

金中　194，224，238，318，354，358

金石　27

金芷　231

金道权　383

金强　350

金溟若　328，385，394

金福　193，194，229，233，238，282，
　283，286，317

金曙海　318

周大勇　311

周丰一　194，232，300

周白棣　94，96，97

周作人　9，23，41，42，47－52，56，
　57，59，63，65，76－79，81－83，89，
　90，92，93，98，103，104，110－
　112，119，121，123，129－131，136，
　169，170，193－204，209－214，216，
　237，238，244，255，256，263，265－
　269，273，276，295－297

周明　239，337

十一画

初版后记

　　本书是我的第四部学术专著，也是我写作时间最短、准备时间最长的一本书。——动手写作的时间差不多有一年，而准备的时间却有十多年。

　　早在 1980 年代末，我就萌生了一个念头：写一本书来系统地清理我国翻译和研究日本文学的历史。但那时我对翻译文学及翻译文学史还缺乏今天这样的学术自觉。之所以想写，一是有感于我国翻译出版的日本文学数量多、影响大，作为中日文化、文学交流的重要方面很值得研究，二是因为那时自己也特别喜欢文学翻译。从 1985 年到 1988 年、1992 年到 1993 年间，在长达六七年的时间里，我常常对翻译日本文学作品兴致勃勃。为了学习日本文学史，也为了借鉴别人的翻译经验，我大量购买、阅读日本文学译本。我读译本，读原作，又将译本与原作对读，并凭自己的兴趣爱好和并不完备的文学史知识，选定原作。那时候既不知道别人是否在译，也不知能否出版，凭着兴趣只管开译。就这样，80 年代后期到 90 年代初，我先后译出了近代作家田山花袋的长篇小说《乡村教师》、古典作家紫式部的《紫式部日记》、古典作家井原西鹤的小说集、"俳圣"松尾芭蕉的《奥州小路》、现代作家川端康成的中篇小说《睡美人》、三岛由纪夫的长篇小说《假面的告白》和《午后的曳航》、太宰治的中篇小说《丧失为人资格》、谷崎润一郎和芥川龙之介的若干中短篇小说、当代作家

508

村上春树的中篇小说《1973 年的弹球游戏机》和长篇小说《寻羊的冒险》等，范围从古典到当代，总字数超过了一百万字。那些翻译习作，有一半正式出版了，另一半，或跟别人撞了车，或版权问题不能解决。……由于种种的挫折，我终于下决心放弃了翻译。现在，我常为自己曾为翻译浪费了那么多的时间、做了那么多的无用之功而感到后悔。假如用那些时间做些别的事，还不至于如此劳而无功吧。但有时候，我也会自我安慰：失之东隅，"收"之桑榆，虽然没有成为自己所希望的"翻译家"，但那些翻译实践促使我对作品下了细读的功夫，训练了驱使语言的能力，养成了喜欢玩味词藻的习惯，培育了对文字的敏感。更重要的是，我自以为能够充分理解翻译家的劳动及劳动价值。由于对我国的日本翻译文学问题的长期关注，我收集、积累了大量的材料，阅读了日本文学的重要中译本，编制了一份十多万字的《二十世纪中国的日本文学译本目录》，也就是为我国的百年来的日本翻译文学列了一份清单。这一切，若不是长期积累，只凭一两年的仓促准备，是难以做到的。这些都为我写作本书打下了基础、准备了条件。在 20 世纪就要结束的时候，我觉得这个课题该动手做了。我从 1999 年年初动笔，在完成教学任务之余全力投入写作，其间写作十分顺利，大有一气呵成的感觉，到年底完稿。接着因公干到香港半年。在港期间忙里偷闲，收集了台湾、香港地区日本文学翻译的资料，今年五月底回京后写成《台湾及香港地区的日本文学翻译》一文，作为"附录"附于正文之后。

　　本书的标题是《20 世纪中国的日本翻译文学史》，读者乍读起来恐怕会稍感拗口，若按通常的表述方式，也可称为"20 世纪中国的日本文学翻译史"。但是，"翻译文学"是一个国际上通行的概念，它与"文学翻译"一词的内涵也不尽相同。"文学翻译"指的是一种活动和行为，而"翻译文学"指的却是一种文学类型。因此，使用"中国的日本翻译文学"这种表述方式，从学术角度看似乎更确切些。这是需要向读者交待的。

　　本书在写作过程中，得到了日本文学翻译和研究界的老前辈、翻译家叶渭渠先生和李芒先生的关心、鼓励与指导。书稿完成后，承蒙叶渭渠教授、中国现代文学史专家郭志刚教授、翻译家刘象愚教授的审读与指教，北京师范大学社会科学处张宁兄、北师大出版社傅占武兄为落实出版事宜做了不少工作。1999 年底，本书获得了"北京市社会科学理论著作出版基金"的资助，使顺利出版有了保证。"北京市社会科学理论著作出版基金"近年来资助了一批有价值的学术著作的出版，对学术事业的发展和繁荣实在功德无量。书稿从基金办转来我校出版社后，又承蒙老友、中文编辑室主任傅德林兄再次担任责任编辑。对北京市社科理论出版基金办公室及以上提到的各位师友，我表示衷心的谢意。

王向远

2000 年 6 月 13 日

　　去年，我在《中国比较文学通讯》《中国比较文学》等杂志上发表的有关文章中，在与读者朋友的有关通信中，都曾提到本书在 2000 年内出版。但由于出版运作在某些环节被搁置太久，遂使本书的出版跨了世纪。但跨了世纪也有好处。因原稿完成于 1999 年底，无法反映出 20 世纪最后一年——2000 年中国的日本翻译文学的情形。这次我在看校样时，有机会补进有关 2000 年的一些新材料，使本书在内容上更趋完整。另外，我妻亓华和研究生于奎战同学花了许多时日承担了二校和三校，我向他们表示感谢。

王向远　补记

2001 年 2 月 5 日

卷末说明与志谢

2020 年 1 月初，有出版界朋友建议我，将以往三十多年间出版的单行本著作予以修订，出版一套学术著作集。时值"百年未遇之大变局"的特殊时期，居家读写，时间上有保证，我觉得此事可行。于是在二十多位弟子的帮助下，将已有的作品做了编选、增补、修订或校勘，编为二十卷。6 月份，当全部书稿完成排版后，被告知《"笔部队"和侵华战争》等侵华史研究的三部著作按规定须送审，且要等待许久。考虑到二十卷若缺少这三卷，就失去了"学术著作集"的完整性，于是决定放弃二十卷本的编纂出版方式，另按"文学史书系"（七种）、"比较文学三论"（三种）、"译学四书"（四种）、"东方学论集"（四种）几类不同题材，分别陆续编辑出版。其中文学史类著作先行编出，于是就有了这套"文学史书系"（七种）。

感谢我的弟子们帮忙分工负责，他们各用了两三个月的时间精心校勘。其中，"文学史书系"中，曲群校阅《东方文学史通论》和《东方文学译介与研究史》，姜毅然校阅《日本文学汉译史》，张焕香校阅《中国题材日本文学史》，郭尔雅校阅《中日现代文学关系史论》，寇淑婷校阅《中国比较文学百年史》，渠海霞校阅《中国日本文学研究史》。子曰："有事，弟子服其劳"，诚如是也！这七部书稿最后又经九州出版社责任编辑周弘博女士精心把关校改，发现并改正了不少差错，可以成为差错最少的"决定版"。

　　就在这套书编校的过程中，我已于去年初冬从凛寒的北地来到温暖的南国，面对着窗外美丽的白云山，安放了一张新的书桌。现在，这套"文学史书系"就要出版了。我愿意把它献给我国外语及涉外研究的重镇——广东外语外贸大学，献给信任我、帮助我的广外的朋友和同事们，献给新成立的广外"东方学研究院"，以此为研究院这座东方学研究的殿堂添几块砖瓦。

王向远

2021 年 7 月 16 日，于广外，白云山下